南北逐风 著

[上]

# 暗里着迷

Secret Obsession

宁波出版社
NINGBO PUBLISHING HOUSE

**图书在版编目（CIP）数据**

暗里着迷：上、下 / 南北逐风著 .——宁波：宁波出版社，2022.5
ISBN 978-7-5526-4554-5

Ⅰ . ①暗… Ⅱ . ①南… Ⅲ . ①长篇小说 – 中国 – 当代
Ⅳ . ① I247.5

中国版本图书馆 CIP 数据核字（2022）第 061592 号

目录
contents

# 第一章 谁都会有烦恼

于诺涵风风火火地跑到地下车库，见到自己的那辆路虎旁边站了位身穿西装、手里拎着一个塑料袋的男人。于诺涵愣了一下，笑着说："小高，来这么早哇？"

"您如果再赖一会儿床，我们就真的要迟到了。"高司玮指了指腕表，冷冰冰地回答于诺涵。

"哎呀我这不是……"于诺涵打着哈哈，轻轻地挠了一下脸颊，似乎没有一星半点过意不去的意思，"昨天晚上喝多了嘛！人在江湖身不由己，我也没办法不是？下次你接我的时候不用来这么早，我……"

高司玮注视着于诺涵，听她讲着冠冕堂皇的理由，注意力却全集中在她的打扮上。于诺涵出来得太匆忙了，只穿好了衣服，素着一张脸，头发也乱糟糟的，脚上趿拉着一双人字拖，配着身上这条早春高级定制的裙子，有一种很荒诞的喜感。

在公司里，大家都知道于总精致漂亮气场又强，可谁又知道她私底下这么不修边幅呢？

事实上，她总是这样的。

高司玮甚至忍不住想，如果自己哪天要辞职离开，会不会因为自己知道的太多了而被杀人灭口？

"我觉得你年纪轻轻，别总是板着张脸。"于诺涵继续说，"说过你多少次了，总是不听，一天之计在于晨，早上高高兴兴地去上班，才是一个好的开始。"

"上车吧。"高司玮叹了口气，打断了于诺涵，"没时间了。"

"哦。"

高司玮接过了于诺涵手里的车钥匙，非常娴熟地拉开车门，坐进了驾驶位。于诺涵上了副驾位，高司玮把手里的袋子递给了于诺涵，说："先吃点东西。"

袋子里是热腾腾的白粥，于诺涵看了一眼，很敷衍地"嗯"了两声，却从自己的包里掏出化妆品，对着镜子开始收拾。

从于诺涵的家去开会的地方，算上堵车的时间，约莫四十分钟。高司玮车开得很稳，还时不时从车内后视镜里看一眼于诺涵。于诺涵化好了妆，又从手套箱里掏出一个无线卷发棒，看着还有电，就稍微打理了一下自己的头发。

整套功夫下来，于诺涵才把自己收拾出来个人样儿。看还未抵达目的地，她把高司玮给她带的早餐粥全喝了，说："中午约了商务餐，估计吃不了几口，我先垫巴垫巴。"

高司玮早已见怪不怪。

车子开到了一栋高级商务写字楼的地下车库，于渃涵从车上下来，仿佛脱胎换骨，脱去了早晨那副憔悴模样，已然是高贵优雅的姿态了——除了脚上那双人字拖。

她不慌不忙地打开了后备厢，取出来一双黑色的高跟鞋踩上，将人字拖丢回后备厢里，"砰"的一声盖上，把包放在车顶，从里面掏出口红。

地下车库的光线不好，偶有路过的车，车灯打在她的身上。她微微张开嘴巴涂抹口红的样子有点漫不经心，仿佛老式港片里才会有的画面。

于渃涵抿了一下嘴唇，朝着高司玮扬了扬下巴："走吧。"

高司玮从车里取出于渃涵的黑色长风衣披在了她身上，说："现在还没有那么暖和。"

今日于渃涵是来合作公司谈项目的。择栖娱乐公司年底有一部主投的电影要开机，是一部带有未来科幻色彩的爱情电影，其中有两大噱头吊足了大家的胃口。一个是主演陆鹤飞，这个号称华语娱乐圈颜值顶峰的男人曾与择栖娱乐董事长王寅有过太多的恩恩怨怨，如今度尽余波相逢一笑，两人倒是也能坐下来好好相处了。余下的八卦谈资足够那些娱乐小报从年初写到年末，根本不用发愁话题度。

除了陆鹤飞的卖点，另一噱头是这部电影采用了INT公司最新研发的虚拟影像技术。利用这种技术不仅能够在电影中呈现出胜过CG[①]百倍的虚拟角色效果，还能够联动线下宣传发行，让虚拟角色宛如真人一样参与各个宣传活动环节。

这项技术曾在发布会上惊艳登场，只是大家没想到，INT一出手就直接进军电影界。

有噱头就必然伴随着风险，市场不景气，有很多投资人都对这个项目感兴趣。但感兴趣是一回事，出资就是另外一回事了。择栖娱乐的董事长王寅是个喜欢豪赌的人，大赢大输过，这次仍旧鄙性难改，让于渃涵伤透了脑筋。

人类从历史中得到的唯一教训就是人类从来不吸取历史的教训。

王寅如是，于渃涵亦然。她当初为濒临倒闭的择栖四处奔走，好不容易力挽狂澜，心里想着不管王寅以后再怎么发疯也不跟着凑热闹了，可转头王寅再嬉皮笑脸地跑来

① CG（Computer Graphics），指通过计算机绘制图形。

讨好她，她就好像什么事儿都没发生过一样，自主自觉地担起了重任—— 她总觉得，义气总比意义重要。

所以于渃涵常常自嘲，自己就是个管家婆的劳碌命，公司 CEO 当成了名副其实的打工仔。

这不，王寅去美国跟 INT 开会，自己就得处理剩下的事情了嘛。

于渃涵心里发着牢骚，脸上却是没有表情的，走路带风地来到了前台。高司玮先她一步对前台的姑娘说："我是择栖的高司玮，今天我们于总跟李总有约。"

前台的姑娘打量了他们一番。于渃涵这个人是很有辨识度的，身高一米七五，又很喜欢穿高跟鞋，个子直接奔着一米八去了，加上一头大波浪的黑长发，身形薄而有力，好像 T 台上的模特，无论走到哪里都能吸引他人的目光。

只是她气场太强了，大家只敢远远地看着，无人敢靠近。仿佛只有高司玮不在意这些，因为他看起来比于渃涵还要冷得不近人情。

两张扑克脸"黑社会"二人组似的这么一站，前台妹子立刻记起来李总今天的这个会，忙把人请进了会议室，再去通知李总。她走时偷偷看了于渃涵一眼，于渃涵的目光正巧也碰到了她。于渃涵笑了笑，前台妹子尴尬地挪开目光，好像有点害怕，又有点好奇。

初入社会的年轻小女孩儿会被成熟又富有魅力的男人诓骗，但她们似乎也无法抗拒同样成熟、富有魅力，甚至更加美丽的女人所散发出来的吸引力。

只是心中更多了一点点说不清道不明的滋味儿，前台小妹难以言说，出门之后随手查了查于渃涵的资料，她已经三十五岁了，一方面惊叹于渃涵保养得当，人看起来只有二十六七岁的样子；一方面又有点飘飘然，好像之于这样的女强人，自己多少还有一点年龄上的优势。

别人的内心插曲于渃涵无从知晓，她和高司玮在会议室里等了一小会儿，李总和其他与会人员相继出现。双方互相嘻嘻哈哈地客套了两句，这才坐下来谈事情。

多半是高司玮在说话，于渃涵偶尔动两下嘴巴。

"我最初知道这个项目的时候真的有点意外。"李总说话总是笑眯眯的，看上去很温和，容易叫人亲近，"我没想到陆鹤飞还会继续演艺事业，你们怎么说动他的？我以为他……"

高司玮看了于渃涵一眼，说道："办法总比问题多。"随后便沉默了，仿佛从他的嘴巴里再无法多撬出来一个字。于渃涵笑道："事在人为嘛。"多余的信息也没有透露，更叫人觉得这里面有惊天八卦。李总虽然好奇，但在会议桌上聊这些事显得有点无趣，话题就回到了正经事上。

双方并不是第一轮沟通了，只是流程在分账上的一点细节问题卡了很久。原本这个项目的招商、广告植入、制作发行等事宜都已准备得差不多，只是中途有一家投资方撤出，才造成了现在的局面。于渃涵在一旁听着，看似波澜不惊，但心里烦得不行。

可是这种事情她经历太多了，烦归烦，多少也有点麻木。

她的谈判理念其实很简单——可以大方，但绝不退让。

高司玮深得她的思想精髓，嘴上话说得漂亮，实际上严防死守。只可惜李总也是个老狐狸，打太极的功夫炉火纯青。

李总啰里吧嗦地说了一堆，于渃涵内心早就翻起了白眼，觉得上了岁数的男人话就是容易密，叽叽歪歪的就为了不足百分之一个点的利润分成。

这难道是什么大事儿吗？

"李总，咱们认识的年头也不短了。"于渃涵打断了高司玮，说，"有些事情我可以给你透露一二。大家都以为 INT 的技术直接投入电影是一个很大的挑战，但其实这根本不算什么事儿。哪怕没有新技术的支持，难道用 CG 做特效，最后做出以假乱真的效果的电影还少吗？我们看中的始终是后续的衍生收益。传统的娱乐模式再怎么突破，也离不开艺人。但如今在新技术的加持下，我们可以用虚拟角色去替代真人。网络提速，能够把庞大的偶像工程压缩成家庭沉浸式的娱乐项目。难道 INT 的发布会你没有看过吗？技术提供给我们的是一片娱乐蓝海。很多人都认为这是一笔常规的电影买卖，实际上我们是第一个吃螃蟹的人。好东西要赶得对时令，错过了就只能等了。"

"这我当然知道。"李总和气地回答。他低头看了看时间，说："你刚刚说吃东西，哎呀，也不早了，要不咱们先吃个午饭吧？"

于渃涵吸了一口气，见自己一番话被对方软绵绵地揉了回来，心知这事儿还有得磨，便也不着急了。

她上身靠在了椅子上，点了点头，对高司玮说："走，小高，我们去吃饭。"

高司玮看了她一眼，问："我也要去吗？"

李总笑着拍高司玮的肩膀说："一起吧一起吧，都不是什么外人。"他是认识高司玮的，毕竟于渃涵这些年身边都带着这个高司玮。只是他不太清楚高司玮现在是个什么职位，说是于渃涵身边的大秘书，可高司玮做的事情远比秘书要多得多。于渃涵出来谈项目，大多时候要高司玮经手，不过不是以什么项目负责人的身份，仿佛只是默默地替于渃涵做事，听说偶尔还要被调去王寅手下做些杂七杂八的事情。

他对高司玮的能力颇为认同，这样一个青年才俊，在总裁办公室混个几年总能高升的，可高司玮一直不咸不淡没什么起色，叫人很是费解。他认为一个男人空有本事，却胸无大志，大好年华不知奋斗进取，虽然略有可惜，但也不必介怀。

一行人去了餐厅，高司玮习惯性地为于渃涵拉开椅子。几人刚坐下，话还没说几句，远处便走来一个男人，跟李总打了声招呼。

有的人天生就有吸引别人目光的魅力，来人就是如此。他的衣着看似低调，但光是一块腕表就足够彰显身份与财力，看上去却又没有什么攻击性，整个人温文尔雅，谈吐举止俱是涵养，眼里的笑意透着些成熟内敛的光芒，叫人心生好感。

连于渃涵都不禁多看了两眼。

“这位是……”来人与李总客套完了，话锋转到了于渃涵身上，目光也随之投向了于渃涵，两人四目相对。

于渃涵一笑。

“噢，我来介绍一下。”李总说，“这位是择栖娱乐的于渃涵，于总。”转向又对于渃涵说，“这位是天源集团的谭总。”

“你好。”对方礼貌地向于渃涵伸出了手，“我叫谭章。”

于渃涵没反应过来似的，顿了片刻才伸出手去。

谭章轻轻地握了握于渃涵的手就松开了。他还约了人，跟相熟的李总打个招呼，客套几句后就不再打扰，先行离去了。虽是匆匆而过，于渃涵却觉得此人的出现异常隆重，不由得开始在脑中仔细检索相关的信息。

天源集团她是知道的，大集团的名头响归响，只是一直以来涉足的都是房地产、金融等相关的传统行业，跟互联网以及娱乐产业不太搭边，对于于渃涵来说过于老套陈旧，所以于渃涵知道归知道，但了解甚少，充其量能联想到这个集团是谁的江山。

至于谭章，她就不知道是哪号人物了。

“谭章这几年在天源集团里混得风生水起。”李总似乎看破了于渃涵的心事，八卦地说，“现在可是董事会眼前的大红人，天源整个投资事业部都归他管，这可是个货真价实的财神爷。”

“这么厉害？”于渃涵故作感兴趣的样子，凑近问，“什么来路？”

李总摇摇头，笑着说："也许只是单纯的有能力呢？"

他跟谭章是在一次投资峰会上认识的，恰巧两人都喜欢打德州扑克，私底下攒过几次局，一来二去也就成了"狐朋狗友"。他给于渃涵介绍说，谭章今年整四十岁，学历一般，出身普通，按理来说很难在大集团里混到高位，可他却做到了。

谭章这样的人很难不成为一张焦点牌，是各方势力都会争取的对象，只是此人却实在没什么可以下手的角度。

他离过婚，上初中的儿子跟他过，没什么不良嗜好，生活也很规律。就算是喜欢的打牌，大多时候也是点到为止，以此为消遣娱乐而已。

"谭章的牌技极好。"李总说，"牌品、牌风往往能看出一个人的品性。他很聪明，但从来不贪。"

于渃涵回想初见谭章的模样，一表人才、品位不凡，行为谈吐很是优雅，放在小说里就是迷倒万千少女的霸道总裁。又听李总在这里说些云山雾绕的话，心中更觉得有夸张之嫌，但嘴上还是含糊地说："挺有意思的。"

"对了，我才想起来。"李总忽然说，"他说最近想要看娱乐行业相关的项目，可能是有这方面的布局。于总，不如我帮你引荐引荐？他手上的闲钱可是多得不能更多的。"

"那敢情好。"于渃涵笑着回答，心里吐槽李总好一出借花献佛。

午饭在八卦气氛中结束，于渃涵没吃两口，事情也没谈出个所以然来，觉得有些无趣。她其实已经从后来的事态发展中了解了李总的意思，螃蟹诱人归诱人，但是万一有个三长两短，螃蟹没吃着，还可能夹得自己满手伤，所以抉择上多少有些犹豫。

于渃涵理智上能理解这样的决定，毕竟不是所有人都跟王寅似的是赌徒本性，做事情不计后果。感情上，于渃涵又觉得李总之流很没有魄力，瞻前顾后，到最后只能做点小本儿买卖，没意思。

"老男人真是没劲。"于渃涵坐在副驾上吐槽，"怂得不行。"

"您在王总身边久了，看谁都怂得不行。"高司玮说，"可天底下又有几个人能像王总那样呢？"

于渃涵说："哟，你在王总身边久了，也开始学会吹王总马屁了？"

高司玮冷淡地说："我只是说事实。"

于渃涵说："来，吹我两句，让我舒坦舒坦。"

高司玮沉默。

“你这个人也很没劲。”于渃涵说，“调侃都不会。”

于渃涵早就习惯了高司玮这种三棍子打不出个屁来的性子，有时候觉得挺好，至少耳根清净，有时候又觉得不好，想吵架都没地方吵。比如现在，高司玮装出一副很认真开车的模样，明摆着就是不想搭理自己，她再继续说下去就是自找没趣。

她抓了抓头发，也不知道为什么身为上司，却总是被下属甩脸子。大概是衣食住行、生活起居还要靠人家打理，有些时候自然而然就矮了三分。

皇帝有后宫三千，召之即来挥之即去，身边的大总管却总就那么一个。江山社稷、儿女情长自有人谈，那些能够夜半倾诉闲话的对象，恐怕……

于渃涵靠着车窗做着皇帝梦，连烟都拿出来了，心中几分诗意几分狡黠。要是高司玮知道她此刻的所思所想，可能脸会更臭。

“可以不抽烟吗？”高司玮从后视镜里看了一眼于渃涵。

“啊？”于渃涵回神，明白了高司玮的意思，“哦”了一声，赶紧把烟收回去了，头转向窗外装作看风景。

“抽烟对身体不好。”高司玮说，“王总都戒了。”

“你不要拿我跟他比。”于渃涵嫌弃地说，“你的王总现在是爱江山更爱美人，小情人比他小那么多，他现在很怕死的。我就不一样了，没那么多叽叽歪歪的破事儿。”她很唏嘘地说，“姐姐现在穷得只剩下钱了啊！”

她的表演换来的仍旧是高司玮的沉默。

“嗨。”于渃涵自己给自己找台阶，“反正说了你也不懂。”

高司玮深深地吸了口气，又重重呼出，表示对于渃涵的反驳。

“年轻人不要总是叹气，叹气老得快。”

高司玮无语，心里嘀咕“你不是说不涂防晒霜才老得快吗”，只是好像现在又不是说这句话的场合，就又咽了回去。

他说一句，于渃涵能说十句，十句还能句句不沾边。但于渃涵也不是无理辩三分的胡搅蛮缠，她是很典型的“北京大蜜”，对着越熟悉的环境和人，说话就越垮气。高贵优雅、肤白貌美对她而言都是很外在的东西，归根结底，她还是喜欢俗人俗事、五谷杂粮。

路上有点堵车，于渃涵拿起手机开始搜天源集团的新闻，关于谭章的报道不多，足见此人低调。“这哥们儿要真有老李说的那么厉害，倒也是个神人。”于渃涵自言自语地说，“就怕是个中看不中用的绣花枕头。”她转头对高司玮说：“小高，回头帮我查查。”

“嗯。”

高司玮把车停在了公司门口，方便于渃涵先下车上楼，自己再去地下车库停车。

择栖今年刚搬进了新的独栋办公楼，上下只有五层，跟原来富丽堂皇的高级写字楼比起来，虽然少了俯瞰 CBD[①] 的豪气视野，但多了几分闲适。由于这处办公楼的优越地段，租金比起之前的兴许还要高点。

于渃涵踏进了电梯，门刚要关上的时候，一个拎着两大兜奶茶的女孩匆忙地挤了进来。赶上电梯让她松了口气，可见到同乘电梯的人是于渃涵，又有点后悔挤了进来。

但门已经关上了。

“于……于总好。”

“你好。”于渃涵点头。

和顶头上司在密闭空间里独处是件不太舒服的事情，女孩目视前方，眼神都不敢飘一下，可是于渃涵的个子那么高，存在感那么强，想不去注意都很难。

于渃涵垂眼打量了一番那个女孩，又低头看了一眼手机上的时间，忽然问：“今天宣传一组是不是有一个关于明弦新剧的宣传讨论会？”

“对……”女孩刚刚入职一个月，没想到于渃涵甚至记得自己是哪个部门的。她怕于渃涵认为自己上班时间偷懒，解释说，“刚刚大家讨论得有点累了……”

于渃涵打断她说：“外卖不是能送进来吗？”

女孩说：“奶茶店就在园区门口，过去买就五分钟的事儿，等外卖还要等好久。”

于渃涵说：“我知道了。”见她没有追问下去，女孩松了一口气。电梯门在三楼打开，女孩终于得以逃脱，回头说：“于总再见。”没想到于渃涵也一步踏出了电梯，对她说：“你们这个项目我记得反反复复讨论过好多次，始终没见到提出来什么有亮点的东西。正好今天我有空，一起过去听听吧。”

择栖旗下的知名艺人有很多，明弦是近两年来继陆鹤飞之后上升势头最好的一个。他出道很早，那时是正当红的陆鹤飞带他，自那之后他的好资源就没断过，十九岁便已如日中天。

他身上有少年人独有的勃勃英气，无邪却不显得幼稚，以此博得大众的好感。

王寅总是戏称明弦是小版陆鹤飞，又加上一番因缘际会，明弦就成了外人眼中择

---

① CBD（Central Bussiness District），中央商务区，指一个国家或城市里进行主要商务活动的地区。

栖不争的“皇族”。无论粉丝们再怎么吹嘘明弦是天生偶像，都抵不过话事人的“爱屋及乌”。

于渃涵也是喜欢明弦的，当初就是她挖掘出来的人，哪有不大力培养的说法？所以坊间有传闻称明弦是于渃涵的男朋友之一，故事极其狗血，是大家茶余饭后最爱看的那种。于渃涵也听说过不少，有几个版本狗血到她甚至想买回来改拍电视剧。

不过，这是题外话。

明弦的新戏是一部热门 IP 改编的仙侠剧，已经定了网台联播，有大概的上线时间段，但是具体的播出时间还要看电视台那边的安排。这部戏择栖也投了一部分钱，男主又是自家当红艺人，各方面的资源必定是缺不了的。

工作一多，就缺人手。过去一年择栖的员工从基层到高层扩充了不少。新旧交替多少有些动荡，新人喜欢舍我其谁，老人又喜欢划江而治，磨合是永远的难题。

于渃涵记得面前这个女孩叫宋新月，大概一个月前入职。当时人事把厚厚一沓劳动合同拿来给她签字，她稍微看了一下大家的资料，记住了个大概。几十个人之中，宋新月尤其惹她注意，知名学府硕士毕业是一方面，另一方面是这女孩连一寸证件照片都拍得漂亮。

于渃涵之前脑补的女孩那副骄傲拔群的模样，与现在这副拎着奶茶慌得不行的样子……似乎有点出入。

还是年轻啊——于渃涵感慨。刚毕业的新人，哪怕在学校里再怎么优秀，到了社会上也还要被好好教育一番。

这次被支出来跑腿，十之七八是因为有些东西项目负责人不想让她接触罢了。

反正多她一个不多，少她一个不少，白不使唤。

“你怎么才回来？”一个同事对着刚推开门的宋新月抱怨，其他人正要附和，见到后面跟进来的于渃涵，会议室里的气氛顿时凝固了。

“我？”于渃涵接话道，“我几点回来还得问问你们啊？想什么呢？”

明弦的这部剧是公司很重要的一个项目，宣传一组本该拿出一个漂亮的方案来，结果始终拖拖拉拉悬而未决。开会时负责人指挥新人跑腿，会议室气氛松松散散还被老板碰了个正着。该怎么办呢？

项目负责人刘启站了起来，笑着说：“没有没有，于总，你……”他的话卡在这里，愣是不知道怎么往下接。

问：于总你怎么来了？公司都是人家的，人家怎么不能来？

问：于总你今天回来这么早啊？难道人家几点回来还要跟谁请示报批一下吗？

刘启那个“你”字在嘴边徘徊了很久，大家都齐齐看向他，可死活没有后续，搞得他自己也有点尴尬。好像被老师点名回答问题，站起来支支吾吾连讲到课本第几页都不知道的学生一样。

于渃涵自己拉了把椅子坐下，手里的包随意往桌子上一丢，说道：“我路过，你们继续。”

谁也不知道为什么气氛就迷幻成了这样。

于渃涵在公司里并不是一个严厉的上司，只是外形上带来的压迫感太强了。很多男同事跟她交流的时候都需要抬起头来，更不要说那些个子矮的女孩子了。

仰视本身就有着很强的臣服暗示。

像宋新月这样刚入职的新人都很害怕和于渃涵接触，仿佛出现一点点纰漏都会被于渃涵大卸八块一样。可于渃涵并没有那么恐怖，或者说，她的恐怖之处并不在于“严厉”这样肤浅的表现。

于渃涵坐在旁边听眼前这几个人各种发散思维侃侃而谈，讨论到关键节点的时候，刘启总爱跳出来征求她的意见。于渃涵心想，所有事情都让她来做，那要你们这些人有什么用呢？

刘启是宣传部的老员工，也带过几个很好的项目。宣传总监的位置空出来之后，大家都觉得很有可能是刘启上去，甚至连刘启自己也这么觉得。

结果没想到他没有等来调令，而是等来了一个空降的上司，这跟谁说理去？

刘启忽然想到大学时代的老师在上第一节课时说的话：如果三十岁没有做到总监的位置，那就不要再从事这个行业了。

他今年三十二岁了，还只是项目经理。不是没想过换一份工作，只是他现在高不成低不就的年纪和资历，已经很难再找到薪资、待遇、发展空间都合适的工作了。

这次明弦的剧交给他来做，一方面他要承担重点项目的业务压力，另一方面又要带新人。宋新月这样的菜鸟在他看来只能做一做会议记录，端茶倒水跑跑腿，完全不指望能做什么有实际意义的事，不拉垮已经是烧高香了。

谁承想今天指派她去跑腿买奶茶，结果她就带回个大 boss。

这是什么狗屎运？

职场“老油条”们都有些默认的规则，比如工作可以做得不好，但是态度一定要端正—— 至少在老板那里要足够端正。自由散漫磨洋工还欺负新人是不可取的，私底下怎么样都无所谓，最忌讳在老板面前发生，无论老板是否介意。

刘启跟随于渃涵工作了几年，多少也了解于渃涵的脾气。于渃涵绝对不会在大庭广众之下发火骂人，谈不上，也显得她喜怒无常。

“目前我们拿到的消息是预计暑期档上线，但是播出的时间不能确定，所以变数很大。下个月品牌给明弦安排了一场直播，到时候我们可以带着戏的宣传去。”刘启又看向于渃涵，“于总，你觉得怎么样？”

于渃涵压根儿就没听刘启的废话。反正他翻来覆去就拿出那么几个方案，大家都这么做，实在没什么新意。

“还有别的吗？”于渃涵反问。

“事情是这样的，于总。”刘启解释说，“品牌本来预定了一个直播活动，对方是比较希望明弦去的，这样直播效果好，也能对戏有一定的宣传。当然了，这个只是他们的希望，并不是一定要求……”

于渃涵问：“他们给别的支持了吗？”

刘启说：“全渠道的资源都可以对我们开放，如果我们这边有其他方案，他们内部开会通过后，也可以全部买单。”

“条件很宽松。”于渃涵说，“所以，答应直播就是你应付品牌的方案了？这不是对方提出来的吗？你在这中间做了什么呢？”

刘启说：“大公司这种事情光走流程就要走很久，他们现在说可以买单，往往到最后这也不想做那也不想做，拖来拖去也许还不如简单直播的效果最好了，你说是吧？于总？”

于渃涵盯着刘启，片刻之后用平淡的口吻一字一句地说：“先喝奶茶吧。”

这话一出来极尽讽刺，所有人都愣了一下，接着是大眼瞪小眼，有的人还低下了头。

“都愣着干吗？”于渃涵说，“开会开累了就得放松放松，别总是绷着神经。”她的目光又看向刘启，刘启了解她，她也了解刘启，知道刘启此时在心中笃定了什么事情。

没人可以在她面前玩阴阳怪气。

于渃涵的眼神扫了一圈，然后从包里掏出烟盒取了一支烟捏在指尖。她的视线落在烟上，没有点燃，轻飘飘地笑了一声，拎起包就走了。

留下所有人愣在原地。

良久，才有人问："刘哥，这……这什么意思啊？"

君心难测，刘启自己也品不出个一二三来了，但直觉告诉他，事情糟糕了。

车上那支烟被高司玮掐断了，于诺涵就想躲到自己的办公室里抽支烟。她的办公室有很大的落地窗，窗户可以打开，她经常靠在最角落的窗边，把夹着烟的手伸到外面去躲避烟雾报警器。

只是这次，她刚刚点燃了打火机，在火苗刚凑到烟头前时忽然没了兴致。

临近下班时，于诺涵的工作邮箱里收到了最新一版的方案。她打开不知道看了多久，高司玮敲门进来了。

"这个是谭章的资料，我全打印出来了。"高司玮把一沓纸放在了于诺涵的办公桌上，见她还在工作，问，"晚上要加班吗？要叫晚饭吗？"

"嗯……不用。"于诺涵的目光没有从屏幕上移开，她顿了顿，又说，"还是帮我叫个三明治吧，看他们这个方案太上火。"

高司玮问："怎么了？"

"你说人总做一件事，是不是做得越久，越缺乏创新精神啊？"于诺涵说，"刘启在公司里做了这么久，思维反倒越做越局限，到最后写出来的方案除了买热搜就是买营销推广，没有任何亮眼的创意。"

高司玮转向屏幕，看了两眼 PPT 上的内容，说："确实有点三板斧的意思。"

于诺涵说："你知道吗？他今天还使唤新人去跑腿买奶茶，那架势都快赶上西太后了。工作还没弄明白呢，家伙事儿倒是不少。"

"哪个新人啊？"

"宣传部新来的那个小女孩，叫宋新月，长得挺漂亮的那个。"于诺涵说，"漂亮女孩受欺负我可真是头一次见着，你司的企业文化真有意思。"她身为 CEO，有时候说起择栖时爱用"你司"，就好像夫妻吵架时牵扯到儿子，就总爱说"你儿子"一样，把自己摘出去绝不同流合污，还有几分调侃的意思。

"她的性格有点内向，不是很爱说话。而且刘启这个人，就算是带新人也偏向带男生，毕竟做错了事情还能骂两句，女生就不好真的下口了，他嫌麻烦。"高司玮说，"我猜宋新月可能什么事情做得不合刘启的意，刘启嫌弃她了。不过……"

"你怎么提起这个新人话突然多了起来？"于诺涵抬头看向高司玮，饶有兴趣地说，

“还知道人家性格内向不爱说话？”

“我……”

“哎呀，你不用解释。”于渃涵的口吻相当不正经，一副“我都懂”的样子，“如果我是个男的，我也会喜欢这样的小姑娘。刚出校门不谙世事，很容易对出手帮助自己的前辈产生依赖感。你放心，公司不封杀办公室恋情的。”

高司玮冷冷地吐出两个字：“不必。”

“那你从外边帮我把门带上吧。”于渃涵说，“谢谢。”

高司玮眉毛都不带皱一下地离开了办公室，于渃涵感觉自己没讨到一丝丝好处。好在刚刚对高司玮的调侃足以让她放松心情，便继续愉快地看起了 PPT。

晚饭送到的时候，她连谭章的资料都看完了。

于渃涵脑中关于谭章的形象丰满了起来，她觉得这个人很不真切，愈发像小说里才会有的那种角色。这个年纪的成功男人于渃涵见得太多了，要么油腻要么自大，一张嘴就是八百个亿的买卖，很是烦人。

像谭章这么清新脱俗的实在少见。

珍稀品种引起了于渃涵的注意，她想，如果谭章真如李总所说对文娱项目感兴趣，那她倒是可以找机会攀一攀这根高枝。

于渃涵正计划着，电话响了，看到上面的来电显示，她的眉头不自觉地皱了一下。

“喂？妈，怎么了？”

“渃渃，干吗呢？”

“我……”于渃涵扫了一眼自己凌乱的办公桌，说，“我刚洗完澡躺沙发上刷淘宝呢。”

“别老躺着，久卧伤气。”于母说，“吃饭了吗？”

“没有。”于渃涵说，“我不是减肥呢吗？”

“你又不胖，减什么肥？晚饭可以少吃点，但不能不吃，不吃饭对身体不好……”于母开启了絮叨模式，于渃涵把手机放到了一边儿，等老妈说得差不多了，她才问，“妈，你找我什么事儿？”

于母说：“你周末回家来吃饭吧？你都好久没回来了，你爸想你了。”

“嗨，就这事儿啊？”于渃涵说，“我周日回去吃午饭行吗？”

“周六吧。”于母说，“周六好一点。”

于渃涵很纳闷儿吃饭还分什么日子，她沉吟了一会儿，总觉得事情听上去好像不太对，故意说："周六啊……周六不行，我有个饭局，还是周日吧。"

于母似乎不想再装了，直接说："饭局能有回家吃饭重要？就周六吧，你无论如何得回来。"说完，她就把电话给挂了，先挂先赢，不允许于潴涵反驳。

于潴涵顿时一阵脑仁疼。

天气预报说周六是个大晴天，但天气预报如果百分之百准确，那地球就是平的。

于潴涵本来安排得很好，早上七点钟起来，运动四十分钟，稍微吃点东西，然后洗个澡、化个妆，收拾收拾出门，到爸妈家刚好十一点左右，不早也不晚，非常完美。

闹钟确实是七点响的，只是外面下着小雨，阴沉的天气叫人困倦，她随手把闹钟一按，翻身又睡了过去。

再睁眼的时候刚好十一点。

于潴涵愣了一下，再三确认了时间，一个鲤鱼打挺从床上爬了起来，洗了把脸，妆都没化就冲出了家门。

下雨天的堵车就更让人心烦了。于潴涵看着雨刷器在挡风玻璃上来回刷，再想到可能要面对来自老妈的絮叨，不禁烦上加烦。

她这个年纪的女性最容易受到的来自家庭的压力就是催婚，因而对家庭产生了若干不明的恐惧。

可她实际面临的问题并非如此。

于潴涵的出身非常好，虽然家庭财富在北京城里算不上极其显赫，但也足够让她衣食无忧地过个三辈子。

但人吃五谷杂粮长大，再怎么厉害的父母，有时在子女个人问题上也免不了落俗。于潴涵在成家这件事情上跟父母的对峙很是微妙。她虽然没有结婚的打算，但身边的男人却一直没有断过。

其中大部分连个名分都没有，与其中一些人的交往能被于潴涵算作正式的谈恋爱，跟朋友们介绍起来也会称为"男友"，其中不乏被她的父母认可的，但总是不得善终。

别家父母对孩子的期盼是赶紧谈恋爱，于潴涵的父母则希望她能够找个稳定的对象，他们可不想总是在八卦新闻上看到自己的女儿和一些"不三不四"的男人不清不楚。

二老也很努力地帮过于潴涵寻找合适的对象。于潴涵是不排斥、不抗拒相亲的，反而觉得十分有趣，可以借此观察到很多奇奇怪怪的人。只是太频繁了也有点受不了，她有工作且工作很忙，没有那么多时间来陪着那些大哥们喝下午茶。

她的生活方式与父母的理想产生了矛盾，以至于到后来，她结不结婚，跟什么样的人结婚都已经不是重点了。重点是以此为拉锯互相折磨，仿佛成了女儿和父母之间心照不宣的家庭游戏。

好像只有聊一聊这样的事情，家人之间才能找到些许话题，才会见个面，把握住微妙的分寸感。

归根结底，于渃涵的家庭观念实在太淡薄了。

她在国外读书时就已经自力更生，回国之后的一番事业也全是靠自己打拼下来的。她过得非常自我，纯粹以满足自己为目的，吃喝玩乐样样在行，却没怎么花费心思在家庭上。

反正她和父母就是各过各的，如果不是逢年过节或者有什么特殊的事情，于渃涵是想不起来回家的。很多人劝她"树欲静而风不止，子欲养而亲不待"，她能理解，在理智上非常认同这句话，并且自认为该做的已经都做了。

只是人活一世不过就是过眼云烟，至亲至爱最终也会分别。如果总想着别人，未免凉薄了自己。

好不容易磨蹭到了家门口，却发现自己习惯使用的停车位上停了一辆陌生的雷克萨斯，她不得不倒出去停到另外一边，但一脚没踩住，车屁股撞到了树上。

于渃涵自称车技可以去开 F1[①]，她闭着眼表演倒车入库都没蹭掉过漆，在自己家门口停车反而撞了树，这说出去简直丢死人了。

她心中骂了一声"晦气"，赶紧下车检查。外面下着雨，她没带伞，一股无名火瞬间蹿了起来，索性车也不管了，直接回家。

一进家门，她就骂骂咧咧："爸，咱们家车位停了辆什么人的车啊？弄得我车往后倒的时候都给撞了，真的是太傻……"

她说话的时候低头整理着被雨淋湿的头发，最后随手用皮筋扎了起来，抬头时就看到了黑着一张脸看着自己的老爹，以及他背后那个说陌生也陌生，说不陌生也不陌生的男人。

是谭章。

于渃涵嘴里的话愣是没有完整地说出来。

---

① F1（FIA Formula 1 World Championship），指世界一级方程式锦标赛，是国际汽车运动联合会（FIA）举办的最高等级的年度系列场地赛车比赛。

“怎么说话呢？”于父说，“没看到有客人吗？没礼貌。”

“没事没事，于总也是性情中人。”谭章有点抱歉地说，“我来的时候正好停在那里了，不太清楚情况。”他看向于渃涵，眼神很是真挚，“你没事吧？有没有伤到？”

“没事。”于渃涵对着谭章这张脸不好再发作，“就是车停路边了，我没带伞。”

谭章说：“我帮你看看去。”

她“哦”了一声，没有拒绝。谭章拿着一把伞就出门了，于渃涵跟在了后面。于母从楼上下来，见两人纷纷出门，问自己老公：“他俩干吗去了？怎么了？”

于父揣测半天之后才说：“不知道，可能两个人认识吧。”

于母细细想了一下，拍手说：“哎呀，坏了！别又跟咱们家渃渃有过扯不清的关系吧？”

于渃涵帮谭章撑着伞，谭章仔细检查了一下车，后车镜撞碎了，车身还凹了一大块，只能送修。他耸肩说：“抱歉，害你撞成了这样。”

“是我自己开车没注意。”于渃涵说，“算了，我先把车停正了吧。”

谭章说：“我给你挪位置。”

“不用了，还不够麻烦的呢。”她上车稍微挪了挪，把车贴着马路牙子停好，然后给高司玮打电话。

高司玮接电话很快，听见于渃涵说车撞了，问：“您人没事儿吧？”

“我在自家小区里撞棵树，人能有什么事儿？”于渃涵说，“回头你帮我把车弄去修一下。”

高司玮问：“在哪儿？”

于渃涵说：“我爸妈家。”

高司玮熟悉于渃涵的一切，包括但不限于她家的门锁密码，燃气卡放在哪个抽屉，父母家住什么地方，甚至连她侄女生日几月几号都知道。于渃涵这个人没办法很好地把工作和生活都顾到，工作上可以很细心很厉害，但生活中非常粗心马虎，迷迷糊糊把罐头放进微波炉的事情没少干过。

既然无法兼顾，那么她就选择做好自己擅长的东西，不擅长的，自然有人替她来完成。毕竟钱可以解决这个世界上百分之九十的问题。

恰好她有钱，恰好高司玮就是那个解决问题的人。

“回头你过来开吧，我跟我爸妈说一声。”于渃涵用肩膀夹着手机下车，反手关车门，

“我？你甭管我了，哎呀哎呀，知道了，嗯，挂了吧。”

手机抄进口袋，谭章举着伞在等她，很绅士。

于诺涵手里攥着手机，事情处理完了，却不知道该跟谭章说什么好。她随便拽了件衣服套上就出来了，松松垮垮的运动裤和帽衫的组合像是出门买菜的装备。长卷发被雨淋湿后卷得更厉害了，有点乱，自己还没有化妆，一定很狼狈，于诺涵想。

人设崩塌来得太快，她下次还怎么找机会跟谭章聊工作啊！

她心里再骂了一声“晦气”，谭章却说：“没想到于总私底下还挺平易近人的。之前第一次见你，我还有点不太敢多说话。”

“我看上去有那么难接触吗？”于诺涵故作不悦地问。

“没有。”谭章说，“是我对自己的交际能力没有太大信心。”

这话说出来就有点骗鬼了，只不过谭章长得帅，气质好，说话礼貌又温柔，就算骗鬼也不会招人烦。于诺涵承认自己非常容易被这些外在的肤浅信息取悦，反正她当下都这副样子了，不如心态轻松一点。

两人进了家门，于诺涵的父母有点暗中观察这两个人状态的心思，于父轻飘飘地问了一句车的事儿，于诺涵说高司玮回头来处理。于父让于诺涵别什么私事儿都麻烦人家小高，于诺涵却反驳说：“人家小高自己还没说什么呢。”

于母见状，觉得还是八卦一下于诺涵和谭章的关系比较重要。

“小谭是你张叔的学生。”于父如是说。

于父口中的这个“张叔”是他的大学同学兼多年老友，退休后两家住得比较近，老爷子们经常在一起玩。于诺涵知道张叔是大学教授，只是从来没听说过他还有这么厉害的学生。

难道是她太不关注中老年人的退休生活了吗？

她又疑惑地看向谭章，仿佛在问：那你来干吗？

谭章耸了一下肩膀，显然说来话长，一时间也不知道该从哪儿说。

于诺涵鬼使神差地问：“那张叔怎么没来？”

“他本来要过来吃饭的，结果说下雨没法儿骑共享单车，就不来了。让我好好招待小谭。”于父说，“这个老不死的。”

于诺涵心想，爹，当着外人的面您老人家也没比我客气到哪儿吧？

幸好于母从厨房出来招呼大家吃饭，尴尬又微妙的气氛才没有延续下去。

这顿饭吃到最后于诺涵也没弄明白是什么意思，她总暗暗觉得这里面有什么套路，可谭章一直在跟她爸聊一些财经政策上的事情。于父退休之前的职位级别不低，对一些政策新闻的看法还是很有参考价值的。

于渃涵一度觉得，可能张叔是要介绍她爸和谭章认识，牵线搭桥铺个人脉什么的。

不对啊！自己的爹已经退了啊！

于渃涵心里犯嘀咕，就在她决定放弃这样毫无意义的揣测时，于母又来小声问她："你和小谭之前认识吗？你觉得小谭这人怎么样？"

"不认识……"于渃涵敷衍地说，"挺好的。"

于母说："我也觉得挺好的。"

于渃涵心想，如果他能给我打点钱就更好了。

高司玮在午饭过后没多久就来了，于父于母对他很热情，大概是因为自家女儿总是"奴役"人家，多少有点亏欠的心理。

高司玮对于父于母的这套做法不是很敏感，只是见谭章也在，觉得有点莫名其妙。于渃涵前两天才说不认识谭章，怎么今天人就出现在她父母家里了？难道这就是于渃涵所谓"会会谭章"吗？

单纯从直觉上来说，他对谭章没有太多的好感。

"您一会儿怎么回去？"高司玮问于渃涵，"我送您回去吗？"

以高司玮对于渃涵的了解，他想于渃涵应该是想找机会跑路的，所以顺势问出来这句话。可没想到于渃涵还没说什么呢，谭章先开口说："晚点我送她回家吧。"

"小高，"于母说，"外面下雨，回去的时候路上注意安全啊。"

高司玮看向于渃涵，于渃涵说："那你先回去吧，甭管我了。"然后又嘟嘟囔囔地补了一句，"都说了不用着急过来。"

高司玮点了一下头，心里有点失落，脸上却还是那副波澜不惊的样子。他走以后，谭章说："你助理对你很尊敬，说话还'您、您'的。"

"他就这样。"于渃涵开玩笑地说，"说不准是尊敬还是故意拉开距离嫌弃我。"

谭章说："这个世界上还会有人嫌弃你吗？"

于渃涵说："那是因为你还不了解我。"

谭章说了要送于渃涵回去，于渃涵也没拒绝，正好两个人独处能有机会问问今天大家到底演的什么戏。

雨天，陌生男人的副驾，车载电台里还在播放《冷雨夜》。

轿车的视野虽不如越野车大，好在车内空间足够富余，不至于有闭塞的感觉。车是很能体现一个人的审美情趣的物件，于渃涵喜欢越野，车身越高的越好，她不喜欢有什么东西挡在自己面前。王寅总调侃她应该去开公共汽车，这样没人能挡得住。这时，她多半要嘲讽王寅骚包，总是喜欢买那种号称“西装暴徒”的轿跑，外表很装，憋在里面也不嫌难受。

雷克萨斯从来不在她的选择范围内。原本她觉得这车普通，今日仔细打量，才觉得好像处处都是内敛的优雅，价格也还好，不会过分吸引注意力，让人觉得浮夸。

就像谭章一样，初见很低调，但当你真正关注他时，才能意识到他的不寻常。

“今天到底怎么回事儿呀？”于渃涵张口打破了安静。

“我吗？”谭章说，“我也不知道该怎么解释，吃饭的时候也一直没找到机会跟你说句话。”

“啊？跟我说什么？”于渃涵说，“别告诉我你今天是来相亲的。不会吧，不会吧？”

她眨巴着眼睛，仿佛在开玩笑一样。谭章在十字路口的红灯处停了下来，扭头看着于渃涵，很认真地说：“是的。”

电台频道放完了歌，开始插播广告，一首《庆丰收》乍起。

背景音乐真的很能影响气氛。

于渃涵盯着谭章，还好《庆丰收》结束了，要不然她真的不知道该怎么在这样喜庆洋溢的氛围中和谭章交流。

“嗨，多大点事儿，你怎么不早说呢？”于渃涵说，“我还在那儿迷惑了半天。”

谭章没想到于渃涵会是这种反应，他以为像于渃涵这种女人对老套的相亲模式肯定早就不厌其烦了，甚至认为当自己说出答案的时候，能够从她的脸上捕捉到厌恶的神情。

没想到于渃涵就这么随意，这么坦然。

“其实我也是被老师叫来的，情况都还没有搞清楚，没想到他说不来就不来了。”谭章说，“人年纪大了多少有点任性，做小辈的总不好驳长辈的面子。我也是想了半天，才找到这么个机会跟你解释。今天实在抱歉，先是占了你的车位害你车撞了，再是让你吃了这么顿稀里糊涂的饭。于总想必平时挺忙的吧？本来好端端一个周末，都让我搅了，我真是过意不去。”

于渃涵也曾在风中追过风，听这话就觉得套路似曾相识，只等着谭章继续往后说出要联系方式、请客吃饭赔罪等等标准答案。这时，绿灯亮了，谭章启动了车子，继续说：

"只是，我觉得我们这样的年纪和阅历都没有必要说那些过场话了吧？于小姐觉得我怎么样？可以交个朋友吗？"

于渃涵没想到谭章是个这么直接的人，既然如此，她也没必要遮遮掩掩，便说："交个朋友当然是没问题的。"

她还正发愁要怎么认识谭章呢！

不过，相亲对象和商业合作对象有着本质上的区别，不能混为一谈。于渃涵当然知道这个道理，而且这件事她非常有必要跟王寅讲明白。

两人在行政级别上虽有上下之分，可本质上是合伙人关系。公司合伙人的关系要比夫妻关系还要亲密，她与王寅之间自然没有什么秘密，哪怕是个人的私事也要跟对方通个气，以免造成什么不必要的误会。

王寅从美国回来那天，于渃涵亲自去机场接他。

她穿着紧身黑色牛仔裤，踩着一双黑色马丁靴，黑色背心外面套了件横须贺夹克，这身轻松休闲的打扮把她身高腿长的优势凸显得淋漓尽致。

长头发披散着，墨镜一戴。她往大路虎旁边一站，没人敢上来招惹。

但事有意外。

明弦从欧洲拍完写真回来，也是今天的飞机，同一个机场。机场早就有接机的粉丝了。于渃涵看着这阵仗，有种俯瞰自己打下的万里江山的感觉，虽然这群粉丝经常把她骂上热搜。理由很简单，因为江湖传闻她们的哥哥被于渃涵包养。

不过路人不会介意这些，明弦的新闻太多，谁天天记挂这个？于渃涵也不在乎这些虚的，只要明弦红，她有钱赚，几句嘴炮根本就不叫事儿。

下一秒，她就被她的"江山"挤得一个踉跄。

明弦出来了，场面一度失控。于渃涵还没来得及思考为什么会变成这样时，已经被人群挤得难以脱身。

她是来接王寅的，不是来接明弦的啊！

于渃涵的身高在一群小女孩儿中尤其显眼，她想逃离人群，但越挤越乱。场面一乱人就容易烦躁，女孩们见偶像心切，于渃涵这么一个人柱子挡在面前，换了谁都窝火。于渃涵的头发被暗暗拽了好几把，一开始她还想着跟小姑娘计较太没意思了，但当感觉到有人一直在推自己，并且还听到类似"好狗不挡路"这种话的时候，她下意识地回头去看骂自己的那个人。

长发墨镜扑克脸，身高还是绝对碾压。但对方很明显不是吃素的，骂骂咧咧地说："看什么看？挡着路还不叫人说呀？个儿高了不起呀？"

她把别人当不懂事的小姑娘，别人却拿她当挡路的"同担"[①]。

"同担"即死敌，没再多踹她两脚都算好的了。

于渃涵吸了口气，她怎么可能被这种人激怒呢？她努力告诫自己，不能骂人，骂人会上热搜。

人群中忽然有人喊了一声"明弦"，其余的人一窝蜂地扑了上去，刚刚那个女孩把于渃涵用力一推，自己抢身上前打算找个好位置，为此还跟其他女孩儿发生了争执。两个人互相推搡起来，还伴随着尖叫声。

在场举着手机录像的人很多，这么明显的一幕马上就被记录了下来。

于渃涵根本没时间思考自己的处境是好是坏，她看着眼前这近乎失控的场面，隐隐觉得不太对。

明弦的行程应该是报备过的，怎么机场秩序还能乱成这样？没人管吗？

于渃涵当即想到了里面可能出现的种种猫腻。如果是有人故意为之，那她当然不可能遂了对方的愿，反正也已经一团糟了，把水搅得更浑一点才是她这种"恶人"该做的事儿。

她掏出手机给跟在明弦身边的经纪人打了个电话，告知了对方自己的位置，挂了电话又整理了一下头发，随意地靠在柱子边，然后看着人群开始慢慢地朝着自己这个方向移动。

明弦都没顾粉丝阻拦，直接小跑着过来了。于渃涵摘下墨镜，双手抄着口袋，微微扬着下巴，用眼角的余光看着明弦。

粉丝们也认出眼前这位"神仙"了。

原来刚才被她们推来搡去的是明弦的老板于渃涵？

就是那个……传说中跟她们哥哥关系不清不楚的于渃涵？

没人再关注刚才的粉丝争执了，大家开始议论纷纷，看于渃涵非常不顺眼。

于渃涵心想，不顺眼有什么用，你想给哥哥当女朋友，但我是你哥哥的"亲妈"。

"于总，你来接我？"明弦明显什么都不知道，还以为于渃涵给他玩什么意外惊喜，全然不顾身后粉丝们要吃人的眼神。

---

① 同担，网络词语，指喜欢同一个偶像人物的粉丝。

“嗯……”于渃涵的眼睛转了一下，她摸了摸明弦的头，开始组织语言，“累了吗？跟粉丝打个招呼，有什么话车上再说吧。”

“嗯。”明弦非常“营业”地跟身后的粉丝挥手告别，还让大家不要挤。

于渃涵向明弦的经纪人使了个眼色，几个人在一众安保人员的簇拥下去了停车场。而本该是接机对象的王寅在给于渃涵打了第八个电话之后，才被告知去停车场找人。

王寅有点郁闷，他取完行李之后就跟其他工作人员分手了，现在只能自己拖着行李去找于渃涵。

于渃涵摇下车窗，远远就看到那个走路带风的男人过来。两人虽是同学，但她比王寅小两岁。这个年纪的成功男人于渃涵是见过不少的，其中不乏娱乐圈里那些富有魅力的影帝们，可在她看来，无论是外表还是性格，那些人都远不及王寅。

虽然于渃涵平时总是骂王寅不着调，想起一出是一出。可王寅也是少数她愿意去仰视的男人。

因为王寅足够有魄力，能屈能伸，也足够狠。

当然这些仅限于王寅认真的时候。他大多数时候是不认真的，是个十足的“流氓混蛋”。

于渃涵用拇指指了指后备厢，示意让他自己放行李。明弦从车上跑了下来，非常礼貌地对王寅说：“王总，你也是今天回来啊？哎，我帮你……”

王寅环顾四周，问：“这周围有多少记者啊？”

于渃涵说：“没有一个连也有一个加强排了，今天有人搭戏台，就可劲儿唱吧。”

王寅疑惑：“什么情况？难道全天下的人都知道我今天回来？我的站姐来没来？”

“你给我闭嘴。”于渃涵翻了个白眼，“你看我像不像你站姐？”

王寅说：“太高的不要，站我旁边无法凸显我的气质和魅力。”

于渃涵说：“少在这废话了，赶紧上车！”

就开车到公司这么一小会儿的工夫，明弦粉丝接机引发的争执事件已经上了热搜。大众很反感这种粉丝的降智行为，他们的过错往往也会被追责到正主头上，再给正主记上一笔不大不小的账，以后开启嘲讽模式也有理有据。

说起来就是“某某家粉丝就这素质”。

于渃涵和明弦的经纪人在车上就已经商量好了对策，既然有人上赶着送热度，那不要白不要。他们立刻扒出动手的那个女孩是职业代拍，根本不是什么明弦的粉丝，真粉丝都很有礼貌，才不会做这种事情，明弦离开的时候还跟粉丝很友好地说再见，可见当时现场的情况并不是发出来的几个视频几张截图里的样子。

紧接着，各路人马抛出于渃涵今日在机场现身的照片，其中几张是她和明弦的亲昵互动。漂亮大姐姐配帅气小狼狗的故事永远不缺观众，风头立刻就扭转成了言情小说才会有的情节。继而再添油加醋地暗示就是有对家来搅浑水，借着于渃涵和明弦子虚乌有的八卦来分裂粉丝群体，降低明弦的路人好感度。

整件事情最后以明弦经纪人的一张朋友圈的截图告终。

截图里是一张于渃涵、王寅以及明弦在一起吃饭的照片，配的文字是：收工，吃饭。

截图一方面说明于渃涵今天不光接了明弦，还接了王寅，人家就是老板员工相亲相爱；一方面还澄清了于渃涵和明弦并没有什么亲密关系。

关键是还有很多地下车库的照片证实，当时王寅也在于渃涵车上。人家“皇亲国戚”内部的事儿，轮得到外人说三道四？

事情来得快去得也快，热搜战场很快烟消云散，炮火集中去攻击代拍装粉丝的事了。明弦平白捡了好几个彩虹屁热搜，甚至还收到了几个姐弟恋电视剧的剧本。

明弦次日还有工作，吃完饭就得回去休息了，他临走前从包里掏出来一个冰箱贴，说是送给于渃涵的纪念品。于渃涵在跟王寅讲话，收了之后随口说了句“乖”，注意力也没在明弦身上。

明弦只得默默地跟着经纪人离开了。

王寅听于渃涵把今天在机场的事情复述一遍后，评价说：“这种时候于总竟然第一时间想着的还是工作，而不是跟粉丝置气打脸，在下真是佩服佩服。”

“你以为我像你这么闲？”于渃涵说，“反正有人想要搞我，我就给他搞得乱七八糟，大家谁都别想好过。”她今日这番行为，若不是平时操作得非常娴熟了，换别人八成得翻车，不仅戏演不好，反而会越描越黑。

“我就是喜欢你胡搞。”王寅笑道，“只要于总开心，想怎么兴风作浪就怎么兴风作浪，反正到最后有我王某人给你兜底，什么都不用怕。”

于渃涵眼斜着看向王寅：“无事献殷勤非奸即盗，你又算计什么呢？”

“有件事情确实想跟于总聊聊。”

“那好，我也有事要跟你说。”于渃涵说，“走，找个地儿边喝边聊。”

# 第二章 INT

王寅和于渃涵驱车前往一家二人经常光顾的小酒馆，店面不大，装修风格有些日式，客人不多，很是安静。如果夜深去，很像日剧里常有的画面，王寅喜欢这种闲散的氛围。

于渃涵坐在吧台前，跟老板要了两杯嗨棒酒，问王寅："是你先说还是我先说？"

王寅说："女士优先。"

于渃涵说："我跟你说过谭章吧？这个人我查了一下，他在天源投资有着很大的话语权，我本来是想找关系认识认识他的，可没想到相亲相到了，你说，这个事情我该怎么办呢？"

她说话含笑，仿佛要给王寅出一个难题。王寅点点头，说："关键还是人家帅吧，如果是个啤酒肚地中海的大款，你就不会问我这个问题了。"

于渃涵揶揄道："哪儿有王总帅呀！"

"那是。"对于这样明显带有嘲讽性质的奉承，王寅也能应下，"我觉得你不用考虑那么多，如果觉得合适，先相处相处也不错，不要总是带着目的性。毕竟你也这么大岁数了，钱没了可以再赚，合适的人没了，那可就太遗憾了。毕竟易求无价宝，难得大帅哥。"

于渃涵说："我怎么记得是'难得有情郎'啊？"

王寅莞尔："有没有情，对于总来说重要吗？"

于渃涵心想，确实不重要。

"你的事情待会儿再说，先看看这个。"王寅用手机给于渃涵播放了一段视频，视频里的背景是一间普通的会议室，王寅坐在桌前，他身旁坐着一个虚拟的形象，看起来像是电影里才会出现的情景。

光影交织的形象无法实际触碰到，但两个人确实同处在一个空间里，还能有一系列互动。

它像个影子。

"这个人……我怎么看着那么眼熟啊？"于渃涵问，"这是小飞吗？"

"嗯，这是在程序调试之后做的第一个虚拟角色，用的是小飞的身体数据。"王寅炫耀说，"怎么样？是不是没有任何瑕疵，比真人还帅？"

于渃涵心想，你这个老变态。

“现在技术已经完全可以做到在自然环境下进行人机互动，在 INT 的实验室网络环境里运行得非常流畅，外设体积也已经压缩到家用机大小。”

虚拟偶像不是一个新兴产业，但是虚拟偶像如果要真实地呈现在现实世界中，需要依托庞大的显示设备，这就限制了虚拟偶像的发展，导致它们只能存在于舞台中、屏幕里。

王寅早就对此很感兴趣，恰巧又认识一个技术天才，两个人筹谋这件事筹谋了很久。高新技术产业是个烧钱的无底洞，中间经历过无数次的失败和挫折，王寅为了这个项目差点把自己的家底都赔光，还好他最后几番周转拿到了融资，项目也有了卓越的成果，一直以来心心念念的事情终于要变成现实了。

“人是最无法控制的生物，只要这个人有思想有意识，他就一定会给你搞出是非来。曾经的小飞，现在的明弦，不都是活生生的例子吗？偶像应该是完美无瑕的，真人永远做不到这一点。”王寅说，“如果技术上能够达到让虚拟角色在任意场景中与人互动的水平，我相信没有人会不爱它。”

于渃涵仔细盯着视频看了一会儿，说：“真的不是后期合成的吗？”

“当然不是，是终端成像直接作用在现实环境，除了无法接触，可以说是完全真实存在的。”王寅说，“我知道这听着有点假。等花枕流回国之后让他给你实装一个试试。你喜欢什么类型口味的，数据都可以调整。”

于渃涵说：“我怎么感觉你做了个情趣用品出来。”

“你要是想这么做也没人拦着你啊。”王寅说，“技术还在测试中，明年将会随着我们的电影一起上线。”

于渃涵想到了那部将由陆鹤飞主演的科幻电影，情节里就有一个跟他几乎一模一样的虚拟人。她代入粉丝的身份想象了一番，既然无法拥有真人，那么能拥有一个一模一样的虚拟形象好像也非常有吸引力。

“你不会就是想跟我炫耀一下你的变态作品吧？”于渃涵问。

“当然不是。”王寅正色说，“虽然之前你明确表示过不想参与这个项目，但是我思来想去，可能还是由你来主导更合适一点。”

于渃涵无语，该来的总会来。

王寅当然知道于渃涵在想什么，继续循循善诱：“择栖和 INT 的股权结构太过复杂，当年的事都是烂账，有些时候我在中间不好施展，需要另一个人来主导整个项目。这个人需要有胆识有魄力，需要对市场非常了解，并且有精准的把握，当然了，如果又高挑又漂亮就更好了……”

“你打住。”于潴涵说，“前面几句听着还是那么回事儿，怎么后面听着那么恶心？”

“这不重要，你领会一下精神就行了。”王寅拍拍于潴涵的肩膀，非常深情地说，“哥哥只有你了！”

于潴涵拍掉了王寅的手：“给爷爬。”

“于总考虑考虑嘛。”王寅立刻又换上一副谄媚的嘴脸。

于潴涵只是跟王寅打个嘴架，她明白王寅想要做什么。在一个娱乐公司里做到顶级，面对的也无非就是那些人那些事儿，于潴涵对微博上的那点八卦也已经厌烦了。现在有一个机会能让她去拓展全新的领域，做一件从未有人做过的事情。

她向往挑战，但是心中也有担忧。虚拟偶像说是娱乐圈真人偶像那套换汤不换药的模式，但是在背后支撑的是技术创新和日新月异的互联网生态。

如果于潴涵还是二十岁出头的年纪，当然可以像一个愣头青一样去闯。可她现在已经三十五了，原本的事业已经做出了一番成就，她真的有足够大的勇气放弃拥有的一切去挑战这个未知领域吗？

如果成功，她必然走向一个新的巅峰，可如果失败了……

“潴潴，你知道吗？”王寅说，“我小的时候在乡下长大，是个什么都不懂的土包子。第一次来城里的时候，觉得一切都很新奇。等到后来有能力出国读书，更是知道了什么叫花花世界。回头看看小时候，再跟现在做对比，一切都好像做梦一样。世界发展得太快了，前天网上还在科普 5G 是什么，昨天电视上就在说 5G 牌照，今天我家门口那条路已经开始铺新的网络线了，速度像火箭一样，很可能几天之后就会出现 6G、7G、8G。曾经十年才等得来一个商业风口，后来可能三到五年，到了现在，风口就像一阵风，随时都会出现，随时也会消失。每一种新技术的出现都意味着开启一种全新的生活方式，时代掌握在我们每个人的手中，浪潮之下，谁甘愿碌碌无为？”

于潴涵出神地望着王寅，想着王寅的话，心中有一个声音盘旋：她不愿意。

她不愿意等风来，被巨浪吞没。

“老王，你真的很适合去干传销。”良久，于潴涵轻笑。她之前还嘲笑别人没有冒险精神，原来她自己也会沉迷眼前的成就。她想去试试的，就算此前从来没有相关经验，她都可以重新开始学习，她才三十五岁，哪怕是六十岁七十岁了，重新开始永远不算晚。

可她还是故意问王寅：“如果，最后我们玩脱了，什么都不剩了呢？要怎么办？”

“又不是第一次输得什么都不剩，怕什么？”王寅从容道，“天生我材必有用，千金散尽还复来，这些都是身外之物，就算到最后一无所有也别担心。再不济，我就砸锅卖铁养你吧。”

于渃涵嘴上骂王寅是“没正形的老东西”，心里却踏实了很多。

现在摆在眼前的还有一个问题，如果她抽身去帮王寅，那么择栖的业务该由谁来负责呢？于渃涵把自己心中的担忧向王寅阐明，王寅略微沉思之后，说：“择栖这边的业务还是挂在你的名下，但需要一个替你执行的人。你觉得公司内部有什么好的人选吗？我觉得倒是有一个……”

“小高？”于渃涵脱口问道。

王寅风凉地说：“哎呀，于总果然是肥水不流外人田哪。”

“那你说说你想到的是谁？”

“我想到的也是小高哇。”

“……你给我滚。”

“别这样嘛。”王寅把酒续上，“小高大学毕业就来了公司，跟在你身边这么多年都没往上升过，跟他同期的做到部门主管或者总监都大有人在，他还在你身边打酱油，没辞职我都觉得神奇。”

于渃涵说：“可是你不觉得一下子让他担此重任，风险有点太大了吗？他毕竟……”

“于总调教调教不就行了吗？再说了，他除了没有行政上的级别，做的事情哪样担不起个副总的位置？”王寅说，“公司的所有业务他都了解，对那些乱七八糟的事儿也驾轻就熟，对你又很忠心。虽然提他上来别人会不服，但是换成其他人就服了？最关键的是，他可是天子门生，是要手持尚方宝剑当顾命大臣的，见他如见天子，这不就得了？”

于渃涵说：“你是不是最近古装戏看多了？”

“是在帮小飞看一个古装项目，但这不重要。”王寅说，“就这么决定了吧！于总也应该放放手，别老把人捆在自己身边，成天到晚给你端茶送水的，以后能有什么出息？”

“……得了，怎么着都是你有理。”

两人喝酒聊天到深夜，于渃涵微醺，攥着车钥匙要回家，王寅叫她不要酒驾，她说自己清醒得很。王寅叹气，死活没让于渃涵走。他自己一会儿有人来接，便对于渃涵说：“我叫人给你送回去。”

于渃涵说：“你给小高打个电话，叫他来。”

王寅调笑："他是你的员工，不是你的家奴，大半夜的人都睡觉了还跑来送你回家？别折腾人了，我给你叫个代驾。"

"他才不会呢，你信不信我给他发个信息，他准回我？"于渃涵仿佛是为了跟王寅证明什么似的，手指在屏幕上一顿乱戳。王寅问："你发的什么？"

"我说我喝多了。"

王寅看了一眼时间，都凌晨两点了，鬼才看得到消息。

没想到过了一会儿，于渃涵笑着把屏幕朝向王寅，上面是高司玮的名字。

"在哪儿？我去接您。"

王寅有时真的很想知道，于渃涵是不是给高司玮下过什么药，他可没见过对工作乃至老板私生活都这么尽心尽力的员工。

他还依稀记得当初于渃涵招助理时的情形，最终有三个人通过了层层筛选，等着于渃涵一锤定音。两男一女，都是名校毕业，对于初出茅庐的学生而言他们的各方面能力已经算是顶尖。这个岗位说是助理，但有点管培生[①]的意思，于渃涵左思右想之后决定录用高司玮。王寅笑称于渃涵是"色令智昏"，因为高司玮样貌出众，站在她身边也不显得个子矮，最关键的是，他好像对什么事情都很冷淡，话不多，很符合言情小说中那种禁欲酷哥男助理的设定。

他只需要沉默地站在于渃涵身边，把一切琐事都处理妥当就好了。

玩笑归玩笑，于渃涵录用高司玮的原因却并不是外在的条件，而是她觉得高司玮表现出了超越那个年纪的秩序感。她认为身处混乱的娱乐行业，"规则"是尤为重要的东西。很多人容易在纸醉金迷中迷失自我，但她认为高司玮这样的人不会，她相信自己的眼光，高司玮日后必有一番作为。

事实证明任何预测都不可能百分之百准确，特别是"眼光"。

于渃涵猜对了一半，高司玮这几年确实兢兢业业，无论身处怎样混乱的圈子也始终洁身自好。前几年他还负责给王寅安排各种莺莺燕燕，那会儿无论是新人还是当红明星，只要想攀附上王寅，见到高司玮都知道要笑脸相迎。可高司玮只把这件事当成工作，从来没有从中博取过别的好处。

他从不挑剔工作，无论是替王寅安排人，还是替于渃涵出差去见客户盯项目，对他而言都没什么区别，像吃饭喝水一样平常。

① 管培生是管理培训生，是一些企业以培养公司未来领导者为主要目标的人才项目。

他确实没有迷失，但好像也没有什么太大的作为。同期进入公司的人都已经升了好几级，只有他还在当个助理——不过工资倒是涨了很多。

高司玮没跟于渃涵提过任何要求，于渃涵起初让他去轮岗，他也老老实实去轮了，在各个部门的工作都做得很好，得到不少部门领导的认可，并且都很希望他能留在自己部门发展。

最后高司玮还是回到了于渃涵身边。

久而久之，于渃涵也习惯了高司玮给自己做副手，当初想着给他谋个好前程，后来就有点担心如果高司玮离开了，还能有谁可以使唤得这么顺手。她想，只要钱给得足够多，职位级别都是虚名。

所以拖拖拉拉成了现在这样的局面，一是高司玮自己不上心不争取，二是因为于渃涵存了私心。

等高司玮风尘仆仆赶到酒馆，于渃涵都有点困了，用手支着脑袋打瞌睡。王寅先看到了高司玮，招呼他："这边儿。"

"王总。"高司玮向王寅点了点头，目光放在于渃涵身上，观察她喝到了什么程度。

"没喝多。"王寅说，"赶紧送她回去吧，明儿还上班呢。"

"好。"

于渃涵拄着高司玮的胳膊站起来，打了个哈欠，朝王寅摆手："老王再见。"

"晚安。"王寅说，"么么哒。"

高司玮开车送于渃涵回家，于渃涵过分的安静，原来是睡着了，到地下车库时也没醒。高司玮等了一小会儿，才轻轻推了推于渃涵，小声说："于总，到家了。"

"嗯……"于渃涵眼睛动了一下，虽然回应了高司玮，可头一歪又睡着了。

高司玮无奈，又待了一会儿，才叹了口气，下车绕到副驾驶的位置将睡着的于渃涵抱了出来。

于渃涵外形看上去很瘦，但身高摆在那里，前段时间又沉迷健身，分量是实打实的，现在又睡着了，高司玮费了好大劲才小心翼翼地将她抱上了楼。

于渃涵独居，她喜欢有朝南的大客厅和大浴室，房子的位置要在最好的地段中最安静的区域，楼层要高。只要满足了这些条件，其他的因素都不在她的考虑范围内。除了朋友，她几乎不带其他人来自己家，左右算算，出入她家最多的除了家政阿姨就是高司玮。

高司玮把于诺涵放在了床上，说："好好睡觉，我走了。"他不愿多打扰于诺涵，因为他知道于诺涵工作时看似谈笑风生，轻松容易，实际上要操心的事情很多。于诺涵是典型的"外松内紧"，有时看上去神采奕奕，但已经疲惫到濒临阈值。她工作忙，休息时间很少，所以当她真的要闭眼睡觉时，如非必要，高司玮是不会刻意叫醒她的。

于诺涵哼唧一声，翻了个身，忽然说："小高，想换工作吗？"她的声音很模糊，不知道是梦呓还是真的有意识地在跟高司玮说话。

高司玮仔细分辨也不知道是什么情况，问："怎么了？"

于诺涵闭着眼睛，不再答话了。高司玮心中疑惑于诺涵为什么在毫无意识的情况下说出来这话，是他做得还不够好吗？还是于诺涵想试探什么？

他看了于诺涵一阵，没有答案，可总归眼底有些波澜。

高司玮起身准备离开，手刚碰到门把手，就听卧室传来一阵声响，于诺涵仿佛一下子清醒了似的冲了出来，嘴里嘟囔："我没卸妆……啊？小高？你还在呀？"

"我这就走。"高司玮说。

"这都几点了，要不你在客房睡？"

"不了。"

"那你开我车走吧，明天上午别来上班了。"

"不用。"

高司玮丢下两个字就离开了，于诺涵站在原地不知道说什么好。谁都觉得高司玮敬重她，可谁又知道私底下高司玮也不是万事都听她的呢？

于诺涵开始感叹年轻人都有自己的主意，有些傲娇的小脾气，有时她也猜不到是什么意思。

王寅回来之后着实忙了好几天，他本来想注册一个新公司去运作虚拟偶像业务，但和于诺涵合计了半天又觉得不太划算。主要是"虚拟偶像"四个字听上去轻飘飘，背后涉及的权益划分却很复杂。

最开始，王寅名下有一家做实业的家族企业，但他不喜欢搞实业，只喜欢吃喝玩乐，就通过一些投机取巧的手段创办了择栖娱乐。他精于此道，在娱乐圈里混得风生水起，称他是坐拥半壁江山的人也不为过。

本来躺在金砖上安稳睡觉就可以了，可王寅不甘心，他与那个传说中的天才花枕流倒腾起了虚拟角色。开展宏图伟业需要招兵买马，花枕流的工作室就是 INT 的前身。

资本市场瞬息万变，一切都在刀尖上进行着，结果王寅遭人陷害，不仅原本拥有的实业公司易主，择栖也陷入了行将垮台的境地。王寅不得不变卖这个项目百分之五十的股权，用以挽救摇摇欲坠的择栖。

留得青山在，不怕没柴烧。

但这还不算完，那一半的股份里原先的百分之二十被 IEN 资本收购，另外百分之三十被一家知名游戏公司收购。王寅手上剩下百分之四十，INT 只拥有百分之十。

看上去王寅还拥有绝对的话语权，但问题就出在 IEN 和那家游戏公司实际上也是错综复杂的投资关系。这还只是粗略算下来的几个主要的关系网，剩下那些零零碎碎的投资关系，王寅都懒得算。

“现在看上去风平浪静和气生财，大家把钱一分就没什么大事儿了，可我就是担心吧……”王寅在于渃涵的办公室里聊天，两个人都站在靠墙的小角落里，夹着烟的手伸到窗外。王寅探头看向窗外，仿佛做贼似的，忧心忡忡地说：“IEN 的裴总和信游的许总两个人的关系时好时坏，我很难拿准他们俩到底想干吗，万一两人一合计把手里的牌凑一块儿，这事儿怎么想都有点瘆得慌。”

“又不是小孩儿过家家，哪儿有说并就并的。”于渃涵说，“当初为了活命卖儿卖女，现在可不就得出什么事儿都受着吗？王总啊，想开点吧，等项目上线了，需要头疼的事儿更多。”

开发阶段大家相安无事，明年真上线了，各家要动用手上的资源把整个链条运作起来，届时虽说大家是一根绳子上的蚂蚱，为了利益也免不了一番明争暗斗。

所以王寅把于渃涵推到了台前。

于渃涵跟什么姓裴的姓许的都不熟，有些事情做起来也方便。再者，一个女人在几个男人之间周旋，总比王寅自己去蹚浑水要方便得多。

王寅看着窗外的夕阳，一声叹息。

“我想把明弦那个戏给小高带。”于渃涵说，“我考虑了很久，觉得还是先从项目上介入比较好，而且刘启那个老油条都敢跟我耍心思，就让小高去会会吧。”

王寅说：“啊？就小高那个脾气不得把刘启给弄疯了？于总，杀人诛心啊！”

于渃涵说：“关我什么事。”

王寅话锋一转：“最近你跟谭章怎么样？有下文了吗？”

于渃涵却说：“我听小高说你之前在戒烟哪？”

王寅笑道:“下次一定。”

高司玮敲门进来，王寅和于渃涵两人像是上课走神被老师抓到的学生一样，纷纷离开窗子，装作无事发生。

“这是明天开会要用的，放桌子上了。”高司玮就跟没看见似的，问于渃涵，“晚饭吃什么？”

“啊？这么早就要想晚饭吗？”于渃涵说，“我晚上约了人，不用管我。”

王寅忽然八卦地问:“谁啊？谭章啊？”

于渃涵笑而不语。

忽然听到“谭章”这两个字，高司玮下意识地瞥了一眼于渃涵，他这段时间都没有听于渃涵提起过这个人。自从王寅回来之后，他以为于渃涵的麻烦自有王寅替她解决，等他都快忘记谭章的时候，于渃涵却已经和人家约起了饭局。

“公事儿私事儿啊？”王寅继续八卦地问。

“怎么哪儿都有你？”于渃涵说，“烦不烦？”

“噢——”王寅拉长了尾音，显得语调更轻浮了，“那就是私事儿。”

于渃涵作势要动手打王寅，王寅赶紧溜到了一边儿：“不要当着小高的面儿耍横啊！给我留点面子。”

“小高，给我打他！”

高司玮却没有动，而是说：“既然晚上有事，那就先把文件看完，今天要确定好的。我还有别的事情，我先走了。”

王寅和于渃涵愣在原地看着高司玮离去的背影，王寅揶揄说：“于总，你刚刚是不是被嘲讽了？”

“这……”于渃涵感觉是的。她忽然又想到什么，叫住了高司玮，说：“哎，你先别走呢，有事儿跟你说，正好王总也在。”

高司玮转过身来，稍稍歪了一下头，好像在问“什么事”。

“明弦那个戏的宣传项目不是一直没有什么进展嘛，我和老王觉得总是这样磨磨蹭蹭也不是个事儿，打算叫你去盯一下。”于渃涵说，“这块业务你之前也是接触过的，应该挺熟悉的吧。”

高司玮问:“为什么突然叫我做这个？”

“哪儿那么多为什么？”王寅说，“小高，让你做你就做，好事儿。”

“明天我会带着你跟项目组开个会，说一下这个事。”于渃涵说，“后面还有一些其他的业务调整可能需要你去处理，不过那些到时候再说吧。”

“那我现在的工作呢？”高司玮又问。

王寅插嘴问：“你现在都在做什么？”

高司玮哽住，他仔细想了想，似乎也没有什么值得说道的内容。

“都是一些小事儿。”于诺涵说，“回头你要是觉得忙不过来了，可以再招人。给你也招个小助理，怎么样？”

“不用了。”高司玮很淡漠地回答。

有些时候，于诺涵的想法不会跟高司玮讲得特别明白。他跟在于诺涵身边几年了，大多数情况下是能准确意会的，但涉及于诺涵对他自己的一些安排，却往往看得不是那么明白。

说到底，还是关心则乱。

他对于诺涵始终有些若隐若现的情感，起初是对于一位工作上的前辈和上司的尊敬，慢慢地，这种尊敬开始让他甘愿为了于诺涵去做一些本不应该由他去做的事情。直到现在，他觉得自己陷入了一种挣扎的境地。

他想努力维持这种平衡，可目前看起来，于诺涵不想了。

于诺涵轻飘飘地就说出了要给他做工作调动的安排，其实这事以前也不是没有过，但这次他倍感危机。

高司玮走出于诺涵的办公室，第一次觉得很茫然。

“你不觉得小高有点奇怪吗？”王寅对于诺涵说，“或者你该把话说明白点儿？明明是高升，怎么一副哭丧脸？”

“就他那副面无表情的德行，你还能看出来哭丧？”于诺涵说，“哎，乱七八糟的事儿太多，明天再说。”

“嗯，那聊聊你和谭章？”王寅又开始八卦了，“于总可以啊，不声不响地就把事儿办了，都没听你提起过，到什么阶段了？”

于诺涵说：“哪儿有什么阶段，就是聊聊天吃吃饭，连约会都谈不上。”

王寅问：“那你觉得他人怎么样？”

“还行，比大部分人都强点。”于诺涵说，“理性来说，是个很好的交往对象。”

“那感性上呢？”

于诺涵笑了笑。

“哎呀，有好感就直接说嘛，又不是什么大不了的事儿。”王寅调侃于诺涵，“你以前不这样的，看上哪个都是直接稳准狠地下手，怎么这次就扭扭捏捏的？噢——我知道了！”他忽然抬高了音量，“这次这个尤其合适，是吗？”

“我也不知道该怎么说。”于诺涵说，“我承认我跟他接触，就算是抱着交往性质的接触，其实归根结底也是看上了他的背景和资源。但是相处了一段时间之后，我觉得跟他在一起的状态很舒服，他很能理解别人。老王你知道吗，这个年纪这个身份的人，你让他设身处地放低姿态地去了解别人，并且理解别人是很难的。因而我能够在他面前放下很多戒备。”

有太多人想在于诺涵面前表现得强势，想要让她另眼相看。但谭章往往表现出来一种稀疏平常到近乎普通的气息，这让于诺涵感到很亲近。特别是想到谭章实际上的身份，更令于诺涵从这样的反差中得到了些微的惊喜。

谭章是在用自己的低调和普通，向于诺涵展示着自己的强大。

于诺涵很吃这一套，一方面，她十分慕强；另一方面，她也会在午夜梦回时感到寂寞。那种寂寞并不是基于性别，而是年龄。

年龄的增长除了带给她丰厚的财富和人生阅历，同样也带来了空虚与惶恐。她已经没有二十岁时那样的精力和能量了，渐渐变得倦怠社交，懒得花时间从头去认识和了解一个人，只想随便找个玩伴打发时间。

她一直在拼，有时真的会累，累了就会想落脚休息，会想找个人说几句无关痛痒的闲话，或者纯粹地对坐饮茶听雨，这样都很好。

而谭章，似乎是那个合适的人。

于诺涵忙完了工作准备出门，路过高司玮的工位时，看到宋新月半蹲在高司玮的桌子前，抬头望着高司玮，好像在问他什么问题。

高司玮今年二十七岁，比于诺涵小了八岁。于诺涵有时候拿他当家里的孩子看待，记忆里高司玮总是大学毕业刚进公司时的青涩模样。

原来只是她的视角不同，高司玮跟比他小的女孩儿在一起时，竟然也有一种成熟的味道。

他严肃地为宋新月讲事情，宋新月抬着头看他，眼里满是羞涩和崇拜。

于诺涵觉得自己好像无意间捕捉到了一个秘密，本来可以八卦一番，可同时她又觉得有些怅然若失。

原来小高长大了啊，那么她是不是真的已经“老”了？

于渃涵驱车赶往和谭章吃饭的地方，谭章早早就坐在位子上等候了。他见于渃涵走过来，起身为她拉开了椅子。

“来这么早？”于渃涵说，“今天路上不堵车，我还以为自己会早到。”

“下午出去开了个会，不想回公司，就直接过来了。”谭章把菜单递给了于渃涵，“你是从公司过来的吗？”

“嗯。”

“最近忙吗？”

“还好。”于渃涵低头看菜单，“王寅回来之后事情轻松了不少，最近要有些新动作。”她故意抛出去一个鱼钩，看谭章咬不咬。

“是那个……”谭章顿了一下，“我该怎么形容呢？就是有点像是 AR[①] 的那个技术，叫什么来着？是那个东西吗？”

“好像还没有正式命名。”于渃涵说，“王寅管它叫虚拟偶像，这名字听上去跟现在小孩们儿手机里的纸片人也没什么区别，完全体现不出技术含量。”

谭章说：“我之前看过 INT 的发布会，很厉害，有点难以想象现在的科技可以做成这个样子，以前只能在电影中看到。我也没怎么接触过这个领域，觉得挺有意思的。听说你们是要做电影来着？有没有其他后续的发展计划？”

于渃涵说：“有是有，怎么，想掺一脚？”

“方便吗？”谭章说，“虽然我觉得，以我们现在的关系聊这些事情有点唐突，但是好项目很难得……”

“我当然明白。”于渃涵笑道，“这种事情没必要矫情，有时间去我公司聊，吃饭的时候说就有点牙碜了。”

“说的也是。”谭章说，“我们先吃饭。”

中途，谭章接了个电话，不知道对方是谁，谭章这边一直客客气气的，挂了之后，有些不好意思地对于渃涵说：“是我儿子的班主任，打电话说他晚自习跟同学打架……”他看了一眼时间，继续说，“她叫我现在去学校，很抱歉，我可能得走了。”

“打架？”于渃涵知道谭章有一个上初中的儿子，十四五岁的男孩儿们之间打架再

---

① AR（Augmented Reality），是一种实时地计算摄影机摄影的位置角度并加上相应图像的技术，目标是在屏幕上把虚拟世界套在现实世界并进行互动。

正常不过。她看谭章对儿子是很关心的，要不然也不会放弃跟她吃饭而跑去学校。但是跟谭章认识的这段时间以来，她其实从没听谭章聊起过儿子。

“很严重吗？”于渃涵追问。

“不清楚，得去了才知道。”

于渃涵说：“那我陪你去吧。”

“这……”

“这有什么不好意思的吗？”于渃涵说，“如果你想跟我交往，你儿子早晚得跟我见面吧？不过你觉得现在不方便的话，那我就不去了。”

“怎么会？”谭章说，“你不嫌弃就好。”

两个人进学校时，学校里静悄悄的，教室里都亮着灯，学生们在上晚自习。

谭章和于渃涵到了班主任的办公室，一个少年正背靠墙站着。他垂着头，但是因为个子高，显得有点吊儿郎当的，脸上带着不屑的神情，一看就是个叛逆少年。

“老师，不好意思。”面对儿子的老师，谭章的态度相当谦逊，“谭兆他又跟谁打架了？同学有没有受伤？需不需要……”

“只是互相推搡了几下，没有造成什么实质性的伤害。”班主任说，“但是谭兆已经不是第一次了。去年在学校门口跟外校的学生打架进了医院都不思悔改，屡屡跟其他同学发生争执，这以后可怎么办？”

“谁让他们嘴贱。”谭兆小声嘟囔了一句。

“你给我闭嘴。”谭章严厉地斥责谭兆，转头对班主任说，“是我不好，平时工作太忙，没有太多时间照顾他，是我这个当父亲的失职。”

于渃涵站在靠近门口的地方看着这一出家庭剧，觉得还挺有趣。谭兆就读的学校是重点中学，如果谭兆的学习成绩很好，那考进来也算合情合理。但她从接下来班主任和谭章针对谭兆学习成绩的讨论中得知，谭兆的成绩简直是一塌糊涂，这说明谭章为了让儿子进这里花了不少的功夫。

可是有钱如谭章，何必如此低三下四地让谭兆在这种公立学校受委屈呢？他完全可以把谭兆送进任何一所私立学校，各种优秀的老师能天天围着他家儿子转。将来直接送谭兆出国读大学，不比让孩子参加高考垂死挣扎要舒坦点儿吗？

于渃涵又打量了一番谭兆，能从少年的轮廓上看出来跟谭章的血缘关系，眉眼跟谭章不同，可能更像他妈妈一些。她听着班主任从谭兆扶不上墙的学习成绩又聊到了他早恋的事儿，什么今天跟这个小姑娘好，明天跟那个小姑娘好，还有女同学为了他争风吃醋，去年打架的事儿似乎就缘于感情问题，今天跟同学起口舌之争的动机似乎也有些早恋嫌疑。

不知道于渃涵忍得多么费力才没笑出来。哪个小女生不喜欢像谭兆这样桀骜不驯的小帅哥呢？都是青春期的热血少年少女，如果成天到晚只知道学习，人生未免也太无聊了吧。

班主任的车轱辘话随后又转回了谭兆跟同学起争执的事儿上，说到底的意思就是，锅都是谭兆一个人的。

谭章从头到尾都没追问原因，也没跟谭兆证实。班主任说什么，他就当作什么。而谭兆一直歪着头看窗外，很明显他也懒得听老师和家长的对话。

几个当事人各有各的心事，于渃涵越听越满头问号。班主任屡屡都没讲到重点上，她终于忍不住问："老师，请问跟谭兆起争执的那个学生到底说了什么，惹到了谭兆哇？"

"你是？"班主任反问。

"这位是，我的……"谭章一时间也不太好当着孩子老师的面定义他和于渃涵的关系，一下子有点支支吾吾的。

"这不是重点吧？"于渃涵说，"哪怕我是个随便路过的路人，难道就不可以问清楚事情的真相吗？"

班主任说："不论对方说了什么，都是谭兆先动的手。如果不是老师赶过去得快，真的打起来就不是这点小事儿了。"

于渃涵看向谭兆，仰起头用下巴点了一下他，说："嘿，少年，人家跟你说什么了你就动手？多大气性？"

"你是哪儿冒出来的？"谭兆一脸凶相地对于渃涵说，"我爸的女朋友？"

他说话口无遮拦，把谭章弄得十分尴尬。班主任虽然早就有点察觉，但是被孩子这么明目张胆地说出来，同样替谭章感到尴尬，此时此刻只想当一个透明人。

于渃涵却不气，甚至脸色都没变，略带微笑地说："怎么？想认我当妈？叫声听听？"

占人便宜这件事，于渃涵还是很在行的。反正她自己不尴尬，那尴尬的就是别人。

谭兆被她一句话拱起了火，可是半大的孩子根本没有成年人那套老油条的思维，也没办法跟一个女人打架，只能握着拳头瞪着于渃涵，一副炸毛小狗的样子。

于渃涵就是喜欢欺负小孩儿，只是现在不是时候。她正色问谭兆："说说吧，怎么回事儿？”

谭兆“哼”了一声，不去看于渃涵。

“现在给你一个申辩的机会，为什么不说？”于渃涵说，“有没有理由哇？没有理由就随随便便欺负别人，你就这点本事？不会吧不会吧，就这？哦，那你真是活该。”

谭兆受不了于渃涵的讥讽，咬牙说：“……是他先骂的我。”

“骂你什么？”于渃涵又问。

谭兆这才不太情愿地把话讲明白。

原来是上晚自习的时候，谭兆在睡觉，醒了之后发现同桌的女生惴惴不安，就顺嘴问了一句原因。结果女同桌告诉他，隔壁班有个男生纠缠自己，她很害怕，不知道下了晚自习之后怎么办。

他听后就趁着下课去找那个男同学一番警告，没想到对方误以为他和那个女生有什么，反过来一通乱骂，谭兆火气一上来就要动手。

后面的事情老师和家长都知道了。

“反正就是这样。”谭兆很不耐烦地说，“你们爱信不信。”

于渃涵听后对班主任说：“老师，既然是这样的话，那错也不全在谭兆吧？他只是帮女同学伸张一下正义，这也不行？万一那个男生放了学之后趁着夜深人静真的对人家女孩儿做出来什么事情，恐怕就不是叫家长就能解决的了吧？”

班主任问谭兆：“你说的是真的吗？”

“爱信不信。”

班主任打算叫那个女同学过来对峙，谭兆立刻说：“有什么可对峙的？你要是不相信，叫多少人来都没用。我一人做事一人当，犯不着牵扯别人。”

于渃涵听了这话心里冷笑，小伙子你还挺讲义气。

她目光直视班主任，端看对方的反应。看见班主任要张嘴，她立刻抢在前头说：“这几年社会上对未成年教育的问题颇为关注，我觉得老师您肯定比我们都了解其中的利害关系。谭兆也是好心，只是可能因为年纪小用错了方法。身为家长和老师，确实应该教育孩子下次遇到这种问题时应该怎么正确地解决，怎么做既能保护别人，也不会伤害到自己。但是您要是不问清楚原因，全凭借他以前做过的错事就认定这次错也在他，从而放过了真正有问题的人，这就不太好了吧？”

班主任的脸色立刻就变了，但是谭兆把前因后果说了出来，她也不好发作。而且于渃涵居高临下地看着她，虽然面带微笑态度温和，可眼睛里透露出来的威胁的光芒却甚是瘆人。

“那你怎么不早说？”班主任把矛头又指向了谭兆，“你要是早点说，还至于这样？”

谭兆“切”了一声。

谭章说：“不准没礼貌！”

谭兆白了谭章一眼。

“要不然今天先这样吧，也挺晚的了，再这么细究下去也没什么意义。”于渃涵说，“老师，回头您了解一下情况，看这件事怎么处理比较好，毕竟真有个什么意外发生，社会舆论还是挺可怕的……”

她着重强调“可怕”两个字，班主任连连点头，表示一定要查明白，不能让学生身陷危险。

事情以谭章带谭兆回家告终，于渃涵跟着他们走出学校大门。她看着父子俩沉默不语的样子，再联想之前发生的一切，感觉他们的关系似乎并不怎么好。

不过这倒也符合家庭剧的常见剧情设置：父母离婚，处在叛逆期的孩子，以及工作繁忙不怎么顾家又十分望子成龙的父亲，本来就是同性相斥，能对盘才奇怪。

“哎，少年，可以呀。”于渃涵用有点浑不懔的语气打破了二人之间的安静，“年纪轻轻倒是知道路见不平拔刀相助，那个女同学长得漂亮吗？”

“长得不漂亮我就不能帮她了？”谭兆下意识地回嘴，但很快就反应过来自己应该讨厌于渃涵，便瞬间变脸，狡辩说，“关你什么事儿？”

“你怎么说话呢？平时我就教你这些了？”谭章不悦地说，“跟于阿姨道歉！”

“别这样别这样！”于渃涵赶紧阻拦，“阿姨就别了吧？叫姐姐。”

“对不起，于阿姨。”谭兆故意说了出来，并且把“阿姨”两个字强调得十分清晰。

“倒也不必……”于渃涵抚额。

今天纯粹就是一出闹剧，一向万事从容的谭章面对这样的家务事也有点手足无措。在他的设想中，他应该跟于渃涵再交往一段时间，然后正式地介绍她跟自己的儿子认识。虽然谭兆可能还是臭着一张脸，但至少情况不会像现在这么哭笑不得。

体面总还是要有点儿的。

“谭兆，你先上车，我跟于阿姨还有几句话要说。”谭章把车钥匙丢给了谭兆。

于渃涵心想，大哥你也别“阿姨阿姨”的了好不好？

直男真烦人。

“有什么话不能当着我的面说？”谭兆问，“嗯？”

他好像故意要跟谭章作对一样，只要谭章下不来台，他的目的就达到了。

于诺涵说："没事儿，你想说什么就说吧。他都十四五岁了，个头都快赶上你了，是大人了，有什么不能听？"

谭章微微叹气，整理了一下情绪，对于诺涵说："今天实在不好意思，让你见笑了。我和谭兆的母亲很早就离婚了，他一直跟我生活。我原来很忙，没什么时间照看他，现在他长大了，更是难以管教，我想补救也有点为时已晚。哎，养不教父之过……总之，今天谢谢你。"

谭兆听自己亲爹说这种话，很是不屑，甚至挖了挖耳朵。

"就这？多大点事儿？"于诺涵不甚在意地说，"我也没有想替谁解围，替谁伸张正义，就是看看热闹，把事情弄明白，满足一下吃瓜群众的好奇心。"她顿了顿，继续说，"不过我觉得呢，谭兆挺好的，不以貌取人，还能热心帮助同学，我没觉得有什么不对的。"

于诺涵说着说着就用手拍拍谭兆的肩膀，凑近他低声说："以后别这么莽了啊，哪有在教室门口就打架的，放学之后找个没人没摄像头的地方再动手不就得了？"她用眼神暗示谭兆，"明白了吗？"

谭兆没想到刚才还人模狗样的于诺涵会说这种话，大脑里空白了几秒之后，第一个反应就是：我爸是不是招惹了什么非法组织的大姐？

少年人的想象力总是很丰富多彩的，只可惜于诺涵既跟非法组织没什么关系，也不是那种喜欢当大姐的人。她的经历没那么传奇，不过糊弄糊弄谭兆这种小鬼还是绰绰有余的。

短短时间内，谭兆似乎对于诺涵有了全新的认识，但还是没有办法接受突然有一个女人出现在自己的生活中。他不信任对方，也不信任自己老爹，甚至觉得这种中年人的恋爱关系不过是一种幌子，为的是维持一种表面的、圆滑的处世规则。

谭兆看了看谭章，心里对自己爹是满满的不屑。

次日，于诺涵抵达公司之后立即召集项目组的人开会。

刘启等人迅速抵达会议室，见只有于诺涵和高司玮两个人，有点摸不清今天演的是什么戏。

不过，几分钟之后，所有人都目瞪口呆地看着高司玮。而高司玮还是那副平常模样，看不出任何心理活动。

“都愣着干吗？怎么了？”于潴涵说，“让小高带着你们来做这次的项目，是什么难以接受的事情吗？”

“这个……”刘启终于开口说话，“虽然我们对人员调度没有什么意见，但是小高……之前一直都是做行政方面的工作吧？他似乎没有宣传项目的相关经验，直接上手的话会不会有点突然？当然，我并没有质疑小高能力的意思。”

“你有经验，可也没看见你把项目做得有多好哇？”于潴涵笑眯眯地看着刘启，说话倒是直接，当着这么多人也没给他面子，“小高之前只是没有进过项目组，但是他在我身边经历了很多项目实战。工作嘛，谁有能力就让谁上，如果你们现在有个人站出来说这个项目自己可以独当一面，我也可以交付给这个人，无论是谁。干得好了，升职加薪不是问题，我巴不得压榨出你们全部的劳动力。但是，倚老卖老就不需要了吧，年纪大了就多上上网，看看现在年轻人都喜欢吃什么、玩什么，别老拿着经验说事儿。”

话虽如此，可这个时候谁敢站出来说“我可以”？于潴涵摆明了就是要杀刘启的士气，给高司玮涨威风，这个时候挺身而出不是往枪口上撞？

于潴涵看大家都垂着头，说道：“你们也清楚我的脾气，我向来是有一说一。做得好我自然表扬，做不好，我也可以用各种能想到的词来损你们。大家来公司是做事情的，不是来开茶话会互相吹捧的，也别跟我说什么自尊心遭受打击，数钱的时候怎么没见你们给自尊心买点保险？”

众人的头埋得更深了，有人稍微斜眼看看刘启，不知道是可怜他，还是幸灾乐祸。

“一会儿小高会单独跟大家开项目会，我还有别的事情要忙，就不参加了。”于潴涵起身说，“希望新同事的加入能够给大家带来更多的灵感，给出更好的方案，就这样吧。”

她经过高司玮时拍了拍他的肩膀，这个动作是做给所有人看的，为的是告诉他们高司玮的身份地位不一般，说话做事前自己先掂量掂量。

同样，高司玮也明白于潴涵的用意，她为自己说了这么多话，他断然不可能消极怠工把事情搞砸了。就算再怎么不愿意，为了于潴涵这份苦心他也得拼命经营。

高司玮深深怀疑，于潴涵今天这一出哪是唱给刘启听的，分明是唱给自己听的。她总是知道用什么法子能叫自己毫无拒绝的余地。

可是如果换作别的事情，高司玮会拒绝于潴涵吗？

好像也不会。

无论是工作上还是生活上，他几乎从未拒绝过于潴涵提出的任何要求，哪怕心里是不愿意的。

于诺涵交待好项目组那边的事情，又紧赶慢赶地去跟王寅对接。

王寅的办公室今日来了访客，两个人坐在沙发上不知在说什么。于诺涵推门进去的时候，那个人闻声转过头来。

他好像穿了一身睡衣就来了，样子松松垮垮。鼻梁上架着一副无边框眼镜，看似斯文，黑发里夹杂着几缕银色发丝，一边嘴角扬起的神情又有些浑不懔。只有走近看时才能发现，他没有在笑，只是嘴角有条细细小小的红色伤疤，让他看起来好像在笑似的。

风流极了。

“哎，枕流，你什么时候回来了？”于诺涵招呼了一声。花枕流没有起身，只是跟她挥了挥手，说道：“早上下的飞机，闲得没事儿直接过来了。”

“你从美国飞回来都不休息休息？”于诺涵看花枕流毫无疲惫的样子，不由感叹这种在某些领域做到顶尖的人类可能已经不能被称为人类了，一个个都跟科学怪人似的，不睡觉不吃饭还能研发出来变态黑科技。

“想到一些事情，所以先来跟老王聊一聊。”花枕流说，“免得过段时间忘了。”

于诺涵说：“年纪轻轻，小心猝死。”

“也许在我猝死之前，就有什么新的仿生或者克隆技术出现了呢？那我就可以长长久久地活着了。”

“嗯，我们生活的都不是一个世界。”于诺涵说，“你生活在科幻小说里，我们嘛。”她指了指自己和王寅，“我们这都是现实主义文学的悲歌。”

“别别别。”王寅和于诺涵划清界限，“我网络文学。”

花枕流“扑哧”一声笑了出来，于诺涵说：“你怎么不说你江边老头乐文学？”

王寅说：“犯不着，犯不着。”

于诺涵不想跟这两人耍贫嘴逗乐儿：“你们刚刚聊什么呢？让我也来听听。”

“一个是项目的命名，一个是公司方面的事情。”王寅回答。这个项目从执行开始，就一直以各种编号命名。王寅总说要想一个惊世骇俗的名字，可每每想到的字眼也就比张三李四王二麻子文雅一点，根本谈不上惊世骇俗。

这个项目被他用“虚拟偶像”四个字代称了很久，搞得很多人都以为它跟那些手机屏幕里的纸片人没什么区别，完全意会不到这里面蕴含着多么颠覆性的商业模式。

“不是，那你这技术专利怎么弄的？”于诺涵说，“还不着急不忙慌啊？”

“这不太一样。”花枕流解释说，“技术专利只是决定了话语权，但是技术本身我认为是一个开放共享的东西。”说到这里，他顺便又聊了聊目前关于神经网络、机器学习以及自然语言处理等相关的技术在项目上的应用，听得于渃涵和王寅云里雾里，最后愣是好像什么都没听一样。

唯一有记忆的句子大概就是“这个技术在国外很厉害”“那个技术在国外最顶尖”。

花枕流说着说着话锋一转：“不过我和老王商量了一下，都认为应该把 INT 的主要业务迁回国内来。”

“什……什么？”于渃涵大为吃惊。

她就算再怎么不懂技术，也知道硅谷那个地方是如何的卧虎藏龙，那些推动人类信息科技进步的伟大公司很多都在那里。INT 从创办到现在从来没有挪过地方，怎么突然一拍脑门儿就要搞回国？

“很意外吗？”王寅非常淡定地说，“未来的市场在中国，既然如此，我们为什么要舍近求远？”他用手比画了一下，示意于渃涵，“有没有那个味儿了？”

于渃涵认真地闻了闻，分辨了一下，说：“潘海利根的味儿？哎呀，你真的别用这个香水了，太骚了，不适合良家妇男。”

“我是说时代洪流的味儿！”王寅抓狂，“哪儿跟你说香水了？”

于渃涵挥挥手：“跟你开个玩笑，行吧行吧，你继续说吧。”

王寅没了兴趣，他让花枕流说，可花枕流就是个搞技术的，没有王寅这般堪比超级销售的口才，就把话又扔了回去。王寅喝了杯水，这才把事情一五一十地讲明白。

起初他坚持要把 INT 带回国内，花枕流的态度比较保守，两个人没有达成一致，这件事就一直悬而未决。只不过近一年来，花枕流也隐隐感觉到一些格局的变化，开始重新思考王寅的提议。

“我们现在玩的这套东西，其实全都要依附于新基建。”王寅说，“技术方面，大数据和人工智能是底层的东西，信息传输要依靠更快捷的网络，家用机的制造生产更要依靠强大的工业互联网体系。在未来，一定是各行各业都互有交集的，我不认为全球有任何一个地方能比中国国内有优势。当然了，能拿到更多的政策扶植也是一方面……”

他后面一句话说得有点随意，于渃涵叫道：“明明这才是重点吧！你们这些资本家真的是每一个毛孔里都滴着肮脏的血！别说得那么冠冕堂皇。”

“原来你是这么想我的吗？”王寅委屈地说，“亏我还想让你去做 INT 的 CEO。”

“INT 不是花枕流的吗？”于渃涵嗓门提得更高了。王寅确实是要把这块业务交给她做，但没说让她明目张胆地鸠占鹊巢啊！

“我只是个做技术的，你让我搞开发我会，但是商业运转我可一窍不通。”花枕流说，“而且这个公司我的股份占比很低，谁拿大头谁说了算。”说着，他用眼神指了指王寅。

于渃涵对于王寅这个想一出是一出的性格已经放弃任何抵抗了，不过也是，在一些手续走完之后，她就已经拥有实际的执行权了，换个公司挂个名头什么的都是浮云。这样的关系一旦明确，她将会是所有人眼前的焦点牌。

于渃涵自己也不知道手握重权到底是好是坏。

这么大一件事儿竟然被三人当闲话一样聊完了，颇有那么点“天下风云变幻皆在我辈笑谈之中”的意思。

谈话过后，于渃涵忽然觉得自己变得更忙了，有很多调研要去做，很多资料要去看，根本没心思顾及高司玮那边的情况。不过她觉得高司玮聪明又会办事，自然捅不出什么娄子。

令人遗憾的是，生活这场戏并不是由她来主导。

# 第三章 管理是门平衡的艺术

高司玮看着屏幕上的宣传方案，上书“风谣”两个大字——这是明弦这部戏的名字，这段时间反反复复出现在高司玮的面前，以至于他看得有点麻木了。

于渃涵之前一直对这个项目的宣传方案表示不满意，但她也从来没讲过具体哪里不满意。自从高司玮来了之后，刘启自称对市场的把握没有新负责人精准，顺理成章地退居二线，等着这位“钦差大人”拿出惊世骇俗的方案来。

刘启哪儿是把握不住市场，纯粹是把握不住于渃涵，并且阴阳怪气地表示高司玮了解于渃涵，十分风凉地等高司玮的举动。

高司玮要带着大家头脑风暴，刘启就说这个没用，大家脑暴过好几轮了，已经没有剩余价值可以挖掘了；高司玮要重新策划文案，刘启又说现在还不是时候，确定好宣传方向之后再去想那些细枝末节比较合适。

总之，高司玮发现无论自己要做什么，刘启都能推三阻四，好像铁了心要给他好看似的。

“那你有什么好的建议吗？”高司玮耐着心在会议室里问刘启。

两个人各坐在长桌一头，有点对峙的感觉，众人的目光随着高司玮的话齐刷刷地转向刘启。

“我能想到的早就写进方案里了。”刘启很淡定，甚至语气极认真，让人觉得他公事公办，没给高司玮找碴儿，“现在事情发展到这个阶段，其实很难再有什么全新的进展，想不出什么好点子来也不能怪大家。”

细细算来，刘启在公司里的时间要比高司玮还久一点。娱乐行业的人员流动性很大，像他这样稳定待这么多年的实在少见。因此，他在高司玮面前始终有很高的前辈姿态，哪怕现在他的实际权力矮高司玮一头，他看高司玮仍旧跟看屁事不懂的后生仔一样。

他觉得高司玮能博得于渃涵的青睐，纯粹是因为听话外加长得帅。女高管都喜欢用男助理，一方面是男的没那么多事儿，可以可劲儿地使唤；另一方面，纯粹就是异性相吸，事情上升到男女关系，往往就有那么点暧昧的感觉。

刘启认为高司玮能做成很多事情，是因为人家手里有于渃涵的尚方宝剑。尚方宝剑怎么来的？估计私底下没少做于渃涵的舔狗[①]。

换作是他，他也能舔得很好。可他不愿意，他需要在工作上证明自己，哪儿能有那么多时间去讨好于渃涵？

这么一想，刘启瞬间觉得自己比高司玮清高太多了。

刘启洋洋得意地看着沉默的高司玮，知道刚才那句话已经把其他人都拉到了自己的阵营里，他等着高司玮无措的反应。

谁知高司玮同样表现得很淡定，好像压根儿就没听刘启说话。他把面前的本子合上了，问大家："既然如此，那我们先休息一会儿吧？想不想喝奶茶？我请客。"

刘启心中冷笑：年轻人，奶茶战术没意义的。

女孩子们对奶茶没有抵抗力，宋新月第一个举手，并说："大家要喝什么？我看一下外卖。"

高司玮说："不用了，我记得公司园区门口就有一家，好像大家经常点。"他看向刘启，"刘哥，辛苦辛苦？"

"啊？"刘启没反应过来。

"辛苦辛苦，跑趟腿。"高司玮说，"叫外卖太慢了，这个时间点他们店里应该也没有人手出来送。既然你暂时没什么好想法，不如出去逛逛，换换脑子，也许回来就能茅塞顿开呢？"

刘启张嘴一个"你"字叫了出来，他的"奶茶故事"在公司人尽皆知，万万没想到这个时候被高司玮拿出来损。其他人想笑又不敢笑，见高司玮一副冷漠的样子，刘启更是发作不出来了。

他要是说"我不去"，就有点像小孩儿闹脾气；要是跟高司玮理论，明显就是他认真，所以他输了。但要是当作什么都没发生似的出去买奶茶，那不就更弱智了吗？

高司玮从钱包里掏出了两张百元大钞："这点应该够了吧。"

刘启无语，都什么年代了还有人用现金？高司玮是现代人吗？

他从头到尾都是故意的吧？！

现在缓解尴尬的办法就是逃离尴尬，刘启没有拿高司玮的钱，直接快步走出了会议室。他一出门，宋新月就忍不住笑出了声。这是之前刘启整她的伎俩，没想到高司玮现在会拿来反过去针对刘启。

---

① 舔狗，网络流行词，意思是指代那些毫无尊严地用热脸去贴冷屁股的人。

真是风水轮流转。

宋新月很是开心，她稍微用余光去看高司玮，他依旧没什么表情，低头整理自己的笔记。自从高司玮来到项目组之后，大戏小戏都没断过，每次故事都会围绕他发展，但是高司玮却从来没有把自己当过主角。

他似乎没有那么多喜怒哀乐，哪怕是挤兑刘启时也没有太多的情绪，冷冰冰的，像是个机器人。

宋新月脑子里奇怪的想法很多，甚至会幻想高司玮会不会是穿越过来的人，或者是什么高科技仿生人，或者是……总之，她觉得高司玮像自己看过的小说里那种人狠话不多的角色，甚至比那些角色还要更疏离一些。

所以，他在于总身边也是这种样子吗？还是会表现得不同？

宋新月开始无端羡慕起了于渃涵。

"高……"

从会议室出来的时候，宋新月看到高司玮的笔留在了桌子上，便拿起来去追已经出门的高司玮，开口叫他时却不知道该怎么称呼。

现在，高司玮已经是她的领导了。

"怎么了？"高司玮回头。

"你的笔忘记拿了。"宋新月递了过去，高司玮颔首致谢，宋新月没话找话说，"好漂亮的钢笔，现在很少人会用钢笔了。"

"嗯。"

"一定很贵吧？"

"不清楚。"

"是别人送的吗？"

面对宋新月的追问，高司玮不再回答了。宋新月眨了眨眼睛，继续说："我突然想到了一个点子，但是不知道合不合适，可以跟你讲讲吗？"

高司玮看了一眼时间，才说："可以。"

宋新月心想，果然啊，只有谈工作的时候才能有话题。

两个人找了个小会议室，高司玮进门就直奔主题，宋新月讲了讲自己的想法。之前她在刘启手下时，也不是没有提供过一些自认为新奇好玩的点子，但都被刘启否决了。宋新月便认为可能是因为自己初来乍到，很多东西都想得太简单，点子才会被否决。

不过年轻的女孩儿没想过轻易地认输，她能看出来刘启想要跟高司玮作对，而她对高司玮很有好感，自然而然地就想帮高司玮。

高司玮沉默地听着她说话，过了一会儿说要去接个电话。宋新月带着期待的眼神看着高司玮回来，高司玮说："电视台那边的时间应该是能定下来了，六月上旬。"

"那时间很紧了。"

"对。"

宋新月看不出来高司玮是什么态度，但还是坚定地说："你放心，我会站在你这边的。"

"嗯。"

宋新月突然感觉非常无措。

"你的想法我大致了解了，今天就先这样。我一会儿要去对一下账，然后跟法务看一下合同。"

"需要我帮忙吗？"宋新月不气馁，"我也想为这个项目多出点力。那些你觉得没太多技术含量的事情都可以交给我做，我在学校里学习成绩很好的，至少……至少做些需要耐心和细心的工作总没有问题吧？"

高司玮想了一下，说道："那你帮我把排期表以及预算单都重新核对一下吧。"

"好的！"

宋新月确实是个很细心的人，从预算单里发现了一堆问题，一条一条整理好了发给高司玮。

电视剧的宣传费用的大小明细一大堆，有很多线下渠道要铺，公共交通、楼宇广告的广告位就是一笔不菲的开支。这部剧的题材又很大众化、很有国民度，卫视下面的省、市地方频道也会有很多的广告资源。

当初很多渠道资源都是刘启谈的，他常年做项目，跟很多渠道供应商都熟，能拿到优惠于刊例价很多的成交价。为了拿到更多的贴片资源，除卫视台，他还谈了几个优质地方台，约定上线剧集，并以很好的价格拿到了台内的位置。

刘启把自己的业绩做得很漂亮，但宋新月不懂这些，只觉得他把事情弄得很麻烦，合同上的过户公司她也不认识，但也知道并不是那些电视台。

于是她就把这件事告诉了高司玮。

高司玮起初不太在意，刊例价格和实际成交价格有差价很正常，营销公司一般都会去赚这个差价，毕竟只靠着几个百分点的服务费也养不活人。

可意识到差价过大时，他觉得不对劲了。

高司玮下班之后没走，开始带着宋新月一笔一笔地对账。工作量很大，两个人做到夜里才捋出来个大概。宋新月看着计算器上的数字惊呼：“天啊，竟然有差不多一百万的差价，他……他……”

高司玮盯着重新做的预算表单没有说话。择栖的宣传费用非常充裕，投放到各种渠道时产生的灰色收入必然不少。其实行业内大家默认这么操作，他早见怪不怪。

只是他没想到刘启一次竟然能薅出来这么多钱，都够扣个“职务侵占”的帽子了。如果这件事是高司玮自己发现的，那倒还好说，然而现在搭上个愣头青宋新月，难保不会搞出什么是非来。

“要告诉于总吗？”宋新月问。

高司玮的态度有些摇摆，因为他现在没有十分确凿的证据去证明刘启中饱私囊。就算有证据，他也更希望自己单独去摆平，尽量不麻烦于渃涵。

他隐隐地想要向于渃涵证明点什么。

心下盘算几秒，高司玮摇了摇头，说：“暂时不用。”

宋新月满口答应，虽然不知道高司玮葫芦里卖的什么药，但她很相信高司玮。面对这么一笔巨款，他依旧如此沉着冷静，其形象在她的心目中更是高大了。

高司玮其实并没有什么太好的办法，毕竟这笔账里有一部分是预付款，钱都掏出去了，肯定是要不回来的。只是他心里也憋着一口气，不想就这么便宜了刘启。

眼看着电视剧开播的时间渐近，可一些投放作业却暗暗地缓了下来，有些渠道甚至干脆直接被换掉了。

这些举动无疑触到了刘启的神经。

有一些八卦在公司内部流传开，说高司玮换渠道是为了拿回扣，又说高司玮和女员工的关系不清不楚，因为那女员工为了他跟原负责人刘启呛声，还大声质问刘启：“你别以为我不知道你干了什么。”

刘启开始各处哭冤。

最终，事情掩盖不住，闹到了于渃涵面前。

宋新月很讨厌刘启做的这种贼喊捉贼的事情，双方对峙时，她干脆坦言是刘启从项目里拿回扣，还反过来栽赃高司玮。

刘启的脸色变都没变，还问她要证据。

当时涉事几人都在于渃涵的办公室，于渃涵的目光转向高司玮，问：“你有证据吗？”

高司玮摇摇头。

“那刘启诬陷司玮拿回扣，他有证据吗？”宋新月追问。

“我什么时候诬陷别人了？”刘启说，“你哪只耳朵听到我造谣了？你有证据吗？”

宋新月哑口无言。

于渃涵根本不想听他们在这里证据套娃，但事情摆在她的眼前，总归不能不处理。连日来她一直在忙 INT 的事情，连睡觉的时间都很少，眼底尽是疲惫。她看了一眼一直没说话的高司玮，说：“我本来是想让你去收拾这个烂摊子，结果越收拾越烂，还闹出了这种风波。这个项目不是我们一家独资的，你想让其他合作方怎么看我们？小高，你承认你失职吗？”

高司玮点点头。

“那就这样吧，小高扣一个月工资外加本季度奖金，内部通报批评。”于渃涵看向刘启，“刘启，你去把账目都拿过来，我要亲自看看。”

“好。”刘启离开了办公室。

高司玮没有走，宋新月也没走，她终于忍不住说：“于总，明明是刘启不对，你怎么能只罚司玮？”

于渃涵冷冷地说：“那你要跟着一起扣工资吗？”

“不用。”高司玮打断说，“是我能力有问题，罚我就行了。”

“新月，你先出去下。”于渃涵说，“我跟小高有几句话聊。”

宋新月闷闷不乐地离开了于渃涵的办公室，她很气愤，想了半天都想不明白为什么会这样。所有人都知道这里面是什么门道，难道于渃涵是瞎子吗？

她越想越气，一想到高司玮受了委屈，自己也觉得很委屈，并且盖章于渃涵就是个脑子不太清楚的老女人。

于渃涵在办公室里转了两圈，高司玮站在原地一动不动，也没有看于渃涵，两个人之间保持着微妙的沉默。

于渃涵觉得有点压抑，转身把百叶窗全折了上去，大把的阳光才洒进来。

“不为自己辩驳几句？”于渃涵开口问。她直视高司玮，高司玮没有任何委屈或者不服的神情，似乎也不打算给自己找理由。

“你让我说什么是好？”于渃涵叹气。她觉得一个人不论是好是坏，做的事情是对是错，只要肯说话，那么就还有沟通交流的可能性。高司玮这种性格是她生平最抗拒的，永远都是她说什么是什么，也几乎不会问为什么。

她会过多猜测，高司玮是真的很尊重自己，还是已经不在乎她的态度与看法了呢？高司玮那种漠然的性格叫她有时也拿不准主意。

就在此时，于渃涵的邮箱收到了刘启发来的邮件，她打开附件里的表单看了看，然后说："刘启的账做得很好看，我不知道你和宋新月哪里来的自信，觉得可以在这件事上将他一军？"

"……跟宋新月没什么关系。"高司玮终于说话了。

"怎么没关系？"于渃涵说，"你替她出头，她陪你加班到深夜，在办公室里公然和刘启呛声的也是她。你以为我不知道公司里传的那些八卦吗？怎么，现在想一人做事一人当？小高，英雄救美也不是这么干的呀。"

"我没有！"高司玮的音量忽然抬高了一点，眉头皱了起来，似乎这才是他唯一想要反驳的事情，"我和宋新月只是普通的同事关系。"

于渃涵说："可是她把你坑成了这样。"

"……"

"小高，我其实一直以来都很欣赏你，觉得你各个方面的能力都很突出。"于渃涵心平气和地跟高司玮讲，"也许你以前做过很多令我和王寅都很满意的工作，但是眼前这件事，并不是你一个人想要承担就能承担得下来的。你身为一个团队 leader，应该知道一个人的能力再强，在团队中能发挥出的效果可能只有百分之十，甚至更少，你懂我什么意思吗？"

高司玮闷着头。

于渃涵觉得被刘启薅走百八十万真的不算什么大事儿了，现在高司玮跟她面前装死，她才气得肺都要炸了。

"你非得让我骂你才行吗？你以为我不知道你打的什么算盘？你纯粹就是不想让我知道，觉得给我排忧解难，替我着想特高尚是不是？啊？"于渃涵不是什么好脾气的人，她想骂人的时候哪怕是王寅都得乖乖听着。

高司玮见惯了这样的场面，见于渃涵火气蹿了上来，才说："我本来只想默默地把这件事处理完，也想到刘启会有一些应对的手段，只是没估算到一切来得这么快。"

"你这不是废话吗？挡人财路如同杀人父母，他没跳起来把你砍了就不错了！"于渃涵说，"你不是不知道这种事是行业内默认的吧？马不吃夜草不肥，你一个空降兵都压人头上去了，人家不得在经济上给自己找补回来？刘启操作这种事情都油得快成精了，你这边还有个拖后腿的愣头青，你还想着把钱给弄回来？你这么大能耐啊？”

“如果是十几万我也可以睁一只眼闭一只眼。”高司玮说，“但是一百多万……”

“一百多万也就够我买两三个爱马仕，算得上什么？！”于渃涵气得拍桌子，“你是不是觉得我傻？连这么明白的事儿都看不懂？高司玮我告诉你，人家能薅出来羊毛，还把账目做得漂漂亮亮的就是人家的本事，就算你有充足的证据站出来说他中饱私囊，最后尴尬的还是你自己。这就是行业内默认的事情，哪个做项目的没拿过回扣？刘启待公司里这么久，三十多岁的男的成天到晚阴阳怪气的，难道我不讨厌他吗？但是如果单纯以拿回扣为理由把他给办了，其他负责人会不会觉得下一个就会轮到自己？弄得人心惶惶，那谁还给你干活儿？”

“……我考虑过这方面。”

“是，你考虑了，我当然知道你考虑了，要不然你会闷声跟他杠？”于渃涵说，“你是把你自己管得挺好，你手下的人呢？带团队是个平衡的艺术，不是取最高值的！你俩倒好，一个想闷头干大事，一个想弄得满城皆知。现在戏想怎么演下去？让我出来给你们升堂做主？我要是秉持公正把刘启给弄下去，第一，这笔亏掉的钱谁来补？第二，闹出动静来，合作方那边怎么搪塞？第三，项目进度怎么办？如果闹出来更大的公关危机要怎么处理？到时候我要花的钱可能更多！钱都不是重点，重点是谁有精力来处理这些本不该存在的麻烦事儿？刘启就是可以把这笔账算得明明白白，所以他才敢这么做。我扣你工资也好，骂你也罢，一方面是出于这件事只能这么收场，另一方面是你得从现在开始明白，你原来什么都能做好是因为你之前的工作只对我和对你自己负责，但现在不一样了。我再强调一遍，带团队是个平衡的艺术，有些人你知道他是好人，但是你就是要抛弃他，有些人你知道他坏透了，但是因为种种原因也不得不留着他。”

“你平衡不了一个老油条和一个愣头青在你的团队里折腾出来的破事儿，那就是你的问题。伸张正义是法院要做的，不是公司要做的。工作中也不可能让每个人都开心，让每个人都满意的。”

于渃涵靠着桌子半坐在桌沿上，她这样会比高司玮矮一些，需要稍稍仰头看着高司玮。高司玮则是微微低头，垂着眼睑。于渃涵双手抱臂，觉得自己好像高中班主任训斥学生一样，先是发一顿脾气，再苦口婆心地进行心灵鸡汤教育。

在此之前，她本以为高司玮能做好新工作的，从来没想过他会在这么细枝末节的事情上被人摆了一道。

主要是这事儿实在太没劲了，好像小学生打架一样，她觉得浪费自己的时间，传出去还丢人。

“……对不起。”高司玮低声说，“是我的错，让你失望了。”

于诺涵问：“你哪只眼睛看到我失望了？”

高司玮不解地看向于诺涵。

“我觉得你现在特别像一个跟家长闹别扭的叛逆期少年。”于诺涵忽然笑了一下，说，“原来你可不是这样的，至少遇到了问题，还能跟我沟通个一两句。难道是现在觉得跟家长面前死梗着脖子的样子特别酷吗？你怎么了？你不会真的是青春期到了，觉得小女孩喜欢叛逆酷哥，就开始在家长面前耍威风吧？我又不是宋新月。”

“我说过了，我跟她没关系！”高司玮无奈地说。

“行行行，没关系没关系。”于诺涵就喜欢看平时波澜不惊的高司玮抓狂，刚才的火气瞬间烟消云散，“这件事就先这样吧，吃一堑长一智，以后路还长着呢。回头我找机会给你找找场子。”

高司玮说：“不用。”

“不用什么不用？”于诺涵厉声道，“敢给你找不痛快，我看他是吃饱了撑的！”

高司玮觉得于诺涵有时也挺矛盾的，一边说要让自己一个人担责任带团队，一边又要袒护自己，护短得不行。

于诺涵说自己是高司玮的家长，高司玮的心中觉得有些怪异，不想承认这件事。他不是刚毕业的小孩儿了，甚至认为自己表现得比同龄人都要成熟许多，为什么于诺涵还要这么看他?

哪怕有过那么一瞬间，她把自己摆在一个相对平等的位置上去看待过吗?

难道是自己做得还不够好吗?

于诺涵说：“今天就这样吧，我晚上还有事。”

“嗯。”

高司玮正要拉开门时，于诺涵突然叫住他：“小高。”

“怎么了？”高司玮回头。

“有的时候吧，别把自己勒得太死。”于诺涵说，“我知道你要强，但是至少……你可以跟我示弱的。”

“……”

“嗨，我又在说什么胡话。”于诺涵用手指捋了下头发，掩饰自己的尴尬鸡汤，“没事儿，有我呢。”

高司玮沉默半晌，点了点头。他有些失落，原因并不是于渃涵在工作上责罚他，而是忽然开始意识到，于渃涵在自己身上投射的仿佛是一种类似于家长视角的养成快感。

而不是把他当作一个普通的、正常的、有欲望、有感情的男人。

想到这里，他的身体无故战栗了一下，回望于渃涵办公室紧闭的大门。他何以生出来这样的想法？他为什么要在于渃涵面前努力辩解自己和宋新月之间的关系？他为什么能够任劳任怨地留在于渃涵身边，哪怕是当个影子，当一团空气，也无所谓？

他是有感情的吗？

高司玮低头看了看自己的双手，一团奇异的氛围在他的心中慢慢荡开。随即，他又摇了摇头，暗示自己不要想太多。

除非他真的想失去一切。

于渃涵晚上跟王寅约了在外面吃饭，王寅说请客，她还以为有多大的排场，没想到就是路边一家苍蝇馆子。

王寅已经到了，隔着窗户看到了于渃涵。一看她就是刚从办公室出来，白色带暗纹的真丝衬衫配黑色的包臀短裙，胳膊肘挎着个迪奥蒙田手袋，脚下踩着一双将近十厘米的细带高跟鞋。她随意地用手捋了下头发，然后低头往包里塞车钥匙，样子与周围的场景格格不入。

很多人的目光都被于渃涵吸引了过去，因为她无论是身高还是造型都太过显眼。

“不是吧？你以为我请你吃烛光晚宴啊？”王寅调侃于渃涵，“于总也太正式了吧？”

“穿什么重要吗？”于渃涵坐下，把包随意地往边上一扔，打量了一番穿得松松垮垮的王寅，反问，“你从家里出来的啊？”

“嗯，天亮才睡下，白天没去公司。”

于渃涵挑眉，故意阴阳怪气地说：“王总注意身体啊，这么大岁数了老这样容易肾亏。不过娇妻难缠嘛，我懂我懂。”

“我可是事业型男人，从来不会沉迷于那些莺莺燕燕的，你当我跟你一样？”王寅说，“昨儿开了个有时差的会，后来又处理了点工作。别说这个了，你今天干吗去了？小高怎么了？”

“嗨，你一说这我就来气。”于渃涵一五一十地向王寅讲述了一番来龙去脉。王寅听后故作捻须，说：“确实不是什么大事儿，年轻人嘛，总得历练历练。不过你确定小高真的没搞办公室恋情吗？到底有没有八卦啊，快给我讲讲。”

“他说没有就没有呗。”于渃涵说，“他都那么大人了，我还成天到晚监视着他啊？”

王寅说：“可我怎么觉得他挺想让你监视的？”

“他又不是受虐狂。”于渃涵说，“聊正事儿。”

菜已经上了，小饭馆里热火朝天，其余人都在聊些茶余饭后的闲话，这两个人的对话却关乎着数十亿的生意。王寅叫于渃涵来这里吃饭纯粹是因为这里离家近还好吃，这家是他吃过的全北京做湘菜最正宗的一家了，没有之一。

王寅喜欢吃喝玩乐，渐渐发现了很多的人间美味都藏在不起眼的胡同巷子里。这家饭馆里可以抽烟，到了夏天顾客还可以坐在外面喝酒、聊天，烟雾混合着酒气，有一股天然的市井气息。

一开始别人都觉得于渃涵扎眼，但当她坐下来，手里举着茶杯谈笑风生时，又好像完美地融了进来。

他们从电影投资方聊到了剧本，聊到剧情里那些天马行空的幻想。许多原本只能在科幻小说里出现的设定，如今都一一变成了现实，甚至科幻小说作家开始反过来用这些技术去充实科幻的世界。

王寅给他的虚拟项目起了一个很诗情画意的名字，叫“风从”。

云从龙，风从虎，世间万物之间相互感应，才交织成了虚拟和现实的瑰丽画面。

聊得晚了，于渃涵打了个哈欠，王寅看看时间，问：“这么早就困了？”

“最近有点累。”于渃涵说，“很多工作要做。”

“于总不用这么拼，适当地休息休息嘛。”王寅说，“工作是永远做不完的。”

于渃涵哼笑：“你说得倒是轻松，不都是你压迫我的吗？”

“天地良心，我可是个好人。”王寅说，“这样，回头你休几天假，让老谭带着你出去玩玩。谈恋爱嘛，就得靠旅行增进感情不是？”

于渃涵说：“我又不是十八岁的小女孩儿，少拿你那套来逗我，没用。”

“哎呀，怎么回事？于总不吃这套啊？那老谭怎么办？”王寅贱贱地问，“谭哥有没有点骚手段逗你开心？”

“……四十多的人了，儿子都比我高。”于渃涵翻了个白眼，“你当是个人都跟你一样？”

“你口味怎么变得这么普通了啊？”王寅认真说，“不会这次真是真命天子吧？”

“你别说得这么严肃。”于渃涵说，“我就是不想什么事儿都弄得那么复杂，太累了，你懂得吧？”

王寅当然懂。

他年轻时也是一个自由不羁、放浪形骸的人，有时都不知道晚上躺在哪张床上入睡，白天又从谁的身边醒来。这样的生活有趣，但久了会消耗掉过多的情感，让人变得麻木。到头来才发现，那些平淡无奇的琐碎日常可能才是生活的真谛。

但是独自面对这种琐碎，又显得太过孤单了。

工作上遇到不顺利的事情要跟谁讲？下班路上看到了新开的花店要跟谁分享？想要旅行时第一个想到的同伴又是谁？

王寅曾一度觉得自己拥有过全世界，但是回头看看，竟然没有一个人可以分享自己的快乐与喜悦。

“朋友”的身份并不能完完全全承担这样的角色，因为这个角色需要毫无保留地承诺与付出。他和于渃涵就是很好的朋友，可以互相交代银行卡密码的那种。但是有些事情，他不会对于渃涵说，于渃涵也不会对他讲。

而一个稳定的交往对象，恰恰符合所有要求。

王寅说：“你是真的累了。”

“你怎么不说我是老了？”于渃涵自嘲道，“努力健身，买昂贵的护肤品确实能保持外表，但是眼神却能泄密。经历过太多人情世故的眼睛和天真懵懂的女孩儿的眼睛是不一样的。”

她说这话时脑海中莫名浮现了宋新月的脸。那女孩年轻漂亮，初见时觉得天真胆小，但后来的所作所为表明，她是天真，但是爱憎分明，似乎还有那么点愣头的勇气。

那双眼睛里透露出来的东西跟于渃涵的是不同的。

“结婚太麻烦了，但是能有一个相对稳定的伴侣其实也是件好事。”于渃涵说，“至少有人帮我修灯了。”

王寅随口说：“小高还帮你买过床呢，你怎么不找他？”

于渃涵说：“你说什么胡话？”

两人散伙时，有人来接王寅。于渃涵跟王寅一起出门，见路边停了一辆黑色的车，车玻璃贴着单向膜，看不见里面。王寅拉开了副驾的门，于渃涵才看到司机是谁。

“哟，小飞呀。”于渃涵笑着打招呼，“回北京了？”

“嗯。”陆鹤飞礼貌地朝于渃涵点了点头。他不是一个话多的人，于渃涵也不指望陆鹤飞能跟自己多说几个字。她稍微歪了一下头，对王寅说：“行了，你们走吧，不打扰了。”

“嗯，你开车回家路上慢点。”

“我又没喝酒。”

王寅坐了进去，让陆鹤飞跟于渃涵说再见，陆鹤飞照做。

于渃涵感慨，无论从哪个角度看，无论看多少次，陆鹤飞都是最好看的。几年过去，他身上那种嚣张凌厉的气势没有减退，腥风血雨的经历反而让这股气势变得沉稳厚重，使得他比当初更为夺目。

陆鹤飞只是简单地跟于渃涵摆摆手，于渃涵心里都在滴血——娱乐圈要等多少个轮回才能再等到这么一个妙人？都怪王寅这个老不死的瞎折腾，把她的摇钱树、金饭碗给搞没了。

现在陆鹤飞没有任何经济合约的束缚，求他拍戏还得看他脸色。

老而不死是为贼——每每想到这些，于渃涵就用这句话来痛骂王寅。

于渃涵站在路边，看着那辆车远去，逐渐融于夜色。夜风里夹杂着远处大排档的味道，原来夏天已经到了。

而夏天本不该这么孤寂的。

择栖有关高司玮那个不大不小的插曲在夏天变成了一阵烟云，好在刘启是个见好就收的人，没有再给高司玮添什么堵。

项目上线的第一个礼拜，所有人进入了地狱模式，不知道几点上班，也不知道几点下班，只有睁眼闭眼无尽的待办工作。

功夫不负有心人，电视剧开播当天，各项数据纷纷登顶，讨得个开门红。

于渃涵在战报邮件的回复中特意表扬了高司玮，并且专门给他发了个红包，换来高司玮一行省略号。

“怎么？六百六十六块钱看不上？”于渃涵发文字问他。

“不是。”高司玮简单回答。

于渃涵说：“这是我以私人身份发给你的。”

高司玮看着这行简单的字，手指在键盘上敲了好久。

于渃涵看对方一直显示“正在输入”，等了大半天却不见任何东西发过来。

“感激得说不出话来了？”于渃涵问。

高司玮在思考，自己是应该说“没有”，还是直接回一个“谢谢”呢？他反复敲打，犹豫了好久。他对来自于渃涵的好意十分敏感，仿佛还有点无措。

最终他什么都没发，于渃涵以为他生气不理自己了，又分享给他一条冲绳的旅行信息。

“你帮我看看这个怎么样？”

高司玮问：“你要去旅行吗？”

“嗯。”于渃涵说，“可能在八月份吧，那个时候有点空，能有时间出个门。”

高司玮鬼使神差地问：“和谁？”

“老谭啊，还能有谁？”于渃涵说，“跟谁不是重点，我在北海道和冲绳之间犹豫了好久，你帮我看看。”说着，她又把北海道的旅行信息页面发了过去。

她噼里啪啦地打了一堆字分析夏天去北海道和冲绳两个地方的优劣，还有时间上的安排，发了整整一屏幕文字之后，高司玮回了她一条语音。

“我没时间帮你看这个。”

于渃涵重新听了一下那条语音，确认自己确实没出现幻听。

高司玮怎么会突然给她来这么一句？于渃涵最先想到的是也许高司玮现在真的很忙，真的没时间帮自己办这些工作之外的事情，可转念一想，最近已经过了项目的修罗期，不至于连个扯淡的时间都没有吧？

或者是，高司玮觉得自己只给他发了六百多块钱的红包，却跑去和谭章搞什么豪华旅行这种事儿很不公平？

虽然两件事放在天平上比较确实很失衡，可这……根本就不能放在一起比吧？

于渃涵感觉到高司玮似乎不太爽，不过她没有细想，因为造成一个人不爽的原因有很多，比如：平时进公司大门习惯用左脚，但是今天用了右脚；上厕所的时候隔壁坑位的气味太臭；老板昨天刚刚同意了 A 计划，转头第二天就说：“A 计划不太行，我们再想一个 B 计划吧。”……

当然，“老板”只是此种语境下的一个代称，并不是指于渃涵自己。

于渃涵又把那两条旅行信息发给了谭章，问谭章有什么意见。谭章好久之后才回复说自己刚刚在跟朋友谈事情，没来得及看。

“什么朋友哇？”于渃涵好奇地问。

谭章说：“一个在二级市场上玩得很开的朋友，今天来找我喝茶，聊了聊投资。”

于渃涵问：“你们投资圈这段时间有什么新流行起来的玩法吗？”

“你是对投资感兴趣？还是炒股？”谭章反问。

于诺涵想了一下，才说："其实都没什么兴趣，我对理财这块一直不太擅长，不过你愿意讲讲的话，我倒是愿意当个学生。"

"挺好的。"谭章对于诺涵这种谦虚的态度很受用，"要不然你晚上下班之后来我家吃饭吧？正好谭兆今天晚上不用上晚自习，也回家吃饭。我给你们露一手？"

于诺涵说："那敢情好。"

家里门铃响了，谭兆去开门，见于诺涵来了，别别扭扭地打了个招呼。

他们之间有过一些接触，于诺涵不讨厌谭兆，甚至可以说是喜欢，如果以后她真的跟谭章在一起了，还能白捞一便宜儿子，这简直是赚翻了的买卖。但是谭兆好像不这么认为，于诺涵甚至能从谭兆别扭的神情里感受到他的抗拒。

这种抗拒随着她和谭兆接触得越深，显露越多。

于诺涵很费解，她直觉出谭兆并不是讨厌自己，但也能感觉到谭兆不希望自己出现在他和他爸的生活里。

对于他的这些心思，于诺涵只能归结为单亲家庭的小孩担忧父亲有了新家庭之后会抛弃自己。

"你爸呢？"于诺涵闻了闻，"做饭呢？"

"嗯。"

"做什么好吃的？"

"西红柿土豆炖牛腩。"谭兆说，"我爸就会做这个。"

"说什么呢？"谭章从厨房里走了出来，"桌上的红烧带鱼和蒜蓉西兰花难道是我叫的外卖吗？"

"……我回屋去了。"

"别老玩游戏。"谭章苦口婆心地说，"先写作业！"

谭兆把门一关，压根儿不理谭章。

谭章叹气，对于诺涵说："没法儿管。"

"这么大孩子都这样。"于诺涵说，"我侄女儿那会儿也是，仗着家里有钱，上学就跟玩儿一样。"

谭章笑道："还是穷人家的孩子早当家。我小时候家里条件不太好，只能努力学习，虽然没考上什么名牌大学，但至少考上了大学。我都不知道谭兆这成绩以后靠自己行不行。"

于渃涵问："你为什么一定要让他靠自己？"

谭章说："男孩儿嘛，总不能在家里啃老吧？"

"很多人努力一辈子都走不到罗马的。"于渃涵说，"但有些人一出生就在罗马。既然如此，如果还把'去罗马'当作目标，本身就很奇怪吧？"

谭章说："我嘴笨，说不过你。"

"我看你是不想理我。"于渃涵权当开了个无伤大雅的玩笑。

"你稍等一下啊，我去看看锅里。"谭章说，"等会儿就能吃饭了。"

"我帮你。"

"不用不用。"谭章钻进了厨房，"你坐那儿歇着吧，上了一天班挺累的。"

于渃涵没跟谭章争，她觉得谭章在家里跟在外面仿佛是两个人。很难想象一个看上去风度翩翩的英俊高管回了家之后是这种满身烟火气的家庭煮夫形象。

不过她觉得这样很新奇，谭章这个人在她心中的形象越来越饱满，越来越真实。厨房里传出了香味儿，于渃涵感受到一丝丝温暖的家庭氛围。她不由得开始猜测，谭章的前妻为什么要跟他离婚呢?

谭章告诉过她，他们的婚姻很早就结束了，分开的理由是感情不和。但是于渃涵知道，"感情不和"很多时候只是一个借口和结果，导致感情不和的原因有很多，不能只根据结果而抛弃原因来给一段感情的结束定性。

于渃涵环视四周。房子不小，地段也很好，装修没有那么复杂，很符合单身父子应有的生活状态。一共有三个房间，谭兆的卧室门紧闭，另外一边应该是谭章的卧室，门是开着的，对着大门的那一间于渃涵觉得是书房或是客房，门上了锁。

一丝怪异的情绪从她心头一闪而过，谭章从厨房里出来："吃饭啦。"

他又对着卧室的方向大声喊："谭兆，吃饭了！"谭兆这才从房间里磨磨叽叽地走出来。

于渃涵在谭兆跟前不想表现得太像一个长辈，照她来看，谭兆这么大的小孩儿都该准备准备出道了，四舍五入跟自己也没什么差别。

主要是她不想把自己弄得那么老气横秋。

同样，她也不想故作姿态地关心谭兆的学习、生活问题。读书固然重要，可很多人读书只是为了养家糊口，有点志气的是为了改变自己的阶级地位，只有极少数的人才称得上是为了社会做贡献。

谭兆什么都不缺，他的起点已经是很多人的终点了，他完全有理由做点自己真正想做的事情。可惜的是，十几岁的少年往往不知道自己想做什么。

他们想做某件事的原因，也许仅仅是因为大人不让他们做。

谭兆快速地扒拉了几口饭就要离桌，谭章问他干吗，他说要写作业，谭章这才没拦着他。

谭章是希望谭兆多和于渃涵接触接触的，如果以后他们能够组成家庭，谭兆和她也不会有那么多隔阂。可谭兆似乎有自己的想法，不是很配合，令谭章很头疼。

饭桌上就剩下了于渃涵和谭章两个人，于渃涵的手机来了一条消息，她打开一看，是高司玮发过来的，说夏天去北海道好一些，海滩哪里都有。

于渃涵故意回复他："我们已经决定去冲绳了，谢谢你啊，小高。"

果不其然，她没有收到来自高司玮的回复，但她不由自主地笑了一下。

"怎么了？"谭章问，"看到什么有意思的东西了吗？"

"没有，是小高。"于渃涵说，"最近不知道什么事儿惹着他了，跟我闹别扭呢。"

谭章说："他不是你的助理吗？怎么还敢跟你闹别扭？"

"哎呀，我不是要去 INT 走马上任了嘛，这段时间择栖的工作都是他在替我看着。虽然还没有正式的任命书下来，但人家也是名副其实的高总了呀。"于渃涵调侃说，"年轻人嘛，有点小脾气很正常。"

谭章沉默片刻，说："渃涵，有件事我一直都没问你。"

"什么事儿？"

"你不觉得你跟你男助理的关系过于亲密了吗？"

于渃涵说："怎么了？你在意啊？"

"没人会不在意吧？"谭章说，"如果只是日常多点交流也没什么，但你没必要鸡毛蒜皮的事儿都让他来给你弄吧？"

于渃涵说："如果你觉得这样不太好，我可以尝试改正。但问题是不叫他来做，我还能叫谁呢？"

"我啊。"谭章说，"我们交往也有一段时间了，难道你遇到问题就不能先想到来找我吗？"

于渃涵怔了一下，跟谭章认识的这段时间以来，虽然两人是情侣交往的状态，但是她和谭章都不是什么纯情的少男少女了，综合在一起考虑的因素会比较多，不会为了恋爱而恋爱，更多的是一种十分成熟的交往状态。

但她终归认识谭章的时间很短，远不及高司玮在她身边那么多年，形成的习惯并不是轻而易举就可以更改的。

可无论换作谁，生活中遇到一点小问题，第一反应都应该是跟更为亲密的交往对象倾诉，而不是找自己的同事。

于渃涵不是那种极端自我任性的人，不会为了维持强硬形象从而不听任何人的话，同样的，她不会做什么都坚持自己才是对的。反之，她会经常设身处地地思考一些事情。她觉得于情于理，谭章的话讲得都很对，没有人希望自己的交往对象跟其他异性那么亲密，他以男友的身份表现出一些排斥，是再正常不过的事情。

可让她一下子转变习惯并不容易，这就像戒烟一样，嘴上说着抽烟不好，但身体已经接受了抽烟使人抛却烦恼的现实。

“那你还没告诉我你是想去北海道，还是去冲绳呢？”她忽然问。

“冲绳吧。”谭章说，“我去过北海道。”

于渃涵心想，她还没有在夏季去过北海道，这件事谭章不知道，但高司玮是知道的。

她不想再继续这个话题了，换了稍微轻松一点的语气，说：“对了，我挺好奇的，那间屋子怎么还上锁呀？里面藏着什么很厉害的东西吗？”

“不是，我的书房而已。有时候工作做不完带回家，就在书房处理一下。我怕谭兆不明不白，给我把东西弄乱。”谭章像是专门给于渃涵展示一样地打开了那扇门，于渃涵走到门边，看见里面有一架很大的书柜，上面摆满了书。书桌上打扫得干干净净，完全不像是被经常用来工作的样子。桌面上摆着一本书，是马基雅维利的《君主论》，书不新，看样子书的主人时常翻阅它。

“你喜欢看这本书？”于渃涵问。

“时常翻一翻。”谭章回答。

于渃涵“噢”了一声，不打算继续参观谭章的书房了。

两个人吃完饭后又聊了一会儿天，于渃涵累了，谭章送她下楼。她坐在车里刚要启动车子，手机响了，是高司玮发来的消息。

于渃涵没想到高司玮还会给自己发消息，只有简单的一句话。

“还是去北海道吧。”

# 第四章

# 可以不爱，但要真诚

旅行是为了缓解工作压力，放松放松自己的心情。但是为了能有时间去旅行，旅行前的工作势必就会被压缩，从而变得更忙，自己变得更烦躁。这种因果循环的矛盾有点拆东墙补西墙的意思。

不论是冲绳还是北海道，于渃涵很快就把它们抛于脑后。INT 要回到中国来，这不是叫个货拉拉搬个家那么简单的事儿，要涉及人员变动，整个业务方向的调整，还有错综复杂的资本博弈……他们能在今年把事儿弄完就不错了。

心有多大，舞台就有多大。既然王寅希望年内必须搞定，于渃涵觉得不如干脆一点，能够在电影开机前完成所有事宜，包括公司在北京的组建。这样一切都可以起到一个联动效应，把影响力推到最大。

在工业时代，这种行为叫“人有多大胆，地有多大产”，但在互联网时代，这种玩法的人太多了。时间和金钱在某种程度上是可以交换的，如果想在短期内解决某个问题，可以通过增加资金的投入去推波助澜。

那么眼下需要解决的问题就是“钱从哪儿来”了。

于渃涵深谙此道，她非常会讲商业故事，并且有一个完美的高高在上的女性形象。她每次出现就只是喝杯咖啡聊聊天，讲讲故事谈谈未来的美好生活，丝毫不提钱的事儿，好像是因为懂得太多了，所以什么都不太在乎了。

那种潜台词是：我只是跟你聊聊，像你们这种风险投资我见多了，想请我喝咖啡、约我吃饭的人从这里排到纽约，你拿什么吸引我呢？

恰恰是这副桀骜不驯的态度，让投资人们觉得非常性感。每一个想涉足投资领域的人最需要具备的专业知识不是什么经济学、市场学，而是恋爱关系学。项目和投资人的关系准确来说就是男女间的恋爱关系，想要大获全胜，看的就是谁更渣，比的是谁更狠心。

社会上全都是关于 INT 回国将会引起人工智能和文娱行业大洗牌的劲爆传闻，甚至一度到了开始讨论“如果这种可以存在于现实空间中的虚拟偶像进入一个工业化流水生产的时代，对于整个娱乐行业的冲击有多大？”的地步。

同行都是冤家，同处娱乐圈中的其他娱乐公司对 INT 和择栖的态度是观望外加冷嘲热讽，因为无论如何，机器和数字永远无法取代“人”的价值。

这又不是搞无人机快递和共享充电宝。

不过同行们的态度并不重要，因为他们不够有互联网思维。掌握关键技术才是掌握话语权，INT 背后有大把的投资人举着钞票想替它出公关费和搬迁费。

现在于渃涵面对的情况不是从哪儿找钱，而是到底拿谁的钱比较好。

本周在北京有一个圈内酒会，听上去比较轻松，但是去的人都是科技、金融以及投资领域的大人物，性质比较私密，仿佛是大家交流交流业务，顺便吃吃喝喝，如果能再促成几笔交易就更好了。

自打于渃涵成为 INT 的 CEO 之后，这些本该王寅出席的活动就都成了她的行程。

自己去很孤单，所以她叫高司玮陪她去，美其名曰让他见见世面。为了表现自己的诚意，于渃涵还专门开车去接高司玮。

“小高，最近玩什么呢？”于渃涵一边开车一边问坐在副驾驶座的高司玮，时不时从车内后视镜里看看他，像是探视高冷儿童的怪阿姨。

“没什么。”高司玮说，“工作而已。”

于渃涵问：“那有什么人给你找麻烦吗？”

“没有。”高司玮反问，“你为什么要问这个？”

于渃涵说：“关心关心你。”

高司玮说：“你还是关心关心自己吧。”

于渃涵哑口无言。

活动地点是郊外的一处私人庄园，这个庄园是全京城最大的玫瑰庄园，里面种满了红玫瑰，夕阳之下更是美艳，空气中也能闻到玫瑰的暗香。

“我还是第一次来这儿。”于渃涵慢慢把车开到了停车场，“这地方不租给影楼拍婚纱照真是可惜。”

高司玮说：“听说这是裴先生的产业。”

“嗯。”于渃涵说，“今天做东的也是他，所以老王叫我过来。哎，你说这几个男人烦不烦？彼此都那么熟了还玩什么欲擒故纵、欲拒还迎？一个个遮遮掩掩的跟黄花大闺女似的，真是吃饱了撑的。”

高司玮不评价这番言辞，只说：“可能王总有他自己的考虑吧。”

“他有什么考虑？”于渃涵把车门踹上，“你还不如说他就是懒得大夏天出门！”

两人在接待人员的指引之下来到了庄园内部，来的人已经不少了，有个人始终是人群中的焦点。于渃涵稍微偏头对高司玮说："你知道 IEN 今年用投资和收购等方式收了多少人工智能领域以及云端服务的公司吗？"

高司玮摇了摇头。

于渃涵比了个数，高司玮有点惊讶："这么多吗？"

"可能这就是可以为所欲为的有钱人吧。"于渃涵研究这块的时候也吓了一跳。基于她原有的认知，IEN 喜欢对一些文娱领域的公司进行投资，甚至一度在游戏和电竞行业扎根很深，最近一两年才开始大刀阔斧地转投科技公司，不由得让人多想，于是她便跟高司玮说："你说 INT 回国这件事里，有没有他撺掇的功劳？割韭菜都要割国产的，这个人安的什么心哪。"

"先喝点水吧。"高司玮递给于渃涵一杯冰水，"天热。"

两人在这里待了一小会儿，远处那人看见了他们，推脱掉正在聊天的几位走了过来。于渃涵把杯子还给了高司玮，跟对方打了个招呼，笑道："好久不见呀，裴总。"

裴英智想了一下最近一次见到于渃涵是哪年哪月的事儿，只是记忆相当模糊，两人似乎并没有什么私交，但于渃涵表现得热情，他也不好太疏远，于是顺着回答："好久不见，于总。"

"哟，寒碜我不是？"于渃涵说，"直接叫名字就好了，要不你跟老王一样叫我'渃渃'也行。"

裴英智与王寅虽然相识已久，但是对王寅和他身边一圈人都不太感冒。在裴英智看来，王寅是个很随便的人，说不好听点就是不要脸。而于渃涵也有点那么个意思，两个人都喜欢打嘴炮，她跟王寅一唱一和可以搭一台戏。裴英智甚至还在新闻上看到过于渃涵在某慈善晚宴上动手打了某公司老总的报道，以至于他并没有办法把于渃涵当作自己投资的公司的普通新任 CEO 来看。

他知道，这个女人是不好惹的。

"听说于总最近很忙，是 INT 的事情吗？"裴英智说，"有什么需要帮忙的吗？"

"啊？"于渃涵故作惊讶，"裴总还不知道？"

"知道什么？"

于渃涵添油加醋地讲故事，裴英智怎么可能没听过最近社会上流传的消息？两个人都是心知肚明地各说各话，最终裴英智表现出仿佛才了然的样子，说："原来是这样，看来是我太久没有关注这块了。你也知道的，投资归投资，但我其实不太喜欢干预管理和业务上的事情。一来是业务需要懂的人来操办，二来是投资人过度干预往往吃力不讨好。”

于渃涵在心里翻了个白眼，觉得跟裴英智说话简直是在浪费口舌，很明显对方就是看个热闹，只要锅里的肉没被别人叼走，他是不着急下筷子的。

可能有钱人就是喜欢看别人哭着求自己的样子。

“不过还是恭喜于总出任 CEO，我相信在未来，我们会是很好的合作伙伴。”裴英智说。

于渃涵点点头。她眼睛的余光里出现了一个影子，很熟悉，仔细一看才发现是谭章。

高司玮同样注意到了谭章，不由得皱眉，问于渃涵：“他怎么来了？”

“我怎么知道？”于渃涵也挺意外的。她和谭章交往归交往，但也不会万事都交底，所以出现这种情况也算正常。

“谭章吗？”裴英智顺着二人目光看过去，“于总认识？”

“不光认识，交流还很深入。”于渃涵大方地说，“现在算是男女朋友关系吧。”

裴英智轻哼了一声，说：“于总倒是不挑。”

裴英智眼高于顶的德行于渃涵从王寅那里了解得非常清楚，论家世，论背景，论财力，论身高样貌，裴英智都有不可一世的资本。虽然于渃涵能听出来裴英智是对谭章有成见，但是自己也连带着被不咸不淡地损了一下，心里自然是不好受的。

她根本不在乎裴英智和谭章之间有什么恩怨，只是非常唏嘘地说：“哎呀，人生在世差不多得了。我要是特别挑的话还能找什么样的人呢？像裴总这样肤白貌美大长腿的类型我也高攀不起呀。”

听上去她是在夸裴英智，实际上裴英智听后并没有很开心，于渃涵看到他有点不爽地扯了一下嘴角，她的目的达到了。她还故意装作回过味儿来的样子，惊慌地问：“我刚刚是不是说错什么话了？裴总你可千万别往心里去。我只是说裴总特别帅，这种水平去会所里挂牌，怎么也得几万块钱起步吧？”

这话连高司玮听了都忍不住想把头偏过去，没想到裴英智硬是没搭理于渃涵这茬，说道：“看来于总还是挺了解行情的。”

于渃涵谦虚地说：“略懂，略懂。”丝毫没有抱歉的意思。

裴英智觉得如果以后在 INT 事务上跟自己对接的都是于渃涵，那事情会变得更麻烦。王寅真的是吃准了他没法儿对一个女人动手。

这感觉太烂了。

于诺涵那么显眼一个人，谭章自然很快也看到了她。

“诺涵。”谭章走来，“你今天也来了呀？怎么没跟我说一声？”

于诺涵说：“你不也没告诉我吗？”

谭章见于诺涵身边站着高司玮，心中略有不悦，脸色却仍旧平常。一旁的裴英智说：“我那边还有些朋友要接待，你们先聊吧，一会儿见。”

“嗯，裴总再见。”于诺涵说。

谭章看着裴英智离开，对于诺涵说：“裴总对你们最近在市场上的动作有什么看法？”

“他能有什么看法？”于诺涵说，“公司又不是他的。”

谭章问：“你们下一轮融资他不领投吗？”

于诺涵瞥了谭章一眼，反问：“你想投吗？”

“想当然是想的。”谭章说，“不过我一个人可投不起。噢，对了，我给你介绍一个朋友认识。”

谭章要引她去回廊那处，于诺涵转头跟高司玮说：“你在这边玩玩，我一会儿就回来。”高司玮点点头，谭章还笑着说：“小高又不是小孩儿了，你怎么还嘱咐这个？”

“他都还没说什么呢，你就别这么三八了。”于诺涵回答。

“行行行。”谭章做了一个“请”的姿势，“走吧，于小姐。”

谭章要介绍给于诺涵认识的朋友名叫杨华清，当他说出此人来自腾科基金时，于诺涵“噢”了一声。这家基金相当有名，原因却并不是它有多大多老牌，而是因为它身为一家后起基金，连连操盘了几件业内相当著名的案例。这些案例使得“腾科基金”的名字在业内热度相当高，有大把的人把钱交给他们来打理。

而杨华清是腾科基金上升势头中的重要人物。

于诺涵礼貌客气地跟杨华清打招呼，杨华清却很热络，无形之中把自己的姿态摆得很低。于诺涵知道，他不是低给自己看的，而是低给自己背后的公司，这是一种诚恳的表态。她忽然十分唏嘘，几个月前还因为电影投资的事情烦心，现在只不过换了个新说法，从一个普通的电影变成了貌似厉害的智能科技，公司从遥不可及的美国回到了国内，大家就转而对她趋之若鹜。

可是事情的本质并没有发生任何改变，于诺涵不禁感慨，资本有时候冷酷无情得像个渣男，有时候又头脑发热得像个刚谈恋爱的愣头青。

交谈中，于诺涵看出谭章跟杨华清的关系很好。杨华清对股票这块非常在行，和谭章多聊了几句。只是于渃涵对这场聊天的兴趣不太大，只是笑着回应几个来自杨华清的问题，多余的话没有再说过。

高司玮一个人站在角落里，他的心情自谭章出现之后就变得不太好，裴英智评价谭章的那句话他也听了进去。他觉得像裴英智这种人，虽然大多时候对其他人都抱有些轻蔑的态度，但总不至于不分是非黑白。

他正在思索着，忽然有人站在了他的面前。

“请问，是择栖的……高先生吗？”

“您是？”高司玮疑惑。眼前的人穿着轻松随意，跟这个场合有点不太协调。他摸了摸自己的口袋，然后笑道：“不好意思，我不太习惯带名片。我叫赵江，voke 娱乐的，我们可以加个微信吗？我把名片推你。”

这家公司高司玮是知道的，它的母公司是文创领域中的佼佼者，子公司 voke 主要经营的业务是培养青春偶像，旗下有大量的练习生，运作模式有点像韩国那套，放在整个娱乐行业里来说，属于细分市场。

高司玮通过了对方的好友请求，一张名片弹了过来，他这才知道眼前这人原来是 voke 的当家人。

“刚刚走马上任。”赵江笑着解释，“之前我在互联网圈子混久了，可能有点随意，连名片都能忘记带，高先生见笑了。”

“没有。”高司玮摇摇头，“请问您有什么事吗？”

如果不是热衷社交，酒会就是比较无聊的场合。结束时，杨华清约了三五好友一起去打德州扑克，谭章自然也在列。他问于渃涵要不要一起去，于渃涵下意识地看了一眼高司玮，高司玮摇了摇头，于渃涵打了个哈欠，对谭章说：“困了，回家睡觉了。”

回家的路上，高司玮正在犹豫要不要把认识了赵江的小插曲跟于渃涵讲，于渃涵却先开口说：“老谭带我认识了个人。”

“谁？”

“腾科基金的，叫杨华清。”于渃涵说，“腾科基金这几年的崛起跟他有莫大的关系，你不觉得这件事儿很有意思吗？”

高司玮问：“什么意思？”

“我总觉得，他的套路跟谭章特别像，不知道两个人算不算臭味相投，所以才关系好。”于渃涵说，“不过凭直觉来说，我不是很喜欢这个人，总觉得藏得有点深。”

高司玮随手搜了一下这个人的名字，发现他的履历相当精彩：“他很厉害，而且几乎没有什么负面新闻。”

于渃涵说：“这才是最可怕的。”

高司玮顿了顿，说：“谭章也是这样的人。”

于渃涵没有回应他这句话。

她的手机本来夹在车的中控台上听音乐，一条消息插了进来，她等红灯的时候看了一下，做了一个哭笑不得的动作。

“现在的小孩儿啊……”

“怎么了？”

“谭章的儿子发给我的。”于渃涵说，“一个很难搞的叛逆小鬼，给我发消息问我能不能要到一张明弦的签名照。他平时都不跟我说话的，这是头一次给我发消息，口气还挺傲，好像不是他求我，而是给我个机会巴结他一样。”

高司玮问：“你很想跟他搞好关系吗？”

“为什么不呢？”于渃涵说，“他是老谭的儿子，我总不能跟他关系太差吧？”

高司玮终于忍不住问：“您会跟他结婚吗？”

于渃涵听着音乐，随意地说：“能不能别老‘您、您’的了，听着挺烦的，我还没那么老吧？这次我真的是很严肃地跟你说这个事儿啊，再这么说开除你。”

“那……”高司玮说，“你会跟他结婚吗？”

“谁啊？”

“谭章。”

于渃涵觉得爱情和婚姻并不能画等号。谈恋爱是很容易的，跟谁都可以，且不用太计较成本得失，两个人在一起纯粹为了快乐。但是结婚不同，特别是对于他们这种人来说，结婚需要计算的本金太多。她如果和谭章结婚，算账的麻烦程度不亚于两家公司合并上市之前做资产清算，以免以后离婚牵扯出更复杂的经济纠纷。

她自己的观念非常简单，如果两个人能够接纳包容对方，相对稳定地在一起生活，结不结婚其实并不是核心问题。但是她认为这是自己的事情，也不想向高司玮这样的年轻人传递这种在现实中极难操作的设定，便说：“看吧。”

高司玮仿佛知道了答案，只是他的答案似乎跟于渃涵所想的有些出入。

要一张明弦的签名对于渃涵来说太简单，她拍了张照片发给谭兆，问怎么交给他，谭兆说了一个时间在校门口碰头。

于渃涵觉得现在的小孩儿是真的有趣，把事儿搞得跟做地下工作一样。

这件事她没跟谭章透露，谭章却突然来找她，问她能不能去给谭兆开家长会。期末考试的成绩单已经发放给家长了，谭兆初二学年读完要升入初三，学校一般会在这个时候统一召开家长会。毕竟再开学学生们面临的就是升学压力了，家长们也要做好相应的准备。

谭章本来答应好要去，可临时有一个会要开，脱不开身。其实跟老师说一下，不去了也没关系，但是他认为这体现了家长对孩子的重视程度，不能说不去就不去。思来想去，他只有拜托于渃涵代他去开会。

一来他和于渃涵的关系可以借此更进一步，二来这也是一个于渃涵和谭兆单独相处的机会。要是将来他和于渃涵谈婚论嫁，如何处理她和谭兆的关系是必须迈过去的坎儿。

于渃涵正好有空，又特别好奇以家长的身份去开家长会是什么感觉，于是就答应了谭章，正好还能顺便把签名照给谭兆。

只可惜家长会是真的太无聊，于渃涵坐进教室才五分钟就开始后悔了。她看上去太年轻，不像是家长，所以总有些人投来好奇的目光，她实在懒得理会。老师讲的东西她也一个字都没听进去，像个上课不听讲、偷偷打瞌睡的学生。

老师说“结束”的那一瞬间，于渃涵找回了学生时代听到“下课”两个字时的兴奋感。

其他的学生都走了，谭兆在学校门口等于渃涵。于渃涵出门的时候看见谭兆身边还站了个女孩儿，两个人在聊天，谭兆站着都不老实，一个劲儿地晃悠，像个多动症患者似的，但从这样的肢体动作上能看出来，他很开心。

那个女孩儿先看见于渃涵过来，向谭兆指了指，谭兆脸上的笑意顿时就没了，两个人互相告别，等女孩儿走了，于渃涵才走近。

“你女朋友？”于渃涵干脆问。

谭兆下意识反驳：“你别胡说。”

“哎呀，没事儿，像你们这么大的少男少女不想着谈恋爱才奇怪吧？”于渃涵从包里掏出一张签名照递给谭兆，“你要的签名。”她用下巴朝着远处一指，“送给那个女孩儿的吗？是不是人还没追到？”

"要你管。"谭兆拿过照片，还确认了一下带不带签名，才收进了书包里。他跟于渃涵说话的口气有点凶，但是拿到签名照时却喜滋滋的。于渃涵一看就知道自己刚才的猜测是对的，年轻人的感情藏得哪儿有那么深，喜欢谁讨厌谁，脸上写得明明白白。

"我送你回家吧？"于渃涵提议。

谭兆说："我自己回去。"

于渃涵说："顺便的事儿。"

"你好麻烦。"

"信不信我打你？"

"……"

谭兆坐在于渃涵的车上，眼睛四处乱瞥。路上于渃涵跟他说了说老师开家长会的内容，谭兆也不关心。于渃涵问他想上什么高中，他说没想法；于渃涵问他以后想做什么，他也没有想法；于渃涵问他喜欢什么样儿的女孩子，他终于炸了毛。

"哎呀，你怎么老跟我作对？"于渃涵说，"我觉得我跟你们这代人还算聊得来吧？我又不会逼你做你不喜欢的事情，以后也不会干预你，你这么大敌意我可是会很伤心的。我还给你要来了签名照呢，你都不说感谢感谢我。"

她说得很认真，不过多半是表演，谭兆却当了真，沉默了一会儿之后才说："其实我不是讨厌你。"

"那你是要干吗？"

这回谭兆沉默的时间更长了，仿佛在纠结犹豫什么，他把头转向车窗，手掌撑着下巴，有点含糊地说："我觉得你人挺好的，但是能不能别跟我爸在一起？"

"你什么意思？"于渃涵有点意外，她从未想到这个叛逆少年张口会跟自己说这些。她不想把气氛搞得太诡异，就说："怎么了？觉得你爸配不上我啊？"

谭兆问："你会和他结婚吗？"

于渃涵真的纳闷，怎么一个两个都好奇自己会不会和谭章结婚。

她反问谭兆："你希望吗？"

谭兆不语。他似乎对这件事很矛盾，这些能从他细微的表情上察觉。可于渃涵不知道谭兆的天平两侧的砝码分别是什么。谭兆已经到了青春期，是心思想法开始变得敏感的年龄，他这样孤单长大的孩子，会希望一个陌生的女人突然出现并走进自己的生活吗？

于渃涵猛然发现，自己似乎只是单纯地喜欢谭兆，所以才会向他示好。她从未细究过如果大家生活在一起之后的相处方式和状态，甚至她自己也有点没办法脑补出来那种场景。

她觉得有点肉麻。

谭兆低声问："我的想法很重要吗？"

"说实话，不重要。"于渃涵爽快地回答。

"你！"谭兆禁不起这种挑衅，立刻转过头来，拧着眉毛看向于渃涵。

于渃涵"扑哧"笑了出来，一只手松开方向盘凌空按了按，说道："我的想法对你来说也不重要啊，我们都是独立的个体，你不是为了我活着，我也不是为了你活着，为什么要那么在乎对方的想法呢？那样也太累了吧。虽然你现在还没有成年，没怎么见识过世面，不过现在的小孩儿都很早熟，所以我也会把你当一个大人看。谭兆，我可不想哄着你。"

谭兆气哼哼地说："我又没叫你哄！"

"故意的是不是？"于渃涵白了谭兆一眼，"我的意思是，我们之间能不能坦荡点？我又不会跟你爸告状。而且即使我和你爸不能走到最后，我们也不能做朋友了吗？"

谭兆说："我为什么要跟你这种老女人做朋友？"

于渃涵说："就凭你喜欢的小姑娘的偶像是我手底下的艺人。"

谭兆无言以对，于渃涵大笑两声，非常享受调戏小鬼的快乐。过了一会儿，谭兆说："我一开始以为你跟我爸在一起是图他的钱。"

于渃涵觉得谭兆说的还是有点沾边儿的，她当时对谭章手里的资源非常感兴趣，简单来说，属实图钱。

可论起私人财产，那她和谭章两个人可真得好好比比了。

"但是后来我感觉不是。"谭兆看着于渃涵方向盘中央的车标，继续说，"你喜欢我爸什么？"

于渃涵想了一下，回答："只是恰好在这个时候遇见了你爸。"

谭兆不能理解，在他的世界里，喜欢是一种冲动，也可能是一种莫名其妙的吸引力，而且可以简单地用语言表达，比如"那个女孩漂亮""学习成绩好""笑起来很好看""对人很温和""关心同学""善良"……有好多好多的描述方法，但他都没有从于渃涵口中听到。

哪怕她说一句他爹长得帅呢。

于渃涵捕捉到了谭兆疑惑的神情，说："感情的事情，别问那么多理由。"

谭兆说：“你跟我爸之前的女人都不一样。”

“是吗？”于渃涵听谭兆提起谭章的感情过往，顿时产生了一种旁观者的八卦心情，“详细讲讲？”

然而谭兆摇了摇头，只说：“具体的事情我也不清楚。”拒绝了于渃涵的请求。

没有八卦听，于渃涵觉得有点扫兴。这段时间以来，众人的反应和模糊的暗示让她觉得，可能谭章真的有什么事情是自己不知道的。

经此“一役”之后，于渃涵发觉谭兆对自己的态度好像有所改观。虽然她觉得谭兆是想利用自己给他源源不断地输送明弦相关的各种私货，不过她却有点乐在其中，像是与谭兆共享了一个秘密。

明弦目前在录制一档国民度很高的综艺，地点在北京。于渃涵让高司玮去要两张票。

高司玮说：“你想看明弦直接去后台不就行了？送人？”

“给谭兆的。”

“他喜欢明弦？”

“我怎么听着这话这么奇怪？”于渃涵说，“是他想追的那个姑娘喜欢明弦，这不是得表现表现吗？”

于渃涵说的是谭兆得在人家姑娘面前表现表现，结果被高司玮理解成了于渃涵想在谭兆面前表现表现，心里自然不是滋味。过了一会儿他才跟于渃涵发消息说：“我问了主办方，票都卖出去了，没富余的。”

“喂？高总？怎么回事？”于渃涵夸张地打了一堆字，“这点面子都没有？”

高司玮干脆没理于渃涵。

于渃涵也不是成天吃饱了撑的没事儿干，工作一忙，转头就把这事儿给忘了。过了两天，高司玮来她办公室丢给她两张工作证，于渃涵眨着疑惑的双眼问他这是什么。高司玮不咸不淡地说是从黄牛手上买的。

“不是，您当我第一天混圈儿？”于渃涵觉得这事儿简直离谱，“我带人去看明弦录制节目，还得跟黄牛手上买工作证？”

高司玮以为于渃涵要发作，没想于渃涵紧接着说：“您哪怕给我买两张票呢？不比证便宜？”她当然不会傻到真的以为高司玮会从黄牛手上买东西，但是高司玮这么说，她就很乐意配合高司玮上演小剧场，毕竟高司玮平时不会轻易出来表演。

“你不让我说‘您’，怎么你自己还‘您’上了？”高司玮非常认真地抓住了于渃涵话中的重点。

于渃涵也认真回答：“因为我们不用‘您’的时候可能就会用‘你丫’，您选一个？”

高司玮懒得跟于渃涵玩这种文字游戏，直接抓起桌子上的工作证：“爱要不要。”

“别这样别这样！”于渃涵扣住了高司玮，把工作证连同他的手连一起按在了桌子上，“有什么算什么吧。”

高司玮感觉从手背上传来了热度，他好像过电一样立刻缩回了手，于渃涵没有注意到他的反常举动，只是夺回了工作证收进抽屉里，故意问：“真跟黄牛那儿买的？”还没等高司玮回答，她又说：“不给报销啊。”

“你随便。”高司玮丢下一句话就离开了。

于渃涵看着那两张工作证，毫无意识地笑了一下。

帮谭兆以追星的方式追女孩这件事，于渃涵是肯定不可能告诉谭章的。还好正值暑假，谭兆有时间出门玩，也不用万事都跟谭章报备。不过他倒是会跟于渃涵讲，比如今天去跟同学打球，明天打算去什么地方买漫画之类的，于渃涵从这样的接触中感受到，谭兆并不如他表现出来的那么叛逆，他同样有想与人分享的喜怒哀乐。

只是从来没有人听他说罢了。

某天，谭章约于渃涵在外面吃晚饭，于渃涵问：“为什么不去家里吃，是不是谭兆还一个人在家待着？”谭章才意识到好像是这么回事儿，他告诉于渃涵，上学的时候谭兆都是在学校里吃过晚饭才回家，他一放假，自己有点不适应。

于渃涵端看谭章，产生了很多前所未有的疑惑。她觉得谭章对谭兆的事情是非常上心的，要不然谭章大忙人一个，不会连谭兆家长会的事情都记挂着。但是另一方面，谭章对这个儿子好像又并不怎么了解，不会关心他晚上有没有吃饭，也不会关心他白天都去哪儿玩了。

他仿佛对谭兆内心的想法，对谭兆想做的和不想做的，都不在意。

于渃涵觉得在某些方面，兴许谭章都不如自己对谭兆上心了解。

谭章的手机来了一个微信语音电话，他看了一眼，站起来对于渃涵说：“我去接个电话。”然后就离席了。过了好一会儿他才回来，于渃涵不知道为什么，突然想起来之前谭兆说过的话。

“谁呀？”于渃涵笑着问，“什么电话这么重要？工作吗？”

“啊？嗯。”谭章说，“杨华清给我打来的，不过也不是什么工作上的事儿，就是问我在干吗，约我喝个酒什么的。不过我跟他说我在跟你吃饭。”

于渃涵问：“是吗？”

“你不相信吗？”谭章笑道，“你好像第一次对我的电话这么感兴趣，是因为我没有当着你的面接吗？”

于渃涵没有回答，只是面带笑意地注视着谭章。

谭章把他的手机屏幕展示给于渃涵，是他跟杨华清的聊天界面，上面显示着刚刚的通话时间和时长，除此之外再也没有什么其他内容了。

于渃涵瞥了一眼，看不出哪里有问题，但始终有一个疑团在心里。她不是那种小肚鸡肠的人，也觉得刚才这种追问行为出现在她的身上有点鬼使神差。但是谭章好像很受用，觉得于渃涵是因为重视他，所以才会产生猜忌。

“渃涵，你有什么疑问都可以问我，我的手机也可以随便给你翻。”谭章表现得非常大度，“我知道你是因为爱我，才会这么在乎我。你放心，我不是那种人。”

“我的要求很简单。”于渃涵说，“你我都不是什么善男信女，彼此之间要求得太严格就没劲了。但是，你不能骗我。”

谭章有点意外，随后温柔地说：“我怎么可能会骗你呢？”

怀疑只存在“有”和“没有”两种状态，不存在“有点怀疑”或者“不太怀疑”这样似是而非的模糊概念。

于渃涵当然知道有些事情难得糊涂，但她不是十八岁小女孩了，自己可以把握事情的分寸。谭章这么说，她就点了点头，没有再追问下去。但是她知道，谭章肯定是有秘密的。

她直觉，这个秘密并不是男女私情，而是其他更大、更深的东西。

疑问的种子在她心中深深种下。

明弦的综艺下午开始录制，录制当天早晨他人还在外地拍戏，中午才抵达北京，然后马不停蹄地就赶往录制现场。

这本来不是什么大事，只是因为谭兆要带着他喜欢的女生去看现场，于渃涵就跟着去了。于渃涵一去，高司玮就有理由出现在那里。

现场的工作人员对这几人的到来非常意外，看到此情此景，不由得更加确认明弦是择栖的“皇亲国戚”，录个节目都有公司高层过来。

明弦正在化妆间闭着眼休息，连轴转的奔波让他极其疲惫，但在高司玮带人来时，他还是打起了十二万分的精神。

“哥。”明弦先跟高司玮打了个招呼，他的经纪人、助理都在，大家都是熟人，没有过多客套。

高司玮用下巴指了一下旁边的两个小鬼，说：“于总的朋友。”

“你们好哇。”明弦笑着打招呼。他还不到二十岁，个子却很高，虽尚有少年稚气，可由于小小年纪就出来工作了，人情世故还是很精通的。

小女孩见到大明星很激动，眼睛里闪烁着星星光点。偶像跟自己打招呼，这样的待遇可以让人激动得当场昏过去。

谭兆不吃这一套，他喜欢体育明星，追捧娱乐明星是他所不齿的，甚至还有点排斥。他觉得明弦一个男的还要化妆很奇怪，房间里都是脂粉香味儿，如果不是喜欢的女生喜欢这个人，他才不会低声下气地去求于渃涵呢。

明弦跟他们聊了几句，问高司玮：“于总呢？我听说她也来了。”

“嗯。”高司玮说，“但是她来的时候车停的位置不太好，现在挪车去了。”

工作人员进屋提醒明弦节目录制要开始了，叫明弦准备准备。明弦还关心地问谭兆他们有没有票，谭兆点头。

录综艺跟看综艺是两回事，播出时长只有一个小时的综艺节目录制时往往需要花费半天乃至一天的时间。当观众也不是那么容易的事，偶尔需要在现场导演的带动下搞热气氛。追星的少女们永远都是狂热的，可谭兆坐在她们之中，简直别扭得要死。他从始至终脸色就没好看过。有人挤到他了，他就扭头瞪人家，搞得对方有点不知所措。

录制结束正好是晚饭时间，这会儿于渃涵倒是出现了。她找到了两个小朋友，跟明弦和他的工作人员打了个招呼，本来是想着等下带谭兆他们出去吃饭，又多问了明弦一句：“你是今天走，还是明天？”

经纪人替明弦回答：“晚上十一点多的飞机走。”

于渃涵说：“这么晚啊？”

经纪人说：“明天还得拍戏。”

于渃涵看了看时间，说：“那这会儿你们没别的安排吧？一起吃个饭？”

“好哇。”明弦一口应承下来，“我都要饿死了。”

一行人到了餐厅的包房，谭兆从于渃涵的车上下来，正要跟那个小姑娘走到一起，于渃涵却拉住了他，问："这波安排得怎么样？"

"还行吧。"谭兆说，"但你这不是挖我的墙脚吗？"

于渃涵问："你什么意思？"

谭兆下巴一挑："我喜欢她，可是她喜欢那个姓明的，现在弄得我在她面前完全没有施展的机会，很烦哪。"

"你想表现什么？难不成要来一出英雄救美？"于渃涵哭笑不得，"少年，你应该庆幸这个年纪的小女孩儿都是非常容易满足的，你给她一块糖她都能高兴好半天。要换成我这样的，你这辈子都别想了。"

谭兆说："谁要追你这种老女人啊！"

于渃涵揪着谭兆的耳朵说："你敢跟你爸说这种话吗？"她没用多大力气，谭兆却表现得仿佛耳朵要被于渃涵揪掉了一样乱叫。于渃涵撒了手，又假装要踹谭兆一脚，谭兆瞬间一蹦一跳地跑去前面了。

"小鬼。"于渃涵笑着哼了一声。

"你好像特别喜欢他。"高司玮不知道什么时候出现在了于渃涵身边。于渃涵吓了一跳，才说："是啊，小帅哥谁不喜欢呢？小鬼长大了不知道要招惹多少小女孩儿。"

高司玮说："现在不是就挺能招惹的吗？"

"是吗？"于渃涵看着远处的少男少女，他们在阑珊灯火中，仿佛连影子都变得忽明忽暗。活在科技时代的小朋友过早地了解了这个世界，过早地成熟长大，但在某些时刻与场景中，仍旧保留着属于这个年纪的天真。

只可惜"天真"会随着年纪的增长慢慢消失。

她能看出来谭兆很喜欢那个女孩儿，女孩儿似乎对谭兆也有些意思。青春年华里的暧昧情愫值得诗人歌颂，说成早恋什么的就太不诗意了，也不可爱。

高司玮说："你觉得，如果谭兆没办法带那个女孩儿来看明弦，她还会跟他在一起吗？"

"这种话很不可爱啊，小高。"于渃涵说，"只有像我这样的老炮儿才会用利益去衡量感情。"

高司玮说："你不用这样的。"

"只要别搞出事儿就行了。"于渃涵没有接高司玮的话，看着远处，若有似无地说，"喜欢就追吧，要不然长大了会遗憾。"

包间内，大家围坐在一张圆桌上，那个女孩儿意外地没有坐在明弦身边，而是跟谭兆一起坐着。谭兆明显心情很好，说话的时候下巴都扬起来了。

明弦坐在于渃涵身边，高司玮则坐在他们对面，靠着门口的位置上。

“小明想吃什么？”于渃涵亲切地问明弦。

“我吃什么都可以。”明弦说，“大家要吃什么呢？”他还特意询问了谭兆和那个女孩，很是亲切礼貌。明弦在比自己小的人面前，竟然还能表现出一丝前辈的姿态。也许他的周围都是比他大太多的社会人，他虽被捧在手心里，但想学着长大。

可于渃涵还是觉得，年轻人还是得狂点儿才行，别总是想着长大。

她又看看谭兆，谭兆把菜单摆在女孩儿面前，一个劲儿地说这个好吃那个好吃，献宝似的。

于渃涵原来觉得谭兆是叛逆的，但他也有很幼稚可爱的一面，叛逆也许是这个年纪的他唯一能学会的掩饰自己的方式。

“于总，听说你最近在弄别的好玩的。”明弦问于渃涵。

“是在搞点东西。”于渃涵问，“老王告诉你的？”

明弦点点头，说：“王总还跟我说，趁着年轻多赚点钱，要不然以后没机会了。”

于渃涵笑道：“你听他瞎说呢，他就会吓唬小孩儿。”

“可是我总会有不红的时候。”明弦说，“到时候怎么办呢？”

于渃涵说：“那我就把你论斤卖了。”

这是于渃涵调侃明弦时最爱说的话，明弦顺势说：“那我多吃点。”

谭兆虽然不大喜欢明弦，但是聊天之后，他还是跟明弦有了点共同话题，比如他们都喜欢B站[①]上某个游戏实况up主[②]，都玩同一款游戏，喜欢同一个球星。明弦得知谭兆在游戏中的段位非常高时，不由露出羡慕的神情。

结果意外的是，晚饭结束之后，明弦跟谭兆加了游戏好友，谭兆还夸下海口说有空带他上分。可聊到喜欢的职业选手时，两个人又因为互为对家立刻删了对方的好友。

搞得最后于渃涵也不知道自己今天到底攒了个什么局。

散伙后，明弦等人去机场，高司玮负责把其余人送回家。当车内只剩下他和于渃涵

---

① 哔哩哔哩，英文名称 bilibili，简称 B 站，现为中国年轻一代高度聚集的文化社区和视频平台，该网站于 2009 年 6 月 26 日创建，被粉丝们亲切地称为“B 站”。

② UP 主，英文 uploader，网络流行词，指在视频网站、论坛、ftp 站点上传视频音频文件的人。up 是 upload(上传)的简写，是一个日本传入的网络词汇。

时，于渃涵放松了下来，靠着车窗睡着了。

高司玮如往常一样把车停进车库，这一瞬间，于渃涵惊醒了过来，高司玮问："怎么了？"

"没什么。"于渃涵打了个哈欠，"你开我车走吧。"她的手机响了，高司玮瞥见是谭章打来的，于渃涵没有避讳高司玮就接了。

谭章似乎是对谭兆深夜才回家有些不满，便询问谭兆去做什么了，谭兆选择拒绝和逃避回答。谭章一再追问，谭兆就跟他吵了起来，言语间暴露出了自己今天的动向，谭章才给于渃涵打电话。

面对工作，谭章是个游刃有余的人，但是面对家庭教育，总能暴露出很多问题。

"是啊，我带他出去玩了。"于渃涵说，"嗯，是有个女孩子，怎么了？"

高司玮听不到谭章说什么，只能听出于渃涵的口气越来越不耐烦。

"难道不去追喜欢的女孩儿他的学习就会变好吗？学习成绩好坏跟谈不谈恋爱有关系吗？"

"你知道他喜欢做什么，不喜欢做什么吗？"

"他为什么总是跟你吵架？难道都是他的问题吗？"

谭章听出来于渃涵是真的生气了，口气软下来说了两句好话，于渃涵揉了揉眉心，敷衍地说："嗯嗯，我知道了。好了，我累了，我们不要因为这件事吵架好吗？如果我以后带他出去玩会提前告诉你，嗯，挂了吧。"

于渃涵长长叹气。

高司玮忍不住问："他说什么了？"

"他说他确实不会教育孩子，他和他老婆离婚的时候谭兆还小，他希望谭兆成才，父子关系变成今天这样并不是他愿意的。"于渃涵说，"他说如果我们结婚，也许我会对谭兆的成长有所帮助。"

高司玮双手不知道该放在哪儿，只好握住了方向盘。他轻轻地握了握，说："所以他是在暗示想要跟你求婚吗？"

于渃涵没有着急回答问题，而是说："谭兆以前跟我说过，他不希望我和他爸在一起，但是你觉得这是因为谭兆讨厌我吗？"

高司玮说："我觉得他挺喜欢你的。"

"是啊。"于渃涵说，"难道谭章算不明白结婚成本吗？怎么这么个破事儿弄得比《名侦探柯南》还费劲？"

她想要安逸，而且她还算喜欢谭章，所以会选择跟谭章进行更深入的交往，但这并不意味着她喜欢处理生活琐事。

惹她烦，她就会想骂人。

高司玮看出来于潴涵的不高兴了，自然不想去触霉头。于潴涵的手机又闪了闪，是谭兆给她发消息。她纳闷儿，这爷俩儿今天是要干吗？

一打开手机，于潴涵就看到了非常刺眼的文字。

“你别跟我爸在一起了，他配不上你。”

“他是个烂人，不只有你一个女人。”

于潴涵沉默地看着手机屏幕，几秒之后才憋出来一句：“哎哟我去！”过了一会儿，她又吐出来一个字。

“俗！”

高司玮问：“又怎么了？”

于潴涵觉得这事儿特别突然，仔细想想，也不知道谭兆说的是真是假，所以不打算跟高司玮讲，只说：“没什么，想骂人。算了，我回去睡觉了，明儿还一堆活儿呢，你也早点回家睡觉吧，拜拜。”

“回家别喝酒了。”高司玮嘱咐，“少抽点烟。”

“行行行。”

高司玮接着说：“我明天早上来接你。”

“行。”

“来之前给你打电话。”高司玮再说，“别关机。”

“行！”于潴涵把车门一关，跟高司玮比了个很潇洒的手势，“赶紧走吧您，古德拜！”

高司玮启动了车子，等于潴涵上了电梯，才把车开出地下车库。

于潴涵回家之后把包随便一扔，先卸妆，然后做了四十分钟瑜伽，最后敷好面膜躺在床上，才装作刚看见谭兆消息的样子，回了一句：“是真的吗？”

没想到谭兆没睡觉，秒回消息：“我为什么要骗你？”

“行，你什么时候有时间？”于潴涵问他，“我带你出去吃饭，你详细给我讲讲。”

谭兆刚跟他爸因为出去玩没报备的事情吵过一架，要不然也不会一气之下跟于潴涵说这些话。他盘算了半天，发现找不到合适的时间，就跟于潴涵说见机行事。于潴涵觉得这小孩儿也是想起一出是一出，完全没什么计划和想法，便说这事儿交给她安排了。

很快，于渃涵就找到了两人见面的理由。

她是能够掌握谭章动向的，知道下周四谭章晚上有个饭局。谭章特意跟她说是和杨华清一起去，毕竟人家之前约他吃饭他没答应。于渃涵就跟谭章商量，正好那天下午她要出去开会，开完会之后就没什么事儿了，可以带谭兆去看个展览，顺便晚上带他一起吃饭。

谭章觉得这个安排很不错，就同意了，还嘱咐于渃涵不要总带谭兆去吃什么垃圾食品。于渃涵满口答应。

于渃涵下午开完会去接谭兆出来，一上车，谭兆就迫不及待地想跟于渃涵交代，于渃涵非常淡定地说："你就不能等会儿？着什么急？先溜达溜达，等我找个地方，咱们边吃边聊。"

"你不着急吗？"谭兆惊讶，"你不应该特别生气吗？"

于渃涵反问："我为什么要生气？"

谭兆愣是不知道该说什么，甚至有点失落。于渃涵看出了他的心思，笑道："我还没有求证你说的话到底是真是假，咱们是不是要把这个先后顺序捋明白再说？否则我上来劈头盖脸一顿骂，有点太没劲了吧？盲目地生气只是在惩罚自己，并不能有效地打击敌人。"

谭兆高声说："我不是说过了吗？我为什么要骗你？"

于渃涵无所谓地说："我和你爸分手了，你就不用看后妈脸色了呀。"

"你就这么想我？"谭兆似乎被于渃涵这句话弄得有点不开心，脸一扭，不理于渃涵了。

正好等红灯，于渃涵看向谭兆，拍了拍他的头，说："小帅哥儿，我逗你玩儿呢，你怎么什么都当真啊？你这样以后很容易被人骗的。"

谭兆挥开于渃涵的手："你少搭理我，我真是好心没好报。"

于渃涵笑了两声，真的没理谭兆。车开到了吃饭的地方，她看了谭兆一眼，让他下车。谭兆还在生气，不肯下车。于渃涵说："那我走了，你自己在车上待着吧。我跟你说，车一熄火可就没空调了啊，热死你我可不管。"

这么大的热血少年哪儿受得了这个？谭兆立刻溜下了车。

谭兆坐在桌前喝了两大杯冰水，于渃涵说："现在能说说了吗？"

"你不是不信我吗？"

"行吧，我信我信。"于渃涵很敷衍地说，"你说什么我都信。"

谭兆也觉得这么僵持下去很没劲，便说："我只是知道我爸在外面有女人，有次我从他手机上看到的。但是具体有几个，我不知道。"

于渃涵说："他给我看过他的手机联系人列表，没有什么奇怪的人啊。"

谭兆翻了个白眼："他有两个一模一样的手机，桌面和应用程序的排列顺序都一样，唯一的区别是一个联通卡、一个移动卡。他给你看的肯定是他平时用的那个，不过就算有天换成了在外面乱搞的手机，你也不会怀疑的。"

"厉害厉害。"于渃涵赞叹，"你爸这心思，不愧是搞投资的。"

谭兆说："你怎么还夸起他来了？"

于渃涵说："一码归一码，你怎么不早告诉我这事儿？"

"那会儿我跟你又不熟，为什么要告诉你？"谭兆说，"谁知道你是不是跟那些小三、小四、小五一样，只是路过的呢？而且……而且……"他说着说着低下了头。

"什么啊？"

"而且……如果我爸没那么多烂事儿，我还挺希望你能跟他结婚的。"谭兆小声说，"我挺喜欢你的，觉得你当我后妈还不错，但是就是因为你还不错，所以我不想让你跳火坑。我爸真的不是什么好人，我虽然不知道他和我妈为什么离婚，那会儿我还小，但是我记得那天我妈是哭着走的。这么多年以来，我爸都没有带我回过老家，在北京只有我们俩，我没有别的亲人。"

谭兆说这话的时候，语气稀松平常，于渃涵听后竟有点怜惜谭兆，原来他一直以来都是这么孤单地长大，所以她能理解谭兆那种别别扭扭的性格。谭兆还没有完全长大，他有自己的主意，也有很多迷茫和幼稚的想法。他跟于渃涵讲这些事情，虽然有因为跟谭章吵架的一时冲动之嫌，但应该也是鼓足了勇气。

在谭兆的认知中，于渃涵知道消息之后一定会非常生气，跟他爹大吵一架之后一拍两散，那么他自己在这个故事中就扮演了一个相当悲情的角色，有点舍生取义的意思。

当然，如果于渃涵和他爹嘴也吵了，架也打了，最后还能被他爹哄回去的话，他就承认他爹确实厉害，并对于渃涵表示失望。失望也是好事，他就当是看清了于渃涵本质上是个什么样的人，免得以后付出太多感情，到头来发现不值得。

谭兆的小脑袋瓜还算聪明，自认为想得很明白。他觉得于渃涵应该不会再跟他爹好下去了，这样不符合于渃涵一贯的作风，不潇洒，也不体面，女强人不该这样。

但他还是弱弱地问了一句："你会跟我爸分手吧？"

于渃涵反问："你觉得呢？"

谭兆说："我要是你，我就立刻马上跟他分手，然后……然后……"

"想不出来了？"于渃涵笑道，"电视剧没演后面，是不是？"

谭兆说："我才不看电视剧。"

"看电视剧确实挺没意思的。"于渃涵说，"先吃饭吧，后面的故事走向不是你该关心的范围了。"

谭兆不理解于渃涵，叫道："我为什么不能关心？"

于渃涵说："因为你关心也没用，大人有大人处理问题的方式、方法，你不会理解的。"

谭兆说："那你不想跟他分手吗？"

于渃涵莞尔："至少不是现在。"

谭兆一下子站了起来，居高临下地看着于渃涵："你这个人怎么回事？我话都说到这种程度了，你怎么还这样？你看上他什么了啊？"

于渃涵故意说："他是你亲爹，不是我亲爹，我怎么知道不是你们爷儿俩合起伙来诓我呢？到现在都是你一个人嘴上说，连个物证都没有，我相信你纯粹是站在感情的角度跟我说这些。但咱们从道理上来讲，你甚至不是一个成年人，都无法为自己的言行承担法律责任，我现在就在你面前摆一个凿凿姿态，到底是你傻还是我傻？"

谭兆已经不听于渃涵讲道理了，剧情甚至都没有按照他脑补中的那样发展，没有从于渃涵那里得到一个明确的结果，他觉得自己才是那个被欺骗的人。

于渃涵当然知道谭兆在想什么，这么大小孩儿能干出来的事儿她用脚趾头都能猜到。这就是为什么她被明弦的粉丝骂了那么久也从没说过什么，因为很多粉丝就是这么大点年纪，单纯地认为世界非黑即白，很冲动也很偏执。如果事情没有按照他们希望的方向发展，他们感受到的那种破灭感之强烈，就好像告诉一个小孩儿世界上没有圣诞老人一样，小孩子自然会躺在地上打滚哭闹。

这是年龄、阅历、生活环境和受教育程度等多方面因素导致的，并不是一个简单的生态议题。于渃涵看了谭兆一会儿，优哉游哉地说："如果你想证明自己，那好歹拿出点证据来，不知道什么叫口说无凭吗？"

"你不就是要证据吗？"谭兆赌气说，"我肯定给你找出来！"

“好，我等你。”于渃涵笑了笑。

利用小孩儿肯定是不对的，但于渃涵一时半刻并没什么其他更好的办法。她总不能对谭章说：“今天天气真好哇，我听说你在外面有别人，咱们聊聊这个事儿？”谭章又不是傻子，能搭理她才怪。

于渃涵并非如谭兆看到的这样对此事毫不生气。相反，她很生气，但是生气的重点不是谭章外面有别人，而是谭章骗她。

她觉得，人嘛，都有七情六欲，对某人、某事一生忠贞不渝只能说明个别人的道德情操非常高尚。朝三暮四、见一个爱一个是大多数人会产生的想法，只是有人有本事付诸实际行动，有人没这个本事，所以只能想想。

而且每个人的立场、看待事物的角度不同，那么对同一件事就会有不同的解读方法，所以谭兆给她爆出这个料来，她并不太意外。

她只是觉得被人骗时的自己很傻，蒙在鼓里的样子也很傻，替人数钱的样子更傻。她不能当傻瓜，所以谭章必须为了他制造出来的骗局付出相应的代价。

于渃涵在心中叹息，她多少是有些喜欢谭章的，要不然也不会耐着性子和他交往。她不是那种时刻对爱情保有热情和冲动的人，甚至觉得爱不爱的不是很重要，一方面太消耗精力，另一方面，太认真的话日子过起来很累。

有这些谈情说爱的时间还不如数一数银行卡存款后面有几个零来得充实、有意义。

她承认自己对谭章只是有一点点喜欢、一点点好感、一点点欣赏，跟小说里写的那种轰轰烈烈的爱情一点儿都不相关，但是这“一点点”已经足够让她有动力跟谭章展开更深入、更长远的交往，甚至是在一起生活。

除了一开始她有些被利益驱动，在此后的交往里，她至少是真诚的。

人可以不爱，但要真诚。显然，谭章不够真诚。

如果不够真诚，足够聪明也不是不可以。于渃涵对谭章的态度十分明确，嘴上说的是“不要骗我”，但言外之意是“骗我可以，一辈子不要让我知道”。

永不被拆穿的谎言就不能称之为谎言，骗局也就不成立。

谭章可能没想到，日防夜防家贼难防，竟然会被自己儿子转手一卖，仅仅是因为和儿子因为他能不能出去玩而吵了一架。

谭章算得上是个精明的商人，但也不是那种绝顶精明、万无一失的人。

于渃涵一想到自己被一个既不真诚也没聪明到滴水不漏的人给骗了，便更气了。

所以，谭章必须付出代价。

# 第五章

## 我是 Fi

不过几天，谭兆就把谭章的“证据”交给了于渃涵。

他发给了于渃涵一段手机录屏，是谭章跟某个人的一段对话，约了什么时候，在哪儿见面。光从那些卿卿我我的对话中就能看出来，对方和谭章的关系非常亲密。

于渃涵问谭兆：“你爸的手机密码你怎么会知道？”

谭兆说：“我趁他睡觉的时候用他的手指解锁的。”

“……你爸也真是不防着你。”于渃涵无语，“还能被你找到另外一个手机藏在哪儿。”

谭兆说：“他总以为我是小孩儿，以为我什么都不知道，但我其实都知道，我甚至知道他书房的密码。”

谭章在外面可能是个完美无瑕的形象，但他终归是个人，是人就会有放松的时刻。谭兆因为上课等缘故，往往回家比较晚，到家之后就是吃饭写作业，天天闷在自己的房间里，父子两人的互动很少。谭章在外面万事警惕，回到家中，做事情时很容易会无意间忽略谭兆。

毕竟，小孩子能懂什么呢？而且谭兆是他的儿子，理所应当地认为他做什么都是正常的，都是对的。

但是他好像忘记了一件事，就是不知不觉间，谭兆已经长大了。

于渃涵看着那段视频，内心非常复杂，不知该做何感想。沉静下来反复思考了一会儿，她给王寅和高司玮都打了电话，约他们晚上来自己家里吃饭。

高司玮是随叫随到的，王寅倒是好一阵磨叽后才答应。

于渃涵不怎么会做饭，所以提前点了一桌子外卖。两人前后脚到，于渃涵已经把桌子都布置好了。

王寅啧啧称道：“于总，你就请我过来吃外卖？跟我在自己家吃外卖有什么区别？”

“因为我们家这片儿的外卖好吃，可以吗？吃饭不是重点。”于渃涵说，“是我有件事要跟你们两个人说。”

高司玮和王寅都很惊讶，因为实在想不出来于渃涵有什么事情是同时与他们俩有交集的。

于渃涵从酒柜里拿出之前喝剩下的半瓶白酒，给自己倒了小半杯，一饮而尽，呼了口气。王寅和高司玮分别坐在她的左右边，两个男人满是疑惑地互相看了一眼，王寅问：“潴潴，你有什么事儿要说？”

“我要跟谭章分手。”于潴涵平静地说，“这件事，我觉得我有必要跟你们说一下。”

“嗨，这事儿啊。”王寅松了一口气，看于潴涵刚才那架势，不知道的还以为她要宣告决定让 INT 赴美上市的大新闻，“分就分，没什么大不了的。”

高司玮却问：“为什么？”

于潴涵与这两人都极为亲近，也不怕丢人，把事情的经过、结果明明白白地阐述了一遍。王寅听后将谭章一顿损，高司玮却沉默不语。

“我觉得一切都不重要，我最讨厌被骗的感觉，我不能当傻了，所以我要弄他。”于潴涵说，“但是这个人肯定不是个善茬儿，我不确定到最后会掰扯成什么样。也不确定一旦敞开了说这件事，他那边会有什么动作。现在，很有可能因为我的私事对公司造成一定的影响，你们一个是我的合伙人，一个是……”于潴涵看了一眼高司玮，不知道该怎么准确地形容高司玮跟她的关系，“是什么不重要，总之我要提前告诉你们，我会尽我最大的能力去处理好这件事，争取把损失降到最小。”

婚丧嫁娶都是于潴涵的私事，可她有公众身份，一举一动都会造成公共影响，所以这就不是她的私事。很多时候她都不能以自己的意志去做某些事，她需要对她的公司、合作方、股东们、客户们负责。

特别是处在这样一个从择栖向 INT 过渡的不稳定的时间节点上，很可能连于潴涵出门丢垃圾时，不小心把厨余垃圾丢到其他垃圾的垃圾桶里这种事儿，都会被一些金融小报拿来做文章，影响到公司的一些项目或者资本运作。

“没事，你想弄他就弄他。”王寅要比于潴涵不负责多了，“还敢背着你在外面乱搞？你就应该往他家门口泼油漆，然后当街暴打他和他的小三、小四、小五，当场录视频曝光他们！”

于潴涵无语：“你无不无聊？少看点八点档电视剧行不行？以后也别投这种剧行不行？没层次没营养！”

“行行行，我就是一老娘们儿。”王寅大手一挥，“于总才是天降猛男！”

两个人一顿叨叨，高司玮听不下去了，问于潴涵：“你到底想怎么做？”

“我懒得扯感情上的事。”于潴涵拿起手机给王寅发了一条消息，“这个地址，你能不能帮我找人查一下？”

王寅看了一眼，揶揄道：“可以啊，金屋藏娇？”

于渃涵说："谁知道藏了几个呢？"

"行，我找人帮你查。"王寅点了点头。

高司玮问："那我能帮你做什么呢？"

于渃涵说："你不用帮我做什么呀，你平时工作不是挺忙的吗？我只是告诉你有这么件事，其他的需要动用一些关系手段解决的事儿，老王都能帮我搞定。"

高司玮心中有点失落，觉得在这种时候，自己竟然只能干坐着，无法对于渃涵有什么实际的帮助。

他没有像王寅那样足够雄厚的资本和广泛的社会人脉，就连说话也不如王寅有趣，不能跟于渃涵闲扯几句帮她排解情绪。

于渃涵身边的那些男人各有各的强势，他们都仿佛是高不可攀的山峰，于渃涵总是仰着头，极少会低下头去看那些普通的、平凡的人。所以，高司玮拿什么来比过那些人呢？

他忽然萌发了想要走上去的念头，想要做些事情，而不是站在于渃涵的身后当一个收拾烂摊子的影子。

其实于渃涵根本不需要有人帮她出头，也不需要有人帮她暴打一顿谭章，这么做简直太便宜谭章了。

"哦，我想起来了。"于渃涵对高司玮说，"你帮我把北海道那个旅行退掉吧。"

王寅说："退什么退？留着出去散散心吧。"

于渃涵说："我一个人散心啊？要不要再唱一首《再见二丁目》？"

王寅顺嘴说："你让小高陪你去。"

"我……"高司玮突然被点名，有点无措，"这不好吧？"

王寅还没说话，于渃涵就说："人家小高自己很忙的好不好？你当谁都跟你一样天天吃饱了撑的没事儿干？"

"我也是日理万机的好不好？"王寅说，"明天中午我还得跟裴总吃个饭。"

"裴英智吗？"于渃涵想了一下，问，"你能带我去吗？我想见见他。"

"当然没问题。"王寅调侃于渃涵，"不过，你见他干吗？不会对他有意思吧？我跟你说，像他那种人最好能离多远就多远，要不然不知道什么时候就死于非命了。"

"不是，你是不是年纪大了？话怎么这么密？"于渃涵真的不想搭理王寅了，"吃你的饭！"

王寅在吃饭之前跟裴英智打了招呼说于渃涵也去，反正都不是什么外人，裴英智也没说什么。

于渃涵不知道王寅和裴英智今天要聊什么内容，但她有些事情想问裴英智。三个人一坐下，裴英智先挑起了话头。

原来，信游想介入 INT 在虚拟偶像授权这块的业务。这本来是件好事，因为虚拟偶像除了原创角色，很大一部分衍生自已有的角色，比如固有的动漫游戏形象。这就需要技术公司与 IP 持有方进行洽谈合作。

信游身为市场上非常有影响力的游戏公司，除了自身的扩张，这些年来也陆陆续续地收购了一些独立工作室和小公司，持有足够多的 IP 资本，本身的衍生开发项目也非常多。而且信游依托游戏维生，本身有着强大的线上、线下的赛事运营资源，是不缺市场和宣传阵地的。

但是信游想率先跟 INT 合作联合开发，他们要求 INT 的技术除应用于 INT 公司的自有项目之外，投入市场的第一单生意要跟信游合作，并且希望有一定时间的排他限制。也就是说，在那段时间里，市面上能够看到的 AI 虚拟偶像，除了 INT 自己的，就是信游的。

一般来说，所谓排他限制都是授权品类排他，比如一个形象授权给了某家公司用于某品类的开发，就不能再授权给相同品类的竞品。从来没有像信游这样，要求对方不再开发其他类型的角色的。

于渃涵是知道这件事的，而且这事是信游的老板亲自来跟她谈的，她总不可能连个面子都不给。

试水项目大家都是在赌，为表诚意，信游给了相当大力度的利益让步。双方本来就有错综复杂的关系，如果于渃涵死都不答应信游，账可能就更算不清楚了，但是很明显这个买卖就很别扭，对方就是仗着你不敢轻举妄动，你能怎么着?

于渃涵先是在心里把王寅骂了一遍，但想来想去，这件事是可以答应的，不过有一个条件：要求信游想办法说服 IEN 资本在 INT 下一轮融资时领投。

她心中有一个预期的融资时间，不出意外的话，到那时，INT 的估值会被抬到一个空前的高度，投资人们虽然表现得都很热情，但谁的口袋鼓，谁在装，她的心里是清楚的。

IEN 如果能在下一轮中领投，既可以分担 INT 的压力，也可以为项目背书。

不过她也做好了被拒绝的准备，毕竟在 INT 的原始资金的积累中，IEN 已经做了相当大的投入，虽然大家都知道投这个多半不会出错，但是裴英智又不傻，领投固然会拿到更多的利益，但是风险同利益一并存在。

关键是，这是实打实的真金白银，不是随便在纸上写个数字就完事儿的。

结果于渃涵没想到，信游没有拒绝她，而是爽快地答应去跟 IEN 谈谈看。

社会上有些八卦传闻看来并不是空穴来风，坊间盛传信游想启动 IPO，但一直没音讯，中间的磕磕绊绊旁人不得而知。但从信游总想找 IEN 出血的架势来看，应该是有点故事的。

正好，于渃涵也觉得还是 IEN 适合他们，两人就一拍即合。

更关键的是，裴英智压根儿就不知道两人的这个交易，他听说的故事版本是信游对 INT 下一轮融资蠢蠢欲动，所以想跟 INT 一起做衍生开发的事情。

他觉得这很儿戏，于是在饭桌上以私人身份询问王寅，王寅则是装傻充愣一问三不知，弄得裴英智也不太爽。

“原来闹了半天裴总就想知道这件事儿啊？”于渃涵说，“我们确实和许总聊过这个事情，也确实有些意向。不过一切都是意向中，只要没有最后的落笔签字，都不好说。”

裴英智说：“你不是跟天源的谭章关系很好吗？他们有什么意向吗？”

“说起这个啊……”于渃涵说，“裴总似乎对天源挺了解的样子，你也知道像我这样的女人很爱听八卦，裴总有没有八卦分享？”

裴英智摇头：“抱歉，我对八卦不感兴趣。”

“这样啊。”于渃涵有点可惜地说，“我还想跟裴总分享一些信游的八卦呢，那天许总可是专程从上海飞到北京来找我的呢。”

裴英智沉默了一刻，说：“IEN 曾经启动过一个收购项目，对方是一家上市公司，但是这件事最终没有谈成。不久之后，那家上市公司的股价开始上涨，持续一段时间之后，最终还是被收购了。而以高价收购这家公司的就是天源集团，促成这笔交易的人是……”

他看着于渃涵，忽然意味不明地笑了一下，说：“谭章。”

于渃涵晚上回家之后就开始查那家被收购的公司。

从披露出来的新闻来看，这个项目并不是很复杂，就是普通的收购。

虽然裴英智在于渃涵心中并不是一个什么大度的人，但是做生意就是这样，价高者得，他没有理由因为这么一点小事记恨上谭章。

主要是裴英智最后那个意味不明的笑容让于诺涵陷入了深深的疑惑，她不清楚裴英智是真的知道些什么，还是故意模糊重点来刁难自己。

饭局过了不到一两天，王寅约于诺涵见面，地点却是在花枕流家里。

于诺涵之前去过花枕流家，他家简直就是电影里才会出现的那种布局和装置，有各种稀奇古怪的玩意，还有很多市面上没有的电子产品。

这是个科学怪人的实验洞穴，不是一个正常人的家。

花枕流似乎刚起床，穿着松松垮垮的睡衣，房间里的冷气可能只开到了十六度，他还披了件睡袍。

于诺涵冻得够呛，说："你们俩约我什么事儿？"

花枕流慵懒地坐在专门设计的转椅上，用下巴指了指王寅："问他。"

王寅对于诺涵说："你之前不是让我帮你查一下谭章的行动记录吗？我托朋友查到了，其实没什么大问题。"他把一个文件袋交给了于诺涵，"但是那天跟裴总吃饭的时候，他提的那件事，你还记得吧？"

于诺涵点头："嗯，总觉得……很奇怪。"

"我直觉事情没那么简单。"王寅说，"怎么会这么巧，那家公司一拒绝 IEN，股价竟然就开始出现了转机，而且新闻上出现了那么多说他们是回光返照的好消息，最终以一个堪称梦幻的价格被卖给了天源。"他说着说着笑了一下，"这到底是什么样的好运气呀？我怎么就没拥有过？"

"关键是……在公司当时处于严重危机的情况下，股价是靠什么涨上去的？"于诺涵顺着王寅的话说出了她的疑惑。

她沉默了片刻，忽然问王寅："我们有必要做到这种程度吗？"

王寅说："他骗你，而且这事本来就有蹊跷，这都是他应得的。还是说，你只是想让他登上那种无关痛痒的八卦娱乐版版头，仅此而已？"

"可这一切都只是猜测，裴英智突然抛出这么一个信息来，难道就一定是真的吗？"于诺涵说，"谭章这个人很精明，他从一无所有做到现在这样，不可能留下什么话柄的……"她忽然停了下来，仿佛想到了什么。

王寅问："什么？"

"我想起来了！"于诺涵说，"我说怎么那么奇怪……"她整理了一下思绪，向王寅和花枕流说，“谭章有一个朋友叫杨华清，是腾科基金的，他是促成腾科基金这几年崛起的重要人物，两个人关系非常好。但是有一次杨华清给他打电话，谭章怕我怀疑，专门给我看了他和杨华清的聊天界面，上面除了那个通话记录，没有其他内容。”

王寅问：“这怎么了？”

“如果我跟你的关系很好，我平时会跟你没有任何私下联系吗？怎么可能干干净净的什么都没有？”于渃涵说，“这正常吗？”

花枕流在一旁听得有点不耐烦，说道：“你们两个是投靠公安局的经侦大队了吗？那也不用在我家开会吧？我凌晨四点才睡觉。”

王寅笑道：“不是你的黑科技比较多，手段也比较多吗？最关键的是，你可比我们背景硬。”

“我爸能让我活到现在已经是他法外开恩了。”花枕流伸了个懒腰，掰了掰手指，说道，“行吧，想让我做什么？”

于渃涵见识过花枕流的本事。在信息网络如此发达的今天，人只要活着，一举一动都会被信息记录，就算再怎么小心谨慎，除非拥有足够强劲的技术，否则都会被挖到蛛丝马迹。

她曾见识过花枕流大海捞针般找到了当初失踪的王寅。如果花枕流出手，那这世间会少很多秘密。

不过，谭章如果真的在做什么肮脏的勾当，也绝对不可能使用电子通信设备去对接，他一定会选择面谈，这就比较复杂了。

“每个人手机里的秘密都很多。”花枕流说，“于总，我发给你一个东西，回头你发给谭章。”他刚拿着手机摆弄了一阵，于渃涵就收到了一个新闻链接。她打开看看，并没有察觉出什么异样，说：“这不就是今天的娱乐八卦吗？”

花枕流说：“不完全是，这个页面是被我改写过的，只要他打开，那他的手机就会被我劫持。”

于渃涵说：“那你能看到他手机里的记录吗？”

花枕流摇头，道：“我只能监听他的电话听筒，把他的手机当成一个监控器。虽然我不知道他有没有更大的新闻，不过抓个人什么的应该不在话下吧？”他嘴角有一条红色的、细细的疤痕，笑的时候格外鬼魅。

不知道是不是因为空调温度太低，于渃涵不由自主地抖了一下，觉得现代人的生活隐私从来都是一个伪命题。

黑科技真可怕。

王寅说：“那我们把他拈花惹草的证据先掌握住，以后有的是办法弄他。”她按照花枕流的话，把那个链接发给了谭章，并确认谭章已经打开过了。

谭章去见“地下情人”的日子转瞬即到，于渃涵担心谭章换手机出门，抓着谭章一直线上聊天。谭章不得不将两部手机一起带着出门。

“你今天在家吗？我过去找你？”于渃涵故意问。

“今天不行，在外面。”谭章说，“约了朋友吃饭。”

于渃涵问他在哪儿吃饭，他说了位置，果然离那个小区不远。她觉得谭章这人也是鸡贼，所有的话里只有关键信息是假的，其他都是真的，很容易让人忽略掉重点。

她和王寅都在花枕流家里，三个人跟名侦探一样。

王寅好像特别喜欢挖掘这种商业八卦，于渃涵觉得王寅如果把这种精益求精的精神发挥在事业上，他的资产后面可能会再多几个零。

没想到谭章只是在那个小区转悠了一圈，车很快开走了，这叫三个人都起了疑。于渃涵说：“不会是谭兆骗我吧？”

王寅说：“也有可能是临时有变动，看看他去哪儿。”

地图上的红点一直在动，一会儿之后终于停了下来。

谭章到了一家非常高级静谧的私人会所，推门进入后，里面等着他的不是别人，正是杨华清。

室内空调开得很足，但是杨华清却一直用纸巾擦着额角的汗，他见谭章来了，赶忙站了起来，一时间却又无言。

于渃涵他们三个人对着音响听了半天，却不见这两人说半句，于渃涵说：“枕流，你这玩意儿好使吗？”

花枕流耸肩，懒得回答于渃涵的问题。就在这时，音响里终于传来了杨华清的声音。

“我可能有点危险。”杨华清坐在谭章的面前，小声地说话，“最近客户在大量地往外提钱，我担心再这么下去，资金的漏洞会越来越大。”

谭章说：“你放心，那笔钱我会尽快弄出来，你再坚持坚持。”

杨华清苦笑："时间太久了。"

"我也没有别的办法。"谭章说，"当初收购的那个案子光净利润就涉及几个亿，谁的户头上敢平白无故出现这么一大笔？这件事情我会抓紧时间办的。"

三人听着谭章跟杨华清的对话，同时陷入了沉默。

恐怕连于渃涵自己都没预料到，当初只是想抓谭章出轨的证据，没想到竟然牵扯出这样一个劲爆的消息。

原来，当初天源的收购案是杨华清在背后与谭章一手操办的。

杨华清有着相当丰富的操盘经验，前前后后使用了大量资金和账户去买入那家公司的股票，几个月的时间就制造出了一幅欣欣向荣的假象，最终让天源集团埋了单。

除去中间的一系列开支，这单"生意"做下来的净利润十分可观，谭章能动心去冒这个险也不是没有道理。

只不过悄无声息地吞下一大笔钱并不是什么容易的事情，尤其是现在海外的资金流动受限，他们需要一定的时间去消化。

杨华清如果不是这边出了点问题，他也不会轻易跟谭章旧事重提。

如果不是这件事极为重要，谭章也不会突然转道来见杨华清。

一切因果轮回只能叫人感叹唏嘘。

"你现在想怎么办？"王寅说，"有这个录音，谭章就算完了。"

于渃涵说："职务侵占，涉及金额巨大，这种情况下判个十几年都没什么问题，我……"

"可是有必要吗？"花枕流说，"像他这样的大有人在，我们只是恰巧碰到了而已。"

于渃涵没说话，只是在心中问自己，如果向有关部门揭发此事，她是站在正义的立场，还是站在和谭章有私人恩怨的角度？

她不是什么高尚伟大的人，在反复询问自己之后，她只能得出来一个结论：她和谭章有私怨，也许她的所作所为都是为了向谭章发泄怨念。

有一个这样的结局其实是应当大快人心的，可她却没有什么胜利者的快感。大概是因为通过这件事，于渃涵也照到了镜子，清楚地看到自己同样不是一个好人罢了。

这次是命运的天平向她倾斜了，可如果有下一次呢？

"这不是一件小事。"于渃涵说，"我考虑考虑。"

王寅点头说："嗯，确实需要从长计议，我们都不知道一旦揭露这件事，从谭章身上会爆出多少雷，牵连多少人，波及多少业务。”

于渃涵心事重重地回到了家，晚上随便吃了点东西，洗过澡后躺在沙发上用手机看八卦。有些比较私人的社交圈子里确实在传腾科基金内部出了点问题，但具体是什么问题不得而知。

每天金融圈、投资圈传出的八卦比娱乐圈还多，只是大众不关注罢了。这些茶余饭后的传言再一次验证了很多事情并不是空穴来风，于渃涵看得一个头两个大。

她在沙发上翻滚了几圈，烦着烦着就睡着了。再醒来的时候是半夜，她想闭眼再睡，可怎么都睡不着了，脑子里满是这件事。

她想找个人说说，翻了半天手机之后，终于给高司玮打了电话。

反正也不是第一次大半夜骚扰高司玮了。

高司玮还没完全清醒过来，他侧躺在床上，把手机压在脸颊下方“唔”了一声，表示自己听到了于渃涵说话。

“小高，我有个事儿翻来覆去想不明白。”于渃涵说，“我想跟你说说。”

“嗯。”高司玮又应了一声。他的声音有点小，带着模糊的气息，比平时要低沉，虽然只有简单的几个音节，但也比平时听着更有人情味儿。

于渃涵把心中所想一股脑儿都跟高司玮说了，末了，她长长叹息，说道：“我这样是不是太优柔寡断了？于私，他欺骗我；于公，他就是在做违法的勾当。我应该直接揭发他的所作所为，让他死得痛痛快快，这才是一个标准的坏人应有的结局。但是我现在真的……”

“如果你当时立刻打了110，可能也就不是你了吧。”高司玮说，“其实一开始，你只是想让他为他的欺瞒付出代价，也许是让他的个人信誉破产，也许是利用舆论上的若干压力让他在公众面前抬不起头来，让他在业内成为一个笑话。但是你没想到事情会发展成这样，对吗？”

于渃涵下意识地点点头：“对。”

高司玮那边陷入了沉默，于渃涵以为他睡着了，叫了一声：“小高？”

“嗯，我在呢。”高司玮说，“其实你已经有想法了吧？”

于渃涵觉得自己在高司玮面前仿佛没有秘密，原来他这么熟悉自己吗？连自己心里的纠结、想法和动机都能摸得清清楚楚。这种感觉在大多数时候让她觉得方便省心，但有时，也会让她感到迷茫。

高司玮继续说：“一切都是时间的问题，杨华清既然已经意识到自己深陷危险之中了，那么就必然会努力去弥补。杨华清一旦被查，谭章也脱不了干系，那么谭章现在肯定会尽力帮杨华清渡过难关。他们需要做很多事情去填补窟窿，但是动作越多，破绽也就越多。像他们这种一时间无比耀眼的人，背后的敌人一定很多。就算不是你，也会有其他人递刀子的。不过我觉得，你可以再等等看，确保能够一击必中。”

“一击必中。”于渃涵默默地重复这四个字，忽然笑了一下，“小高，你好像特别讨厌谭章，为什么呀？他得罪过你吗？”

“我……”高司玮想了一下，说，“他没有得罪过我，我跟他也没有任何交集，甚至可以说是不认识。”

于渃涵说：“那真是奇了怪了，哪儿有无缘无故的恨呀？”

“因为他辜负了你。”这句话说出来之后，高司玮顿了一顿，补充说，“就连王总也不会放过他的。”

“那你们可真是看得起我。”于渃涵说，“怎么着，一个两个都想替我出气？我是不是得哭着领你们的情？”说着说着，她又忍不住叹气，“你说人怎么就这么不顺，我好不容易觉得遇到了一个合适的对象，想要安稳下来，没想到碰到这人，晦气。”

高司玮想了半天，只能说：“你也别太难过了。”

“我没难过，一点都没有。”于渃涵说，“我只是觉得他好，觉得他合适，你要说我多喜欢他多爱他，其实没有那么多。”

高司玮忍不住问：“你不爱他，为什么还决定跟他在一起生活？”

“我不是说过了吗？我觉得他合适。”人在夜半时分时总会格外感性，放在白天，有些问题高司玮根本不会问于渃涵，有些话，于渃涵也不会跟高司玮讲。

于渃涵揉了揉眉心，跟高司玮说话的口气颇有点语重心长的意味：“小高，有些事情吧，一定得到了那个年龄才能理解。你今年多大了？二十六还是二十七了？哎，还是正经玩的时候呢，你喜欢什么样的女孩儿？”

“……”高司玮郁闷地翻了个身：“你为什么总是问我这种问题，你被家里人催婚的时候难道不烦吗？己所不欲勿施于人……”

“我没觉得很烦啊。”于渃涵理直气壮地打断了高司玮，“他们又不是催我结婚，只是想让我别玩得那么凶。嗨，家长总担心这个，担心那个，我觉得完全没必要。其实我以前也挺不能理解的，但是现在想想，父母无非就是想关心关心你，又找不到别的话题，不必那么上纲上线地成为对立面，都是家长里短的小事儿。”

高司玮说：“那你除了跟我聊这些，就没有别的共同话题了吗？”

于渃涵被他这句话噎住了，仔细想想，她和高司玮确实没什么共同话题。

于渃涵平时就好抽个烟，喝个酒，跟人侃个大山，说白了就是一个喜欢花天酒地的大俗人。相比较之下，高司玮出淤泥而不染，在于渃涵身边没沾染上一丁点儿坏毛病，反而被于渃涵衬托得特别高洁。

哪怕在帮于渃涵或是王寅干点不太方便宣之于众的事情的时候，都很高洁。

王寅总是戏称这两人是生错了性别，如果于渃涵是男的，高司玮是女的，两人的性格、人设配置总能让人联想到一些非常卖座的风流霸总与高冷秘书的地摊文学。

投拍个电视剧一定很赚钱的。

"那……你最近工作怎么样？"于渃涵吭哧了半天，好不容易憋出来这么一句。

高司玮顿时大脑一片嗡嗡响，他感觉于渃涵问自己的问题跟他妈问的也没有太大区别。

"嗨，你看我这人真是不太会聊天。"于渃涵见高司玮不说话了，觉得自己可能是把天聊死了，赶紧给自己找点场子，"大晚上的还聊工作也不太好。那什么，你饿了吗？要不我给你点个宵夜？"

"我不饿。"高司玮说，"你知道我家住哪儿吗？"

"我……"于渃涵只知道他住哪个小区，因为有时候出门会顺道去接高司玮，至于具体哪栋楼哪个门，她就不清楚了。

两个人都保持着沉默，于渃涵在电话里听到了高司玮平稳的呼吸声，以为高司玮睡着了，正要挂电话，没想到高司玮忽然说："算了，你还是问问我喜欢什么样的女孩儿吧。"

于渃涵心想，你要聊这，我可就不困了。不过，她还是很尊重高司玮的，至少没有从语气上流露出半分八卦的意思，而是像是采访一样地问道："那小高先生喜欢什么样的呢？"

电话那头是沉默。

于渃涵说："没事儿，你一下子总结不出来也没关系，我帮你捋捋。你喜欢长发还是短发？"

"长发。"高司玮补充道，"黑色的。"

"那好。"于渃涵继续问，"那是喜欢御姐还是萝莉？要性感点的，还是清纯点的？"

"都可以。"

"嗯，我知道了，长得漂亮就行是吧？身高有要求吗？"

"别太矮。"

“年龄呢？”于渃涵追问，“喜欢姐姐还是喜欢妹妹？”

高司玮冷不丁来了一句：“你不觉得姐姐妹妹叫着特别恶心吗？”

“嗯，你说得对。”于渃涵附和，“我小的时候喜欢帅叔叔，现在年纪大了，就特别喜欢漂亮弟弟，就是那种十八九岁青春洋溢的，光看着都觉得特别舒坦。”

高司玮说：“明弦那种吗？”

“对呀。”于渃涵说，“你不喜欢吗？公司里那些练习生妹妹们追着你叫‘小高哥哥’的时候，你不动心吗？”

“我觉得她们烦，什么都不懂。”高司玮说，“我喜欢年纪比我大的。”

“噢——”于渃涵说，“早说啊！回头我帮你物色物色，别的人我不认识，有钱的姐姐要多少有多少。”

她掰着手指头开始给高司玮挨个儿数她那些老姐妹，还没数出三个手指头，对面就把电话挂了。

于渃涵觉得莫名其妙，甚至有点想回拨过去把高司玮从床上薅起来。只是她看了看时间，打消了这个念头。高司玮能大半夜听她唠叨半天也不容易，又不给人算加班费。

跟高司玮聊过之后，于渃涵的心情好转了很多，至少不再陷入那种纠结的状态里了。于渃涵想坦然一点，出于报复的私仇又如何呢？

她就报复了，不光报复，还要大笑三声。

高司玮只是挂了电话，没有那么快入睡。他在床上一阵辗转，直到天快亮才浅浅入眠，等到闹钟响了睁开眼睛时，觉得昨夜的一切好像是梦里发生的。

他真的有跟于渃涵聊有关私人感情的事情吗？于渃涵问他的每一个问题，他都能在脑中形成一个具象的画面，它们汇集起来后，同时指向了一个人。

他也不知道这种感觉是在什么时候产生的，不知道是不是两个人相处久了，就会形成一种潜移默化的意识和习惯。正是这种习惯，让他总是暗示自己可以沉默地面对。

当听到谭章出事的消息之后，他窃喜，可当他得知于渃涵的态度有些迟疑时，又有点紧张。他迫切地希望于渃涵赶紧跟谭章切断联系，但又不想表现得太过明显。

他同样是纠结的，因为他自己的动机好像也不是那么正义和单纯。

正如那些哲学家们所讲的，这个世界上最幽暗不可直视的，是人的内心。

高司玮准时到了公司，同事们跟他打招呼时，好像也都从他的脸色看出来他昨天晚上没有休息好。

自从职位转变之后，他有了自己的办公室，刚进去没多久，就被通知于诺涵在顶楼的大会议室等他。

他不知道于诺涵要做什么，稍做整理之后去了顶层。他推开会议室的门，里面不光有于诺涵，还有王寅和花枕流。

“哟，来了啊？”于诺涵跟高司玮打了个招呼。高司玮看于诺涵精神十足，完全看不出来昨夜睡得那么晚，自己更是恍惚。他跟于诺涵点了下头，于诺涵拍拍自己身边的位置，说：“来，坐这儿。”

“有什么事儿吗？”高司玮问。

于诺涵说：“看黑科技。”

高司玮的眼中有疑问之色，他刚要追问，于诺涵比了个“嘘”的动作，目光指向王寅。王寅松松垮垮地坐在会议桌的对面，打了个哈欠，一看就是没睡醒。他说：“什么时候开始啊？弄好了没有？这一大清早的……”

“差不多了。”花枕流敲下了回车键。

这时高司玮才注意到会议桌的中间放着一个白色的盒子，大小有点像投影仪，造型却比投影仪要好看很多，上面也有一个类似镜头的装置，四周还有一排看起来像是针孔的东西。就在花枕流按键的同时，盒子上的蓝灯亮了起来，在桌子主位的地方开始出现一团光影，它像是某种正在启动的程序，几秒后，出现了一个完整清晰的人像。

他不是真实的人，但有与真人相似的身高，身材比例堪称完美，五官精致得像是上帝精心雕琢过。

“你们好。”他忽然开口说话，“我是 Fi。”

一个虚拟的人物就这么真实地站在每个人面前，他的声音、语气跟真人没有什么差别，但看上去像是 CG 画出来的，并不是完全的真人模样，不会引起恐怖谷效应[①]，反而会令人惊叹技术与美学完全的结合与呈现。

于诺涵第一次见到这样的场景，她起身绕着 Fi 转了一圈儿，然后伸手去碰。

Fi 是完全由光影效果组成的立体形象，没有实体，于诺涵只能抓到一团空气。

在自然光下，还能透过他看到周围的实物。

“不要用你的手摸我，我怕痒。”Fi 淡淡地说。

“天哪！”于诺涵惊呼，赶紧把手缩了回来，“他竟然真的能跟我互动吗？”

---

① 恐怖谷效应，指当一个事物与自然的、活生生的人或动物非常相似，但不完全相似时，它会令一些人产生反感厌恶的情绪反应，这种反应便被称为恐怖谷效应。

“除了肢体的直接接触，其他的都可以。”花枕流指了指桌子上的那个白色盒子，“上面有三百六十度摄像头，可以捕捉到我们的行为和语言，进行分析之后，就会给出虚拟角色与我们互动的指令。当然，一切都在瞬间完成，几乎不会有停顿感。”

王寅补充说：“渃渃，你可以跟他聊天。”

于渃涵站在 Fi 身边，Fi 要比她高一些，大约一米八七。于渃涵打量了一番 Fi，问道：“陆鹤飞跟你是什么关系？”

Fi 说：“他是我的哥哥。”

于渃涵做了个受不了的表情，大声对王寅说：“王寅你是不是变态？！”

王寅一头雾水：“我又怎么了？”

“你说你弄个假人都弄得跟小飞一模一样。”于渃涵说，“你真的是……我服了，色令智昏！色令智昏！”

“可是我不是跟你说过吗？”王寅非常无辜地说，“你之前也看过视频哪。”

“看视频能跟看真东西一个感觉吗？”于渃涵说，“而且感觉这次看着好像比之前那次更好看了，哎，果然假人就是比真人好看一万倍。”

花枕流说：“数据是重新细调过的，无限趋近于完美。”他特别强调，“包括每根头发丝。”

于渃涵仔细打量一番，确实能够看到空气中的光影线条，连一根一根的头发丝都能看得到，它们随着 Fi 的细微动作仿佛在轻轻飘动。

“你离远点看。”花枕流指导于渃涵，“你能看到他是实实在在站在地上的，贴地性十分完美，而且眨眼频率、呼吸频率所带来的细微动态与真人都没有差异。”

于渃涵又仔细看了看，才发现花枕流所说的这些细节。那种在科幻电影里才有的场景一下子出现在自己面前，于渃涵只能用“恐怖”来形容这种感受。她绕着 Fi 转悠了好几圈，Fi 眨着眼睛看她，问：“怎么了？”

于渃涵说：“连声音都跟陆鹤飞好像。”

花枕流说：“确实是采的小飞的样，不过 Fi 的年龄设定得更小一些，十八岁左右，所以声音调整得更青涩了一些，比较有那种少年的气质。”

于渃涵看向王寅，果然见王寅在笑，好像在炫耀自己做了一件特别了不起的事情，并成功了一样。

“哦，对了，他还可以适应强自然光环境。”花枕流把会议室的百叶窗全都打开了，夏季上午强烈的阳光照了进来。Fi 的颜色只是稍微变淡了一点，但是不影响视觉效果。

而且 Fi 还做了一个用手去遮挡光的动作，反应像真人一样。

于渃涵倒吸一口气，用手摸了摸下巴，半天之后才憋出来“厉害”俩字。

一旁的高司玮目瞪口呆，虽然他知道 INT 的种种动作，但是他同于渃涵一样，第一次身临其境时，有点反应不过来。

技术大爆炸就这样真实地呈现在他的眼前，也许昨天有人提出一个新的概念，今天就有人能把它做出来，一切都在高速运转着。他曾经觉得王寅、花枕流的理念是异想天开，也有很多人跟他的看法一样。

但这个世界需要爱做梦的疯子。

“不过我有个问题。”高司玮开口说，“像这种真人形象的衍生有一定的法律风险吧？”

“我们全权开发的原创形象是没有的，使用 IP 授权也不会有这方面的问题。”王寅看了一眼 Fi，说，“但是像这种，你说他是小飞吧，他又不是，毕竟他们不是一模一样的。不过你要说不是小飞，他们又存在千丝万缕的联系。不过我能保证的是，我们使用陆鹤飞本人的形象是不存在任何问题的。”

听了这话，高司玮把头偏向了一边。近几年来，人脸 AI 技术在真人形象的使用这块频频出现问题，有些内容甚至被直接禁止。技术的进步是无休止的，但是相关的法律法规、行业规范必然存在着滞后性。而且有些技术的存在本身就有利有弊，甚至它们的弊端天然就在挑战人们的伦理道德底线。

花枕流忽然说：“技术的革新永远伴随着风险，不去挑战底线，人永远不知道自己的能力有多大。”

他是标准的技术狂魔，在他的概念中，技术没有道德。或者说，道德是人类世界的规则，但与技术无关。顶尖的技术在好人手中可以造福世界，在坏人手中会有无尽的恶果。可是好人坏人靠什么去定义呢？人性的判断不是数学题，不是只要答案正确即可得分。所以他索性摒弃了那些未知的因素，一门心思地在钻研技术这条路上越走越远。

高司玮刚要反驳花枕流，肩膀上就有一只手按了下来。

“小高也是心细，考虑周到些不是挺好的吗？”于渃涵示意高司玮不要说话，“钱什么时候都能赚，但是为了赚钱不顾一切地把自己玩死了就不划算了。不过，事情都有变通的法子，新东西出来，大家都需要摸索前进。我们可以先在自己熟悉的领域里试验，去积攒经验，哪怕是错误的经验。预设只是一种心理安慰，实际情况总是千差万别的，需要我们随机应变。电影再过两三个月就开机了，我们和信游的合作也正在洽谈，一切都才刚刚开始。”

她看向Fi，Fi正在歪着脑袋看她。他太美了，一个歪头让于渃涵觉得他危险而可爱。从这一刻开始，于渃涵才真正清楚地意识到自己面临的是怎样的机遇与挑战。

“我相信这一定是一件特牛特酷的事儿。”于渃涵说。

她的手还按在高司玮的肩膀上，高司玮感受到了从对方掌心传来的温度。他稍微抬头仰望于渃涵，发觉于渃涵的眼里充满了光彩。

无论何时何地，她的潇洒与气度都不输给任何人，她总是那么自信强大，万分迷人。

被她吸引，身不由己。

会上，他们就目前的测试结果提出了一些比较实际可行的优化建议，花枕流和开发团队会继续做调整。

时间不紧不慢地过着，有些比较重要的节点总会到来。

电影就剩下静候开机了，王寅这段时间都不太忙，不过他不怎么喜欢在家吃饭，因为陆鹤飞在减肥，通常不吃饭。为了不引起陆鹤飞的抵触情绪，王寅自然不能吃得太过分。所以他每天下了班之后都不想回家，只想找个地方喝酒。

他邀请于渃涵，于渃涵都吃惊了，一再询问。王寅以为于渃涵是关心自己，正要老泪纵横，于渃涵说出了自己的关注重点：“小飞还减啊？再减不成杆儿了？他那么高的个儿呢。”

“他说再瘦点上镜好看。”王寅无奈地说，“他想要营造出电影主角那种很病态、很轻盈的感觉，这样才比较科幻。现在估计奔着一百二十斤去了吧。”

“一米八七一百二十斤。”于渃涵啧啧道，“那不就剩下一把骨头了？我都一百多斤呢。”

“那不一样，于总这是一身腱子肉，打我跟玩儿一样。”王寅说，“晚上喝酒去不？逃避下中年人现实的生活？”

“不了，晚上有约。”

“谁啊？”

于渃涵说：“谭章。”

# 第六章 自以为是

谭章跟于渃涵没见面的日子说长不长，说短不短，虽然于渃涵知道了他很多不为人知的秘密，可站在谭章的视角，一切如常。于渃涵不打算在事情没有确定时跟谭章摊牌，也就没有任何表露。

两个人还是维持着正常的社交通信，不过双方都有工作，忙起来没日没夜，许久不见面也是常事。

于渃涵不知道谭章具体在捣鼓什么东西，但从她已掌握的信息来看，总归不是什么好事儿。她对谭章的邀约非常感兴趣，是纯粹的好奇心作祟。

“最近忙什么呢？”于渃涵先说，“怎么老不见你？”

“嗯，最近有几个项目在看，都挺热门的，圈子里的讨论度很高。”谭章说，“而且最近和集团那边的会也比较多。”

于渃涵问：“项目都顺利吗？”

“你指哪个？”谭章说，“对了，我正好有个事儿要跟你说，咱们不是原本计划去旅行吗？我可能去不了了。”

于渃涵早就已经把谭章从自己的各项人生计划中删除了，谭章说出这句话时她并没感觉到意外或失望，只是有点奇怪。

但她还是装作一副很惊讶的样子，问道：“怎么了？不是计划得好好的吗？为什么说变就变了？你有什么事儿啊？”

“都是工作上的事儿。”谭章说，“主要是不确定接下来一段时间要不要出差。”

于渃涵内心冷笑，谭章现在能做的事儿无非就是帮杨华清脱离困境，或者跟他传说中的情妇搞鬼动作。她找了可靠的人去专门调查过谭章背地里到底养了什么人，手里掌握了一些有分量的照片和视频证据，只是相比较谭章做的那些违法勾当，脚踩几条船都不算事儿了。

“哎……”于渃涵叹气，“那没办法了，还是工作重要。”

谭章轻轻握住了于渃涵的手：“渃涵，你就是太明事理了。”

“这样不好吗？”于渃涵没有着急把手抽回来。她叫谭章握了一会儿，忽然开口问：“谭章，有个问题我一直没问过你，我现在很想知道，你喜欢我什么？”她原来从不会问别人这种蠢问题，喜欢的理由并不重要，重要的是为之付出的行动，以及能为自己说出去的话负责。

谭章仿佛真的认真思考了这个问题，缓缓说道：“因为你跟别人都不一样。我第一次见你时就留下了很深刻的印象，无论如何都想找机会认识你，没想到我们这么有缘分，我不光认识了你，还追到了你。”

他继续说着非常动听的情话，于渃涵看着他的嘴巴开开合合，可一个字都没听进去。她在想，如果她还被蒙在鼓里，一厢情愿地相信谭章是个良人，那该是件多么可怕的事情啊。这个世界上没有不透风的墙，谭章能找机会操作那么大一笔买卖，那么就一定还有下次、下下次……等一切无可挽回时再揭露真相，那时她会不会也自身难保了呢？

于渃涵的手臂抖了一下，回过神。她打断了谭章，问道：“那你爱我吗？”

“当然。”谭章毫不犹豫地回答。

“真的？”于渃涵直视谭章的眼睛。

谭章点头：“真的。”

“好。”于渃涵轻轻回答，想把自己的手抽回来。谭章没撒手，从口袋中取出一个小盒子，打开来，里面是个手镯。

“不能陪你出去玩，买个小礼物补偿你。”谭章把手镯套在了于渃涵的手腕上，上面的钻在灯光下折射出漂亮的颜色。

于渃涵当然知道这个手镯的价格不菲，但是她在谭章和某个女人的照片上见过一模一样的手镯。

“谢谢你。”于渃涵笑着回答，心里对谭章又记恨上了一笔。她从谭章的行为举止中看不出任何破绽，谭章对自己的欺瞒行为也没有一丝愧疚，这让于渃涵的想法更加地坚定起来。

饭后，谭章本来要回家，但临走前接了个电话，便去了另外一个约。

于渃涵自己开车打算回家，上车前，她把手腕上的手镯摘了下来，随意丢到了一旁的垃圾桶里。

她坐进车里想了一阵，调转了车头开向了谭章家。

她给谭兆发了信息，谭兆在家。她没有把车开进地下车库，而是停在了路边，步行进了谭章家的小区。

“你怎么来了？”谭兆开门后四处看了看，“我爸呢？”

于渃涵说：“你爸有约会，没回来。”

“啊？他跟哪个女人约会？你就叫他走了？”谭兆对于渃涵的这般态度有点恨铁不成钢，“你都不生气吗？”

“别说这个了。”于渃涵说，“你知道你爸书房的密码吗？”

谭兆点点头。

于渃涵说：“那你能帮我打开吗？”

谭兆想也没想就帮于渃涵按下了密码，在最后一个数字按下去的时候，于渃涵轻轻叫了一声：“谭兆！”

“怎么了？”谭兆回头问。

于渃涵觉得自己有点卑鄙，她想弄谭章，却利用谭兆一个不知真相的小孩儿。万一以后谭章真有什么事儿，谭兆怎么办？谭兆知道了真相后，会憎恨自己吗？

“你要进去找什么啊？”谭兆推开了门。

“我……我随便看看。”于渃涵踏进了书房，目光在书架上巡视，“谭兆，你就这么放心我进来？你不怕我发现你爸什么别的秘密，找到把柄拿捏你爸？”

谭兆摇头：“你随便，反正我爸不是什么好人。”

于渃涵的目光停留在书架那本《君主论》上，她记得上次看到时，这本书摆在桌子上。她伸手把书抽了下来，打开时发现里面别有洞天。

书的中间被挖出了一个小小的长方形，里面放着一个U盘。

“我爸特别喜欢看那本书。”谭兆站在门口，没注意到里面，“不过他从来不让我看他收藏的书。”

于渃涵顺手把U盘拿出来攥在手心里，把书放回了书架上：“等你长大一点，有了自己的判断是非黑白的能力再看吧，否则对你来说不是什么好事。”

谭兆说：“我爸也这么说。”

于渃涵又晃荡了一会儿才借故离开，走时还嘱咐谭兆不要把她来过的事情告诉谭章。谭兆满口答应，这是属于他们之间的秘密，他才不会告诉谭章。

可于渃涵的心里一直很忐忑。

她没有动U盘，而是直接把U盘交给了花枕流。花枕流发现U盘里面有一个防盗系统，如果用非安全设备打开，就会触发警报。但花枕流是破译程序的个中高手，这点小伎俩在他面前形同虚设。

不一会儿他就破译了密码，打开了里面的文件。只是他对这些东西完全不感兴趣，看都没看一眼又交给了于渃涵。

谭章最近确实很忙，甚至到了焦头烂额的程度，直觉告诉他，他被人盯上了。有一双无形的手在背后操控着什么，让他慢慢陷入危险之中。也许那双手一开始针对的对象并不是他，而是杨华清，但这已经不是重点了，他们是一条绳子上的蚂蚱。

杨华清因为资金周转出现问题陷入了泥沼，需要不停地把手里的钱倒来倒去，才不至于全面崩盘。但是始终有一个窟窿在那里，如果没有大量资金补上，暴雷是迟早的事。

谭章和杨华清都认为这件事不是偶然发生的，几番商讨之后，他们圈定了几个有可能下黑手的嫌疑人。那些人要么是他们的商业对手，要么是跟他们有些私怨，不过任凭两人怎么展开联想，都关联不到于渃涵身上。

就在这时，于渃涵非常急切地联系了谭章，说有很重要的事情要问他。

谭章跟于渃涵见面时，于渃涵面色凝重，交给他一个信封，里面装着的是谭章和别的女人的亲密照片。

于渃涵很伤心地问谭章这是怎么回事，谭章第一反应是否认，但他不傻，事实摆在眼前，光否认是没有意义的，于是话到嘴边又改了口，他立刻诚恳地承认了自己的错误，也没要求于渃涵的原谅。

于渃涵哭哭啼啼地说："原来你一直都在骗我，我那么爱你，你就这么对我吗？你跟我说，你在外面还有什么事情？要不是有人给我寄了这个信封，我还要被你骗多久？我要跟你分手！呜呜呜！"

"这件事说来话长，我和她们都是在跟你认识之前就认识的。我是真心想和你在一起，这些人我陆陆续续地在跟她们断掉。"谭章忽然捕捉到了于渃涵话里的信息，问，"你说是别人寄给你的？你有寄件人信息吗？"

"你这个时候居然问我这些东西？你还有没有良心了？"于渃涵跳脚，她正要哭，顿了顿，好像意识到了什么问题似的，反问谭章，"你是得罪了什么人吗？是有人要害你吗？"

谭章陷入沉思。

好不容易安抚住了哭闹的于渃涵，谭章回家第一件事就是查看自己的 U 盘。于渃涵早就趁着谭章不在家的时候，神不知鬼不觉地将 U 盘放了回去。就算谭章再怎么检查，都检查不出 U 盘被做过手脚的痕迹。

谭章真切地觉得有人要害自己，并且是商业上和生活上的双重打击。不过仅仅是出轨证据的话，即使曝光出来也只是被人调侃生活作风，就算于渃涵因此跟他分手，比起牢狱之灾，这些都不算什么。

那边还在抓瞎一样地找背后主谋，真正的背后主谋于渃涵却“无辜”地收起自己伪装的眼泪，进行着下一步的计划。

她给谭章发了好长一段信息，动之以情，晓之以理，讲述自己被骗之后的伤心。同时又表示，难过归难过，但大家都是成年人，又都有着这样的身份地位，谭章在外面有莺莺燕燕也不算什么。她现在因为谭章的不诚实心灰意冷，不过大家相识一场，不知道谭章是不是有什么难处，她还是决定把寄件人的信息发给谭章。虽然不知道对谭章有没有用，就当成两个人好聚好散的最后节点吧。

她还补充道，这件事她是不会说出去的，毕竟传得满城风雨自己也不光彩，叫谭章好自为之，日后有缘再见。

谭章看完之后，竟然还有点感动。

寄件地址是随便写的，寄件人的证件是假证件，就算快递公司内部人员去查都查不出个所以然来。

这种程度的作假对花枕流来说，是不费吹灰之力，他跟于渃涵打包票，谭章本事再大也找不出来任何漏洞。

于渃涵是相信花枕流的，这几天她一直在盯着圈内的几条信息渠道。

各种捕风捉影的商业八卦不胜枚举，不过通常都是以各种代号和匿名称呼散播于非公开的社交信息网络上。

很快，开始有人传言某基金的重要人物可能要出问题了，至于具体是什么问题，爆料人却描述得很含糊，最后提醒大家爱惜羽毛，不要顶风冒险。

大家都喜欢看八卦，越是似是而非的八卦越是容易吸引人去考证。人们明面上没有猜测出是谁，但是心中似乎都有了一些人选。

正是这样暧昧的气氛，才令当事人更加抓狂。

谭章无论如何都不会把这些跟于渃涵做任何联想，哪怕是警察把他从办公室带走的时候，他最后锁定的嫌疑人名单里也根本没有于渃涵的名字。

在他看来，于渃涵只是对方用来逼迫自己的手段之一，于渃涵得知自己背着她和其他女人在一起这件事，也仅仅只是幕后人向他挑衅的一个环节。而于渃涵本人压根儿不可能知情。

说到底，于渃涵在谭章心中，也不过就是个普通女人罢了。

谭章被警察带走的事情迅速在圈内传开，幕后的惊天交易也跟着渐渐浮出水面，一时间风波不断。

王寅随意扫了一眼新闻，跟于渃涵说，这就是善恶终有报，天道好轮回。于渃涵没理他这茬，她心里并没有什么成就感，拒绝了王寅的请客吃饭，准备晚上开车去学校接谭兆。

放学的校门口聚集了很多学生和家长，于渃涵坐在车上看着路对面。谭兆和一个女生挥手再见，然后站在原地左右张望，等找到目标之后，笑着跑了过来。

于渃涵看着谭兆的身影有点晃神。

谭兆上了车，怀里抱着书包，问："你怎么来接我了？"

于渃涵淡淡回答："有事儿跟你说。"

她并没有觉得自己有什么对不起谭章的地方，但是她觉得亏欠了谭兆。等谭兆的时候她一直在纠结，自己该以什么角色、什么立场来面对谭兆。

"什么事儿啊？"谭兆今天似乎心情不错，"我饿了，晚上我爸肯定又不在家，要不你带我吃饭去吧？"

"你爸他……"

"他怎么了？"谭兆问，"你们分手了吗？"

"嗯。"于渃涵点头。

"那恭喜你呀，摆脱渣男。"谭兆笑了一下，随后又说，"对了，如果你不跟我爸在一起了，那我们还是朋友吗？"

于渃涵反问："你愿意跟我做朋友吗？"

"愿意。"谭兆似乎察觉到了于渃涵的异样，盯着她问，"你今天怎么了？你要跟我说什么事？"

"你爸他……他出事儿了。"于渃涵一咬牙，把事情告诉谭兆，"涉嫌职务侵占、非法集资……今天中午的时候，他已经被警察带走了。"

谭兆愣了一下，然后说："噢。"

这回换成于渃涵愣了。"你……你……"于渃涵想了半天也不知道能对谭兆说什么。

问他为什么不惊讶，为什么不难过？那样会显得她非常咄咄逼人，逼死爹不说，连儿子也不放过。

她有时候会把谭兆当大人来看，但更多的时候，她清楚十五岁的人和三十五岁的人看待世界的眼光与角度是不同的，无法一概而论。

“他犯法了是吗？”谭兆好像并没把这件事当事，“要坐牢吗？”

于湉涵只是说：“不清楚。这段时间你……”

“我一个人挺好的，正好没人管我了。”谭兆说，“我饿了。”

于湉涵发动了车子：“那我们先去吃饭。”

谭兆的反应远超乎于湉涵的想象，吃饭的时候她认真留意了谭兆的语言和行为上的细节，并没有发现什么异样。

于湉涵觉得自己有点过于一厢情愿地去脑补一个十五岁的少年该有的反应，它没有发生，就会让于湉涵觉得失望。

她对自己产生的这种潜意识感到羞愧，谭兆是一个独立的人，有自己的喜怒哀乐，别人不能规定他在听说自己亲爹要遭受牢狱之灾之后，必须要给出一个难过或者悲伤的反应。

也许他就是不在乎，打心眼儿里认为这不重要；或者他与谭章并没有多少父子之情；再或者他是正义的，认为违法之人就要受到法律的制裁；抑或他真的在某些方面是成熟的，不需要大人的慰藉。

情况多种多样，于湉涵认为自己不应当非要去求出个所以然。

可谭兆终归没有成年，哪怕他自己再怎么想得开，也得遵守现代社会的必要法则。

于湉涵问：“你爸要是进去了，你还有什么家人吗？”

“没有。”谭兆说，“有也没用，都没怎么见过，关系也不亲。我爸要是惹了官司，犯了法，别人巴不得撇清关系呢，为什么还要管我这个拖油瓶？”

“你别这么说嘛。”于湉涵说，“你这么听话，长得又帅，怎么会是拖油瓶呢？”

谭兆仿佛随口说道：“那你养我吗？”

于湉涵意外：“我怎么养你？我跟你非亲非故的。”

谭兆说：“你差点就是我后妈了。”

“差一点就是差很多。”于湉涵说，“这都哪儿跟哪儿？”

谭兆说：“那我变成这样还不是你害的？你不得负责吗？”

“谭兆。”于湉涵盯着对方的眼睛，“你想表达什么？”

谭兆吃饭："没什么。"

他很明显不想跟于渃涵过多地交流这件事。虽说于渃涵对谭兆有愧，但这并不意味着她可以答应谭兆任何要求，这种责任可不是说负就负的。

"这件事我们回头再商量吧。"于渃涵说，"这段时间可能会比较乱，也许一些调查人员会去你家里，你要是觉得不好，可以……"

"我不用你管。"谭兆的态度忽然发生了转变，只顾闷头吃饭。

"那你随便吧。"于渃涵懒得跟谭兆扯皮，打算先让高司玮帮忙照看一下谭兆。

但是，她又一次陷入了"自以为是"的境地。

"我为什么要照顾他？"高司玮直接回绝于渃涵，"我最近很忙，没有时间。"

"啊？"于渃涵说，"那怎么办？"

高司玮问："他没有家人吗？"

于渃涵把谭兆的情况简单地跟高司玮说了一下，又把自己的矛盾也跟高司玮讲了，可高司玮还是没有答应于渃涵的请求。于渃涵觉得高司玮最近很反常，不过想想，谭兆是谭章的儿子，高司玮不喜欢谭章的话，对谭兆可能也会有点嫌弃。

"你问问别人吧。"高司玮说。

"我还能问谁啊？"于渃涵苦恼，"难道我还能指望王寅？指望王寅还不如指望路边的野狗呢。"

"那我问你，你是希望我为公司工作，"高司玮冷冷地说，"还是为你工作？"

"这个月双倍工资加奖金怎么样？"于渃涵避重就轻地回答。

高司玮转头就走了。

"小高小高！"于渃涵从茶水间一路追到了高司玮的办公室，"别这样嘛，就当朋友请你帮个忙。我是得出差，我是真的没空，我……"

高司玮坐在椅子上，抬头看向于渃涵，一贯冰冷无情的态度，于渃涵立刻就闭嘴了。

"我也有工作。"他说。

于渃涵觉得这个时候如果自己就这么走了，面子上有点挂不住，可跟高司玮继续对线又有点太无理取闹。

她转悠了一圈，问："对了，我那个北海道旅行退了吗？八月份的事儿，现在都九月了。"

"早退了，你的账户等级非常高，申请后二十小时全额退款，你难道没查账户吗？"

高司玮的口气十分肯定，“你看看你的手机短信。”

“啊这……你说退了那就肯定是退了。”于潜涵说，“哎呀，可惜了，要不然可以当成出门散心。”

高司玮对着电脑噼里啪啦地打字，好像根本没听于潜涵。

于潜涵又溜达了几圈，发现高司玮是真的不理睬自己，拿自己当空气，觉得有点尴尬。此时，有人敲门，进来的是宋新月。

“于总你也在啊？”宋新月跟于潜涵打了个招呼后直奔高司玮，“司玮，这周末我们几个人想去郊外野炊，你去吗？”

于潜涵以自己对高司玮的了解，认为宋新月的邀约极可能告吹。她有段时间没关注过这个小女孩儿了，这会儿才意识到对方好像比刚来的时候热情开朗了很多。

可是妹妹啊，想要和人拉近关系要投其所好哇！你说这么一个明显“生人勿近，莫挨我身”的冰山，你约他出去玩不是自己给自己添堵吗？

“怎么样？”宋新月期待地说，“考虑考虑？”

高司玮先是看了看于潜涵，然后缓缓地对宋新月点了点头。

于潜涵吃惊，很吃惊。

宋新月也有点意外高司玮会答应，达成约定之后开开心心地走了，走时还跟于潜涵说“再见”。

“你不是工作很忙吗？”于潜涵问。

高司玮说：“可是我周末也要休息。”

“哎，行吧行吧，我没面子。”于潜涵感慨，“老女人不行了，还是年轻小姑娘才请得动您是吧？哎呀，你说你，之前那么遮遮掩掩的干吗？我又不是不准办公室恋情，即使我不准，现在的剧情不也是照样发展到了这一步？喜欢就坦然一点嘛……”

高司玮好像真的烦了，站起来说：“我不喜欢姓宋的，但是我讨厌姓谭的，可以吗？”

于潜涵很少见到高司玮摆出如此认真较真的态度，一时半会儿没答上话来，仿佛被老师训斥的小学生，站在一旁。

高司玮跟于潜涵共处一室嫌烦，准备干脆走了。

于潜涵问他去干吗，高司玮看了她一眼。

谭兆的那句“你别管我”余音绕耳，于潜涵生怕高司玮也丢过来这么一句，那场面可就太好看了。

她一阵唏嘘，觉得自己仿佛身陷中年危机的老母亲一样，眼皮子底下这些人，大的小的都很叛逆，不着调。

好在高司玮最后还是留了一点面子给于渃涵，什么都没说就离开了。

于渃涵松了口气，但转念一想，高司玮的沉默似乎比说话更令人后怕。

现在唯一的好情况是，谭兆已经开学了，平时在学校里不用人管；但坏的情况是，谭章被带走之后，名下所有资产都要进行清查，那么谭兆的处境会非常尴尬。

谭兆给于渃涵打电话，说他们家房子要被查封了，他没地方去。

于渃涵接电话的时候刚结束一个会议，她脑子里本来就装着一堆事儿，周围又乱糟糟的，谭兆还可怜兮兮地说自己没爹没娘，马上连家都没了，说不定会被送去福利院之类的。

于渃涵有点慌，一时半会儿想不出来什么解决办法，只好先让谭兆周五放学之后来公司找她。可一转头，她就因工作的事情不得不在周五下班之后立刻飞往上海出差。

事情全都赶到了一起，令于渃涵头大。

周五晚上，谭兆背着书包到了择栖，在门口张望了一会儿之后才进入大厅，跟前台的小姐姐说他要找于渃涵。

前台知道有这件事，可还是不免多看了谭兆几眼，如果不是早就有人打过招呼，她甚至会以为谭兆是公司新签进来的练习生。

谭兆被带上了楼，在于渃涵的办公室里等她。最近一段时间于渃涵不是在开会，就是在去开会的路上，剩下的时间就是看手头上的各种待批事宜。等她结束会议回到办公室，也差不多该下班了。

"你怎么来这么早？下午没上课？"于渃涵一边接水一边问话。

谭兆说："今天大扫除，放学早。"

"那什么……我一会儿得去机场。"于渃涵看着玻璃门外有个人影走过，立马打开门抓住了对方，"小高！"

高司玮吓了一跳："怎么了？"

"你来得正好。"于渃涵推着高司玮走出了办公室，关上门，神秘兮兮地对高司玮说，"江湖救急。谭兆他们家好像要被查封了，他现在没地方去。我这不一会儿就得去机场嘛，下周二才飞回来，你收留他两天行不行？我回来就把他接走。"

“不行。”高司玮果断回绝。

“我家都还没收拾呢，烟头一地，难道让他一个人在我家待两天吗？”于渃涵挑眉，“反正他那么大个人了，又不用你照顾，有地方睡个觉，别流落街头就行了。”她知道高司玮肯定还能找出其他拒绝的理由来，于是又赶紧冲进办公室对谭兆说：“我得出差，周末不在家，你先去小高哥哥家住两天，乖乖等我回来。”她看了看时间，非常夸张地说，“哎呀我得去赶飞机了，来不及了来不及了。”

于渃涵匆匆拿上包和手机，一溜烟儿地就跑了，跑到走廊拐角处才回头喊了一句：“小高，好好照顾小朋友哦！拜拜！”说完立刻闪进电梯里，消失不见了。

高司玮站在原地，有点茫然。

谭兆从办公室里走出来，问高司玮：“她把我丢给你了？”

高司玮点头：“嗯。”

高司玮再怎么郁闷，也不得不面对谭兆。毕竟他确实不能把一个未成年人像丢垃圾一样丢弃在马路上。

到家之后，他打开灯，弯腰换鞋。谭兆好奇地环视高司玮的家，然后像猫到了一个陌生环境要四处巡视一样，东看看西走走。

“这个周末你就住在这里。”高司玮说，“不要乱跑，也不要乱动东西。”

谭兆嫌弃地说：“你家里什么都没有，我能乱动什么？”

高司玮一个人在北京打拼、生活，这些年于渃涵待他不薄，虽然说他表面是于渃涵的小助理，但是吃穿用度、工资、福利标准，远远超过了一个小助理的水平。不知道的人还以为他混得风生水起，俨然是高管之类的级别了。

他时常要被于渃涵叫去处理一些她的私人问题，所以租的房子离于渃涵家不远。一室一厅对于一个单身男人来说绰绰有余，可现在装了两个人，其中一个还是个毛手毛脚的熊孩子，高司玮顿时就看哪儿都嫌挤了。

家里就一张床，晚上高司玮让谭兆去床上睡，自己在沙发上对付了一宿。

第二天上午，他洗漱完毕之后正要出门，谭兆醒了，问他去哪儿。

“我出门有事，你要吃什么，我现在帮你订好，中午按时送来。”高司玮说，“楼下有篮球场，你无聊的话可以去打球。”

谭兆问：“你到底干吗去呀？”

高司玮没说话。

谭兆问："你是去约会吗？"

高司玮说："不要问多余的事情。"

"约会就说约会嘛。"谭兆说，"怎么了？我又不会告诉别人。"他话锋一转，继续说，"但是如果你因为约会就把我一个人丢在家里，那我肯定会告诉别人的。"

高司玮问："你想怎么样？"

谭兆说："所以你到底是去干什么？"

"和同事们出去野炊。"高司玮反问，"怎么，有什么问题吗？"

谭兆说："原来是出去玩啊，那你能带我去吗？"

"不能。"

"那你就是去约会。"

"大人的事情小孩子不要乱掺和。"

"哦，还有少儿不宜的部分。"

高司玮只见过谭兆一两次，印象中对方并不是个话特别多的小孩儿。他总是听于渃涵说谭兆是个叛逆少年，但没想到能叛逆得这么烦人。

两个人争执了半天，最后高司玮看时间来不及了，便答应带着谭兆一起去。

路上谭兆倒是没怎么说话，两个人各自沉默，抵达目的地时同事们已经开始了烧烤准备。

谭兆闻了闻空气中香喷喷的肉味，也有点饿了。

"你来啦！"宋新月笑着跟高司玮打招呼。高司玮说："不好意思，出来的时候有点事情，耽搁了。"

"没事儿，也不晚，正好刚开始。"宋新月注意到了谭兆，好奇地问，"这是谁呀？"

高司玮说："于总托我照看的。"

"哦！于总家的孩子呀。"宋新月腹诽，为什么于总家的小孩儿要让高司玮照顾，人周末的没地方去吗？不过谭兆长得帅，十五岁的男孩子已经有大人样了，其他几个女同事纷纷围了过来。

高司玮去一旁帮忙，把谭兆交给了女同事们。谭兆面对她们的时候反而话少，这样的形象意外地符合女孩子们心中那种沉默小帅哥的设定，不由得更喜欢他了，七嘴八舌地问了他很多问题。

"你叫什么呀？"

"谭兆。"

“你多大了呀？”

“十五岁。”

“你是于总家亲戚的孩子吗？”

“她是我妈。”

谭兆平平淡淡地说出来这几个字，几个女孩儿听后的反应却犹如平地惊雷，瞬间石化。

这小孩儿说什么？于总是他妈？

今日组局的几个同事都是跟宋新月差不多的时间入职的，年纪也相仿，没什么社会阅历，对公司那些陈芝麻烂谷子的事儿了解得也不多。

她们单知道传说中的于总是个叱咤风云的风流人物，这个风流不光体现在才情上，更多地体现在个人生活上。于总包养男明星的八卦从来就没断过，但从来都是万花丛中过，片叶不沾身，也没见哪个成功上位过。

结果冷不丁就蹦出来这么大一儿子，按照年龄来看，这难道是于总二十岁时犯下的错误？

这种劲爆新闻都能捂得这么严实，高人果然是高人。

几个人各自脑补剧情，宋新月则问谭兆：“那怎么是司玮带着你啊？”

谭兆哪儿编得出来理由，于是反问：“你说为什么呢？”

此话一出，意味深长，引起一片哗然。

公司里的人都知道高司玮跟于渃涵的关系十分亲密，有时候亲得不太像话，难免遭人侧目。但于渃涵就是这样的人设，高司玮在其他人心中又是一副冰山机器模样，两个人这么多年来都是这么相处的，好像也没出过什么大问题。

不过，听八卦的几个女孩子都是刚来公司不久，还没有意会到于渃涵和高司玮之间是纯洁的革命友情。单听谭兆这么说，顿时觉得里面有猫腻，就连看高司玮的眼光里都充满了暧昧。

工作上为总裁大人鞍前马后，生活上帮总裁大人打理得井井有条，现在还帮总裁大人带孩子。

尊称一声“择栖小爸”也不为过了。

宋新月不甘心，还想继续追问，谭兆起身就走了，坐到了高司玮那边。高司玮面无表情地跟他说了点什么，谭兆摇摇头，接过了高司玮递给他的肉串开始啃。

宋新月张望了一会儿，心中隐隐有些失落，耳边充斥着同事们小声的议论和八卦，她回头说："你们这么说不太好吧，司玮只是……"

只是什么？她自己也不知道。唯一能够安慰自己的是，从未被当事人承认过的关系，那自己就应该当作是不存在的。

还有机会。

因为跟其他人都不熟，吃饭时谭兆一直坐在高司玮身边。但高司玮其实跟大家也不太熟。

他跟谁都是普通的同事关系，没有太多的私交，宋新月可能是他这段时间接触得最频繁的一个人，但也仅仅停留在工作方面。他答应来聚会，有点鬼使神差的意思，当时于渃涵在，他就随口答应了。

仿佛只是想跟于渃涵置气似的。

看着几个女同事的话题一直围绕着谭兆，高司玮不免有点庆幸，要不然他也真的不清楚该怎么处理和同事之间的人际关系。

宋新月不知不觉间挪到了他的身边，用胳膊肘小心地碰了碰他，说道："你怎么都不跟大家玩？"

高司玮问："玩什么？"

"就是……就是……"宋新月指了指三三两两的人群，"大家都有说有笑的，聊聊天，吐槽吐槽遇到的麻烦事儿。"

高司玮说："我不感兴趣。"

宋新月"哦"了一声。

高司玮又说："你记不记得你的结案报告还没交？礼拜一是最后一天了。"

"记得记得。"宋新月说，"这不是礼拜一还没到呢吗？你真是的，大周末好不容易放假出来玩，还聊工作，你的生活中就没有别的事情了吗？"

高司玮被她这么一问，还真的想了一下。从前他还会玩一玩游戏，但是随着工作越来越繁重，有段时间经常跟着于渃涵天南海北地走，也就渐渐放下了。再往后，他的个人时间大多用来给于渃涵处理私事，实在没闲工夫去关心别的。

原来他很爱看电影，后来开始在娱乐公司工作，认识了那么多明星，知道了那么多背后的、不能言说的事情，渐渐地也就对电影失去了兴趣。

"我的爱好呢，就是养植物。"宋新月说，"侍弄侍弄花花草草，看着它们茁壮成长，心情会特别好，也会特别有成就感。"她的办公桌上有很多多肉植物，刚来公司的时候只有一两棵，后来竟然要支起一个小架子摆放那些植物。

“如果你工作能有你养花一半认真就好了。”高司玮说。

宋新月做了一个受不了的表情：“你真的很破坏氛围唉！”

高司玮说：“你可以不用叫我来。”

宋新月说：“我还不是看你平时都没什么社交的样子，才叫你出来玩的。”她随便给自己找了一个理由，好像十分关心同事一样。

说话间，她偷偷打量着高司玮的侧脸，高司玮的眼睛低垂，不知道在盯着地上的什么东西看，眨眼睛的频率似乎也很慢。宋新月最开始认识高司玮的时候就特别好奇，为什么高司玮不出道做明星？现在看看，这样的性格会让经纪人很头疼吧？

她来公司后陆陆续续地做过一些项目，大大小小的艺人也接触过，麻烦的事情更是遇到过一堆。自从来择栖之后，她才知道原来世界上有那么多的奇葩。明星的性格矫情就算了，他们身边的工作人员也不是正常人似的。

一开始她因为总是碰壁还跟高司玮抱怨过，高司玮只是习以为常地跟她讲：“如果你总是在工作中碰到傻子，就要仔细想想是不是自己的能力不够，差劲到只能跟傻瓜共沉沦。”

这话从高司玮嘴里说出来是有几分好笑的，因为宋新月之前从来没见过高司玮骂人。

他根本不需要骂人，只要拿出非常冷淡的态度，就能让所有人心里犯嘀咕。

宋新月已经从实习生转为试用员工，又从试用员工成了正式员工。她自觉很努力，度过一开始的适应期后，比同期进来的其他人已经优秀了很多，可在高司玮眼中，她也不过是一个需要被催促着去完成结案报告的新人菜鸟。

这让她在感情受挫的同时，又遭遇到了工作上的打击。

“我们什么时候回去？”

谭兆不知何时来到了他们面前，高司玮问：“你觉得无聊了？”

“我还得写作业。”谭兆说。

“好。”高司玮看了一眼时间，对宋新月说，“那我们先回去了。”

“啊？哦……还是写作业要紧。”宋新月总不能阻拦人家学习，虽然有点恋恋不舍，但只能答应了。

高司玮跟其他同事打了招呼后就带着谭兆走了。八卦的主角走后才更方便八卦，高司玮的身影一消失，一群人立刻凑在了一起，展开非常狗血的联想。

如果是高司玮一个人在家，周末他会看看书，或者出去运动一下。但现在多了个熊孩子，他所有的计划就都落空了。

谭兆才不会乖乖写作业，刚坐下没一会儿，数学题只写了个“解”字，就掏出了手机玩游戏。

“你到底是要写作业还是要玩游戏？”高司玮站在谭兆背后冷不丁地问了一句。

谭兆吓了一跳，说：“我写会儿作业玩会儿游戏，劳逸结合，怎么了？”

高司玮直接没收了谭兆的手机。

谭兆眼看着快赢的局被高司玮破坏了，跳起来说：“你想干吗呀？！把手机还给我！”

高司玮说：“好好学习。”

“你凭什么管我啊？”

“就凭这里是我家。”高司玮说，“两个小时之后再来跟我拿手机。”

人在屋檐下不得不低头，谭兆只能郁闷地坐在桌子前对着数学题打瞌睡。他胡乱写了一通题，一直到晚上吃完饭，才要回了自己的手机。但谭兆做的第一件事不是玩游戏，而是跟于渃涵告黑状。他把高司玮的所作所为一番添油加醋之后，用一种非常悲情的口吻叙述给于渃涵。

没想到半天之后，于渃涵回过来一句：“他说你，你就听着呗。”

谭兆盯着那行字看了好久，试图理解于渃涵的意思。过了一会儿，于渃涵又发来一句：“我也不敢得罪他呀。”

谭兆问：“他不是你的下属吗？”

“嗯，对。”于渃涵回答，“但是这个问题我该跟你怎么解释呢？哎呀，等你以后工作了你就懂了，老板不是皇帝，老板是给所有员工打工的那个人。”

谭兆不能理解于渃涵的话，但既然于渃涵都没法儿给他做主，他只能做小伏低，跟高司玮井水不犯河水。

于渃涵周二一大早落地北京，高司玮开她的车去接她。

“谭兆那个小兔崽子呢？”于渃涵说，“没给你惹什么麻烦吧？”

“他上学去了。”高司玮说，“这两天挺老实的。”

于渃涵说道：“哎呀，我就说了吧，只是个小孩儿而已，你哪儿来那么大的抵触情绪？”

高司玮默默地说：“他是谭章的儿子。”

“你是不是电视剧看太多了？怎么一点破事儿还磨磨叽叽的。谭章都是什么时候的老皇历了，你怎么还记挂着？没劲。”于渃涵伸了伸懒腰，打了个哈欠，一看时间还早，便说，“我想吃个早饭再去公司，先回家放个行李吧，正好在楼下吃点东西。”

于渃涵所说的这个“楼下”并非她家楼下，而是隔了一个小区远的地方，那里是普通的居民区，比于渃涵的住处更多几分市井生活的气息。早上的街道往往是一幅忙碌之景，有匆匆上学、上班的人，以及连成排的各式各样的早点铺子。

“两碗豆腐脑，一碗多加韭菜花。一根油条一张糖油饼，俩茶叶蛋。”于渃涵回头问高司玮，“你吃茶叶蛋吗？”

高司玮摇了摇头。

“没事儿，我请客。”于渃涵说，“你于总难道连个茶叶蛋都请不起吗？”

高司玮说：“还得剥，麻烦。”

于渃涵说：“事儿多。”

早饭很快就上齐了，于渃涵把一整根油条劈了一半给高司玮，另外一半拆成小块全泡豆腐脑里，卖相有点奇怪。高司玮永远都理解不了于渃涵的吃饭习惯，比大老爷们儿还随便。

于渃涵喜欢吃各种泡的东西，油条可以泡进豆腐脑里、牛奶里、豆浆里。米饭泡剩菜汤、肉汤更是人间极品。

同理大饼卷肉，卷肠，卷一切。

她是那种很典型很粗糙的北方人的口味，不要求多么精致，但是一定要满足吃的基本需求，要美味，要有那种铺满一桌子的气势。可以不那么好看，但一定不能小气。

就像她本人的性格一样。

“上海那个地方，不行。吃得太甜，我真的不喜欢去上海出差。吃个包子，个儿比我们家包的饺子还小。”于渃涵吃上两口，就开始剥糖蒜。高司玮见她是真的饿了，就挥开了她的手，让她安心吃，自己给她剥蒜。

“裴英智那个老小子能在上海一待待那么久是不是有病？”于渃涵继续说，“他一定不是纯血北京人。”

高司玮不知道于渃涵为什么大清早就开始损裴英智，问道：“他又怎么你了？”

“没怎么，我想起来了，骂一骂。”于渃涵说，“我不是去上海出差吗？其实是去见信游的老板了，就是那个许诺。你有印象吧？”

INT 跟信游有业务往来，但是择栖没有，所以高司玮只是听王寅和于渃涵提起过这个人。

说是挺厉害一人，履历特别传奇。具体如何，高司玮不清楚。

“你们谈什么了？谈得怎么样？”

“七七八八。”于渃涵说，“他这个人，看着挺好说话的，实际上骨头硬得很，难啃。”

高司玮说：“之前听你说，双方的条件提得不是很明确吗？有变数？”

于渃涵说：“谈不上变数吧，只是授权时间上有一点分歧。不过问题不大，还有的聊呢。回头让他来北京，我不想去上海了。”

高司玮说：“听王总说，许总和 IEN 的裴总关系很好，他们两个人不会联合起来耍你吧？”

“这倒不会，许总还是挺有原则的。老王是说过他俩关系好，可许总自己却说他俩有恩怨过节，你信谁的？”于渃涵说话间，高司玮已经把半个糖蒜剥了个干干净净，又拿起茶叶蛋来在桌子上敲了敲，剥开蛋壳之后把光嫩嫩的鸡蛋放在于渃涵面前的小碟子里，紧接着再去剥另外一个。

“你不是嫌麻烦吗？”于渃涵故意问。

高司玮非常淡定地回答：“顺手。”

于渃涵“哼”了一声，把剥好的茶叶蛋吃了。

怪不得古时候人人都要做皇帝，有人伺候的生活谁不向往呢？于渃涵舒舒服服地吃了顿早饭，结账之后往外走。

她看着面前热闹忙碌的小街，上班的买菜的遛狗的……各家早餐摊上食物的热气聚成一团，在阳光下变成缕缕薄雾，她挥了挥手，拨乱薄雾，看到高司玮把车从停车位上倒了出来，方便她上车。

于渃涵深深地吸了一口气，嗅到了熟悉的干燥气息，感叹：“舒坦。”

# 第七章 风从

不过，舒坦的日子并不是天天都有的。

转眼就到了一年之中的最后一个季度，电影眼看着就要开机了。

往常电影的开机都会举办一场象征性的简单仪式，但这次因为要卖关子，所以INT 干脆弄了一个颇为华丽的发布会。

发布会的主题契合电影主题，充满未来科幻的元素，现场的声、光、电全都是最新的技术，它们将跟随着电影一起向世人揭开最后的面纱。项目的各个环节从头至尾紧密结合，电影的名字最后定为《FI》，与虚拟形象的名字相同。

在发布会正式召开之前，所有人都忙得脚不沾地。

于渃涵在 INT 那边的事务太多，分身乏术，还好经过了大半年的磨合，择栖能完全交给高司玮去打理。

如果只是日常的事务，高司玮也不会多说什么。不过择栖在这次的电影项目中承担主要角色，四舍五入一下，高司玮反倒成了责任最大的那个人。

问题是，他对电影前期工作的了解还停留在表面。

他在公司连着加了两周的班，才把该看的资料全看完，而这仅仅是个开始。

晚上八点，公司里的同事们都走得差不多了，高司玮才从办公室里出来。他从下午坐进去之后就忙得连喝水的时间都没有，现在站起来走动走动，觉得浑身的骨头仿佛粘在了一起似的。

高司玮端着杯子从茶水间出来，看到外面的工位上还有一个显示器亮着，是宋新月的位置。

宋新月也在加班，她的策划案还没有写完。其实她已经反反复复修改了好几稿，但都不太满意，于是便留下来继续改。

她没注意到高司玮站在她的背后。

“思维导图不要画得这么花里胡哨。”高司玮一开口，宋新月“啊”地叫了一声，仿佛见鬼似的回头看，意识到是高司玮后，她才松了一口气。

“你别站在别人背后突然开口说话，会吓死人的。”宋新月用手掌在胸口上拍了两下，压压惊，才说，“诶？你怎么没走？还在加班？”

“不算。”高司玮说，“有些资料没看完，在这边效率高一些。”

宋新月问：“是那个《FI》吗？”

高司玮点点头。

“真好哇。”宋新月说，“我也想有朝一日能做电影。”

高司玮问：“为什么？”

宋新月理所当然地说：“因为电影是一门艺术哇！就像为什么那么多演员都争先恐后地想拍电影，成为电影咖一样。”

“可是拍电影不赚钱，还很麻烦。”高司玮说，“有些严格的导演，剧本里两三行的内容都要反反复复地拍上好几天，演员有这个时间还不如多拍两集电视剧赚钱快。”

“哎，这都是没办法的事情。”宋新月坐着椅子转了半圈，噘起来的嘴唇上能放一支笔，她也这么做了，不过笔很快就掉了下来。她耷拉下脑袋，愁眉苦脸地说：“想那些干吗？还是先可怜可怜我吧，我这策划案都改了好几遍了，还是得继续改。”

高司玮说：“你们组长让你改的吗？”

“不是。”宋新月说，“之前那版的方案她觉得可以了，但是我个人感觉还不大完美。我嘛……”她拍拍胸脯，笑道，“我是个对自己很有要求的人，就想着能不能继续深挖一下，有没有别的灵感。”

高司玮看着宋新月电脑桌面上的内容沉思片刻，伸出手指指了一下。

于渃涵本来都到家了，准备上楼的时候才发现有一个重要的资料扔在办公室没拿，她心中骂了一声“晦气”，想让高司玮帮她拿回家，但是打半天电话都没人接，很显然，这让她觉得更晦气了。

她靠着车窗，平复了一下自己的心情，这才又开车回到了公司。

一上楼于渃涵就看见还亮着灯的工位上有两个人，一个站着一个坐着，两人对着电脑激烈地讨论着什么。随后，坐着的那个人茅塞顿开，喜悦之情溢于言表，甚至还亲昵地拍了拍站着的人的手臂。

“你们怎么还没走啊？”于渃涵说，“这都几点了？”

两人之间和谐的氛围一下子被打破，高司玮见是于渃涵来了，上前一步问：“你怎么来了？”

“我？我不能来吗？”于渃涵被高司玮这句话问蒙了，她左右看看，确认自己来的是择栖而不是别的地方，“我……是不是打扰到你们了？”她尴尬地笑了两声，“那什么……我就是来拿个东西，拿了就走，你们继续，继续。”

于诺涵飞快地逃离现场，没想到高司玮快步跟在她的身后进了办公室。

“你忘带东西跟我说一声就好了。”高司玮说，“我可以拿给你。”

“别，别。”于诺涵说，“只是一点点小事，就不劳烦高总了。”

高司玮说：“你什么意思？”

“我就是字面意思。”于诺涵迅速找到了她落下的东西，往包里一塞。

高司玮又问：“你忘拿什么了？”

“嗨，就是发布会的设计方案。”于诺涵说，“今天刚发到我手上，我都没时间看，想着晚上回家看看，结果忘了。上了岁数，记性就是不太行，这一来一回浪费了不少时间。诶，对了，你还没说你在这儿干吗呢？不会真是……”

“没有，我在看《FI》的项目资料。”高司玮说，“你不要胡思乱想。”

于诺涵难得没有打趣高司玮，而是问道：“看得怎么样了？”

“内容太多了。”高司玮说，“而且科幻题材的架构本身就很复杂，还要联动很多其他元素，我只能说我在抓紧时间看。”

于诺涵问：“有什么不理解的地方吗？”

高司玮说了一两处，于诺涵想了想，把包放在桌子上，打开了自己的电脑，招呼高司玮过来：“我这里有全部的内容，你说具体点。哦，对了，你把新月也叫进来吧。”

高司玮问：“叫她干吗？”

“传道授业解惑，难道多个人听讲不好吗？”于诺涵说。

“她不需要。”高司玮说，“工作没交叉。”

“你这个人怎么这样？还想吃独食？”于诺涵说，“现在没交叉，难道以后也没有？总不能做一辈子小策划吧？”

高司玮没再说什么，冷着一张脸出去叫宋新月了。

宋新月进来的时候有点兴奋，也有点忐忑。她没怎么跟于诺涵相处过，只在别人的只言片语中对于诺涵了解过一点点。当然，其中还有很多无从查证的八卦，比如于诺涵和眼前的高司玮有纠葛之类的。

她好奇，也十分想弄明白，因此总是忍不住偷偷打量高司玮和于诺涵。

于诺涵拿那部即将开机的科幻电影为例，详细地给他们讲制作电影从头至尾的流程。开始，于诺涵说讲得详细一些，有利于高司玮梳理其中症结。但这些事情高司玮早就很了解了，能看出来她其实是在讲给宋新月听。

宋新月是个优秀的学生，虽然有时候年轻气盛不懂事儿，有点莽撞，小心思还很多，但这都是年轻人的通病。在面对正经工作时，她还是能拿出百分之二百的认真来。

“我知道其实你们一直对前期资金这块留有疑问。”于渃涵笑了笑，“你们俩啊，一个大财迷，一个小财迷，就知道抓着钱不放。但很多时候，钱的事儿都不是什么大事儿。毕竟钱是一个数字，数字是非常准确的东西。在任何一个项目中，能够被计量出来的信息都是可以轻松掌握的。”

眼前的电影项目之所以资料庞大，除了题材之外，一个很重要的原因是它有新的技术加持。电影里的那个虚拟角色最终定的是由 Fi 来出演，那么，Fi 的横空出世势必会引起很多的讨论。

花枕流他们前期做了大量的准备，光是外观的设计方案就有好几十套，这部分角色持有方和片方的交叉非常密集，参与程度远远超过了其他影视项目。

宋新月听着听着就有点理解不了了，于渃涵看到她迷茫的表情，问她有什么地方不能理解。宋新月支支吾吾地说了几处，说完就有点后悔。学生时代时，如果很简单的问题还做错，老师都懒得再解释一遍。没想到于渃涵没说她什么，反而讲解得更细致了一点。她理解之后便能够很快地举一反三，于渃涵还夸奖了她。

于渃涵用最快的速度带着两个人把项目过了一遍，能得到像她这样的人的亲自指点，无论对高司玮还是宋新月来说，无疑都是莫大的帮助。

宋新月对于渃涵的理解更丰富了一些，她最后甚至主动请教于渃涵关于一直苦恼的策划的问题。

于渃涵有点意外地看着宋新月，宋新月才发觉自己好像问了个蠢问题，有点难为情地说：“因为司玮刚刚一直说‘于总会怎么做’‘于总教过’，所以我想着，既然于总在……”她为了掩饰尴尬，扯着嘴角笑了一下，意思不言而喻。

“行，那我今天就帮你看看。”于渃涵说，“不过让我指点，可是得交学费的。”

宋新月问：“什么呀？”

于渃涵说：“还没想好，回头再说。”她让宋新月先把 PPT 拿来，稍微扫了一眼之后就指出了症结所在。

其实这些东西刚才高司玮都稍稍点过，意思差不多是那个意思，但是表达上，于渃涵的话更加精准，一针见血，更容易让她这样的新人迅速理解消化。

而高司玮说得难免有点云盘雾绕，还得自己费力思考。

宋新月长这么大，第一次对“工作能力”四个字有了深刻的认识。高司玮原本在她心中已经是一个很有能力的人了，年纪轻轻就能驾驭那么多事情，而且这才半年不到，不仅是项目组，公司上上下下已经完全没有了当初对他的不认可。

她还幻想过工作几年之后的自己是什么样子，是否也能像高司玮这样运筹帷幄。

但现在，她见识到了真正的大神，佩服得五体投地，对于诺涵的敬仰之情溢于言表。

不过，她想的更多的是，如果自己是高司玮，天天跟在于诺涵身边处理大事小事，也会忍不住喜欢上她吧。

她高挑漂亮，身上有一种潇洒的气场，起初会感觉有点不好接近，但是她总有办法让人在某个时候放下防备。宋新月仔细想了半天，才从以前读过的武侠小说中找到类似的人物设定。

与她相比，自己仿佛就是一个干啥啥不行、吃啥啥不剩的小废物。自己三十五岁的时候会是什么样的呢？

女人对衰老总是很抗拒的，但宋新月忽然又有了点期待。

时间晚了，于诺涵心情很好地当起了司机，先是把宋新月送回家，又去送高司玮。

“我自己回去就行了。”高司玮说。

“哦。”于诺涵说，“那你下车吧。”

车里就他们两个人，于诺涵自然随意得很。她见高司玮脸色一变，明显是没意识到自己会真的答应他，高司玮现在是动也不是，不动也不是。

“好啦好啦，我开玩笑的。”于诺涵笑道，“这大晚上的我怎么可能把你扔路上啊？万一再从哪儿蹦出来个流氓劫财劫色怎么办？”

高司玮脸扭向窗户那边，虽然没说话，但很明显是不高兴了。

于诺涵抓了抓头发，对于最近越来越容易踩到高司玮怒气阈值这件事很苦恼。

过了一会儿，高司玮才说：“你怎么什么都跟宋新月讲？”

“又不是什么重大机密，聊两句也没什么吧？”于诺涵说，“哎呀，我这不是看你最近手头缺人吗？能培养起来一个是一个，多干点活儿，好给你排忧解难哪。”

“我不需要。”高司玮说，“这么点小事儿也不用麻烦你。”

“不麻烦不麻烦。”于诺涵的态度很随意，但她马上意识到自己这样的态度可能会让高司玮认为自己是在拿宋新月调侃他，于是补充说，“我真没别的意思，就是觉得小姑娘挺好学的。新人嘛，难免有很多缺点，但是不能因为工作中出现过一两次小错误，就否定人家是吧？人都是要成长的，你当初做错事儿的时候我也没骂过你什么呀。”

高司玮冷冷地“哼”了一声。

于渃涵立刻强调说：“高总当初什么都没做错过，自古英雄出少年，高总英明，英明。”

“……你别说了。”

大小姐斗不过臭流氓，反过来也差不多。

车里的夜间电台总是会放一些契合这个时间点的歌曲，舒缓的音乐充盈在车内，而老歌总是能让人联想到当初的自己。

“我记得你那会儿毕业刚来时，好像也就宋新月这么大。”于渃涵陷入回忆，“不对，似乎比她还小点。那会儿你什么都不会，每天在公司加班到很晚，在各个部门轮岗，最后大家都想要你。现在，你都是统领四方的大将了，时间过得真快，一转眼都好几年了。”

高司玮随着于渃涵一同回忆当初，记忆中的某个画面一下子就蹦到了他的眼前。

仿佛也是多年前的一个深夜，他在伏案工作，因为很多东西都是第一次接触，对一个新人来说，不想掉链子就要比别人付出更多的时间和努力才行。

而且其他同事都很忙，自己的手头还有一大堆活儿没做完，也没有工夫来指点他。

整整一层楼都没有人了，高司玮叫了个外卖，继续对着一大堆图形和表格发愁。

忽然一个清亮的声音在背后响起。

“小高哇，你这个表可不能这么做哦，会被财务的姐姐打回来的。”

他猛然回头，见于渃涵笑着站在身后。

于渃涵稍微弯腰，凑近了屏幕，用手指指了几个地方叫高司玮改正。高司玮顺着她的思路去做，才发现自己纠结了好几个小时的工作原来是这么简单的一件事。

于渃涵拍拍高司玮的肩膀叫他早点下班，工作要做一辈子的，不着急这一时半会儿。高司玮点点头，却看见于渃涵转身进了自己的办公室——她似乎还有很多事情没有做完。

高司玮看了一眼时间，确实很晚了，才发觉于渃涵也是在加班，要不然怎么可能平白无故地出现在这里。

他的这位上司刚刚从国外回来没多久，传闻在国外的工作就已经做得非常出色，有着不菲的收入和无可限量的前程。但因为王寅，她还是回了国内，来到择栖。

初来乍到，她应该也有很多棘手的事情要解决吧？高司玮仔细想了想跟于渃涵的几次见面，她却仿佛永远从容，永远运筹帷幄。

那时的于渃涵在高司玮心中留下了一个非常光辉的形象，即便是后来，于渃涵的本性在高司玮面前逐渐暴露，也丝毫不损坏高司玮记忆中的那个影子。

当然，如果高司玮知道当时于渃涵回办公室不是去工作，而只是因为不想回家跟父母看无聊的电视剧，就躲在办公室里吹空调，喝饮料，看电影，可能有些事情的发展就会变成另外一个节奏。

“哎，老了呀！”

于渃涵等红灯的时候还看了看后视镜里的自己，就算用再怎么高级的护肤品，有多么先进的医美手段，时间永远是不可逆转的。她可以竭力留住容颜，但眼神永远会出卖她。

“你不要总是感叹这些有的没的。”高司玮说。

于渃涵说：“不要管东管西的。”

高司玮看了于渃涵一眼。

于渃涵说：“我就是个俗人。”

过了一会儿，她好像非常惋惜似的说：“你不如原来好玩了。原来年纪小，逗你玩还会脸红，现在油盐不进，也变成老油条了。”

高司玮说：“那我也老了。”

于渃涵却笑道：“你还年轻。”

到高司玮所住的小区门口时，于渃涵才想起来有一件事要跟高司玮说。

“听说，择栖明年年初有个都市剧要拍？”于渃涵的口吻很像个圈外人。

“你应该比我清楚吧？”高司玮反问。

于渃涵说：“哎呀，现在这些事情不都是你在管吗？”

高司玮点点头：“对，一个都市青春剧，二十来集，不长。”然后他强调说，“男女主都定了。”

“我又没问你这个。”于渃涵发给高司玮一份资料，“你看看这个小孩儿怎么样？不是还有个男二没定吗？”

高司玮低头一看，照片上的人二十岁出头，又高又帅，但不是阳光小男孩一挂的长相。

“不是我们公司的。”高司玮说，“你在哪儿认识的？”

于诺涵说：“你管我哪儿在认识的，我觉得还不错，就……”

高司玮冷声打断了于诺涵：“这是第几个了？”

于诺涵反问：“什么第几个了？”

她不知道自己捅了高司玮哪根肺管，竟然惹得高司玮开始给她翻八百年前的旧账。

某年某月某日，跟谁家流量小生在一起被某媒体拍到，他花了多少钱摆平。

某年某月某日，因为同时跟两个艺人扯不清，被发现后，两个人因吃醋大打出手，他又花了多少力气摆平。

某年某月某日，某艺人因为“失宠”，在剧组里说了不恰当的言论，他又费了多少口舌去摆平。

高司玮觉得自己别的本事没长多少，处理这种纠纷倒是顺手得很，如果哪天他失业了，还能去讨债公司混口饭吃。

既然于诺涵敢跟他说这件事，很显然两个人已经勾搭了不是一天两天了，他竟然在此之前什么都不知道。

“这个进展到哪一步了？”高司玮问。

“你说这个可就俗了。”于诺涵说，“你情我愿不算什么吧？我又没影响工作，也没当真，再说了，只是个角色而已，选谁不是选？”她边说边打量高司玮的神情，“不用这么认真吧？”

高司玮低下头，在那份资料上又看了一阵，低声问道：“你跟谭章交往的时候，不是想稳定下来吗？为什么现在又玩这一出？”

于诺涵说：“稳定也得有合适的人哪！再说了，认真交往太费神费力了。你说对那个谭章，我难道还不够认真吗？最后落得个什么结果？哎，不说了，要怪只能怪我自己眼瞎……”

“我走了。”高司玮推开车门下去，于诺涵叫道：“小高！高总！你看这个事儿……”

“你就只有这种时候能想起我来。”高司玮说，“别问我，我说话不算数。”他关门的力气有点大，发出了“砰”的一声。

到家之后，高司玮掏出手机放在一边，看到上面有好几个未接来电，再看看时间，想来是于诺涵回公司之前给自己打的电话，但那会儿自己在外面没有接到。

他看着手机屏幕上的字眼，一时间心情变得十分复杂。

于诺涵虽然感觉到高司玮又又又又一次不高兴了，但她将原因归结为自己总是麻烦高司玮，而且高司玮这段时间确实很忙，自己的一点点私事还占用人家的时间也很说不过去。

好在她没有把这个当大事儿去处理，“路边野花”而已，高司玮既然不同意，那她也就没必要太强人所难，把事儿弄复杂了不太好。

她本来只是想回公司拿资料，又在高司玮和宋新月那里花费了不少时间，到家已经很晚了。她有点累，在沙发上稍稍躺了一会儿才去洗澡，然后躺在床上看资料。

家里本来是有一间书房的，只是之前谭章的案子判了，他的存款房子全没了，谭兆无处可去。于诺涵对谭兆始终有种很亏欠的心理，在征询了谭兆的意见后，帮他办理了住校手续。然后她把书房收拾了一番，谭兆放假休息的时候可以过来她这里住。

虽然平日里谭兆住在学校，但于诺涵也不会进那个房间。

她想看一会儿就睡，一页一页地翻着，竟然天快亮时才翻完。她怕现在睡一会儿起不来，干脆起来洗了把脸，打算下楼跑步。

熬了一夜，她的脸上浮现出了很明显的黑眼圈，连泪沟眼袋皱纹都一下子跳了出来，镜子里的自己好像鬼一样。她吓了一跳，锻炼回来后赶紧贴了张急救面膜，并计划着什么时候再去打两针水光针或者去刷刷酸。

人得正视自己，不是吗?

发布会方案通过之后，择栖便开始陆陆续续地向外发送邀请函。

几家公司各自都有广泛而复杂的社交圈，可场地的面积有限，只能容纳那么点人，虽然有直播，但是大家都很想现场亲身见证一下“风从”到底是个什么东西。

一时间认识的、不认识的，友商也好，媒体也罢，都为了这一张小小的邀请函使出了十八般武艺，疯狂地过来套近乎。

于诺涵给信游早早地就发了两张邀请函，但是信游的许总说发布会当天他有别的事情，来不了，只能叫其他同事过来，并对于诺涵表示抱歉。

信游跟他们的电影没有直接关系，于诺涵给许诺发邀请函只是照顾人情，她才不在乎对方到底来不来，就跟许诺客套了几句。许诺话锋一转，说最近他要来北京，问能不能跟于诺涵约个时间见见面。

于诺涵打趣地说自己不像许总那样日理万机，随时都可以，许总要是太忙，见缝插针吃个饭也行。许诺却告诉她，这次来是专门见她。

这就让于渃涵提起了十二万分的警觉，无事不登三宝殿，许诺吃饱了撑的没事儿干找她能干吗？总不能是想让她带着去故宫一日游吧？

提前安排好的工作日程，于渃涵把会见许诺的大半天时间都空了出来，并叫人去接许诺。

见面的当天，于渃涵推开会议室的门，就看见一个青年坐在那里低头玩手机。北京的冬天已经很冷了，而他从南方来，帽衫外面只套了件牛仔夹克，脚上穿的还是黑色的帆布单鞋。

他打游戏打得太认真了，都没有发觉有人进来。

“哟，不冷啊？”于渃涵看了一眼桌上的矿泉水瓶子，“这帮小孩儿怎么回事，我让他们给你换杯热水。”

“不用不用。”许诺连忙站起来，“我不太习惯喝热水，不用麻烦了。”

于渃涵说：“不好意思呀，本来应该我亲自接待你的，刚好有点事儿。”

许诺笑道：“没关系。”

于渃涵此时又重新打量了一番许诺。她跟许诺只有寥寥几次的见面，大多在一些比较正式的场合，大家穿着都很正经。但这次不同，许诺穿着便服，打扮得像是个学生，特别是刚刚坐在那里玩手机的样子，能让于渃涵想到公司里那些乳臭未干的臭小子，让人想下意识半开玩笑地踹他一脚，然后问他作业有没有写完。

但于渃涵清晰地知道，许诺年纪不小了，有些东西可以从眼睛里读到。

“你刚刚在玩什么？”于渃涵问。

“公司开发的游戏的新版本。”许诺回答，“快上线了，我玩一玩，测试一下。”

于渃涵说：“许总连这点小事也要亲自过手哇？”

许诺说：“公司里其他的事情我不太关注，但如果是关于游戏的事情，我还是比较有发言权的。我相信于总也明白，游戏作品就像孩子一样，我要给予他们最高的重视。如果我自己玩过都觉得没意思，不喜欢，那其他玩家岂不是会觉得更无聊？厂商总得对玩家负责。”

“你说得对。”于渃涵说，“只可惜现在像你这么认真钻研作品的人不多了。”

许诺说：“我觉得《FI》也是一部很有诚意的作品，‘风从’就更是突破性的创新了。”

“许总抬举了。”于渃涵说，“咱们之间的关系谁跟谁？好了，别客套了，假正经。说说看你这次来找我什么事情吧。”

许诺做了一个稍等的手势，然后从包里拿出来一个笔记本电脑，几下操作之后向于渃涵展示了一个游戏画面。

于渃涵对游戏一窍不通，问道："这是什么？"

"这是我们最近在开发的客户端游戏。"许诺介绍说，"之前已经放出过几轮消息了，年初的游戏展上也跟大家见过面。虽然我们是做手游[①]起家的，而且现在市场主流的游戏逐渐向移动化靠拢。做端游[②]，开发周期长，资金消耗大，也不好说能不能赚钱……但是游戏人嘛，多多少少都有点端游梦。"

他嘴上说着，手上演示的动作却也极快，看得于渃涵眼花缭乱。

"这次我们用了全新的美术设计风格，与市面上现有的游戏都不同。"许诺把角色一一展示了出来，"现在所有的工作都已经收尾了，预计明年春季发布。你看，我们可不可以合作一下？"

于渃涵说："我们已经初步达成了框架协议，信游旗下的游戏都包含在协议里，这似乎不值得你来北京单独再找我谈一次吧？"

"话是这么说。"许诺笑道，"只是我希望这个项目会是一个比较深度的合作，并且大家能在技术上有所探讨。"

他的话说得很含糊，但于渃涵大致听明白意思了。许诺无非就是希望能够介入游戏形象在虚拟呈现上的技术开发，从而做出更符合信游需求的虚拟角色。

于渃涵倒是不担心技术剽窃的风险，因为花枕流根本不介意他的技术被谁用，被用成什么样。他是那种很理想主义的人，比较推崇技术共享。再者，他们开发的这套东西无论从设计上还是技术上，对开发人员的要求都极高，区区几个做游戏的所能触及的领域和层次是非常有限的。

可她毕竟不是做慈善的，怎么可能许诺提什么她就答应什么？

难道她不要面子吗？

于渃涵看着屏幕里的画面想象了一番，这样精美的人物设计如果能够做成在生活中可见的、立体的虚拟角色，展现出来的效果应该是很好的。如果面向重度游戏玩家或者冲动消费型玩家，可能会刺激到他们的消费欲望。

"我对游戏不太懂。"于渃涵说，"你们发售的时候是免费还是付费？"

---

① 手机游戏的简称，是指运行于手机上的游戏软件。

② 端游，是2012年相对于"页游"所产生的新名词，全称是"客户端游戏"，即传统依靠下载客户端，在电脑上借助网络进行运行的游戏。

许诺说："是买断制的。"

于渃涵说："买断制要考虑后续的用户拉新和付费增长率，确实比较麻烦，最好能在游戏发售期热度最高的时候赚回来。"

"都说游戏是暴利行业。"许诺无奈地笑道，"但是有太多真正的好游戏养不起开发团队。"

于渃涵想了想，说："这件事我可以考虑考虑，主要是技术方面我也不懂，还需要跟我们开发团队那边的负责人沟通一下。但是我想，这个初衷肯定是好的，如果我们合作这个项目，那其他的，许总你看……"

"都好谈。"许诺直白地说，"我可以拿出我最大的诚意来跟 INT 合作。"

于渃涵笑道："那就简单很多了。"

她相信许诺是个言而有信的人，两个人就此话题又展开了更多的讨论。明年 INT 肯定会发售"风从"主机，到那时双方可以配合做一套限定版本游戏，游戏中的人物可以实实在在地出现在玩家身边，而"风从"的虚拟角色库也会丰富很多。如果在合作细节上双方没有太多出入，那将会是一个共赢的机会。

末了，于渃涵还打听了几句八卦："听说信游一直想要启动 IPO[①]，可总也不见动静，到底是怎么回事？这事儿是谣传，还是遇到了什么问题？我有什么能帮忙的吗？"

许诺听后神情一滞，显然是没想到于渃涵会打听这种事儿，说道："倒也不是空穴来风，只是当初跟 IEN 有过约定，嗯……口头上的那种。现在差不多快到当初约定的时间了，只是我觉得时机还不太成熟，所以 IPO 的事情就悬而未决。"他笑了笑，继续说，"怎么，有朝一日上市了，于总要支持一下吗？"

"这个当然，立刻带着几百万进军二级市场。"于渃涵说，"不过别的你别多想，我就是随便问问。那什么……主要我是担心如果你真跟 IEN 在这方面有什么不好处理的事情，不是也影响咱们之间的合作嘛。毕竟说到底，信游和 INT 也算是一家人，至少是个表兄弟的关系，多少也是得互相关心关心的。"

"于总把心放在肚子里，没什么问题的。"许诺安慰于渃涵说，"你们下一轮融资的事情，我会尽我所能地跟 IEN 谈，我相信应该会有好消息的。"

于渃涵客气地说："那我可就沾许总的光了。"

她接待客人总是很热情，晚上说什么都要请许诺吃饭。许诺正好也没什么别的事

---

① IPO（Initial Public Offering），指一家企业首次将股份向公众出售，即首次公开募股。

情，就答应了下来。

冬天适合吃老北京铜锅涮肉，但于渃涵觉得两个人没什么氛围，就问许诺那边有没有人。

许诺摇头，说他这次是一个人来北京，在这边也没什么朋友。于渃涵一想，准备叫高司玮来作陪，正好认识认识许诺，加深加深感情，以后对高司玮也有好处。

她直接去高司玮的办公室找人，迎面碰见了宋新月，两个人撞了个满怀，宋新月怀里的东西掉了一地。

“哎呀，抱歉抱歉。”于渃涵说，“你看我走路太着急了。”

“没事没事。”宋新月说，“于总你有事儿？”

“嗯，叫小高晚上跟我出去吃饭。”她想了想，说，“你晚上有事儿吗？没事儿也可以跟我去蹭顿饭，省得人少无聊。”

宋新月笑着问：“是吗？有帅哥吗？”

“当然。”于渃涵神秘兮兮地说，“特别帅，介绍给你认识。”

“好哇好哇。”

于渃涵帮宋新月捡东西，发现是发布会的邀请函，其中一张散开了，露出了里面的名字。

“赵江？”于渃涵问，“我们什么时候邀请过 voke 的人？”

宋新月说：“是司玮邀请的，说是朋友。”

“朋友吗？”于渃涵嘀咕，“我怎么没听他说过……”

高司玮透过磨砂玻璃看到门口有人影，打量身高，隐约觉得是于渃涵，就推门出来了。

“怎么了？”他问于渃涵，“有事儿？”

“叫你晚上吃饭。”于渃涵指了一下邀请函，“你什么时候跟 voke 的人关系这么好了？”

高司玮简短地说：“之前认识的。”

择栖跟 voke 的关系谈不上好坏，各自主营的业务方向也不一样。只是在同一个圈子里，难免会被相提并论。于渃涵觉得，既然是同行，那多少就要保持一点距离，免得以后落下什么口舌，给自己添一堆麻烦事儿。

“我都没听说过这个人。”于渃涵说。

“他新来的，以前不是做文娱的。”高司玮说，“我们之前有聊过一些，我觉得人还行，也算聊得来。”

于潴涵说：“你觉得行就行。”她不想干涉高司玮的社交圈子，毕竟每个人都有自己的行事风格，再者，高司玮又不是涉世未深的小孩儿，用不着她天天盯着。

“晚上你和新月跟我去吃饭。”于潴涵说，“牛街聚宝源，我订位置了。”

于潴涵订了个挺大的包间，她还把王寅叫来作陪。但王寅问于潴涵的第一个问题是裴英智来不来，于潴涵莫名，不知道这事儿跟裴英智有什么关系。

“你是不是年纪大了脑子不好使？”于潴涵说，“我跟许诺密谋点事儿，能让裴英智知道？”

王寅却说：“你怎么知道许诺不会告诉他？他们两个人什么关系，你不明白吗？”

于潴涵说：“我明白个什么？”

她十分不想理会男人们之间的这些爱恨情仇，简直比狗血电视剧还复杂。一会儿这个跟那个好，一会儿那个跟这个闹掰了，一个个头发短、气量小，有这点时间还不如躺在家里睡觉。

王寅总是疑神疑鬼，为了让他安心，于潴涵进了包房之后干脆直接询问许诺。许诺叫于潴涵放心，他跟于潴涵的计划不会让其他人知道。他坦言，其实之前他还担心于潴涵把他“卖”给裴英智。不过看眼下的情形，估计是双方都想背着裴英智搞点事情，有点像是孩子背着家长，把暑假作业一撕，手拉手一起出门玩儿去了。

吃涮羊肉不喝两杯有点煞风景，于潴涵提前嘱咐高司玮晚上送自己回去后就没了什么顾忌。许诺不怎么喝酒，可见于潴涵高兴，他还是陪着喝了两杯，不一会儿，脸颊上就浮起了淡淡的红晕。

吃着吃着，他的手机响了，出门接了个电话，王寅趁机八卦，问于潴涵他们下午聊了什么。于潴涵大概讲了讲，王寅听后，觉得是桩还不错的买卖，但风险总归还是有的，需要找花枕流商量商量。

不过，现在最重要的是电影发布会，当天 Fi 一定要刷爆所有平台的头条，其余的不重要。

“时间是个问题。”王寅说着说着就习惯性地在口袋找烟，才发现自己出门比较匆忙，什么都没带。他跟于潴涵使了个眼色，于潴涵转头对高司玮说：“小高，帮我拿下包。”

高司玮说：“别抽了。”

“小高。”王寅说，“我们就这点爱好了。”

高司玮说：“你不是戒烟了吗？”

于渃涵说：“算了算了，别抽了别抽了，给你根牙签叼会儿吧。别一会儿人家许总回来也嫌弃你。”

“怎么又成我的不是了？”王寅无语，“行，算了。边喝边说吧。”他跟于渃涵碰了个杯，简单聊了聊自己的看法。合作是好事，但是许诺的游戏要在明年春天上线，从现在开始策划完整的方案并执行，时间是非常紧迫的。如果这两人一个想不开忽然再搞个动画宣传片出来，那可真的是得拿命干。

于渃涵说她自有把握，不可能什么事儿都依着许诺，而且也不认为和许诺约定的事情是百分百靠谱。这倒不是她不相信许诺，而是很多时候，事情的发展总会跟剧本有所偏差。

王寅点点头，他认为于渃涵是有谱儿的。

许诺很快回来了，出去时还挺高兴的，接了个电话回来，脸色阴沉了许多。于渃涵多喝了几杯酒，直接问：“哟，怎么了？”

“没什么。”许诺说，“骚扰电话。”

于渃涵说：“回头我安利给你个 App，未知电话全都能拦截掉。”

许诺点头。

后面几个人的聊天内容就不在工作上了，多是一些八卦什么的。可双方的圈子没有交集，于渃涵和王寅就权当给许诺逗乐了。

“可惜你们电影发布会当天我有别的事情，要不然还真想过来看看。”许诺说，“会有很多明星吧？”

于渃涵说：“嗯，是不少，还有很多公司的高管，都会来。”

“对了，有个叫 voke 的公司，你们熟吗？”许诺忽然说出了这个名字。于渃涵第一个反应是看高司玮，高司玮神色如常，问道：“还可以，怎么了？”

许诺说：“没什么，之前他们公司的人来找我们聊和一些 IP 合作的事情，都是虚拟形象授权方面的。我感觉大体上跟你们差不多，但是他们更倾向真人联动，主打的是粉丝经济。听上去花里胡哨的，不过我跟你们已经有合作意向了，而且我认为他们的运营模式还是偏向传统，没什么新意，玩得也不够大，所以就没往下谈。”

“是吗？”于渃涵说，“这事我还真没听说过。”

许诺说：“是新项目，应该也策划了没多久。”

于渃涵笑道：“太阳底下无新事，玩法哪儿有什么先来后到，无非是看谁能玩得转，谁能玩到最后。”

许诺说：“谁说不是呢？”

饭后，大家各自散伙，许诺回了酒店，高司玮把其他人安排好了后，才送于渃涵回家。

于渃涵的酒量很好，但今日不知道怎么的，喝得有些醉。她喝多了有点闹腾，像是变了一个人似的，会提很多无理的要求。

表演倒车入库已经是很寻常的节目了。

她坐在副驾上哼哼唧唧的，说道：“小高，把车停路边，闷，我想透透气。”

高司玮看了一眼，刚停好车，于渃涵就推门下去了，脚下没踩稳当，直接跪在了地上。她“哎哟”叫了一声，高司玮连忙跑过去，把于渃涵扶了起来。

“你今天怎么回事儿？”高司玮替她拍了拍膝盖上的灰，“也不知道磕破没有。”

“没有……我觉得没有。”于渃涵说，“今天难得，挺开心的，跟许诺也聊得来……酒不醉人人自醉吧。”

“是吗？”

“你觉得许诺帅吗？”于渃涵反问。

高司玮说：“你问我这些干什么？”

“你回答我嘛。”于渃涵说，“有没有比我那些小狼狗帅？”她一直把手搭在高司玮的肩膀上，高司玮甩开了她，冷声说：“无聊。”

“哎，你老是说我。”于渃涵叹气，“我是不是做人太失败了？这么大岁数了，想找个人过日子，结果遇见了谭章。想找个小狼狗快活快活，还被下属管三管四。我没人权，也没自由。”

“我不想管你。”高司玮说，“你爱做什么做什么，不用告诉我，跟我也没关系。”

“可我总是想告诉你。”于渃涵说，“我遇到很多问题，都会想先告诉你。”

“……”

“你呢？”于渃涵追问，“我会是你第一个选择的倾诉对象吗？”

高司玮想，也许是，也许不是。面对于渃涵的时候，他不敢太过坦诚，怕心中的某些秘密掩盖不住。他是有所顾忌的，没有直接回答于渃涵这个问题。

于渃涵对高司玮的沉默感到失落，低声说道：“也许我们之间，做纯粹的上下级会更好一些吧。”

高司玮心中一动，脱口问道：“为什么？你……你还希望是什么别的吗？”

“你觉得呢？”于渃涵把这个问题抛回给了高司玮。

高司玮的心一下子就提到了嗓子眼，他看着于渃涵，心怦怦跳得很快。

“我以为，我们之间的秘密很少。”于渃涵直视高司玮的双眼，她有些醉态，眼神很迷离，表达的情绪也叫高司玮捉摸不透。她上前一步，凑近高司玮，说道：“我什么都能告诉你，我家的密码，我银行卡的账户，我跟谁谈恋爱，想跟谁结婚，你全都知道。我很信任你，那……那我呢？”

于渃涵的逼近让高司玮很紧张，连眨眼睛的频率都快了一些。他平时的表情不太多，此时更是低下了头，怕自己被自己出卖。他不知道于渃涵为何无端端地跟他说这些话，是他哪里做得不合适？还是于渃涵发觉到了他心中那一点一丝的逾矩设想呢？

“你……”高司玮说，“你对我很重要。”

于渃涵说：“是吗？那为什么你喜欢什么，讨厌什么，从来不直接告诉我。我现在知道的都是平时观察出来的，告诉我有那么难吗？还是你就喜欢让别人猜你？”

“我没有这个意思。”高司玮说，“你想知道什么？”

“我想知道你最近在听什么歌，看什么电影，在读哪本书，喜欢过什么姑娘。以及……”这一刻，于渃涵眼中的雾气忽然扫去，变得清晰了一些，“voke 的事情，你知道吗？”

“我……”高司玮尚未注意到于渃涵的变化，他瞬间将自己和赵江过往的交谈内容在脑中全部回忆了一遍，确定没有什么遗落的部分，说道，“voke 的事情他只是跟我提过一嘴，当时说的是明星 IP 衍生开发，其他的就没有了，跟许总说得完全不一样。我和他只是泛泛之交，聊的内容多半是一些网络生态方面的，他做互联网出身，对这块很有见解，双方也能交流一下经验。”

“真的？”于渃涵问。

高司玮看着于渃涵的眼睛，很快，他就意识到了于渃涵的变化，心中最开始的那种慌乱慢慢下沉。他感觉到于渃涵是在以此诓骗他，这一刻，他觉得自己的行为像个傻子，于渃涵的手指都没动一下，他就关心则乱地什么都交代了。

“对，是真的。”高司玮语气淡了下来。

于渃涵揉了揉鼻子，说道："好像也没什么大不了的嘛。"

"……"高司玮凝视于渃涵一阵，说道，"那你还想知道什么？"

于渃涵耸肩："看你想告诉我什么。"

高司玮垂下头，低声说："可是……我为什么要告诉你呢？"

于渃涵没听清楚，凑近一点问道："你说什么？"

"你跟我说的任何事情，难道是因为我想知道吗？"高司玮抬起头看向于渃涵，"你认识了谁，跟谁谈恋爱，跟谁约会，跟谁好，跟谁不好，统统都是你自己愿意说的。你以为我想知道吗？其实你没有必要告诉我，我也不想关心这些。"

北京冬天的风很烈，刮得人脸疼。这个夜晚虽然很冷，好在没有风。

但静谧之下，于渃涵忽觉自己的脸上有一种炽热的灼烧感。高司玮说话的语调本来就是清清淡淡的，不常有什么情绪。现在，他的语气仿佛比周遭的空气还要冷，字字句句像是冰凌似的。

它们一股脑地冲向了于渃涵。

"我只是你的员工，除了工作上的事情，我们本来也没有必要交流别的，对不对？"

这话说得很对，可于渃涵心里被高司玮激起了很强烈的抵触情绪。高司玮不是一个很喜欢表达的人，他如果有想瞒着于渃涵的事情，于渃涵也未必能了解清楚。然而于渃涵不喜欢被蒙在鼓里，尤其是这种涉及商业竞争的事情，她更是希望能了解得一清二楚。

高司玮却跟她说得很含糊，最后她还是从别人的口中了解了大致经过。这令她产生了一种自我怀疑，结果没想到，高司玮反倒因为她的询问而跟她犟了起来，认为她在变相绑架自己。

也许是她的方法用错了，她以为她了解高司玮，但其实她似乎什么都不懂。

如果她再年轻一点，不到三十岁的那会儿，她可能会高声质问高司玮：难道给你的工资开少了吗？难道是各项奖金和福利没给到位吗？老板就是用钱买断员工的时间，资本家的毛孔里就是充斥着血和肮脏的东西，不想干了可以滚蛋。

但她已经不是当初的那个她了，人会成长，回首过去总是充满着幼稚的嘲讽。但江山易改秉性难移，她有理智，可是她也有脾气。平时一直乖顺的人突然顶撞了她，即便是她不占任何道理，她也会觉得下不来台。

"对，是我自作多情成天跟你说有的没的。老女人废话就是多，行了吧？"于渃涵板着脸说，"你爱跟谁交朋友跟谁交，都是你自己的自由，我以后也不会再问了。"

她本来没表现出多少生气的情绪，直愣愣地走向了她的车，只想赶紧离开这个讨厌的地方。直到拉开车门，她才想起来自己喝了酒，高司玮曾经无数次跟她说过不准酒驾，她一想起这个就突然来了气，拿出了自己的包，骂了一句“晦气”，狠狠地甩上了车门，扭头就走了。

高司玮叫道：“你去哪儿？”

“你少管我！”于渃涵说，“你不是嫌我麻烦吗？从今往后我不麻烦你了。”

高司玮追了上去，于渃涵推了他一把，他反倒握住了于渃涵的手腕：“大晚上的你发什么疯？喝多了别跟外面丢人现眼！”

“我丢人现眼？”于渃涵不敢相信这种话会从高司玮的嘴里说出来，如果刚才一番话还有酒劲的成分，现在，她完全清醒了，冷笑一声，“行，我丢人现眼也不是一天两天了，再过分的事情我都做过。高司玮我跟你说，我不吃既当又立那套，合着好话赖话都让你说了呗？如果你觉得我刚刚那么问你话是对你的冒犯，觉得我不信任你伤害了你，那我可以道歉。如果你觉得我过多地占用了你的私人时间，我也可以改正。我让你做什么事情，如果你不喜欢做就直截了当地说，别不情不愿地做了，回头再拿话堵我。我说得够明白了吧？现在我可以走了吗？”

她想将自己的手臂收回来，可高司玮攥得很紧，于渃涵的怒气已经濒临顶峰，她真的不知道高司玮到底想怎么样，不由得大声说：“大老爷们儿别在这跟我玩苦情戏，滚！”

于渃涵骂人的时候是她最凶最口无遮拦的时候，连王寅都曾被她骂得狗血淋头，骂一个高司玮更是不在话下。只是她几乎没有对高司玮太凶过，印象中，高司玮是个非常有分寸的人，也懂得看她的眼色，不会给她惹什么麻烦。

可为什么这段时间以来，她越来越觉得高司玮变了呢？

于渃涵趁高司玮出神之际逃脱了。

高司玮站在原地看她慢慢走远，内心空寂得没有任何想法。

他也不知道自己该想什么。

也许于渃涵对他的好，也仅仅是建立在他听话的基础上。于渃涵总说王寅是个暴君，可她自己也同暴君没什么分别，她遵从“顺我者昌，逆我者亡”，只要不符合她心意的，她总有法子让它消失。

外人可能或多或少地觉得，于渃涵是悬崖峭壁上的一朵花，只有足够强壮、不惧生死的人才能够将她采摘下来。但他们都想错了。只有高司玮知道，于渃涵不是什么柔弱的鲜花，她就是远远耸立在那里的高山，山峰入云，仿佛直通天际。

她温柔时，山中就是鸟语花香，尽可采摘，任何人都可以走近她；但她发怒时，便是狂风暴雪，催魂索命，稍一靠近就会葬身谷底。

没有任何一座山峰可以被征服，能够走到顶端的人，仅仅是因为山峰愿意接纳他。

所以，她仍旧是高不可攀的。

高司玮万分沮丧，他心中的念头燃起过，熄灭过，周而复始地煎熬着他。他也曾奢望过，自己对于渃涵来说始终是一个不一样的存在。

但事实是，他也没什么不同。

于渃涵被高司玮气后的第二天上午没去上班，中午怒吃了两碗米饭后，才想起来自己昨天晚上把车扔在了大马路上。

她不知道高司玮有没有替她妥善处理，不过当时话都说成那样儿了，八成是不会。

无所谓，“路虎揽胜”开腻歪了，正好换个新的。

到了公司之后，她让人事的员工帮她挂个招聘广告出去招助理。对方问她有什么具体要求，她想了想，就说了一句“要男的”。

高司玮来了她办公室一趟，看上去神色如常，把车钥匙放她办公桌上说，车帮她停公司车库了，老位置。于渃涵应了一声，头都没抬。

晚上走时，钥匙就丢在了桌子上，于渃涵自己打车回家了。

周末谭兆回来，于渃涵睡到中午才起来，谭兆也刚醒，揉着眼睛问她吃什么。她觉得谭兆这样子很可爱，像条毛茸茸的小狗，看着凶巴巴的，但是湿漉漉的鼻头和眼睛容易让人产生亲近之情。

“自己点外卖。”于渃涵把手机丢给了谭兆，“想吃什么点什么。”

谭兆问：“你为什么不自己做饭？”

于渃涵说：“我的时间很宝贵。”

谭兆说：“那你可以请个阿姨来做饭。”

“我一天能在家吃几顿啊？”于渃涵说，“你别这么多事儿哦，我警告你。”她把手机从谭兆的手里夺了回来，“你都十五岁了，过了年十六，放在以前都是大人了，你怎么不自己做饭？”

谭兆说：“我不会。”

“不会可以学。”于渃涵说，“下个 App 自己研究研究，不难，正好我也省了请阿姨的钱了。我跟你说，现在男孩子都得学会做饭才行，要不然怎么讨得到老婆？同样的身高、外貌、家世背景，别人比你多个会做饭、收拾家务的技能，不就把你比下去了？”

于渃涵给谭兆一顿洗脑，谭兆还是挣扎地说：“我为什么就不能找个会做饭的老婆？”

“那你要是找了个像我这样的大忙人呢？”于渃涵说，“成天忙着赚钱养家，回家之后连口热乎饭都没有，日子不过了呀？”

“行了行了，经济基础决定上层建筑。”于渃涵说，“这个家里，谁有钱听谁的。今天这顿我先叫外卖，回头你研究研究做饭的事儿哦。”

她说得头头是道，谭兆还没在她的逻辑套路里琢磨出哪里不对呢，就又被她给忽悠过去了。

下午谭兆要去买考卷，于渃涵本来想送他去，结果一想车在公司没开回来，就给了他一点钱，让他自己坐地铁出门。

“坐地铁挺好的。”于渃涵说，“暖和，还不堵车。别养少爷脾气，听话。”

谭兆问：“你车呢？”

“丢了。”于渃涵说。

“啊？”谭兆问，“丢了你怎么一点都不着急呀？”

“一辆车而已。”于渃涵说，“早嫌它腻歪了，回头换辆新的。”

男孩子对车都是感兴趣的，谭兆也不例外，不由问道：“你想换什么车？”

“还没想好呢。”于渃涵说，“要不你帮我想想？你觉得回头我要是去你们学校接你，什么样的车停在你们学校门口倍有面儿，倍拉风？”

谭兆不由得开始想象那种画面，竟然真的产生了一种莫名的虚荣爽感。

“跑车。”谭兆说，“当然是跑车了。”

于渃涵不是很喜欢跑车，觉得只是好看，在城市里并不够实用。不过她想，太实用的容易产生依赖感。今后很难找到理由再换掉。

还是老老实实当一个沉迷外表的“颜狗”比较好。

# 第八章 修罗场

于渃涵万事都讲究效率，决定要换车，回头就订了一辆阿斯顿·马丁 DBS。销售们拼命安利她买酒红色的那款，香车美女，般配极了。她却觉得很无聊，最终选了一辆通体哑光黑的，只有挡风玻璃内侧以及车灯几处位置是红色。

提车需要等很久，这段时间她还是得开她的路虎。

可看到那辆车，她就能想到自己跟高司玮因为那么点鸡毛蒜皮的小事儿吵架的情景。她虽然不太明白自己怎么就过不去了，但她很不爽，最终把这份不爽发泄给了王寅，索性跟王寅换了辆车。

而且她还理由充分，因为王寅当初提过一嘴，说想换个大点的车，要不然有些时候吧……有点费劲。于渃涵干脆把自己的车钥匙丢给了王寅，让他随便糟践，撞坏了也无所谓，然后把王寅的车抢了过来。

银色的奔驰 S 级 63 AMG，怎么看怎么笨。王寅却说她不懂车，称这才是“西装暴徒”。

于渃涵开这辆车上班的第一天，公司里的人都以为是王寅破天荒地过来了。

她随便看着几份收到的助理简历，觉得都不太合适。要不就是学历不行，要不就是工作经验不够，要不就是长得不够精神。她甚至连身高都要挑一挑，不能比她矮——准确来说，不能比高司玮矮，要不然站在她身边纯粹就是个小跟班。

总之，如果万事都要跟高司玮比，不满意就变成常态。

高司玮这两天也出奇地有眼力见儿，根本就不在于渃涵面前晃悠，且把工作操持得井井有条。于渃涵开始觉得择栖有没有自己好像也没什么区别。

当初她跟高司玮提过的那个都市剧的男二的选角一直悬而未定，她提了一嘴之后，高司玮转头就把这个事落实了，选中的演员跟于渃涵的小男友是同一型的，但是各方面数据也没好到哪儿去。

于渃涵觉得高司玮是故意的。

《FI》的发布会的事宜已经准备停当，邀请的嘉宾和媒体等相关人员名单还要于渃涵拍板。她没有把赵江的名字划去，她还挺想看看赵江和高司玮到底是怎么个交好法儿。

之前她和王寅把INT迁回国的计划也进行得非常顺利。王寅这个人看上去虽然非常不靠谱儿，但是关键时刻的歪招不少。王寅戏称自己是不鸣则已，一鸣惊人，于渃涵却笑话他是敢于不要脸，在利益至上的原则之下，让他去干什么他都肯。

因为两个人的关系极好，开这种不入流的玩笑也不碍事。玩笑归玩笑，王寅而后正经地跟于渃涵说，INT的办公楼已经装修得差不多了，问她什么时候搬过去。

这大半年以来，于渃涵虽然名义上是INT的CEO，但因为INT的人马都还没筹备整齐，办公场地也没有确定好，她一直都在择栖的办公室里待着，和之前没什么两样。现在王寅跟她提搬家，她才猛然想起来有这么回事儿。

“那……”于渃涵说，“我岂不是成光杆司令了？”

王寅问：“此话怎讲？”

“你也知道，年纪大了嘛，最忌挪动老巢。”于渃涵说，“择栖就是我的老巢，这边人也好，事儿也好，咱都门儿清。突然换个环境，不知道能不能习惯。”

王寅直截了当地说：“怎么着，你想把小高带走？”

“啊？我带他干吗？”于渃涵听到这个名字的时候心里炸了，表情上却很松弛，“人家高总干得好好的，我这不都得上赶着给人家挪地儿呢吗？”

“你这话怎么阴阳怪气的？”王寅突然八卦，“怎么了？小高想要篡位夺权？还是他干什么事儿惹着你了？”

“他惹我？我哪儿敢？”于渃涵说，“我没惹着他就不错了。”

王寅笑道：“有故事。”

“没什么故事。”于渃涵突然想到，“对了，你知道明年开拍的那个剧的男二定了吗？”

“不知道啊。”王寅说，“谁定的？”

“小高。”于渃涵说，“还能有谁？”

王寅说：“哦，他啊。他定的人应该还不错吧。”

“……”于渃涵翻了个白眼，心里想：这是重点吗？重点难道不是这事儿你得签字才算定了吗？她“咳”了一声，说：“可能只是有点意向吧，嗨，说来话长，之前这个角色我还想拿去走走后门呢。”

她把她最初的想法跟王寅讲了一下。别说是这种量级的电视剧，哪怕是顶级电影电视剧，一两个角色拿去换人情也不是什么新鲜事儿。

王寅相当能理解于渃涵的私心，在所有条件都差不多的情况下，是个人都会选择自己更偏爱的那个吧？

于渃涵并不是那种色令智昏、人傻钱多的金主，她嘴上爱说玩笑话，实际上并不会做亏本买卖。她选的人，有那么点裙带关系是一方面，另一方面是她能白使，并且能想方设法榨干对方背后的公司的最后一滴资源。从成本的角度上来说，难道不比高司玮的选择更好吗？

只是这些，她都没跟高司玮明说而已。

王寅是懂她的，听完之后，他想了想，说道："那我回头跟小高说一下，就说这事儿是我拍板定的。"

于渃涵说："你说是我定的也没事儿。"

"你俩肯定是吵架了。"王寅说，"有时候吧，我也真的不懂你们到底是什么关系。"

于渃涵说："我们能是什么关系？老板跟员工，不是吗？"

"我可没见谁家老板跟员工走得这么近。"王寅说，"你爸妈记小高的名字比你那些男朋友还清楚，我都说过多少次了，他又不是你们家佣人。"

"你别提了好不好？"于渃涵说，"我现在觉得这事儿特别别扭。你们一个个的讲不讲理啊？是不是都拿自己当白莲花？不喜欢干可以不干，别干完了又觉得自己委屈，既当又立算什么？还有你，你知道什么？别出来瞎站队。"

"我？"王寅吃惊地指着自己，"我又哪儿惹到你了，好端端地怎么连我都骂？"

于渃涵气道："别跟我提他，要不然骂死你！"

"行行行，不提不提。"王寅说，"那什么，最后提一句啊。人家小高这么多年在你身边，图什么呀？"

"爱图什么图什么。"于渃涵说，"我是他妈呀？连这都管？"

王寅耸肩，又看了一眼时间，他还有别的事情要做，就不在这里跟于渃涵浪费时间了。走时他说，像高司玮这种性格比较沉闷又特别有能力的男人呢，最好还是跟他多交流交流，谈谈心，否则他自己要是剑走偏锋了，到时候谁都拦不住。

在王寅看来，于渃涵的各方面都很强，她了解这个世界，也很了解人性，但越是这样，她就越容易在一个抽象空泛的概念里抽不出来。

就像是爱全人类很容易，爱一个具体的人却很难一样。

王寅曾经就吃过类似的亏，他想告诉于渃涵，她其实并不如她想象中的那么了解男人，也没有她想象中的那么了解高司玮。

换角一事是王寅亲自找高司玮谈的，高司玮嘴上说着没什么意见，心里却知道这是于渃涵的主意，这让他倍感无力。他不知道于渃涵到底要他成为一个什么角色，口口声声说一切交给他打理，到头来自己还是一个牵线木偶，连这么一点点小事都无法做决定。

难道是于渃涵不再信任他了吗？ voke 和赵江的事情也许是一个导火索，可是在这件事上，他确实没有什么能够再向于渃涵坦白的内容了。

王寅拍拍他的肩膀，让他别多想，公司是出于各方面考虑做的这个决定，并不是否认他的工作能力。这是场面话，高司玮自然懂。

“渃渃也没别的意思。”王寅说，“她就是……哎，你想想，换成你在她那个位置，如果连一点点让自己快乐的权利都没有，那就太没意思了，对不对？”

“嗯，我明白。”高司玮低声说，“我都明白。”

于渃涵的小男友叫秦展，是这段时间刚刚冒头且势头不错的新人。于渃涵不喜欢那种已经成名的艺人，他们太熟悉这个名利场了，往往失去了她最喜欢的那种莽撞与青涩的感觉。

但是秦展过于张狂，初生牛犊不怕虎，什么都敢做。

头天刚刚确定关系，第二天他就敢去于渃涵的公司找她。也许是他的脑回路跟别人不一样，好像他并不怕他和于渃涵不清不楚的关系被人知道，也记不住于渃涵跟他说的“只是玩玩”。

他不管于渃涵喜不喜欢他，他倒是很喜欢于渃涵。

秦展没跟于渃涵打招呼，就在于渃涵的车边等着她——只是他不知道于渃涵换车了，就靠在那辆路虎旁边。他想给于渃涵一个惊喜，没想到等来了一个男人。

“你是谁？”高司玮皱眉看着眼前这个人高马大、气势汹汹的男人，脑中蹦出来个名字，“秦展？”

“你认识我？”秦展有点意外，“那你是谁？”

高司玮说：“跟你没关系。”他从口袋里掏出了车钥匙，按响了那辆路虎。

王寅本来想把车送去保养，但是于渃涵的车他没伺候过，就拜托高司玮去。高司玮不好拒绝王寅，就只能应了下来。

没想到下楼就碰见了于渃涵眼前的大红人。

一看到秦展，高司玮就能想起来于渃涵为了他做出来的那些事儿，心情渐渐阴沉。他不想跟秦展多费口舌，绕过他打算开车离开，车门却被秦展按住了。

“你谁呀？”秦展气急败坏地说，“这车是你能开的？”

“我为什么不能开？”高司玮冷笑，“我开这辆车的时候你还不知道在哪儿喝奶呢。”

秦展攥了一下拳头。

于渃涵一从电梯间里出来就看见秦展和高司玮两个人大眼瞪小眼的样子，当时就慌了，大叫一声：“秦展！你干吗呢！”

秦展吓了一跳，刚伸过去的拳头就悬停在了半空中。高司玮回头，看见于渃涵踩着高跟鞋噌噌噌地往这边走。

空旷的地下车库里全是高跟鞋踩地的清脆回声。

“你怎么在这儿？”于渃涵盯着秦展问，“你们俩干吗呢？”

秦展理直气壮地说：“我来接你，晚上要不要一起吃个饭？”

于渃涵心想，吃吃吃就知道吃。她跟秦展说过很多次了，她只是玩玩，成年人的游戏很正常，平时如非必要别老见面。特别是在这种跟于渃涵的生活工作息息相关的场所，周围随时都有可能蹦出来个同事，她不喜欢展示自己的私生活。

“那你们现在这是在干吗？”于渃涵音调提高了一些，“麻烦哪位大哥给我讲一讲现在是什么情况？”

秦展用下巴指了一下高司玮，很轻蔑地说道：“这个人是谁？他为什么有你的车钥匙？”

高司玮也看向了于渃涵。

“这是……”于渃涵的脑中闪现出来无数个词，最终她说，“这是我同事。”她其实也不知道为什么这会儿车钥匙会在高司玮手上，而且今天好巧不巧，两个人还能碰上。

这车是不是有毒？

她低声问高司玮：“怎么回事儿？”

高司玮轻飘飘地说：“你不是跟王总换了车嘛，王总让我帮忙去保养一下。现在发生这种情况，你问我，我又去问谁呢？”

于渃涵觉得今天十分晦气，一个两个都来给她找麻烦。但她也不好发作，那样很容易把事情搞得更糟糕。

“那什么……误会，都是误会。”于渃涵现在只想原地消失，转头对秦展说，“我换车了，你不知道。行了，走吧。”

“可是他刚刚说，他开这辆车的时候我还不知道在什么地方吃奶。”秦展说，“这事儿就这么算了？”

于渃涵想跳起来打秦展，同时，她也震惊于高司玮会跟秦展说这种话。

秦展问：“你们到底什么关系？”

“这是你该问的吗？”于渃涵眉头紧皱，“你不觉得自己手伸得有点太长了吗？”

“不觉得。”秦展说，“我是在跟你交往，我当然有权利知道这些事情。”

于渃涵说：“你胡说什么？”

高司玮受够了这两个人，他现在不想看见秦展也不想看见于渃涵，大声说：“你们闹够了没有？我没时间看你们在这里演戏，让你的人赶紧滚。”

“你说什么？”秦展一把抓住了高司玮的领子，于渃涵推开了秦展，叫道：“你干什么你？别在这儿给我拱火了！滚！都给我滚！”

高司玮窝着一肚子的火上了车，车门“砰”的一声关上，他一脚油门踩下去，驶出了车库。于渃涵一言不发地走向自己的车，秦展黑着一张脸跟在她身后。

“跟着我干吗？”于渃涵说，“不是让你滚了吗？”她拉开车门，秦展的手架在车门上不叫她进去，说道：“他羞辱我，你反倒帮他说话？我到底算个什么东西？”

“我以为我之前说得很明白。”于渃涵的脸上已经看不出任何生气的神态了，她反而笑了一下，“你情我愿的事情别说得好像我欠你似的。秦展，天底下两条腿的人多的是，死乞白赖地在我这儿显得你的眼界真的很浅。何必呢？”

“我……”秦展没想到于渃涵会如此平静地说出这番话，他很生气，同时又似乎有点受伤，他硬压下了想要爆发的火气，说道：“我今天不是故意的，对不起。”

他耷拉着脑袋，明明很不情愿，但也没多狡辩，这样子显得更加可怜。于渃涵是个吃软不吃硬的脾气，虽然场面一度变得非常糟糕，但是秦展忍了下来，她要是再咄咄逼人，显得她也很无理取闹。

这算什么事儿呀？

“你别生气了好不好？”秦展继续说，“我真的只是想跟你一起吃个晚饭，正好我今天有空。好久没见你了，脑子一热就过来了，以为能给你一个惊喜。我不是要故意粘着你不放，我明白你的态度，但是这跟我喜欢你并不冲突，对不对？”

“喜欢我的人能从这里排到上海。”于渃涵深吸一口气，觉得跟秦展这样的小孩儿讲道理没什么用，也许他太年轻，经历的没那么多，也许到时自然会懂。她叹道：“算了，上车吧。”

秦展笑了笑，上了副驾。

高司玮憋着一肚子火把车开到 4S 店，他经常来，店里的人都认识他了，见到他都是笑意盈盈的，说着“小高哥来了呀”这种欢迎的话。可紧接着，就会有人哪壶不开提哪壶地问他于小姐最近是不是很忙，又让他来。

于小姐确实很忙，忙着和她的小男友烛光晚餐风花雪月，而他呢？只配做这些打杂的事情，到最后连句好话都没有。

于渃涵的过往情史高司玮都是知道的，有些人他甚至还挺熟。但是这个秦展，仿佛是忽然跳出来的，如果于渃涵当初没跟他提一嘴，他可能到现在都不知道有这个人的存在。

高司玮觉得自己的状态很不好，像个嫉妒发狂又无处言说的傻子。他一没立场，二没资格，有什么理由跟于渃涵叫嚣呢？于渃涵本来就是单身，她喜欢跟谁谈恋爱就跟谁谈恋爱，她跟任何一个人交往的时候，都把前提讲得很明白，也从来没骗过谁。哪怕是寻欢作乐，她都从未亏待过任何一个人。

她就是这么一个人，自己的快乐远比其他人的看法、想法更重要。如果高司玮连这点都看不明白，他就真的白在于渃涵身边待这么久了。

可有时候，他就是太懂事了，才永远没办法上前一步。

停车场发生的事情，按理来说应该只有他们三个人知道，可谁知没过几天，这件事就被八卦小报挖了出来。大致的故事文本是说两个人为了于渃涵争风吃醋，其中一个人是择栖新剧官宣的男二号。

文字写得很暧昧，但有图有真相，吃瓜群众一时哗然。

地下车库的监控到处都是，或者当时可能有狗仔想要跟拍别的八卦，结果不小心挖到了这个瓜，这件事是怎么泄露出去的，具体的缘由已经无法查证。但是事情出现了，并且能跟之前隐隐传说的择栖新剧换角一事牵扯上关系，那就说不清了。

网络言论各种千奇百怪的都有，但是也有声音说，每次都是于渃涵闹出来这样的事，她是不是得从自己身上找找问题？

于渃涵不好说以前的若干八卦到底跟自己有没有关系，但现在这个爆料，她看过之后有六月飘雪含冤蒙屈的感觉。

她那天只是平平常常地下班而已，谁知道会碰见这种晦气的事儿？

她当时是不是不应该在车库而是应该在车底？

本来这段时间高司玮就对她很不爽，现在他也成了故事的三个主人公之一，虽然公司内部已经做了批示，但还是难免有人嚼舌根。高司玮因为这件事已经连续好几天没给于渃涵好脸色了，于渃涵的内心很苦，非常苦。

秦展的公司却不认为这是什么坏事，反正只要不是那种极端负面的新闻，有点八卦能炒作，还能赚点流量钱。但是他们也不能太过分，至少不能不给于渃涵面子，所以对此事的态度就是搁置不理，但象征性的澄清还是有的，其余的也不好再说什么了。

《FI》的发布会就在眼前，现在于渃涵闹出了这种新闻，背地里指不定有多少人想看她的笑话。

换成男人，一句“风流”就带过去了，可主人公是于渃涵这样的女人，一些羞辱性的词语便不绝于耳，很是难听。

这几天于渃涵走到哪儿都有人围追堵截，记者们甚至等着她下班，想要采访她。

她戴着墨镜走到地下车库，不知道从什么地方冒出来的记者们就举着“长枪短炮”现了身。于渃涵翻了个白眼，本来不想理会，结果有个记者问她，听说爆料中的另外一位先生是贵司的高管。言外之意就是于渃涵玩玩小明星就算了，还吃窝边草，搞办公室灰色交易。

于渃涵原本都想上车了，一听这个，冷笑了一声，摘掉墨镜问：“你们是哪家媒体？”

对方支支吾吾。

“我从来不回应三无媒体的问题。”于渃涵说，“不过既然你们今天问了，我其实也被问烦了，就统一回答一下吧，省得你们天天跟敌后武工队似的，你们辛苦，我也辛苦。”

一看于渃涵有话要说，大家立刻往前凑了凑，纷纷充满期待。

“这中间呢，确实有点误会。”于渃涵简单地讲了一下当时的事情经过，把高司玮塑造成了一个无辜受牵连的不知情路人，完完全全地摘了出去，“反正事情就是这么个事情，没大家想的那么复杂。”她看了一眼镜头，“关于我个人的情感问题呢，我没偷没抢，跟谁交往难道不是我的自由吗？我从来没出过轨，也没劈过腿，对待任何一段感情虽不说是尽善尽美，但也尽我所能地认真对待了。所以我就成了个滥情的婊子了？为什么男人就可以被美化成风流，而女人就要被说成烂货？我真的看这些人很不爽了，今天索性把话说开了吧。”

于渃涵顿了顿，正色说道：“哪个女人不想每天都换一个帅哥男朋友呢？你们只是想想，而姐姐我已经做到了。男人换女人能说成换衣服，我换男人为什么不能像换包一样轻松？别嫉妒姐姐了，你们嫉妒的样子真的不好看。有这时间多努力赚钱吧，说不定退休之前还有这种机会。”

说罢，她笑了笑，戴上墨镜，给大家抛了个飞吻：“我这番话呢，希望各位媒体的朋友一字不差地发出去，如果差了一点，或者歪曲我的意思，咱们总有地方说理去，是不是？”

总之，网上又是一片哗然。

舆论观点这个东西，有正方就有反方，有人骂于渃涵，说这种话很没情商。有人会纳闷儿“情商”到底是个什么东西，怎么能说没就没了，还不准人家说实话吗？

现实就是于渃涵有钱，有颜，身材好，学历高，张狂一下怎么了？并不是所有人都必须做一个谦虚的人，过分的谦虚等于骄傲，根据量子力学原理推算，过分的骄傲即过分的谦虚。

按照逻辑鬼才们的概念，四舍五入一下，姐姐是很谦虚的。

事实证明，大家还是喜欢看爽文的套路。于渃涵的话随便让人代入一下，都能意会到其中的爽点。替别人爽过之后再惊呼“姐姐真性情”“姐姐好厉害”。

于渃涵个子高，接受采访的当天穿着一身黑，像个刚从某种肃穆场合里走出来的黑寡妇，很容易让人联想到那种狠角色。

这么一看，更飒爽了。

“于总可以啊！”王寅在于渃涵的办公室里，当着她的面儿看那些八卦新闻，然后逐一朗读。于渃涵面无表情地靠在窗户边，冬天的冷风嗖嗖往屋里灌，她倒也不嫌冷。

王寅念半天都得不到当事人的任何回应，觉得很没意思，便作罢，说道：“不过我倒是想问你，那天在车库里到底发生了什么事儿？怎么就让人拍到了？”

“谁知道呢？想搞我的人从这里排队能排到永定门，谁知道是哪个下三烂的。”于渃涵说，“不过也无妨，反正我不在乎，随便说去吧。你看，想遮掩的时候大家都好奇你到底是个什么人，一旦坦然面对，结果倒也没差到哪儿去，相反还挺好的。”

王寅说：“八卦就跟情人一样，妻不如妾，妾不如偷，偷不如偷不着。只有那种若有似无的消息才最吸引人，真相往往是最没劲的。”

“哎……”于渃涵叹气，口中吐出的白雾被风吹了进来。她“咳”了一声，挥手想把雾拨开。

“经此一役，于总没亏反赚啊。”王寅说，“叹什么气？”

“没劲。”于渃涵说，“你不觉得天天跟不认识的人打嘴炮特无聊吗？我获得今天的成就，没人关心我付出了多少努力，人们最乐于看到的竟然是我养过多少男人。没人关注我的事业如何，反而关心我的包多少钱、我的车多少钱，甚至有很多人觉得这就是我成功的计量标准……我觉得太没劲了，真的。”

她望向窗外，缓缓说道：“我觉得这种观念很扭曲。虽然我说那番话有发泄之嫌，可说到底，不就是在向大家展示金钱的魅力吗？好像钱能买到一切似的……可怕的是，会有那么多人认为这是真理。”

“于总啊，你就别忧国忧民了，会长皱纹的。你不是最怕长皱纹吗？”王寅笑说，“我倒不认为这是拜金的体现，只不过钱这个东西很具象，你就当它象征着美好生活。向往金钱，就是向往美好生活吧。咱们总不能一边数钱，还一边说‘钱这个东西糟糕透了，它真烂，大家别碰’。这就有点既当又立了，是不是？”

于渃涵一想，确实有点站着说话不腰疼。归根结底，这个世界上所有人的喜怒哀乐跟欲望幻想是没办法互通的。不过，世界永远保持着一种能量守恒状态，有人高兴就会有人难过，别人的生活永远是最好的。

对个人来说，大体有好事坏事是此消彼长的函数曲线的规律。极幸福或极悲惨的人生的概率很低，而他们彼此互为正反，相互消减，也就什么都没了。

所以，她现在这种无时无刻都很晦气的状态要什么时候才能消散呢？这显然不是去雍和宫烧炷香就管用的。

“所以你接下来打算怎么处理呢？”王寅说，“小高……”

“别，别。”于渃涵制止了王寅，“别提他，还能做朋友。”

王寅说：“别这样呀，人家也是天降横祸，本来就跟人家没关系，你不得好好说道说道？”

“没什么可说道的。”于渃涵说，“不想理，就这样吧。没人管我不是挺好的吗？我最烦让别人管着了。”

王寅说：“你爱干吗干吗吧。”

根据能量守恒定律，在好运出现之前一直都是晦气的状态。于渃涵越是不想提高司玮，就越容易听到这个名字。

先是很多要确认的工作和进度，但凡谁来跟她陈述，到最后都要说一句高总如何如何。理由很简单，因为大部分事情都是高司玮经手过的。听完之后她才发觉，人家高司玮做得有声有色，根本就没她什么事儿，她只要点头签字同意就行了。

更加晦气的是，于渃涵的父母还要她周末回家吃饭，还让她把高司玮也叫来。她顾左右而言他地说高司玮忙啊，有事儿啊，别打扰人家了，家常便饭也没什么好吃的，于母也就没再张罗了。

于父于母在网上看到了有关于渃涵的新闻，为人父母多少都会担心。周末的时候于父问于渃涵到底怎么回事。于渃涵摊在沙发上，一边喝茶一边嘟囔说她只是犯了女人都会犯的错误。

这话于父怎么听怎么讽刺，他很严肃地瞪了于渃涵一眼，于渃涵才勉强有点正形，坐直了说："哎呀，都是玩玩，您别太当真了。也别总是看那些小报瞎写，没一句真话，看半天还给自己添堵，何必呢？我什么人难道您还不清楚吗？"

"我只是希望你能安生一点。"于父说，"谭章的事情才过去多久？你就又……哎！"他很痛心。他自认为从小到大对于渃涵用的都是大家闺秀的教育方法，可没想到于渃涵变得比那些男孩儿还浮夸，还不着调。

"嗨，您就甭提了。"于渃涵继续喝茶，"您二位啊，轻易不出手，一出手就给我弄一'法制咖'。幸亏我没有谈婚论嫁的心思，要不然我这半辈子算是吹了。"

谭章的事情一直是于父于母心中的刺，每每想起都有些后怕。他们一下子觉得于渃涵好像也不必非要结婚，风险确实太大，如果总是命运悲惨地遇到这种人，后半生也太唏嘘了。

于渃涵也很了解自己的父母，说到底，他们只是犯了父母都会犯的絮叨毛病，他们还是爱自己胜于爱别人的，一切唠叨废话的目的是真的希望自己幸福——虽然他们定义的幸福跟自己定义的幸福可能完全不是一个东西。

只要她提谭章犯的事儿，于父的声量就会低下去好大一截，老头儿刚硬了一辈子，还是会在女儿挤兑时认怂。

这事儿就很有意思。

他们又聊了一会儿时政和财经新闻，于渃涵很喜欢跟他爸分享这些东西的。她爸毕竟坐到了那个位置，虽然退休了，但该有的解读能力和嗅觉还是有的，如若出山，仍旧是个老辣的猎人。于渃涵认为自己在斗争经验上永远比不得她爹，所以她很喜欢听听她爹的意见。

她稍微跟于父提了一嘴 voke 的事情，voke 看上去要做的内容跟他们不相关，于诺涵却总觉得不太踏实。于父虽不懂这些娱乐模式，不过世间万物都离不开一个基本法。他听后沉吟片刻，只说道：“静观其变吧，年轻人要能坐得住，别事儿还没出呢，自己就开始想一些有的没的了。”

这时门铃响了，于诺涵跑去开门，没想到站在外面的是高司玮。

高司玮也愣了一下，下意识地问：“你怎么在这里？”

于诺涵说：“大哥，这是我家，我不在这儿谁在这儿？我还没问你呢。”

于母出现在于诺涵的身后，笑着说：“呀，小高来了呀，正好快开饭了，别在门口站着了，快进来快进来。”

于诺涵往后面退了一步让高司玮进来，于父也跟他打了个招呼。

于诺涵把于母拉到一边小声问：“妈，怎么回事儿？”

于母说：“啊？我没跟你说吗？你爸的朋友寄过来几箱热带水果，什么都有，我们又吃不了那么多，你走的时候拿点，让小高也拿点。”

“就这？”于诺涵无语，“而且你什么时候跟我说过了？”

“我说过吧？”于母也有点自我怀疑，“我没说过吗？”

“算了算了，这不重要。”于诺涵放弃跟自己亲妈纠结这个问题。

因为于诺涵总是使唤高司玮，高司玮对于诺涵父母的家也非常熟悉，逢年过节也能收到于父于母的红包。有时于家有人送东西，他们也会让高司玮带走一些。

这不是什么大事儿，于母本想让于诺涵跟高司玮说一声，结果于诺涵糊弄过去了，她就亲自给高司玮打了个电话，事情就变成了这样。

“人家也不是没有在忙吗？”于母还埋怨于诺涵，“你谎报军情。”

于诺涵直翻白眼。

中午吃饭时，于诺涵只顾低头扒饭，于父于母都在向高司玮发问，什么最近工作忙不忙啊，累不累呀，有没有遇到什么问题呀。一旦问到于诺涵这里，于诺涵就只会支支吾吾地带过。

以至于好像高司玮才是她爹妈的儿子，而她自己只是一个拼桌吃饭的路人。

高司玮的表现一直很得体，不会让人看出他跟于诺涵的关系微妙的变化。饭后，高司玮帮于父去修剪花园里的枯枝，于诺涵跟了出去。

远离父母，她好像才能透一口气，说道：“你倒是还挺能装。”

高司玮只顾着修剪，没有理会于诺涵。

“喂？吃我们家饭，当我是空气呀？”

“又不是你让我来的。”高司玮说，“我也不知道你今天在，早知道我也可以不来。”

于渃涵觉得高司玮的心里还是有气，想想也是，那件事闹得不小，他在公司里的声誉也很受影响，生气是正常的。于渃涵觉得自己应该大度点，至少一码归一码。

“我对不起你，行了吧？”于渃涵一手撑在树上，高司玮扭头看了看她，说：“你没什么对不起我的。”

“别，别。”于渃涵说，“在上了新闻的那件事上，我诚挚地跟你道歉，一人做事一人当，你也就别天天一张‘晚娘脸’了。”

高司玮干脆背过身去。

“哎哎哎！”于渃涵绕到了高司玮面前，“你到底想怎么着哇？”

高司玮想了想，说：“道歉是不是得有点诚意？”

于渃涵说：“行，你说吧，你想要什么诚意？只要我能办到，我都答应你。”

“如果我让你和秦展别再来往了呢？”高司玮说。

“什么？”于渃涵好像没听清似的，“你说什么？”

“我说。”高司玮的音量稍微大了一点，一字一句无比清晰地说，“我让你和秦展不要来往了，这次听清楚了吗？”

于渃涵有点没反应过来。

她以为高司玮可能会提诸如以后不要什么事儿都来烦他呀，或者不要在他面前抽烟哪，或者赶紧搬去 INT 就职呀这类跟工作息息相关的事情。万万没想到高司玮竟然会让她跟打得正火热的小男友一拍两散。

“不是。”于渃涵挖了挖耳朵，“就这？”

“就这。”高司玮点头，“很难吗？”

于渃涵根本无法评判这件事的难易程度到底有几颗星。她本来也就是跟秦展玩玩，可能过个两天觉得腻歪了就分手了，用这件事来向高司玮表示诚意简直容易得像作弊。

然而反过来想，这算她的私事儿，如果连这都能毫无底线毫无保留地答应高司玮，那她是不是太没面子了？

于渃涵进退两难，只得说：“我再想想。”

“你喜欢他？”高司玮的脸瞬间就阴了，“算了，既然你觉得为难，就当我什么都没说吧。”

“这倒也不是为难。”于渃涵想，只是太尴尬了。

高司玮问："那你是喜欢他吗？"

于渃涵只觉更尴尬了。这种问题难道不是只有高中生的小姐妹们才会互相问对方的吗？她都这岁数了，哪儿有什么喜欢不喜欢？甚至对她来说，高司玮口中所指的"喜欢"的程度就跟说喜欢阴天还是晴天一样，张嘴闭嘴的事儿，难道还能当真吗？

被人这么认真地问这种问题，她觉得自己的老脸都不知道放哪儿。

"凑合吧。"于渃涵扶额，"虽然你们之间是有点口舌之争，但也没必要这样吧？高总，这不大气啊。要不回头我让他给你赔礼道歉？"

"我从来就不是一个大气的人。"高司玮说，"我就是小气，你又不是第一天认识我。"

于母拉开了玻璃门，招呼道："小高，别干了，快进来吃点水果。"

"好。"高司玮答应了一声，走时对于渃涵说，"你自己好好想想吧。"

"啊，啊？"于渃涵满脑袋问号地跟了进去，甚至还用自己百分之一的脑细胞思考了一下，为什么自己亲妈不叫自己吃水果？

于家父母的别墅在近郊，冬天天又黑得很早，高司玮不想留得太晚，看到时间，差不多也该走了。于母还很热心地留他住下，被他婉言拒绝。

于渃涵也不想再待下去，就说要送高司玮。高司玮抱着个箱子，跟她说不用。于渃涵问："你怎么来的？打车？"

"嗯。"高司玮说，"你不用管我了。"

"高总，别。打车多麻烦，给我个机会。"于渃涵说，"正好顺路，我捎你回去，弄俩箱子还怪沉的。"

她的车就停在家门口的停车位上，轿跑跟她之前的路虎不一样，储物空间本来就不大，两个箱子还是硬塞进去的。

于渃涵拍拍手说："哎，回头让老王拨点钱，给你买个车，公款消费。"

高司玮说："我不需要。"

"那怎么能行呢？"于渃涵说，"那要不我给你买个车？你喜欢什么车？我买来给你当礼物好不好？"

高司玮说："我不喜欢车。"

于渃涵调侃说："男人哪儿有不喜欢车的？那你喜欢什么？"

"我喜欢……"高司玮说到这里闭嘴了。于渃涵还在等答案呢，见高司玮没动静了，便说："没关系，你说吧，只要我能满足你的，我都答应。"

高司玮却什么都没说。

他不想说话的时候谁都没办法撬开他的嘴。一路上都是于渃涵在碎碎念，高司玮硬是一句话茬都没接。饶是于渃涵嘴碎，到最后也觉得十分寂寞，闭嘴了。

于渃涵为了方便高司玮搬箱子，还把车开到了他家那栋楼的地下车库。盖上后盖时，于渃涵叫了一声："小高。"

高司玮回头。

于渃涵也不知道自己要跟高司玮说什么。他们现在的关系算冷战吗？可是两个人仅有工作关系，说冷战是非常小儿科的。而且他们也不是一句话都不说，只是关系比过去微妙了许多。

可如果不是冷战，那又该怎么形容这种别扭的状态呢？

他们不是朋友，不是家人，也不是什么街坊邻居同学发小……他们好像走入过彼此最深层的生活，却没办法付诸任何定义。

说来说去，只是同事，只是上下级。

高司玮的手机响了，他没等于渃涵说话，接通了电话，"嗯嗯啊啊"吭了几声，然后说："那晚上约个地方见面吃饭吧。"便挂了电话。

于渃涵下意识地问："谁呀？"

"不关你的事。"高司玮说，"今天又不是工作日，我可以有自己的私生活吧？"

于渃涵被堵了一句后，不依不饶地问："约会？"

"赵江。"高司玮说，"晚上约了赵江一起吃个饭，有问题吗？你也要查吗？"

于渃涵感觉出高司玮是故意的了，两人关系开始僵硬的导火索就是voke和赵江。在于渃涵看来，时至今日，高司玮也没有在这件事上跟她阐述得多么详细明白。也许高司玮认为这没什么，但是于渃涵心中总也过不了这个坎儿。

"没什么问题。"于渃涵说，"正好我晚上也没什么事，你能带我一起去吗？"

高司玮皱眉："为什么？"

"多交个朋友不好吗？我也想认识认识赵江。"于渃涵笑道，"还是说，你们之间要做什么见不得人的事？不方便我在场？"

高司玮说："随便你。"

"对嘛。"于渃涵说，"你先上楼去放东西，我正好开车一起走，给你当车夫你还不乐意吗？快点快点。"

高司玮懒得跟于渃涵计较，再者，他觉得自己跟赵江的交往光明正大，也没什么不可以当着于渃涵面前说的话。于渃涵就算再怎么疑心病，还能不相信自己亲眼所见？以后她如果再拿这事儿来刁难自己，自己也有理由搪塞了。

打定了这样的主意，高司玮跟赵江知会了一声，赵江也对此表示非常欢迎，很是期待见到于渃涵的样子。

这让高司玮的心情变得十分复杂。

三人约在一处非常幽静的会所见面，这是赵江挑的地方。于渃涵环视四周，觉得赵江品位还不错。

她以前从未跟赵江打过交道，今日是第一次。

赵江来得很早，见两人来了，热情地打招呼。他的年纪可能跟于渃涵差不多，穿了件潮牌卫衣、深蓝色的牛仔裤，看上去很休闲。

于渃涵打眼一看，就知道这个赵江跟他们都不是一个世界的人，反而像是 INT 里最常见到的那种搞技术的人。

像 voke 这种传统娱乐公司突然出现一个赵江这样格格不入的人，而且他似乎还占据着举足轻重的地位，这到底是为什么？

“其实我早就想正式地认识一下于总了。”赵江说，“只是总找不到合适的机会。没想到今天正好赶巧了。”

“嗨，你这是说的什么话？”于渃涵笑道，“我又不是什么不得了的人物，想见面，跟小高约个时间不就行了吗？你和小高关系这么好，这不就是一句话的事儿，客气什么。”

赵江笑了笑，反而开始讲起了这家会所的名菜。双方看似毫无主题地扯了半天闲话，但是于渃涵从这些闲话中侧面地了解了一番赵江。

赵江是做产品出身，这个名字虽然听上去普普通通，毫无记忆点和辨识度，但是说起他曾供职过的公司、经手过的产品，那可都是如雷贯耳，每一款都是几亿用户的国民产品。

“其实我从互联网行业出来，就是觉得没什么意思了。”赵江回忆起过去，总是有点唏嘘，“无非是技术的进一步增强，追逐风口和热点。那时候总觉得自己可以影响几亿用户的使用习惯和行为，但其实也说不准到最后谁在奴役谁。离职之后我休息了一段时间，其实也没想好以后要做什么，我甚至还想，要不去乡下弄块地当农民算了，离那些油腻的互联网字眼远一点，没想到我一个同学找到了我，向我介绍了 voke ——一个我从未了解过的娱乐公司，这事儿就挺有意思的。”

于潴涵说：“那你这也算跨界了。”

他们虽然都爱谈“流量”这个词，但很明显双方的定义是不同的。赵江所指的流量必然比于潴涵所指的流量更靠前、更原生，娱乐化的产物也开始逐渐建立在互联网生态的基础之上。

于潴涵承认，娱乐行业其实有点过时了。大家都或多或少地意识到了这个问题，想寻求改变。

“有点儿。”赵江说，“voke 想要做个新项目，我猜小高应该也跟你说过。这事儿不是什么秘密，我也想跟于总交流交流，听听看于总有没有什么经验和分享。”

于潴涵看不懂赵江的操作，这种尚未公之于众的项目，一般人不会跟有竞争关系的人去聊。她特意问：“方便吗？”

“这有什么不方便的？”赵江说，“只要是人做的事情，就不可能是秘密，早晚大家都会看到成果，藏着掖着也没意思。”

于潴涵说：“既然这样，那我就洗耳恭听了。”

# 第九章 怎么又是你

赵江说起那个项目的设计，可谓滔滔不绝。

voke 公司拥有众多偶像艺人，也组成了一些偶像团体，但很长一段时间内都有点各自为政的感觉，团与团之间分散活动，能够让别人想起来彼此是一个公司的同事就已经算不错的情况了。而且随着流量市场的饱和和观众审美的疲劳，很难说还有什么上升空间。

最关键的是，职业偶像的保质期很短暂，公司花了大力气培养起来的人，肯定是希望能够红起来快速回本。万一红的速度赶不上糊的速度，那可就太尴尬了。

于是，排除那些不必要因素和不相关因素，剩下的核心要素就是如何在偶像的当红期榨干粉丝手里的最后一分钱。这听上去很粗暴很不体面，却是他们所有人的目的。

因为搞慈善是另外的事情，至少跟赚钱的本职工作无关。

赵江的思路跟 voke 其他人的是不同的，这也是 voke 的老板非常看重他的原因。一个圈外人，总能带来些不一样的点子。

他要把明星艺人当作一个 IP 去开发，要有全方位的衍生开发，其中一项比较重要的就是明星的虚拟形象的开发。

听到“虚拟形象”这四个字，于渃涵才觉得自己听到了重点。

赵江认为，既然是玩流量，那么最能体现流量价值的还是数据以及变现能力，这些东西无疑是从粉丝身上获取的，粉丝永远是最坚实的基础。但现在明显的问题在于，粉丝始终在别人家的平台上玩，流量并没有实实在在地握在自己的手中。

现在 voke 正在开发一款 App，整个框架大体分为两部分，一部分是社交功能，另外一部分是商业系统。voke 旗下的每个艺人在平台内都会有一个虚拟形象，并且一切的衍生品都能以虚拟形式售出。粉丝的等级越高，可购买的权限就越大，同时这些物品可以在粉丝间流通。

用以购买衍生品的虚拟货币并不是完全靠钱兑换，而是靠贡献值。这个贡献值的计算方法就很玄妙了，它包括粉丝对偶像代言产品的消费能力和在平台内的活跃度。而关于活跃度，又有一系列的任务奖励系统。

赵江讲得特别细，于渃涵却听得头大。她觉得赵江真的挺能耐的，在“割韭菜”这件事上比他们还没有底线。而且整套逻辑还弄得特别缜密，一旦进入这个系统，就仿佛进入了一个无法逃脱的转轮，粉丝就像仓鼠一样，只能傻乎乎地一直跑一直跑，跑到跑不动为止。

不仅是这样，粉丝无法轻易割舍自己付出了这么多的账号，账号无形间也变成了一种虚拟财产，承载了一个人在平台上全部的虚拟社交生活。

一切都是虚拟的，但一切又比现实更有诱惑力与紧迫感。看似不用花钱便可轻易得到的东西，同时也会让人陷得更深。

于潴涵不由地拍了拍手，说道："厉害，厉害。"从商业角度来说，她由衷地欣赏赵江，他把一套其他人自认为烂熟于心的玩法套了一个新的皮，让人有焕然一新的感觉。甚至还妥善利用了自己的长处与之相结合——人才，真是个人才。

只是这个商业故事虽然完整，她听后却总觉得哪儿有不太合情理的地方。那只是一个一晃而过的念头，她抓不到头绪。

"其实我有个问题。"于潴涵说，"你这套东西里面涉及一个虚拟形象，你知道我是玩什么的吧？这么坦诚地告诉我，不怕我给你找事儿？"

"既然于总都用'坦诚'二字来形容我的态度了，那于总也是个敞亮的人，我相信你不会的。"赵江说，"再说了，事情无非这么点事儿，我能想到，于总应该也早就想到了，所以我说了嘛，遮遮掩掩没意思。有时间大家还可以一起讨论讨论，看有没有法子把事情玩得更大更好，双方互惠互利，不也挺好的吗？"

"那可是呢。"于潴涵掩面笑了笑，好像没拒绝赵江的提议，但也没有答应他什么。

赵江聊了很多他的畅想，看上去是一副知无不言、言无不尽的做派。他甚至根本没有跟于潴涵八卦 INT 最近的动向，仿佛不太关心的样子。于潴涵也不好说什么，显得她多上赶着似的。

散场后，于潴涵要送高司玮回家，高司玮没拒绝。两人临别时，高司玮站在外面扶着车门，稍稍弯腰对坐在驾驶位的于潴涵说："赵江跟你讲的比我要清楚明白得多，你还有什么想问我的吗？"

"啊？还问什么？"于潴涵装傻。

"要我说明白点吗？"本质上，高司玮也不希望赵江的误会在他和于潴涵之间盘踞太久。但他希望恢复到过去吗？他也不知道。

"不用不用，我懂。"于潴涵自然意会，挥手说，"行了，赶紧回去吧，回头给你买礼物。"

高司玮点点头。

于诺涵其实在思考要怎么处理自己跟秦展的关系，反正是不可能更进一步的。而且处在这个当口，她觉得为享乐付出的成本实在太大。对着媒体她猖狂一下就算了，实在没必要再往里面搭进更多东西。

可明显秦展不这么认为，他好像不知疲惫似的，比以前更黏于诺涵了。于诺涵开始还受得了，后来也受不了矫情。她的性格本来就有点疏离，不喜欢成天腻歪，于是一看到秦展的名字，就会皱眉。

追溯的话，一切可能从高司玮提出让于诺涵和秦展撇清关系时就隐隐有了征兆。

于诺涵真不想承认，她潜意识里受到了高司玮影响。高司玮让她了解了赵江的事情，也算是一个示好的动作。她多少也得有所回馈，不是吗？

秦展在好多天没有得到于诺涵的回应之后，干脆直接去找她。于诺涵没想到秦展还能找到她家门口来，上楼时看门口蹲着个人吓了一跳。

“你在这儿干吗？”于诺涵不悦地说，“想搞社会新闻？”

“没有。”秦展说，“你怎么都不回我消息？”

于诺涵敷衍地说：“工作忙。”

“那你到底想怎么样？”秦展问，“就这么算了？”

于诺涵说：“刚开始我就跟你讲得很清楚吧？别搞得好像我辜负了你一样。小朋友，第一天混社会？”

“那我要是不愿意呢？”

“我管你愿不愿意！”于诺涵冷色说，“再不依不饶，我打电话叫人了。”她作势从包里掏手机，可找了半天都没找到，不知道落在了什么地方。她打开家门，秦展跟了进来，她满不在乎地说：“秦展，我跟你说，你要跟进来，可得想清楚点，你但凡做点出格的事情都算入室犯罪。我就不一样了，我就算伤了你都算正当防卫，知道吗？”

“我没打算做什么出格的事情！”秦展无奈，“我就是想跟你好好谈谈。”

于诺涵苦口婆心地说：“我没骗过你，也没亏过你，你委屈个什么劲儿？”

秦展正要说话，门忽然开了，进来的人“啪”的一下把灯按亮了，表情明显一愣。

高司玮是来给于诺涵送手机的。

于诺涵一直有丢三落四的毛病，在茶水间接了个电话之后，倒水时随手把手机放在了桌子上，结果就忘记拿了，还是被其他同事发现的。那时于诺涵已经走了，对方才把手机交给了高司玮，让他代为保管。

手机对一个现代人来说是比命还重要的工具，于渃涵那么忙，一会儿工夫就有数百条未读消息。高司玮找不到于渃涵，也不想耽搁事情，于是干脆来于渃涵家送手机。

他有于渃涵家楼下的门卡，也有于渃涵的房门密码。他上来时抬头看了看，楼层过高让他数不清到底是哪家没有亮灯，按门铃也没回应，猜想着于渃涵可能还没回来，便径自上了楼，想把手机直接放她家里，这样她回家之后就能看到了。

他也没想到，打开灯的一瞬间，能看见秦展和于渃涵。

他觉得于渃涵家的水晶灯太亮，太刺眼了。

“怎么又是你？”秦展不耐烦地先开了口。

高司玮没搭理秦展，面无表情地对于渃涵说：“我来给你送手机，你手机忘公司里了。我在楼下按了门铃，没人应，我以为没人，就上来了。”他把手机放在门口的柜子上，“手机放这儿了，不打扰了，再见。”

“哎哎哎！”于渃涵上前拽住了高司玮，她背对着秦展，对高司玮小声说，“真不是你想的那样儿，我是有原则的人对不对？我真没那么无聊。”

高司玮说：“人都在你家了，我还能说什么？”

“意外，纯属意外！”于渃涵说，“我也不知道他上哪儿打听到我家住址，今天没说别的，就是谈谈一拍两散的事儿。”她跟高司玮使了个眼色，意思是她很为难，高司玮要是走了，留她独自面对秦展，就更尴尬了。

秦展听闻过高司玮和于渃涵的一些传说，本来谣言就是两人关系很暧昧，现在见高司玮出入于渃涵家如此自由，更加印证了那些八卦。他见两人嘀咕，心中醋意大发，高声对高司玮说：“这里没你什么事儿了，你赶紧走吧！”

高司玮一听这话，干脆上前拽住了秦展，秦展的反应很快，两个人有扭打之势，高司玮看着文静，可拉扯起来也不输秦展。他将秦展拖了出来，像丢垃圾一样踹出大门，冷冷地说：“该滚的是你。”

“砰”的一声，门关上了。

秦展气得要爆炸，他甚至还没有反应过来发生了什么，自己就被大门挡住了。他想发作，想大喊砸门，在一个女人面前被另外一个男人如此对待是很失面子的事情。但是他没办法发作，大吵大闹只会让事情更糟糕，他已经被警告过很多次了。

他的手悬在门上，收也不是，落也不是。

于渃涵从来没见过高司玮这样，门框似乎还在震动中发出回音。她吞了一下口水，说："小高？"她觉得高司玮忽然帅了很多，也突然理解了为什么那么多偶像剧里喜欢制造这样的矛盾冲突。

"干吗？"高司玮转过头来，还是那副不咸不淡的冷淡模样，歪了一下头。

"没……没什么……"于渃涵自觉在高司玮面前忽然矮了一头，说话也没什么底气。她不知道自己在怂什么，这状态很奇怪。

高司玮透过猫眼看了看外面，说道："他还没走。"

"那……"

"你让他滚。"高司玮说，"告诉他谁才可以来这里。"他明显带着怒气，无法克制地显露出了对于划分归属问题的迫切。

于渃涵不太能领会高司玮深层的含义，只是单纯觉得高司玮在生气，闹一些年轻人的脾气。这是很正常的，而且于情于理，她都是和高司玮更亲近一些的。

"明白明白。"于渃涵抄起自己的手机，"我打电话叫人把他处理了，气死我了。"

"我没办法走了。"高司玮说。

"啊？"于渃涵的电话通了，是物业的人，他们接到业主投诉之后就立刻准备带人来。与此同时，高司玮指了指门："他还在外面，我现在走不太好吧？"

"……也是。"于渃涵好像压根儿就没想到秦展马上就会被带走，她和高司玮两人仿佛被迫困在了一个密室里，外面有敌人把守，出去就会有生命危险。

"那你就别走了，先在这儿待着吧，咱俩是不是也好久没有私底下这么相处过了？"于渃涵累了一天了，晚上还得处理这些破事儿，便觉得更累了。她坐在了沙发上，双腿往茶几上一搭，打开了电视，房间里才热闹了一点。

"你不打算解释一下？"高司玮说，"到底怎么回事儿？"

于渃涵知道高司玮在说秦展的事情。她叹气道："您老人家不是说让秦展赶紧滚蛋吗？今天就正好在说这事儿，我真不知道他怎么跑来了，我以为还能冷处理掉，慢慢不理他，他就知道怎么个情况了。没想到弄这么麻烦……哎呀，真是烦死了。要不是你今天来了，我可能真不知道这事儿怎么收场。"

高司玮忽然笑了一下，于渃涵问："你笑什么？社会新闻哪，很好笑吗？"

"没有。"高司玮说，"你晚上吃饭了吗？"

于渃涵摇头。

高司玮去了厨房，冰箱里的东西不多，一盒无菌蛋，能存放很久的各种拌饭酱，能存放很久的火腿，能存放很久的芝士，能存放很久的真空小龙虾。他又往旁边的柜子扫了一眼，果然有能存放很久的方便面和能存放很久的大米。

“那你饿了吗？”高司玮出来问于诺涵。

于诺涵说：“像我这样的成功女性晚上怎么能吃饭呢？”

“可是成功不就是为让自己想吃什么就吃什么吗？”高司玮说，“算了，我饿了。”

他熟门熟路地在于诺涵的厨房里捣鼓了一阵，里面就传来了阵阵饭香，于诺涵本来觉得没那么饿，结果被这股香味勾引得肚子开始叫。

高司玮端着一盘炒饭出来，饭桌离沙发有些距离，他也没理于诺涵，专心吃饭。于诺涵伸着脖子问：“你做的什么啊？”

“就是普通的炒饭。”高司玮回答。

“哦……”于诺涵说，“你用的是腊肠还是火腿？”

“腊肠。”

“腊肠蒸饭好吃。”于诺涵继续说，“那个可是我朋友特地从广州给我寄来的，很地道的，你下回可以试试。”

“哦。”

“无菌蛋炒着吃香吗？”

“还行，我吃不出来什么区别。”

“是吗？我经常就弄个溏心蛋，别的我也不会做。普通鸡蛋有腥味儿，能吃出来。”

高司玮不太喜欢吃饭的时候一直讲话，刚开始还回答于诺涵几句，后面就不说了。于诺涵又望了高司玮一阵，看人吃饭总比自己吃饭香一万倍，她突然理解了为什么有那么多人爱看吃播。

而且看着帅哥斯斯文文地吃饭，也挺赏心悦目的。

这时，高司玮忽然说：“锅里还有。”

“哎，好。”于诺涵麻利地站起来钻进了厨房。

成功的目的，确实是想吃什么吃什么。

原来高司玮来她家时，有空也会给她做点饭，要说手艺好到堪比大厨倒也没有，高司玮只会做一些比较家常的东西，对付日常生活已经足够了。

于诺涵捧着饭碗坐在高司玮的身边，她真的饿了，扒饭的速度有点快，指不定会咽下一口后突然冒出来一个“真香”。

还好没有。

把最后一口饭嚼烂咽下去后，她满足地叹气，靠在椅子上只想抽根烟。但她真这么做的话，一定又会招致高司玮的白眼，所以她仅仅是想想。

这一刻，她意识到自己很久没有在这张桌子上吃过饭了。

她曾向往过的宁静似乎就是这么一点点简单的东西，忙碌的生活中有一刻因此而停歇就已经很美好了。她看向高司玮，高司玮吃饭的速度比她慢很多，还在细嚼慢咽。她忽然想逗逗高司玮，便说："如果你是个女孩儿，应该有很多人想娶你吧。"

高司玮皱着眉看于渃涵。

"我没别的意思。"于渃涵说，"就是挺感慨的。我觉得你很会生活，方方面面的细节都能照顾到。现在小女孩儿都没有你这么细心、有耐心了，你怎么做到的？"

"我也不是对所有事都有耐心。"高司玮淡然回答。

"是吗？"于渃涵思考，"我好像还真没注意过。"

高司玮心想，于渃涵当然不会注意这种微不足道的小事。她太忙了，仿佛永远准备去拯救世界，连关心自身的时间都不多。

不过既然是微不足道的小事，那便也不需要被人关注。

"那你有没有想过？"于渃涵的眼珠转了一下，笑着问，"假如你以后结婚了，怎么跟老婆分配家庭劳动呢？还是你要自己什么都包了。"

"看情况。"高司玮说，"谁有时间就多做一点，没必要分得那么清楚。"

"是吗？那要是像我这种什么都不会干，只会吃饭的人呢？"于渃涵随便问了一句。她只是举个例子，没有别的意思，所以她意想不到这句话在高司玮心中会引发怎样的触动。

高司玮装作认真思考，最后含糊地说："都行吧。"

于渃涵说："换作是我，我肯定是不干的。干活儿什么的是不可能的，所以我觉得我只适合跟煮饭阿姨一起生活，每天有人帮我做饭收拾房子就行了。何必要为了谁刷碗扯皮扯那么久，还要产生家庭矛盾？"

高司玮说："也许这也是一种生活的乐趣呢？"

"那我宁愿没有。"于渃涵说，"在一个家庭里，在经济上有绝对话语权的人，也会在家庭事务上有绝对话语权，这道理没错吧？"

"……"高司玮无法反驳什么。

于渃涵吃饱了有点犯困，她什么都不做的时候就喜欢躺在沙发上看电视玩手机。即使高司玮在这里，她也可以肆无忌惮。

“谭兆还住在这里？”高司玮问道。

“不然呢？”于渃涵说，“只不过周末才会回来，快期末了，他说要在学校复习，就不怎么爱回来。我才不相信他会复习，八成在忙着谈恋爱。”

高司玮说：“学生还是要以学习为主。”

“你管他呢！”于渃涵说，“谁年轻的时候喜欢听人讲大道理？长大后他自然会懂，懂得之前，还是先做个快乐的人吧。是不是？你看我讲道理，你不是也不听吗？”

高司玮说：“我没有不听。”

“行行行，你是乖孩子。”于渃涵翻了个身，趴在沙发上，“过来，帮我捏捏肩膀。”

高司玮没动，于渃涵扭头看过去，这个角度她只能仰视高司玮，暗淡灯光下的高司玮表情阴晴不明，于渃涵慢慢爬起来坐正，说道：“下周是不是要开发布会了？”

“对。”高司玮点头，“演讲稿你背好了吗？”

“我觉得我背好了。”于渃涵说，“对了，你回头帮我问一下我的礼服有没有准备好……哦不对，我忘了你不负责这种小事儿了。”

高司玮说：“我可以帮你问。听说……你在招助理，招了很久了？”

于渃涵回答：“是有这么回事儿。”

高司玮觉得不大痛快，可他拦不住于渃涵。他现在也没什么时间替于渃涵分担琐碎事宜，难道要让于渃涵事必躬亲吗？

所以他只能说：“找个有脑子的。”

于渃涵哈哈笑了两声，说：“那高总要不要给把把关，传授传授经验？”

高司玮心想，让他把关估计这辈子都别想招到人了。

于渃涵看着高司玮，站起来，慢吞吞地走到高司玮的面前。高司玮疑惑地问：“干什么？”于渃涵笑了笑，双手压在高司玮的肩膀上，然后顺着他的胸口滑到了腰上。高司玮不知道于渃涵有何意图，浑身紧绷着，眼睛一眨不眨地盯着于渃涵。

“你那天穿什么？”于渃涵说，“发布会你也要去的，要坐在第一排的。”

“我……”

“周末我让人帮你送几套衣服过来试试吧。”于渃涵说，“应该还来得及。”

高司玮问：“你怎么忽然关心起这些？”

“我关心你难道不好吗？”于渃涵看着高司玮，颇为认真地说，“你是在我身边成长起来的，你有没有想过，《FI》的发布会将会是你人生中第一个属于自己的舞台？”

高司玮不悦地说：“我又不是十七八岁要参加毕业典礼，我已经是成年人了。”

于渃涵说："但你在我眼里，总归是个年轻人。"

高司玮问："难道我现在还不够独当一面吗？"他到底要多努力，才能摆脱于渃涵对他那种近乎家长的态度和沟通方式？

"可是我真的希望你成为那个样子吗？"于渃涵却说，"有时，我也在怀疑我自己。"

《FI》的电影发布会在一个剧场里举行。

舞台被设计成环形，整个剧场都铺了全息设备，进入之后仿佛置身于一个异次元空间，全场充满了神秘科幻的元素，周围还有低频的环境音，非常符合电影主题。

每一个进场的观众都发出了惊叹，从现实生活一步踏入未来世界，这种体验很奇妙，不由得让人更加期待接下来会出现的内容。

毕竟这部电影从创作团队的确定到最终的选角都给足了吸引力，最重要的黑科技要在今日的发布会上公布。

嘉宾们入座之后都在三三两两地聊天，正式开始的时间越来越近，高司玮在后台的监控里看了一眼，问其他工作人员："于总还没来吗？"

大家都没看到于渃涵，现在时间是下午，高司玮想，于渃涵总不至于睡过去了吧？

他走到外面给于渃涵打电话，于渃涵很快就接了，高司玮问："你在哪儿呢？怎么还没来？"

"马上到了，哎呀，路上堵车嘛。"听于渃涵的口气就压根儿听不出来着急，高司玮无语，说道："你来了之后还得换衣服化妆，没时间了。"

"那就不弄了。"于渃涵说，"反正今天大家都不是来看我的。"

高司玮更无语了："你之前不是准备礼服都准备了很久吗？你不穿了？"

"看看时间来不来得及吧。"于渃涵说，"计划赶不上变化，这个你能理解吧？"

高司玮不太喜欢这种既定计划被破坏的感觉，偏巧于渃涵在这方面就是特别不着调。外面大小人物都来了，公司内部的工作人员都在后台找于渃涵，连王寅都问了他好几次，他能怎么办？

"别告诉我你睡过了。"高司玮压低声音说，"或者你压根儿就忘了，别扯谎，我不信。"

"拜托，我这么靠谱儿的人怎么可能会犯这种低级错误？"于渃涵不屑，"哎呀，不说了，我到了，停车呢，一会儿见。"说完她就挂了电话。

高司玮留在原地，一股闷气发不出去。

于渃涵进来的时候裹了件黑色大衣，一群人围着她着急得不行，她不慌不忙地跟大家抱了抱拳表示道歉，来晚了，大家别在意。

她把大衣脱了，里面就穿了她惯穿的深蓝色条纹真丝睡衣，脚上踩了双白色的运动鞋。高司玮知道，于渃涵经常穿成这样去她家楼下的超市买东西。

造型师推着她去换衣服，她却招呼高司玮过来，从大衣口袋里掏出一个小盒子交给高司玮，说道："我之前总觉得你那套西装看着挺好看的，就是不知道什么地方有点别扭。今天起来之后我才想起来，是袖扣不太配。"

高司玮抬手看了一下，也没觉得哪里不好。

"说了你也不懂，赶紧换了。哦，对了，还有个领带夹。"于渃涵随手把领带夹夹在了高司玮的领带上，位置刚刚好，"新买的，还热乎着呢。"

"所以你消失了这么久就是去买这些了？"高司玮说，"你知不知道所有人都在等你？差点就……你说，你是不是中午才睁眼的？"他提前一天就对于渃涵千叮咛万嘱咐，结果没想到都这个时候了，她还有心情去逛街。

于渃涵给他买东西，他虽然有些窃喜，但这并不能抵消于渃涵因此耽误时间，给所有工作人员带来的负面情绪。大家准备了这么久，于渃涵要是再迟一点，到时候搞出来什么乱子，谁能负这个责任呢？

这可不是什么值得炫耀的事。

"我又没迟到。"于渃涵比了一下时间，"还有五分钟呢。"

高司玮说："难道你要这么上去吗？"

"当然不啊。"于渃涵叫了一声造型师，"老师，帮我画画眉毛和眼线吧，显得精神一点，我出来的时候给自己打了个底。"

显然造型师也挺无语的。

剧场内的灯忽然暗了下来，观众们纷纷安静，正剧要开始了。

几声教堂的钟声响起，所有人面前的黑色幕布忽然开了一条缝隙，好像一个人醒来后睁眼看到的画面。

充满着金属质感和机械元素的未来城市，肉眼即可看到的太空场景，比想象中更为绚丽，好像把眼睛睁得再大也无法将这样壮丽的景色一收眼底。

"大家好，我是 Fi。"

舞台的中央忽然出现了一团影子，即使在复杂的光源环境下也很快具象成了一个人的实际形态。他似乎跟这样的场景融为一体，但又可以明显看出两者的区别。

剧场里的天花板、墙面和地板等区域皆铺设着全息设备，大家都在急切地寻找这个影像的投射源头，可找了半天也不见玄机。

Fi 慢慢地从远处走到众人面前，场景渐渐暗了下去，他身上发出来的光愈发强烈，此时人们才看出，这是一个不依靠任何外界设备，可以真实地存在于空间中，与人互动的立体形象。

“让大家久等了。”Fi 笑了笑，他的表情很清晰，跟真人没有什么差别，“今天第一次跟大家见面，我很紧张。”

Fi 有独立的人格设定，虽然几乎是百分之百按照计算去实现，但他有强大的学习能力和模仿能力，对人类来说是一个近似人工智能的存在，只不过他不用作科学研究，而是专攻娱乐。

在场的很多人都曾在过去择栖的发布会上对“风从”项目略有了解，那时候这个项目甚至还没有名字，展示出来的人物无论从神态还是形态，都远不及 Fi 完美。仔细想想，自项目启动也不过隔了一两年，科技的迅猛发展让每一个人都觉得兴奋和期待，当然，这背后也有对未知的恐惧。

Fi 比人类要完美太多了，他不会出错，不会有任何负面的新闻，如果有一天他真的取代了真人在娱乐产业里的价值，那会是怎样的一番天地呢？

舞台上的升降台缓缓升起，于渃涵现身会场。

因为 Fi 开场，所以她有了一点整理妆发的时间，不至于显得太随意。衣服是真的没空换了，所以造型师帮她整理了一下，然后她安慰自己睡衣风很流行，大佬都爱穿睡衣，扎克伯格[①]也穿睡衣去见投资人是不是？

“大家好，我是于渃涵，今天确实让大家久等了。”于渃涵一手抄在裤兜里，另外一只手随着她说话的内容稍稍做着手势。

她跟 Fi 打招呼，对他说：“也让你久等了。”

Fi 笑了笑。

他们之间的互动过于真实，像是真人与真人的互动。

“大家可能对之前的我有一个固有的印象。”于渃涵说，“喜欢穿黑色的礼服，即使个子已经很高，还要穿超过十厘米的高跟鞋，娱乐圈最不可说的女人……也许很长

---

① 马克·扎克伯格（MARK Zuckerberg），社交网站（Facebook）的创始人兼首席执行官。

一段时间我都是这个样子。但今天，我要以一个全新的身份跟大家见面——INT 科技 CEO，‘风从’项目的负责人。也许我应该用更隆重一些的口吻来说出这个消息，但是在座的合作方也好，媒体朋友们也好，都是老熟人了，我想，向各位朋友们宣布一个喜讯时，激动之情总是要大于隆重的。就好像早上一睁开眼睛，就迫不及待地想要见到大家，就算穿着睡衣也没有关系，让自己在最饱满、最放松的状态下，来跟大家见面。”

大家都知道于渃涵是怎样的行事风格，这个人做所有事都会很用心地布局，她不可能真像她自己说的那样，一大早脸都没洗穿着睡衣就跑来了，那样不符合她的性格，也不符合她的身份。

于渃涵是谁？哪怕出席个典礼，礼服、首饰也要艳压女明星，所以她会在这种事情上掉链子吗？

根本不会。

在他们看来，这一切都是于渃涵设计好的。睡衣可能是一种象征，也许玩技术的人跟他们搞文娱的人都不一样。就像在互联网公司里，夏天穿人字拖、大裤衩才是信仰，你穿得整整齐齐人模狗样，这就很不“江湖”。

而在其他公司里，甚至不可以随意着装。

于渃涵三两句话就给自己塑造了一个全新的人设，她穿睡衣出现是刻意为之更有说服力的证据并不是嘴上说的话，而是她就是硬能把睡衣穿出跟礼服一样的效果，除了显得她更舒适慵懒、不拘一格之外，丝毫不掉价儿，很高级，仿佛一种风尚潮流。

可能这就是大佬吧。

“Fi 是‘风从’项目自成立以来，第一个跟大家见面的虚拟角色，同时也是电影《FI》的男主之一。”于渃涵继续说，“而现在大家所看到的场景，也是我们为《FI》设计的场景，将来大家也会在电影中看到。但是有关这方面，接下来会有电影的负责人来跟大家介绍。我呢，其实就是讲讲‘风从’，今天是电影的发布会，同时也是‘风从’的发布会。”

虚拟角色这个概念已经玩了很多年了，但现实和虚拟始终有着强烈的分割感。把两者融为一体，甚至把一个角色真实地作用到各个场景中去，光靠想象是不可能的，唯有技术才有这样强大的推动力。

那些科技公司的发布会上出现的女性角色太少太少了，而像于渃涵这样站在顶端，向所有人宣布这样一项壮举的女性，仿佛是闯进了猛兽世界的一只孔雀。

但她不止有华丽的外表，她同样拥有不输给任何人的，如猛兽一样的厮杀能力。

于诺涵的状态非常放松，旁征博引侃侃而谈，高司玮在下面皱眉听了半天，觉得跟原本准备的演讲稿内容出入很大。

直到他听于诺涵说："大家对这部电影本身应该也充满了好奇，接下来由择栖娱乐副总裁高司玮先生为大家介绍。"

这确实是高司玮第一次正式地走到众人面前来，以能够代表择栖的身份。

从助理晋升到副总裁，这样的跨度实在太大，加上高司玮又很年轻，遭人非议是再正常不过的事情。起初在择栖内部，他就因为于诺涵的破格提拔遭受了很多坎坷，他都没有退缩过，迎难而上，通过一个又一个成功的项目来向大家证明了自己的工作能力。

这些事情外界知晓的并不太多，时至今日，仍旧会有人用那种审视的目光打量他，好像在无声地问：你行吗？

或者说，这种目光更多的是透过他去打量于诺涵，去评判于诺涵做的每一个选择是否正确，并将其作为茶余饭后的风凉话。

高司玮走上台去，于诺涵跟他握了握手，拍拍他的手臂，靠近他小声说："加油，别紧张。"

"我没有紧张。"高司玮回答。

从他的神态确实看不出什么异样来，他就是这么一个人，很少把心里想的摆在脸上，别人也很难洞察他的情绪，但这并不意味着他缺失那一部分感知神经。

他也是个普通人，也有普通人的喜怒哀乐。

于诺涵的两根手指在他的掌心轻轻挠了一下，笑道："别假正经了，没事的。你看我背不过稿子在那儿瞎说不是也没捅娄子吗？自己家摆酒席大宴天下怕什么？他们要是乱写东西出去，就全删了，你不是最会干这个吗？"

"……"高司玮腹诽：那还不是因为你？

于诺涵下台之后坐到了第一排，她的一边坐着王寅，另一边空的位置是留给高司玮的。虽然王寅才是幕后的大 Boss，但他从始至终没怎么出现在大众面前。他像个优哉游哉的看客，永远都是一副看戏的神态，从不去参与什么。

"没想到于总今天弄了这么一出。"王寅稍微侧着头，对于诺涵说，"佩服佩服。"

"嗨。"于诺涵说，"小场面。"她看了看坐在王寅旁边的陆鹤飞，打了个招呼，"好久不见哪，小飞，你怎么都瘦成这样了？王寅是不是不给你饭吃？”

王寅无语：“怎么什么都怪我？”

陆鹤飞摇头说：“剧本需要。”

下面的光线有点暗，于诺涵只能看清陆鹤飞脸上愈发清晰的棱角和线条，他消瘦的侧脸，让他的下颌线更加清晰流畅，好像是由最好的画师一笔勾勒而成。

等到陆鹤飞上台时，他从椅子上站起来，慢慢往前走，才显露出他全部的身型。他仿佛是随意地套了件西装外套，里面的白衬衣领口敞着，锁骨凹陷了进去，银色的锁骨链很细，贴着他的皮肉随着呼吸起伏。

他为了贴合剧中的人物设定，除了把自己的体重减到了身体能承受的极值，还几乎不出门晒太阳，比夏天见到时又白了一个度。

他像一片薄雾，也像一根羽毛，体态修长而轻盈，虽然苍白，却又无比美丽，仿佛真的是故事中那种未来世界在宇宙里出生长大的新人类。

“我都怕他一脚踩不稳趴地上。”于诺涵吐槽，“没必要为了拍个戏这么变态吧？”

“你不要问我，我什么都不知道，他自己愿意。”王寅说，“导演、编剧、摄影看他这个样子个个都觉得特别合适，喜欢得不行。都是老师，都是老大，我一个都惹不起。”

于诺涵心想，艺术家们对“美”果然都有一种变态而极致的追求。

她忽然发觉，高司玮站在陆鹤飞身旁，似乎并没有被衬托成一个平平无奇的普通人。高司玮自有他的美好之处，至少在于诺涵心中是这样的。

发布会结束之后已经是晚上，还有一个冷餐会。

于诺涵也没换衣服，只是把头发挽了起来，端着个酒杯被人团团围住。不过在场的还有一个比她更吸引人的存在，就是 Fi。

工作人员把设备带到了这边，Fi 可以跟人家更近距离地接触。在场的都是公司高管、娱乐圈内的知名人士以及各路投资人，一个个有身份有地位，可这么近地见到 Fi，都表现得像见到新奇玩具的小孩儿一样。

他们也会想用手摸摸 Fi，问他各种各样奇怪的问题。还好在此之前 INT 已经做好了充足的准备，Fi 应付这些还是绰绰有余的。

“真是太神了。”

于诺涵忙里偷闲地找了个角落歇了一会儿，气都没顺过来呢，就听背后响起了一个熟悉的声音。她一回头，发现是赵江。

“是你呀？”于渃涵脸上挂起了那副社交专用的笑容，“今天玩得怎么样？”

“大开眼界。”赵江说，“怪不得于总跟我聊天的时候也那么坦诚，原来我们之间完全没有什么可比性，未来的发展方向也不一样。”

于渃涵并不记得自己跟赵江交流时哪里那么坦诚了，想必是赵江个人习惯的话术，先把别人吹捧一番，让人对他放下防备。可于渃涵不是那种会因为别人的几句吹嘘就脑子发热的人，她只是客客气气地说：“哪里，赵总见多识广，这么说真是抬举我们了。”

赵江说：“你们的产品预计什么时候才正式发售？我都迫不及待地想买一台回家了。对了，有定价吗？”

“这个还没有，还要一阵子才能做决定，不过，这个东西的研发成本摆在那里，怎么想也不会太便宜。”于渃涵说，“如果想要把它变成家庭化的娱乐设施，价格势必是一个痛点。”

“这个倒也不必太担心。”赵江说，“像我们小时候流行家庭影院，那时候一套音响加放映机都要上万，现在小孩子们玩游戏的电脑也动辄几千上万，这东西贵一点没关系，只要需求在，总会有人埋单的。”

于渃涵却忽然问道：“赵总追星吗？买来做什么？”

“我不追星。”赵江说，“但是身在娱乐公司，总得明白里面的门道。这一了解，就搞得自己比那些追星的少男少女还谙熟此道。说白了就是工作，对风从的兴趣，也是基于对科技产品的兴趣，跟明星什么的没关系。”

“你这样的消费心态，回头我也要跟运营和销售的同事们讲一讲。”于渃涵说，“说不定还能扩展一些其他消费者群体范围。”

赵江哈哈一笑：“那于总可要给我分成才行啊。”

两个人正聊着天，宋新月提着裙摆一路小跑地过来，找到了于渃涵，气喘吁吁地说：“于总，你怎么在这儿啊，王总找你呢。”

“找我干吗？”于渃涵打量一番宋新月，忽然不悦道，“多大点事儿，至于跑着过来？客人还在这里呢，你这样像什么话？没礼貌。”

宋新月颇感意外。于渃涵是从不计较这种小事的人，怎么今天忽然数落了自己一句？她虽觉得微妙，不过也没多想，立马跟于渃涵说：“对不起，于总，我下次一定注意。”然后又跟站在于渃涵身边的男人做了抱歉的表情。

赵江说：“没什么没什么，大家都是朋友，何必在意这些。”

“年轻人就是得管教。”于诺涵说，“刚调来《FI》的项目组里没几天，就忘了自己叫什么了。那我先过去看看什么事儿，失陪了。”

赵江摆了摆手。

宋新月跟在于诺涵身后一起走了，两人的身影融进了人群之中，于诺涵转身对宋新月说：“刚才不是踩着高跟鞋都挺能跑吗？怎么现在走得这么慢了？”

“怕你骂我。”宋新月说。

于诺涵笑了一下，说：“你知道刚才那个人是谁吗？”

宋新月摇了摇头，于诺涵回答：“那个就是小高的好朋友，voke 的赵江。”

“啊？”宋新月第一个反应是，“司玮怎么能跟 voke 的人是好朋友呢？这说出去不太好吧。”

“你看，连你都懂的道理。”于诺涵说，“可人家就是乐意，咱们也管不着什么。”

宋新月还是不知道这跟于诺涵当着赵江的面儿数落自己有什么逻辑上的关联，不过现在看于诺涵很轻松的样子，显然刚刚就是随口说了一句，没往心里去，宋新月这才放心了。

虽然现在高司玮是择栖实质上的掌权人，但是宋新月知道，于诺涵说话的分量是别人无法比拟的。最关键的是，高司玮其实对自己的工作能力与成果不太关心，之前自己几番表示想来电影这边，高司玮也无动于衷。

宋新月觉得自己是媚眼抛给了瞎子，还不如在于诺涵面前刷一刷存在感。她觉得自己有实力，如果有人能够认可她，欣赏她，她一定可以取得更好的成绩。

她虽然喜欢高司玮，同时她清醒地知道高司玮并不是那个人，于诺涵才是。

她那么努力才得到于诺涵的首肯，进入《FI》这个项目组，这才是千载难得的机会，她可不想因为自己惹到了于诺涵而被贬回去。

“王寅找我干吗？”于诺涵问道。

“不知道。”宋新月说，“王总说，你们有个朋友来了。”

“朋友？”于诺涵跟王寅共同的朋友其实不太多，她脑子里还在检索，人就走到了王寅面前。

王寅身边站着一个女人，她穿着一件素色的长裙，虽然妆容精致，但难掩疲惫神态。她看上去有些年纪了，气质与于诺涵有着极大的差别，好像在南方的阴雨绵绵里，独自站在阁楼里，透过小窗散发着忧郁的小女人。

“吴苓，你什么时候回来的？”于诺涵惊讶地问。

# 第十章 误会

吴苓今年整四十岁，是非常有名的编剧、作家，曾经执笔的作品无一不叫好叫座，拿下好几次重头奖项。

只是近些年来她旅居海外，不怎么在国内露面，也鲜有作品问世。久而久之，大家对她的印象也就淡了许多。

只有一些"知情"的人八卦说她江郎才尽，把自己憋在没人的地方写回忆录，打算完书之后就此封笔。

八卦总是很精彩的，于诺涵知道的故事版本跟八卦截然不同。

"你回来这是……"于诺涵小声问，"他终于同意签字了？"

"嗯。"吴苓点点头。

"那这是好事呀。"于诺涵笑道，"恭喜你，重获自由。"

吴苓却说："只是代价有点大了。"

"嗨，天底下的好事怎么能全让一个人占了呢？"于诺涵说，"知足常乐，凡事都要往好的方向去想。"

吴苓年轻时便享誉一方，事业不断攀升的同时还收获了浪漫的爱情，很早就结了婚。

婚后初期是她创作的高峰期，她还为她的爱情专门撰写过一部小说，文笔优美动人，在那个实体出版蓬勃活跃的年代，很快就成了当季的畅销书。

在外人看来，吴苓的人生就像美好的童话一般令人艳羡，连她自己在很长一段时间内都这么认为。

她有着艺术家的多情和敏感，感情的充沛可以让她放弃很多现实中的东西，仿佛一束玫瑰带来的温暖要远大于一件衣服。很久之后，当她回溯往事时才猛然发觉，一切只不过是她自己一厢情愿罢了。

哪儿有什么满室芬芳？有的只有柴米油盐和一地鸡毛。

"对了，你这次回来是短暂停留，还是打算待久一些呢？"于诺涵说，"我感觉我们好久都没一起逛过街，喝过咖啡了。"

吴苓说："这次把事情处理清楚后，我会慢慢把重心转移回来。一切都重新开始，但愿我还没老得被市场抛弃。"

“哪儿能啊？”于渃涵说，“你想写什么戏尽管写，回头我给你筹拍。”

吴苓掩面笑了笑。

王寅说：“这样才对嘛，别成天愁眉苦脸的，离个婚，散点财，多大点事儿。赶明儿你们小姐妹手拉手去做做美容，什么事儿过不去？”

吴苓说：“但愿吧。”

于渃涵晚上挺忙的，跟吴苓说了没几句话就又有朋友过来了，她摆摆手，吴苓倒是不介意什么，于渃涵就约她有空细聊。

整个圈子内，要说朋友，那只要是交换过联系方式，多多少少都可以算得上是朋友。如果有一些工作上的来往，那更是宛如亲生姐妹。

他们之间的情谊确实是建立在工作之上的，当初大家都还年轻，都对工作有着很强的冲劲儿，有大把的时间憋在一个房间里讨论剧本故事以及与创作有关的各种事情。

王寅和于渃涵不是什么艺术家，但是他们肯给艺术家掏钱。像吴苓这样一贯矜持的女作家其实不太容易买他们的账，只是她跟于渃涵聊得来，一来二去十几年地交往下来，情谊也就从工作中发展到了生活里。

于渃涵与吴苓的性格完全不同，她也说不准这份吸引力是来自这种“不同”本身，还是来自对这种“不同”的憧憬与羡慕。

全部活动都结束的时间已经有些晚了，高司玮把客人们挨个儿送走，回来时看见宋新月跟其他同事们在做最后的检查。

“你不要搬了，我来吧。”高司玮接过宋新月手里的椅子，“穿得这么不方便，可以让会场的工作人员帮你弄，没必要自己动手。”

“我就是顺便。”宋新月说，“不用麻烦别人吧。”

高司玮问：“于总走了吗？”

“没有呢。”宋新月说，“刚刚好像还在外面，不知道现在还在不在。”

高司玮问：“她一个人吗？”

“嗯。”宋新月说，“但是我不知道她的心情好不好，反正今天说了我一顿。”

高司玮说：“她说你你就听着。”他放下手中的椅子朝着外面去了，宋新月满脑袋疑问，不知道高司玮的善心是不是只有两秒钟，现在还不是把事情都丢给自己做?

于渃涵站在花园里看风景，寒冬腊月早就没了花，只有几盏小夜灯，照得她一张嘴呼出的气十分明显。

她打了个哈欠，眼泪挤了出来，像是困了揉了揉鼻子。因为外面冷，鼻尖一下就红了，高司玮找到她时，还以为她心情真的不好，跟她说话的声音都不太大。

“你怎么了？”

“啊？”于渃涵扭头，“什么我怎么了？”

“你怎么还没走？”高司玮说，“忙了一天不累吗？赶紧回去休息吧。”

“我……我晚上喝了两杯。”于渃涵说，“你喝酒了吗？”

高司玮摇了摇头，但凡有于渃涵在的场合，他是从不喝酒的，这是多年养成的习惯。

于渃涵说：“那高总今天能屈尊降贵送我一下吗？”

“嗯。”高司玮说，“等我一会儿把那边的收尾工作结束。”

于渃涵笑道：“这种小事高总没必要事必躬亲吧？搞得好像这么大一个择栖连个干活儿的人都没有。”

“我晚上又没有其他安排。”高司玮说，“而且工作没有什么高低贵贱，难道我升职了，曾经那些工作我就看不上了吗？”

“厉害厉害。”于渃涵说，“还是高总有觉悟。”

高司玮说：“你别这么叫我了。”

“叫两声又不会掉肉。”于渃涵转身坐在了石凳上。两人陷入了很长一段时间的静默。

高司玮说：“没什么事情的话，我先去忙了。”

“你今天表现得挺好的。”于渃涵说，“真挺好的。”

高司玮说：“谢谢。”

“我是不是挺不会夸人的？”于渃涵手有点不知道放在哪儿，“挺生硬的是吧？”

“没事，我习惯了。”高司玮说，“你进去等我吧，外面太冷了。”

于渃涵说：“等我醒醒酒吧。”

高司玮走后她自己独处了一会儿，高司玮处理剩下的工作没怎么花费时间，很快就回来了。于渃涵把车钥匙丢给了他，他看了一眼，说道：“你还在开王总的车？”

“嗯。”于渃涵说，“新车还没到呢，得等好久。”

高司玮说：“没事弄得这么麻烦干吗？”

“我就是喜新厌旧啊。”于渃涵说，“想换就换了。”反正她有钱。

一晚上，于渃涵的手机里就全是各路来的消息。虽然电影刚刚开机，但是发布会的成功召开，伴随着 Fi 的问世，会让这种新闻的热度足够延续到电影上映的那天。说不定在这一年半载里，Fi 已经大红大紫，就像是那些横空出世的流量明星们一样。

于诺涵本就相信，“风从”这个项目一定能够取得空前的佳绩，关键在于时间。

“我今天跟吴苓聊了一会儿。”于诺涵靠在副驾上，半合着眼睛，“吴苓你还记得不？”

“嗯，记得。”高司玮说，“《Fi》这个电影项目当初不是还想找吴老师来参与剧本吗？吴老师说有事情，帮忙介绍了现在的编剧老师。”

“嗨，她能有什么事情。”于诺涵说，“离婚离了不知道多少年，她老公一直拖着她，她没心思做别的事情。”

高司玮知道于诺涵不是那种很喜欢背后聊人八卦的人，而且吴苓还是她的好朋友，聊好朋友的八卦更不是她能做出来的事情，除非她是真的看不下去了。

不过好在他在于诺涵身边这么久，对吴苓的事情也有些接触和了解，不用于诺涵从头到尾讲一遍故事和人物关系。

只是他从来没把吴苓的私生活跟她工作上的停滞不前联想到一起。

于诺涵跟吴苓的关系好归好，有些话她甚至可以当着吴苓的面儿说。

她对吴苓的故事总的来说可以用八个字评价——哀其不幸，怒其不争。

“你说多好一大才女呀，就非得在一棵树上吊死。”于诺涵说，“她老公当初算什么，也就她自己沉迷才子佳人的戏码。现在人家靠着她车子、房子、事业全都有了，可不就把她踹了嘛。临走还得撕走她一半财产，我看她老公——哦不，她前夫就是处心积虑谋划的这一切。”

看于诺涵一副真的憋不住想吐槽的样子，高司玮一个不爱听八卦的人都勉为其难地应和说：“她前夫没有婚后财产吗？”

“我都说了人家就是处心积虑了呀。”于诺涵说，“做得干干净净，就算平分婚后财产，也是吴苓吃亏。”

高司玮说：“那她图什么？”

“嗨，争抚养权嘛。”于诺涵说，“当初那么大岁数，费劲地生个孩子，现在孩子就几岁，走路都还没走利索呢，她哪儿舍得给别人？她前夫就是看准了她优柔寡断又圣母的性格，才敢这么做。我看这事儿谁也不怪，让人坑只能赖自己。”

“人和人性格又不一样的。”高司玮说，“换作是你，你也未必能有比她更好的处理方式。”

“换作是我，我就压根儿不会要个孩子当拖油瓶，我们家也没皇位，我这点基因也没优秀到一定要传下去。”于诺涵说，“不，我压根儿就不会结婚。结个婚算账比融资做尽调还复杂，还谨慎，何必呢？关键是为了什么家庭啊老公啊孩子啊就放弃自己的事业，到头来发现只有事业不会抛弃你，那早干吗去了？这事想想都很不值当。我绝不允许自己变成一个怨妇，如果我变成怨妇，我就自杀。”

她自己絮絮叨叨地嘟囔了一会儿，又说：“我们家皇位要不就让我侄女继承吧。”很快她又否定了自己的这个想法，认为那个侄女被富养得太过分，很容易会把家产都败光。然后她说：“算了，让谭兆继承也行。”

“他不是你儿子。”高司玮冷冷地说，“而且他爹早晚会出来的，人家才是亲生的父子。”

“你就是什么事儿都爱追根溯源。”于诺涵说，“你看王寅和小飞，两个人当初那仇大得见面都能打架了，现在不也好好待着呢吗？吴苓和她前夫的故事当年可是赚了多少天真少男少女的眼泪呀，现在不也撕破脸分道扬镳？社会关系也好，血缘关系也好，都不能证明什么，未来的事儿谁都不好说，路都是要靠自己走的。把这东西看得太重，容易给自己添堵。”

“嗯嗯嗯，我知道了。”高司玮很敷衍地说，“你什么都看得最明白，行了吧？”

“那也未必。”于诺涵此时表示出了十二分的谦虚，“比如你，有时候我真的就不太懂，我总觉得，你有事儿瞒着我——我不是说工作上的事儿，你别误会。不过其他事情其实你也没有告知我的义务和必要。你就当作是女人的直觉与八卦系统在作祟吧。”

这句话，高司玮是根本不敢接的，他只能沉默，于诺涵也没有再追问。

到家时，于诺涵从车上下来，拍了拍车门，弯腰对高司玮说：“年轻人好好干，实在不行，以后皇位传给你也可以。”

电影一开机，一切就都变得规律而忙碌了起来。

科幻电影的绝大部分都在棚里拍摄，把门一关什么都看不见。陆鹤飞虽然这两年几乎不怎么出现在大众面前，但粉丝势头就没减过。不管人家把门关得多紧，各路站姐想尽办法也要靠得更近一些，试图拍到点有的没的。

主要是，他们对 Fi 也很好奇。

明眼人都能看出来，Fi 简直就是陆鹤飞的翻版，只是设定的年纪要比陆鹤飞小很多，而且在陆鹤飞的基础上做了很多优化。

两个主演，一个是活人，一个是跟活人一个模子里刻出来的人工智能，这都不用科幻特效，光现实就已经足够科幻了。

不过遗憾的是，站姐们再怎么努力，连 Fi 的影子都没抓到，陆鹤飞的身影也几乎看不见。剧组的保密工作堪比特务机关，这就很离谱。

皇天不负有心人，有人彻夜扎根风餐露宿，终于在某个深夜抓拍到一张很模糊的照片。仔细辨别倒是能看出来其中一人确实是陆鹤飞，另外一人……好像是王寅。

高司玮看着热搜上面说拍到了陆鹤飞跟王寅大冬天在外面吃冰棍就觉得莫名其妙。

虽说片场就在北京，但是他真的不懂王寅是有多闲，要去探班，探班就算了，跟陆鹤飞或者剧组的同事们吃个饭也很正常，为什么要吃冰棍?

好吧，吃冰棍也不叫事儿，为什么大冬天的，还是晚上，在大马路上吃?

最倒霉的是，这竟然还能给拍到?

站姐敌后武工队一样死守了那么久，正经图一张没拍到，拍一堆这玩意儿有什么用?

饶是高司玮这几年见多识广，也分析不出这到底算个什么因果关系。

宋新月问他这怎么办，高司玮都无语，还能怎么办? 只能任其发展吧……粉丝们只关注男神喜欢吃什么口味的冰棍，以及男神太瘦了要多吃点，其他的哈哈一笑也就带过去了。只不过他需要给王寅打个电话，让对方有事儿没事儿地不要主动制造新闻，给同事们增加工作量。

于渃涵现在不太关心电影方面的事情，她一门心思扑在“风从”上，已经入驻 INT 那边的办公室，她现在很少来择栖，宋新月和高司玮几乎见不着她。

宋新月倒是因为跟高司玮一起做《FI》这个项目，所以关系比之前更加亲近了许多——这是宋新月自己单方面的观点，她觉得每天在一个群里对接各种事情，两三天就能在一起碰个面开个会，甚至偶尔还能在一起加班，甚至还一起出过差，这本来就很亲近了，四舍五入一下还能当作两个人一起旅行过。

像她这样的小社畜几乎快要丧失从工作外部的渠道认识男性的机会了，毫不夸张地说，高司玮是她每天除自己家门口的门卫大爷之外，见到次数最多的男人。

高司玮虽然话不太多，性格也比较冷漠，甚至在工作场合上有点不近人情，但在宋新月看来，他只是不大擅长非工作的交际。要是问他喜欢吃什么，喜欢看什么，多问几次，他也会说出来一星半点。

宋新月突然间就找到了那种攻略超级难度角色的养成游戏的快乐。

攻略游戏，通常在进入某一个关卡并完成相应的任务之后，可以提升跟角色的亲密度。宋新月觉得自己跟高司玮已经相处得很融洽了，可以尝试一下。她认为这种事情一定要先下手，如果没有结果，也好及时回头，不要陷得太深。

至于高司玮和于渃涵的那些八卦，宋新月已经抛之脑后了。这主要还是长时间的接触，让她对于渃涵也有了一定的了解。虽然很多事情没有一个明确的指向，但她意外地相信于渃涵不会做这种偷鸡摸狗的事情。

于渃涵做什么都是光明正大的，玩个把男人根本都不需要遮掩。有就是有，没有就是没有，别人怎么说是别人的事情，跟她都没什么关系。

宋新月还是坚定地贯彻着"没有公之于众的就是不存在的"这条法则，认为自己有机会，并且机会非常大。

热血少女一上头，就决定找个时间明示一下高司玮。毕竟最差的结果，不过就是不成功。

但是做人要往好的方向想，万一成功了呢？

她通过各种暗中观察得知高司玮的生日没几天就要到了，但怎么也想不到能送给高司玮什么礼物。现在没什么人用钱包，高司玮也不抽烟，所以打火机这个选项可以删掉。腰带、领带什么的又显得过分亲密，总归是不太好。

想来想去，最终她决定送给高司玮一束鲜花。她觉得没有人不会喜欢花，哪怕是个油盐不进的摩羯座，多少也能知道"赏心悦目"四个字怎么写吧？

这么决定之后，她悄悄地订好了花直接送到公司，让高司玮本人签收，等晚上没什么人之后再顺势表白。

计划很周全，进度没有什么问题。

宋新月一整天都跟做贼一样盯着高司玮的一举一动，前台的妹子让高司玮去签收快递，高司玮看着一个大花盒皱起了眉头。

知道他生日的人不多，也不会有人闲得无聊给他送花。他在前台翻了个遍，都没找到寄送人的信息，前台妹子忍不住想笑。

很明显有人在追他，他还浑然不觉。

这时又有一批快递到了，里面正好有高司玮的。盒子不大，他干脆拆了，打开来是一把车钥匙。

这份快递倒是写了寄件人，是于渃涵。

钥匙是崭新的，上面的标志锃亮，于渃涵之前说过好几次给他买车的事情，他以为于渃涵只是随便说说，没想到这么快就搞定了。

这时，他收到了于渃涵的微信消息，问他有没有收到生日礼物，并告诉他车现在存在什么地方，让他有空去提。

虽然礼物过于贵重，高司玮心里有一些开心，也有点难为情。他怀着这样的心情抱着花盒回了自己办公室，宋新月窝在工位上盯着高司玮进办公室。

他是在高兴吗？宋新月觉得自己果然是机智的，没有人不喜欢花，没有人！

不过等到快下班的时候，高司玮好像都没有什么表示，宋新月有点急切，坐在办公桌前度日如年，工作都没了干劲。

这时，她无处安放的少女心思忽然又涌现了出来，她发觉当面跟高司玮说可能会让双方陷入相顾沉默的境地。不如……先在线上问问？不行的话，大家至少不用碰面，聊天记录一删就可以当作什么都没发生。

她左思右想，编辑好了一段话发给高司玮。

于渃涵正在办公室里跟合作方激情对线，键盘敲得噼里啪啦直响。这时，宋新月一条消息突然蹦了出来。

“司玮，收到花了吗？生日快乐，希望你能喜欢我的礼物。顺便有句话想对你说很久了，不知道你有没有察觉到，其实我一直对你挺有好感的，如果你现在是单身，不知道我有没有机会？”

于渃涵愣住，好半天之后，打了个问号过去。

宋新月发现自己信息发错对象之后已经无法撤回时，当场崩溃，恨不得找个地洞赶紧钻进去。

她怎么就把发给高司玮的话发给了于渃涵？她怎么能犯这种低级错误？她当初就不应该把这两个人同时置顶！

她看着屏幕觉得自己心跳都快停了，让顶头上司知道自己玩这种办公室恋情真的没问题吗？现在怎么办？辞职还来得及吗？

宋新月破罐子破摔，打了一行“啊啊啊啊”过去，哭着喊着跟于渃涵解释。

于渃涵在屏幕那头早就笑疯了，她料想早晚会有这么一天，并十分热衷看戏，于是用看热闹不嫌事儿多的口吻对宋新月说：“没事，我帮你转发一下。”

“别！于总！别！”宋新月疯狂打字，手速堪比电子竞技选手，“我错了！放过我吧！”

“已经发了呢。”于诺涵还截图给宋新月看。

宋新月恨不能以头抢地，除跟于诺涵发出“呜呜呜”之外，她哪儿还敢跟高司玮说话？她曾以为自己是不怕尴尬的那种人，但真正的尴尬来了，她才知道自己原来好怕。

所以下了班之后她就冲出了办公室，告白计划完全破败，还没扬帆远航，船就因为她的手滑而被直接击穿沉底，她只想关掉手机，切断自己跟这个世界的一切联系，明天就打辞职报告。

于诺涵确实把宋新月错发给她的话发给了高司玮，只是她图省事儿，直接复制文字内容发出，本来发完之后要补一句“这是宋新月发给你的，但是错发给我了”，结果正在打这行字的时候，合作方正好找她了。

对方的一个电话跟于诺涵干唠了俩小时，让于诺涵把这个小插曲彻底忘到了脑后。

高司玮在工作时间先是收到了一束莫名其妙的花，然后又收到了于诺涵给他的车钥匙。临近下班的时候，他又莫名收到了于诺涵的消息。

他看着那一大串字，每一个他都认识，但是连在一起之后通读，他开始怀疑自己是不是眼瞎，或者理解能力有问题。

今天是不是愚人节？他是不是被发现了什么？水星是不是开始逆转了？

这……是他想的那个意思吗？

上方显示对方正在输入，高司玮想等等看，结果什么都没收到。

他也不敢问，他也不敢说，对着那几行字陷入了无限循环的发呆。

因为在发呆，高司玮的工作没有按时完成，在公司拖拉了好久才回家。他没有去提于诺涵送给他的车，甚至压根儿就没有想这件事。脑子里一直都是于诺涵发过来的那句话，和“对方正在输入”之后的杳无音讯。

回家的路上，他甚至反复确认了好久，但还是没有收到消息。

他心里很乱，不知道该怎么回复这段文字。

于诺涵拖着疲惫的身躯回到了家里，累得脑子都要转不动了。为了释放压力，她打算睡前泡个澡。

洗澡水哗啦啦地灌进浴缸，于诺涵卸完妆，洗完脸就钻了进去，温润的热水让她的身体舒缓了很多。

浴缸旁边的小架子上放着一小壶酒，于渃涵喜欢泡澡的时候喝两杯，舒筋活血，再听听音乐，就已经足够滋润了。

放松时最怕手机的信息声突然响起，于渃涵觉得自己好像被人放了冷枪一样，精神紧巴了一下。不过看到发送信息的名字，她又松懈了下来。

都快十二点了，高司玮绝对不可能闲得没事儿干给她发任何跟工作有关的内容，八成是什么注意事项，比如明天会刮风下雪之类的……但问题是高司玮现在跟她的工作没有太多交集，也没必要做这些琐事，真是奇怪。

她迷迷糊糊地划开了手机，看见高司玮就给她发了一个字。

“好。”

于渃涵纳闷儿，高司玮跟她说什么好不好的？等再看到这个字上面自己发过去的内容时，她瞬间就清醒了。

“我去！”于渃涵大叫了一声。她忙着忙着就忘记跟高司玮说这条消息是转发宋新月的表白了，这下误会可大了，她真是跳进黄河也洗不清了。

当务之急，就是赶紧跟高司玮澄清。

可她一着急，手机直接掉进浴缸了。手机屏幕上有很多细小的磕碰痕迹，水很轻易地就钻了进去，她捞出来的时候已经黑屏了。

“我！去！”于渃涵又叫了一声，麻利地从浴缸里翻出来，裹好浴巾就去找另外一个手机。可是在包里翻腾了半天没见着，又在家里一阵翻箱倒柜都没找到，末了才想起来那个手机扔在办公室充电忘记拿回来了。

于渃涵人生中第一次想骂自己猪脑子。

在自己家里骂街其实不算什么事儿，重要的是，大半夜的于渃涵也找不到修手机的地方，只能干骂，什么补救的办法也没有。

她觉得天要亡她，中年危机来得实在是太迅猛了。

于渃涵尽力让自己冷静下来，不断暗示自己是一个成熟冷静有充足社会经验的中年人，没有过不去的坎儿只有不愿意抬的腿，她可以的！

她坐在沙发上开始捋今天这件事。想来想去，最想不明白的是高司玮的那个“好”字到底是什么意思。

他真的认为这是自己给他发的表白，并且答应了？

不能够吧？

于渃涵想想就有点起鸡皮疙瘩，她对高司玮不能说全然没有感情，甚至认为高司玮是她很亲近的人，亲近程度不亚于王寅。可是那种感情跟男女之事完全不沾边儿，她的狩猎范围里也从来不会出现高司玮的名字。她把高司玮看作自己的学生，一手培养起来的人，如果施以那种情感，会让她很羞愧，仿佛自己不干正经事。

兔子还不吃窝边草呢。

问题就在于，高司玮到底是怎么想的呢？

他没有问自己怎么了，也没有问自己为什么说这番话，甚至没有质疑是不是自己在拿他寻开心。他就单纯说个“好”字，难道他……

于渃涵不敢再继续想下去，她的面前就像是出现了一个异度空间，从里面看到了一个自己从未注意过的高司玮。

电视剧都说，天亮之后很多事情都可以当作从未发生，于渃涵也希望这种剧情设置会应验，但这不现实，她还记得很清楚。

她没去 INT，先是去买了个新手机，然后磨磨蹭蹭地去了择栖。前台的妹子见到她稍微愣了一下，然后才跟她打招呼。她问高司玮来没来，前台说早就来了，并惯性地问她今天有没有什么安排。她摇摇头，说只是过来看看。

于渃涵去了自己那间许久没去过的办公室，给高司玮发了个消息问他中午有没有时间一起吃个饭，高司玮很快回复说“可以”。看着那简单的两个字，愧疚之情仿佛洪水猛兽淹没了于渃涵。她不是想故意吊着高司玮，而是觉得这件事有必要面对面跟他解释一下，且工作时间不太适合谈论私事。

但依照现在的情况来看，多拖一秒仿佛都是她在作孽。

也许这就是个愚人节玩笑呢？于渃涵自闭地想，高司玮会不会也跟她开个反向玩笑？

总之，等这顿午饭的时间很煎熬。

于渃涵先去了约定的饭店，手里翻着菜单，眼睛到处乱瞟看高司玮来没来。说实话，她也很紧张，比去谈判还紧张，手心都有点冒汗。

高司玮按时抵达，于渃涵招呼了一下他，他才找到位置。

于渃涵不着痕迹地打量了一番高司玮，高司玮神色如常，好像并没有什么变化。于渃涵认为不应该相信这些表面的东西，毕竟高司玮常年都是这副德行，有变化了才怪。

“怎么突然找我吃饭？”高司玮垂着眼睛整理桌子上的餐具，有一句没一句地说，“什么事儿？”

放在往常，于渃涵跟高司玮相处是很随便的，一般会侧靠着椅背，跷着个二郎腿，懒懒散散的。

这次倒是正襟危坐，高司玮都能看出来她有重要的事情说。

高司玮揣测于渃涵会跟他说什么，会讲昨天的事情吗？还是什么都不讲，是当作没发生，还是当作一切顺理成章？高司玮对答案也没有太大的把握。在对于渃涵的感情上，他甚至有点自虐倾向，觉得于渃涵对他不好才是常态，突然变个态度，他反而不习惯。

可若说心里完全没有任何期待，那肯定是假的。他只是个有七情六欲的普通人，没有极度乐观，也没有极度悲观，也会存在一定程度上的幻想与侥幸。

“我点了菜了。”于渃涵把菜单递给了高司玮，“都是你平时爱吃的，你看看还要再点些什么吗？”

“不用了。”高司玮说。

“行。”于渃涵告诉服务员可以上菜了，等待的工夫里，她开始组织跟高司玮对话的语言。“昨天的生日礼物收到了吗？”她问，“喜欢吗？”

高司玮不知道于渃涵具体指的是车钥匙还是那束鲜花，只能笼统地说：“收到了。”顿了一下之后，才用稍稍小一点的声音又说了两个字，“喜欢。”

“哦，喜欢就好。”于渃涵看着高司玮脸上变化的细微表情，觉得自己接下来难以开口。

菜都上齐了，于渃涵先扒拉了两口饭垫了垫肚子，还问高司玮怎么不吃。高司玮象征性地动了动筷子，说道：“你是不是有事儿要跟我说？”

“是有。”于渃涵说，“昨天那个信息吧……”

高司玮目不转睛地盯着于渃涵，于渃涵像是没写完家庭作业被老师当场抓获的学生似的，有点抬不起头来，内心很复杂。

“那个是……”于渃涵继续说，“那个是宋新月想发给你的，但是不小心发给我了，我本来复制粘贴给你之后想跟你解释一下的，突然来了电话我就把这个事儿给忘了。回家之后吧……我确实当时就应该跟你说明白的，可我手机掉浴缸里了，另外那个手机没带。你看我现在拿的还是早上新买的。”

她一边说一边观察高司玮，高司玮没有什么不妥的转变，始终安静地听她解释。

“真的十分抱歉，小高，我真不是故意的。”于渃涵很诚恳地说，“我当时就是吃个瓜，然后随便转发了一下，没想到后来还能有这么一连串的乌龙。我……我真没想……”

“我知道了。”高司玮很平静地说，“你不用解释了。”

“哎，你看，这事儿闹的。”于渃涵不会去追问高司玮要不要原谅她，这种事情其实就是双方心照不宣，讲明白即可，死死抓着对方非得要一个结果的行为无异于逼迫。

话到此处其实不必再多说，于渃涵知道自己应该含糊两句一笔带过，这事儿就当没发生过了。可她看着高司玮，有那么一瞬间觉得有点不忍心。

她有一百种结束对话的方式，可她偏偏鬼使神差地要问高司玮昨天为什么要那么回答她。

她知道自己做很愚蠢的事情了，没必要，真的没必要。高司玮大可以很淡然地告诉她，自己只是在应和这个玩笑。不论是真是假，于渃涵的这个问题都显得有些自作多情。自作多情的人总是很傻的，于渃涵的原则是不当傻子，但这次，她觉得她应该当这个傻子。

她甚至希望高司玮能说出那些满不在乎的话，就像那种大家常开的愚人节玩笑一样，也许能把这个误会装饰得体面一些。

也许……也许事情真的没有那么复杂呢？

“因为我以为……”高司玮缓缓开口，“我以为你说的是真的。”

于渃涵看着高司玮的双眼，她知道高司玮没有骗自己。但她仍旧希望高司玮接下来立刻补充一句“我是在逗你玩”。

但高司玮没有，他只是陷入了惯有的沉默。

有首歌叫《把悲伤留给自己》，太悲情，于渃涵不大喜欢。但她觉得此时此刻应该把歌稍微改一改，名字就叫《把尴尬留给自己》。

有时候，只要别人觉得尴尬，那自己就不会尴尬。但有时候，自己陷入自己制造的尴尬，别人往往却不会尴尬。

这种说法其实不太准确，至少不应当把现在这样无声的场景归结为“尴尬”气氛，有些笼统，有些轻浮，好像不太把对方的情感当回事儿似的。

但于渃涵实在想不出来别的词语了。她一动不动，没张嘴说话，也没有太专心思考高司玮的话。她开始走神，想隔壁桌的女人口红好像沾到牙上了，也在想一会儿她要怎么回 INT，还有什么时候会下雪，年会要怎么开……开小差一会儿后，空间没有改变，物质也没有改变，只有时间和她大脑里的信息在流动，而这些都与现在的处境无关。

她知道，她开始逃避了。

高司玮不是一个擅长谈论感情的人，因为这东西对他而言是没办法量化的，他也不够理性。其实，他到现在都在犹豫自己到底要不要彻底跟于渃涵摊牌——虽然此前一句跟摊牌也没什么区别。

跟于渃涵表露心迹只是他设想的好几个分支剧情当中的一个，但他觉得至少发生时应当在一个正式的场合，有一点正式的气氛，自己也有所准备。现在这样手忙脚乱甚至不走脑子地说出这句话，让他有些失控。

但这种失控又让他有一点点快感，好像冲破了什么界限，让他知道原来还有这样一种选择。

反正就这样吧。

"什么……"于渃涵干笑了两声，"你说什么呢。"

高司玮说："需要我把话说得再明白一些吗？"

"小高。"于渃涵的表情变得有些僵硬，"你别开玩笑。"

"我没有开玩笑。"高司玮说，"我不爱开玩笑。"

"那你这算什么？"于渃涵试图通过另外一种稍微强硬的质问口气来掩饰自己的慌乱，"我跟你说你就是在……"

"表白，算是吗？"高司玮说。

那两个字让于渃涵有种一口气堵在嗓子眼里喘不上来也咽不下去的感觉。刚刚开小差时大脑中产生的那些画面在瞬间回放，最终像黑洞爆炸一样，一把将她抓回了现实世界。

她想抽自己两巴掌，为什么要这么跟高司玮说话呢？难道她不清楚高司玮是那种平时一巴掌打不出个屁来，但关键时刻能堵得人说不出话来的性格吗？

她下意识地说："小高，你不能这样。"

"为什么不能？"高司玮说，"为什么别人可以，我不可以？"

于渃涵扶额："这不是可以不可以的问题，这其实是……"

高司玮说："自从我认识你之后，你的每段感情、每个男人我都知道，我比他们其中任何一个人差吗？"

"不，你一点都不差。"于渃涵都不知道该怎么去解释这件事。

高司玮说："那你说是什么问题？"

于渃涵头一次有一种被逼得走投无路的感觉，她觉得对话的节奏不能被高司玮带走，她整理了一下思路，镇定地说："小高，我觉得这件事没有任何可比性。要说重要性，你比任何一个男人对我来说都重要，重要程度仅次于我爸和王寅，哦不……有时候你可能比王寅都重要一点。但重要并不意味着我会跟你谈那种感情，你明白吗？我什么性格你应该很清楚的……"

高司玮说："我不清楚。"

"别抬杠。"于渃涵觉得高司玮已经开始跟她赌气了，瞬间觉得事情更加难办了。她继续说，"我在感情上就是一个很随便的人，因为这件事对我来说就像是每天进公司到底先迈左腿还是右腿一样不重要。我其实跟谁谈恋爱也无所谓，因为我没有任何后续的打算。但我不希望那个人是你，因为我认为你对我很重要，我尊重你，我不希望出现任何会让我失去你的风险，我可以把你当作家人。别的人我不喜欢了可以说换就换，但能那样对你吗？你能明白我的意思吗？"

于渃涵反复问他能不能明白，这种话术会把问题抛给对方，让对方不由自主地去思考自己的问题。高司玮扪心自问，于渃涵对他讲的话他都明白，他其实很想控制好自己，可是有些时候这不是他想怎样就怎样的。

在这一刻，他觉得于渃涵很自私，她好像只想着对自己好的事情，那些风险和麻烦她统统都想回避掉，因此她用这种方式拒绝了自己，并试图让自己清醒一点。

他对于渃涵言听计从，俯首帖耳，处处为于渃涵着想，到头来这一切反倒成了无法逾越的壁垒。于渃涵在某种角度来说是个懒惰的人，男朋友不喜欢可以随时换掉，但如果想换掉像他这么好使的人就有些麻烦了。

于渃涵到现在都还没有招到助理，不就是这个原因吗？

高司玮看着于渃涵的嘴巴一开一合，每一个字他都听得很清楚，但他的所思所想完全不是于渃涵所期望的思路，而是朝着另外一个方向狂奔不止。

最终，他问于渃涵说："所以你就是把我当一条狗养吗？"

"我没有哇！"于渃涵觉得自己现在就算是跳黄河也没有用了，"我不是那个意思，我到底该怎么解释你才能相信呢？"她甚至也有点生气了，因为她发现高司玮关注的重点跟她完全不同。

如果要把我们拥有的每一样东西都排个先后顺序，爱情往往是于渃涵认为最不重要的，这纯粹是精神追求当中的某一种细分产物，虽然和其他情感调用的大脑区域完全不同，但这只是一个可选项，而不是必选项。

很多人都会被爱情冲昏头脑，做出许许多多傻事，于渃涵不否认自己年轻时也曾冲动过，可是现在，随着年纪增长和压力变大，她已经没有那么多饱满的情绪去关注风花雪月了。她把谈情说爱当作一种快销产品，偶尔只在一点点时间里补充一下即可。像吴苓那样把爱情当作生命的人，于渃涵承认其存在，但并不太认同。

她此前从未在这方面关心过高司玮，只是偶尔嘴上调侃调侃，高司玮一贯冷静的处世态度让她忽略了高司玮还年轻这个客观事实。

于渃涵和高司玮属于两个年代的人，年龄和性别的差异让他们对同一个世界产生截然不同的看法，甚至看法之间没有任何交叉。如果说阅历带给于渃涵一些优越性，这个优越性就是她可以试图站在高司玮的角度去思考问题，试图去理解高司玮。

其他问题尚且可以这么处理，但感情不然，这东西谁也没法理解谁，圣人也为它为难。

“我觉得这些事情没什么好讲的了。”高司玮说，“你总觉得我有事情瞒着你，现在，我已经把我能说的都说了，你还有别的问题吗？”

这次换成了于渃涵沉默。

“那就这样吧。”事已至此，高司玮觉得多说无益。他现在不太想面对于渃涵，也不太想继续从于渃涵口中听到那些所谓“道理”。

他好像忽然间变得很叛逆，不想接受教育，不想听话。

于渃涵也觉得现在这个时刻跟高司玮是说不清楚的，也许他们都该冷静一下，也许事情不一定非要朝着一个糟糕的方向发展。她点了点头，高司玮起身离开了，她却不打算走。

座位靠窗，于渃涵用手掌撑着下巴，向窗外的街道望了一会儿。她想，自己是不是做得不对？是不是处理得太自私？高司玮的话让她仿佛猛然间叩开了一扇从未意识到的大门，让她意识到原来还有这样一种设定。

如果她不认识高司玮，那么一个像高司玮这样的男人跟她表白，她完全有可能试着接受。但她认识高司玮，且太熟悉了，突然让她转变与一个已经熟悉的人的关系，她适应不来。她会习惯性地去衡量利弊，没有价值和意义的事情就不必做。

于渃涵一个人闷声吃了一大碗饭，也许对她而言，这件事还是困扰的因素太多太多了。换作别人，她不喜欢可以直接甩脸，她管对方心里开心还是不开心。

但她还是得想想高司玮的问题。

换作别人，所有事情都能有一个简单直接的处理办法，为什么偏偏是高司玮呢？

人到中年可能会遭遇各种各样的重创，事业挑战，感情危机，麻烦总是越积越大，压力总是一山高过一山，而她空有经验与阅历，处理这些事情的精力却像是游戏人物的体力值一样，一点一点地丧失着。

她终究跟二十多岁时是不一样的，要思考很多事情，平衡很多麻烦，她得强硬一点，以免自己在各种争斗中陷于弱势。每一天睁眼就要想着公司里还有那么多人指望着她吃饭，她没有任何松懈的理由。

于渃涵把一大口干粮塞进了嘴里，想到高司玮走时仿佛有点受伤的冷漠神情，刹那间也很委屈，也很想抱怨。

难道她生活得很容易吗？她要对得起所有人才行吗？

南北逐风 著

# 暗里着迷

（下）

*Secret Obsession*

宁波出版社
NINGBO PUBLISHING HOUSE

**图书在版编目（CIP）数据**

暗里着迷：上、下 / 南北逐风著 .——宁波：宁波出版社，2022.5

ISBN 978-7-5526-4554-5

Ⅰ . ①暗… Ⅱ . ①南… Ⅲ . ①长篇小说 - 中国 - 当代
Ⅳ . ① I247.5

中国版本图书馆 CIP 数据核字（2022）第 061592 号

# 暗里着迷（上、下）

南北逐风 著

**出版发行** 宁波出版社（宁波市甬江大道 1 号宁波书城 8 号楼）
**网　　址** http://www.nbcbs.com
**责任编辑** 孙秀秀
**责任校对** 虞姬颖
**特约策划** 夜　森　陆奔潮
**封面绘图** 浮　又
**印　　刷** 小森印刷（北京）有限公司
**开　　本** 710mm × 1000mm 1/16
**印　　张** 26.25
**字　　数** 450 千字
**版　　次** 2022 年 5 月第 1 版
**印　　次** 2022 年 5 月第 1 次印刷
**书　　号** ISBN 978-7-5526-4554-5
**定　　价** 75.00 元

目录
contents

# 第十一章 山茶花

宋新月因为“乌龙表白”觉得很丢人，请了两天假在家里当鸵鸟，似乎把脑袋埋进沙坑里躲两天，一切就都不存在了。

她请假的时候高司玮还不知道实情，后来知道了，也没有心情理会。

捱到了上班的日子，宋新月悲苦得如同上坟，在办公室里坐着的时候总觉得自己像没穿衣服一样，大家都在看她。事实上，其他同事都挺忙的，除了高司玮和于渃涵，也没人知道她的糟心事，她纯粹就是给自己的心理暗示太强，做什么都疑神疑鬼。

其实这两天她也思考了一些事情，比如辞职。

虽然于渃涵表示这是件无伤大雅的小事，她不会介意的，但宋新月觉得这件事本质上并不是一个玩笑。高司玮经由于渃涵才知道我喜欢他这件事，那他会怎么看我呢？会不会觉得我太废物了？会不会觉得自己很可笑？

一想到两个上司都知道自己的丑事，这种小辫子被拿捏住，以后还怎么混啊？

宋新月脑子一热就写了辞职报告，在OA[①]系统里看着自己的申请卡在了高司玮那里。然后，她就看见高司玮给她发消息让她过去。

一进屋，宋新月就觉得气压很低，非常低。她不知道这两天都发生了什么，但听其他同事说，高司玮不太爽。

“说说吧。”高司玮抬了抬下巴，示意宋新月坐下讲话，“怎么回事儿？”

宋新月紧缩着肩膀，低着头，明明很紧张还要装作不在意的样子：“什……什么怎么回事儿？”

高司玮说：“为什么要辞职？”

“就是不想干了。”宋新月说，“没什么为什么。”

高司玮不太喜欢宋新月这种态度，也丧失了耐心，声音冷下来说：“你说不想干就不想干了，你把工作当什么？”

“我……”宋新月被这句话怼得气也不打一处来，本来就挺郁闷了，还被当事人这么数落，她反驳说，“我凭什么不能想不干就不干？公司又不是我妈，难道我还得负多大责任？不就是份工作吗？我不在乎！”

① OA（Office Automation），办公自动化，指将计算机、通信等技术连在一起运用到办公系统的一种新型办公方式。

她这么硬气地说话纯粹是一口气憋的，一般辞职的员工摆出这种反应，要么是对公司深恶痛绝，决定撕破脸老死不相往来，只想赶紧脱离泥潭；要么就是已经找好了下家，完全不担心接下来吃饭的问题。但偏巧，宋新月两点都不占。

她的思考过程很简单，因为觉得很丢人所以想离开，具体过程没过多考虑。至于跟高司玮呛声，完全是因为她不懂高司玮的逻辑。人面对别人的质疑，第一个反应常常是反驳，而不是思考对方为什么这么说，这么说有没有道理。

至于内心指责对方语气不好、态度冰冷，纯粹是给自己的发作找一个更合理、更有立场的理由。

高司玮说："如果因为做了一点蠢事就觉得全世界都要看你笑话，那你到下家公司也不会好过到哪儿去。所以你的工作履历就是你的逃亡史吗？你以为自己很重要吗？别人都要关注你那点破事儿？"

宋新月的脸"唰"一下就红了，她心想"完蛋了完蛋了，该来的总会来"，高司玮最终还是暗示地说出了那些令宋新月难以面对的剧情。宋新月恼羞成怒，觉得自己眼瞎，之前只是因为爱慕，所以看高司玮哪里都很好。

高司玮长得帅，工作能力又强，对人虽然不太亲善但也算客气，是讲道理的人，总之，妥妥就是位高冷男神。

可是现在，宋新月因为经历了种种误会，觉得高司玮一下子变得哪儿哪儿都不好了，性格闷得不行，说话还不给人留面子，脑子里只有工作没有其他东西，唯一比机器人好的就是长得帅了。

但是长得帅又不能当饭吃，不是吗？

宋新月对高司玮的好感碎了一地，高司玮伤害了她，她索性破罐子破摔，甩给高司玮一句"你管不着"就跑路了。现在她是真的不想在这里待着了，更不想留在高司玮手底下继续干活。

辞职是很冲动的想法，以致她完全没想好以后怎么办。反正她的生活压力也不是很大，自己还有一些生活费，回去再跟爸妈撒撒娇，总不至于流落街头。

而且她现在也不是当初的职场小白了，择栖的履历也很好看，肯定不愁找不到新工作，她没有在怕的。

宋新月把自己安慰了一通，盯着 OA 系统，反复提醒处理人阅览，可一周过去了，高司玮那里还是没通过。而且高司玮也不跟她解释为什么，就这么晾着她，宋新月现在愈发觉得高司玮讨厌，自己要被高司玮气死了。

摩羯座死直男最讨厌了！

她最后没有办法，把事情捅到了于渃涵那里。

于渃涵听宋新月讲了一番来龙去脉之后，也挺无奈的。

她看着手机屏幕上宋新月的备注下面没有显示“对方正在输入”了，才回复对方说：“今天你在公司吧？我现在有点事，晚上我去择栖接你，一起吃顿饭，边吃边说。”

宋新月回复“好的”。

于渃涵其实可以完全不理这种事，毕竟一个普通员工要辞职而已，多大阵仗能闹到她的面前来？而且她在慢慢脱离择栖的业务，说来说去已经没有太大关系了，没必要让她出来伸张正义。

她之所以还能理宋新月，是因为她觉得这件事之所以搅和得这么乱，纯粹是因为自己当初手贱。她要不来那么一下子，也许现在世界还是好端端地转着。

帮人帮到底，送佛送到西，她自己捅出来的麻烦，还是得自己收拾。

还好于渃涵这天不忙，提前下班去择栖接宋新月。宋新月上车之后，于渃涵先问：“你饿了吗？”

“不是很饿。”

“晚上没什么别的安排吧？”

“没有。”

“那行。”于渃涵说，“我常去的那家皮肤管理中心最近在做活动，我们一起去吧。”

“啊？”宋新月说，“不是吃饭吗？”

于渃涵说：“先去做脸吧，做完脸再吃饭。”

宋新月就这么稀里糊涂地跟着于渃涵走了。

于渃涵会定期去做皮肤护理，她不是一个健康管理非常到位的人，烟酒不忌，熬夜也不可避免，所以年轻良好的状态一方面靠健身，另一方面只能寄托于各种高价护肤品和现代医美手段。

美丽的代价总是昂贵的。

店里的工作人员都认识于渃涵，大家很熟络，对她带来的年轻妹妹也很热情。宋新月只是刷视频的时候看过一些医美相关的内容，但她的保养知识还停留在贴面膜的程度，其他完全不懂，听着对方天花乱坠一顿讲，觉得很是新奇，可又有点害怕尝试。

“又不是给你开刀整容，怕什么？”于渃涵笑道，“不过你还年轻，确实不太需要太强力度的保养。”

最后在专业人士的推荐下，宋新月做了一些初级的尝试，反正于渃涵请客，哪怕是入门水平，用的都是店里最好的产品。

宋新月跟着于渃涵体验了一把富婆的快乐，完事儿之后又跟于渃涵去吃饭。于渃涵挑了一家非常高级的餐厅，宋新月只听说过，屡次想尝试时，都被价格劝退。

这无疑是一个非常滋润的下班之后的晚上，做美容吃晚饭，还能站在城市中心的高楼上俯瞰繁华夜景。

这是不是就是成功的感觉？宋新月不禁开始浮想联翩。

“说说吧，怎么回事儿？”于渃涵终于开口问。

“啊？”宋新月觉得于渃涵这话跟高司玮一模一样，或者说，是高司玮说话的口气跟于渃涵一模一样。但于渃涵很平等地跟她拉拉家常，高司玮就是高高在上的，令人很难受。

宋新月又把故事重新复述了一遍，重点突出她很委屈，她很不服，她凭什么被高司玮那么对待？

于渃涵听后笑了一下：“小高这个人呢，确实把工作看得比较重要，所以很容易忽略掉一个问题，就是并不是所有人都跟他一样觉得工作很重要。”

“我也不是说工作不重要，只是……”宋新月说，“只是我觉得人应该忠于自己，过自己想过的人生，而不是被工作束缚。”

于渃涵问：“那你想过什么样的人生？”

宋新月忽然答不上来。

“你觉得今天晚上过得怎么样？”于渃涵说，“算不算是大多数人想过的人生呢？”

“我觉得算吧。”宋新月说，“想吃什么吃什么，想买什么买什么，不用为了钱发愁，多好。”

于渃涵说：“可是我为了过这样的生活，过去的一个礼拜没有一天能在半夜两点前睡觉。新月，我认为年轻人确实应该有自己的想法，年轻本身就是一种资本，当你把这种资本握在手里的时候，就会有面对一切的勇气。”

她说话的语速有点慢，像是在回忆什么东西。

“老实说，你让我像你一样去跟王寅说我不干了，我是没有这种勇气的。因为身上的担子太多太重了，不可能轻易卸下来。可我就那么喜欢这份工作吗？我觉得未必。”于渃涵继续说，“我能够理解你，因为小高说话有时确实很让人烦，让人觉得他怎么那么不解风情啊。你想发脾气那太正常了，你可以跟他对骂，我相信他肯定骂不过你，也不敢骂你，撑死就是不理你了。当然，他肯定也不会因此给你使什么绊子，他毕竟还是个就事论事的人。”

宋新月点点头，对于这点，她和于渃涵的看法一样。

于渃涵说：“出了这样的事，大家或多或少都有责任，我也有做得不对的地方。但是你把它放在职场里，难道逃避就是唯一能做的事情吗？在这家公司你因为私人感情离开，到了下家公司，会不会因为其他情绪问题跟老板吵架离开呢？这不是解决问题的办法，只会让这个问题积累得更深，到最后只会落荒而逃。那么当你无处可逃的时候，你要怎么办呢？”

宋新月顺着于渃涵的话去思考，有点茫然。于渃涵观察着宋新月的神情，适当地停顿了一下，才说：“有些事情总要有人去做，有些问题总得面对。你在二十岁出头的时候遇上一些坎坷和挫折其实不是什么坏事，总好过当你三十多岁了，面对问题无所适从。毕竟年轻时大家允许你犯错做傻事，年纪越大，这个社会对你的包容就越小。老实说，你觉得择栖这个公司怎么样？在这里的工作是有价值的吗？它真的已经让你厌恶到一定要离开了吗？”

“没……没有。”宋新月忽然有点懊恼自己一拍脑袋的决定，择栖的福利待遇是业内出了名的好，老板的名声虽然在外面不那么好听，但实际接触过的人就知道事实并非如此。

她在这里的工作虽然很辛苦，却学习了很多东西，进步巨大。她在这里成长，获得了应有的价值，同事们大部分也很友好，没有那种职场剧里的“宫斗”戏份。她在这里有那种名为“期待”的东西，所以，她到底哪里不满意了？

就是因为向上司告白折戟觉得丢了面子？

宋新月看了看于渃涵，突然感觉很羞愧。自己这样一个普通小员工因为心情不好就跟顶头上司闹脾气，对方不仅没有无视自己，还带自己出来娱乐消遣，贴心地站在自己的立场和角度为自己分析问题。

这些话放在平时，宋新月只会觉得是毒鸡汤。可现在于渃涵说出来，却有着很强的说服力。因为于渃涵亲身向她展示了一个女性靠着职场打拼所能取得的胜利成果，虽然这很物质，但物质是最好量化的，最容易被人察觉的。

除此之外，她看待事物的角度，处理问题的经验，和人沟通的方法，无一不是时间打磨的结果。宋新月想，于渃涵走到今天这一步，到底都经历过什么呢？

根本想象不到。

她鼓起勇气问于渃涵："……我为了这种事情闹脾气，好像天都塌了一样，是不是很幼稚？"

"在我看来确实很幼稚。"于渃涵笑了笑，随意地说，"不过，对你来说不是的。这确实是你这个年纪的人会做的事，我不太意外，也不会因此嘲笑你什么，因为太正常不过了。新月，我觉得你是个聪明的女孩儿，如果你能克服一些问题，你将来的路会更好走。我不否认这个世界上有'恋爱大过天'这种设定，但你想想，为了一个没追到的男人放弃你现在取得的成绩，值得吗？十年之后他老了，秃顶了，油腻了，你会为了自己的选择后悔吗？你想要自由的人生，那什么才是自由？是物质的自由，还是精神的自由？这些东西是你靠学习获得的，还是靠工作价值获得的？当然了，我不是说非要对你的人生指手画脚，选择权永远在你自己手上。但是，无论什么时候，你都要有承担自己的选择所带来的后果的觉悟，明白吗？"

宋新月开始后怕了，并且真的觉得为了高司玮不值得。她努努力，十年之后也许可以跟于渃涵一样，又漂亮又有钱，可以永远和十八岁的小狼狗谈恋爱，何必要为了年轻时的执迷不悟断送无比美好的前程？

可让她反悔说自己不辞职了，好像显得太没有主见，很容易被人糊弄一样。

于渃涵看出她陷入了进退两难的纠结，便说："这样吧，你不想在小高身边做事也情有可原，我这边有个助理的空缺，你要不要先来试试？平复一下心情，给自己缓冲缓冲。到时候你想离开，或者觉得还是小高那边的工作合适你，又想回去，都可以自己选。"

"真的吗？"宋新月觉得自己捡到了一个天大的便宜。

于渃涵笑道："当然是真的，我难道连这点权力都没有吗？"

工作一事搞定之后，宋新月心里的大石头终于放下了。此番交流让她跟于渃涵更亲近了一些，仿佛什么话都可以跟于渃涵讲。于渃涵没什么意见，宋新月说什么，她就耐心地听着。晚饭结束之后，时间也不早了，她把宋新月送回家，才慢悠悠地开车返回。

她在自家小区门口的那条小街上停了下来，打开车窗，冷风呼呼地往里灌，她也不觉得什么，这会儿路上已经没有什么人了，路灯也很暗。

有时下班之后，她不会着急回家，会在公司里磨叽一会儿。或者，回家之后也不会着急上楼，想在车里安静地休息休息。虽然她的家里没有其他人，但她还是想找个安静狭窄的地方，仿佛整个世界只有自己一个人，这样才好完全地沉浸其中。

今天她是真的有点累了，那种筋疲力尽的勉强感再一次席卷了她的全身。她忽然间觉得到了这个年纪，生活也好，家庭也好，都是一个模板印刻出来的。无论走到哪儿，她都面临着一个“上有老下有小”的终极难题。

在公司，虽然王寅给了她绝对的权力，但这并不意味着她可以一个人说了算，合伙人的意见是意见，投资人的意见也是意见，用户的意见更是意见。甚至外界那些风向舆论、合作方飘忽不定的态度，都成了左右于渃涵想法的重要指标。这些都是压在她身上的大山，她不可能说炸掉就炸掉。

下面还有那么多员工，她就好像一个家长，不光要考虑公司整体的业绩，也要顾及员工们的心态和想法，调和很多不属于工作范围内的矛盾与冲突。

和小说里的霸道总裁相比较，她确实也有着相同的风光，不同的是，小说里的霸总有着随时可支配的无限财富与永远不会跌落的神话，她却是个普通而平凡的人，血肉之躯会疲惫，也会对未来感到恐慌。

跟宋新月的对话之中，于渃涵也获知了一些高司玮的近况。她对高司玮的态度有些纠结，在私人情感上，两个人现在还算不尴不尬的关系，暂时也没什么联系；在工作方面，于渃涵又会稍稍为对方担心。

高司玮坐在现在这个位置上，还是有些年轻和稚嫩了。有些工作经验可以通过努力学习获得，但有些工作经验，则是需要时间去积累的。

工作有时不完全是能力至上的，更是一门和人相处的艺术。

想要明白这些，跟一个人的智商和悟性都没有关系，必然需要在时间中静候等待，着急也没有用。

于渃涵觉得高司玮有点着急了，她不知道高司玮在着急什么，那么优秀的一个人，在同龄人之中已是翘楚，他还想要怎么样？

如果在平时，于渃涵可能会语重心长地找高司玮谈一谈，只是现在不是一个好的时机，于渃涵长叹一声，那种无力感又回来了。

这种状态对于她而言，就好像歌里唱的那样。

“不可能让每个人都如愿，但每个人都能让我为难。”

年底的工作调动很多，宋新月很快就被调去了 INT，高司玮对此没发表什么意见，签字确认之后都没跟宋新月讲多余的话。这让宋新月更觉得高司玮无情无义，心中愤愤不平。

去 INT 的第一天，宋新月就感受到了天翻地覆的变化。这里没有那么多规矩，每个人都好像很随便，那些技术大佬们上班下班不打卡，甚至不在自己工位上待着，随便找个地方趴着躺着写代码、开会、吵架。

没错，她在这里听到最多的就是吵架声。几个人凑在一起争执着她根本听不懂的玩意，然后争执完了就忽然都闭嘴，安静地埋头在各自的电脑屏幕前。

她来了之后连部门都没搞清楚，就要跟着于渃涵去开会。到时候在场全是 INT 的重要人物，宋新月怯怯地问于渃涵："于总，我刚来就参加这种会议吗？你们一定是说很重要的事情吧？让我听会不会不太好？"

于渃涵说："这有什么？小高第一天跟我的时候也是去开一个涉密会议，有问题吗？保密与否是你个人的职业操守，是你应该担心的事情，不是我。还是说，你觉得自己不行、不够格？"

"我、我、我当然不会！"宋新月像是打了鸡血一样对天发誓，"于总你放心！我什么都不会说的！杀了我也不会说！"

"得了得了。"于渃涵摆手，"赶紧走吧。"

这次会议的内容主要有两个部分，一个是关于"风从"正式上市的时间安排，还有一个是 INT 和信游的合作事宜。

针对第一件事大家争执了很久，王寅和花枕流不太着急，认为晚点上市也没关系，好饭不怕晚。再说了，他们做过统计，市场上一时半会儿不会出现可以与他们竞争的对手。等明年夏季电影杀青的时候再上市，时机也差不多。

于渃涵则持有不同的意见，她觉得发售时间可以提前到明年的第一季度。他们目前基本已经没有什么太大的技术问题需要解决了，唯一需要考虑的是硬件的生产时间和周期。此前她已经接触了很多硬件生产厂商，对方的方案设计上完全没有任何问题，而且他们的样机也几经打磨，和厂商合作得也算愉快。

王寅一直闭着眼睛听，于渃涵说完之后看了他一眼，还以为他睡着了。

于渃涵拿笔丢向他，他吓了一跳，睁开眼睛。

"我听着呢。"王寅懒洋洋地说，"我觉得挺好的。"

"挺好的？"于渃涵挑眉，"是吗？"

"当然。"王寅说，"一切都很完美，只有一个问题，就是如果我们把发售时间提前到第一季度，安排上没问题，但是容错率比较低，任何一个环节都不能出现错误，否则整个项目直接垮掉。"

花枕流说："我还是觉得太紧张了。"

“你怎么年纪越大越怂了？”于渃涵说，“诶，不是，你原来不这样啊？”

花枕流说：“这根本就不是一码事。我们这个项目从计划到开发，中间就有好几年的时间，现在还差那么一两天吗？为什么不做得充分一点？”

“还不充分吗？”于渃涵说，“你知不知道‘夜长梦多’四个字怎么写？”

花枕流斜眼：“你什么意思？”

两个人一句接着一句，宋新月在旁边做会议记录，都不敢有太大的动静。

原来大佬开会也会吵架呀……她还以为会像电视剧里演得那样有理有据杀人于无形。

王寅起身在会议室里溜达了一圈，才说：“好了，你们俩别抬杠了。”

于渃涵说：“三月份的时候我们和信游的合作就会上线，会有相当大的一波流量造势。其实这中间最考验我们的是资金问题，如果采用预售模式，可以缓解一部分压力。”

花枕流说：“这又不是卖手机，再说了，手机预售能超过两三个礼拜吗？你要让用户等多久？”

“这些事情都是可以协调的。”于渃涵说，“都可以谈。”

花枕流看向王寅，问道：“你觉得呢？”

“我？我觉得吧……”王寅说，“我们年会在哪儿办啊？要不要 INT 和择栖一起办？省得麻烦了。”

于渃涵无语：“现在是讨论这事儿的时候吗？你爱在哪儿办在哪儿办！”

“哎呀，打个岔嘛。”王寅说，“这件事还是再考虑考虑吧，渃渃你要是很坚持在第一季度尾声发布，我觉得其实也没什么。INT 自从创建以来，不就是这么风风雨雨地过来的吗？‘风从’这个项目从来就没顺利过，我对此其实完全不担心，因为顺利才奇怪。任何一个新生的事物如果一开始就走得太顺，那难免后面要栽大跟头。”

很多人在历史中学到的教训是从不吸取历史的教训，王寅从历史中学到的却是千万别把历史太当回事儿。他是个彻头彻尾的主观能动力大于一切的人，他相信事在人为，不过有些时候，他也觉得“选择”这件事很微妙，如果有些事情必然会发生，那选不选又能怎么样呢？

“如果这套计划在你那里是完全能跑通的，那你就试试吧。”王寅说，“有些话我说过很多次了，最差的就是大家卷铺盖滚蛋，这个结果如果我们都能接受，那其实就没有后顾之忧了。这事儿没那么复杂。哦，对了，年会我们是在国内开，还是去国外？”

于渃涵狠狠地白了他一眼。

宋新月偷偷打量王寅，她没怎么接触过这个传说中的人物，今天第一次距离这么近，觉得他跟自己脑补的很不一样。

他看上去很懒，好像多大的事情都不在乎，说话时的口气也不太认真。商量这么重要的事情也很随意，不知道是他太有把握了，还是压根儿不关心。但那种状态却意外地吸引人。

一种说不清、道不明的男性魅力在他身上流淌着，让宋新月总是忍不住多看他一眼。

会议的进展不太顺利，最终能确定的是先处理跟信游的合作。年底大家都特别忙，年会这件事虽然不大，但总归也是个事儿，需要占用时间，于渃涵还要抽空去上海开会，顿时觉得两眼一黑。

她将此事交给宋新月和公司的行政部门去办，从会议室出来时，宋新月小声问她："于总，那如果一起弄，是不是还得跟高司玮说？"

"哦，对。"于渃涵头疼，"算了，我懒得理他。"

王寅听见了这句话，凑上来问："诶？他又怎么你了？"

"什么怎么我了？"于渃涵无语地说，"怎么哪儿都有你？"

王寅表示无辜："我就是随口问问，问问都不行吗？"

"你真是年纪越大话越密。"于渃涵说，"你知道吗？你现在跟街边儿东家长李家短嚼别人舌根的老大娘们没什么区别。"

"不会吧。"王寅见于渃涵不太愿意搭理他，就转头问一旁的宋新月，"小姑娘，你说呢？"

宋新月没想到王寅会把话题牵扯到自己身上来，王寅稍歪着头看向她，她有点不知所措，支支吾吾了半天，最后说："我不知道。"

王寅疑问："你不是之前在小高身边吗？怎么突然来于总这里了？"

宋新月心想，这几个人怎么记性一个比一个好，连她这种无名小卒都能记得清清楚楚？

于渃涵说："你有事儿没事儿啊？你是不是特别闲？怎么成天问东问西的？"

王寅把于渃涵拉进了办公室里，现在就他们两个人，他问于渃涵说："现在没别人了，你也不愿意分享分享？"

"没什么可说的。"于渃涵靠在沙发上，"懒得说。"

“哦，那就是有故事。”

王寅从抽屉里摸出来一盒烟，他坐到了于渃涵身边，取出一支烟习惯性地用手指捋了一下，递给了于渃涵。起初于渃涵并不想接，王寅又做了递的动作，于渃涵才勉为其难地拿了过来。

“砰”，很轻一声，一束火苗在她面前点起，王寅举着打火机看了她一眼，她问：“你不怕烟雾报警器响？”

王寅笑道：“我的办公室专门改过，不会有问题的。”

她揉了揉眉心，对王寅说：“你真是当着别人面一套，背地里又是一套。你这种烂性格，到底什么样的人才能忍你呢？哦，对，小飞能忍你……哎，你说人是不是就真的特别贱？”

“不至于吧？”王寅不知道于渃涵怎么无端端就感慨起了这些，“这不也分时候吗？我觉得可能就是当初处在那种环境和状态里，所以很多事儿才处理得跟狗血电视剧一样。现在看看，冲动都是一时的，其实就是习惯了。你觉得我性格烂，不也是忍到现在，没弃我而去吗？”

于渃涵说：“我又不是要跟你天天过日子。”

王寅摇头说：“我觉得都差不多，我跟你在一起的时间远比跟其他人在一起的时间长，我们之间的关系也比婚姻关系要牢靠得多。”

“那你说。”于渃涵问道，“我要是和小飞都掉水里了，你救谁？”

王寅说：“我谁都不救。”

于渃涵“啧”了一声，“我跟你说正经的呢，在你心底里，我和小飞谁最重要？”

王寅故作思考片刻，好像面临一个超级难题一样，眉头皱了皱，才说：“这个问题，无论是你问我，还是小飞问我，我的答案都只有一个——对我而言，只有我自己最重要。挚友也好爱人也罢，哪怕再相亲相爱，对我来说都是人生旅途中的一个过客，差别只是陪伴我的时间长与短。最终我还不是要一个人面对生老病死？所以把什么重要与否的筹码压在别人身上，我觉得很假。你看，我不可能说我这辈子为你活，也不可能为了小飞活。既然不为任何人活，那不就是我自己最重要吗？”

那种看上去很伟大、很无私的感情，在王寅看来，本质上都是自私的。对方高兴自己便也高兴，对方难过自己便也难过，看上去是对方的感觉更为重要一些。但其实落脚点还是“自己”，出于自己高兴难过而做出来的举动，归根结底，满足的还是自己的情绪。

它可以被包装得很美好，只是不能要求所有人都那么认同罢了。

“……不愧是你。”于渃涵觉得自己问王寅这种问题本身就很蠢。王寅只是外表看上去浑不懔外加好相处，可他的内心非常理智，理智到冷酷，很是自私。

当初能跟陆鹤飞重归于好的原因过于复杂，陆鹤飞是个疯子，王寅也拿他没办法，被逼到绝路了，难免会理智下线那么一两秒。

可当一切重回正常时，王寅还是那副样子，他好像一个活生生的案例，告诉他周围的人——不要随意窥探人性。

从某种角度来说，于渃涵意外地有点欣赏王寅这一点，最起码他不会把几件性质不同的事情搅和到一起去。一码归一码，永远看得清楚明白。

于渃涵沉默了一会儿，忽然很想把事情告诉王寅，于是她也这么做了，把跟高司玮的纠葛完完整整地讲给了王寅听。

王寅听后并没有表现出意外的样子，而是很淡定地“哦”了一声，说道：“原来他终于说了呀。”

“什么叫‘终于’？”于渃涵质问，“难道你早就知道？”

“我不是，我没有。”王寅赶紧撇开关系，“我就是感觉，猜测，嗯……第六感行不行？哎呀，渃渃，有些东西吧，不必说那么清楚明白吧。你看你这么优秀，被异性喜欢难道不是很正常的一件事吗？为什么被你说得好像完全无法接受一样？”

“你能不能讲点道理？”于渃涵说，“这件事的恶劣程度堪比我有一天突然跟你表白了，你脑补脑补那个画面，你能接受吗？”

“我为什么不能接受呢？”王寅笑道，“这没什么不好吧？”

于渃涵说：“我现在就给某人打电话。”

“哇，我好害怕。”王寅面无表情地说。

“喂！”

“好了好了，不开玩笑了。”王寅笑道，“我只是想劝你放轻松一点，既来之则安之，你又不可能左右别人的感情，对吧？我确实也能理解你的烦心，毕竟是有点突然。如果你接受，却又对这段感情过于轻浮，你可以这样对别人，但对小高而言有些不太尊重；但如果你不接受，他是否会因此离你而去也不得而知。总的来说，你害怕失去他，人一旦有了害怕的东西，选择权就再也不在自己手上了，会落入无限的被动。”

于渃涵有些出神，许久才回神。

王寅没有继续说下去。他了解于渃涵，无论从哪方面来说，于渃涵都是一个很厉害的角色：于渃涵身上有很多女人的优点，但是鲜少有女人通常会有的缺点。

其中一项就是不那么感性。

这就让她显得好像很了解男人，但其实又不那么了解男人。

王寅承认自己虽然有许多男人的优点，但男人大部分的缺点他同样拥有。所以当他对异性有需求时，他会想尽办法讨好对方。这种讨好并非姿态要放得多么低，而是试图去了解对方，投其所好。

所以即便他算不上万分了解女人的情圣，但比之于渃涵，他也称得上经验老到。当然，这不是可以洋洋吹嘘的资本，他只是热衷此事，便有所研究。于渃涵压根儿不需要取悦别人，大把的人会来取悦她，供需关系不同，她没有必要费尽心思去了解对方。

也许在高司玮的问题上，她真的遇到了一个大麻烦。

“还是不要太害怕失去吧。”王寅缓缓说，“如果真的会失去，那说明你从一开始就不应该拥有。为了不可预测的事情束手束脚，这不就是杞人忧天吗？”

于渃涵道：“我现在都沦落到你来教我做人了？”

“我哪儿敢。”王寅说，“只是分享一下站在我的角度能看到的东西，无论如何，你都得承认有些事情就是‘男女有别’，对不对？”

“行了，不说这些烂事儿了。”于渃涵说，“过段时间我得去趟上海，时间没定好，我不在的时候，你能不能对公司的事情上点心？”

“我还不够上心哪？”王寅表示委屈，“我有多努力你知道吗？”

于渃涵说：“我不知道，看不见。”

“那这样吧，你出差这段时间，我去择栖看看。”王寅说，“正好电影那边可能有点事情需要跟小高聊一聊。”

于渃涵警惕地说：“你最好别给他灌输什么奇怪的思想，他跟你不一样。”

“哎呀，小高是大人了，不是小孩儿。”王寅说，“你看他处理那些乱七八糟、明规则、潜规则的事儿不是很得心应手吗？”

“那是因为他把那些事情当工作。”于渃涵说，“你以为谁都跟你一样天天吃饱了等死？”

王寅说：“这是我们男人之间的事儿，你们女人少啰唆。”

于渃涵脱下高跟鞋朝着王寅丢了过去，还好王寅闪得快，要不然身上可能得被戳出来个洞。

“给我捡回来。”于渃涵命令王寅。

“哦。”王寅不光帮于渃涵把丢远的鞋捡了回来，还单膝跪在地上，帮于渃涵把鞋穿好。

“你要是哪天破产了，可以去专柜做销售。”于渃涵笑道，“伺候女人的业务倒是挺熟练。”

“说得也是。”王寅抬头看向于渃涵，问道，“小高帮你穿过鞋吗？”

“好像有吧。”于渃涵想了想，估计即使有，也是她大半夜喝多把鞋给丢了的时候。

王寅轻轻地拍了拍于渃涵的脚踝：“不是所有男人都愿意仰头去看一个女人的。”

在去上海之前，于渃涵听到了一个小道消息，赵江在 voke 负责的项目好像进入了延缓期。这跟他之前向自己描述的情况不符，按照他所说的来推算，现在应该在大规模地签授权才对，但是于渃涵没有捕捉到风声。

即便赵江当初说两家不是竞品，不具备任何竞争关系，于渃涵也觉得赵江说的是胡话。难道这世界上还有人会嫌弃钱烫手？ voke 也好，择栖也好，艺人资源都是有限的，想要获取更大的流量价值，必须说服其他手握 IP 的公司。

不论这个 IP 是人也好，是物也罢。

在资源掠夺上，任何两方都会成为竞争关系。

如果有消息，于渃涵还能有所把握，但突然没了消息，她就不太清楚对方葫芦里卖的什么药了。只是她要想的事情实在太多，这样一桩没头没尾的小事，只能当作是自己想多了，也许对方仅仅只是在开发进度上出现了耽搁。

于渃涵不太喜欢南方的冬天，湿冷，有阳光都没办法消散的那种阴霾。

一大早的飞机落地后，于渃涵带着全新的设计方案直接去了信游。

她不是第一次来信游，但每次来都觉得这里有变化。如果说 INT 的工作氛围很轻松，那信游简直就是个游乐场。办公室里各种吃喝玩乐样样俱全，甚至还有非常专业的电竞玻璃房，几个同事组个队，就可以体验打职业比赛的感觉。

信游的理念非常简单，如果员工本身都不热爱游戏，那么怎么可能做出来好玩的游戏呢？

能把“玩”这件事做到极致，也是一种专业。

于渃涵在会议室里等了一会儿，许诺才着急忙慌地跑了过来。于渃涵看许诺一副没睡醒的样子，脸上的胡子似乎都没刮干净，便问：“许总最近是太忙了吗？”

“有点。”许诺直言不讳，“熬夜打游戏，昨天直接在公司睡的。”

于诺涵脸上没显示出什么异样，心里想的却是：许诺也老大不小了，怎么还在公司熬夜打游戏？

“就是我们合作的那个。”许诺说，“不是公测了一段时间吗，收集了很多玩家数据，一直在做优化和测试。”

“噢，是这个呀。”于诺涵说，“进度如何？”

许诺说：“还行。”

从他的表情来看，也许目前的情况比他所说的还要好许多，那种期待和满意是能从眼神里看出来的，但于诺涵不知道为什么许诺对这种事情的态度要有所保留。也许尚未到最后上市发售，谁也不好说结果到底如何。

“今天就你们两个来？”许诺看着于诺涵和她旁边的宋新月问道。

“嗨，人那么多干吗？又不是排场大了就能把事办好。”于诺涵说，“本来我就想一个人过来，但是吧，岁数大了容易忘事儿，就带着我助理过来，让她帮忙打打下手。”

宋新月笑着跟许诺打招呼，其实是她自己想跟着来的，一方面能熟悉熟悉业务，另一方面，见见帅哥也没什么不好。

她现在是个很“博爱”的人，始于颜值，忠于颜值。

许诺想了一下，印象里于诺涵的助理好像是个男生，但后来又听说在做别的事情，反正关系有点乱套，他理不太清楚。他问于诺涵有没有吃早饭，于诺涵说她们在飞机上吃了点东西。许诺饿了，也没跟于诺涵客气，一个人在手机上狂点了一堆麦当劳的外卖。

于诺涵也是因为这段时间工作的关系，才跟许诺熟络起来，她本以为许诺是个挺严肃、挺正经的人，但接触得深了，觉得许诺好像跟她家里的谭兆也没什么区别。

也许男人无论长到多少岁，内心都是喜欢打游戏、喜欢吃垃圾食品的少年。

这么一比较，高司玮在男生堆里就显得太与众不同了。

于诺涵愣了一下，奇怪自己怎么无端想到了高司玮，也不知道这有什么可比较的。

“我点了挺多的，一会儿就到，你们要是饿了就一起吃，别客气。”许诺放下手机，“现在咱们说正事儿吧。”

于诺涵点点头，让宋新月把 U 盘给她。许诺的公司里有设备，可以直接导入数据。

房间里立刻出现了几个光影，这是 INT 给信游的新游戏做的方案，都是游戏里的角色，每一个角色的姿势都跟游戏主页面中角色立绘一模一样，只不过现在把它们按照真实人类的比例进行了放大。

效果方案展示过后，进入实装测试。

许诺这边来了几个工程师调试设备，外加围观。单独设计的兼容系统能够直接让正在对战中的游戏角色在现实世界中生成，它们在肉眼看见的距离内战斗，在办公室里飞檐走壁，仿佛真实存在。

所有人都叹为观止，许诺更是惊喜，赞叹道："如果这能投入实际的比赛，一定更具有观赏性。"

此前所有游戏比赛都是在大屏幕上进行观战，现场舞台上则只有选手们在操作。

其实随着技术的发展，很多艺术表演的舞台虽然运用了全息投影，但仍旧受到场地和环境的限制，表现力不那么完美。

支持呈现这种即时对战的高强度对抗比赛，几乎是天方夜谭。

而现在，在这样一个小小的办公室里，他们仿佛置身于罗马竞技场，亲身经历、观看着这样一场战斗，而且还无须佩戴任何设备，凭借一双肉眼即可。

技术带给人的惊喜总是无穷无尽的。

"是很有观赏性，跟真的一样。"于诺涵说，"但是造价实在太高了，一个虚拟角色所需要搭载的硬件和十个角色需要搭载的硬件不可同日而语。"

许诺说："我相信只要技术出现了，硬件的更新换代就不是问题。"

于诺涵笑道："是硬件的问题吗？"

"是钱的问题吗？"许诺想了想，说道，"但对我来说，唯独钱的问题不是问题。我喜欢这种身临其境的观看体验，我想做这个，就这么简单。"

于诺涵心中暗暗吐槽，游戏行业果然是暴利行业，说话就是有底气。

信游支持线下联赛，同时也有自己的战队，现在的比赛的门票收入和广告植入是一笔相当可观的收入，这也是整个产业的重要环节。如果能够突破传统的观赛模式，让观众身临其境地融入比赛场景，产生的效益是其次，对整个产业产生的影响之深远，远比多做几个宣传片、多发几个游戏版本要大得多。

这是 INT 为许诺想出来的方案，许诺在看到方案呈现出的效果之后非常满意。他一开始对于诺涵在这方面的专业度有所怀疑，认为她不是很了解游戏产业，但几番交流下来，他察觉到每次见于诺涵，于诺涵跟他的对话都会更深一层。

一开始，于诺涵可能连市面上的主流游戏的名字都说不全，但是现在，好像对那些大厂商的八卦都信手拈来了。

许诺有点佩服于渃涵，他知道于渃涵对游戏不感兴趣，但能如此研究一个不感兴趣的领域，还能钻研透，一定付出了很多耐心和毅力。

他想，这样的人无论做什么，想必都能做出个样子来。和这样的人合作，一定会是一段很愉快的经历。

相较于新的设计，IP 开发和宣传好像就显得不那么重要了。再加上许诺心中打定主意要和于渃涵合作，许多合作条件和话术上都放松了很多。

谁也没想到未来改变电竞赛场生态模式的大事是几个人在会议室里一边吃汉堡一边喝可乐达成的。

“回头我让法务重新捋一下合同。”许诺说，“到时候发给你。”

“好。”于渃涵说，“哦，对了，有件事情。我计划明年第一季度尾声开始预售家庭版终端，你怎么想？是预售时一起搭载，我们联合宣传，还是你要再等一等？”

“我这边没什么问题，时间上也差不多。”许诺说，“不过你那边会不会有点着急了？预售期要持续多久？”

于渃涵说：“应该不会太久。”

“你要算好硬件生产的时间。”许诺说，“现在这些厂商，手里都有大把的订单，都是认钱不认人的。”

“嗨，说得是呢。”于渃涵搓了搓手指，“INT 跟 IEN 的合同在谈了，这事儿还得多谢你呢。”

许诺说：“别这样，其实 IEN 投下一轮的意愿本来就很大，而且你们的成果非常丰厚。就算没有 IEN，也会有其他资本注入，风口项目谁不想来分一杯羹呢？我也仅仅因为跟你们接触得比较早，所以有了这个机会。如果现在才认识你，恐怕我都没有机会踏进你的办公室。”

于渃涵笑了笑，她承认自己被许诺这番话取悦到了。许诺昨天在公司里窝了一夜，衬衣皱巴巴的，领口也没系好，袖子随意地挽着。松松垮垮的牛仔裤，Vans 鞋的鞋带乱七八糟地缠着，手里还拿着半个没啃完的汉堡。

这样子不太像在开会，可放在许诺身上却不违和，不会让人觉得讨厌，反而觉得帅哥不刮胡子仍旧是帅哥。

归根结底，于渃涵对许诺的好感源自许诺身上的那种劲儿，具体是什么劲儿很难形容，有点狠，有点拼，对认定的事情十分专注，很会做事情，也不做作。

不过她仍记得王寅对许诺的评价：那毕竟是“别人”。

所以许诺的话听一半就够了，于渃涵有一个非常清醒的认知，他们都不是给她这个人面子，而是她正好站在了风口之上。

在这个位置，是人是鬼都不重要，因为大风真的会把钱刮来。

可风过了之后呢？

于渃涵在上海待了两三天，基本上都是和许诺在谋划明年的事情。这对 INT 和信游来说，都只是一部分尝试性的业务，但两个人都挺认真。

在最后一轮碰面之后，双方的意向基本敲定，就剩下走合同等流程问题。于渃涵觉得此次来上海还算有收获，算是这段时间生活工作上唯一比较满意的部分。

她离开许诺的办公室时，许诺叫住了她。她看许诺欲言又止的样子，便问怎么了，许诺犹豫了片刻，才说：“有件事其实我不应该跟你说，但是我觉得可能你有必要知道，就当个八卦听一听吧。”

“什么事儿？”于渃涵忽然好奇。

“我偶然得知，IEN 的人最近在接触一个新项目。”许诺说，“创始人叫赵江，你听说了吗？”

“赵江？”于渃涵挑眉，“是我知道的那个赵江吗？”

许诺说：“虽然名字是普通了一点，但是我们都认识的人里面能有几个叫赵江的？”

“他找什么投资？他不是在 voke 干得好好的吗？”于渃涵说，“之前我们还在一起吃过饭，他跟我讲过他那会儿在 voke 带的项目。听上去就是一个手机养成游戏，只不过养成的是真人明星罢了……你要说是虚拟偶像也算吧，反正都是虚拟的精神食粮。”

“多余的我也不清楚，你没有听到什么动向吗？”许诺说，“我只是非常偶然地听说了这件事，虽然不太确定赵江到底跟 voke 发生了什么，现在为什么项目找投资人，但是总归不至于突然要做一个跟之前截然不同的东西。”

于渃涵看许诺那个意思，很明显知道的比说的多，但他不全部透露出来可能也有他自己的原因，于渃涵不好多问。

她只是问许诺为什么要给她透露这个消息，许诺想了一下，告诉于渃涵因为自己也不太喜欢赵江。

然后，于渃涵便了然了。

结束了上海的工作之后，于诺涵和宋新月打算在上海玩一天。

十里洋场大上海，逛街吃饭喝咖啡的气氛要比北京小资太多了。于诺涵很大方，买东西也不会让宋新月掏钱。宋新月觉得自己简直就是走了狗屎运能跟这么一个好老板，并觉得于总刷卡的动作十分潇洒。

她不由得对于诺涵更加敬仰，比对高司玮还忠心耿耿。于诺涵问她以后要不要回高司玮那边工作，宋新月不太愿意。但于诺涵问：如果是自己要求的呢？宋新月支支吾吾了半天，觉得怎么回答都不好，便说听老板安排。

于诺涵笑了笑，没有继续这个话题。

她们本来是下午的飞机，但是出现了延误，晚上才能飞。落地之后手机刚刚开机，于诺涵就收到了高司玮的消息。

高司玮已经很久没有联系过她了。

“落地之后告诉我一声。”

于诺涵看着这几行字都能脑补出来高司玮说这话的语气，不知道该笑还是该叹气。

她随意地回复高司玮说：“不用了吧？”

很快，高司玮回复：“我在机场的停车场。”

“你哪个机场？”

“T3。”

“哎呀，我在大兴机场落地，你怎么在 T3 呀？”

高司玮先是发了一个省略号过来，然后问于诺涵：“你觉得我会不查清楚航班号就跑出来吗？”

于诺涵发了一个大大的“哦”字，然后抚额。

宋新月问她怎么了，她刚要说，又觉得高司玮的事情也不太方便跟宋新月讲，就摇了摇头说没事。取完行李后，两个人就此分手，宋新月打车回家，于诺涵溜达着去了高司玮停车的地方。

晚上人不算多，于诺涵很快就找到了那辆很眼熟的车——那是不久前高司玮过生日时，自己送他的那辆。

现在是第一次见到高司玮开那辆车，她忽然感觉自己的品位简直太好了，那辆车的气质跟高司玮一样高冷，简直是绝配。

她走上前，高司玮习惯性地下车接过她的行李放在后备厢里。

盖子一盖，于诺涵问：“你怎么知道我今天回来？”

高司玮说："我如果连这点事儿都打听不出来，是不是也太没用了？"

于渃涵说："没事儿别瞎打听，显得特别婆妈。"

"那不然呢？"高司玮说，"不这样的话，我能有什么机会见到你？"

于渃涵被噎了一下，顿时不知道该说什么好。她不知道高司玮现在这一出到底算什么，当作无事发生跟她打太极？还是打算进一步发展？她忽然觉得自己现在这种做法十分不好，如果不想跟高司玮有什么后续发展，就不应该过来找他。

可人家都在这儿等半天了，如果拒之不见，是不是也太无情无义了？

于渃涵进退两难，她现在是搬起石头砸自己的脚，只希望两个人接下来的相处能够正常一点，像原来那样——虽然她知道她再也不可能像原来那样开玩笑了。

一路上于渃涵都没怎么说话，高司玮也不是个话多的人，只是常规地问了几句，于渃涵照实回答，不过只是大致讲了一下内容，具体的方案没细说。毕竟现在两个人所处的位置不同，发展的方向也不同，哪怕是同宗同源的公司，她也不太方便跟高司玮透露过多细节。

关系是关系，职业操守是职业操守，工作的内容并非茶余饭后闲谈的东西。

后半程太过安静了，于渃涵不太适应，她怕高司玮忽然兴起说点她接不住的东西，便找话问道："你最近在干什么？"

"主要还是做电影。"高司玮说，"还有 Fi 的出道企划。"

"哦，那个呀。"于渃涵说，"模式上跟做新艺人的出道应该不会有太大差别吧？"

高司玮说："话是这么说。但他又不是活人，延展的空间就会更大，也可以利用更多科技手段去做。"

于渃涵道："说说。"

因为是两个公司共同的项目，高司玮倒是知无不言，言无不尽，很详细地跟于渃涵讲了一通。企划的第一步是要发布一支单曲，除了词曲本身的制作都是圈内有名的大人物，整个宣发包装也非常梦幻，届时会联动很多艺人和博主进行作品的二次创作和传播。

营销方案这块，于渃涵之前简单地听过一耳朵，现在听到了完整的版本，随机提了几个风险问题，高司玮也都应对如流，于渃涵非常满意。

虚拟偶像业务这一块其实并不在他们原本的业务范围之内，这种角色的运营模式此前更多的只是被二次元受众接受。

但真实的流量往往只有那么多，大家都在从用户手中抢夺剩余时间，业务的形态就会发生翻天覆地的变化。

严格来说，高司玮并不擅长这种一看就很“宅”的内容，他接触的都是活生生的人。但是于渃涵发现自从高司玮接手 Fi 的偶像化打造的任务之后，几乎没有做过出格的操作。

他甚至可以很好地把一些年轻化、二次元化的语言和运营模式放进现在的方案里，同时，也能更加发挥出他本身的优势和长处，把那些真实的艺人才能拥有的顶级资源赋予这些虚拟的角色。

现在大家都爱说“破圈”，但“破圈”的基础是了解两个完全不一样的圈层。

也许高司玮暗地里真的下了很多功夫，做了很多准备，只是没有让其他人看在明处罢了。

于渃涵却能体会到他的认真。

高司玮是于渃涵亲手带出来的人，他的工作方式和态度也多少有于渃涵的影子。于渃涵有时看高司玮是怀揣着很多“不忍心”的感情，这种感情太过复杂，让她一时半会儿都梳理不清楚。

她甚至会想，自己是那么坚定的吗？哪怕自己说对高司玮没有爱情，他放低姿态地求一求自己，自己还能信誓旦旦吗？

答案在深渊中，她却连看一眼的勇气都没有。

所以于渃涵讨厌谈论感情，感情于她而言是一种累赘和负担，会消减她原本就正在流失的宝贵精力。

高司玮没有把车开到于渃涵家的车库里，而是停在小区门口的路边。

于渃涵开门下车，高司玮抢先一步帮她去拿行李，她也走了过去，跟高司玮说了声“谢谢”，拉着行李就要走。

“你等一下。”高司玮很生硬地叫住了于渃涵，于渃涵回头问：“还有事儿吗？”

“没别的事儿。”高司玮打开了车后座的门，弯腰不知道在里面找什么，紧接着，他手里就多了一枝花。

不是一大捧，而是一枝。不是红玫瑰白玫瑰，而是一枝白色的山茶花。

种在一个小小的陶土花盆里的一枝山茶花。

高司玮伸着手臂，把那一枝花递到于渃涵面前，手臂悬空了很久，他才说：“送给你的。”

于诺涵收到过无数的花，但这一次，她不知道该怎么接。

高司玮见于诺涵没有动静，只得硬拉过于诺涵的手，硬是把那个手掌大小的花盆塞在了于诺涵的手里，然后说：“我走了。”

他快速地钻进车里，于诺涵却上前，一手架住了车门，问道：“什么意思？”

“送你一朵花，还能养一段时间。”高司玮说。

于诺涵又问：“为什么不是玫瑰？”

高司玮反问：“香奈儿为什么不用玫瑰？”

玫瑰太热烈了，相比之下，山茶花更为低调优雅，它在暗处散发着不易察觉的香意，是完全与众不同的意境。

于诺涵却说：“我又不会养花，再说，这东西是这么栽在土里的吗？你不会被人骗了吧？我记得山茶花好像不是这个姿态的。”

高司玮发动了汽车引擎，“轰”的一声打断了于诺涵的话，冷声说：“哪儿那么多废话。”然后不顾于诺涵的阻拦，开车就跑了。

# 第十二章 忤逆

于诺涵不会养花，她把那一小盆山茶花放在了阳台上，那是全屋阳光最好的地方。

谭兆周末回来的时候发现了这一株小小的山茶花，他问于诺涵：“你怎么开始养花了？”

“随便养一养，不可以吗？”于诺涵反问。

“这是老年人才有的爱好。”谭兆说，“你会养吗？”

于诺涵说：“你别管我这么多，写你的作业去。”

在学习上，于诺涵几乎不管谭兆，她觉得谭兆不是小孩儿，如果万事都要人催促，那也太没意思了。而且这个年纪的男孩儿是根本不会听进去别人的话的。

前段时间，她看谭兆好像对学习有了一点兴趣，周末也不怎么跑出去玩了，在家里躺着玩游戏的时间也变少了很多。但是最近，谭兆的惰性似乎死灰复燃，她只当是谭兆没什么常性，三天打鱼两天晒网。

谭兆听到于诺涵叫他去写作业，闷声说：“我不想写。”

“不写？”于诺涵吃惊，“那你周一拿什么交？”

谭兆不语。

于诺涵说：“你之前不是学习劲头挺足的吗？怎么现在又松懈了？怎么了？发现学习真的特别不好玩了？”

谭兆还是不回答。

于诺涵见状，觉得很有故事，便继续追问：“我最近都没怎么搭理你，你在学校怎么样？该中考了，有没有感觉到学习压力？以后想考哪个学校？我记得你说你想上……”

“别说了！”谭兆阻止于诺涵说出那个对他现在的成绩来说简直是天方夜谭的校名。

“考不上也没关系。”于诺涵说，“没什么是花钱解决不了的问题，尤其是教育。”

“我不想去那儿了。”谭兆说，“我压根儿就不喜欢。”

于诺涵说：“不是吧？你之前劲头很足的。你让我捋捋啊，以你这个烂成绩估计平时根本不会朝着那方面想。哦……我知道了，是不是你喜欢的那个小女孩想考，你就也想跟着去？现在不想去了是为什么？吵架了？”

谭兆见于诺涵猜出了大半，觉得隐瞒也没什么意思，便都说了出来。

他喜欢那个女孩子喜欢了好长一段时间，中间也一度为了对方想过努力学习。半大的少男少女常常被这种单纯的感情驱动前进，但同时也很容易被这种感情左右。谭兆没具体说为什么，总之就是彼此之间不喜欢了，他也不想和对方再有什么纠葛，升学的事情更是不可能按照原本的计划继续了。

虽然他也根本不可能考得上。

于渃涵听着谭兆讲了半天令他苦恼的经历后，有些哭笑不得。看来谭兆确实为这件事烦心了很久，平日他在学校，两个人没什么联系，谭兆也不是什么鸡毛蒜皮的小事儿都要跟于渃涵说。

猛然听听少年心事，倒别有一番滋味。

谭兆继续说："我到底哪里不好？"

"哦，合着你是被人给踹了啊？"于渃涵揶揄谭兆，"装什么装？是不是那姑娘看上别的小子了？"

谭兆眉毛一皱想要狡辩，于渃涵看他这表情就知道自己又说对了。她拍拍谭兆的肩膀，说道："嗨，天涯何处无芳草，你现在才见过多少女人，见过多大市面？顶天儿了也就你们学校那一亩三分地的事儿。别人有别人的优点，你自然也有你的好处，不同的环境和时间，都不能放在一起比较。"

"啊？"谭兆一头雾水地看着于渃涵。

于渃涵继续说："你们现在还在念书，年纪小，无忧无虑，不用考虑生活琐事，喜欢一个人的动机和理由非常简单。可能是对方长得好看，或者学习成绩很好，再或者体育很好，再或者是心地善良。可到了社会上，这些条件都会变得可有可无。挑选一个在一起的对象要衡量对方有没有车子、房子、票子，生活习惯是不是能够互通，对方的家里人好不好交流……因素太多了，感情反而成了最不重要的东西。你觉得人家女孩儿不喜欢你了是为什么？因为你学习成绩不好吗，还是你不会关心人？"

谭兆想了想，可能只有这一个理由。

"可是你长得帅，又有钱，等你长大了，根本不需要为谁付出真心，就有大把的人来爱你。"于渃涵说，"虽然跟你一个半大孩子讲这些有点不太正确，但是也许这就是现实情况。"

谭兆摇头说："我没钱。"

于渃涵笑道："可是我有啊。我不是你的靠山吗？"

谭兆听了于渃涵的话，消化了一阵，忽然问道："你对我爸……对我爸也是衡量了这么多条件之后才做出的选择吗？”

“是呀，不然呢？”于渃涵很果断地回答。

“为什么？”谭兆不解，“他哪里分数高了？”

既然两个人的话题已经如此现实且深刻了，于渃涵毫无保留地跟谭兆分析了一番。毕竟人总要长大，有些道理总要明白。哪怕现在不能理解，未来的某天，当他切身实地地经历这些的时候，总能在那一瞬间感受到个中意味。

于渃涵合理地分析出谭章的各种优点，比如谈吐学识、社会阅历和生活经验，对他人的照顾和体贴，良好的经济条件，甚至连没有父母困扰以及有一个不需要人照顾的儿子都是加分项。

她对谭章在这方面的评价从来没有改变过，谭章是个非常适合在一起生活的人，除了出去乱搞。

谭兆听后，觉得于渃涵形容的人和自己认识的完全不是一个人。于渃涵笑了笑，只是简单解释说，人总是多面的，有很多个角度。只用片面的、单一的角度去评价一个人，这不叫评价，这叫狭隘。

今日受到的成人教育过多，谭兆似懂非懂，他最后问于渃涵有没有真心爱过什么人的时候，于渃涵觉得这问题很可笑。

为什么一个十五六岁的少年可以这么容易地从嘴里说出来“爱”这个字呢？

她觉得肉麻，甚至已经回忆不起来这个字眼最近一次出现在自己的人生中是什么时候了。于是，她只能跟谭兆模棱两可地说，也许有过吧。

也许有，同样，也许没有。

谭兆本来离开进房间了，过了一会儿又跑了出来，说要问于渃涵最后一个问题。于渃涵耐心地让他讲，谭兆笑了一下，问：“过去有没有人爱过你？”

这个问题倒真是把于渃涵给难住了。说有，显得特别自恋；说没有，显得特别可怜。她跟过去交往的那些男人们之中的几个，确实有几段结束得不大顺利的感情。只是现在想想，她总认为自己万花丛中过、片叶不沾身地立于不败之地，换个角度看，难道对方就真的那么真挚地爱过自己吗？

是否他们彼此都在玩成年人的追逐游戏呢？

这种问题经不得细想，于渃涵点到即止。

“这个问题重要吗？”于渃涵说，“有没有喜欢过我，对对方来讲是一个隐私问题，我的话……也不太在意。”

谭兆说："那你是不是就喜欢赚钱？"

于渃涵回答："还行吧，赚钱这件事总归是没什么尽头的，也不能太奢望。"

"那你就没有什么想要的东西吗？"谭兆继续追问。

于渃涵摇摇头："太具体了，想不到。我好像也没什么特别的爱好，你是不是觉得我很无聊？"

"那你怎么突然开始养花了？"谭兆把问题扯回了原点。

于渃涵说："别人送的。"

"谁啊？"

"小高啊，还能是谁？"

"你怎么一副理所当然的样子？"

于渃涵没注意自己说这话的口气，非常理所当然吗？她反思了一下，也许这样不太好。

谭兆又凑过来问："他到底怎么能忍你这么久的？"

"赶紧写你的作业去。"于渃涵说，"这不是你这个小孩儿该关心的事情。"

谭兆说："可我是关心你呀。"

"嗯，小帅哥你最乖。"于渃涵抬手去摸谭兆的头，"心领了。"

谭兆往后一晃躲了过去，对于渃涵说："别弄这些有的没的。"

"哦。"于渃涵把手收了回来，"对了，既然你的爱情已经死翘翘了，是不是可以不用让明弦那边的工作人员对那个女孩特别优待了？虽然我觉得这样显得很小气。"

"你让明弦自己看着办吧。"谭兆随口一说。

"啊？这么点小事儿不用他管吧？你这口气，跟他很熟吗？你们之前不是互相拉黑对方了吗？"

"后来一起打过一阵游戏。"

"那我回头可得说说他，不要总带着一个要中考的小鬼打游戏，浪费你的时间。"

"喂，你也太无聊了吧？"谭兆说，"我不可以交朋友吗？"

于渃涵道："可以，但自己要有点分寸。"

谭兆不屑地"切"了一声，这次是真的跑路了。

在休息日的晚上，尤其是冬天的晚上，于渃涵很喜欢泡澡，她把自己隔离在一个小空间里，远离一切信息。

她在里面躺了很久，久到谭兆写完作业后，见她还没出来，都怕她淹死在里面，去敲了敲门，于渃涵喊了声“没事”，谭兆这才放心。于渃涵的手机放在了外面，电话响了起来，谭兆见是高司玮，就帮于渃涵接了。

高司玮那边先停顿了一下，后来大概是反应出来接电话的人是谭兆后，才问于渃涵干吗去了。

谭兆如实相告，高司玮“哦”了一声，就挂了。

于渃涵出来之后，谭兆告诉她高司玮打来过电话，于渃涵问：“啊？他给我打电话？有什么事儿吗？”

谭兆说：“他就说了一声‘哦’。”

若非有必要工作，高司玮基本不给于渃涵打电话，因为他不确定于渃涵会不会因为有什么事情不能接电话。所以，于渃涵默认高司玮给她打电话一定是有非常重要的事情。

但是这个“哦”到底能有多重要？

于渃涵拿着手机躲到了自己的房间里，边擦着头发边给高司玮回电话。

电话很快被接通，于渃涵问：“你给我打电话了？我刚刚在洗澡，有什么事儿吗？”

“没什么。”高司玮回答。

“啊？”于渃涵莫名，“没事儿你给我打电话干吗？”

高司玮那边沉默了一小会儿，说道：“你明天下班之后有时间吗？”

于渃涵以为高司玮那边要安排什么工作上的事情，认真回忆了一下自己的日程：“明天没什么事儿，你要干吗？”

“哦。”高司玮说，“那我请你吃饭吧。”

“……”

于渃涵移开手机，看了看屏幕上面的名字，确定是高司玮。虽然她没有直接面对着高司玮本人，可隔着电话，她都能感觉到对方身上传来的那种令自己手脚不知道放哪儿的气息。她摸不清高司玮的态度，自从那次两个人把话坦诚说开之后，其实谁都没有再提过此事。

于渃涵有点想要装死的意思，黑不提白不提，这事儿就当没有，但高司玮就是不给她翻篇的机会。

问题是，高司玮也不再明说，先是送了她一小盆山茶花，隔了几天之后又忽然大晚上约自己吃饭。难道他真的不知道“尴尬”两个字怎么写吗？

还是说，只有于渃涵自己感受到了尴尬，高司玮已经无情无义到根本不在乎她的想法，只做自己想要做的事情的地步了？

这就很玄妙了。

于渃涵左思右想，自己刚才明明说了有空，这个时候如果再拒绝高司玮，会显得非常虚伪。但是不拒绝的话，会不会让高司玮觉得自己在给他机会？

她悲哀地发现，自从高司玮跟她表白之后，她总是在一个又一个关于高司玮的问题上面临着“幸福二选一”。

选其中一个，就是既当又立；选另外一个，就是“婊里婊气”。

总而言之，自己好像完全没办法当一个正常的“好人”了。

“快点说话。”高司玮等得太久，有些不耐烦了，重复说，“我说要请你吃饭，你答不答应？”

“明天哪……”

可能从于渃涵的口气中听出了犹豫的意思，高司玮立刻说：“你说过你明天晚上有空的。”

“啊，是……是有空，可是……”于渃涵在想，可能刚才洗澡的时候水灌进了自己的脑子，现在里面的阻力过大，怎么都转动不起来，想不出什么搪塞的办法。

“你又要说‘可是’？”高司玮说，“你为什么一直躲着我？”

“啊？”于渃涵无语，“我没有吧？我躲着你干吗？”她心想，我行走江湖，风中追风那么多年，谁能叫我躲着走？我那么怂吗？

高司玮沉默，这种沉默让于渃涵一下子感觉自己好像是有点怂。

“我觉得……”高司玮的话刚起了个头，又放了下来，“算了，电话里也说不清楚，明天吃饭的时候再说吧。你不至于连这么点事情也要找理由回绝吧？是不是有点没意思了？”

“……你今天晚上话怎么突然变多了？”于渃涵顾左右而言他，“平时不是惜字如金吗？”

高司玮说：“因为我发现，我现在只要少说一句，你都会找借口糊弄过去，我能怎么办？我也不喜欢说很多废话。”

于渃涵内心默默吐槽，原来高司玮已经认为他跟自己说的话大部分是废话了？

她有点沮丧，剧情发展有些乱套，不过当下没找到跑路的借口，高司玮坚定地说：“就这样吧，明天晚上我去你那边找你。”他很果断地挂了电话，不给于渃涵任何机会。

于渃涵看着熄灭的屏幕，很焦虑。

这份焦虑一直持续到她第二天下班，时间一到，于渃涵就收到了高司玮的信息，让她在公司等着，他一会儿到。

于渃涵忽然就紧张了，有种进考场前的感觉。

高司玮订的吃饭的地方就在 INT 附近，步行就能到，他则先到 INT 的公司门口等于渃涵。

于渃涵出来时觉得自己的脚步轻飘飘的。看到站在灯下形单影只的高司玮，她不知道自己要不要先开口叫他，踌躇之际，高司玮也看见了她，表情稍微有点变化。

就像是寒冷的晚上，忽然在某个房间里亮起了一盏灯，灯光映在对方的眼底。

“你……”于渃涵说，“你刚到？”

“嗯。”高司玮点点头，“走吧。”

于渃涵能感觉到高司玮那种很努力地想要装淡定，但总有话要说的心思。所以她自己一直在噼里啪啦地说话，先是聊聊工作，一顿乱讲后，实在没得聊了，她甚至开始跟高司玮八卦谭兆幼稚的恋爱经历。

“你不要总是教他这些东西。”高司玮很严肃地说，“从小就树立不正确的价值观，对以后的人生会有很大的影响。”

“那你告诉我什么是正确的价值观呢？”于渃涵说，“我只是把话讲得世俗了一点，总不能因为观念的不同，就去评价对方的对错吧？价值观总是会随着社会形态发生改变的，古人认为女人三从四德相夫教子才是正确的价值观，但你现在觉得这正确吗？”

“我不知道，不说了。”

高司玮不想跟于渃涵争论这些，她的性格特点显著，有点玩世不恭，总自居俗人，但有时也不想堕入凡尘，很是矛盾。她的世界里没有绝对的对和错，也没有绝对恒定的观点。她永远在探索着，改变着，有些昨天认为正确的道理，第二天自己就可能将其推翻。

最开始接触时，高司玮总认为于渃涵是善变的，还有点喜欢跟人唱反调，后来才发现原来很多道理其实就是学生时代课本中学过的那些哲学知识，事物都是运动变化着的，人也是，用永恒不变的眼光去看如流水一样的人和物，终究会把自己困在一个地方。

道理总是很早学到，但很晚才能明白。

高司玮在这方面似乎尤其迟钝。人情世故，他总是先懂世故，人情被放在后面。也许他这个样子能很好地应付眼前工作，可感情来临时，他觉得有些别扭，不清楚怎么处理才能更好。

古往今来的“情圣”们撰写过很多恋爱中通常会有的法典教条，但好像从没有一个人告诉过世人怎么去搞定一个各方面都要比你强上许多的女人。也许前人恋爱的窍门只是一种炫耀自我的手段，没有人会陈述其中的歧路与坎坷。

高司玮的内心是有些苦恼的，隐秘的自尊心又不允许他在态度上落败于于诺涵，所以表现出来的就是更胜以往的高冷态度，和没有前言后语的僵硬对白。

他咬了一下嘴唇，轻轻提了一口气，呼出来时有些颤，微微歪了一下头，视线不由自主地垂向斜下方。

仿佛内心世界里经历了许多斗争。

此刻，于诺涵察觉到了这种细微的变化，她的某一个精神分支从自己的身体里跳脱出来，开始以一个局外人的角度去看这顿晚饭。一瞬间，她似乎看到了隐秘在高司玮冰冷外表之下的羞怯，同时也看到了自己的洋洋得意。

以第三方的立场去看，高司玮甚至有些可爱，鼓起了很大的勇气去面对自己不擅长的事情，来势汹汹又突然偃旗息鼓。那个样子和几年前更为青涩的他重合，时间仿佛从来就没有流逝过。借由这些，于诺涵也感怀了一下过去的自己，如果是那时，自己尚有心情跟这样一个男人展开一段恋情吗？

那时候也许可以，因为跟高司玮不熟。

她转念再想，如果自己是高司玮，这样的情况也确实很棘手。他不能像一般意义上的男人追求女人那样行动，在对方面前，任何主动和强势都显得班门弄斧，不成熟，有些可笑；好像也不能太温柔体贴，显得婆婆妈妈，没有男性的魅力。

到底该怎样？饶是于诺涵自觉经验丰富，似乎也没有太好的办法。

毕竟高司玮跟谭章不同的是，有些气质上的东西真的需要时间慢慢养成，二十多岁的男人跟四十多岁的男人是两种截然不同的生物，根本无法放在一起比较。

这样一来，她好像又有点怜惜高司玮了，就像是考场上的考官看着下面一个故作镇定想要找机会作弊的学生，包不包庇就是一念之差的事情。她心里还想着，毕竟是自己带出来的宝贝学生，睁一只眼闭一只眼，能在自己这里顺利通关，也不是什么坏事吧？

那个飘在半空中的灵魂一下子回到了于诺涵的身体里，她猛然惊醒，原来自己刚刚燃起了一个非常危险的想法。

外面下雪了，雪夜总是很浪漫，只是雪中的两个人各怀心事，怎么都跟浪漫沾不上边。

雪是从晚饭中途就开始下的，下得不小，外面已经白了。高司玮送于渃涵回公司取车，一路上，雪花缠绕在于渃涵的长发上。到停车场时，于渃涵甩了甩头发，冬天穿得多，动作不是那么利落，高司玮轻轻为她扫去后背的雪花，再帮她把厚重的围巾整理好。

他的手指穿进于渃涵的发丝中捋下来，雪花化成的水珠也一并带走，动作一气呵成，仿佛没有什么不妥。

于渃涵说了一声“谢谢”。

她躲进车里时，暖气把多余的水分也烘干了，却把一股淡淡的属于高司玮的气息留在了她的发间。

年底总是面临着很多繁杂的事务，于渃涵只能短暂地沉浸在这种风花雪月之中，转头又要被无穷无尽的工作淹没。

之前许诺跟她提过赵江的事情，她回来之后特别留意了一下，仔细打听了一番，确实有一些关于赵江的传闻。

赵江的项目停滞不是因为遇到了什么麻烦，而是他突然离开了 voke。

这个消息是 voke 内部的人亲自证实的，但也只有这点信息，更多的内幕谁也不知道。

如果放在平时，于渃涵也不会太在意，可卡着过年有这么大的人事方面的调整，还操作得这么无声无息，听上去似乎并不是简简单单的离职。

让于渃涵万万没想到的是，再一次跟她提起赵江的人竟然是高司玮。

她收到了高司玮发来的一份项目介绍，对方是一个名叫聚星的新公司，这又俗又土的名字于渃涵听都没听过，可公司创始人那一栏中摆放的却是老熟人的名字。

这是赵江的新公司。

于渃涵立刻问高司玮怎么回事儿，高司玮让她先看看项目，事情比较复杂，具体的情况得等有时间见面详聊。

于渃涵有点气不打一处来，高司玮明明知道她对关于这个人的事情很敏感，现在还跟她卖关子，到底是何居心?

她很生气，但这种情绪通过文字是传递不出去的，而且从她发出的消息看，她仍旧不紧不慢，非常悠闲。

“可是我最近都没什么时间啊，反正也不是什么大事儿，回头再说吧。”

她看着屏幕上立刻出现的“对方正在输入”，揣测高司玮会怎么说。

很快，高司玮回复她：“那你今天下午有空吗？我去你公司找你？”

“不是什么大不了的事儿吧？至于让高总如此兴师动众？还要亲自跑来 INT 找我开会。”

“哎呀，年底这么多事情哪儿忙得过来，一件一件排着吧。”

“我看这个聚星的项目书也没什么有意思的东西呀，你别过来了，回头有时间再说吧，你也怪忙的。”

“我其实兴趣真的不大，你要是有合作意愿，你自己决定就好了，我是不会干预的。”

她一连发过去好几条信息，最后高司玮只能说：“是我想借此见你，可以了吗？”

文字是不能传递情绪的，于渃涵却仿佛从这几个字里感受到了高司玮深深的无奈与别扭。对于对方的直接，于渃涵也不知道回什么好，她觉得自己有病，自以为是地说了半天，结果现在手足无措。

既然是谈公事，于渃涵就没有拒绝的借口。她看了看自己的日程之后，跟高司玮约了傍晚的时候在公司碰面。

高司玮到得很准时，此前他仅仅到过 INT 的大门口，里面是什么样子他完全不知道。环视着充满现代科技感的办公室，跟择栖的氛围很不一样。这让他对于渃涵也产生了一点陌生的感觉，原来他不在她身边时，她过的是这样的生活，接触的是这样的人，而他却什么都不知道。

他仿佛身处一场盛大而热闹的舞台剧，身为配角的他演绎完属于自己的戏份之后默默离场。主角还会有接下来的人生，但这一切都与一个不知何时消失的配角无关。

似乎……有点不太甘心。

于渃涵在会议室里等高司玮，她面前放着一个笔记本电脑，屏幕上面显示的是聚星的项目书。她在等他的这一小段时间里重新看了一下这个项目书，忽然觉得哪里有些奇怪。她的大脑飞速旋转，在即将摸到一点线索之时，高司玮进来了。

“哟，来了呀？”于渃涵跟高司玮简短地打了个招呼，高司玮点点头。于渃涵抬了一下下巴指屏幕上的内容，说：“这到底是什么情况？赵江怎么跟你说的？哦不是，赵江为什么找上你了？”

谈到工作方面的事情，高司玮也不想跟于渃涵说废话，直截了当地说：“赵江忽然离开 voke 的事情我也挺意外的，但具体原因他没有跟我说。只说他离开时带走了他在 voke 的这个项目和团队……”

“啊？”于渃涵吃惊，“这么大的事儿 voke 没跟他撕起来？外面竟然一点风声都没有，voke 是做慈善的吗？我怎么没看出来？赵江这人是不是给他们下蛊了？不科学，太不科学了。”

高司玮就知道于渃涵会打断自己，因为他最开始听赵江说这件事的时候也非常意外。当时个中的八卦故事赵江似乎不太想说，他也不方便继续问得太详细。两个人只是针对赵江现在手上这个全新的项目聊了聊，并把他自己知道的信息悉数转述给于渃涵。

赵江的新项目是基于当初在 voke 时所做的项目的优化升级版。原来的设想只是在一个 App 里进行各种虚拟项目的操作，但是现在多了一个外设的终端机。

这个终端机的大小大约是两本书摞在一起，App 里原本的数值内容全部被移植到这个终端机里，App 本身降级为一个类似控制显示器的东西。

手机的运算量毕竟有限，但如果专门有一个设备去进行大规模的运算处理，那可以搭载的内容就太多了。

可问题是，只是用来给“追星女孩”养成虚拟偶像并进行虚拟物品交易的平台，能有多大的运算量呢？一个手机处理不完吗？谁会无聊到买这么个玩意儿在家里摆着？这中间到底有什么更深的意图？

这是于渃涵在高司玮进门之前想到的事情。

“这就不得而知了。”高司玮说，“赵江找到我其实是想聊一下 IP 形象授权的事情。他之前所在的 voke 本身是有艺人资源的，这方面他一开始不用过多地去考虑。但是现在他离开了，空有一个平台，没有内容去支持，这就有点尴尬了。以前的次要问题现在变成了主要矛盾。”

听了这话，于渃涵有点想翻白眼，问高司玮：“不是，是他不知道我们干什么的，还是你不知道我们干什么的？IP 形象授权？他觉得能从我们这里要得到？吃饱了撑的吧！”

“你听我继续说。”高司玮无奈，“不要总是打断我。”

“……哦。”被批评教育的于渃涵安静闭嘴。

赵江使用的形象部分具体来说跟“风从”的主体业务关系并不大，甚至可以变相地把赵江的平台当作一个分销平台，把从形象身上赚取的流量在平台上进行消化，而不需要 INT 或者择栖自己再付出巨大的精力和成本。双方可以合作，一起去消化流量，达到共赢。

于渃涵听高司玮说了一大堆，完事儿之后“哦”了一声，自己又想了想，才说：“我觉得不行。”

高司玮问：“理由呢？”

“肥水不流外人田。”于渃涵说，“就算这部分业务我们自己现在不做，那以后就不做了吗？平台意味着什么？除了意味着流量，更多则代表着话语权。你知道，我不是一个喜欢让别人把话都说尽的人。”

高司玮却说：“问题应该没有这么复杂吧？很多事情都可以谈，包括授权是否独家，赵江对此都表示问题不大。年后 Fi 就要有一系列的宣传活动了，到时候各家媒体和社交平台都会有各种各样的宣传计划，多一家平台，并且是目前市面上没有此类型内容的平台，不也是一种尝试吗？最关键的是，授权金非常好看。”

许诺之前跟于渃涵透露过赵江在融资的事情，听高司玮这么一说，她才想起来这一茬。这笔钱从哪儿来的呢？IEN 的吗？如果这笔融资真的促成了，那么 IEN 打的又是什么算盘呢？

“我觉得……还是再考虑考虑吧。”于渃涵觉得现在的信息量过多，一时半会儿很难梳理清楚。这件事虽然说大不大，但是绝非小事，她也觉得没有那么简单。

“你是对这个项目本身怀有疑问，还是单纯地排斥赵江？”高司玮提出了一个他一直很好奇的问题。

“我确实不喜欢赵江。”于渃涵笑了一下，“但我也没必要因为一点私人情绪去影响工作上的判断。”

高司玮说：“是吗？我并不觉得这个项目完全没有一丁点可取之处，就算什么都不干，纯粹捞一笔钱，对我们来讲都没有损失。就算以后我们要自己运营，所有的方案设计从现在开始研发，直到上线，授权期限也已经过去了，没有太大冲突。受众依赖的是内容本身，而不是平台，内容在哪儿他们就会去哪儿，不用太担心为他人作嫁衣的问题。我不明白为什么你总是在这件事上特别小心翼翼？”

“赵江是不是跟你说什么了？”于渃涵盯着高司玮说，“你这么为他说话，很难不让我怀疑他是不是许诺了你什么好处。”

高司玮没想到于渃涵会说这种话，他有点无法接受，直视于渃涵，问道："原来你会这么想我吗？"

于渃涵本来是公事公办的态度，被高司玮这么一问，她的思绪就跳脱了出来。从感情上来说，她绝对不会在这方面去质疑高司玮，但感情归感情，所有问题都不能只靠感情这一个衡量标准去判断。

只是有些话说出来虽然问题不大，但难免会伤害感情。

"小高，这不是我怎么想你的事情。"于渃涵认真地对高司玮说，"我希望你能把个人感情和工作分开来看，好吗？"

高司玮低下头不知想什么，冷冷地说："我看分不开的人是你吧。"

于渃涵被这句话一下子挑起了怒意，眉头立刻拧在了一起，表情不太好看。

"今天就说到这儿吧。"高司玮起身，"再聊下去意义也不是很大，我先走了。"

开完会正好是下班时间，他明明计划趁机邀请于渃涵一起吃晚饭的。

高司玮并没有因为于渃涵的反对而停止和赵江合作的事宜，反而把这件事的计划提前了一些，针对很多此前他没有想过的细节问题都与赵江本人进行了交涉。对于高司玮提出的条件，赵江几乎全盘接受。

赵江不喜欢在办公室里消磨时间，他有点天生的自由主义，思想活跃奔放，经常聊着聊着就迸发出许多奇奇怪怪的点子来。他和高司玮面对面谈事情时往往会约在一家他非常喜欢的茶社。茶社里有他常年包下来的雅间，内有竹林流水，甚是雅致。

高司玮问过他为什么在这个档口离开 voke，赵江只是笑笑。人总要坚持自己想做的事情，工作只是一种手段，当工作不能满足自己的需求时，人必然要做出一些选择。他含蓄地透露了他和 voke 在某些方面持有不同的立场，最终导致分道扬镳。

话说到这里，高司玮其实也就明白了，不再继续追问。赵江聊完自己，拍拍高司玮的肩膀，问他有没有想要做的事情。高司玮一片茫然，赵江看破不说破，没有像个大前辈似的给他讲许多人生道理，而是优哉游哉地告诉高司玮，以后总会有的。届时如果有什么需要的，一定要知会于他。

高司玮问他为什么。他想了想，告诉高司玮，因为他觉得高司玮身上有一种很强烈的势能，他直觉高司玮应该有更高、更好的成绩，而不是在一个传统至极、无聊至极的娱乐行业里日复一日地做相同的事情。

高司玮是年轻的，年轻人身上应当有一股舍我其谁的锋芒，高司玮却太过平静。

赵江觉得，高司玮不是没有那种品格，而是他被某样东西束缚住了。

许多人一生最大的追求，无非做自己真正想做的事情。赵江大约也是一直在履行这样的人生法则，看到高司玮时，不由得会想到年轻时的自己。

虽然他的年纪也没有比高司玮大太多，不过足够丰厚的人生阅历使得他能够在高司玮面前仿佛一个更为成熟的男人，有一点点卖弄的资本。

高司玮倒是不讨厌赵江这样，他和赵江算聊得来，要不也不会结下私交。他顺着赵江的话停下来想了想，能够对赵江多留意一眼，大约也是因为对方身上那种不羁的自由吧。

于诺涵本来就因为高司玮的态度有些生气，过了数天，又听说择栖和聚星的项目竟然开始往下一步推进了，一股无名火直冲她的脑门儿。合着她跟高司玮苦口婆心说了半天，人家竟然全当成耳旁风了？她不理解这是为什么，她只是说要再考虑考虑，再观察观察，把事情想明白想透彻了再说后话，难道高司玮连这点时间都等不及吗？

还是说赵江给高司玮灌了什么迷魂汤？一遇上关于赵江的事情，高司玮就仿佛换了个人，不考虑前因后果，就差上赶着给人送钱了。

于诺涵心中有一种养了好些年的白菜被猪给拱了的感觉，一连几日气都不太顺。她气一不顺，周遭的人便是各种麻烦。

最先倒霉的就是宋新月，她能感受到于诺涵的低气压，也大约知道一些隐情。从道听途说的八卦来看，高司玮惹到了于诺涵，触及了于诺涵的权威。虽然对高司玮的仰慕有所消减，但她也跟高司玮一起朝夕相处了那么久，对高司玮的为人还算是有点把握。她感觉高司玮对于诺涵的忠心日月可鉴，当然比自己还是差了那么一点点，要说高司玮想甩开于诺涵搞独立，那不太现实。

因为于诺涵给高司玮的权力已经非常大了，择栖现在基本上是高司玮一个人就能说了算的状态，并不需要搞小动作。

至于别的理由，宋新月又冥思苦想了半天，这才从记忆的深处拽出了一个毛线团。高司玮一度被传言是“择栖小爸”，跟于诺涵的关系不清不楚。宋新月当初怀疑过，后来通过种种观察，这个谣言在她这里不攻自破。

那还能有什么事情让于诺涵天天黑着一张脸呢？宋新月实在想不出来了，只能天天夹着尾巴做人，不在于诺涵面前提高司玮的名字。

她不提，于诺涵却偏偏要提，问宋新月在择栖的小姐妹最近有没有跟她八卦高司玮在公司里的事情。

宋新月大吃一惊，难道高司玮翅膀硬了，底气足了，敢包养小明星了吗？

这更玄幻了吧！

“你去帮我发个邮件。”于诺涵说，“问择栖的高总什么时候有空，我要亲自去拜访他一下。”

“啊？这……”宋新月无奈，心想您自己发个消息难道不是更快一点吗？有时候倒也不必这么公事公办吧？

“这什么这？赶紧着！”于诺涵瞪了宋新月一眼，宋新月赶紧灰溜溜地跑去安排了。

高司玮那边倒没有什么反常表现，工作安排好之后，很快就敲定了会面的时间。

在这中间，于诺涵还抽空去 IEN 找了一趟裴英智。

裴英智难得在北京，并且还有空。于诺涵感觉自己从八百年前就开始约他，约到现在这个档口里，有种无法言说的巧合感。

好像裴英智单独给她留了这一点时间，等着她找上门。

她主要是和裴英智聊融资的事情，虽说这个事情双方都有意愿，而且一旦启动，要流动起来的不是一笔小钱，着急不得。但是钱这个东西又讲究“落袋为安”，年底兵荒马乱，又有赵江节外生枝，于诺涵总觉得不太踏实，抓住了裴英智就想暗示一下，顺便打探打探裴英智关于赵江的态度。

“赵江？”裴英智想了一下，“噢，我有印象，之前见过的。”

对他这个不咸不淡的反应，于诺涵真的很想翻个白眼。不过她没这么做，而是装作什么八卦都不知道，一副茫然地问裴英智：“哎呀，我哪儿说他这个人哪！聚星的融资不是 IEN 的吗？哥呀，这么大的事儿你怎么都不告诉我一声儿？”

裴英智惯性地爱皱眉，特别是听到于诺涵喊他“哥”，拧得就更紧了一点。他知道这个女人的心思肯定不止嘴上说得这么简单，她看上去好像有点矫情地跟他耍耍小脾气，其实是在质问他。

他如果不当回事儿，显得他不重视于诺涵。他如果太当回事儿，又显得他落在女人的套路里爬不出来。

“是吗？”裴英智说，“这种级别的投资项目，公司里随便一个经理经手就能做掉，我可能真的没注意到。他做什么了？”

“哎，还能做什么？”于诺涵装作幽怨地说，“总是盯着咱们家碗里的肉呗，怪瘆人的。”

裴英智轻哼一声，不知道是在笑还是在嘲讽，说道：“这个你不用太担心，你没看过他的计划书吗？聚星的底层逻辑跟 INT 不一样。”

于渃涵问：“有什么不一样？”

“你们的本质是用科技搞文娱。”裴英智说，“而聚星，本质上其实是在玩链儿，难道你没发现吗？”

一言惊醒梦中人，“玩链儿”三个字出现在于渃涵的大脑里时，她一下子就明白为什么她看聚星的方案总觉得哪里不对劲了。

那种行业和运作模式的突兀感一下子就得到了解释。于渃涵自言自语：“链儿？区块链？原来是这样。”她看向裴英智，用手指隔空点着他，“真有你的……”

“区块链的概念在金融和物联网等领域根植很深，在文化方面，目前我们能看到比较多的都是在一些数字版权领域。”裴英智说，“赵江这个人有点本事，能把这种概念和文娱做一个深层次的链接，我觉得不失为一种尝试。所以，你还有什么要问的吗？”

于渃涵想了想，问：“这事儿稳吗？要是稳我也投点？”

对于这种没营养的玩笑，裴英智都懒得搭理。于渃涵也只是随便调侃一下，因为她被灌输了太多信息，不适合再跟裴英智对线。之后她只能单纯聊聊他们之间的事情，以保持沟通正常。

她刚刚挑衅了一番裴英智，裴英智算是给她面子，向她透露了点有用信息，她也不能蹬鼻子上脸，后面找尽机会拍裴英智马屁，弄得裴英智更不想跟她聊天了，只想赶紧结束，忘掉今天发生的一切。

裴英智真的不能理解，一个出身优越、接受过良好教育，并且有一定社会地位的女性，嘴怎么就能这么贫？

这设定不对。

于渃涵从裴英智那里出来之后，坐在车里仔细消化了一番裴英智的话。从一开始的醍醐灌顶，又进入了迷茫状态。

她虽然不是搞金融的，也不是搞技术的，但对于“区块链”这个东西也有所耳闻。国家出台过相关管理规定，并且支持把区块链作为核心技术自主创新的重要突破口，一再提倡要加快推动区块链技术和产业创新的发展。但是，这中间的风险也不可以被轻易忽略，稍有不慎就会陷入泥潭和骗局。

赵江在互联网界摸爬滚打了那么久，不可能对这个东西不了解就盲目入场，可是他为什么不直截了当地去做区块链？而是要在外面套一个风马牛不相及的壳子？内在逻辑到底是什么？

这到底是真的创新？还是舍近求远？还是另有什么企图？

一种更深更凝重的疑虑笼罩在于渃涵的心头。直觉告诉她事情没有这么简单，裴英智的态度也不能完全说明问题。他们做投资要的是回报，只要钱能在某个阶段回来，后续是死是活与他们也没有什么关系了，反正不是做慈善，不用送佛送到西。

她需要再想想。

如果说她原来单纯是对赵江其人有偏见，现在，她认为这个项目的迷惑程度远超过赵江本人。这样的话，她更不可能让高司玮一头扎进去。

在进高司玮的办公室之前，于渃涵给自己做了很长时间的心理建设，告诉自己，一会儿无论发生什么，都要冷静理智地跟高司玮沟通交流。

但这一切都只是她的假设，进去三分钟之后，于渃涵的火气就有点憋不住了。

她感冒了，脑袋昏昏沉沉，听高司玮说话像是隔着层什么东西似的，非常难受。

高司玮似乎已经知道她今天来的目的，听她的鼻音很重，猜测大约是因为冬天风寒受凉了。工作就是如此，约定了事情，生病也没办法推脱。所以无论于渃涵说什么，他的表情都甚是平淡，也不找于渃涵的茬。

但这在于渃涵眼中已经是无声的抗议了。

“你确定你知道他在做什么吗？”于渃涵说，“他有跟你讲明白吗？”

“讲过，但我觉得不太重要。”高司玮说，“说到底，我觉得这次的合作只有一年的授权期，只要把授权金和分成谈明白，至于更深一步的内容，考虑太多意义也不大，因为到时候是涉及不到的。”

“一年？你不觉得按照你说的条件来看，这简直就是天上掉馅饼吗？”于渃涵说，“他的钱是大风过来的吗？可以这样不计成本地投入？”

“那你说，他如此不计成本地从我们这里诓骗一点授权是为什么呢？”高司玮说，“难道公司的法务是吃干饭的吗？”

于渃涵被高司玮气笑了：“如果法务是万能的，那为什么还有那么多公司要打官司？”

高司玮觉得于渃涵是在诡辩，把脸一偏，不再理会她。于渃涵见状，干脆从一旁的椅子上站了起来走到高司玮的面前，居高临下地看着他说道：“小高，我不是要干涉你的计划和打算，但是这件事，我希望你能再想想。”

“……”高司玮抬头，他一贯冷淡，鲜少露出什么复杂的神情。可有些情绪脸上没有，眼睛里却写得清清楚楚。他不能理解于诺涵为什么就是要百般阻挠，这件看上去很普通的合作案要推动下去，为什么会如此困难。

也许一直以来，于诺涵只是嘴上说不管他，但那种掌控欲是不可能轻易地消减的。她在那个位置坐得太久，任何不合她意的事情，她看着都会觉得别扭，觉得难受。

“我觉得我想得已经很清楚了。”高司玮说，“我跟你阐述得也很明白，你的顾虑是什么，可以清楚、明白地告诉我吗？”最后几个字他掷地有声，是在跟于诺涵强调。

“我怕你被人骗。”于诺涵盯着高司玮的眼睛说，“够明白了吗？”

高司玮笑了一下，他有点不可置信，也觉得很荒唐，他又不是初出茅庐的小孩儿，他难道分不清利害关系吗？而且合同他们已经研究得非常透彻，他想问问于诺涵，他有什么值得骗的？

但这些话他都没有讲出来。他忍了又忍，说道：“所以你认为，我是错的，对不对？”

“我们现在讨论的不是对错。”于诺涵非常无奈。

“一年的时间。”高司玮竖起了一根手指，“你还记不记得你跟许诺的约定？从‘风从’上线日起一年期限内，INT 除自主研发的虚拟角色，不得为信游之外的任何第三方提供技术服务。翻译过来就是，未来一年的时间里你只能跟信游玩。那么其他人玩什么？新技术、新模式出现，哪怕被垄断，其他人也会去蜂拥模仿。我们的艺人那么多，难道每一个人都有机会像陆鹤飞那样得到全方位的设计与打造吗？你让他们在未来一年的时间里做什么？他们的粉丝消费什么？粉丝们新的消费习惯和使用场景要靠什么培养？我难道要让他们为了你跟许诺的约定，白白浪费一年的时间吗？”

他接连吐出这些话，问题一个接着一个，于诺涵震惊之余，也不知道该怎么来回应高司玮。这些问题她都想过，有些可以解决，有些现在没办法解决，就需要做取舍。什么对她而言更有利，她就选择什么。这是一个相当简单的道理，只是她没办法完全对高司玮讲，他们所掌握的信息是不对等的。她跟高司玮说得太透，必然会涉及很多商业机密。她不说太透的话，高司玮就没办法站在她的角度去理解她。

高司玮连番质问，好像于诺涵在做这些事时也存在欠考虑的地方似的。于诺涵不喜欢被质疑，特别是被高司玮质疑，她冷声说：“你的这些问题，难道我会考虑不到吗？”

“没有，你考虑得到。”高司玮说，“你什么都能考虑得清楚明白，利益计算得分毫不差。永远是我自己想问题不透彻、不全面，没有任何理由，也没有任何立场。你这么厉害，那这些事你自己处理吧。”他不想再面对于诺涵，肺里仿佛哽了一口气喘不上来，他急切地需要离开这里，随便去个什么地方透透气。

于是他这么做了，于诺涵在后面叫了他一声，他没有回头，也没有停下。他想挣脱于诺涵，比任何一个时刻都想。

于诺涵头一次见高司玮忤逆至此，本就因为感冒而混沌的大脑此刻更是像要爆炸一样，很难再处理什么信息。她觉得自己现在的状态很不好，跟高司玮的交涉总是进入怪圈——自从高司玮跟她表露心迹之后，他们似乎再也无法进行正常的谈话了。

到底是她没办法公私分明，还是高司玮做不到呢？

于诺涵的眼眶胀痛，她得离开这里。她从停车场出来时，外面的天已经黑了。她心里很不痛快，这种负面的情绪充盈在车内。

她眼前开始浮现一些奇怪的画面，大多是刚刚她跟高司玮吵架的内容。她像个局外人一样看着这场没有逻辑的闹剧，但怎么也无法阻止。她觉得自己的行为举止也很奇怪，就像那种努力要让孩子认同自己观念的家长，不准他做这个，不准他做那个。美其名曰保护他，但实际上只是不允许自己的权威受到撼动。

她是那样的人吗？不，她不是，她只是觉得高司玮太着急了，她觉得年轻人没必要这么着急，能够证明自己的机会很多，无须在这样一桩不着边际的事情上急于求成。

她的视线开始模糊，眼皮有点沉，药物让她陷入了困倦。她的眼睛只是合了一下，车头就不受控制地朝着马路牙子斜冲了出去，撞到了树上。后面紧跟着的一辆车顺势追尾。

扑到安全气囊上时，于诺涵才一下子惊醒了过来。

她慌慌张张地跑下车来，还好这一小段辅路没有行人，车辆也不多，她自己撞得头疼，并确认没有其他人受伤。

只是后面追尾的司机因为莫名其妙遭遇了这样的突发情况，气不打一处来，骂骂咧咧的。

于诺涵的脑子还是蒙的，她现在需要找个人来帮她处理，而不是跟对方逞口舌之快。她拿着手机下意识地给高司玮打电话，接通的瞬间想起来自己跟高司玮刚刚发生了不愉快的经历，于是赶紧挂掉。

她往后划，找到了王寅。

王寅赶来的时候，于诺涵一个人坐在马路牙子上，手肘撑着膝盖，双手捂着脸。于诺涵开的是他那辆轿跑，车头的大灯已经碎了，车屁股撞凹进去一块。现场只有于诺涵一人一车，没有另外的人，什么警察保险公司受害者通通没有。

于渃涵说她嫌对方太烦了，给了对方一大笔钱让他自己去修车，不要在这里烦她。警察也没法找她麻烦，她又没酒驾，且认错态度良好，接受一切处罚，教育教育就过去了。

王寅看于渃涵两颊泛红，摸了摸她的额头，发现于渃涵有点发烧。

他很无奈地找人来把现场处理了，然后把于渃涵接回了自己家。于渃涵在车上小憩了一阵，到目的地时，王寅几乎是把她拖出来的。

“姑奶奶，今天演的是哪一出？”王寅说，“你能不能自己走啊？我可扛不动你。”

“你怎么这么废物？”于渃涵骂骂咧咧地说，“老废物。”

“嘿，我好心去救你，到头来还得被你骂废物。”王寅说，“你生病了，吃过药应该好好在家里休息，怎么还跟大马路上开车玩？”

他说着打开家门，里面灯火通明，电视还开着，看得出来他离开时非常匆忙。

于渃涵瘫倒在沙发上，问：“小飞呢？小飞没在？”

“人在剧组拍戏呢。”王寅翻箱倒柜才找到了点药，递给于渃涵，“今天你在这儿住吧，吃点药睡觉。”

“我没事儿。”

“你没事儿给我把车撞成那样？”王寅无语，“大姐，你开的可是我的车诶，多大气性往树上撞？谁惹着你了？”

“没有，我就是吃药了，开车犯困。”于渃涵说，“现在没事儿了。”

王寅说：“你就庆幸自己没撞着人吧。”

此时，于渃涵的电话响了，王寅瞥了一眼，是高司玮。但几乎在一瞬间，于渃涵就把电话挂了。后面高司玮又打了几次，于渃涵干脆关机。王寅知道这里面大约又有故事了。

“你家里有酒吗？”于渃涵说，“咱俩好长时间没在一块儿喝酒了。”

王寅问：“你疯了啊？还记不记得自己吃的什么药？‘头孢就酒，一喝就走’！”

“我是傻吗？连自己吃过什么都不记得？”于渃涵说，“你少跟我这儿废话。”她干脆自己去王寅的酒柜前，从里面拿了一瓶最贵的出来，直接开了瓶盖，拿了两个杯子全部倒上。

王寅有点招架不住于渃涵，只能陪着喝酒聊天。

他们确实许久没有这么在一起过了。

# 第十三章 疲惫

从酒杯里看到的世界是不一样的，那些烦恼也好，快乐也好，好像都可以通过液体的折射而变得抽象，彼此混合在一起，彻底印证“能量守恒定律”。

于诺涵喝了一杯酒，感觉自己脑子反而更清醒了一点，感觉发烧时用白酒擦身体退热的土法子还是有些道理的。

她慢慢捋了一下自己的思绪，从开车撞树往前倒，全都是有关高司玮的片段。她又开始感觉头疼了，眉头紧皱在一起，那些画面对她而言无异于一团乱麻，让她本能地产生抗拒感和无力感。

一切都只能化为一声叹息。

“我累了。”于诺涵把酒杯放在面前的茶几上，自己平躺在沙发上，眼睛直勾勾地盯着天花板。她在想，王寅也真的是个很没劲的人，家里的吊灯发着冷冰冰的白光，一点温馨的感觉都没有。

她自己家里其实也没有。

“累了？累了就睡觉。”王寅指了指里面，“那屋没人。哦，你要是想睡沙发也可以。”

“我不是困。”于诺涵用手指了指自己的胸口，“我就是觉得心累。”

王寅嗤笑一声：“谁不累？”

于诺涵长叹一声，把今天跟高司玮发生的争执向王寅倾诉了一番。末了，她说：“人的烦恼真是无穷无尽，到了这个岁数操心的事情实在太多了。上有老下有小，中间还有一群不省心的，我每天闭眼之后回想当天发生的事情，有时候真的不知道为谁辛苦为谁忙。我也不止一次跟自己说，别干了，不干不会死的，地球照样转，为什么要把自己逼得这么紧张？哎，人应该永远活在十八岁，十八岁的时候连忧愁都是生机勃勃的。”

“不至于吧？”王寅说，“你能不能不要总是说我岁数大了话密，我看你也挺密的。你十八岁的时候就没憧憬过以后的生活吗？”

“没有。”于诺涵说，“我觉得我就应该在十八岁的时候死掉，这样就不会有朝一日变成三十六岁的老女人。”

王寅干笑两声，说：“那看来在年龄这件事上，咱们还真是男女有别。我小时候就特别希望自己赶紧长大，长大之后就能拥有属于自己的权利，能够决定自己的人生。

不会有人跟你说你太年轻了，什么都不懂。其实我有时也会担心韶光易逝，但仔细想想，春光春景不过如此。我们总会老，总会死，这事太较真儿就没劲了。”

“你活得累吗？”于渃涵忽然小声问了一句。她知道王寅是个喜欢游山玩水的浪荡性子，一切也只是外松内紧。不着调都是表象，诸多工作一点都没耽误。他要操心的事情比自己只多不少，但好像从来没听他抱怨过。

也许男人和女人从生理构造上来讲，天生的力量和精力就不太相同，比起大她两岁的王寅，那种活力随着时间的日益衰减仿佛在于渃涵身上体现得更加明显——她只是看上去体面，看上去饱满，她把一切先给了事业，内里早就空空荡荡了。

所以那些午夜梦回的时刻，她总觉得背后有一个无形的深渊，她不敢回头，也不敢停下来休息，好像只要她一松懈，世界就会开始崩塌。

或者说，每个人的世界都在他们长大的那一瞬间就开始崩塌陷落，每一次拼命都是在极力地与崩塌的速度拉扯。一旦出现无法控制的意外、无法挽回的人、没办法解决的问题，崩塌就会继续，洪水会淹到眼前。

崩溃吧，显得矫情，努力不崩溃呢，又实在承受不住。

动物的本能是危险来临时竭尽全力地逃跑，人类却不能逃，明明很痛苦，却还要给自己找一个“成熟”的标签，用以慰藉。

于渃涵也不知道自己怎么就因为一个高司玮、一场车祸而感悟这么多，可能脑子进水了吧。

“累不累的，不还是得活着吗？彻底闭眼那天就不累了，以后要休息很久很久的。”王寅说，“你以前很少问这种蠢问题的，小高不至于把你刺激成这样吧？我真没看出来，他闷声不响地能做这么多？果然是个干大事儿的人哪，这心理素质……你知道吗？像他们这样的年轻人，很容易钻到一个牛角尖里出不来。你越不让他做什么，他偏偏就要做什么，完全没有道理，就是在那一刻，他想跟你硬碰硬。我知道你的本意是为他好，可他毕竟是个男人，你总不能把他当成小绵羊养一辈子吧？”

“也不是不行啊。”于渃涵说，“只要择栖不倒闭，他可以干一辈子。他想干吗就干吗，我不拦着他。”

“可你现在不就拦着他干这干那了吗？”

于渃涵一下子坐了起来：“那是因为他要干的事情有问题！没调查了解清楚之前贸然前进是会跌跟头的！”她音调抬高了，底气也足了，一点都不像一个生病的人。

“别，你贸然行动的事儿还少吗？你想第二季度前期就上线家庭版的事儿还不够贸然？我也没说什么吧？”王寅说，“人都会犯错的，不犯错怎么成长？从别人身上学习的道理跟自己经历过之后懂得的道理是不一样的，你总不能看着他一辈子吧？”

于渃涵向后仰躺过去，重重呼出一口气。

“我看你还是太在意他了。”王寅说，“嘴上说着不喜欢实际上很喜欢的剧本，我真的看过很多次了，电视剧播到这里不解决矛盾问题再继续演下去，可就是注水情节，观众都不会喜欢看的。”

“你别说了。”于渃涵的手臂压在眼睛上。

王寅意外于渃涵竟然没跳起来打自己，他看于渃涵那个沉默的样子，碰了碰她，问道：“其实，你顾忌的东西并不是你说的那些吧？”

“我过年三十六岁了。”于渃涵默默说道，“我想你也应该有这种感觉，不知道从哪一年开始，无论做什么事情，都会开始计较时间成本。我怕无疾而终导致浪费时间。我白天的时候没有那么在意，可晚上的时候又会偶尔想起。你说我能怎么办？不接受，要么他滚，要么我滚，接受他了，我是要抱着玩玩的心态吗？还是要认真一点？那我有反悔的机会吗？想反悔时转眼一看，我可能已经四十岁了。你知道这有多可怕吗？我竟然快四十了，我感觉十八岁好像还是昨天的事儿，我怎么能一眨眼就到了这岁数了？”

纵然潇洒如她，也会对不可逆转的时光与青春感到无力。怕认真，也怕面对认真。十八岁时做任何事情都可以不计回报，三十八岁时却斤斤计较地吝惜。

“要不你还是早点睡吧？”王寅打了个哈欠，“我觉得你就是吃饱了撑得慌外加关心则乱，平时怎么不见你忧愁这个忧愁那个？别一切还没开始，就想结束的事儿了，好吗？你这个不叫顾虑周全，你这叫意淫。”

于渃涵踹了王寅一脚。在这方面，她好像没法儿跟王寅聊明白，王寅觉得她的意识形态不统一，她觉得王寅总是大事化小，避重就轻。

俗话说的“站着说话不腰疼”。

她去洗了个澡，王寅等她收拾完回房睡觉之后，自己才睡下。于渃涵已经很久没来过他家了，这样的情景叫他想起了若干年之前他们在国外一起读书时的事情。假期里几个同学驱车出去玩，在野外搭帐篷露营，谈天说地，畅想未来。

于渃涵的车技最好，横冲直撞的，那时总是很开心。

真快啊，如果不是于渃涵提醒，王寅似乎也觉得十八岁就是昨天的事情。

一转眼，他们都已经告别了青春，成了俗不可耐的中年人，有着各自无法消解的焦虑，和无法阻止的崩塌。

他刚躺下，手机就响了。他之前跟于渃涵聊天没看手机，上面已经有很多未读消息了，都来自高司玮。

高司玮问王寅于渃涵是不是跟他在一起，他如实回答，高司玮问发生了什么，王寅没说什么，反问他怎么回事。

他告诉王寅，之前于渃涵给他打电话他没有接到，反拨给于渃涵，于渃涵又不接。他不知道于渃涵是不是有什么事情，联系了一圈人都没她的音讯，家里也没人，于是就找到了王寅。

“她……哎……”王寅故作忧愁地说，“她出车祸了，哎，先不说了，医生叫我……”说完果断挂了电话，手机关机，躺平睡觉。

这一夜所有人都睡得很安稳，只有高司玮自己辗转反侧。他不知道于渃涵出车祸了，不知道伤情如何，也不知道她现在在哪个医院，更不知道自己现在该做什么。

他一方面担心于渃涵，另一方面又觉得很不舒服。好像他稍稍做一点过分的事情出来，于渃涵就会搞出更大的动静，让他没心情再去纠结原本的矛盾，甚至自己先产生些许的负罪感，下意识地觉得不应该对于渃涵那么冲动。

他原来对此没有太大感觉，可现在，这都令他烦恼。他在床上辗转反侧，想等天亮了再想办法，可他又有繁多的工作，一时半刻也无法抽身。

他折腾了一夜，第二天去上班时有点憔悴，因为心里挂念着于渃涵，破天荒地主动去问宋新月于渃涵怎么样了。

“啊？于总今天好端端地在上班啊？”宋新月如实回答，“她好着呢。”

高司玮看到这个回复之后一下子又不知道该怎么办了，那昨天晚上到底是什么情况呢？

于渃涵又在耍他吗？

高司玮的心里有很多种设想，可无法去跟于渃涵求证，也无法去跟王寅求证。他没有办法把自己放在跟他们相同的位置上，也没有立场去质问对方究竟是何原因。

他唯一能做的，就是当作什么都没发生。虽然这样未免显得有点窝囊，但他现在实在不想再分出精力处理这些事情了。

表白的波折已经让他的生活节奏发生了翻天覆地的变化，也影响他本人太多。他想努力控制，却不得其法，在他的能力范围之内唯一能做的，就是试图找些别的事情去分散自己的注意力。

都说男人是理性的，女人才是感性的，高司玮曾也这么觉得。现在，他有点羡慕于湉涵，因为对方总是能表现出超出他认知范围的冷静和无情。他换了一个视角去看于湉涵，于湉涵就完全变了样子。

他原来总以为自己懂她，现在看来，认知还是不够深刻，终究也是因为当初的一切与自己的利益不相关罢了。

关心则乱——有些词语即真理。

年末的社交平台被一条视频刷爆。

万年不出来活动的陆鹤飞终于找到了自己的账号和密码，发布了一条 vlog（微视频）。视频是他的片场日记，其中主要内容是他和 Fi 的互动。

什么宣传套路，什么营销设计，什么剧情安排，此刻都不重要。它能大面积刷屏的原因除黑科技自有的迷人之处外，无疑还是视频中两位主角的美颜暴击太过强烈。

“美即正义”在该语境下的效益发挥到了最大。

紧接着，Fi 在社交平台上的账号公开，大规模的粉丝纷纷关注。一片浪潮中，不乏一些别的声音，诸如陆鹤飞的粉丝不满自家正主被如此瓜分流量，阴阳怪气者不在少数。不过陆鹤飞一个万年不出现的人自己都不在意这些东西，别人替他瞎操心就有点多管闲事了。

他自己也觉得这事儿挺好玩的。在片场无聊的时候，他和工作人员都喜欢测试 Fi 的人机交互系统和学习能力，总是爱问 Fi 各种刁钻古怪的问题。他悄悄问过 Fi 知不知道自己是什么，Fi 想都没想，只说“Fi 就是 Fi”。

他又问 Fi 有没有觉得他们很像，Fi 点了点头。他问 Fi 知不知道为什么，Fi 就笑了笑，说这是秘密。

陆鹤飞顿时就对 Fi 产生了一点很微妙的感觉，Fi 设计之初的方案他就了解过，他始终认为 Fi 就是一个人工智能。但在这一刻，他似乎有点分不清楚这个答案是 Fi 自己想到的，还是王寅预先教给他的。

如果电影里的故事成为真的，人类的思维与情感都有了一个量化的标准，可以被学习、开发，人工智能也能拥有这种东西，那世界将会怎样呢？

陆鹤飞第一个想到的是，他不希望自己被 Fi 取代。

万幸的是，至少现在他们所处的年代不必担忧这些问题，人和机器之间仍然存在着无法攻克的技术壁垒，人类仍旧是这个世界的掌控者。

至于何时技术会爆炸，世界会被颠覆，那就要交给时间去验证了。

Fi 的包装宣传项目是在择栖做的。随着物料的不断投入，项目组的人全都忙得脚不沾地。大批流量涌入是一方面，如何消化和稳固流量是另一方面。还好 Fi 不是人类，他不会疲惫，不会抱怨，不会不配合，他甚至能通过数据分析知道周围人的过度疲劳和工作压力，还会安慰他们。

这些人原来都是给艺人做项目的，艺人各有各的脾性，有人脾气好就有人脾气不好。因为换了一个不哭不闹还能实实在在陪在他们身边的虚拟角色，大家都有了一种全新的工作体验。

虽然很辛苦，可那种得到回报的满足感却很强。

Fi 有人类的优点，但是没有人类的缺点，他有着超级发达的社交系统，跟每一个人都相处得很好。慢慢地，项目组里的同事看他都带着宠爱的心情，好像亲手养大的孩子一般疼爱。

资源全部砸了进去，用来捧一个虚拟角色，多少让其他艺人的组有所怨言，说羡慕嫉妒恨也好，说不屑也罢，总归是有人嚼舌根。

最阴阳怪气的还是明弦的团队，理由很简单，Fi 跟明弦的设定有点撞型。明弦刚出道的时候也是陆鹤飞带他，那时大家都觉得明弦的各方面都有点像陆鹤飞。也正是因为这个理由，明弦才能成为择栖的一员。

在这个故事中，陆鹤飞和明弦有点像大乔小乔，一个跟了王寅，一个跟了于渃涵，也是一段“佳话”了。

“佳话”传到了高司玮的耳朵里。他对此早有预料，但“想到”是“想到”，“遇到”是“遇到”。八卦太过没逻辑和无厘头，现实是，确实有人因此不满。

这件事他也不好掺和太多，但是不管吧，大家窝里内斗就很无聊。他终于体会到了于渃涵在这个位置上时每天都在烦心的事情，也真的理解了于渃涵所说的那句“管理是一门平衡的艺术”。

不能太偏爱谁，不能太讨厌谁，资源给的最多的往往不是最偏爱的，最受冷落的那个人往往也不是因为恨。

他很久没见到于渃涵了，两个人也再没说过话。中间于渃涵找了一下他，只是那时候他太忙了，忘记回复了。等再想起来时，他又不知道回什么是好，就搁置了。

这一搁置，反倒让于渃涵胡思乱想了很多。

她发誓她真的只是跟高司玮说了一句今年年会两家公司要在一起办，没有说别的过分的事情，高司玮不至于不理她。

难道是自己已经彻底被高司玮拉黑了吗？于渃涵非常郁闷。都说女人心海底针，她觉得男人也差不多，闷骚的男人的心更是埋藏在马里亚纳海沟里的一根针。她真的不是齐天大圣，她没那个下海翻浪的本事。

不理就不理，沉默又不是高司玮的特权，她也可以。

两个人各怀心事又悄无声息地展开了“冷战”，对 Fi 的项目双方公司都有对接，但两个人就是用尽各种巧妙的方式回避对方，还自认为是对方不给自己面子，账要记在对方头上。

不过还是于渃涵更在意一点，她听说了择栖内部的八卦，也在暗中观察高司玮和赵江的合作。她屡次想跳出来插手，拽着高司玮的领子告诉他：不能这么做不能那么做，你最好这样做那样做。

可高司玮连个眼神都不给她，她都没有跳出来的理由。

等两人再次真的见到时，已经是年会了。

王寅怕麻烦，就把择栖和 INT 的年会合并在一起，娱乐公司做活动丰富多彩，正好也可以丰富一下 INT 那群只会做技术的宅男们的枯燥生活。

由于人多，年会的地点选在了京郊的一家豪华酒店。今年的年会择栖自家艺人都要去，为了安全起见，公司就把整个酒店都包了下来，办得还挺热闹的。

年会晚上开始，下午大家陆陆续续才到。酒店里的娱乐设施很多，大家等晚场的时间也不会太无聊。

于渃涵到得晚，纵使是年会这天的上午，她也还在忙，压根儿就没时间捯饬自己，穿着工装就去了。她没把车给泊车小弟，自己开进了地下车库里，出来时看见不远处有辆车非常眼熟，后备厢落下的时候，见是高司玮。

高司玮是下来拿东西的，他想到了今天会看见于渃涵，但没想到是在这里。

两个人四目相对，谁也不知道该说什么。于渃涵拿车钥匙锁车，空旷的车库里响了两声。高司玮打量了一番于渃涵开的车，还是王寅的那辆轿跑，好端端的，完全看不出来出过车祸。

他更加觉得王寅在逗他玩。

高司玮拿上自己的东西，当作没看见于渃涵就离开了。于渃涵一下子就起了火，高司玮以前就算闹别扭耍脾气，也从来没有像现在这样，明明都看见她了还装无事发生。

她无处发泄，就用力地踹了一脚车，警报声乍起，烦得她脑仁疼，脚也疼。

所有人见到于渃涵的第一眼，都能感觉到她气不顺。

大家只礼貌微笑地跟她打招呼，不敢靠得太近。全世界好像只有王寅不怕死能往她身边凑，或者说，王寅可能还什么都没意识到。

比起带着一身工作气压赶过来的于渃涵，王寅倒是打扮得花枝招展的，把这个年纪应有的魅力淋漓尽致地展现了出来。

“几点了呀姐姐？”王寅调侃于渃涵，“倒也不必这么忙吧？”

于渃涵冷声说：“我觉得我今天就不应该来。”

王寅问：“怎么了？”

“晦气。”

王寅感觉有点状况外，他还没来得及问为什么，便感觉周遭大部分人的视线都朝着另一个方向投射过去。

大忙人明弦到场了。

陆鹤飞严格来说不算择栖的艺人，择栖现在最红的当属明弦，走到哪里都是前呼后拥的。他跟大家都打了声招呼，专门来到王寅他们这边聊天。他跟王寅和于渃涵都很熟，没有那么多客套。王寅笑着问了问他近况，他也是都说很好。

只不过转头，他的经纪人就去跟于渃涵告状，影射高司玮的种种行为。择栖的经纪人都很有地位，这种位高权重的老臣内涵新主人的事情，古往今来就没断过。

听到这个名字，于渃涵觉得自己脑袋都要炸了。而面对突如其来的阴阳八卦，于渃涵压根儿就没准备。

明弦的经纪人知道于渃涵很疼明弦，当然不可能让明弦在公司里受委屈。不过，她也很清楚于渃涵跟高司玮的关系不是一般的好，虽然前段时间听人闲话说高司玮和于渃涵吵架了。可在职场之上，吵架这种事儿太正常了，只要有利益在，头天哪怕吵得你死我活，第二天都能好得蜜里调油。

所以，经纪人只是阴阳怪气地讲风凉话，并没有聊得太深。毕竟明弦还在，就于渃涵那个脾气，要真当面问起明弦，那也有些尴尬。

“这事儿吧……”于渃涵说，“我还不知道他最近都干什么了呢，我这不是忙吗？你知道吗？你给我讲讲？”她拉着经纪人到一边坐下细聊。经纪人见状，觉得于渃涵有追问的意思，才终于把话讲得亮堂一点。

总结下来，无非是最近那些不错的商务资源如果给明弦，公司的收益明明更大，可高司玮却全安排在了 Fi 身上。一个没有粉丝基础、没有被市场验证过的假人，怎么能担此大任呢？虽然明弦自己是不计较这些的，可身为一个艺人，他最不能显示的就是自己的情绪。

他背后是公司，是粉丝，是方方面面，稍微有一点处理不好就会埋下错误的伏笔。有些东西不是他说不要就可以不要的。

于渃涵听后点了点头，高司玮能干出这种事儿来她也不意外。但她知晓经纪人也是个“老油条”，根本不可能为了这么点芝麻大小的事儿来找高司玮麻烦。这中间一定还有别的。

不过经纪人不再说下去了，后面只聊了聊明弦的近况，说在看几个剧本，其中一个还是电影。明弦这些年虽然发展得很好，但可惜电影这条路走得不大顺利。因此，明弦的团队对《FI》这个电影本身也是“意难平”。

“行了，我知道了。”于渃涵拍拍经纪人的手，“小高吧……看着挺稳重一人，有时候做事难免急于求成。小明刚来公司的时候交给小高带了好一段时间，他对小明也有感情。只是他处在那个位置，手心手背都是肉，估计也有自己的难处。诶，对了，我那天正好跟那谁聊了聊，就小明特别喜欢的那个牌子……”

于渃涵不得不动用自己的私人关系帮明弦找补回来一些，就当是顺水推舟地送个人情了。问题只有解决了和没解决，不存在只解决了一部分。不过她现在能做的只有这些。

打发走了明弦的经纪人，她现在只想找个地方躲一躲，等要自己上台讲话的时候再出现。正抱着这样的打算，宋新月又逮到了她。见面第一句宋新月就兴致勃勃地跟她聊自己见到了传说中的陆鹤飞本人。

小女孩的眼睛里全是闪烁的星星，她当然知道陆鹤飞好看，但亲眼看到又变成了另外一个概念。她非常夸张地说陆鹤飞简直就是天生的大明星，什么话都不说就能吸引别人的目光。

于渃涵听这种夸赞的话听得耳朵都要长茧子了，这时，宋新月又说：“他跟高总关系很好嘛？”

“啊？就那样吧……”

“我看他们两个一直在聊天，不知道聊什么，感觉挺熟的。”宋新月说，“我原来一直觉得高总也是冰山大帅哥那挂的，可跟陆鹤飞站在一起，就差太多了。”

“……毕竟人神有别。”于渃涵说，“怎么能这么比呢？”

“以前在择栖的时候没觉得有什么。”宋新月有点抱怨地说，“现在想想，择栖还是挺好的，至少天天能看见各种各样的帅哥。INT 就不行了，花总又不常来，性格也不太好接触，其他嘛……”

于渃涵轻轻敲了一下宋新月的脑门儿：“好了，别瞎想了，要不你回择栖？我给你跟高总说说？”

“别嘛！”宋新月挽住了于渃涵的手臂，有点讨饶又有点撒娇地说，“我就要在于总身边嘛！”

于渃涵很喜欢看漂亮姑娘撒娇，有种被取悦的快乐。她笑道：“那可要看你表现的。”

宋新月说：“我表现得还不好吗？那你要我怎么样？”

“现在没想好。”于渃涵说，“等以后想好再告诉你吧。”

宋新月看于渃涵现在心情好像比之前来的时候好了一点，问：“你今天怎么了？刚过来的时候脸都是黑的。”

于渃涵说：“嗨，我还能怎么着？你就当我路上跟人撞了吧。”

“你又撞车了？”宋新月说，“之前高总还问我你是不是出车祸了，最近都怎么回事呀？他是不是不怀好意，盼着你出车祸？”

于渃涵愣了一下：“他问你这个？”

宋新月点了点头。

年会的节目部分说有意思也有意思，说无聊也是预料当中。大家互相乐呵乐呵，最快乐的环节当属抽奖。

择栖和 INT 的奖品池是共享的，择栖那边内容很朴素，INT 就不同了，充分发挥了一个科技公司该有的本色，全是各种高端电子产品，无奈择栖的员工对此并不感冒。

至于老掉牙的演讲部分，其实没什么人愿意听。王寅上去基本就几句话带过，于渃涵也说得很简单。她之前没看年会流程，直到最后时才发现，并没有高司玮发言的部分。她问宋新月怎么回事，宋新月也不知情，不过她的小姐妹很多，立刻去择栖那边打探了一番，回来告知了于渃涵原委。

原来高司玮是早就准备了的，只是后来不知道为什么又取消了这个环节。

于渃涵听着这话就不对劲，不知道高司玮在搞什么，难道是不想在第一排看见自己吗？

自己有那么难看吗？

高司玮的种种表现和态度仿佛都在告诉于渃涵他最近也非常不爽，一句话都不说，一个照面都不打，任何一种都能成功挑动起于渃涵的暴躁情绪。

于渃涵心中冷笑：哥，你真了解我。

于渃涵有点不太高兴，王寅来找她喝酒，她都不想喝。王寅很惊讶，跟于渃涵说没关系，今天大家都住在这儿，喝大了就回去睡觉，不用担心别的。于渃涵让王寅滚，她没那个心情，只想多吃两碗饭。

大家玩得高兴了就到处乱窜，场子内热火朝天。高司玮在择栖那边跟每一桌人都碰了杯，该有的客套还是有的。大家平时见高司玮高冷不可亲近，现在好不容易抓到一个不容高司玮反驳的机会，都想灌他两杯。几圈下来，他虽不至于酩酊大醉，但也有点上头。

好不容易摆脱了社交，高司玮隔着人群远远看过去，发现于渃涵那一桌没什么人。

他反思了一下在停车场里发生的事情，觉得自己处理得不太好，想去跟于渃涵说句话，解释一下。当有这个想法的时候，他觉得自己的意志力其实没有那么坚定，面对于渃涵时，他总是先输的那个。

高司玮刚走了几步，发现明弦不知何时坐到了于渃涵身边，两个人有说有笑的。

他对明弦其实本来没有什么感觉，可这段时间总是处在八卦的洪流之中，他也难免多想。总而言之，他就是忽然看明弦不太顺眼了，觉得明弦也要跑去于渃涵面前说三道四。

他快步走过去，一手压在明弦的肩膀上，明弦回头看是他，笑着说："是你呀，哥，有事儿吗？"

"没什么。"高司玮说，"好长时间没见着你了，过来打个招呼。"

"想见我还不简单？打个电话就行。"明弦说，"只要我在北京，随时联系。"他是坐着的，要仰着头才能跟高司玮对话。

高司玮低着头，表情没有太多起伏，眼神里却露出了不太好的神态。

于渃涵敏锐地捕捉到了这一点，打断了高司玮还没说出口的话："小高，你那边忙完了？"

“嗯，没什么要忙的。”高司玮说，“过来看看。”

于渃涵说：“这儿也没什么好看的。”

“……”高司玮静默了两秒，干脆坐下，把面前两个酒杯倒上酒，一杯给了明弦，用下巴指了一下，示意明弦喝酒。

明弦摇了摇头，说：“我没法儿喝，经纪人不让。”

“大明星，这点面子都不给我？”高司玮问。

“哥，真不是。”明弦说，“你别逗我了。”

于渃涵闻到了高司玮一身酒气，觉得高司玮今天纯粹就是吃饱了撑的没事儿干，她站起来把明弦扯到了一边，自己坐在两个人中间，对高司玮说：“你平时不是不太爱喝酒吗？今天这是要干吗？”

“今天年会。”高司玮说，“累了一年了，想犒劳一下自己。”他拿起酒杯，“要不于总赏个光？”

于渃涵第一次觉得面前摆着的酒是那么难以下咽。那种不爽的心情到了极点，她压低声音对高司玮说：“别在我这儿阴阳怪气，还嫌别人告你状告得不够多？你想过我的处境吗？”

高司玮没说话，他端起自己那杯酒仰头一口喝了，说道：“对不起，是我失态了。”起身就离开了。

那口酒有点辣，他心里也有点委屈，总之遇上各种事情，于渃涵的第一个反应都是他的不对。于渃涵有于渃涵的处境，那他就没有吗？难道他在择栖的每一天过得都很悠闲自在吗？

于渃涵看着高司玮今天第二次给自己甩脸子，干脆丢下明弦跟了出去，终于在走廊的尽头追上了高司玮。

“高司玮！你给我站住！”于渃涵叫道，“我是不是给你脸了？！”

高司玮站定，转身，此时他的脸上已经带了愠色，只是说话的声音依旧冷淡：“我又没有打扰你的好事。”

“好事？你在想什么？你疯了吧？”于渃涵说：“明弦跟我儿子一样！你难道不知道？”

高司玮说：“儿子总有长大的一天，你把他当儿子，人家领你的情吗？”

于渃涵说：“你能不能不要恶意揣测别人？”

“原来能，现在不能。”有些话，高司玮平时一定不会说出口，只是此时此刻，情绪也好气氛也好，甚至多出来的那点酒精，都很容易改变一个人的心理状态。他知道自己的情绪已经有点激动，只是仍旧维持自以为是的冷静说：“于渃涵，我觉得我已经受够你了。我真的挺喜欢你的，这说出来不丢人，我虽然不太擅长，但也尽力在讨好你了，难道我哪件事情做错了吗？真的只有我一个人把感情和工作搅和在一起了吗？你呢？你还不是想骂我就骂我？你还不是在耍我？”

于渃涵惊道：“我什么时候耍过你？”

面对于渃涵这样的态度，高司玮已经不知道该说些什么了。他有点自暴自弃地说：“对，你没有，你做得永远都对，是我自作多情，总是把很多事都当真，我活该。”

于渃涵本来就不喜欢高司玮不爱把话说明白的性格，现在看他又开始玩隐藏剧情的套路，更是气得想跺脚。如果不是怕招来其他人，她现在真的很想对着高司玮大喊大叫，也很想动手打人。

她现在就是觉得高司玮欠打欠收拾，否则他总会给自己找不爽。

“你知道我今天为什么没有上台吗？”高司玮忽然说，“我以前觉得，只要我努力，我总有机会踏入你的世界。但我现在越来越觉得，这似乎不太可能。我想要的永远都得不到。”

“那你想要什么？”于渃涵不耐烦地说，“你想要钱要房子要车要什么我都能给你。”

“我想要什么你难道不知道吗？”高司玮的声音比于渃涵还大，“于渃涵，你有没有良心哪？养条狗都不至于这么狠心吧！”

于渃涵被高司玮吼了一句后，一下子就蒙了。

她的眼前又出现了一个光怪陆离的世界，高司玮的声音不断地在她头顶上空盘旋回放，然后她反复问自己，难道自己真的像高司玮说的那么不堪、那么狡诈吗？

欺骗他玩弄他，利用他的感情为所欲为？

她从来没有那么想过高司玮，她只是……她只是希望能用一个对大家都好的方式处理这件事。但显然，高司玮并不领她的情。她试图保持着的一码事归一码事的态度，也被高司玮解读为一种“利用”——她是在仗着高司玮对自己的爱慕，竭尽所能地压榨他。

反正他是不会拒绝的。

她是这么卑劣的人吗？

于渃涵死也不肯承认，她只承认自己在这件事上没有表现出应有的勇气。她希望自己平和地对待高司玮，让他能慢慢度过这个时期，她想得很美，但没人领她的情，那她图什么？

让自己过着这么不爽、这么别扭、天天烦心的生活，结果自己什么好处都没捞到。她有义务教化别人吗？她有那么好为人师吗？她就不应该顾虑那么多，应该想干吗就干吗，然后再翻脸不认人。

洪水滔天算得上什么！

高司玮这句话一下子唤醒了她埋藏已久的反骨，她只在心里问了自己一句话：于渃涵，你敢不敢？

下一秒，她就拽住了高司玮的领带，用力拖着他往电梯那里走。

“你……你干什么！”高司玮有种窒息的感觉，以于渃涵的身高，拽他也不太费劲。这样的行为让他很窘迫，“你放手！”

于渃涵一言不发，也不松手，两个人一路拉拉扯扯到了楼上。于渃涵打开了自己的房门，又大力地关上。

房间里很黑，刚刚的一场闹剧，现在突然停了下来。

高司玮的呼吸有点乱，他似乎还没反应过来现在的境况，就见于渃涵松了松自己衬衣的领子，一字一句地说：“高司玮，你敢吗？如果你不敢，就给我滚，这辈子都别再想了。”

一大清早，于渃涵的手机闹钟就开始叫唤。她被吵醒了，在床头柜上摸了半天没找到手机，她烦躁地抬起头，眼睛都没完全睁开，茫然地看着眼前模糊的场景，寻找着声音的来源。

这时，面前忽然有一只手把还在吵闹的手机递了过来。于渃涵仰头一看，见是高司玮。

虽然手机还在叽叽喳喳，可这一眼，让于渃涵陷入了“最怕空气突然安静”的场景里。

她接过手机，把铃声关掉。然后抓了抓乱蓬蓬的头发，想像平常一样随意地起床，可被子下的自己什么也没穿。她有点怨念自己为什么能在放假的时候忘记关闹钟，否则还能睡到日上三竿，免得一大清早就遇到这样的尴尬。

昨天自己不是挺潇洒的吗？

于渃涵理了一下思路，分析了一下现在的情况，觉得事已至此大家都没有必要再遮掩，干脆直接掀了被子从床上起来，光着脚去了浴室。

高司玮倒是一言不发，看着她起来，看着她关门。

于诺涵站在花洒之下对着自己的脑袋一个劲儿地猛冲，这才神志清醒一些。

很快，她就从浴室里出来了，第一个反应是她得抽根儿烟。她手忙脚乱地在房间里找了半天，什么都没找到，才想起来昨天上来得匆忙，自己什么都没带。

高司玮看她不知道在做什么，但觉得她把自己当成了空气。忍了好久之后才说："你要翻到什么时候？"

"你等着啊，我给客房服务打个电话。"

"你有完没完？"

于诺涵莫名："什么我有完没完？我干吗了呀？"

"你……"高司玮好像有点难以启齿，又有些难为情，"你觉得……现在算什么？"

他昨天确实有点上头，如果不是这样特定的场合与特定的氛围，他才不会跟于诺涵玩这种欢场游戏。他难道是疯了吗？要通过这种方式来解决问题？于诺涵瞎胡闹他竟然也陪着她瞎胡闹？

总得有点更理性更冷静的方法吧。

但这些在昨天是统统不成立的，人无论进化得多么高级都摆脱不了动物本性。教化才是理性的，而人类的本质是无法被根本教化的。

只有归于平静时的那一瞬间，他搂着于诺涵时才有一种类似满足和被安抚的心情。那一刻，他想很多矛盾是不是可以告一段落了，很多问题是不是可以不用面对了。

但当他早上起来，清醒一点的时候，他感觉事情好像不太对。

他们昨天只是用一种戛然而止的方式来终结当时正在爆发的矛盾，但客观世界中，问题只有解决了的和没解决的，不存在解决了一半的这种设定。

又或者，当无法解决矛盾时，可以通过转移矛盾或制造新的矛盾来淡化注意力。

所以，现在是这种情况吗？高司玮想了好久，直到于诺涵的闹钟打断了他的思路。他看于诺涵一副稀松平常的样子，似乎并不打算对这一切做出解释时，就觉得昨天发生的确实是很荒唐的事情了。

"别。"于诺涵无语，"别问这种问题。你不就想这样吗？别弄得好像我占你便宜，我欺负你一样。"她叹气，"小高，我真的特别累了，我不想跟你把事情弄得那么复杂。反正现在情况就是这么个情况，我可以接受你，跟你……"有些过于纯情的词语于诺涵也说不出来，她只能抓抓湿漉漉的还在滴水的头发，含糊其辞，"跟你相处吧。但你要想明白，我不是十八九岁的小女孩儿，我有我自己的人生，有我自己的处事方式。

你原来喜欢我也好，仰慕我也好，只是你处在当时的角度能看到的东西，但你了解身处男女关系中的我的样子吗？你有这种准备吗？哪怕最后发现我其实是一个彻头彻尾的烂人，你也能接受吗？”

她说的是实话，高司玮哪怕跟她再熟，再了解她，也只是以同事或者朋友的身份看到的，多少还能沾点“旁观者清”。这种关系一旦转变，彼此开始更加深入地侵占对方的生活领域，高司玮还会觉得她是值得被自己喜欢的吗？

红玫瑰变成蚊子血，白月光变成米饭粒，才是常有的故事。

高司玮对此远没有那么深刻的认知，他只知道无论如何，他都需要一个机会去试一试。现在于渃涵好不容易给了他这个机会，他怎么能拒绝？

他点点头，认同了于渃涵的话。于渃涵笑了一下，带着并不是积极情绪的笑容，反而有点无奈，有点怅然。她轻轻说：“那就这样吧。”

高司玮站在她面前，表情有些细微的变化，于渃涵看他有话想说，问：“你还有什么问题吗？”

“我……”高司玮低声问道，“那我可以吻你吗？”

“当然可以。”于渃涵搂住了高司玮的脖子，她只需要稍微抬起下巴，就能碰到高司玮的嘴唇。她觉得自己好像也才开始真正了解高司玮。别看高司玮平时一副高冷不可侵犯的模样，现在这会儿，哪儿还有一丁点矜持？

原来，他也可以很主动，很凶，很迫不及待。

本来只是正常得不能再正常的接吻而已，但当高司玮的手按在于渃涵的腰上时，事情有了微妙的变化。于渃涵心中叹气，她为什么要起来就洗澡呢？还不是白洗？

“下次手上别这么用力。”于渃涵说，“没人想下了床还带一身彩。”

高司玮闷闷地“嗯”了一声，却更过分地在于渃涵的脖子上咬了一口。

公司就是趁着年会带大家出来放松两天，按照王寅那种“钱不是问题”的观念，根本不在乎大家会不会因为玩得太晚起不来而耽误退房时间，因为他自己也起不来。

宿醉的中年人在酒店餐厅遇到了同样才起床的其他中年人。

“哟，渃渃，才起呀？”王寅很自然地坐到了于渃涵这桌，于渃涵吓了一跳，被王寅那句再自然不过的话问得有点心虚，反问王寅：“你怎么在这儿？”

“吃饭哪。”王寅说，“才起。”

于渃涵问：“哟，小飞呢？没跟你来？”

"他昨天晚上吃完饭就走了，还得回片场。"王寅刚说完就反应过来味儿了，敲了敲桌子，"于渃涵同志，你这个思想问题很严重。"

于渃涵耸肩："我可没问什么有的没的，还不是你自己脑子不干净？"

"你吃什么呀？就你一个人？"王寅叫了服务生过来，想要点些东西，于渃涵看他这意思是不想挪地方了，刚要说话就看高司玮过来了。王寅也看到了高司玮，笑着跟他打招呼："早哇，小高。"

"是下午了，王总。"高司玮面无表情，回答得一本正经。仿佛在场的人中只有于渃涵一个心虚，人家两人置身事外。

王寅就是个乱入的无知路人，于渃涵心想：高司玮你在这儿装什么正经人呢？

于渃涵的一只手始终撑着脖子，吃饭的时候也这样，有一口没一口的，旁边高司玮非常自然仿佛无事发生地给她剥虾。

他把剥好的虾放在一旁的小碟里，于渃涵吃得没那么快，王寅就很不要脸地夹走了好多。他昨天一直忙着在年会现场游窜，光顾着喝酒了，饭没吃几口，现在饿得不行，也没有过分关注于渃涵跟高司玮之间气氛微妙的变化。

"你昨天睡觉是不是落枕了呀？"王寅问于渃涵，"怎么老用手扶着脖子？难受哇？"

"吃你的。"于渃涵不爽地说，"别问东问西，哪儿那么多废话？"

王寅看了一眼高司玮，示意了一下，问："怎么了呀？"

高司玮摇头："不知道。"

"诶，渃渃，一会儿咱俩按摩去不？"王寅说，"我感觉我睡得也有点不太舒服。"

"你那纯粹是自己喝多了吧？"于渃涵说，"你自己去吧，我没空。"

"行吧行吧。"王寅说，"你过年干吗去呀？要不要一起出门玩？"

他们的年会开得晚，距离春节很近了，大家基本上已经进入了倦怠期，无心工作，只想放假。

王寅没有家人，唯一的弟弟在国外读书不回来，就他自己一个人。过年在无人的北京待着很没意思，所以基本上都会出门旅行，找个度假胜地滋润地躺上几天。

于渃涵就不一样了，她家就在这里，每年不光是与父母，还有与各种亲戚朋友的聚会。虽然大多数她都不愿意参加，可是碍于父母面子，也不好说拒绝就拒绝。

"我过年的时候多忙，你又不是不知道。"于渃涵说，"别哪壶不开提哪壶。"

王寅笑道："有时候我真的挺佩服你的，家里七大姑八大姨那么多，每年就是那点问题，你也真受得了。"

“这个就是一定要在态度上蔑视敌人，你越跟他们对着来，他们其实越来劲，觉得你的情绪还能被挑逗起来，还有的救。”于渃涵分享自己的丰富经验，“就应该当他们是空气，不闻不问，可能偶尔还要附和两句，他们就觉得没意思了。”

于渃涵说这段话时稍稍放松了一点，扶着脖子的那只手不自觉地挪动了位置，王寅眼尖，看见了一个不太清晰的印子。

他没声张，因为不确定到底是什么情况。

要说有蚊子，虽然在冬天有点离谱，但也不是没可能。还是说于渃涵又跟某个小艺人勾搭上了？

可昨天他就看见于渃涵跟明弦有点交流。

王寅想了无数种可能，唯独没在高司玮身上做任何联想。虽然他知道高司玮和于渃涵的种种，但他觉得还不至于。

与真相最近的猜测，往往就这么一闪而过。

# 第十四章 危险花园

于渃涵的家庭结构说简单是很简单的，父一辈是兄弟三人。她爸是老大，但因为结婚太晚，所以二叔家的儿子是于渃涵他们这一辈里的大哥。三叔家也有个儿子。于家只有她一个女孩儿，因此从小到大都是很金贵的。

只是受家人宠爱是一回事，因为宠爱所以希望她赶紧成家的迫切心情，她觉得属实没有必要。

无论是寻常百姓还是“皇亲国戚”，似乎只要是以家庭为单位的社会群体，聚到一起永远都是家长里短，十年前的烂事儿十年后依旧在说，总之就是那些车轱辘话，家人之间能够互相忍耐，大概也是一种默契。

谭兆早早就放了寒假，于渃涵每天回家之后都能看到一个大活人，起初还有点不太习惯。后来她觉得家里能有一个说话的对象也不错，虽然年龄有着巨大差异，有时候谁都未必能理解谁，可是住在一起就要吃饭，吃饭就要有交流，比起下了班之后躺在沙发上看电视什么的，多了点生活的烟火气。

过年的时候，谭兆跟着于渃涵回于家，令人意外的是，于渃涵竟然也叫上了高司玮。

其实高司玮本来是要回家的，可他的父母打算出去玩，那会儿他还没有放年假，等不及带他一起，再加上年底他的工作非常忙，实在周转不开，于是就只能各自安排。

搁平时于渃涵肯定是不会管高司玮死活的，可大过年的一个人漂泊异乡未免太凄凉了，她想既然都带着谭兆这么个八竿子打不着的小鬼回家过年了，再带个高司玮也不算什么事儿。

她提前跟爸妈说了这件事，她的爸妈表示欢迎。高司玮听了之后却有点别扭。于渃涵见状，只能拍拍他的肩膀让他别多想，她只是出于人道主义关怀，并不是说要带高司玮见家长。再说，她家的家长又不是没见过高司玮，也没什么可新奇的。

丑话讲在前头，省得大家互相怨恨。

年夜饭是大哥一家定的地方，于渃涵就拎着谭兆和高司玮去了，什么礼物都没带。在这个家里，高司玮似乎比于渃涵还熟络，谁是谁认得门清儿。谭兆就有点拘谨了，不太习惯这种场合，闷头在边上玩手机。

年轻人和中年人的社交隔阂一下子就凸显了出来。

于渃涵其实也不喜欢这种场合，主要是她堂弟家的两个儿子太烦人了。大的七八岁，小的五六岁，都是最讨人嫌的年纪，满屋子追跑打闹不得清闲。她说两句，两人就安静一会儿，然后又开始叽叽喳喳，其他人还觉得他俩特可爱。

她真的不明白，哪儿可爱了？

她大哥夫妻两人是很典型的高级知识分子，都在研究所搞科研，颇有点读书人的清高。但很尴尬的是，高才生夫妻并没有教育出高才生孩子来。他们唯一的女儿于漫，从小娇生惯养不爱学习，后来学了美术，出国读书了。

于漫刚出国又惹了各种问题，她哥嫂又舍不得孩子在外面受苦。最后还是于渃涵下场，硬是给侄女断了一段时间的口粮。体会到生活艰辛的于漫这才收敛了一些，今年过年回来，她的状态似乎也有了一些积极的改变。

至于她那个弟弟，让于渃涵形容就俩字：缺魂。找的老婆也不是省油的灯。于渃涵觉得人家就是看上她弟人傻钱多。反正她弟就这么被勾搭上了，刚开始这弟妹看着挺老实，自从生了大儿子之后，自我感觉提升了不少，等到有了第二个儿子，腰板挺得更直了。

他们家压根儿就没人在意这个，也就她自己万分在意。平时跟那些有钱有闲的全职阔太太们一起聊天时，她满脸骄傲，说老公爱她，公婆对她好，两个儿子聪明可爱。

她是人生赢家。

当然，于渃涵也不明白她赢在哪儿，就看看不说话，毕竟这是别人的人生，跟她一分钱关系没有。

“你们两个小鬼别跑来跑去了，烦不烦？”于渃涵终于受够了“超声波”打击，说道，“平时学校里老师怎么教你们的？公共场合为所欲为？给我一边儿待着去，都闭嘴！”

于渃涵在家中的地位很高，只要她张嘴说话，别说这俩小孩儿，父辈们有时候也没什么办法。两个孩子被姑姑这么一骂，第一反应是找其他大人撑腰，于是就跑去自己亲妈那里装委屈。

弟妹先是象征性地说了儿子们两句，又笑呵呵地对于渃涵说：“姐，别跟孩子过不去，他俩还小呢，不懂事儿。”

于渃涵二叔一家其实也很看不上老三家的小辈。二叔说他们于家的孩子从小就要好好教养，知书达理，哪儿有这么瞎胡闹的？没有礼貌。

弟妹听后有些不悦，碍于辈分关系没办法发作，就把儿子们带到了一边。

谭兆小声跟于渃涵说：“你们家也这样啊？”

“皇帝老子家不也这点破事儿吗？”于潆涵说，“总之就很烦，一个个都拿自己当回事儿，一会儿有你看的。”

谭兆说：“我不喜欢看家长里短的电视剧。”

于潆涵说：“我也不喜欢看，可没办法，人家喜欢演。”

高司玮则是见怪不怪，于潆涵的家庭情况他是非常了解的，所以发生什么他都不意外，也不打算发表任何意见，围观就好。

大家落座吃饭，大伯身为家长讲了几句话，剩余时间就是大家各自聊天。长辈们最关心的还是小辈们的学习生活，围着问老大家的女儿于漫在国外书读得怎么样，并教育她要好好读书，不要总是把心思花在谈恋爱上。

“女孩子家一个人在外面尤其要注意这些。”弟妹颇是关心的口吻，“不要跟那些不三不四的男的乱玩，传出去名声多不好听。”

于漫最喜欢的人是于潆涵，受这位彪悍姑姑的影响，她从小也有点不服管教，家中除了于潆涵说话她能听听，其他人的话都当没听见。

她不喜欢她三婶这种阴阳怪气的论调，直接说：“我是正经谈恋爱，怎么就不三不四了？都什么年代了呀，多谈几次恋爱有问题吗？还是管好你自己吧。”

于漫的话直接引起了她父母的不满，她爸说：“怎么跟三婶说话呢？”

于漫干脆斜着眼睛看一边，不打算理睬。

她三婶被怼了一句之后无话可说，自己在那儿哀怨半天，一会儿说是自己不会说话，一会儿又说自己只是关心于漫。这种饭桌上的口舌过去就过去了，见她非要唠叨半天，于潆涵听得更烦了，喝了口茶水，问道：“今天这什么茶叶呀？”

于父说：“碧螺春。”

“是吗？”于潆涵说，“我说怎么一股子绿茶味儿。”

她弟还傻乎乎附和说：“姐你是不是不喜欢喝绿茶？”

“我是不喜欢。”于潆涵说，“你要是喜欢你自己喝。”

她弟拿着杯子咂摸了一下味道：“我觉得还行啊。”

于潆涵无语，觉得她弟傻到无药可救，不过她弟妹很显然听明白她的意思了，顿时就不说话了。刚刚大家已经就于漫的恋爱问题啰里吧嗦了半天，于潆涵最后总结陈词，她靠着椅背，有点大领导最后发言的意思，说道：“漫漫在国外读书，成绩和进步大家有目共睹，人家都这么大了，肯定能管好自己，就不用咱们瞎操心了。谈恋爱这种事儿呢，我的意见是谈谈也无妨，谈几个都无所谓，但是要保护好自己，不要让自己受到影响和伤害，其他嘛……”她斜眼看了看弟妹，“别人说的胡话就别听了，你看你姑我，不也好好地活到现在了吗？钱也没少赚，饭也没少吃。没缺胳膊没少腿，还能积极为国家拉动 GDP[①]，依法纳税利国利民，没什么问题吧？”

她还用下巴点了一下她弟妹：“是吧？”

“姐，你是个女强人。”弟妹小声说，“我们能有几个像你这样？”

于湉涵说：“别，别。我觉得你这样也挺好的，天天有时间，有闲钱，想出去喝下午茶就喝下午茶，想做‘马杀鸡[②]’就做‘马杀鸡’，省心，清闲，也不操心赚钱养家。我这天天忙得跟狗一样，什么女强人，自我安慰罢了。”

弟妹似乎没听出于湉涵的意思，以为于湉涵在这一刻由衷地羡慕自己，心里想着，原来于湉涵嘴上说着什么女人独立自主都是嘴硬，便说道：“姐，你也怪累的，有合适的话还是找个男人照顾自己吧，你总是这么单着，我们这些做家人的也不忍心。女人归根结底还是得结婚生子的……”

说完，她还看了一眼高司玮。

于湉涵本来还想装腔作势地逗一逗她，听她这话说出来，立刻就没了兴致。自己是不是许久没在这个家里出现过了？怎么什么乱七八糟的人都敢跟她蹬鼻子上脸？看高司玮是几个意思？

“我觉得吧，这事儿我爸妈唠叨唠叨我也就算了。”于湉涵说，“你算谁呀？”

三弟看于湉涵脸色都变了，立刻给自己老婆开脱说：“姐你别生气！她就是说话不走脑子，其实还是关心你，想为你好。”

“没脑子自己在家待着呀，出来干吗？”她指着弟妹说，“你成天到晚工作也没有，跟家待着，正事儿不干净添堵，我没说过你什么吧？谁给你的脸啊，还‘关心’起我来了？你也别跟我讲你那些育儿经，我就一要求，你爱干吗干吗，爱想什么想什么，甭跟我这儿发牢骚，怎么着？非得让我骂你才痛快是不是？大过年的是不是得回忆回忆这家里到底谁说了算哪？”

她一跳脚，她爸妈只能嘴上说两句，除了干生气，实际上也管不着她什么。她哥哥弟弟只顾拦着她，免得她真动手打人，但心里都一个个埋怨老三家的媳妇哪壶不开提哪壶，确实是蠢了点，上赶着送人头，这能怎么办？

---

① GDP，国内生产总值，是一个国家或地区所有常住单位在一定时间内生产活动的最终成果，是国民经济核算的核心指标，也是衡量一个国家或地区经济状况和发展水平的重要指标。

② 马杀鸡，网络热词，也称“马萨基”，一般指推拿按摩，来源于日语词汇“マッサージ”。

于家的大小姐谁敢惹?

弟妹开始哭，大过年的哭哭唧唧不是什么好事儿，大家安慰了几句，也开始觉得她烦了。

于渃涵拿着自己的东西出去，说要散散心，也没人敢阻拦。

于渃涵骂完就觉得爽了，她压根儿就懒得管什么“大过年的”这种设定，谁让她不爽，她就找谁麻烦。反正大不了抬屁股走人，天王老子都治不了她。

“姑。”于漫也跑了出来，找到了于渃涵，“你真厉害哦，这么说她，她都不敢回一句。”

“这还算轻的呢，你姑今天我脾气收着点儿了。”于渃涵说，“她跟你说的那些话，你听听就算了，别往心里去。无论什么事情，多一些经历就是多一些经验，总没有什么坏处。她觉得好姑娘是什么？大门不出二门不迈？回头男的给买个包就让骗回家生孩子了？她自己乐意过那样的生活谁都管不着，但麻烦她自己对自己要求严格点，别出来自以为是地教育别人就行。大家互不干涉，谁也别搭理谁，这件事儿又不难。”

于漫大笑两声，说道：“你好像在暗指小叔当初给她买了个包她就跟小叔在一起了。”

于渃涵说：“要不你以为呢？你小叔当初还在上学，买包的钱都是跟我要的。早知道是为这种人，我把钱烧了都不会给他。”

“好啦，你别生气啦。”于漫说，“她爱说什么说什么吧，反正她不敢跟你怎么样。姑，以后我也要像你这样。”

于渃涵说：“像我这样有什么好的？你看他们嘴上不说，心里大概也都觉得我有问题吧，这么大岁数不结婚。”

于漫说：“但你可以拥有一整片森林哪。”

于渃涵问：“一整片森林有什么好的？”

于漫想了一下，却不知道怎么回答。于渃涵说：“行吧，我告诉你，你谈多少恋爱，买多少包，这东西太具象了。大家为什么喜欢这样？其实很简单，因为能够拥有自由选择的权利。也许你以前不懂，但是以后，选择一定要自己做？别你爸妈说什么就是什么。有些话说出来太糙，但事实就是，谁给你钱，谁就能当你爹。你看你三婶也就会叽叽歪歪，她敢跟你小叔闹吗？她不敢，因为你小叔要是踹了她，她会失去现在拥有的一切。我为什么能在这个家里大声说话，因为没人能经济制裁我。我当初让你爸妈断了你的生活费，你可能埋怨过我，但是一个人要独立，就要学会自己生存，不依靠别人。你如果以后不想受这个气，不想被我这样的人骂，就自己争点气，懂吗？”

“我懂我懂。”于漫说，“姑，你要好好监督我。”

于渃涵说：“滚，自己琢磨去。”

两个人在外面又磨叽了一会儿，高司玮出来叫她们回去。于漫先进去了，高司玮在门口拉住了于渃涵，问道：“你没生气吧？”

于渃涵说：“我生什么气，对这要是也生气，我早气死了。”

高司玮说：“你别跟她一般见识，这种人如果不是靠婚姻攀亲戚，一辈子都不可能出现在你的世界里，他们不配。”

“他们不配，就你配啊？”于渃涵随意开了句玩笑，没想到高司玮真的“嗯”了一声，转头就进去了。

回去之后，大家仿佛无事发生。于渃涵也跟没事人一样该吃吃该喝喝，祥和的气氛一直延续到这顿年夜饭结束。

因为于渃涵喝了酒，所以送她和谭兆回家的任务就落在了高司玮身上。他其实很想跟于渃涵找时间单独相处一会儿，可一整天忙来忙去也没时间顾得上，现在还有谭兆这么个大号电灯泡，他就很别扭。

话不能直接说，他干脆给于渃涵发消息。当于渃涵看到屏幕上亮起高司玮的名字时有点意外，不知道他在搞什么鬼，结果就看他发来一句话。

“晚上有空吗？”

对高司玮这种有话不好好说的性格，于渃涵有时候觉得可恨，有时又觉得有些可爱。她飞快地回道：“没有。”

高司玮只能在等红绿灯的时候回复信息，于渃涵从后视镜里看着高司玮的脸，过了一会儿，自己收到了一行省略号。

紧接着，她看到高司玮继续打字。

“不要说谎。”

于渃涵进行了严格的表情管理才控制好自己，没当场笑出来。她干脆不理高司玮了，高司玮又给她发了一连串东西。

谭兆往前探头说道：“你不要开车的时候玩手机了，注意安全。”

“是呀是呀。”于渃涵也说，“小高，你跟谁聊天呢？不用这么着急吧？哪怕是工作的事情也不用非得赶这一时半刻吧。”

“不是工作。”高司玮把手机息了屏扔到一边，很冷淡地说，“我女朋友。”

“啊？”谭兆和于渃涵都大吃一惊，但两个人震惊的重点肯定是不同的。

“什么鬼？你谈恋爱了？有女朋友了？”谭兆大喊大叫，“这太可怕了吧！什么样的女生会跟你在一起呀！是不是想不开？是图你长得帅？还是图你的钱？总不能图你人好吧？你有这东西吗？”

听他这么一番轰炸，别说高司玮皱眉了，连于渃涵都想打断他。于渃涵完全没想到一贯高冷的高司玮出这么一张牌，打得她有点措手不及。而且人家还一本正经，说得好像真事儿一样，这能怎么办？

于渃涵只能说一句“抱歉”，其实大家都是演员。

“你谈恋爱了？”于渃涵装作一副完全不清楚内情的样子，表现得也非常八卦，“我怎么不知道？你怎么没告诉我呀？你确定你是在谈恋爱吗？别是被人给骗了吧。”

高司玮从后视镜里看了一眼于渃涵，情绪毫无起伏，说道：“被骗就被骗吧，有些人一辈子连个上当的机会都没有。”

于渃涵还没说话，谭兆又抢着说道：“哇，哥，你好想得开！”

“行了！”于渃涵拍了谭兆一下，“别往跟前儿凑了，猴子一样，消停点。”

“哦。”

于渃涵对谭兆说：“我当初见你的时候还以为你是个沉默的中二少年呢，没想到话也这么多。”

“我话多吗？我只是问问。”谭兆说，“我又不是自闭，为什么不能说话？”

于渃涵回想起刚刚见到谭兆时的模样，那种特别傲气还一副生人勿进的样子跟自闭也没什么区别。现在他看着倒是开朗了一些，也许生活不同，接触的人不同，记挂的事情不同，心境真的会有所改变吧。

高司玮把于渃涵和谭兆送回了家，于渃涵关上了车门，跟高司玮摆了摆手说再见，转身就和谭兆上楼了。

刚上去没一会儿，于渃涵就收到了高司玮的消息。

“我还在车库里。”

“啊？”

“你让谭兆睡觉去吧，我在车库等你。”

于渃涵看着手机一脸问号，谭兆是没断奶的小孩儿吗？她让谭兆去睡觉谭兆就去睡觉了？高司玮是不是有什么特殊癖好，喜欢玩偷情？

不过她又脑补了一下，觉得这样好像是挺刺激的。

到家的时间本来就很晚了，谭兆一进门就开始打呵欠了，去冲了个澡，打算躺床上玩游戏玩到睡觉，跟于渃涵说了声“晚安”就关门了。

于渃涵等了一会儿，看谭兆房门下的缝隙透出来的光消失之后，发消息问高司玮还在不在。

高司玮很快回答：“还在”。

于渃涵看了一眼时间，距离进家门高司玮给她发消息那会儿，已经过去了三四十分钟。他到底是有多无聊，就在地下车库里干等吗？

她有点无奈，默默地裹着大衣下了楼，果然在那个车位上看到了高司玮的车。

“好巧哇。”于渃涵拉开副驾的车门坐了进去，仿佛早上要上班恰好碰到了高司玮一样自然。只是现在时间不对，没有人会在大年初一的凌晨去上班。

“巧。”高司玮说，“新年快乐。”

于渃涵说：“所以现在要干吗？坐车里聊人生？要不我出去买两桶泡面咱俩吃点？”

“不用了。”高司玮发动了引擎，把车开出了车库。

这个时候的路上别说人了，连只蚂蚁都没有，只有路灯相伴。一辆车在路上飞驰，车尾灯拉出红色的影子。

高司玮把于渃涵带回了自己家。

于渃涵之前没怎么来过高司玮家，她的手指划过桌子，扫了扫房间里的装饰，觉得这真的是高司玮这种人会住的地方。家里没有复杂的装修，没有乱摆的杂物，一切收拾得干净整齐，非常没有生活情调，也看不出来这个人平时喜欢做什么。

“干吗带我回你家？”于渃涵说，“太老土了吧。”

高司玮说：“家里比较好。”

于渃涵问：“哪里好？”

高司玮说：“就是家里好。”

于渃涵笑了笑，走上前，伸手整理了一番高司玮的衣领，慢慢悠悠地说：“你这一本正经的样子还挺唬人，不知道的还以为你心里也纯得跟小白花一样，不识人间烟火。”

高司玮握住了于渃涵的手，说：“你知道我心里想什么吗？”

于渃涵说：“我可不想知道。”

高司玮说：“可我偏要让你知道。”

于诺涵觉得高司玮家的床不是很好睡，硬邦邦的，硌得浑身疼。她只想再赖会儿床，可大年初一总有很多事情得做，她打算离开的时候，高司玮问她要去哪儿，于诺涵说先回家换衣服，再去串门。高司玮有点不太想让于诺涵走，嘴上没说什么，行为上有点黏黏糊糊的。

于诺涵对什么都不太留恋，但纵横情场这么多年，她也能看出来高司玮的意思。现在的自己对于高司玮而言还处在新鲜劲头上，她能理解高司玮的情绪，只是觉得没必要。越是腻歪着，越会加速这种新鲜感的消解，来得快去得也快，情绪总是变化多端。

她不再拥有那么饱满的情绪，对于高司玮的温存，她总有些无力应对。

可是说丝毫不留恋、不开心，那也是睁眼说瞎话。

“我走了，这几天比较忙。”于诺涵说，“你要是这几天无聊可以在北京周围逛逛，哦，对了，《FI》他们剧组过年不休息，你可以去探班。”

“嗯，知道了，我自己有安排。”高司玮又提起之前他们那个都市剧的事情。过完年那部剧就要开机了，他这几天正好有空，还有点细碎的工作可以再看看。光听名字，于诺涵一时半会儿没想起来是哪部剧，高司玮说：“就是你把秦展塞进去的那个剧。”

“啊？后来没换人吗？我怎么记得换了？”于诺涵有点糊涂了，“没换吗？”

“……没有。”高司玮说，“你是装糊涂呢？还是在干吗？”

“嗨！这不是根本不关心无关痛痒的人嘛。”于诺涵开始给自己找理由。她要操心的事情实在太多，不可能每一件都事无巨细地记着。更何况那种纯粹的后门行为她也没少做，总不能哪笔风流账都找个本子写下来吧？

“你倒好，亲热的时候觉得人家是小狼狗，转头就成了无关痛痒的人了。”高司玮说，“我哪天在你这里是不是也会变成‘查无此人’？”

“那不能。”于诺涵信誓旦旦地说，“你跟他们又不一样。”

高司玮问：“哪儿不一样？”

于诺涵不想回答这个问题，她把大衣一披，在高司玮脸上一吻，直接说：“我先走了，再见。”

“哎你……”高司玮都来不及拦下，就让她这么溜走了。

于诺涵总说他这跟别人不同，那跟别人不一样。可是在他看来，他也没有什么特别之处。论长相，他并不觉得自己比于诺涵的若干前男友强多少，以于诺涵挑剔的性格来说，这是基本要求。论事业，那他更比不了那些上市集团百强企业的总裁高管们。

以前他站在岸上，根本不理解那些在红尘之中翻腾的人到底在想什么。现在他大概是懂了，又觉得是一种魔障，让他变得不像他。

谁不感慨一句“一入后宫深似海”呢？

于渃涵自己一堆事儿要忙碌，也没那么多闲工夫去关心高司玮的内心活动。

春节假期就那么几天，都在吃饭喝酒的无聊故事中消磨了。转眼大家就要上班，仿佛这个假期根本没发生过。

很多剧组都在年后相继开工，择栖正在运作的和计划中的项目很多，高司玮也很忙。对他而言，也许忙碌才是一种很好的消解方式，没空想什么儿女情长，就不会有那么多烦恼。

可能是经历不够多，还没坐到这个位置，考虑事情永远不够全面。当他也开始经历于渃涵走过的职场之路时，便渐渐感觉到，有时不是不想抽空恋爱，是真的没有时间，也没有那么多精力。

他和于渃涵不同的是，他还会试图挽救一下现在的状态，认为如果竭尽全力也不是来不及做出改变。特别是当他想起于渃涵的时候，仍旧会被骤然升起的某种激素短暂地控制大脑，陷入温情。

也许这样不好，他应该学会像于渃涵那样潇洒自如，永远不被束缚。

秦展参与的那个都市剧开机了，虽然只是饰演男二，但因为之前跟于渃涵的种种八卦，他被大家施予太多注意力，讨论热度反而更胜男女主角。

高司玮看待这件事的立场有点纠结，虽然剧组也好演员也罢，有话题和讨论度始终是件好事，无声无息才是最尴尬的。但是他又不想天天看见秦展的名字跟于渃涵挂钩，哪怕他强迫自己不听不看，总免不了周遭的人会冷不丁地谈起来。

他也不能堵住别人的嘴。

电视剧开拍了一阵子之后，高司玮因为一些工作上的事情去了一趟剧组。导演拉着他看片子，他听着对方在一旁高谈阔论，也没听出来什么高明之处。他故作认真，心里其实想着怎么能快点看完，然后赶紧回公司工作。

分神之际，他看到窗外有个人影飘过，好像是于渃涵。高司玮疑惑起来，没听说于渃涵要来，也想不出来她在这里能做什么。

除非……

于诺涵并不是自己来的，而是和吴苓一起。吴苓和这边的编剧是朋友，但回国之后还没见过面，一直约时间但一直被各种事情打乱安排。

现下好不容易双方都有空，剧又是择栖的，吴苓觉得还挺凑巧的，便拉着于诺涵一起来探班，完事儿之后两个人正好一起去逛街聊天喝下午茶。

所以，于诺涵就是个工具人。

但剧组里其他同事不知道，看了半天日历也没发现今天是什么大日子。高总来就算了，怎么大老板于总也来了？

所有人都紧张了起来，怕消极怠工被领导发现。

吴苓和她的编剧朋友只要凑到一起就会聊很多创作方面的东西，聊聊正在拍摄的剧本和感想什么的。这位编剧老师很是认真，即便颇有名气，也会泡在剧组里，很多剧本上的细节都会亲自把关。

于诺涵敬佩认真的人，并且认为既认真又有实力的人值得花大价钱聘请，但是她实在不想泡在文学的海洋里，和两个文艺青年讨论劈柴喂马周游世界的问题。于是她借故离开，在片场里随便转悠。

下午的日头很好，剧组已经开始工作了，于诺涵怕打扰到大家，就在远处的休息区待着。这时，她感觉到旁边来了人，一回头，看见了秦展。

“于总。”秦展叫了她一声。

“嗨。”于诺涵稀松平常地跟秦展打了个招呼，话倒是没多说。

“上次的事情……”提及旧事，秦展有些难为情，“上次是我犯浑，我错了，不应该那么做。”对二十多岁的男生而言，面子和自尊永远大于一切，他就说了这么简单几个字，好像用尽了所有的能量。

“啊？”于诺涵还回忆了一下，才想起来秦展指的什么，“那个呀，嗨，没事儿。年轻人都有冲动的时候，以后做事情之前想清楚，要不然吃亏的还是自己。”她当时生气归生气，可一想到对方这个年纪做出来这种事儿也挺正常的，没必要跟一小孩儿计较，知错能改，善莫大焉。抓着一个人的一丁点错误一辈子都不放手属实无聊，何况她也没这精力和心思。

为了表示自己丝毫不在意，她还伸手拍了拍秦展的肩膀以示理解。

秦展点点头，问于诺涵：“那我还有机会吗？”

于诺涵疑惑：“什么机会？”

“就是不考虑一切……我也很喜欢你。”秦展这次非常大胆，“我还有机会追求你吗？”

于渃涵听后，感觉自己脸上一定爬满了问号。她是不是年纪太大，脱离年轻人群体太久了？为什么现在年轻人一个两个的操作她都看不明白了呢？这种大家“接触”了几次的事情，有必要上升到“追求”“恋爱”这种高度吗？

没必要吧？

实在没必要吧！

“这个……”于渃涵努力组织措辞，“我觉得事情已经过去了，就不要再提了吧。你还年轻，还有无限未来，没必要把时间和精力花在不值当的事儿上。”

秦展皱眉：“怎么就不值当了？”

于渃涵觉得秦展的自我意识有点过剩，也许年轻就这样，天大地大自己最大，一切都以自己的喜恶出发，很少考虑别人，也很少考虑后果。基于这样的先天矛盾，那些懂事的年轻人才会格外被大家喜爱。

于渃涵刚要说话，就听旁边有人叫她——她怎么可能想到高司玮在呢？这一刻，她顿时有种做贼心虚的感觉。

“小高哇。”于渃涵干笑两声，“你也在呀，怎么不早说一声？”

秦展自然是认识高司玮的，并且对高司玮充满了敌意，可惜这种敌意无法发泄，因为高司玮坐拥择栖，他在这部剧上的话语权相当大。

人在屋檐下，不得不低头，这让秦展更加不爽了。

“有点事儿。”高司玮对于渃涵勾了勾手，“你来一下。”

于渃涵没多想，“哦”了一声就过去了，把秦展扔在原地。

她跟着高司玮走到了无人的角落，毫无防备地问高司玮找她什么事儿。下一秒，高司玮就握住了她的手腕，靠近她，阴着脸问道：“你跟秦展在聊什么，那么亲热？”

“就正常聊天哪，你哪只眼睛看到我们很亲热了？”于渃涵无语，“还是我们定义亲热的意思不一样？”

高司玮说：“我看到你拍他肩膀了。”

于渃涵也拍了拍高司玮的肩膀，说：“现在你也有了。”

“我不是这个意思。”高司玮说，“要我明说吗？我都不知道你今天会来片场，你是来找秦展的吗？我不想看到你和他在一起。”他也很想做个大度的人，一个男人如此小肚鸡肠怎么听都不是光彩的事情，可他一想到于渃涵和秦展曾经的关系，加之自己刚刚看到的画面，便怎么想怎么酸涩。

这种账他没办法算，于诺涵自己都不记得自己有过多少段情史，他要一个一个追问吗？当于诺涵那些前任今后挨个出现在自己面前的时候，自己都能保持镇定吗？

高司玮有点后悔自己的迟钝，对于感情的感知太晚了，以致错过了很多机会。

“小高，你不是十八岁了，你现在……”于诺涵掐指一算，一时半会儿没算明白高司玮今年具体多大，反正二十五六七八岁差不离了，“别弄得这么幼稚。”

“我在你眼里做什么都很幼稚是不是？”高司玮说，“如果你是这么认为的，那我就这样说吧，我吃醋了，还要我再怎么说？”

于诺涵听后第一个反应是想笑，就是那种措手不及听到一件很有趣的事情时想要“噗嗤”笑出来的心情，并没有什么恶意。但她忍住没笑，因为高司玮说这句话的时候一本正经，甚至还是很高冷的态度。这种话配合高司玮的状态，于诺涵觉得如果自己真笑出来，可能后果不会太美。

她怎么着也得配合着严肃认真一下，仿佛大人哄小孩儿一样，明明把糖藏在了口袋里，还要两手空空地展示给对方看，故作无奈地说“已经没有了哦，怎么办哪”这种话，不把对方逗得当场变脸就不罢休。

大人的恶趣味真的也很幼稚。

“那你说怎么办嘛！”于诺涵真的一脸无奈，“我总不能天天在家里谁都不见吧？我有社交，有工作，有些事情我也没办法呀。”

高司玮咬了一下嘴唇，人在思考问题时总会做出这样那样不经意的小动作来。这一瞬被于诺涵捕捉到，她觉得这样的表情出现在高司玮脸上，有种冷调的性感。

她看四下无人，便吻了一下高司玮的嘴角，低声说：“他还想着跟我再续前缘呢。”

一听这话，高司玮反客为主，把于诺涵压在了墙角，很用力地加深了这个吻。

然后他问：“是吗？你怎么回答的？”

“刚要拒绝，就被你给打断了。”于诺涵笑道，“如果那个小笨蛋因此误以为我默许了他，那这个锅是不是得你来背？”

后来，于诺涵把这段当成杜撰的故事讲给吴芩听。

两个人晚上吃饭的时候，吴芩问于诺涵消失了那么久是去干吗了。于诺涵想起她和高司玮的那段小秘密，觉得这种事也不是不能跟吴芩分享，便掩去了高司玮的身份姓名，模糊了一些重要信息，当作生活琐事说了出来。

其实，她也有她的烦恼，最大的问题还是源于不想被管太多。高司玮没有那种无缘无故就要管她闲事的大男子主义，而是很单纯地陷入了恋爱，容易产生嫉妒心。

于渃涵可以理解，她只是觉得没必要。

她讲完之后，吴苓问她最后怎么处理的那个小明星。还能怎么处理？当然是把高司玮的毛捋顺之后，去跟人家很严肃地说："以后别来找我了，见一次打一次。"

当然，"见一次打一次"这种话是于渃涵为了增添故事的趣味性现编的。她当时和秦展把话说得很明白，也很客气。秦展不太甘心，可一时半会儿也没别的法子。

"哎，真羡慕你。"吴苓听完整个故事之后，说道，"还有精力在年轻男孩儿中周旋。"

"我哪儿来的精力呀，大姐。"于渃涵说，"你别挖苦我了，还年轻男孩儿，我定义年轻男孩的年龄在十八到二十岁之间，这几个哪个都离着十万八千里吧？"

吴苓说："那可能因为我四十了，二十多岁在我眼里就是很年轻吧。努努力当我儿子都没问题了。"

"别这样，你儿子还没这桌子高。"于渃涵比画了一下，忽然问，"诶对了，你今天出来，你儿子谁看着呀？"

"在我爸妈那儿玩，还好有阿姨在，反正应该不需要我。"吴苓感叹，"回家后不用面对一地狼藉，真的挺好的，好久没有享受过这样的生活了。"

于渃涵看着说这样话的吴苓，感觉到了她身上透露出来的长年累月积压下来的疲惫感与短暂逃离现实的快乐之间的矛盾。吴苓在婚姻的后半程里已经消耗了太多，虽然现在在慢慢地"复建"，但好像一时半会儿也无法完全走出那样的阴霾。重新回归单身的那一刻，吴苓是有解脱感的，很快，这种解脱便又被生活中的鸡毛蒜皮迅速淹没。

她的孩子才几岁，如果此时吴苓三十岁，可能尚有余力去悉心照料。现在，她自觉自己的生活都充满着无力，需要重新回到工作的状态里来，每天都很忙碌，刚要静下心来写一些东西，孩子又要闹着跟她玩。纵然她可以请人来帮她照料孩子，可自己的亲生骨肉，总归是自己才最上心。她希望自己能够陪伴孩子的每一分每一秒，事必躬亲，给他一个幸福充实的童年。

理想和现实总有差距。

吴苓只能宽慰自己，还好家里的小朋友已经不再是襁褓里的婴儿，至少夜里她能睡个安稳觉了。她不愿回忆刚刚生产时的那段生活，哪怕她有足够的财力用以免去很多麻烦事，那种焦虑和痛苦是没有人可以分担的。

"你爸妈年纪也不小了，和小朋友在一起不会太辛苦吗？"于渃涵问道。吴苓这个年纪，父母能保持健康的身体已经实属难得。吴苓说：“他们喜欢，老小孩和真小孩在一起玩一玩，双方大概都能开心，我才能找到一些时间放松放松。”

她谈起自己最近屡屡被孩子或者其他家庭事务打断的工作进度，过程有些坎坷，不过聊起来时，她似乎找到了过去那种对创作充满期待的积极状态。

“我想写一个女性题材的剧本，主角就像是我们中年人，在面对家庭事业和社会责任的三岔路口，脱去了年轻时的冲动和勇气，变得很……”她暂时想不出一个词来形容她们现在的状态。

比起还在生活边缘上痛苦挣扎的人来说，她们的境遇已经算很好了。无论生活这条路多么难走，至少还有一些积累的财富支撑她们去抗衡。

经济基础决定上层建筑，如果什么都没有，那么未免显得太悲情凄苦了。

比起那些顶级富豪，她们还有一定的差距，焦虑却一点都没差。

其实一切都是看上去很美而已。

“变得更无聊了吧。”于渃涵难得愿意跟吴苓聊一聊这方面的问题。此前，她总觉得自己跟吴苓说不到一起去，她认为吴苓变成现在这个样子，多半是自己作的，怨不了别人。

如果当初吴苓没有因为老公和家庭放弃自己颇有成就的事业，现在还会落得这个下场吗？如果她不把生活的重心和希望全寄托在别人身上，也不会因此失去重心，并需要大把时间来“复建”。

于渃涵无法评价这样的选择本身是对是错，毕竟每个人都有自己的理念与生活方式，每个人也有自己介意和在乎的事情，用结果去推论动机多少有点事后诸葛亮，有人能为此埋单即可。不过全场戏看下来，她对吴苓的经历还是倍感惋惜的。

每个人到这个年纪，都会悔恨过去所浪费的时间，但追悔已经来不及了。

“也不能说无聊。”吴苓说，“只是确实瞻前顾后，要考虑很多事情。你看，我连离婚都离得这么拖拖拉拉。”她自嘲地笑道，“我给自己找了很多借口，总觉得自己最难，明明很努力，可为什么还是没有一个好的结局。现在幡然醒悟，也许是一切努力都没有用对地方，希望我明白得不算太晚。我今年四十岁了，如果我能活到八十岁，那我的人生其实才刚刚进入下半场。这就像足球比赛一样，永远是下半场最紧张刺激，最能制造出经典和永恒。你看，我现在都是这么安慰自己的，这样也许能好受一点。”

于渃涵说：“编剧都是大后期职业，我相信你。如果你真要动笔写一个自己喜欢的故事，我们有过那么多故事，你都可以讲一讲，要不要也给我留一个角色？”

“当然好哇，你这样的人在剧作中就是那种非常吸引人的人设。”吴苓说，“观众会很喜欢的，你有什么额外的要求吗？”

于潴涵想了想，说道：“把我写得勇敢一点吧。”

吴苓问：“你还不够勇敢吗？你是我见过最勇敢的女人了。”

“是吗？”于潴涵大概知道自己在别人眼中的印象，可别人的眼光跟自己审视自己的眼光总是不同的。

“我觉得自己有些事情处理得还是有点缩手缩脚。”她说，“事后可能会想到更好的办法，却也来不及了。比起真正优秀的人，我还是差得太远了。别看我现在在这个位置，有时候我也设想再过几年，我什么都没有做好，会不会也变成一个一事无成的人？人生有起就有伏，我能面对低谷吗？我能接受自己跌落吗？”

吴苓说：“至少，你还可以找一个爱你的男人。”

“别逗我了，大姐。”于潴涵笑道，“这是最不重要的一个环节。”

“哎，你为什么总是不相信呢？”吴苓又开始摆出了她的“恋爱宝典”。她写过那么多爱情故事，最会讲情感道理。于潴涵说她就是典型的“讲道理冠军”，自己的感情生活还不是一塌糊涂。她问吴苓，以后还会不会再尝试接受别人。吴苓思考片刻，回答说她对爱情仍旧是有希望的，只是现在还不太合适。

于潴涵心想，自己和吴苓果然是两种截然不同的人。如果用花园比喻人生内容，吴苓的花园里种满了玫瑰，纵然一夜凋零，可好好照料的话，来年还会开出漂亮的花。而她的花园里呢，乱七八糟，什么都有，小到狗尾巴草，大到芭蕉树，总有一样能够吸引她的注意力。而玫瑰，反倒是不太起眼的，死掉了兴许还会被她扔进土里当肥料。

闯入她的人生，无异于探险。

那天于潴涵和吴苓聊了很多，时间晚了，聊得意犹未尽，吴苓邀请她去自己家里做客。两个怀揣着各自麻烦事的中年女性仰躺在沙发上，电视里放着老电影，她们偶尔小酌一下，从自己的现在聊到了过去。

她们似乎都很怀念某一个特定年代，也许是高中，也许是大学。那时记忆里的人都闪烁着黄金一般的光芒，无论是爱过的还是恨过的，那种感情也比现在丰富饱满得多。而她们自己也随之变回了当时的状态，扫去身为一个成年人应有的矜持与体面，像是开卧谈会的少女似的，亲昵地互相依靠在一起，分享彼此的心事。

夜深了，两人躺在一张床上带着困意，在黑暗之中闭上眼睛，说话都有点模模糊糊的了，仿佛还有没说完的内容。

“这段恋爱，你要谈多久呢？”吴苓问于渃涵，“听你讲的，也还蛮有趣的，被人爱的感觉真好。”

“随便吧，我没有想过这种问题。”于渃涵敷衍地说，“谁会从一开始就想着怎么结束呢？有时候就是莫名其妙的关系就变淡了，我不想去想明天的事情。”

吴苓说：“嗯，明天还有工作。”

于渃涵哀号了一声。

两个人都没有再说话，房间里安静了很久。

于渃涵睁眼看着黑漆漆的天花板，忽然说道：“你觉得这一次，我会坚持多久？”

吴苓没有回答她，她转头看了一眼，原来吴苓已经睡着了，显得她仿佛在自言自语似的。

Fi 发单曲了，配合着丰富的物料放出，很快就席卷了各大社交平台。经过了许久的运营宣传，观众们似乎也接受了 Fi 的设定。

Fi 刚出现时，除了炫目的技术方面，核心在于推出一个偶像艺人的运作方式。确实有些人不太买账，认为这是资本新式的“割韭菜[①]”。

毕竟“虚拟偶像”的概念已经炒了好几年了，找个厉害一点的画师做立绘，然后再找个有名的声优配音，一个仅存在于屏幕的形象就可以收割不小的流量。更有甚者，可以通过一些技术将它们呈现在舞台上——这种方式，大家见怪不怪。

只是后来大家发现，Fi 确实是不同的。他只依赖技术本身，而无须专门的配音、专门的绘师去包装他，也无须那些复杂的大型的全息设备。他的灵活性几乎与真人无异，效果好过传统虚拟偶像。最重要的是，只需要花钱购入一个终端设备，就可以完全拥有他。

所以，“风从”的终端机的价格就成了年初电子数码产品市场上的热闹话题。凭直觉来说，一定价格不菲，毕竟开发成本摆在那里，而且这也不是“硬刚需”，一个新生的玩意也不存在“信仰玩家”，市场是非常陌生的，供求关系不好把握。而且这年头，大家对于实体产业的态度可以说是又爱又恨。实体产业的优点是，只要货还能一直卖，那么就有钱进账；缺点是，不够轻量化，库存和资金周转都是很现实的问题。

于渃涵曾对王寅和花枕流夸下海口，要通过预售的模式平衡产量，并尽可能地压低

① 割韭菜，网络流行语。比喻机构、基金、大户抛售股票导致股票市场（或个股）大跌，为其迎来新的建仓机会，再重新在低位建仓，如此循环波段操作，获取利润。

价格，花枕流的态度不太积极，王寅刚开始虽然模棱两可，但见于诺涵如此这般，便也由她去了。他知道于诺涵不是那种信口开河的人，但还是私下里提醒于诺涵做好万全的准备。

于诺涵当然知道这个道理，从技术到产品研发，从产品研发到销售，都不是她一贯擅长的领域，所以她格外小心认真，中间和团队同事多次开会研讨，最终才确定下来方案。

在此期间，她还要结合 Fi 本身的宣传点，以及和信游的合作内容的宣传节点，紧锣密鼓地安排内容，跟进进度。

她几乎是忙里偷闲才能跟高司玮见个面。

他们有私下不聊工作的默契，然而有时候聊着聊着就会跑偏，不由自主地朝着那个话题狂奔而去。说来说去，两个人还是工作上的交集最多，通过工作达成的共识也最多，其余的，好像也不太重要。

高司玮觉得自己只要了解于诺涵的那些生活习惯以及爱好就好了，他可以多付出，不要求于诺涵以同等的信息量来回报自己。可在实际的场景中，于诺涵会捕捉到很多他自己都没察觉到的细节。她能从高司玮一句“最近工作忙”推演出他为什么忙，忙在哪些点上，做哪些事在浪费时间，更应该注意哪方面。

高司玮听后哑口无言，因为于诺涵说得八九不离十。他本来还想故作冷静地说自己运筹帷幄，于诺涵只是笑笑，告诉他如果有什么难处，或者人手不够用，可以跟她分享分享。

中间，于诺涵离席接了一个电话，回来把吃到一半的饭放下就要走。高司玮问她怎么回事，她说刚刚收到了一个国外供应商的回复，需要处理一下，对方有时差，如果搁置得太久会变得麻烦。

“没有别人负责这件事吗？”高司玮知道于诺涵对于工作的认真负责，可是只是供应商问题的话，没有必要她亲自出马吧?

“有，我在场的话，可以省去很多汇报和审批的流程。我们其实没那么多时间，所有工作都要达到最高效率才行。”于诺涵拿起了包，站起来，“抱歉，小高，下次再一起吃饭吧。”

高司玮只能点点头，看着于诺涵走远，再看着自己面前还没怎么动的晚餐。

于诺涵也不想这样，跟人吃着吃着饭被一个工作电话叫走，体验很不好。可她没办法，她就这么一副躯体，要处理的事情实在太多了。有时她真的很佩服那些能够兼顾事业和家庭的人，她觉得这种人一定是超人。她肯定是做不到的，所以只能选其一，有舍有得。

很多人会自问，这么辛苦，值得吗？

于湉涵回到公司之后，见负责该项目的同事都还在，宋新月本来也下班了，竟然比她还早到了，准备好了全部的资料在会议室门口等她。大家好像也没有多余的对话，互相看了一眼，确定没什么问题，就开始了和供应商的洽谈。

和国外公司的合作因为跨越语言、文化和时区，常常发生各种各样的意外和突发情况，没有人能保证这样的努力一定是有结果的，但所有人都愿意去试一试。

也许，值得吧。

漫长的会议结束后已经是凌晨了，大家都有些疲惫，有的揉着眉心，有的干脆趴在桌子上补觉。于湉涵说要请吃宵夜，大家这才打起了一些精神，一起去了公司附近的二十四小时餐厅。

宋新月本来很困，吃了点东西之后又精神了起来。散伙时，于湉涵说送她回家，她知道于湉涵明天上午还有其他事要处理，便婉言拒绝，让于湉涵早点回家睡觉。于湉涵也没太跟她纠结这个问题，嘱咐同事们回家之后要互相知会一声，就赶紧走了。

很幸运的是，宋新月出门就顺手拦到了出租车，她坐在后座上休息时还顺便回了一封工作邮件。司机是个健谈的老大爷，问她是不是刚加完班，她点了点头。司机大爷一副看透世事的口气告诉她，年轻人不要总是这么拼，大好青春应该留给自己。

宋新月当时觉得这话好像没什么问题，甚至还有点道理，也许人在深夜时容易被触动。她第二天还把这件事当故事讲给了于湉涵听，当时她们在一起吃午饭，于湉涵闷头听完了之后，说道："他让你不要加班不要拼，自己还不是大半夜在外面开出租工作？"

"是哦！"宋新月才发现这个漏洞。

"想要过更好的生活，现在不拼什么时候拼？"于湉涵说，"我宁愿现在辛苦一点，也不想七老八十的时候连个养老钱都没有。"

宋新月又说："可是你这样就不怕身体出问题吗？年纪轻轻，身体要是累垮了，还谈什么以后养老？"

于湉涵说："所以我还在坚持健身哪。"

宋新月是清楚地知道于湉涵的工作排期，惊呼："你哪儿来的时间？"

于湉涵说："少发一会儿呆，少看一集电视剧，时间就有了。"

“厉害厉害。”宋新月顿时气馁，“我可不行，我注定这辈子当不了女强人了，除非公司强迫我 996[①]。”

“你想多了，公司只想让你 007[②]，资本家的剥削可是毫无底线的。”于渃涵说这话的时候笑得像个奸商。

“别！”宋新月投降，“救命！”

于渃涵笑了笑，说道：“我确实认为 996 会有福报，但这个 996 并不是公司或者什么团体要求个人的，而是一种自己对自己的要求。想要去做成事情，就要付出十二万分的努力，即使是普通人，一件事重复做一万次，都能成为领域内的佼佼者。任何行业都有二八定理，真的是那百分之二十的人有多厉害吗？我觉得不尽然，只是有太多人坚持不住，最终成了庸庸碌碌的百分之八十。”

她说话的时候在吃饭，也没多认真，最后总结说：“所以呀，年轻人，这个世界让你做什么其实并不重要，关键是你自己到底想做什么，成为什么样的人，再根据这个条件衡量你的付出到底值不值得。”

被灌了一大桶毒鸡汤的宋新月有点晕，带着一整场对人生的思考吃完了这顿饭。

下午，于渃涵又单独找了她一下，似乎有很重要的事情跟她说。

“这么严肃？”宋新月说，“不会是要交给我什么拯救地球的重大任务吧？”

“没有，你别紧张。”于渃涵说，“我有件事情想问你，你在 INT 也工作了一段时间，对工作内容还满意吗？”

宋新月眨着大眼睛说：“满意，当然满意。”

“那你喜欢这份工作吗？”于渃涵说，“还是更喜欢择栖的工作内容？”

这个问题宋新月没怎么思考过。像她这样的职场新人，大多没有明确的职业规划，前期都是有什么工作就做什么工作，自己的观念和价值体现都是在不断的工作变化中发生转变的。

如果只是简单地用喜不喜欢来概括，宋新月可能会更喜欢择栖那边，因为有很多创意工作，也可以接触到各行各业的人。在 INT 这边虽然是跟在于渃涵身边，过得也比较舒坦，可说到底，还是个干杂活儿的。

她不敢明说，于渃涵却仿佛一眼看破了她的心思，说道：“我觉得你如果回到择栖，可能会有更大的发展空间，你觉得呢？”

---

① 996，指早上 9 点到晚上 9 点，一周工作 6 天的工作制。

② 007，指从 0 点到 24 点，一周工作 7 天的工作制。

宋新月说：“于总，你是要赶我走吗？”

“我是在征求你的意见，顺便说一说我的看法。”于渃涵说，“人要为自己留好足够的空间。也许过不了两年，你就会因为各种各样的原因离开这个团队，人都要往高处走，到时候你能从这里带走什么技能和经验？它足够帮助你去拿到一个更好的职位吗？做个打杂小妹，恐怕不能，对不对？”

“我……”

“当初我叫你来这边，也是想帮你缓冲一下。我不是慈善家，你如果一丁点能力都没有，我没道理对你好，对吧？”于渃涵说，“你应该回到一个更适合自己的舞台，这是我的想法。我跟你提出来并不是要求你现在就做一个决定，你就算一直想留在这里也没有关系，但这个问题，我希望你能好好想想。”

“好。”宋新月点了点头，于渃涵让她思考的事情，比自己那时冲动辞职时的心路历程还要复杂。

她好像刚刚从新手村出来一样，虽然已经掌握了基本的游戏规则，可第一次站在职业选择的岔路口上，她还是陷入了深深的迷茫，觉得自己仍旧是个菜鸟小白。

# 第十五章 小高的离开

高司玮这段时间在公司里的日子不太好过。

Fi 的频繁造势让他的热度飞涨，业内成绩有目共睹。如果他只是一个项目经理，那他一定会非常开心，但他不是。他并不单单只对一个项目负责，公司里那么多员工，那么多艺人，很多资源确实存在此消彼长、厚此薄彼的问题。

年前，明弦的经纪人在于渃涵面前告高司玮黑状，这件事以于渃涵给明弦找了点补偿搪塞过去终结，她也提醒过高司玮，但这问题始终存在。

随着大众对 Fi 的关注度越来越高，连公司里其他艺人的团队也开始在背后埋怨起来。只是他们不敢明说，也不会明着做什么，只能暗暗给明弦站队来表示不满。

这种事情高司玮早已见怪不怪，娱乐是个圈，娱乐公司也是一个圈，每个人都有自己的算盘，每个人也都只会为了自己的利益做事。他只是觉得频繁把注意力放在这上面很耽误正事，他还是需要表态才行。

动弹明弦不现实，这等于他带头玩对立，非常幼稚。高司玮只是挑了一个在公司里立场相对不坚定的小团队下手，抓住了一点点他们消极怠工、影响同事团结的小把柄。这种对象随便整一整也无关痛痒，还能提醒一下憋着劲儿想要告“御状”的某些人。

高司玮也不是吃素的，他从头到尾履行的都是公司层面的战略计划。他们在努力尝试推动时代的发展，而不是被时代推着走。那些成天到晚只会去于渃涵面前阴阳怪气的人最好想想清楚，是不是眼前只有自己这一亩三分地，是不是眼界和格局都太小了，是不是自己最终被娱乐了还不知情？

公司里有些人，诸如明弦的经纪人，或者负责宣传营销的刘启之流，一直都对高司玮有成见，但迫于高司玮的业绩和现如今的地位，这一口气只能憋着。有人讨厌他，必然就会有人喜欢他，不过多是公司中没什么背景或根基的新人。因为高司玮不喜欢以资历论事，也不喜欢搞复杂的人际社交关系，应酬什么的能少就少。这对年轻一代的职场人来讲，是非常友好的公司氛围了。

他们觉得高司玮能得到赏识，靠的就是出色的能力。但每当他们私下里这么谈论时，都会被路过的老油条意味深长地科普一下高司玮“择栖小爸”的来龙去脉。

相信的人永远相信，不相信的人永远不相信，中间一波墙头草，又让流言蜚语更加玄妙抽象。

本来高司玮不屑理会，现在他和于渃涵建立了关系，听着这样的话很是刺耳。可他也没什么立场跳出来指责，他同样是心虚的。事情只有发生在自己身上才会有切身实地的感受，高司玮知道“人言可畏”，他曾用这样的方式打压过别人，当自己面临这些时，他感到无力。

别人越是议论他，他便越专心工作，只要他能证明没有于渃涵，自己一样可以通过努力成功，那么谣言将会不攻自破。

于渃涵发现高司玮最近好像比高三的学生还要努力，她都不知道择栖有什么业务压力以至于他这样拼。她跟宋新月谈了几次之后，宋新月终于决定回去择栖。她跟高司玮发消息打了个招呼，好久好久之后对方才回了个“嗯”。鉴于高司玮一贯冷漠的态度，于渃涵也没当回事儿，剩下的手续让宋新月找人事去处理了。

宋新月回到择栖后，还是坐当初自己的工位，周围还是那些同事，只是工作气氛比以前紧张了好多。她私底下跟原来的小姐妹打听了一下，才知道高司玮最近在极力促成择栖跟聚星的合作。

这件事她早有耳闻，于渃涵当时还为了这个事儿跟高司玮大吵了一架。两个人后来是怎么解决的她不清楚，总之就是销声匿迹了。

没想到这件事竟然还有后续。

“高总也是难。”小姐妹对她说，“明弦他们组背地里闹了好久，说高总拿着鸡毛当令箭，你可是没见过人家经纪人那副嘴脸，说什么明弦可是于总的掌上明珠，是于总亲自捧起来的人，他姓高的有什么资格分走明弦的资源？哎，我真不理解，那些东西原本也不是属于谁的。公司现在要推 Fi，也是要寻求发展和突破，难道全世界都要围着明弦一个人转吗？我看啊，就是宫斗戏看太多了，真以为自己是皇太子。”

放在以前，宋新月肯定会跟着小姐妹一起吐槽。她在于渃涵身边待久了，知道很多时候说话不要表露自己的观点，跟着和稀泥就行了，免得落人口舌。“这都不是咱们能操心的事儿。对了，高总那边怎么说？”她满是亲热地拉着她的小姐妹问道，“真就这么认了吗？”

小姐妹说道：“估计这个项目就是想给大家找补点平衡吧，毕竟是新平台，新的明星 IP 孵化和消费模式。高总之前提过，不过还是要看到时候具体的合作方式。高总现在在我这儿就是一个‘美强惨’[①]，上天为什么要这么对帅哥呀？”

宋新月心想，如果你知道你的帅哥是个极端的烂性格工作狂，恐怕就不会对他有一丁点同情了。

和聚星的合作在择栖内部不是什么秘密，但是宋新月还是觉得有必要跟于渃涵提一嘴，虽然这行为好像打小报告一样，但是如果不说，宋新月总会有一种不安的感觉。

无独有偶，宋新月不是第一个跟于渃涵说这件事的人，也许还不会是最后一个。

于渃涵知道，高司玮心里就是憋着劲儿想干点什么，只是恰好这个时候赵江出现了。她当初和高司玮并没有在实质上解决这个问题，而是通过转移矛盾的方式，把这个问题淡化了。现在高司玮旧事重提，她不能确定高司玮是压根儿没往心里去，还是认为她因为两人关系的转变，不会再对他指手画脚了。

她自己也在想，是不是自己对赵江的偏见太深，要求也太过苛刻。刨除她那些所谓商业直觉，只从表面来看，择栖跟聚星的合作和 INT 没有冲突，反而能在这一年的空档期内，为日后的明星数字化娱乐打造基础，顺便赚一笔钱，给择栖做业务增长，何乐不为？

高司玮那么抵触在这件事上跟自己的拉扯，到底是不是自己管太多？

于渃涵选择先按兵不动，就当自己什么都不知道，然后将这件事化成故事跟身边的各种朋友都聊了聊。

当中不乏像吴苓这样的“情感理论大师”，还有花枕流这样只玩技术的人，还有一些压根儿就不是一个圈子的朋友，大家都给出了截然不同的意见。

所有人都大谈人性，唯独花枕流跟她讲了半天区块链。

花枕流觉得玩区块链这种操作本身没什么问题，于渃涵提及赵江的方案，仿佛也提醒了他似的。他主张这东西他们可以自己玩，传统模式就是去版权保护中心登记，如果用区块链的技术，很多问题都可以迎刃而解。

“原理非常简单，我尽量把话说得更简单点，简单到小学生都能听懂的水平。”花枕流说，“假如说我们做了一首歌，从打算做这首歌开始，我们就把这个事儿上链进行广播，此时会产生一个时间戳。区块链运用到一个非常重要的概念，叫作哈希函数，那我们拿着这个得出来的值和时间戳，从某种程度上就能证明作品的时效性和归属问题。

① 美强惨，网络用语，指美丽、强大和悲惨的影视剧人物设定。

并且可以全程跟踪这个所有权，一旦进行交易，整个过程也都可以被追踪，并且不可逆不可篡改。”

于渃涵想了想，说：“所以这东西还是在虚拟数字版权这方面最实用对不对？毕竟实体版权目前是有一系列条例去约束和管理的。以往版权的确权总是有相对的滞后性，这样的话，虚拟数字版权确实可以在创作的那一刻就进行确权，也省去了很多交易上的复杂环节。哎，被你这么一说我都动心了。”

花枕流说：“这个问题我之前考虑过，以我们目前的实力，拿自己手上各项数字版权来做一做完全没有问题。这个概念被炒了很久了，但一直没有明显的案例做出来，可能是因为这需要合作，合作本身就是麻烦事。有大量版权囤积的公司很多都是做内容的公司，不是做技术的，对这个东西不敏感。专门做区块链的公司嘛，去做物联网不好吗？那可比做版权有商业故事可以讲。”

“那你说赵江是图什么？”于渃涵说，“拿技术做文化，算不算大浪潮之下的另辟蹊径？”

花枕流说：“那跟我们不是一样的吗？”

于渃涵说：“所以我才不愿意让小高促成这笔交易。”

“那我们就自己下场做，反正东西握在自己的手里总归是没错的。”花枕流说，“这样你不就有充足的理由拒绝了？”

于渃涵听完花枕流这话，第一反应不是他帮自己找了一个应付高司玮的好办法，而是花枕流说做就做，她是不是又要开启战斗模式了？

“别了吧，现在的主力还是要把‘风从’推上线。这个东西的家用机就已经快折磨死我了，算力要提升，光是和芯片厂商对接就够麻烦的了，跨时差的半夜会议还没开够吗？我不想再为你这个想法单独又做个终端机出来。”于渃涵摆手，“让我喘口气吧。”

“芯片的问题谁也解决不了，这是技术壁垒，该妥协就得妥协。”花枕流忽然说，“搞区块链为什么又要弄终端机？”

于渃涵说：“赵江就弄了个终端机呀，不过他说那是搭载平台的，直连手机 App。其实就是把手机当屏幕用，实际的交互在机器里，就相当是买了个 switch 游戏机摆在家里。”

花枕流怪道：“现在手机芯片的算力已经很强了，什么平台的 App 需要这么费劲？需要单独搭载在机器里吗？你确定他是在搞区块链吗？”

于诺涵皱眉说：“你也觉得很奇怪，对不对？”

花枕流仰头捋了一下头发，说出了一个他自己觉得有些荒谬的猜测：“难不成是要挖矿啊？”

“挖矿？”于诺涵问道，“是我知道的挖矿吗？”

“就是玩比特币。”花枕流刚刚说出这个词来，很快又否定了自己的想法，“我觉得性价比不高，现在入场时间也不好，很尴尬。一个矿场平均要有几千台机器，二十四小时不断地工作，需要很大的厂房和供电量，大部分比特币的矿场都分布在中国西南的偏远山区。我们不讨论这东西目前是否合规，只说如果把每个矿机拆分到具体的人身上，矿机总数可以翻到数十乃至数百倍以上。但问题是，他没有办法保证这些矿机的工作时长——这一切的前提还得是，他所出售的终端机确实是矿机。如果是我，我不会这么干，太浪费时间了，有这空做点什么别的不好？而且这东西发展到现在，谁也没办法保证自己不是最后一个入场的人。”

于诺涵对这些东西虽然不像花枕流那样了解透彻，但因工作需要也是仔细研究过的。她觉得花枕流说的有些道理，赵江如果真的打着做区块链的名头挖币，没道理把事情搞这么复杂，赵江又不傻。

“所以就不知道他到底想做什么了。”于诺涵说，“你看，咱们都觉得这事儿不靠谱吧，可总有人觉得特好。我真的是服了，回头我再看看吧。”

“我们自己做就很靠谱啊，对了。”花枕流说，“供应商说的那个新芯片到了，我测试了一下，没什么问题。你是要预售前就下订单，还是预售开启之后？”

于诺涵说：“我打算先订一批，这样生产时间能错开。”

花枕流说：“我也是觉得这样比较好，毕竟这种级别的芯片的生产线不在咱们手上，可能到时候还会有一些物流上的耽搁。”说到这里，他忽然叹了口气。于诺涵问他怎么了，他才说：“什么时候我们也能生产同样的芯片呢？”

INT 发售的家用机的配置虽然比不上他们在实验室内的配置，但是要搭载更多的虚拟角色和互动场景的话，硬件性能比去年公布时要提升一个档次，最重要的就是芯片性能的提升。他们此前对比过许多厂商，衡量再三，最终还是以稳定性为先决考虑条件，选择跟国外一家芯片厂商合作。

于诺涵在没有接触这个行业之前，对硬件没有任何概念。她看花枕流等人开发出一整套“风从”就已经觉得很科幻了，她认为他们是科学怪人。可提起硬件，这些怪人们一个个也束手无策。于诺涵不能理解，花枕流给她形容了一下，互联网行业看起来高大上，大家坐在电脑前好像分分钟就能设计出一个颠覆世界的概念，但比起芯片制造，他们从事的就是劳动密集型产业。

什么是真正的技术呢？其实就是小如芯片，大若航母。

“其实国内目前的芯片也不是不能用。”花枕流又说，“只是产量和稳定性，还有搭载平台的适配性都差点意思，哎，太遗憾了。”

“以后有机会吧。”于渃涵回道。

她没那么多空闲时间跟花枕流探讨未来技术的发展方向，高谈阔论她自论不输给任何人，但她目前急需解决的是眼前的问题。

左思右想之后，于渃涵跟高司玮约了时间见面，因为是要谈公事，所以还是安排在择栖的会议室。高司玮看到于渃涵如此正经，似乎猜到了七八分，见面之后也没有说什么客套话，直接就问于渃涵找他是不是要问聚星的合作案。

对方都如此直接了，于渃涵也不打马虎眼。年前说起这件事时，于渃涵的态度还是有些犹豫的，觉得要先看看。现在，花枕流给她开拓了一下思路，她觉得这件事没必要收着谈，便直接说：“那件事我建议你还是放下吧，如果要做，我们完全可以自己做，不用假手他人。”

“确实。”高司玮说，“可是时间呢？你是今天做，还是明天，还是八年十年之后再做？”

于渃涵说：“非要急于这一时吗？”

高司玮说：“也不是急于一时，只是得有规划，才能谈以后不是吗？”

于渃涵觉得高司玮的话语间已经有着很强的抵触情绪，她不想再和风细雨地规劝高司玮，她尝试过，没有用。高司玮是那种性格看起来很闷，什么都能答应的人。可是一旦他真正决定了，十头牛都拉不回来。

吸了一口气，于渃涵说道：“技术上的规划问题不是我们现在要谈的。我就说说我自己的看法吧，首先，我觉得赵江构架的模式是挺不错的，但是在底层技术方面，我个人存疑。他能跟你公开全部的设计方案和运营方案吗？恐怕不能吧；再者，我这段时间一直在思考这件事，开发一套平台而已，哪怕照着葫芦画瓢，只要三到五个月的开发周期，平台都能上线了，我为什么要把这个钱让别人赚呢？我们出来做生意是赚钱的，不是做公益交朋友的吧？这个问题还需要我再解释明白一点吗？我哪怕这些东西在自己手里放烂了，也不想给别人。要做就自己做，我不玩别人的二手买卖。”

“所以，你坚持拒绝合作是吗？”高司玮很平静地说，“在我们已经洽谈到最后一轮，连实际的执行方案都准备好的时候，突然跳出来阻止这一切，让所有人的辛苦都白费，是吗？”

“这里面有个问题，小高。”于渃涵知道让他接受这件事需要经历一个很困难的过程。换位思考，如果现在她是高司玮，辛辛苦苦经营了那么久的一件事，马上就要看到曙光了，这时候有个人跑来跟她说一切停止，都不准做了，并且坚定地认为她一直以来的所作所为都非常愚蠢，她也会非常生气，甚至会跳起来打人。

但这件事不是换位思考就能解决的，于公于私，于渃涵都必须要强硬起来，把这次合作扼杀在摇篮里。如果她有一丁点心软，让高司玮放手去做，手里那么多艺人的 IP 授权了出去，短期内的回报确实很高，可是长期的影响呢？是好是坏如何估算呢？

她嘴上拒绝了花枕流的提议，是因为短时间内他们都没有精力再重新开启一个项目，兵荒马乱，人手不足，容易出问题。可一旦给她喘息的机会，她难道不会对这块蛋糕动心思吗？不想把整个产业都圈住吗？

于渃涵宁愿选择不给对方扩大市场的机会，也不想到时候覆水难收。

“什么问题？”高司玮问道。

于渃涵说：“我从来没有答应过你这件事可以继续谈下去，我们上次争论到什么地步，难道你忘记了吗？我可没有忘。”

高司玮皱起了眉头，如果她想拒绝，为什么当时不说？后来有一万次拒绝的机会，为什么也不说？

“你现在谈那时候的事情有什么意义？”

“没什么意义。”于渃涵说，“就是想告诉你，除非白纸黑字地落到实处，就算口头答应过的事情都能反悔，何况我什么都没答应过你。”

高司玮说：“你说过，择栖的事情我可以做主的。”

“对，我是说过。”于渃涵说，“但问题是，谁说了算跟谁说得对，不是一回事。”

高司玮说：“你怎么能证明你是对的？”

于渃涵说：“那首先你要先证明你是对的。好了，小高，这件事可能我们谈得有些激烈，但实际上我估算过的，哪怕中断也没有太大的实质性损失。我能理解你的愤怒，但你也得理解我，我也有我的难处。”

高司玮怎么理解于渃涵？他现在被失望和挫败的情绪侵袭着。于渃涵的那套说辞确实站得住脚，也确实有一定的道理，可是要让他完全相信于湉涵做出这个决定是从商业角度出发，而不带着一星半点的个人偏见，他是做不到的。

他垂下头，一手撑着自己的前额，低声说："你哪里难？"这种口气在于湉涵听来不是一种关心的询问，反而更像一种嘲讽。于湉涵的心中扬起波澜，涌上来一种很酸涩的感觉。只是她的脸上没有任何情绪流露，她控制好自己，笑了一声，说道："只是公式话术罢了，我每天过得多逍遥，你又不是不知道。"

再多坚持一秒，她可能都会跟高司玮动手，所以她挺着一个胜利者的姿态，在说完这句话之后拿起东西就离开了。

紧接着，会议室里传来一声很用力地捶桌子的声音。

高司玮一个人在里面待了好久才出来，他的心情很不好，一部分原因是工作上受阻，另一部分来自于湉涵的讽刺。他开始懂得为什么那么多公司不允许办公室恋情，确实很难分辨出争执到底是出于工作意见的不合，还是连带着彼此在感情生活中的不满，以致情绪上来时说出很多互相伤害的气话。

他知道于湉涵的生活其实并不逍遥快乐，难处很多。可是，他高司玮就活得很轻松很容易吗？于湉涵几时为他想过呢？

他不想像第一次争论时那样完全被愤怒牵着走，他需要冷静，冷静过后重新梳理头绪，再想想其他办法。

于湉涵的话说得那么狠绝，但说实在的，他们的对话其实很简单，也很快，快到来不及让于湉涵再重新了解合作案目前的工作进展。

高司玮觉得自己应该比上一次有点长进，可能他需要在于湉涵冷静之后再跟她谈谈，这很难，但他总得让于湉涵看见，总得努力地试试。

信游的全新端游在这个春天结束了公测，并在诸多大大小小的游戏展上取得了很高的关注度。其中一个很重要的原因，是信游的展台首次采用了 INT"风从"的设备，可以让玩家零距离地与游戏中的角色互动，这种体验感的优化是飞跃性的。

与此同时，大家好像都接收到了一个信息，就是"风从"不单单支持原创虚拟角色的演绎，同时也会支持游戏角色的呈现。在未来，任何目前只能存在于屏幕上、全息投影里的那些形象，也都可以一一走到大家的面前。

当得知第一代"风从"家用机发售之际除搭载 INT 原生的虚拟角色之外，还会搭载信游旗下的游戏角色时，这就变成了一场横跨科技、娱乐、游戏等诸多圈层的狂欢。

众人的期待度越高，对于商品本身而言的价值其实就越高，不用担心卖不出去。可压力也会随之而来，INT 需要准备的应对方案也会愈发复杂。

“风从”的预上线版本经过了很多轮测试，已经封测结束，从产品设计到包装设计也已经达到了最优效果，所有的电商平台均已准备就绪，供应商的档期也已经排好，只待第一批芯片到货，预售开启，一切都在按照计划进行。

于渃涵这段时间总有一种类似“近乡情更怯”的迫切感受，期待那一天的到来，又有些抗拒。

自那日跟高司玮发生了争执之后，于渃涵就一直没时间再旧事重提。她很忙，以至于高司玮那点事儿在她这儿可以用“微不足道”来概括。直到有天高司玮给她发消息，约她晚上见面，想谈一谈，她坐在椅子上，脑中反应了一小会儿，才记起和高司玮那天谈话的细节。

高司玮很明确地表达要继续那天的话题，他不是要跟于渃涵吵架的，他准备了很充足的材料，想让于渃涵至少看一眼他们的努力。

对于这件事于渃涵已经感到很疲惫了，只是这次高司玮没有像往常一样跟她冷战，而是试图继续沟通，让她不得不再给高司玮一个机会，哪怕她知道自己是不会回心转意的。

两个人约好了时间吃晚饭，只是天不遂人愿，于渃涵刚要下班，就收到了一个邀约。如果只是普通酒肉朋友，推了也就推了，可是这次是合作的厂商的高层，既是朋友又是商务谈判关系，她不好推脱。

左思右想之后，她只能告诉高司玮，晚饭她可能赶不上了，有个局要去，得另约时间。但是高司玮好像很坚定，说可以等她。于渃涵无奈，想着让高司玮在外面等着也不像回事儿，便让高司玮去自己家里。反正今天谭兆不在家。

她妥当地安置好高司玮之后，自己才去赴约。本以为只是应付个晚饭，没想到对方来的人倒是不少，大概是考虑到正好大家都认识，顺便小聚一下。饭桌之上都是彼此相熟的人，几杯酒下去之后，便仿佛成了认识了很久的朋友，聊聊各自的事业人脉，以供日后互通有无。

于渃涵这般形象，自然是备受追捧的，饭局过后又续摊，她想跑也跑不了。

时间越来越晚，酒越喝越多，于渃涵的酒量很好，同去的几个男人都有了醉态，她的大脑仍旧十分清醒。高司玮给她发了好几条消息，她看见了，可是她也没办法说具体几点能结束，只能告诉高司玮，要不今天就算了。

高司玮就再也没消息了，于诺涵隐隐觉得，高司玮可能不太高兴。

她正盘算着如何回复高司玮，忽然觉得好像有人在摸自己，她扭头一看，是厂商那边的人，说是南方某个做硬件的企业大老板。那人似醉非醉，见于诺涵有所察觉也不收手，仿佛想更进一步。

于诺涵不动声色地往旁边坐了坐，那只“咸猪手”干脆光明正大地搭在了她的肩膀上，对方笑嘻嘻地想要跟她喝一杯。

“喝酒就算了吧。”于诺涵推开了对方，“张总，人到了这个岁数，总是喝得酩酊大醉对身体可不好，到时候心有余力不足，很尴尬的。”

张总说：“那看来于总是不给我面子。”他又凑了上来，于诺涵彻底不想忍了，一把把对方的胳膊撅了过去，对方嗷嗷大叫，全桌人都大吃一惊。

“你可在这全北京打听打听我于诺涵是什么人，不搭理你还给你脸了呀？还敢给我动手动脚？”于诺涵怒道，“周澜认不认识？回家赶紧搜搜他上次被谁打的！”

这人不晓得于诺涵的脾气，可其他人清楚。见于诺涵的反应，就知道这位老板是踢到了铁板，真以为于诺涵是个空有名头的花瓶。顿时，众人便觉得此人格局太小，老色鬼没见过世面，兴许只是知道周澜这样赫赫有名的商业大鳄，但不知道几年前，周澜参加金融峰会时被人打了一拳的事情。

打人者确实是于诺涵，当时引起一片轰动，很快因为事态实在太难看，被压了下去。网上的相关信息被删得一干二净，只有一些潦草的八卦遗迹。

打人的理由众说纷纭，有人说周澜调戏于诺涵，有人说两人本来就有仇，有人说是于诺涵为了给当时摇摇欲坠的择栖续命，借此事炒作热度。

恐怕只有当事人才知道，于诺涵打周澜的那一拳，是替人出气。

“于总，抱歉抱歉。张总这可能真是喝多了，您消消气，消消气……”和事佬们纷纷拉架，生怕于诺涵脑子一热把咸猪手的命根子给踩烂了。

职场之上，这种事情每秒都在发生，于诺涵也没少见过，她很厌恶那种感觉，好像走到这个位置的女人都应该没有强烈的性别特征才对，要穿着严肃严谨的职业套装，要板着一张脸，要得体。

哪儿能像她这样，看着就一脸风尘相，喜欢穿金戴银，奢靡得很。不认识她的人，当然会戴着有色眼镜看她，认为她走到今天这步一定是靠着什么外力，宁可相信那些莫须有的脑补出来的“外力”，也不会去尊重她本人。

于诺涵看着这些低着姿态向她讨好的人，觉得很可笑。事已至此，那些人都还在给对方找着理由，征求自己的原谅，对对方所犯之错一字不提。

她吸了一口气，反而笑了笑，端起酒杯说道：“哎呀，我今天也是喝多了，说话不走脑子，大家多担待担待。”她伸手把张总拽了起来，常年健身的她虽然看着单薄，肌肉力量却不输给男子。

张总那么大一男人，也只能被她拖着走。

“动手打人是我的不对。”于渃涵说话的声音软了下来，充满了女人特有的风情，没有人不会为她心软，“张总，咱们喝一杯，跳个舞，这事儿就过去了，好吗？”

对方被于渃涵弄得有点蒙，将刚刚丢人的事都抛在了脑后，只连连说了几声“好”，把酒一饮而尽。其他人看在眼里，一部分人以为于渃涵想大事化了，另一部分人觉得没有这么简单。

于渃涵带着对方去了舞池，夜店里人声鼎沸，挤在舞池里难免发生肢体的碰撞，张总只觉于渃涵靠自己很近，鼻间全是她身上的香味儿，耳边是躁动的音乐，他有点晕乎乎的，脑中开始出现了不切实际的幻想。

忽然，他胸口一凉，人原地转了个圈儿，衬衣就不知道被谁给扒了去。周围人忽然见舞池中央有个光着膀子的大叔，顿时尖叫四起，还有吹口哨的。张总如梦初醒，于渃涵早就不知去向，他挪动了一步，被做了手脚的裤腰一下就松了，掉了下来。

“啊！变态！”有人大喊。

张总当众丢人现眼，大惊失色。保安闻声赶到，他们“妖魔鬼怪”见过很多，这种喝多了耍酒疯的人并不是第一个，根本不给对方解释的机会，立刻就报了警。

被扭送至派出所是后话，于渃涵从舞池里退出去之后，跟同行的几个人打了个招呼就走了。一不做二不休，来个死无对证。

跟她玩？哥儿几个都还嫩了点。

于渃涵打了个车回家，憋了一肚子晦气，回家之后没想到高司玮还在，不光高司玮在，谭兆竟然也在。

“你怎么回来了？”于渃涵问谭兆。

“今天不是礼拜五吗？”谭兆也被于渃涵问蒙了，“我不回来我去哪儿？”

“哦对。”于渃涵一拍脑门儿，“我都忙忘了。”

谭兆指了指高司玮，说：“他等你好久了，你们是不是有事儿要谈？那我回去写作业了。”

于诺涵心想，就你还写作业？你不躺着睡大觉就不错了。

谭兆把门一关，客厅就剩下于诺涵和高司玮两人，高司玮坐在沙发上都能闻见于诺涵满身的烟味和酒气，他皱眉打量于诺涵的样子，脸上露出不满的神情。

于诺涵感觉自己干站着好像做了错事儿一样，就也坐下了，说："我以为你早走了。"

高司玮说："我说过今天要跟你聊聊。"

"这么晚了……"于诺涵说，"你看还有必要聊吗？我有点累了，洗个澡睡觉行不行？要不你也别走了。"她难得温情地想要靠一靠高司玮，高司玮却躲了一下，说："你身上都什么味儿。"

他苦苦等了于诺涵这么久，于诺涵却放了他的鸽子出去寻欢作乐，现在想要一笔带过不提，跟他打马虎眼吗？

他想认真跟于诺涵聊的事情，在于诺涵心中都不如出去喝酒快活重要吗？于诺涵特别喜欢年轻的男孩儿，就跟大部分中年男人会喜欢年轻的女孩儿一样，记忆中，每次那种烟雾缭绕的聚会场合中，不乏一些想要攀附于诺涵的年轻人。

他想，这次恐怕也不例外。

"如果我今天没有约你，你是不是……"高司玮问，"就不打算回来了？"

他问得很隐晦，于诺涵又不傻，当然能听出来，一颗心顿时就冷却了下来，刚刚萌生的那些温情荡然无存。

于诺涵给自己接了一杯水，猛灌了一大口之后，对高司玮说："我去哪儿你就别管了，你想说什么赶紧说吧，我今天特别累。"她的口气有些冷漠，也有点不耐烦，高司玮忍了下来，拿出了自己的笔记本，将自己这段时间所做的成果一一展现在于诺涵面前。

他讲得很认真，于诺涵一直在听，只是没怎么走心。她看着高司玮，脑子里一直在想别的事情。

她到底在和高司玮玩什么游戏呢？和高司玮发生那样的关系，到底是她青睐高司玮，还是当时很冲动地想用一些原始粗暴的方法来掩盖矛盾呢？于诺涵现在非常怀疑自己的动机，即便她承认自己对高司玮是有感情的。

如果不谈论工作，高司玮是个很好相处的人。他不太爱讲话，但是总能从一些小举动上看得出他对自己的关心。有时候他会做一些很别扭很幼稚的举动，跟他的外表极不相符，恰恰是那种反差让于诺涵感觉这个人忽然生动了很多。他甚至是一个很好的床伴，一个性格冰冷的人内里是那么火热。

只可惜，他们扮演自己时相处的时间太少太少；大部分时候，他们要扮演的是自己的职业角色。于渃涵总觉得自己能分得很清楚，现在，她也有些迷惑了。

高司玮讲完，于渃涵连想都没想，便说："今天就这样吧。"

"什么叫'就这样'？"高司玮说，"你连个正经的答复都没有给我。"

于渃涵说："答案我早就给过你了，就算你今天啰里吧嗦地讲那么久，我听了，方案挺好的，但是跟我们没有关系了。"

高司玮感觉自己仿佛被于渃涵戏耍了："你连想都没想。"

"你怎么知道我没想？"于渃涵揉了揉自己的太阳穴。她喝了酒，哪怕没有醉，酒精也会影响到她的思维和状态，"小高，我今天真的特别特别累，有什么话明天再说好吗？"

高司玮看着她，然后轻轻"哼"了一声，苦笑道："你跟别人喝酒玩乐不会累，跟我聊几句正经事就累了？我真的不懂你在想什么，我只是想做成一件事，难道你认为我是在处心积虑地想要拖累你吗？我现在到底算个什么呀？"

他最后一句话的声音很小，却意外地拱起了于渃涵的火。

"难道这不是你自己选的吗？现在埋怨起我来了？！"于渃涵本就在外面受了气，见到高司玮的那一刻，她想跟高司玮温存一番。这是人常有的想法，无论外面多少风吹雨打，总希望有一处能避风的港湾。

现在，这个港湾不仅拒绝了她的停靠，反而将她推入了更大的风浪之中，却还说着自己委屈的话。

于渃涵觉得自己更委屈，她知道自己错了，从头到尾她都不应该招惹高司玮，招惹这个全世界最容易认真的人。

"高司玮，你是不是玩不起呀？"于渃涵眼中有怒火，脸上却在笑，"别跟我玩什么纯爱游戏了，别觉得现在你跟我的关系变了，你就能在我这里蹬鼻子上脸。我对你已经够有耐心了，换成别人，我连一分钟的解释都不想听。我劝你死了这份心吧，你说破天我都不会答应你的，你给我滚！"

以前，于渃涵似乎鲜少这样大声吼他，但自从两个人的关系转变之后，这样的争吵总是在发生。

然而这一次，高司玮感受到了深深的羞辱，他要为了于渃涵放弃自尊到何种地步才行呢？他觉得这就是一条没有尽头的路，一直这样走下去，他无法再坚持了。

他一句话也没有多说，拿起自己的东西愤然离开。

于渃涵站在原地，像是有一股火没有蹿出来一样，只想抓住眼前能看见的东西乱扔。他们两个人在外面吵得那么大声，谭兆不可能没听到。从对话里面，他听到了秘密，惊讶之余，听到外面玻璃破碎的声音。

他打开门，看见于渃涵在摔杯子，玻璃碴子飞得哪儿都是。他躲了一下，于渃涵回头看他，谭兆见于渃涵的眼眶都是红的，可是她却没有哭。

“你……你们……”谭兆不知道自己该说点什么。

“没事，让你看笑话了。”于渃涵揉了揉自己的眼睛，转身去阳台上搜罗了一圈。她没在家里找到笤帚，就找到一个吸尘器，开着乱扫了半天，也没办法把玻璃处理干净。

连玻璃都要跟她作对，她干脆把不中用的吸尘器也砸了。

“扫帚在厨房里，我来弄吧，你先歇会儿。”

谭兆默默地把碎玻璃都收拾好后，去给于渃涵倒了杯水。

于渃涵呆坐在沙发上，谭兆看她那副模样，手有点不知道放哪儿，于是也坐了下来，问道：“你们是吵架分手吗？”

“不是。”于渃涵摇了摇头，“我们都没在一起过，哪儿来的分手？”

谭兆说：“但是你说你们……你们……”有些话，对他这个年纪的人来说还是有点难以启齿，但是那些隐隐约约的事情，他是明白的。

于渃涵却坦然说道：“两个人就算发生关系，也不一定是要谈恋爱的。”

谭兆问：“那他过年那次说的女朋友，是你吗？”

于渃涵说：“可能他觉得是吧。”

“算了，你别难过了。”谭兆很大方地说，“天涯何处无芳草，这是你自己最常说的。”

于渃涵笑了一下，说：“我没有难过。”

谭兆说：“可我看你好像都要哭了。”

“我……”于渃涵没有意识到自己的表情竟被谭兆解读成这个样子，她摸了摸自己的脸，说，“我只是今天太累了，有工作应酬，推不掉。”她也不知道为什么要跟谭兆解释这些，只是想把这些未说的话说出来，证明她不是在外面寻欢作乐。

“嗯。”谭兆煞有介事地拍了拍于渃涵的肩膀，“我知道，你很辛苦。洗个澡睡觉吧，哦对了，你饿不饿，我可以煮方便面给你吃。”

“不饿。”于渃涵觉得还是小孩子可爱，不会用那么多复杂的感情来审视和要求她，虽然小鬼也有臭屁的时候，但此时，全世界仿佛只有谭兆肯安慰一下自己。

这一夜，她躺在床上，眼皮都没合一下，早上要去上班时竟也没有丝毫的困意，像是疲惫至极之后的回光返照，她也不懂为什么会这样。最可悲的是，她都没时间为自己伤春悲秋一下，就要立刻投入无限的工作中。

她先去上海出差，跟信游开了预售前的最后一次线下会议，转头就带团队去另外一个城市对接协商。有些事情本不必她亲自做，但她觉得如果她在场，那些事情当下就可以拍板决定，不用来来回回地浪费时间。

很多人努力向上爬是为了把工作推给别人做，于渃涵好像反了过来，比谁都有拼劲。

老板都这么努力了，下面的员工也被调动起了积极性，全 INT 的人都打了鸡血一样，等着“风从”家用版发售。

回到北京之后，于渃涵气还没喘顺，就收到了高司玮的辞职信。

她打开邮箱看了好久，心里反倒很平静。而且这封辞职信也不是发给于渃涵的，而是直接发到了王寅那里，王寅转给了于渃涵，并问于渃涵怎么回事儿。

最该八卦的时刻，王寅却正经了起来。

“没怎么回事儿。”于渃涵回答，“想辞职就辞职吧，你见得少吗？”

王寅说：“可是这是小高诶。”

“谁都一样。”于渃涵说，“工作嘛，来去自由，想做就做，不想做就别做了。公司少了谁都照样转。”

“听你这意思……”王寅说，“是同意了？”

于渃涵说：“嗯，走流程吧。”

“行。”王寅说，“这段时间忙，回头有空了，来我家喝两杯。”

“好。”

于渃涵挂了王寅的电话，电脑屏幕上还是高司玮的那封辞职信。很简单的几行字，但背后蕴藏的东西却很多。很多员工会以辞职的方式来向公司提更多的需求，它有成功的概率，前提是公司认为该员工还有可利用价值。

于渃涵不喜欢这种示威方式，任何人跟她提辞职，不论理由是什么，她都会同意。她觉得哪怕是再稳固的合作关系，一旦走到了这一步，用“辞职”二字来达成目的，就太没劲了。

哪怕这个人是高司玮，哪怕他是真的想走，于渃涵也会如此认为。

唯一不同的是，她平静地注视那封辞职信良久之后，无力感才开始撬动她的神经。

她觉得一切都朝着无可挽回的方向发展着，眼前的世界开始慢慢塌陷，她手里有好几条绳索，她努力拽住一头，另外一头就会急速坠落。

她真的顾不得了。

这一刻，她好羡慕高司玮，他还有“离开”这个选项，可以逃避，可以不管不顾。她只能选择一条路，就是继续往前走，谁离开，她都不能离开，她得像个坚定的船长，陪着她的大船乘风破浪，直到沉没之时。

“走吧，都走吧。”于渃涵自言自语，“我怕过谁？”

# 第十六章 崩塌

高司玮这个级别的离职流程是很复杂的，哪怕公司顺利放行，各种交接也要耗费很多时间。除此之外，人缘极好的话，还会有同事们一波又一波的欢送会。

高司玮离职的消息一放出，吃瓜群众都非常震惊。在他们看来，谁离开高司玮都不可能离开，那可是“天子门生”，于总和王总亲自培养起来的人，以后是要做大事的，怎么说走就走了呢?

大家对个中八卦都十分好奇，唯一能想到的相关事件就是由他牵头的跟聚星的合作案因故终止。但信息始终无法对等，路人们只能盲猜。无论如何，这个时间节点很微妙，INT 马上就要开启“风从”家用终端机的预售了，而与之捆绑的 Fi 跟择栖有很深的关系，看上去所有人都要迎来一个事业的高峰，这时高司玮忽然退了下来，其中难免有什么隐情。

业内的不少公司蠢蠢欲动，都想要接触高司玮。毕竟相互之间都打过交道，高司玮的能力有目共睹。他在择栖时，大家就是互相较劲的对手，他离开择栖，说不定就能笼络成为朋友。

高司玮对抛过来的橄榄枝无动于衷，也没去参加送别会，只是安安稳稳地处理自己尚未完成的一些工作，等着最终确认离职的时间。

在此期间，于渃涵一个字都没有问过他。

在发出邮件的那一刻，他有过一丝幻想，想于渃涵会不会挽留他，会不会对他有哪怕一星半点的眷恋之情。结果，什么都没有。于渃涵是个很冷酷的女人，任何人对她而言都不重要，最重要的永远是她自己和她的事业。

要爱这样一个人，要么自己卑微到地心，要么就强过她。高司玮此前一直在前者的怪圈里走不出来，那种爱而不得的卑微令他过于痛苦，更可怕的是，这种痛苦是没有尽头的，也看不到希望。于是，高司玮选择后一条路。

哪怕他们因此成为敌人，高司玮也想要让于渃涵真真正正地看自己一眼。

暮春时节，距离计划好的预售时间还有不到一个月。

于渃涵原本是想在第一季度结束时开启预售的，但紧赶慢赶，加之一些手续的拖沓，这个时间被往后推了一点。好在还在尚可接受的时限内，安排上也都没什么问题。

万事俱备，只欠东风。这是近期于渃涵唯一期待的一件事，她总觉自己有点情场失意那么个劲儿，应该在商战上找补回来。

结果没有想到，一个更可怕的信息传到了她的耳朵里。

那天，项目经理慌慌张张地跑来告诉她，他们从国外订的那批芯片出了点问题。于渃涵第一反应是产能或者品控方面的问题，但项目经理否定了她的想法。厂商按时完成了那笔订单，货物已经封装到港，可是因为种种原因，这批货没能成功出关。

“啊？出不了关？”于渃涵听后很惊讶。如果是入关有问题她都能理解，也可以想办法托关系去解决。没有从生产国那边出关到底是为什么？对方也是鼎鼎有名的大企业，合作方遍布全球各地，怎么可能连出关都会被卡？

她追问：“说什么理由了吗？”

项目经理说道：“我们这边收到的消息是因为那边对几个品类的商品贸易颁布的新政策。”

于渃涵是个每天关注时政和财经新闻的人，也有一些内部消息的渠道，这段时间市场整体的形势确实变化很快，但更多的人心存幻想，总觉得刀砍不到自己身上。她暂时还未听到什么风吹草动，可既然对方拿出了这个理由，那么思来想去只有一种可能，那就是这是一条还未公布的消息，但对方那边提前采取了措施。

她赶紧上网搜了搜，不过多时就看到了官方媒体发布的相关信息。

这一刻，她的心坠入了冰窟窿。

“于总，这……”项目经理很是为难，“怎么办？”

于渃涵心中慌乱，脸上却没有变化，用很平静，甚至安慰的口气说：“没事儿，我想想，有办法的。你忙你的吧，别太担心。”

项目经理不知道于渃涵是不是早有打算，看她这么淡定，心里的焦急也压下去几分，从于渃涵的办公室离开了。

随着官方信息的披露，很快就产生了舆论上的轩然大波。于渃涵不想看那些言语争论，有人站在岸上，但水已经没过她的腰了。

对方那边说要重新审核进出口资质，这个资质包括 INT 这边的信息，跨国审核不是出门办个会员两分钟就能搞定，这审起来猴年马月才能通过？他们等得起吗？

预售在即，没有比这更坏的消息了。

王寅那边也收到了消息，他立刻叫上了花枕流来找于渃涵开会。

三个人在会议室里，谁都不知道该怎么评价这件事，但它真实地发生了，就在这一刻。他们本准备了各种预案，任何能想到的问题都考虑到了，然而谁都没想到，竟然会在初始环节上出问题。

昨天通关交易还好好的，今天一下子就没了。

“现在的问题是，我们完全不知道这一卡会卡多久。”于渃涵把情况详细地复述了一遍之后，无不忧虑地说，“一旦延期，所有计划都会变动，主要还是国内厂商的生产周期问题，他们排得很紧，错过这个时间段就很难了。”

“我觉得延不延期都是次要的，无非是赔点钱赔点名声，只要能生产，这东西还可以再赚。”王寅拧着眉毛，难得在他脸上看到如此严肃的神情，“一旦这笔交易取消了，我们钱货两亏，接下来怎么办？”

于渃涵和花枕流陷入了沉默。

王寅掏出来一根烟，没有点燃，夹在指尖慢慢旋转，同样在思考。

“风从”项目倾注了他们太多太多的心血，开发的数年间，资金链断过，人员变动过，一次又一次的失败，一次又一次的推翻重来。他们经历了那么多风风雨雨，眼看就可以给自己一个交代了，现在却因为其他客观原因而再一次被逼到了绝路。

花枕流有点自嘲地说：“我们开发出来这么一套世界先进的技术有什么用？没有硬件的支持，一切都是空谈。”

“实在不行，我先飞过去看看当地是什么情况吧。”于渃涵说，“我们在国内干等着也不是个事儿，可以看看那边有没有活动空间。”

王寅摇头说：“未必。”

“那你们说怎么办？”于渃涵语气有点不太好，“一个在这儿说风凉话，一个这也不行那也不行。怎么着？大家抱着一起去死呀？”

王寅说：“姑奶奶，你先别生气，生气伤身体。”他知道这几天于渃涵本来因为工作压力外加高司玮的事情，气就不是很顺，现在又遇上这档子事儿，没当场心态爆炸已经算她够稳重的了。

“我想过了，我们现在就这么几个事儿，钱、时间、芯片。”于渃涵说，“但凡解决其中两项，另外一项也随之解决。钱这块，IEN 的融资款根据合同约定，距离到账还有的等，而且是分批。我们如果一直卡着不能预售，在 IEN 的钱进来之前我们撑不了太久。我会去跟 IEN 谈谈，看能不能变通一下。”

资金链断裂这种事情于渃涵不是第一次经历，择栖当时就遇到过，那时也很痛苦，她还不是撑过来了。

“那批货如果到不了，只能另外寻找芯片厂商。”于渃涵说，“对接时间，生产成本……我怕再遇到相同的问题。”

“试试吧。”王寅说，“IEN 那边如果你搞不定，我可以去谈。在此期间，我也去接触一下其他关系。哎……你们说，就是个指甲盖大小的芯片，有那么难吗？我们连飞机大炮都弄得出来，这么一个小玩意怎么就不行？”

“因为一个芯片的价值等同于一艘航母，技术并不是靠体积大小来决定的。”花枕流此时开口说道，“你以为生产个芯片就完事儿了吗？首先要有能设计芯片的软件，其次还要有能生产芯片的硬件，这些都是很复杂的问题，入行门槛极高，没个十年八年又看不到成果。做这一行真的要有愚公移山的精神才行，否则是坚持不下来的。”

“那你当初怎么不弄这个？”王寅问。

“那不是我的兴趣。”花枕流说，“而且我也不喜欢在那种地方待着。”

花枕流的出身和别人都不同，自小在大院里长大，他的父母有着非常深远的背景，对他的管教也非常严格。可他自小就极其叛逆，处处跟他爸对着干。他伤痕累累地长大，并立志脱离他的家庭希望他所走的那条路。

王寅问道：“你从现在开始学，六十岁之前弄得出来吗？”

“都什么时候了，你能不能别开玩笑？”于渃涵现在想把王寅从这里轰出去。她又问花枕流：“之前我们不是谈过一个国内的企业吗？你觉得……有没有办法？”

当时他们的候选供应商名单里确实有一家国内的企业，出于各方面的考虑他们并没有选择。现在回首，有些百感交集。

“我不确定。”花枕流说，“有些技术在我们国内是没有投入大规模生产使用的，没有经历过市场验证，没有人敢保证，也许用了还不如不用。”

“可总得有人去做，对不对？”于渃涵说，“实在不行，只能死马当活马医了。你们觉得呢？”

王寅说：“不然呢？现在一切都不确定，需要多条腿走路。”

花枕流说：“那我去问问吧。”

“我和你一起去。”于渃涵说。

几个人用最快的时间梳理好现在需要处理的核心问题，分配好各自需要做的工作。他们需要和时间赛跑，几个不同的计划方案同时推进，对一切的事情做好最坏的打算，压迫感很重。

讨论问题讨论得精疲力尽，于渃涵靠在椅子上，忽然笑了一下。王寅问她怎么了，她说："我只是觉得，当初把 INT 的业务迁回国内简直是你们做过的最明智的决定。"

一股巨浪席卷而来，每个人都做了属于自己的选择，有人笑，有人哭。也许冥冥之中，浪潮本身也在为他们指引着方向。

在一片兵荒马乱之中，高司玮离开了择栖。关于 INT 面临的困境，他是在不久之后从赵江口中得知的。

赵江约他出来聊天。两个人在一个小酒吧里碰面，赵江见到高司玮时，没有从对方身上看到那种卸任之后无事一身轻的感觉，反而觉得他总是微微皱着眉头，阴郁更盛从前。

又或者，从前的高司玮只是有点高冷，但至少情绪不是负面的。

赵江有些惊讶，闲话家常地问了问高司玮的近况。高司玮和于渃涵的关系很隐秘，没有其他人知晓，所以高司玮也不会告诉赵江实情。只是酒过三巡，他有了一丝寂寞之感，很多话没有人诉说，总是憋在心里，怪难受的。

高司玮此前总是以为自己是一个善于消化信息的人，现在，他推翻了自己的想法。所以当赵江问及他最近状态怎么如此不好时，他忍不住带出来一点内容。

"原来是职场失意情场也失意呀。"赵江笑了笑，说道，"本来想着只聊八卦不聊工作的，但既然你现在这么沮丧的原因跟我相关，那么我也得表态一下了。司玮，合作这件事虽然我们都希望能促成，可是做生意不是买保险，没人能保证一定成功。我确实遗憾，不过也没什么。利益相关，我也不好多谈，你要是聊聊你的情伤，我倒是可以听听。"

"也没什么能细聊的，就是我配不上她。"高司玮淡淡地说，"我们之间的差距太大了。"

赵江好奇地问道："是谁家的公主吗？怎么还有你攀不上的高枝？"他认为高司玮年纪轻轻便能走到如此位置实属难得，未来更是不可限量。对方要有多么富贵，才能让高司玮如此悲观呢？

高司玮没有正面回答，只是自嘲一般地笑了笑。

"这时代哪儿还有什么不可逾越的阶级鸿沟，事在人为嘛。"赵江安慰高司玮，"现在的女人都讲究要有自己的事业，不能依附男人，我觉得男人也是这样，也要有属于自己的事业，才能在这个社会上有选择的余地。很多人的爱情都是始于崇拜的，你想让一个女人正眼看你，你就要够强才行。你这么年轻有为，现在机会这么多，抓住风口就能乘风而起，到时候什么没有！”

高司玮忽然问：“如果对方本身就是一座可望而不可即的山峰呢？”

“那就扳倒她，愚公移山听过没有？”赵江说，“司玮，我觉得你就是太乖了。与人斗其乐无穷，你大可以把这件事想得野蛮一点，人类社会也不过就是穿着衣服的丛林，弱肉强食的道理在哪儿都适用。谁赢就听谁的，很简单。”

高司玮不语，但赵江的话确实和他心中某种模糊的概念有些重合，让他在这个议题上进行了更深入的思考。

后来，两个人边喝边聊，话题有些分散。赵江忽然问高司玮有没有找好下家，高司玮摇了摇头。赵江沉默了一会儿，才跟高司玮说出了自己这次的真正意图。

他邀请高司玮来聚星，并且开出了非常优厚的条件。

高司玮有些恍神，问道：“为什么？我对你们的行业一窍不通。”

“不，司玮，这恰恰是我希望你加入我们团队的理由。”赵江娓娓道来。他们整个团队都是互联网从业者，但是他们创建的平台却要依托娱乐行业，没有人专门懂这块，在商务和运营上难免会出现短板。高司玮恰好可以补足这点，并且可以给团队带来全新的血液与视角。

赵江说：“也许我们可以继续把尚未完成的事情一起做下去，司玮，人总得证明自己，不是吗？”

“我……”高司玮觉得自己现在的状态不适合思考问题，而且这也并非小事，他不能草率地给赵江一个答案，“你说得太突然，我需要考虑考虑。”他回答，“但是无论如何，我都非常感谢你的邀请。”

“哪儿的话。”赵江笑道，“现在你刚从择栖离开，需要先好好放松自己，这件事不着急。”

高司玮点头。

于渃涵先是去找了裴英智，但是裴英智出差，人不在国内，因为时差的问题，联系他本人也有点困难，消息很是滞后。于渃涵只能大半夜给裴英智打电话，电话里话又说不清楚，裴英智听闻近期消息之后只能表示大概理解了于渃涵的难处，也不能应允她什么。

于渃涵无奈，只得等裴英智回国。

另一边，INT 在国外负责项目对接的负责人发回来的进度推进也十分坎坷，于渃涵看了一眼自己的时间安排，打算亲自出国。很快，她这个念头就被王寅打消了。王寅让她这个时候最好不要离开，公司这边本身就有很多事情要处理，如果她走了，在那边人生地不熟，出了什么事情大家都难处理，无疑是雪上加霜。

他们根本不指望局势上有什么政策松动，只能寻求别的出路。

于渃涵拜托花枕流帮忙约国内那家芯片厂商的老板，对方的时间也很紧张，就算花枕流搭上的关系也没什么用。于渃涵无计可施。好马不吃回头草，想想当初 INT 选择合作方时坚定的态度，如今灰溜溜地回头去找人家，换作她，她也要摆一摆姿态的。

她这么跟花枕流牢骚了两句，花枕流便很严肃地告诉她，对方不是那种人，叫她不要胡乱揣测。

在周旋了几天之后，海外那边传来了最新的消息，对方大约是通过种种手段打通了一些关系，找了各种门路才挖到一些相对可靠的信息，就是那批货有望通过审查并放行，但是需要补交税费和一定额度的罚款。

于渃涵都蒙了，补税是怎么回事？他们在本土依法纳税，火星的税也要他们承担？罚的又是什么款？他们的交易从头到尾哪一项不符合法律规定，这事儿还能吃了吐？

但解释权在人家手上，人家的地盘人家说了算。

于渃涵只能忍下这口气，如果货能顺利通关，算算时间也还来得及，损失点钱就算了。她接受坐下来谈谈价格的问题。

可当她拿到那个数字的时候，她才发现自己其实无法接受。

“简直是欺人太甚！”于渃涵在电话里爆发，“他们数过后面有几个零吗？还是美金！美金！把那批货全部扔海里都不值这点钱！干脆去抢劫算了！强盗，都是强盗！”

王寅正在路上开车，被于渃涵吼得差点耳膜穿孔，只能安抚于渃涵的情绪，告诉她自己马上就到。

这段时间，王寅的日子也不好过，于渃涵已经濒临爆炸，他如果再跟着于渃涵一起骂街，那估计谁都别想好了。两个人的脾气各有不同，于渃涵有时需要发泄出来才行，王寅则相反，他的性格中有沉默的部分，越是在这种时刻，体现得越明显。

他们才是最合拍的搭档。

“两周。”于渃涵说，“最后期限，一旦超过这个时间，今后的每一秒我们都有可能随时 over。”

今天花枕流不在，只有她和王寅商讨。不过这方面本来也不是花枕流的长处，他在场也帮不上什么忙。

“裴英智现在还在装死，我怀疑他就是故意的。”于渃涵说。

“是吗？”王寅说，“那他能得到什么好处？”

于渃涵冷笑：“纸面上肯定是没有的，但如果我们无法兑付协议里的内容，他就可以把我们连骨头带肉全都吃掉，并且是以一个极低的价格。你知道他也投资了赵江的聚星吗？很难说他是不是打什么二合一的算盘。”

王寅虽然感性上觉得这事儿不太靠谱，但理智上分析也不无这种可能。商人重利，特别是像裴英智这种人，哪怕当初没算到这一步，现在给他一个可以直接吞并 INT 的机会，他会不动这个心思吗？

在 INT 的股份结构中，大家势均力敌，实际的控制权是在王寅手上，哪怕新一轮融资 IEN 仍然入场，这都不影响什么。可现在出现这个问题，难保裴英智不想趁机洗牌，毕竟“风从”的商业前景大家有目共睹，INT 手里就这么点现金，真的撑不下去的时候也只有“卖儿卖女”一条出路。

“所以，”王寅问于渃涵，“你怎么想？”

于渃涵看向王寅，反问：“你呢？”

王寅耸肩，很轻松地笑道：“你知道，我可是什么都不怕的。”

“那就好。”于渃涵说，“交什么罚款，补什么税，我们没那么多钱，倾家荡产砸锅卖铁地交了，就算拿到货也是等死。不交直接放弃，未来局势虽然堪忧，但也许死得不会那么快。就算都是死，我也不想死得那么窝囊！”

这又是他们的不同之处，王寅多少有点好死不如赖活着的想法，他也不太在乎面子，毕竟面子不值钱。于渃涵虽然也能走厚脸皮路线，可她有一个远比王寅刚烈的底线，她可以不要面子，但她要尊严。

王寅听后，就简单说了一个“行”字。于渃涵知道王寅认可了自己的做法，但同时，他们都把自己逼到了比过去任何时候都绝望的路上，机会异常渺茫。

一切都是黑暗的。

离开时，于渃涵收到了她妈的电话。她有些意外，于母通常是不会在工作时间找她的。

“妈？”于渃涵问，“怎么了呀？”为了不让于母从她的语气中听出什么，她特意带着笑意。可一瞬间，不知道听到了什么，于渃涵的脸色瞬间就垮了。

“怎么了？”王寅问。

于诺涵挂了电话，愣愣地说：“我妈说，我爸刚摔了一跤，脑出血，现在人在医院。”

王寅看于诺涵有些恍惚，又听说是她爸出了事，怕她一个人开车有问题，便陪她一起去了医院。

到医院后，于诺涵很快就在手术室门口找到了她妈。家里其他人也到了，因为不知道里面目前是什么情况，外面的几个人一个个焦急又茫然。

“怎么回事？”于诺涵问道。一路上她都挺冷静的，直到真的陷入这种情绪，那些慌乱与无措才在她的眼睛里出现，可是她的脸上还在竭力保持镇定。

于母半哭诉地向于诺涵详细地讲了情况。于父就是下楼时没有踩稳，摔了下去，上了年纪的人各方面都脆弱得很，当时就昏了过去。救护车拉到医院之后于父就直接进了手术室，于母和家中照看的保姆只得在外面等，于母就打了一圈电话，把能通知的家人都通知了一遍。

“要万一真有个三长两短……”于母落泪，“你说可怎么办呀！”

于诺涵觉得自己的头都要炸了，世界都在全线崩塌，她妈还一直哭哭啼啼的，哭声在她大脑里产生了一种奇怪的波形，令她极其难受。

“没事，先等等看吧。”于诺涵说，“先等医生出来，看看人家怎么说。妈，你也冷静冷静，别我爸没什么事儿，你自己把自己吓个半死。”

王寅也上前安慰了一下，家人围作一团，好不容易把于母安抚了下来，没了人声和哭声，手术室的门口又安静得有些可怕。

于诺涵一直陪着于母坐着，母女二人的手臂交叠，十指相扣。于母半靠在于诺涵的肩膀上，于诺涵眉头紧皱，眼神却有点放空。

王寅出去打了几个电话，回来之后于诺涵问他：“要不你别在这儿待着了？公司还有那么多事儿呢，没个说话的人不行。”

“那你……”王寅说，“要不我陪你到手术结束吧，应该也不会太久。”

于诺涵说：“我没事儿。”

王寅点头，当作认可她“我没事儿”这句话，可是他其实不认可这句话背后的含义。来自各方所有的压力都拼命地挤压着于诺涵，她又不是铁打的，怎么可能没事？这些事情王寅也曾经历过，说实在话，钱没了可以再赚，公司没了可以再开，爱情没了就没了，唯独在家人遭遇生死关头时，人面对的才是真正的无力感。

也不知等了多久，天色暗了下来，手术室的灯变了颜色。门打开的一瞬间，于诺涵的心提到了嗓子眼，她下意识地冲到了最前面。

她看着她爸被推出来，面色苍白，双目紧闭，忽然觉得很陌生。她甚至不由得想，现在这一切都是真实发生的吗？

“医生，我爸他……”

病人被推走了，医生才跟家属交代了一下情况。于父脑出血的面积不大，但是年纪摆在这里，现在尚未脱离危险期，有个风吹草动都是大问题。如果这一两天内情况稳定了，病人醒了，才能说具体的医治方案。

于渃涵机械地点了点头，自己的思绪还没整理好，却要先安慰她妈妈。命保住了一切就还有机会。他们可以联系最好的医生，用最好的治疗方案，花多少钱都没关系，一切都会没事的。

于父在特护病房里躺着，家人也无法探望，但留在外面也无济于事。于母不愿意走，于渃涵只能在附近的酒店开了个房间，先让于母去休息。晚上，家里其他人的亲戚也来了，还有于父的一些后辈等。于渃涵想，幸亏自己没告诉朋友，否则医院能直接变成招待所。

她不想把事情搞得太复杂，好意心领，应付几句就让大家各回各家了。王寅也被她打发走了，公司那边依然是火烧屁股，没人坐镇肯定是不行的。王寅也是见于父出来了，能帮衬的事情都做得差不多了，这才离开。

等把所有的事情都处理完，已经是半夜了。

于渃涵一个人孤零零地在医院里，她累得脱力，精神却愈发清醒。护工已经找好了，可她也不想走，呆坐在病房外，也不想睡觉。

明明很久都没有睡过超过三个小时的安稳觉了。

她有些放心不下公司那边的情况，打开了工作群，回复了几条消息。消息太多，拉到最后，看到了宋新月给她私发的内容。

“于总，高司玮去聚星了，刚宣布的。”

于渃涵打开了宋新月发给她的链接，报道里面出现了高司玮年轻英俊的脸庞。聚星官方的稿件里用尽各种花哨的词语来形容高司玮的加入对他们而言是一剂多么有效的强心针，对未来的产业融合具有多么奇妙的化学效果，云云。

这个时候，于渃涵仿佛已经没有了任何痛感。比起公司的困境、家人的险情，区区一个高司玮的背叛又算得了什么呢？何况，这算背叛吗？这样的跳槽案例数不胜数，市面上有能力的人就这么几个，他们是昂贵的商品，本就该价高者得，谈什么信仰与忠诚？

至于其他，比如感情上……

她又没爱过人家，哪儿谈得上伤心呢？

于渃涵息了手机屏幕，把手机攥得紧紧的，有些颤抖。

业界对于高司玮转投聚星的猜测非常多，再加上最近 INT 风雨飘摇的状态，很难说这一出戏是不是有什么不好的暗示。

连择栖内部的讨论声都不绝于耳。

早年那些讨厌高司玮的人现在有点扬眉吐气的意思，发言就更风凉了。大约都是说高司玮被寄予厚望，结果到最后还不是说跑就跑，跑到别处就算了，跑到聚星去，不是摆明了要和于渃涵唱对台戏吗？于渃涵当初那么宠他，活生生一出农夫与蛇的戏码。

当初支持高司玮的那些人也说不出反驳的话来，事实胜于雄辩，这些事情又没人拿枪逼着高司玮去做，还不是他自己的选择？

风波当前，也有很多竞争对手出来挑事儿。择栖对 Fi 的大笔投入和获得的回报令同行眼红，如果真的被他们玩出来这种全新的虚拟偶像模式，其他传统娱乐公司将备受打击。技术垄断在别人手里，自己再想入场，还不是得乖乖掏门票钱？

如果择栖因此折戟，他们倒是能安安稳稳再赚两年钱了。

相比较之下，他们愿意玩聚星的那套模式，只给授权就行，人力、物力都不用自己出，还能帮助自己家已有的明星艺人开发更多的数字虚拟衍生品，何乐而不为？

敌人的敌人就是朋友，道理亘古不变。

由于业务上的交叉和局势的动荡，王寅回到择栖亲自坐镇，大力整治了一番，公司内部员工的情绪才稍稍平稳了一些。

这段时间，于渃涵公司医院两头跑，忙得不可开交。于父虽然已经醒来，可恢复期间身边需要人照顾。请来的护工非常专业，于父也知道女儿现在处在事业上的关键期，不想让多耽误她时间，可于渃涵还是固执地每天都来医院。哪怕手上的工作需要带到医院去做也不间断，好像不把自己的每一分每一秒都填满，她就不甘心似的。

她总是很晚回家，回家之后坐在沙发上，发会儿呆，她很难入睡，睡眠时间也短。

于渃涵生活过得很乱，不太记得日期，有一天回家之后发现家里有人，反应了一下，才知道是谭兆。可当天不是周末，她问谭兆怎么回来了，谭兆说他们模拟考试，考完休息。于诺涵这才想起来，谭兆要中考了。

她觉得这场面太有戏剧性了，上有老下有小，老的生病住院，小的面临升学考试，事业上极其不顺利，感情上也不太平。短短数十天之内，她的中年危机就这么来了。

比以往任何一个时刻都猛烈。

“你好像很累的样子。”谭兆说，“最近怎么了？是不是遇到什么麻烦了？”

于诺涵说：“我能有什么麻烦？”

“我们上政治课的时候，老师让我们多看时事新闻，考题会考到。”谭兆说，“我都知道了，你们公司出事情了。”

“不是大事。”于诺涵不想跟谭兆解释太多，“能解决的。”

谭兆说：“那个小高呢？”

于诺涵说：“别提他。”

她有点不太开心了，安静地坐在沙发上，也许是她真的没有控制好自己的表情，谭兆坐在她的身边，起初不知道说什么，手足无措。过了一会儿，他忽然伸手揽住了于诺涵的肩膀，然后按着她的头压在自己肩膀上。

“看你怪可怜的。”谭兆说，“借你靠一会儿。”

于诺涵哭笑不得地说：“小朋友不要总是看无良电视剧，好的不学，学一堆没用的。”

“老阿姨，我不小了。”谭兆拍了拍自己手臂，“男人的肩膀，懂吗？”

于诺涵说：“小鬼。”

谭兆忽然叹息：“如果我爸没做那么多事情，他是不是就能和你在一起？那样我们就是光明正大的一家人了。我一直很想知道，一个正常的家庭是什么样的。”

“我们现在也可以做一家人。”于诺涵说，“一个家庭不一定需要爸爸或者妈妈，只要家人之间互相关爱，那就是很好的。”

谭兆说：“可是如果我成年了怎么办？你会赶我走吗？”

“如果我一无所有了怎么办？你会离开我吗？”于诺涵说，“我会变老变丑，也可能会变穷。你会遇到一个喜欢的女孩，组成新的家庭，拥有属于自己的人生，那时候你还会记挂着家里很可能会拖累你的老娘吗？”

“以后我也可以养你的。”谭兆很认真地说，“我不是那种忘恩负义的人。”说完这句话后，他的脖子上感到了一股湿润的凉意。他伸手摸摸于诺涵的脸，于诺涵拍掉了他的手。

谭兆不敢说话也不敢动，保持这个姿势坐着。

他没见过于渃涵哭，也不知道像于渃涵这种强势的人为什么会哭。他只能幼稚地认为于渃涵是被自己感动到了，却不知道自己这样一句无心的话，竟然是于渃涵压抑许久的情绪唯一的宣泄口。

于渃涵夜里躺在床上翻来覆去睡不着觉，她给王寅发了条消息，没想到王寅也没睡觉。她问王寅在干吗，王寅发了一连串的省略号，说刚刚打算躺下。于渃涵一看时间，半夜两点多，很自然而然联想到一些风月之事。

她问王寅要不要出来喝酒，王寅应允，两个人约了地方后，于渃涵就起来收拾打车出门了。

天气越来越暖和，有很多店都开始二十四小时营业，尤其是一些烧烤摊子，更是彻夜不打烊。于渃涵早到了，特意要了一张外面的桌子，点好了酒菜，坐下来等着王寅。

王寅姗姗来迟，他出来的时候随便套了件衣服，还打着哈欠。他跟于渃涵打了个招呼，说："坐外面不冷啊？"

"还行，过两天都快夏天了。"于渃涵说，"坐外边清醒。"

王寅打量了一番于渃涵，见于渃涵好像也就是套了件休闲外套，头发随意地扎了起来，有点乱，脸上没有了精致妆容之后，眼下的浮青清晰可见，眼眶有点红，眼底都是藏不住的疲惫。

"你爸最近怎么样？"王寅给自己倒了杯酒，小口抿了下，热热身子，"我还说抽空过去看看呢。"

于渃涵说："没什么可看的，反正就那样儿，没大问题，保养着呗。"

"哎……"王寅长叹一声，"岁数大了就是这样，有个磕磕绊绊都是事儿。"

于渃涵一条腿横摆在另一条腿上随意地抖着，说："我好像突然觉得，我爸我妈老了。你知道吗？我原来总有一种错觉，好像自己还是十几岁那阵，好像天塌下来也没关系，实在不行就找我爸撑着。我爸身体特别好，平时总爱染个头发什么的，就是上次我去医院见他的时候，他头发掉色了，全白了，也不像原来那么强壮了。就那么一瞬间，我觉得好像穿越了十几二十年一样。你看，一回头，我都三十六了，我爸是真的老了。"

王寅从小没在父母身边长大，见面的时间也不多，所以对于早年间父母的去世也没有太深的感触。但当抚养他长大的老太太去世时，他才觉得这个世界上唯一爱自己的人走了，从此之后，自己就要孤零零地活着了，没有家，也没有牵挂。

但让他说那到底是什么感觉，他是形容不出来的。他只能不住地点头，说："时间过得真快，好像上学时候的事还是昨天发生的一样。"

"如果能过慢点就好了。"于渃涵说，"让我能把现在的问题都处理好。"

王寅说："你太累了。"

"你不也一样要这么撑着吗？其实没那么累，真的。就是心里有点……有点……"

"是因为小高吗？"王寅说，"最近流言蜚语很多，你们之间有联系过吗？"

"联系什么？散都散了，赖着不放很自作多情的。"于渃涵苦笑，"我真没想到会这样。"她终于借着酒意把自己和高司玮那点小秘密讲给了王寅听。王寅倒也知道高司玮对于渃涵的感情，可没想到两个人的发展戏路竟然如此曲折。

故事的起点就是年会那次，王寅想抽自己一下，怎么就丧失了敏锐的观察能力呢？

果然还是灯下黑。

"这个……"

"得了。"于渃涵道，"别发表意见了，都是过去式了，没什么可聊的。"

王寅说："怪不得他会跑路。"

"是，换我我也跑。"于渃涵说，"挺尴尬的是不是？我现在觉得自己就有点既当又立了，当初我口口声声说着什么仁义道德，什么我只把你当很重要的人，我害怕失去你……结果还不是弄成这样？我应该把我当初说过的话全都咽回去，这种男人不能碰，撇不干净。"

"你就别说人家的不是了，还不是你给机会？"王寅说，"你也都说了，过去的就让它过去吧。依我看，他去聚星可能是心里憋着气，我不认为小高是那种会使阴招的人。他有手段大可以放在明面上来，大家公平竞争，没什么的。"

"是没什么。"说到这里，于渃涵拿起酒杯，跟王寅碰了一下，就把一个杯中酒喝干了。她又让服务员上酒。酒的热辣和浓烈在她的喉咙里炸了开来，她皱着眉用力地咽了咽，刺得眼泪想往外涌。

这个动作停顿的时间有些长，显得她有好多话要讲，只是不知出于什么原因，便成了欲说还休的模样，还有些怅然，有些悠远。

"我……"她抬眼看王寅，忽然问道，"你觉得我难过吗？"

王寅说："这我哪儿知道。"

"哎，我真废物。"她默默说，"觉得自己特努力，特厉害，到最后什么都没做成，什么也都没留住。"

她有一口气，原本紧绷时可以敦促她一直向前跑，现在夜深人静，她就有些松懈了。酒上来后，王寅叹了口气，给于渃涵和自己都倒满："我没法儿安慰你说你做得已经很好了，估计你也不相信。客观来说，在最近的几件事上，我们都做对过，也做错过。"他觉得高司玮的离开才是给于渃涵最致命的打击，哪怕于渃涵自己不想承认。她很相信高司玮，但在她最难的时候，高司玮竟然真的公然做这样的事情。

高司玮会不知道于渃涵正在经历什么吗？

这样的猜测未免过于诛心，他们无权要求任何人都来顾及自己的感受，没办法要求别人来理解自己的苦衷。可事到临头，总还会留有一丝幻想吧。

结果是镜中花、水中月，什么好爱好爱你，到头来还是爱自己最重要。

"渃渃。"王寅拉了下椅子，破旧的椅子腿在地面上划出"呲啦"的声音。他说："这不就是我们应该习惯的常态吗？什么事都能做成的，那不是人，是神仙。留不住太正常了，这么大一个公司就是会不断有人走，有人来。无论是才华横溢到绝顶聪明的人，还是平庸到连名字都不被记住的人，他们都会在某个时刻彻底跟你分道扬镳。你没有办法去阻拦别人追求自我，对一个员工的鼓励与嘉奖永远只能是一种目的和手段，你不能期望用这些永远留住员工，否则 CEO 只能天天在办公室里哭着送别，做不了别的事情了。"

这条路上，孤独和失去是永恒的话题，感情太饱满，最难受的还是自己。

"可是我……"

"其实你特别喜欢他吧。"王寅打断了于渃涵，他觉得自己这句话一说出来很可能会被于渃涵打死，但是不说，他又觉得拧巴着很没劲，"不喜欢的话，你早杀了他了。"

"你这是在偷换概念。"于渃涵说，"别说这么大的人了，你就算养个宠物在身边，从它什么都不会到把它教得什么都会了，这么多年过去，你告诉我，谁会不喜欢？讨厌的话为什么要放在身边？"

她一口气说完这么多话，把酒杯里的酒全喝了。

"他到底想怎么样？他如果想谈恋爱，找个十八岁的小女孩去谈好了，我哪里有那么多精力陪他玩过家家？"于渃涵一杯一杯地喝，王寅也不阻拦她。她的话开始变多，语言也愈发没有逻辑性，变得前后矛盾。王寅知道于渃涵喝得有些上头了，也许只有这个时候，她才能放松，才能发泄。

在正常的世界里，所有人都可以任性，唯独于渃涵不可以。她只能在这么一个夜深人静、无人知晓的夜晚，跟自己的多年老友以酒局的名义发发疯，发些口是心非的牢骚。

于渃涵看着王寅，有些委屈地说："为什么都想在我这儿要那么多东西？我有吗？我连自己都顾不过来了。"

王寅想高举双手说他什么都不要于渃涵的，只是现在不是这样的场合。

"小高他……"他只能说，"还是太年轻了。"

"对吧？"于渃涵说，"他如果老实一点，听话一点，我不介意一直跟他在一起，我只想活得轻松一些，这有错吗？他第一天认识我是一个什么样的人吗？你们男人为什么一个两个都想证明自己？有意义吗？这个世界上失败的人那么多，难道都不活了吗？还是说，你们口中的'爱'就是搞垮对方？对方一无所有才能对你死心塌地？"

"我没有哇！天地良心！我就是个普普通通、平淡无奇、只顾自己死活的垃圾，我根本不想管别人。"这一次，王寅高高地举起了自己的手，仿佛对天发誓。很快，他就放了下来，说道，"哎呀，你就别管他了，年轻人总是很爱跳的。你看小飞当年做的那些事儿，你能跟他讲道理吗？根本讲不通。他们都是天真无邪但又破坏力十足的小孩罢了，大人总不能跟小孩计较不是？"

"对。"于渃涵拍了下桌子，"想证明自己是不是？想跟我对着干是不是？"她忽然抓住了王寅，质问他，"我于渃涵是吃素的吗？"

"不是不是。"王寅赶紧摆手，他看于渃涵这样是开始进入发酒疯状态了，那个手指抓得他生疼，他还不敢反抗，怕于渃涵把自己踹到马路上去。

"都想看着我输。"于渃涵眼神涣散，口气却无比坚定，"我不服，我也不信。都给我死！"

"啪"的一声，于渃涵手里的酒杯就被摔地上了。

店员对这种发酒疯的人见怪不怪，随手在账单上写了个数字。王寅无奈地示意了一下店员，心里想着，高司玮到底知不知道自己在玩火？

无论如何，一个追爱的年轻人在这条路上越跑越偏，王寅觉得这故事情节似曾相识，一样的执拗，一样的用力。他本以为高司玮会更成熟一点的，但没想到遇到爱情，一个比一个疯。

在他们的世界里，总需要给自己的感情找到一个结果，不是黑的就是白的，却不知道人和人的相处方式有很多种，这是很复杂的事情，也不一定到最后都会以爱之名相伴终生。

陆鹤飞大半夜开车七拐八拐地才找到王寅。

于诺涵彻底喝多了，挂在王寅身上又哭又闹，陆鹤飞皱了皱眉，问道："怎么回事？"

"还能怎么回事儿？没见过于总发酒疯？"王寅搀着于诺涵，"快点搭把手，我要弄不动她了。"

"哟，小飞来了呀……"于诺涵看着陆鹤飞笑嘻嘻地说，"我开车送你回家。"

陆鹤飞说："不用了。"对于最近发生的事情，他也略知一二，可惜他没有什么能帮上忙的，只能看着于诺涵他们仿佛热锅上的蚂蚁。

"把她送回家吗？"陆鹤飞问王寅。

"那不然呢？扔大马路上？那倒是清净了。"王寅说，"算了算了，她家里也没个人照看她，别大晚上的出什么事儿。"

于诺涵自然而然地说："那你给小高打电话呀。"

习惯思维是不受控制的，就像膝跳反应一样，哪怕她自己都没意识了，还会说出来这样的话。

在她的潜意识里，高司玮就是她的安全区。

但现在不是了——发疯的人却不记得。

"小高不在。"王寅说，"让老王来吧。"他对陆鹤飞使了个眼色，后者无奈地叹气。两个大男人费了半天劲才把于诺涵塞进车里，王寅怕于诺涵再闹，坐在后座陪着她。

陆鹤飞从后视镜里看了一眼，无不风凉地说："王总，去哪儿？"

"回家呀。"

# 第十七章 山重水复疑无路

于湉涵是在王寅家过的夜，王寅早上起来去公司前跟她打了个招呼。她“哼哼”了两声，说自己今天不想上班。王寅看她这样，觉得她去公司也没意义，还不如好好休息一天，磨刀不误砍柴工，别事情还没做成呢，人先“报废”了。

他比于湉涵个儿高点，天塌下来不还得他先顶着嘛。

于湉涵睁眼的时候，王寅的家里早就一个人都没有了，连陆鹤飞都不知去向。她想陆鹤飞也是个大忙人，成天到晚神出鬼没的，便当这个空间从来没有过这号人。

她对王寅的家很熟悉，也不见外，简单地洗漱一番之后，看了看镜子里的自己。她有时会这么一动不动地观察自己，总是很害怕看见自己皮肤变差，脸色不好，或者长了皱纹。人都说要坦然地接受变老，她觉得那是一种心态上的追求。在肉体上，她不管别人追求什么，她有钱就要花在自己的皮肤和身材管理上。不说青春永驻，至少也要精神饱满，神采奕奕。

可是现在，工作的压力和感情的波动让她好像受到了重创一样，之前做过的所有努力都付诸东流，一下子被打回了原形。

于湉涵端详了自己好久，觉得不应当这样。

她得打起精神来，该打的仗还没有打完，她不能倒下，在气势和状态上也不能输给别人。她先联系了皮肤管理中心去做全套的保养，又去找了自己的 Tony 理发师做头发。她的头发留得很长，昨天晚上又在床上滚了一宿，现在乱糟糟的。

Tony 问她想怎么弄，她思考了一阵，说剪掉。

原本快及腰的长卷发被一刀一刀剪至肩膀，那种香港旧电影里女主角的妩媚渐渐淡去，取而代之的是一种简洁的干练。

很多人都认为，头发是女人的第二生命，辛苦留起来的头发都能一刀剪掉，那还有什么狠不下心呢？

•

隔天，王寅在公司里见到于湉涵的时候还愣了一下。

她穿着新款的成衣，脚下踩着差不多十厘米的高跟鞋，戴着墨镜从电梯里出来，步子大得夹着风。

“于总，早上好。”

“于总好。”

公司的同事们见到于渃涵都纷纷跟她打招呼，然后自动退离一点范围，好像于渃涵是一把锋利的刀刃，靠近一点都会割伤自己一分。

但是他们发现于渃涵身上前两天那种濒临崩溃的焦虑气息荡然无存，也不知道这两天发生了什么，再见面时，她仿佛一个准备出征的女将军。

“哟，于总。”王寅跟她打了个招呼，“包不错，新买的呀？”

“嗯，昨天没事儿干逛了会儿街。”

“不开心就是得跟小姐妹逛逛街，买买东西，解压。”王寅笑道，“把钱一花，什么坎儿过不去，是吧？”

于渃涵稍稍颔首，墨镜拉下来一点：“你今天没事儿干？”

“当然不是。”王寅说，“我忙得很。”

于渃涵说：“裴英智今天在北京的公司，我打算直接去堵他，你去吗？”

“这事儿还是得你自己干。”王寅说，“我下午和花枕流要去见个厂商。”

于渃涵想了一下，说：“哪个？”

王寅说：“欧洲那家，不过我觉得悬，试试看吧。”

于渃涵说：“我建议你别白费劲，谈到最后还是被人宰。到处都是想趁乱发财的人，我懒得应付别人的游戏规则了。”

“行行行。”王寅说，“反正都约好了，那我就去讹人家一杯咖啡，不过分吧？”

于渃涵点了点头。

她中午在公司吃了个饭，下午独自开车去了裴英智的公司。她直接说要见裴英智，前台问她有没有预约。于渃涵摘下墨镜，问道：“我见你们裴总还需要预约吗？合着跟人家好的时候叫人家小甜甜，不好了连见个面都要预约？”

前台对这个十分像黑社会大姐的于总有印象，对方这么说话，她心里又有点没底，不知道于渃涵是不是跟裴英智有什么奇奇怪怪的关系，怕万一没处理好，于渃涵在这里闹起来，那可就太难看了。

她只得向自己的上司汇报情况，过了一会儿，来了个人毕恭毕敬地把于渃涵请了进去。

于渃涵敲了敲桌面，对前台说：“谢谢了，妹妹。”

裴英智一向不太喜欢和脸皮太厚的人打交道，原来在那个名单上的是王寅，现在恐怕要再多加一个于渃涵。

他之前一直在国外，回国之后在上海待了一段时间。关于 INT 的事情他回来之后才了解清楚。其实不单单是 INT 面临如此困境，很多依赖进口的企业也面临如此困境。局势如此，对大部分的企业而言都是无妄之灾。

硬件这个东西不是钱能解决的，没有就是没有，哪怕 INT 有强力的资本注入，也只是苟延残喘。现在这个情况，他想等等看。

于渃涵一方面要解决芯片的问题，另一方面手上需要现钱来周转，这就跟裴英智的想法有了冲突。所以这段时间，裴英智对 INT 的态度表现得很暧昧，叫于渃涵火大。

裴英智不着急，但他万万没想到于渃涵竟然真的能跑到他们公司来堵他。

堵他就算了，说的那叫什么话？

“裴总，少见哪。”于渃涵笑道，“最近忙什么呢？想约你吃个饭喝个茶都见不着人。”

裴英智说：“太忙了。”

“噢。”于渃涵说，“那八卦有听说吗？”

“我对八卦不太感兴趣。”裴英智说，“有什么事儿明说吧，我没时间陪你兜圈子。”

于渃涵说：“明明是我没什么时间，怎么搞得好像你才是受害者一样？”她干脆把她这次要来办的事情一五一十地跟裴英智讲清楚。

裴英智也料得是这样的结果，故作沉思半天，说道：“合同摆在那里，这件事我也真的没有办法。这笔钱不少，你让我怎么越过董事会去发号施令？”

“哎呀，好哥哥，那就是你的事情了。这么点面子都不给人家吗？”于渃涵的脸上始终挂着点笑意，怎么看都不像有求于人的样子，“我知道你心里打的什么算盘，大家都不是什么善男信女，这种事儿上没必要装纯情。别想着坐收渔翁之利了，真到雪崩的时候，谁能跑得了呢？信游和 INT 是深度捆绑的，你别搞到最后，两头都赔钱。”

裴英智笑了一下：“你觉得我是那种会做蠢事的人吗？”

“不好说，会不会就鬼迷心窍了呢？”于渃涵说，“你放心，就算这个生意我做不成，我也能搅得天翻地覆，让别人也做不成，包括那个聚星，到时候可是赔三家了呢！裴总，到底是搏一把，还是收几个烂摊子自己糊墙，哪个既划算，场面上也好看呢？再说，你也应该听说高司玮离开择栖的事情了吧？”

裴英智说：“那是你们内部的事情。”

“是吗？我怎么觉得全天下都在看好戏呢？”于渃涵说，“你放心，我可不会让观众白掏票钱的。”

她的态度很坚决，意思也很明确。INT 倒不倒台是一回事，信游跟他们有着非常深度的业务合作，虽说不至于被拖垮，但多少也会有所损伤。于渃涵此前一直跟许诺保持着密切的联系，许诺的态度要比裴英智明确得多，他敢赌，并且愿赌服输，既然已经选择了合作伙伴，那么他就不可能当个逃兵。

但他也很遗憾地表示，在这件事上，他实际能帮助到于渃涵的并不多，只能做一些配合。于渃涵能够理解，并且很感谢许诺还能够在风雨飘摇之际对她如此支持。

相比之下，裴英智不单单要考虑这一笔钱了，还有很多连锁反应，他要认真仔细地思考，不再是追求如何能得到利益，反是变成了如何做能让损失最小。听于渃涵那意思，她不光要和大局势对着干，她还要和聚星对着干。现在虽然这两家公司没有实质上的业务重合，可架不住就是有人要找碴。

于渃涵有道理吗？当然没有。裴英智知道她手上的牌不多，能够淡然地坐在这里跟他耍无赖，完全是出于这个人的行事风格。她咋咋呼呼地压迫过来，跟裴英智拍桌子，裴英智却拿她没办法。

因为他必须考虑于渃涵手上为数不多的牌会不会是一个王炸。同时持有 INT、信游和聚星的股份的 IEN 现在要做的就是一道非常简单的排列组合题。裴英智想赢家通吃，可于渃涵偏偏想把牌桌都掀了，还要笑嘻嘻地跟裴英智说：裴总，要玩就玩大点。

就算裴英智敢玩一拖三，可是以 IEN 和信游盘根错节的关系，他能狠下那个心？

他现在完全有理由怀疑不光是于渃涵，保不齐许诺背地里也想趁机割他一刀，要不然许诺如此精于算计的一个人怎么就突然这么仗义？

明明裴英智才是有主动权的那个人，现在搞得他做什么都不对。

那天他们两个人聊了很久，办公室里一度产生了一些火药味儿，最终才达成了一些共识。于渃涵不指望裴英智当下就给她一个答复，她知道这不可能。她也不是真的要从裴英智手里要出来多少钱，而是给裴英智施压，只要他不动趁机吞并的念头，那么至少当前压力就小了一点。

这是个互搏猜心的过程，没有严肃的谈判桌，可对抗却十分激烈。条件、筹码似乎都是次要的东西，意志力成了最强的武器。于渃涵已经想得很明白了，她背后没有退路。如果危机来时只知道无条件地遵守和陷入对方设置的游戏规则，那么游戏已经输了一大半，完全没有玩下去的必要了。

她想赢，就要用强硬的态度搅浑水，要用自己的规则去跟对方胡搅蛮缠。

大不了大家鱼死网破，谁都别玩了。

傍晚时分，她回到了公司，王寅给她打了个电话，都不用说，于湉涵就知道他那边谈不出个什么结果来。

“我说什么来着？”于湉涵笑道，“都是来趁火打劫的，谁比谁强呀。小王啊，这个时候不要抱有任何幻想，你这个觉悟还是不够高。”

王寅说：“于总真是高瞻远瞩。不过也没那么悲观，还有余地。我要跟你说件别的事情。”

“什么？”于湉涵问。

“枕流动之以情，晓之以理，终于搞定了华胜老总。”王寅说，“后天下午，我们得去见一面。”

“太好了！”于湉涵欣喜道。华胜就是之前被他们看都没怎么看就从供应商名单里划掉的国内的一家芯片厂商，每每想起这些，于湉涵都万分羞愧。如今觍着脸去找人家求机会，也不知道能不能行。

能不能供货是次要的，双方能见一面，就是现在最大的希望。

她又问：“花枕流到底使了多大劲儿？他不是说自己搞不定吗？”

王寅说：“他自己确实搞不定，但是他爹行啊。他只要肯跪着求他爹，什么面子给不了？”

一想到花枕流和他家人的关系，他能做到如此地步，也称得上竭尽全力了。

“哦对了，还有一事儿。”王寅说，“聚星官方宣布了平台上线时间，而且还宣布了合作艺人名单，阵容还挺华丽的，你感兴趣吗？”

于湉涵一下午都在跟裴英智软磨硬泡，根本顾不上看这种新闻。她一想到聚星就会想到高司玮，心里忽然拧了一下，说：“没兴趣，什么野鸡玩意，还入不了我的眼。”

关于华胜的转机，其实并不如王寅所讲的那样。花枕流只是硬着头皮跟他爸提了一嘴，他爸虽然对这个儿子已经彻底丧失了耐心和希望，但是对于儿子所做的事情还是略知一二。当他知道是关于芯片的问题时，稍加思索后，便打了一通电话。

花枕流不知道这通电话是打给谁，说了什么事情，只知道很快，华胜那边的人就找到了他。他猜测可能因为华胜的前身有些军工背景，他爸多多少少能扯上一些关系。

“这次见我们的是他们的刘总，顶头 Boss。”花枕流本想介绍一番，于渃涵仿佛认识这位刘总一样，说道：“是他呀。”

花枕流说：“别说得这么熟。”

“没有没有，了解了一下。”于渃涵说，“其实我挺怵的，听说这位刘总是做技术出身，我怕聊不到一起去。”

王寅拍了拍于渃涵，说道：“没事，有我呢。”

于渃涵白了王寅一眼：“你懂什么？”

他们三个人在华胜的会议室里稍稍等了一下，过了一会儿，会议室的门开了，为首进来的是一个年轻人，手里抱着一堆东西。后来的人看上去约莫五六十岁的样子，有些年纪，他们猜想这位应该就是传说中的刘总。再往后就是一些普通员工。

刘总笑了笑，跟他们打招呼，态度很是和蔼。此前于渃涵只看过他的照片和介绍，没想到本人的气质如此温和，完全不会让人感到生疏。

双方互相介绍了一下，华胜那边除最先进来的年轻人是打杂的之外，剩下的人几乎都是工程师。于渃涵听后感觉压力更大了，针对一个花枕流她觉得自己有时候都讲不明白话，一群花枕流要怎么才能沟通顺利？

“你就是小花吧。”刘总指了一下花枕流，“‘风从’是你主持设计的吗？真是后生可畏呀。”

“是……”若是放在平时，花枕流可能会夸耀一番他们的设计多么多么厉害，可是现在完全没有那个心情，“刘总，我们之前提供的‘风从’方案，您这边看过了吗？”

“嗯。”刘总对身边的年轻人说，“小张，你讲一下。”

那个年轻人应了一声，开始进入这次会面的正题——这比于渃涵想象的进度快太多，她以为怎么着也要扯点今天天气好不好之类的。

虽然在纸面上 INT 对华胜有一定的认识，但实际上双方并没有接触。当初选定合作方时，华胜挤在一众高大上的企业名单里非常不显眼。还是于渃涵多嘴问了一句，才知道国内竟然也有这么一家芯片制造商。

然后就没有然后了。

等于说，其实华胜这边大概听说过“风从”，但怎么操作，怎么实现，包括各种参数信息，他们是同花枕流对接上之后才拿到的。

一切都有点突然，但双方都做足了准备。

好像磕磕绊绊那么久，就是为了今天的会面似的。

这种有点积极乐观的情绪在于渃涵心中浮起之后立刻就被压了下去，于渃涵告诫自己不能相信直觉，直觉会被自己的大脑加工，是会被自我麻痹的。

“简单来说，以我们华胜现有的普遍性技术条件和生产能力来说，”小张很是淡定地说，“想要达到‘风从’终端需要的算力水平，几乎是不太可能的。”

“啊……”于渃涵和王寅一下傻了。不可能？那他们还在这里讲什么？

“准确地讲，至少还有十年的差距。”小张又补了一句。

于渃涵觉得自己表情变得有点僵硬，这样太失态了，她立刻说：“那有没有别的办法可以解决？就我们现有的能力和水平，能够做到什么样呢？”

小张说：“你不觉得现在什么都来不及了吗？你们当初开发的时候难道就没有想过会有这方面的隐患吗？”

被这样说了之后，于渃涵也有了些情绪，可有求于人就是天生矮一头，她只能说：“这个是我们考虑不周，也实在没有想到局势会发生这样的突变……”

“哎，小张，你不要这么说话。”刘总拦住了小张，有些抱歉地对于渃涵说，“年轻人不太会说话，他不是那个意思。刚刚我们其实只是分析一下现状，情况确实是这么个情况。我们现在能够自主研发并投产的芯片，距离你们的参数要求还差了一大截。讲起这些就是历史故事了，你们年轻人也未必感兴趣，我们确实距离最先进的技术水平还差了一大截。今天跟你们见面，也不是要讲故事讲历史，这件事确实还有回转的余地，只是不知道你们愿不愿意。”

于渃涵三人互相看了看对方，于渃涵说：“您请讲。”

原来，华胜现在投产商用的芯片虽然不能支撑“风从”，但是他们有一款还在研发中的芯片，性能和算力方面是最接近“风从”要求的，单从某些数据的表现来看，甚至跟 INT 原本订购的那批芯片的差距不大。

但问题是，这款芯片还在研发中，为了凸显某一线性能会略微减弱其他性能，没有经过大量的测试，而且尚未批量化投产，造价会高出数十倍。而且国产芯片有一个通病，就是因为市场的占有率四舍五入后基本等于没有，大众平台不兼容。

这方面内容太过专业，于渃涵和王寅只能听着，花枕流简单思考之后，说：“请问您这边有样品吗？可以给我们预装测试吗？适配的话，我们可以修改平台。”

刘总说：“样品只有一枚。”

大家都陷入了沉默，根据刘总所述，如果那枚传说中的实验室级别的芯片含金量真的那么高，怎么可能说给他们就给他们呢？他们又不是牛到可以上天的大集团、大公司。

“如果你们需要的话，”刘总继续说，“可以拿去。”

三个人这下是彻底地愣了。

刘总见他们这样子，不由得笑了笑，说：“我们是家纯粹做硬件的企业，跟你们那些行业没有关系，也不了解。小花，如果不是你爸爸托人找到了我，我很可能就忽略了这件事，你知道我们公司的前身，虽然现在已经完全商业化，但产品基本是为体制内的市场服务的。民用市场不那么认可我们，这是没有办法的事情。有跑车可以开，谁愿意开手扶拖拉机呢？如果你们有其他选择，想必也不会来跟我们寻求合作了。”

说到这里，三人都惭愧地低下了头。

“这就是市场的选择，你们做的没错，只是我们的能力太弱小了，还无法适应残酷的市场。”刘总说，“但也许现在摆在我们面前的不是困境，而是一个契机、一个机会。我们为什么会有几代人前仆后继地投入这个事业？为的就是让我们自己的企业、自己的生产线不再受制于人。只是现在出乎我们意料的是，这一天提早来了。”

听完这番话后，于渃涵心中感慨万千。她忽然觉得自己只是普普通通追名逐利的商人，在大局观念和胸怀上，远不如像刘总这样的前辈们。来之前，她设想了无数种可能，无数种谈判方式，甚至想过对方会提出多么苛刻的条件。

她用一种非常精致的极限的商人思维去冷眼旁观，却忘记了在利益之上，更有情怀。

相比之下，他们都太渺小了。

“我……”于渃涵一时不知道该说什么，她平复了一下自己的情绪，“无论如何，真是太感谢您了！”说着，她站起来，向在座的各位深深鞠了一躬。

“你不要想得太积极乐观。”刘总稍稍严肃地说，“我们只是可以去尝试，毕竟对于华胜来说，很少能够有企业愿意——不，是很少有企业能够拿出市面上足够前端的产品来跟我们合作，我们也需要这样的机会去接触更广阔的市场。但是任何未经验证的合作都存在风险，不一定会成功，在极限的时间和压力面前，你们有抵抗这个风险的准备吗？”

“我不想盲目地说‘有’，但总得试试。”于渃涵说，“也许在这期间内我们可以找到很多变通的方法去解决这个问题。我不太懂技术方面的事情，以我朴素的观点看来，有些事情并不一定要追求多么完美，多么厉害高端，只要满足我们当前的市场需求，解决我们当前的主要矛盾，那就可以了。”

王寅说：“对，战术至关重要。”

“既然你们愿意，那我们就一起来试试吧。”刘总回答。

当天他就带着工程师在现场和花枕流确定了很多事情，这部分于潴涵和王寅根本听不懂，只见有的地方花枕流点头，有的地方则是皱眉摇头。

回去之后，双方公司以最快的速度签订协议，把华胜的唯一一枚实验室芯片借用过来进行预装。当时于潴涵看着工程师们非常谨慎小心地调试，她也万分紧张，比第一次看到 Fi 时还要紧张。

“他们也真是不怕我们拿去做什么小动作。”于潴涵小声嘟囔。

“有什么可怕的？人家公司背景实力多么雄厚，你前一秒刚产生这个想法，后一秒人就不知道到哪儿去了。”花枕流说，“而且，一、不是世界顶尖技术，二、只是民用芯片，不涉及机密内容，根本不用搞得那么复杂。”

于潴涵说：“那你觉得靠谱吗？”

花枕流说：“事在人为。”

做新的技术方案需要时间，在这期间，王寅和于潴涵一边找资金，一边去协调厂商的生产问题，并且还要准备一份全新的推广计划。

三个人忙得连互相发个消息的时间都没有，而那边厢，聚星的新平台进入上线倒计时，王寅以为于潴涵根本不关心，甚至忘记了这件事，没想到事到临头，于潴涵却让他给自己弄一张发布会的邀请函。

女人心海底针，王寅也猜不透于潴涵到底要做什么。

聚星开发的平台叫作“星云”，已经开放了在各大应用市场的下载通道，因为有许多知名艺人的入驻，前期宣传又比较舍得花钱，刚一上线服务器就爆满，大家竞相讨论，热度很高。没过多久，聚星就顺势抛出了终端机的概念，而这次的发布会，除了讲讲他们理念上的事情，焦点就是推出这款终端机。

这不像是一个以做社交为主营业务的公司的发布会，反而像是科技型公司的发布会。虽然两台机器的用途和功能都不一样，但这东西总能让人想到还在漩涡之中挣扎的 INT 的“风从”。

巧合，永远是最大的矛盾冲突。

聚星邀请了非常多的公司和媒体来到现场，堪称众星云集，不过有两家公司没有收到聚星的邀请函，一家是择栖，一家是 voke。

至于理由，不用想都能明白。

不过，于渃涵还是搞到了邀请函，并且非常戏剧化的是，这张邀请函的门票是裴英智赠予她的。

身为聚星的资方，裴英智当然会被邀请，只是他那天刚好有别的事情，人不在北京，所以不能出席。他也是无意间听王寅说在找邀请函，就把自己的那张送了出去。王寅觉得裴英智可不怀什么好意，保不齐就是个看热闹的心态。

他把来龙去脉跟于渃涵讲清楚后，于渃涵并不介意，并且表示故事的细节和冲突越多，故事才会越好看。

于是，她就拿着上面写着“裴英智”大名的邀请函，光明正大地去了现场。

当天，她还开着她新提的阿斯顿·马丁 DBS。本来她手上缺钱想转手卖了，可想想又觉得没必要。早就决定要换车了，总不能一直霸占着王寅那辆。

那辆主体哑光黑色带红色窄边的跑车出现在会场时，大家或多或少都留意了一眼，正猜测是哪位大少爷的时候，就看见一双长腿从车上迈了下来。

有认识于渃涵的，万分惊讶她为什么会出现在这里。难道 INT 的危机解决了吗?还是说她是专门来砸场子的?

无论是什么，今晚必定会有好戏。特别是，于渃涵还掏出了那张写着裴英智名字邀请函。

众人纷纷猜测，裴英智和于渃涵的关系……有那么好吗?

消息很快传到了赵江的耳中。

正式的发布会开始前，会场外面是简单的冷餐会，到场嘉宾候场无聊时可以社交一下，彼此商业互吹一番。

赵江在人群中找到了高司玮，跟他说了几句话，高司玮第一个问题是：“她现在在哪儿？”

赵江说：“好像是在东区。”他笑了笑，继续说，“你不觉得这事儿挺逗的吗？”

高司玮自从离开择栖之后就再也没有于渃涵的消息，双方也没联络过，他想依照于渃涵的性格，估计早就把他拉黑了。最近 INT 发生的动荡不小，他也是知道的。他想关心，可发现自己早就没了关心的资格与立场，多问一句恐怕也会被当成冷嘲热讽、落井下石。

离开于渃涵的后果他想过，就因为这个后果十分严重，所以他才只能硬着头皮往前走，不能回头，仿佛必须要跟于渃涵论个输赢出来才行。

“她如果没有做什么出格的事情，就不用太在意。”高司玮说。

“于总可不是个好面子的人。”赵江言外之意是于渃涵过去在公开场合做过的一些夸张事，想到那些，高司玮也有些头疼。赵江说：“她拿的是裴总的邀请函，裴总说不来就不来了，你说这里面有什么门道？”

“我不知道。”高司玮说，“不过裴总这个人一向不在意这些，我们先不要把事情想得那么复杂，走一步看一步吧。”

他和赵江商量了一番之后，一切还是按照原本的流程继续下去。

为裴英智安排的位置非常好，第一排中间，距离舞台非常近，于渃涵坐下的时候心里还默默地吐槽了半天。

高司玮的座位跟于渃涵就隔着两个人，他只要稍稍一斜眼，就能看到于渃涵翘起来的高跟鞋。

他心中的情绪有些复杂，不知道为什么于渃涵会出现，也不知道于渃涵打的什么主意。他既觉烦恼，又有些蠢蠢欲动，仿佛即将面试的毕业生似的，总是忍不住左顾右盼，看看考官有没有注意到自己，可以趁机表现一把。

于渃涵穿的是红底黑色漆皮的尖头高跟鞋，因为鞋跟很高，哪怕双腿交叠稍稍倾斜呈放松的状态，翘起的那只脚的脚背都会弓出一个很好看的弧度。

高司玮曾经替于渃涵整理过她那一柜子各式各样的昂贵高跟鞋，他很纳闷的是，于渃涵的个子已经很高了，为什么还如此钟情高跟鞋？于渃涵笑他什么都不懂，女人穿高跟鞋又不是为了衬身高。

于渃涵认为高跟鞋之于她的意义，并不像社交媒体上大肆批判的，是束缚压抑人的道具，而是对于美丽本能的追求。在某些特定的场合，它就像珠宝首饰、名牌包一样，也同男人们追捧的昂贵腕表一样，是一张快速社交的名片，同时也是一种战斗的武器。

高司玮用余光看着于渃涵的鞋尖，她的脚背很白，但隔着人群只能看见一点，黑色漆皮在灯光下很亮，藏在暗处的鞋底却是隐秘的红色。

不知为何，高司玮觉得自己的心好像错跳了一拍。

这种场合有很多于渃涵的熟人，落座之前大家就一阵寒暄。她对这种社交场合的话术语言把握得十分精准，那些想打听一些八卦的人全都无功而返，只大概觉出来这段时间坊间传闻 INT 快不行了的消息估计有水分，看于渃涵风光的样子，怎么都不像要玩完的。

发布会刚开始是例行的一些介绍，很快高司玮便上场了。作为“星云”内容布局的构架人，他为大家介绍他们的业务范围和内容。

于渃涵看着许久未见的高司玮，觉得他有一些变化，不是高矮胖瘦外表上的变化，而是气质上的——谈不上焕然一新，但好像没有在她身边时那么压抑了。

她看着高司玮在台上游刃有余的表现，心里有些苦涩，一时间竟然有些分不清楚到底在自己身边时的高司玮是真实的他，还是现在才是他本来的样子。

她不由得想，难道自己对高司玮而言真的是一座无形的牢笼吗？她此前对高司玮总怀揣着一种保护的心态，她希望他好，希望他永远做最正确的事和选择，让他符合自己的期许。她得到了她想要的，却忽略了高司玮想要的。

台上的高司玮目光直视前方，他看上去很自信，也有气场，所作所为都非常符合他现在的身份和地位——聚星合伙人。赵江对他确实很大方，在各种运作上都给了他最大的权力，高司玮做得如鱼得水，短时间内就让“星云”得到了最高的关注度。

在他离开择栖时，于渃涵并没有过多的情绪，她只是觉得高司玮的离开是一种背叛。而现在，那种“失去”的感受占据了情绪的高峰，她真真正正地发现，高司玮确乎是离她而去，拥抱了全新的世界。

于渃涵顿时兴致全无，全是失落之感。她侧着头的样子映入了高司玮的眼中，他很难不去在意下面的于渃涵，即便嘴上说着台词，镇定自若地表演着剧本，心跳却无法欺瞒他。

他的热爱是藏在深海里的畸形怪物。

结束时，高司玮摆脱了人群，到处找于渃涵，问了很多人，最终才在会场后面的回廊里找到了她。

于渃涵看样子要取车离开，没有像众人期待的那样掀出血雨腥风来。

“于……”

高司玮叫了一声，单单一个发音而已，于渃涵回头看了他一眼。

“什么事儿？”她问。

高司玮整理了一下情绪，上前问道："你……"他该问最近过得怎么样，问题解决了没有，公司运转好不好之类的问题，话到嘴边，却成了："你来做什么？"

"随便看看。"于渃涵说，"怎么了？不欢迎我？"

高司玮摇头。

"不过，我还当是什么呢。"于渃涵笑道，"也没什么意思嘛，这种没什么实际价值、造价又很高的终端机真的会有人买账吗？"她的语气有点轻，但能听出来嘲讽的意味。

高司玮说："拭目以待。"

"嗯，拭目以待。"于渃涵点头。她忽然缓缓抬起手臂，动作轻柔地在高司玮的胸口上拍了拍，"你真的以为，你可以吗？"

这一次，高司玮抓住了于渃涵的手，他只稍稍一用力，便在于渃涵没有设防措手不及之下拉近了彼此的距离。

"为什么不行呢？"他低声反问。

于渃涵没有挣扎，她没看高司玮的脸，目光只是放在被紧紧握住的手上，然后笑了一下："别太自信，小高。"

她发誓，在高司玮还没找到她之前，她有过那么一瞬间的动摇，想着：要不就算了吧？看过最后一眼，大家都很好，此后便是各走各的路。

可高司玮抓住了她的手，似是不愿意就此罢休。

那么，她于渃涵什么时候怕过呢？

自从高司玮离开了择栖，局势就进入波动期，哪怕王寅回来亲自坐镇，也免不了一些风波。加之 INT 那边的发售计划搁置，并且还没有解决办法，Fi 的宣传计划也受到了影响。

大家都在唱衰，公司里的离职率在升高，虽然也有人陆陆续续地入职，可熟悉业务需要一段时间，所有人过得都很紧张。

最近市面上又在传于渃涵去聚星发布会现场的新闻八卦，大家都弄不懂她心里在想什么，猜测半天也没有结果。表面上，INT 的事情跟择栖的关系并不大，可是实际上却是盘根错节。是生是死，高层也没有给出个准话来，大家心里都揣着自己的主意。

挖墙脚的人任何时候都有，只是这会儿会更多，连聚星也来凑热闹，抛出来的职位描述跟择栖的业务范围很吻合，薪资水平基本上也是同行业同岗位的顶级，不少人都在跃跃欲试。

于渃涵当然知道这件事，不过她不在乎，也不介意。大部分人的工作其实只是工作而已，为了高薪寻求新的出路是人之常情，无可厚非。

反倒是王寅有点不太爽了，看着一连串的离职名单冷笑——特别是当他发现里面有宋新月的名字时。

“这个小女孩是不是原来在你身边的那个？”王寅指着人力发过来的离职资料，口气十分嘲讽地对于渃涵说，“你看看你，身边的亲信一个两个都离你而去了，你成孤家寡人了。”

于渃涵笑道：“孤家寡人谈不上，我不是还有你这个小姐妹吗？”

“你也就剩下我这个小姐妹了。”王寅说，“这是一周之前的事情了，她是去聚星了吗？”

“不知道，也许吧。”于渃涵说，“你不知道她喜欢高司玮吗？”

王寅说：“我是神仙吗？我什么都知道？”

“哦，那可能不太重要吧。”于渃涵说，“她原来跟高司玮表白过，后来因为一些原因出了点乌龙。嗨，小姑娘面子薄，说着什么不喜欢了，不爱了，男人都是大猪蹄子，还是事业为重。但我觉得呢，有时候还不能真的相信这种话。年轻人总是容易冲动的，不是吗？”

王寅说：“你可真看得开。”

“不然呢？”于渃涵耸肩，“人得自己放过自己才行啊。再说了，多大点事儿，个把人而已。你说花枕流那种专门搞技术的人，世间难找我是信的，做这种工作内容和职位的人，太多了，计较不过来。”

王寅故意问：“那小高算什么？”

于渃涵说：“他算个什么。好了，不聊这些了，该去开会了。”

“哦对，我都把这事儿给忘了。”王寅拍了下脑门。今天对于他们而言是相当重要的一天，INT 的实验室对那枚芯片做了完整的测试，并有了一定的了解和把握，花枕流虽然不认为这东西能百分之百解决他们目前面临的困难，但聊胜于无。

他在现有平台基础上进行了一些修改，今天是出成果的日子，连华胜那边的几个主要工程师也一并过来了。

王寅说：“成败在此一举了。”

于渃涵说：“别。”

实验室里的人很多，似乎比 Fi 第一次在实验室公开展示的时候还要多。那次是看人类智能科技最高水平的发挥，这次是看国产硬件技术极限情况的发挥，意义不可同日而语。

当 Fi 再一次出现在众人面前时，大家松了一口气，他能出现，意味着终端机在正常运转。

“Fi？”于渃涵轻轻叫了一声。

“你好。”Fi 笑道，“好久不见。”

于渃涵问：“还记得我吗？”

Fi 点头：“当然记得。”

于渃涵观察了半天 Fi，好像跟之前没有任何变化。其他人都在紧张地记录数据，她悄悄问花枕流：“我没看出来什么不同，这是性能很好的意思吗？”

“不是，远远不够。”花枕流解释说，“你现在看着没问题是因为只有他一个人，如果是那种游戏场景就会有明显卡顿。这个是硬件性能问题，没办法的。”

于渃涵说：“这个我可以跟信游去谈。”

华胜的工程师也是第一次真正看到这种黑科技，一群天天扎堆在硬件设备里的人不由得发出了惊叹。这其中很大一部分原因是花枕流竟然真的能改出一个适配平台来，此人能力之大，令人细思恐极[①]。

可转念一想，若是无能之辈，也不会创造出这种可以改变娱乐模式的产物。

Fi 做了一些常规的展示，就目前芯片的能力来说，展示的效果大家是可以接受的。只要解决了核心问题，于渃涵认为其他问题也都有回转的余地。

现在，一枚芯片对应一台终端机的测试效果良好，那么多对多呢？以及数据传输过程中对服务器方面的压力，这些统统都是未知数。

“我们现在需要进行大规模的测试。”花枕流说，“需要立刻投入生产一批出来。”

华胜负责人说：“生产的问题，也是我们一直以来头疼的问题。生产芯片的机器本来就很少，生产线就这么多，大批量的话……”

“我去想办法。”于渃涵点了点终端机，“你们只需要去解决这上面的问题就好了。”

Fi 没有进入休眠状态，一直在旁边听他们讲话，忽然问道：“你们是遇到了麻烦吗？”

华胜的人被吓了一跳，虚拟人物竟然能听懂他们的对话，并且分析出他们的情绪和语言，进而做出反应——这种体验太奇妙了。

---

① 细思恐极，网络流行词，指仔细想想，觉得恐怖到了极点。多用于形容人的恐惧心情。同“细思极恐”。

“是有一点点问题。”于渃涵笑着对 Fi 说，“但是我相信我们可以解决，很快，你就可以真正和大家见面了。”

Fi 也对她笑了笑。

于渃涵又开始奔波了，虽然芯片的问题暂时解决，可新的问题还是会出现。不过，这些问题都有一个很好的解决办法——花钱。

她先是把现在的情况跟许诺说了，许诺了解之后和信游的团队进行了探讨，认为 INT 开出的条件他们是可以接受的。后来谈到了钱的问题，许诺还特意问于渃涵是不是手头紧张，于渃涵也没有打肿脸充胖子，如实地说了。

许诺告诉于渃涵，正好他下周要来北京，两个人可以见一面。于渃涵看了看自己的行程，正好有些空档，立刻就答应了。

她还专门飞了一趟南方，调整一条生产线的时间，整个产品的生产线都会耽误。他们原本跟厂商约定的投产日期变化，对方也不可能等着他们。她专门去跟对方谈这件事，本来觉得也没什么戏，只是本能地想争取一下。

没想到对方竟然在这件事上意外地好说话，于渃涵猜想可能是跟之前那个饭局上的口舌之争有关。INT 的难处往小了说，只是一家企业面对的问题，往大了说，如果局势发展下去，那么任何公司都有可能会遇到这种问题。

对方能卖她这个人情，她已经觉得是天大的幸运。

不过，这个幸运可不是凭空来的，大家江湖义气归江湖义气，也要亲兄弟明算账，在商言商，这价格自然不可能按照当时协定的价格来了。

钱，又是钱的问题。

“总不能卖儿卖女吧？”于渃涵对着王寅发愁，“上次已经卖过了。”

王寅说：“嗯，还卖了个好价钱呢。”他指的是当初为了救择栖而卖掉了一部分 INT 股份的事情，要不然裴英智也不会掺和进来。双方处得仿佛跟各自出轨、同床异梦的表面夫妻一样。

“你说聚星哪儿来的钱？”于渃涵说，“‘爸爸’真给了那么多？”

王寅说：“他们没有披露，不过很难说在这件事上裴英智打的什么主意。他们又不傻，也不太可能被一个过高的估价给骗了，说不定人家自己有什么营收的项目呢？”

“广告流量？”于渃涵就下载了“星云”，有空划拉划拉，订购的终端机还在路上，暂时把不准脉搏。

“解铃还须系铃人。”王寅说，“现在大家都是观望状态。我算了一笔账，生产线的问题，推广的预算，以及后续产品维护，至少需要这个数。”他比了一下，于潞涵眼睛差点翻过去。王寅笑了笑，说：“我们目前账面上的钱连产品线都烧不出来，我看哪，还是得求求‘爸爸’——其实也不算求，本来就是该给我们的钱，只是请他早点放过来就是了。”

“我努力过呀。”于潞涵说，“你也知道，裴英智那个性格的人不是很好搞，上次跟他谈完之后，他没趁机把我们‘收编’已经算够可以了……哎！我还是再想想怎么办吧？”

“哟，于总也会动靠别人的心思？”

“无所谓。”于潞涵说，“有钱就行，江湖救急。”

王寅知道于潞涵纯粹是打嘴炮开玩笑，换作是他，他也可以为了事业付出一切。他无意说道：“你要是现在找个老情人，你说小高会不会立刻带着一大笔钱来择栖挖人？他在的时候可是提上来很多新人，都很仰仗他的。”

“别提他了。”于潞涵说，“正事儿搞得跟儿戏一样，这届年轻人不行，也就这点出息了。我现在是没空，等我有空了，我弄不死他。”

王寅哈哈笑了两声，庆幸自己没真的招惹过像于潞涵这样有手腕又狠得下心来的女人，否则他恐怕早就身首异处了。

“裴英智那边你我都没用。”王寅说，“许诺不是要来北京吗？你求求他做说客呢？”

“他？”于潞涵说，“他行吗？”

“怎么不行？他跟裴英智什么关系，你不知道吗？”王寅说，“坊间传闻，他们两个人之间有一个赌约，谁输谁赢我不知道。但从信游和 IEN 貌合神离的关系来看，许诺可不是那么容易认命的人。”

于潞涵想了想，说：“那我试试吧。”

# 第十八章

## 又起浪涌

许诺来北京除了一些工作上的事情，就是见见老朋友。他跟朋友聚会的方式也跟其他人不太一样——除了吃饭喝酒是必不可少的项目，他们吃完饭喝完酒之后干脆跑网咖里打游戏去了。

本来他和于诺涵约好下午在外面见面，打游戏打上了瘾就错过了时间，于诺涵打电话说自己到了的时候，他游戏战况正酣。他一下子想起来这件事，万分羞愧地跟于诺涵道歉，让于诺涵稍微等自己一会儿。于诺涵并不介意，干脆问许诺现在在哪儿，她过来找许诺。

即便是装修得再好的网咖，以于诺涵的气质进入这里也是格格不入的，她一进来，前台的小弟小妹就一直在偷偷打量她。

“我找人。”她随口这么说了一句，前台以为她是来抓人的，“许诺在哪儿？”

“许诺是谁？”前台一脸疑惑地反问，“要不你给他打个电话？”

于诺涵一想也是，许诺又没把名字写在自己脸上，人家怎么可能知道谁是谁，于是站在前台给许诺打电话。其间有来前台结账的网瘾青年，或多或少都会看她一眼，更有甚者，目光从腿一直扫到脸。于诺涵靠着前台毫不避讳地回瞪了一眼，对方就红着脸灰溜溜地跑了。

“不好意思。”许诺跑了出来，结账时不住地跟于诺涵道歉，“跟几个朋友吃了个饭，我看还有时间，就出来玩了玩，没想到错过了，于总，实在抱歉，晚上我请你吃饭。”

“吃饭倒是不必了。”于诺涵说，“我看旁边有家咖啡馆还不错，请我喝杯咖啡吧。”网咖不是谈事情的地方，两个人移步到了隔壁。于诺涵看着许诺有点窘迫的样子很好笑，要是让人知道堂堂信游的老板跑去网咖打游戏而错过了一场约会，这得成为多少人茶余饭后的嚼头呢？

“你放心。”于诺涵很义气地说，“我不会告诉别人的，我也不太在意。只是我不明白，人家都去夜店泡妞，你怎么还跟几个大老爷们儿跑去打游戏呀？这就是你们的休闲娱乐方式吗？”

许诺点点头：“我自己平时在家无聊的时候也是打游戏消磨时间。”

于诺涵好奇地问：“你的工作就是做游戏，业余时间还玩游戏，不会觉得腻歪吗？”

“可能我天生就是喜欢吧。”许诺说，“原来的职业就是专门打游戏的，一天二十四个小时玩也不会累。”

于渃涵知道许诺原本就是电竞职业选手，退役之后做起了游戏生意，不过几年时间便发展得如此壮大，这么想来，坚韧好斗的人做什么都能成功。

“不过年纪大了一些后，打游戏只能当休闲了，有些操作确实会感觉到吃力。”许诺开玩笑说，“无论以前多么辉煌，大家也会渐渐忘记你。你知道吗？换成几年前，我要是来这种地方，不会有人不认识我的。现在，前台对着我的身份证看半天也不知道我是谁。”

于渃涵想起刚才在前台的一幕，问道：“你不会觉得意难平吗？”

“这倒没有。”许诺说，“只是感觉时间过得真快。”

“谁说不是呢？”于渃涵轻轻摇着咖啡杯里的勺子，“快得我都有点想死了。”

许诺问了问她的近况，于渃涵真话里掺和着几句假话往外讲，好的也说了，现在棘手的问题也说了。这次见面是许诺主动邀约的，于渃涵本来没想多提别的。可王寅说这事儿求求许诺也许还有转机，于渃涵也不清楚转机会在哪儿。

这种公司层面的资金流动，怎么可能会因为一两个人的对话而发生改变呢？如果这也可以的话，公司做那么大的意义是什么？跟过家家有什么区别？

“你看，大家都觉得当老板很有钱，可是到头来还是为了钱而焦虑。”于渃涵叹道，“这可真是个无底洞，我感觉怎么样都填不上了。”

“所以说，现在的核心问题是说服裴英智吗？”许诺问道，“别的人没有办法了吗？”

“时间。”于渃涵耸肩，“再说了，那笔钱本来也是要给 INT 的。”

许诺看了一眼窗外，黄昏将近，路上的行人匆匆忙忙。他忽然说：“为什么总是他？”

于渃涵不解：“什么意思？”

“没什么。”许诺无奈地笑笑，“只是不知道为什么，好像做什么事情都跟他有关系似的。”

于渃涵说：“没办法呀，人家家大业大，投资的公司那么多，特别是这个圈子里，想回避他的存在是非常难的。哪怕是同类的竞品，他仿佛都能雨露均沾地掺和掺和，就好像……”

“就好像什么都要归他所有。”许诺回答。

于渃涵说：“信游最开始就是 IEN 投的，在这种层面上，你应该比我要了解他。”

“何止这些，我……”许诺停了下来，“算了，过去都是一些不值一提的小事儿。你说的事情，我可以帮你做说客，但是我有一个要求。”

于诺涵知道许诺不可能当什么国际战士，买卖买卖，有买有卖，她有这种心理准备，对许诺扬了扬下巴，示意许诺说下去。

“你知道信游 IPO[①] 一直不太顺利的事情吗？”许诺说，“这也不是什么秘密，我那么想在今年把新游戏推上去，包括跟 INT 的合作，也是希望能够争取足够多的筹码。只是最近，我开始想是不是自己太着急了，好像有点因为我个人，为了上市而上市，公司真的做好了这个准备吗？真的有利吗？我开始对这个选择产生了怀疑。”

他深吸了一口气，说道：“我想把 IEN 从信游踢出去。”

“啊？”于诺涵吃了一惊，没想到许诺忽然说出这么一句话来，“你……你想什么呢？”IEN 持有的信游的股份不算多，但是以现在信游的市值来说，这也是一个非常惊人的数字。许诺说想要 IEN 退出人家就退出？这怎么看都不是个一手交钱一手交货的买卖啊。

许诺说：“所以这才是我跟你提的条件呀，INT 必须活下去，而且要活得很好。”

于诺涵这下明白了，合着裴英智拿 INT 当作废品回收，许诺想把 INT 当提款机，两个人在利益分配上产生了冲突。

“如果 INT 能活下去，我相信从上游到下游的整个产业都会发生翻天覆地的变化。”许诺说，“这个主动权，我不想让。”

于诺涵的手指在桌子上轻轻地点着，许诺以为她在犹豫，没想到她很快说：“成交。”

比起裴英智，于诺涵更喜欢跟许诺打交道。职场之上说到底都是尔虞我诈，你算计我我算计你，许诺也不例外，他从来不会做亏本买卖，只是他会把话说明白，并且言出必行。

这已经是难能可贵的品质了。

许诺是个实干派，答应过于诺涵为她做说客，趁着还在北京之际就去找了裴英智。两人见面的内幕无人知晓，也不知道许诺用了什么法子，一周之后，油盐不进的裴英智有了一些松口，主动跟于诺涵谈及此事，并且表示如今的举措是经董事会商讨过的。

于诺涵真的有点哭笑不得，董事会还不就是他裴英智的“一言堂”？要不然怎么之前拿董事会搪塞她，现在忽然大家又手拉手成了好朋友呢？反正从此以后，裴英智跟她

---

① 前文出现过，意为首次公开募股。

说什么，她都觉得是在胡说。

这确实有点冤枉裴英智了，有些事情于渃涵是不知道的，比如为什么许诺能在裴英智这里说得上话——交情等等都是次要的，成年人的世界，看的是权力。

许诺个人持有裴英智名下公司的股份，说多不多，说少也不少。这样的陈年往事太过复杂，在此不表，结果就是，他远比那些站着说话不腰疼的股东们说话有分量得多。就是这么一票两票的事儿，裴英智还真拿他没什么办法。

种种烂账算下来，到底谁才能做赢家，通吃天下，还要打个问号。

于渃涵从来没想过事情能这么顺利，之前的诸多坎坷所带来的痛苦与压力荡然无存。手里攥着钱，说话就是有底气。INT 和华胜用最快的时间生产了一批芯片，所有人都在高速运转着，这场没有硝烟的战争吹响了反击的号角。

与此同时，择栖的营销部门专门被抽调去了 INT，为这次的产品上线做前置铺垫。

本来大家都觉得 INT 这次肯定玩完了，没想到没过多久，坊间就开始流传 INT 要重新杀回来的八卦。信息源头找不到，但大家都这么传。于渃涵本人也开始频繁出现在各种社交场合，仿佛也在侧面印证这个八卦的真实性。

另一方面，社交媒体上忽然开始有一群人关注起了国产芯片的事情，大量的科普和测评视频出现。很多人都不知道原来这个世界上除那些耳熟能详的芯片和搭载平台之外，竟然还有国产货，而且这里面还有这么多门道，那些坎坷的探索过程和一往无前的匠心精神，看得人又心酸又热血。

当大家接受了这个设定之后，一个更玄幻的八卦出现了："风从"的家庭版终端机将采用国产芯片上线，并且不降低性能参数。

这立刻在互联网上引起了轩然大波，奇事年年有，今年可以说特别多了。

许久没有更新的"风从"官网上传了最新的视频广告，广告内容很短，是"风从"终端机的拆解示意，视频包装得非常具有科技质感，拆解到最里面时，出现了一个小小的红色方形图案，它在黑色的背景之下格外显眼，仿佛心跳一样弹了两下，Fi 就慢慢出现在了视野之内，他的手一扬，画面的正中间浮现出一个日期。

这就是"风从"正式上线的日子。

没有人知道延迟的这段时间里 INT 到底经历了什么，很多人都说他们不行了，可结果是，那些坎坷和困难仿佛魔法到了时间一样，尽数消失了。而更加引人注目的是，"风从"启用了全新的从未上市过的国产芯片。这段时间大家已经从铺天盖地的帖子和视频中了解到了芯片的概念，了解了国产芯片的性质，由此也对“风从”产生了别样的情感和期待。

期待之外，也有质疑，很多种反应在舆论中慢慢发酵，只等待最终发售那天揭晓。

然后，它来了。

这天，与之相关的工作人员都没有离开公司，本该休息的这天成了 INT 最热闹的时间，所有人都在自己的岗位上严阵以待，一分一秒都在被无限地拉长。

于渃涵没在自己的办公室里，而是在外面的办公区，跟大家一起倒计时。

零点一到，预售通道正式开启。

后台的数字像是疯了一样增长，大量订单的涌入让官网陷入了卡顿，工程师们争分夺秒地处理情况，才保住官网没有被冲垮。

很快，于渃涵就听到耳边有人惊呼：“十万了！十万了！”

“天哪！这么快！”

虽然此前不惜投重金往外散发了很多各种推广物料，可是风从不像手机那样是刚需，也不像传统的游戏掌机一样有固定的消费人群。它是一个完完全全新生的东西，而且还变相地降级了芯片，洗脑式的营销和情怀共鸣能起到多少作用，无人知晓。

直到最后一秒，他们都怀着忐忑与未知的心情。

没想到，消费者的动力和欲望远比他们想象的充足得多。

看着仍旧在不断上涨的数字，一直以来压在于渃涵心上的石头终于轻了一点，因为这个销售量至少不会让他们赔得精光。

不过很快，于渃涵就告诫自己不要掉以轻心，预售量越大，生产的压力也就越大。同时，需要对接的渠道、售后以及口碑维护方面的压力也是呈几何倍数增长的，一个挑战过去了，还有更多的挑战在迎接着他们。

“渃渃。”

王寅不知道什么时候出现在于渃涵的背后，他的一只手压在了于渃涵的肩膀上，于渃涵本就神经紧绷着，被他这么一搭，吓了一跳。

“你干吗？”她皱眉说，“我正看数据呢，想吓死我呀。”

王寅仿佛猜到了她的心事一般，笑道：“别紧张，明天的事情明天再说，至少今天晚上能睡个好觉了，不是吗？”

“睡个鬼。”于渃涵指了指时间说，“等这边全处理完，估计天都亮了。”

“那我请你吃早饭。”王寅说，“哎呀，好久没吃炒肝了，我想吃炒肝。”

人在战斗状态时是不知疲倦的，以前熬个夜第二天都精神恍惚，今天却感觉没有那么无力。大部分员工差不多在凌晨时分处理完手头的工作就离开了，只留下一小部分轮岗。花枕流倒是早早就回家睡觉去了，他说他不想熬夜，熬夜伤脑子。

王寅和于潴涵不信他这套鬼话，能让花枕流在这么重要的一天不在场的理由，他们俩多少也能想到一个。

不过无妨，这里确实用不着花枕流。

于潴涵和王寅一直坚守着，整个城市都入睡了，数字跳动的速度也减缓了下来，他们俩才回到于潴涵的办公室里小憩了一下。

天亮时，于潴涵醒了后，踹醒了王寅，两个人去公司楼下吃饭。

于潴涵很久没有像这样心绪平静地看着太阳升起来了，城市渐渐喧嚣，有那么一瞬间，她想到了某个和高司玮一起吃饭的清晨。

“王寅，我想办件事儿。”于潴涵开口说。

“什么事儿啊？”王寅吃着他的炒肝，不经意地问。

于潴涵说：“我觉得‘星云’那个平台挺有意思的，我也想做。”

王寅噎了一下，说道：“姐姐，咱们现在手头上这点买卖还没弄明白呐，您就又想开辟战场了？”

“早晚的事儿。之前花枕流其实就跟我提过，那会儿我也是你这个态度，但是现在我觉得有机会。”于潴涵说，“你想啊，‘风从’上线之后势必会有一大波流量涌入，我们整个艺人运营体系都会面临革新，一切都是线上的形式，连艺人都是虚拟的，那么流量来了，我们怎么吃掉这些流量？借助以往的传统社交平台肯定是不行的，玩法太受限了。”她点了点桌子上的烟盒，“我们一定要发挥自己的优势，把流量牢牢地掌握在自己手里。”

王寅说：“我觉得你还是直接说你就是想弄小高比较有说服力。”

“这只是很小的一方面。”于潴涵说，“就好像你朝着一座城池进军，路上随便碾过些野花野草，都只是信手拈来的事情。”

“这可就是直接竞争关系了呀。”王寅坏笑道，“不怕以后真弄成老死不相往来？”

于潴涵哼笑一声，说道：“我还求之不得呢。他在我最难的时候离我而去不闻不问，拿我当什么了？我说过，我是没有时间和精力，等我喘过这口气来，我就让他知道‘后悔’两个字怎么写。”

王寅说：“知道了又如何呢？姐姐，破镜是不能重圆的。”

于渃涵拍桌说：“谁要和他破镜重圆？！”

“噢，没有人没有人。”王寅端起了自己的炒肝，怕于渃涵给他掀翻，“祝他好运，行了吧？”

高司玮在聚星依旧保持着加班的习惯，其实并不是有那么多非要当下处理的着急的工作，只是他不太想回家，反正都是一个人待着，在哪里都无所谓。

多做一点，进度就能更快一些。

他知道“风从”终端机发售了，这是圈子里近期的热门话题。不光是舆论，连投资风向都被这件事带得有些偏转。整个数字信息化的产业从上层建筑到底层基础是一个倒三角形，而利润空间也是如此，上层的互联网模式永远是一片广阔的海洋，是热门领域。但是下层的硬件、基础设备的开发和制造却很冷门，无人问津。这就形成了一种几乎不可逆转的恶性循环，没有好的基础，上层建筑永远是随时会倾倒的浮云泡沫。

“风从”这一次铤而走险采用了国产芯片，却意外地搭上了一辆便车。市场对新鲜血液永远有着野兽般的敏感和饥渴，投资人都在等着“风从”发货之后的效果，如果真的有预告里说得那么好，也许又会引领一股新的投资风潮。

这件事虽然跟高司玮没有直接关系，但是他隐隐有一种莫名的危机感，以他对于渃涵的了解，很难说于渃涵是选择纵深发展，还是横向发展。

他来到聚星之后，以最快的速度签下了市面上能够签下的艺人。还有一些艺人当时的态度比较暧昧，在“星云”上线之后，看到了非常好看的数据，意向也明确了一些。高司玮认为再施加一些压力，谈下来是不成问题的。

他现在缺人，缺少大量熟悉内容和该行业的人。组建团队并不是一件容易的事情，哪怕给出高额的薪资，也难保不会碰到漂亮的草包。在这个过程当中，他确实收到了一些择栖员工的简历，很多都是他当初非常认可的人。

高层离职带走一整个团队是常有的事，高司玮没有这么做，但并不意味着不会有人前来追随他，只是发现宋新月的名字时，他多少有点意外。

他问过宋新月为什么要离开择栖来这里，宋新月只是说这边工资高。

非常现实，无懈可击的答案。

好在宋新月在艺人这方面也积累了不少资源，行业规则、门门道道十分清楚，来到聚星之后体现了很强的驱动力，这也是高司玮没有想到的。

印象中，宋新月还是那个什么都不会的愣头青。

赵江对宋新月可谓赞许有加，她为什么离开择栖的问题，赵江也同样问过。不过宋新月对赵江的回答除工资之外，还多加了一句。

“就当……我是为了高总来的吧。”

如此含糊的一句，赵江却也明白了。这种年纪的小女孩儿很容易因为感情做出非常冲动的事情来，要不是这样，他们这个行业赚谁的钱去呢？

他认为追星跟恋爱是一样的，都是寄托了虚无缥缈的热烈情绪。

“星云”的流量很好，在短短时间内就成了投资人眼中的红人。互联网平台是烧钱的买卖，特别是“星云”还要必要的硬件设备，前期的投入是非常大的。在这种情况之下，他们却没有走快速融资的路线，这也成了一个谜团。

不过很快，赵江就开始在投资市场上活跃了起来，听说聚星想要启动融资了，大家的一颗心才放了下来，仿佛他们终于做了一件正确的事情。

拢共圈子就这么大，所以大家经常会在一些场合上碰见，可以从互相的神情状态去猜测一些事情。于渃涵最近是春风得意，“风从”终端机进入生产之后意外顺利，也进入了发货期，网络上的测评不可能百分之百好评，但好评率也超乎大家的意料。

一个能够真正陪伴着自己的，且无障碍交互的虚拟偶像，这几乎是颠覆性的娱乐模式。

就连“星云”的用户都在不断地向聚星反馈，说希望能够让 Fi 入驻“星云”。高司玮每每看到这些讨论就想苦笑。

他就算有天大的本事，恐怕也谈不下来这桩生意。

万万没想到，就在“风从”进入稳定期之后，INT 就宣布了要搭建属于自己的虚拟社交平台的消息。

高司玮一直担忧的情况终于发生了。

产品一旦推上市场，只要没有什么太大的问题反馈，剩下的就是逐步完善和推进。万事开头难，头开好了，后面的都是自然而然的事情。

Fi 上线之后几乎可以说是引爆了互联网，但很快其他问题就来了，比如角色太少；除互动之外，其他可玩性不够高；有玩家要求 Fi 做出违规行为。

INT 对此做了丰富的设计方案，很快，和信游合作的项目即将登陆。

那阵儿谭兆中考，于渃涵特意调整了两天休假去接送谭兆。

谭兆看上去很放松，于渃涵反而有点紧张，拉风的跑车开到考场的时候还差点刮了底盘。谭兆“噗嗤”就笑了，于渃涵有点脸红，一边倒车一边佯装生气地说：“笑什么笑？别笑了！”

“哦，那你就停在这里吧，我要进考场了。”谭兆拿起自己的书包，于诺涵盯着他最后检查了一遍准考证和文具，确认无误之后，她拍了拍谭兆的肩膀，说道：“别紧张。”

“我没紧张。”谭兆说，“反正我也都不会。”

于诺涵说：“会多少就答多少，反正总会有学上的。实在不行，你想去国外读书吗？”

“国外有什么好的？我才不去。”谭兆有模有样地说，“国外没有快递，也没有外卖，交通也很陈旧，还不能用手机支付。”

“让你去国外是享受生活的吗？是让你学习的。”于诺涵说，“我们那会儿都巴不得出国读书呢。”

谭兆说：“大人，时代变了。”

于诺涵被这小子噎了一句，觉得确实如他所讲。这些城市里的孩子一出生就什么都有，见过星星也见过月亮，他们的生活足够优渥先进，哪儿还稀罕外面的世界？

“行吧行吧，时代变了。”于诺涵说，“赶紧去吧，别迟了，我去周围逛逛，你考完试就过来。”

谭兆点了点头，快步朝着考场走去。于诺涵望着他的背影，感觉谭兆好像又长高了一些，青春期的男孩子真是一不留神就会长大。

一想到以后谭兆会变成大人，于诺涵就不那么期待未来了，也懵懵懂懂地理解了做家长的心情。

中考的两天对考生来说是煎熬的，对于诺涵却是难得的休息。考试过后不管成绩好不好，都已经是过去式了。

信游发行了他们新的客户端游戏，正值暑假，谭兆也憋在家里天天玩，特别上瘾。于诺涵有时会围观，问他怎么好玩，他都没有空理于诺涵。

直到“风从”更新了版本，Fi 在游戏里的形象才在“风从”登陆。于诺涵家里也有一台机器，那台测试机的性能要比发售版好很多，谭兆在家里看到了那样奇异的场景之后差点乐坏了。

于诺涵家里的机器版本是可以实体化游戏场景的。谭兆求于诺涵将测试机放在了自己的房间后，谭兆的房间里时不时传来哇哇大叫的声音，人物在里面横冲直撞却又不会造成破坏，那种视觉效果和游戏体验真的是太刺激了。

谭兆意犹未尽地问于诺涵可不可以跟同学一起玩，于诺涵摇头，因为别人的终端机性能跟不上。谭兆有些扫兴，问她什么时候大家都可以做成这样。于渃涵笑着说，很快。

市场的反馈，永远是刺激技术飞速进步的条件之一。即便没有那么快，也终归是有盼头的。

“风从”已经被推上了正常的轨道，INT 也发布了他们的平台计划，开发周期非常短暂，不久便问世了，名字也叫“风从”。

他们的平台没有那么复杂的设定，就是一个非常轻量化的社交平台，甚至没有冗余的功能，平台上配备的全部都是虚拟角色和虚拟产品，也没有充值功能。

这很明显就是个玩流量的平台，像是给“风从”终端机上所有的虚拟偶像增添一个玩乐的花样而已。

不过还是有很多人诟病他们在抄袭“星云”，毕竟把两家公司的背景挖出来看看，多少有点瓜田李下的意思。

不过这就是互联网，没有抄袭，只有“用户习惯”。

在明星市场近乎被疯狂收割和垄断的情况下，入场较晚的“风从”几乎没得选，他们只有择栖的艺人，除此之外空间不大。不过他们的核心诉求跟聚星不同，平台是聚星的主营业务，对于 INT 来说则是个锦上添花的甜头。所以他们调整了策略，围绕虚拟角色这个点，去接触各大虚拟角色 IP 持有方——小说、动画、漫画以及游戏，即真真正正的纸片人，而且如果 IP 价值足够大，可以完全在“风从”上复现，这是真人远远无法达到的价值。

从虚拟角色的开发、周边衍生再到社交以及最终流量变现，INT 在一点一点布局着他们的娱乐模式。

这种冲击和威胁是非常大的，高司玮面上很沉稳，可是心里的焦虑一天大过一天。他和赵江聊过这件事，赵江似乎不以为意，双方看上去要打擂台，可他不认为决胜的战场就在这里。

不过，该阴阳怪气要阴阳怪气，该落井下石也要落井下石。比如聚星暗指过“风从”在某个人物的虚拟道具设计上涉嫌抄袭他们，INT 也嘲讽过“星云”想要吃这碗饭也不看看自己够不够格。

火药时常有，都是给大家看热闹的。把控舆论翻云覆雨这点本事，高司玮还是从于渃涵那里学会的。双发打过几个回合，于渃涵倒觉得高司玮长进了不少，还跟王寅夸奖过两句。

“不是你想弄死他的时候了？怎么还夸起来了？”王寅笑着调侃于渃涵。

于湉涵说："一码事归一码事，我这个人向来分得很清楚。大家在生意上可以拼个你死我活，可也不妨碍我对一个人客观公正的评价。你说，他是不是比那会儿手段多了一些？是不是长进了？是吧。"

王寅笑而不语。他确实认为于湉涵这番评价没什么问题，依照他对于湉涵的了解来看，于湉涵是真的恨高司玮吗？有点。毕竟谁遭遇那样的事情都不可能不介怀的。不过他觉得于湉涵最接受不了的还是高司玮站在了她的对立面，她的核心诉求可能也只是想要教育高司玮，让他知道什么叫江湖险恶，让他知道人要为自己的选择付出代价。

至于对高司玮这个人，他想，于湉涵的感情可能比较复杂，不能用"死不死"一概而论——至于当初说过的，多半是气话。

所以他试探性地问于湉涵："如果他失败了，事业上一无所有了，你还要继续怎么样他吗？"

于湉涵沉思片刻，说道："我不知道。也许……"说到这里，她好像有点犹豫，换了一种稀松平常的口吻反问王寅，"这事情你不是经历过吗？为什么要问我？"

"你是说被人弄得破产那一段呢？还是复仇那一段呢？"王寅说，"还是破镜重圆那一段？"

"打住。"于湉涵说，"你是脸扔在地上踩吧踩吧还能当成无事发生地掸掸土捡起来揣好的人，所以任何情况发生在你身上都是合理的。人家高总可不一样，人家就是要证明自己，证明不了的话……呵，玻璃心[①]一个。我觉得到时候不是我要怎么样他，而是他自己要怎么样自己。"

王寅揶揄："那人家也是为了要证明给你这个裁判看，裁判说了算，你要是肯给人家一句明白话，至于从情感剧变成商战剧？我看不至于。"

"烦不烦？"于湉涵干脆踹了王寅一脚，"你这么向着他，那你跟他过去算了。"

王寅摆手："我可不敢，我就这一条命，不够折腾的。"

于湉涵骂道："恶人自有恶人磨，你就是活该！"

转眼就到了秋天，北京的天气冷了起来，但是明枪暗箭的热度并没有降下来。市场就这么点大，资源也就这么多，就算一开始彼此不给对方眼神，但到了某个时刻，还是会去争抢利益。

① 玻璃心，网络流行语，指心理素质差，心灵像玻璃一样易碎，很脆弱，经不起批评或指责。

在这方面，于渃涵是个“老油条”。她自打动心思的时候就暗中调查和布局了很多事情，该申请的、注册的、备案的一个没落下，全都搜刮了一圈。早起的鸟儿有虫吃。

好巧不巧，他们正在提交申请注册的一个角色形象是聚星刚刚签约的一个合作影视剧的艺人所扮演的形象。

聚星喜欢一劳永逸，公司又不差钱，能全押就全押，免得出什么麻烦。结果就在查询的时候发现影视剧、原著小说的角色被INT霸占了，两者是一模一样的，一旦INT成功地申下来，那么他们将不能使用该形象。

艺人是带着剧来的，如果不能用，计划就全乱套了，那还玩什么？

聚星的法务气得够呛，这些本来应该是剧方跟版权方早在签约时就处理好的问题，不应该由他们来管，可问题是那份合同签得非常早，当时很多概念都还没有，权利归属不明确，存在一些漏洞，这才给了INT可乘之机。

要说互相扯皮重新计算谁违约也不是不行，可等分清楚了，黄花菜都凉了。最快的解决办法是跟INT沟通一下，哪怕是花钱，也要让对方把这个注册申请撤下来。

换成其他公司，赵江都有把握，可INT——这不是送死吗？

这事儿他很无奈，无奈也得硬着头皮试试，并且无数次地开导自己：没有永恒的敌人，只有永恒的利益，于渃涵是个聪明人，聪明人一定会衡量一下的。

于是，他向INT抛出了友好的橄榄枝，结果没想到INT那边的回复很明确。

“让高司玮来求我。”

于渃涵如是说。

高司玮这次是真的不知道于渃涵打的什么主意，赵江无奈地跟他分析现在的情况，他只是沉默地听着。赵江看着高司玮的反应，说道：“你要是不想去就别去，我再想想别的办法。”

“她既然这么说了，那你想别的办法也没用。”高司玮说，“她是个不达目的绝不罢休的人。我可以去，正好，很久没见过她了。”

赵江只当这是高司玮的一句玩笑话，却不知高司玮内心之中确实有些想见于渃涵的念头。那种情感很分裂，他知道于渃涵必定不怀好意，又有点想去看看她葫芦里卖的什么药。

他看着手机联络簿里于渃涵的名字，拇指反复划过，猜心游戏不好玩，他最终下定决心给于渃发消息。

这一刻，他很紧张，看到消息发过去并没有出现红色的感叹号之后，他才放松下来，长长地舒了一口气。

高司玮主动问于诺涵什么时候有空，于诺涵也一副公事公办的语气回答了高司玮。不过她约定的地点在京郊一处幽静的度假区。原来，于诺涵最近在休假，她休假是不谈公事的，这次仿佛非常给高司玮面子，格外开恩地会见高司玮。

不日，高司玮便驱车前往郊外。此时秋色正浓，山林中的枫叶已经红了，度假区依山傍水，每一处都是独栋的中式别墅，环境幽雅静谧，颇有几分禅意。

高司玮找到了于诺涵给他的门牌号，按了一下门铃，门一开，便看见了于诺涵。

现在差不多是中午，于诺涵一脸没睡醒的样子，揉着眼睛，迷迷糊糊地说："你来了呀。"这句话一出来，高司玮有些恍惚，好像一下子回到了很久之前，那时于诺涵还没离开择栖，他也还只是于诺涵身边的助理，每天要帮于诺涵处理很多奇奇怪怪的事情，但他却乐此不疲。

现在，一切都变了。

"嗯。"高司玮点了点头，也不知道该说些什么好。于诺涵似乎没有他那么多心理活动，打着哈欠就往里走，让高司玮进来时把门带好。

度假的别墅只有两层，一层是客厅和厨房，二楼才是卧室。客厅外面是花园和池塘，一看便是经过精心设计的，独立性和隐私性都非常强，秋景入眼，仿佛画卷。

"为什么约我来这里？"高司玮问。

"不是说了吗？休假，找个安静的地方休息两天。"于诺涵弯腰在冰箱里翻腾了半天，"只有啤酒和凉水，你要喝什么？"

高司玮下意识地说："不要总喝凉的。"说完，他自己觉得不妥，尴尬地咳了一声，补充说："我不喝凉的。"

"哦，那你随便吧。"于诺涵像没听见高司玮的那句话一样，从冰箱里拿了一瓶矿泉水，拧开盖子就咕嘟咕嘟灌了下去，"如果你觉得这样太随便，想找个比较商务的场合谈的话，那就等我休假结束，反正我都可以。"

高司玮根本不知道于诺涵休假休几天，等她休息好了，人家那边注册的流程都走完了，到时候还谈个什么劲儿？

他想抓紧时间聊正事儿，于诺涵却慵懒地坐了下来，拿着手机不知道在干吗，反正看样子是没听他说话。

"你想吃什么？"于诺涵目不转睛地看着屏幕，"我点些吃的，叫餐厅送过来。这边的素菜做得都挺不错，他们这里自己种的，很新鲜……"

高司玮说："我不是来吃饭的。"

"可是我要吃饭哪。"于渃涵指着时间说，"现在都中午了，不吃饭怎么行？算了，你爱吃不吃，我自己点了。"

高司玮说："你到底想干什么？叫我来这个地方就是为了看你吃饭？你还有什么把戏，一起全玩了好不好？我没有那么多时间跟你在这里浪费。"

"哟，合着你觉得这是浪费时间哪？"于渃涵一挥手，"行吧，那我不浪费高总时间了，您走吧。"

"你！"

"我什么我？"于渃涵说，"现在是你有求于我，怎么还跟我摆姿态？我好心好意挪出自己的休息时间来跟你谈公事，你还委屈了？"

高司玮一下子就不说话了，于渃涵一脸不屑地看着高司玮，但心里却不如脸上的表情那么严肃。高司玮还是老样子，稍微逗弄两下就像鸵鸟一样装死躲起来。她想，可能自己当初就是太惯着高司玮了，竟然到现在他都还只会用高冷的态度来面对难缠的人。

于渃涵有点感慨。

高司玮不理她，也不走，她就把高司玮当空气。午饭来了之后，自己一边看综艺一边吃。高司玮性格很闷，一句话不说也不觉得尴尬和无聊。

反倒是于渃涵觉得没劲了。

"行了，别跟座雕像一样杵那儿了。"于渃涵擦了擦嘴巴，酒足饭饱，"你说吧。"

高司玮挑眉问："你不再叫个奶茶、吃个甜点了吗？"

于渃涵说："我戒糖。"

高司玮无语，把之前被于渃涵打断的那些话整理了一下，复述给于渃涵听。

于渃涵哪儿会不知道高司玮的用意？高司玮那张嘴能说出来什么话她都一清二楚，佯装听完之后，她用非常谨慎犹豫的口气说道："这个吧……"

"多少钱都可以。"高司玮补充，"只要你肯让步。"

"这单生意这么好赚吗？"于渃涵说，"被你这么一说，我都有点想试试了。"

高司玮说："这不是赚不赚的问题，你不懂吗？"

于渃涵说："但我现在只关心赚不赚的问题。"

高司玮觉得自己跟于渃涵说话有点费劲。从一进入这个房间开始，他就觉得很不对，于渃涵可能就是要故意刁难他，有求于人就是矮人一头，于渃涵说什么他都得听着。他渐渐产生了一些抵触情绪，可是理智告诉他，他得接受这个现实。

“如果是几个月之前，钱确实非常打动我。”于渃涵说，“不过你也知道‘风从’卖得有多好吧，我现在不缺钱，自然也就不在乎钱。如果你们只能拿出钱来，这个东西对我而言会有吸引力吗？你有没有想过这个问题？”

高司玮说：“那你还想要什么？我能办到的都可以。”

于渃涵说，“我让你退出聚星，你能办到吗？”

高司玮干脆把头偏向了一边。

于渃涵一下子就笑了出来，她站起来顺手轻轻拍了拍高司玮的脸，说道：“我开玩笑的，你也信哪？”

高司玮盯着于渃涵，鼻间闻到了于渃涵身上若隐若现的香气，似是手指带来的。

于渃涵走到了窗边，望着外面的天空，双手随意抄在口袋里，背对着高司玮说道：“小高，你来之前自己就没点心理准备吗？你说你弄出来这么一堆事儿，我能不恨上你吗？我说过，我最讨厌被人骗。谭章是什么下场，你又不是不知道。”

高司玮说：“我没有骗过你。”

“是吗？”于渃涵说，“你说你喜欢我，然后就做了背叛我的事情？”她很少把这种涉及感情的字眼挂在嘴边，如今这么一提，让高司玮的心震了一下。他立刻冷静下来，谨防自己陷入于渃涵的圈套，说道：“是你自己不在乎的。”

他很爱于渃涵，只是于渃涵从不把他的感情当一回事，现在反过来指责他的欺骗与背叛，这难道就是成立的吗？

“对，我不在乎。”于渃涵自言自语，“难道我还不在乎你吗？”

她回过头来，对高司玮说：“我叫你来，有一万种方法可以羞辱你，反正主动权在我手上，你不情不愿又怎么样？但是你要想明白，你现在所做的一切，真的值得你付出吗？”

高司玮说：“这是我自己的事情，不需要你来费心。今天我们只解决一个问题，条件你开。”

“如果我不答应呢？”

“那你叫我来是为了什么？”高司玮站起来问，“让我对你下跪吗？你是不是特别享受这种高高在上掌握一切的感觉？”

“对，我就是这种烂人。”于渃涵面无表情地说，“你第一天认识我吗？那你给我跪下，让我看看你为了你自己的所谓事业能牺牲到什么程度。”

高司玮显然是生气了，眉头紧锁，脸颊也微微泛红。

“做不到就闭嘴。”于渃涵冷笑了一声，离开了客厅。

她没有回楼上，而是出了别墅，她想出去透透气。之前每天下午，她都会去山上散步，小山不高，但山林修整得很别致，还可以远远地望见水库，吹吹风，十分清爽。她很喜欢那里，可以什么事都不用思考，能够独自坐上半天，天黑了再回来吃饭。

见高司玮这件事，于渃涵在心中盘算了好几回。她确实想给高司玮一些脸色看看，可隔了这么久再见到高司玮本人，她又临时改变了主意。她觉得以此来要挟别人太没劲了，却忍不住想逗弄高司玮几下。

两个人就会像原来一样陷入莫名的争吵，她脾气又急，很容易就说出一些狠话来。

她试问自己，她确实是一个言出必行的人，她怕高司玮真的会做彻底的牺牲，她不想看到那一幕，不想见高司玮亲口承认那些东西是重要的，所以仓皇地逃了出来。

于渃涵心想，她真的不应该招惹高司玮，因为在与高司玮相关的每一件事上，她都会有或多或少的偏差。

只是她没想到，高司玮一路跟着她出来了，两个人保持着几米的距离，谁也不理谁，高司玮就在她背后，也看不出来是什么意图。

两个人到了山顶，于渃涵坐一边，高司玮坐另外一边，说是互相怄气有点太幼稚，可也不是和平共处的气氛。

天色渐晚，天空中笼罩了几片乌云，轰隆隆几声之后便下起了雨。

两人都不知道今天会下雨，没什么准备，于渃涵甚至还穿的是睡衣，几个雨点子打在身上，昂贵柔软的丝质布料就贴在了身上。她用手遮在头顶，也不理高司玮，起身快步离开，没跑几步就被人拉住了，一件外套盖在了她的头上。

“边儿待着去。”于渃涵把外套甩给高司玮，“你回去跟赵江说，我们谈崩了。”

“不。”高司玮说，“我们还什么都没谈。”

“老天见你都烦。”于渃涵继续往前走，高司玮这次紧紧跟在她身边，说道：“你要让我等你到后半夜吗？”

于渃涵说：“条件我说过了。”

“行。”高司玮攥着于渃涵的手腕，扯着她往山下走。于渃涵对于态度一百八十度大转弯的高司玮感到惊慌，她不知道高司玮闷头坐在那里的半天都想了些什么。

是想明白了人在江湖身不由己吗？自尊什么的不重要，生意才重要，要脸做不成买卖？

于诺涵拒绝那样的高司玮，厉声道："高司玮，你敢！"

高司玮仍旧不言不语，拽着她一直走。

雨越下越大，两个人很快都湿透了，于诺涵挣了半天也挣不开，雨水冲得她眼睛有点睁不开。

山路不长，不一会儿，两个人就落魄地回到了别墅里。

于诺涵喘着气，用手抹了一把脸上的水，身上湿透的感觉很不好，她的心情更烂了。

外面噼里啪啦地下雨，房间内一片漆黑，远处的雨声衬得室内更加安静，甚至能听到喘气的声音。

于诺涵想去开灯，按了半天没反应，不知是不是山里下雨断了电。

晦气，太晦气了。于诺涵只想站在原地发脾气。

高司玮摸黑找到了一条毛巾，他递给于诺涵说："你先擦擦。"

于诺涵没有动，也不理高司玮。

高司玮便拿毛巾贴向了于诺涵的头发。她的头发不像原来那么长了，高司玮很耐心地帮她擦拭着，柔软且带着香气的发丝从高司玮的指尖滑过。

两个人站得很近，近到彼此能够听到对方的呼吸和心跳，外面冰冷的雨把他们都浇透了，可现在却不觉得冷。借着仅有的一点天光，高司玮能够看到于诺涵的睡衣贴在身上，露出了美好的线条。

是他熟悉的，难以自持的。

毛巾从他的手中落下，他的手掌停留在于诺涵的脸侧，露出了有些悲伤和纠结的表情。他想靠近于诺涵，比任何一个时刻都想，可是他又害怕于诺涵再一次拒绝他。

于诺涵感受到了脸颊上的温度，她没有动，而是注视着高司玮。

高司玮的掌心抚在于诺涵的脸上，他低声地，断断续续地，情难自禁地说："到底怎么样你才满意，真的要让我给你跪下吗？"

进而，他靠近于诺涵，说道："我好想你。"

于诺涵没有显露出拒绝的态度，这好像给了高司玮一些勇气，他低头吻于诺涵，一手撑在桌面上，圈住了于诺涵。

雨水没有变凉，反而变得滚烫。

"你不必为我下跪。"于诺涵低声回答，"但总有别的方式。小高，有人说过，人生有两个悲剧，一个是想得到的得不到，一个是想得到的得到了，你选哪个？"

高司玮埋头在她的颈间，没有说话，吻过之后，用力地咬了一口。

高司玮确实不必为她下跪，也不必求饶，因为这并不是此时此刻关于他们之间权力和利益争夺的主题。

山雨未歇，又起浪涌。

# 第十九章 走着瞧

夜半，雨渐渐小了一些，于诺涵躺在靠窗户的一侧的床上。窗户没拉窗帘，雨打在玻璃上快速地画出雨线。于诺涵看着窗户，数着到底有多少雨滴。

她有点累了，却不是很困，伸手在床头柜上摸一阵才摸到自己的烟盒。她刚抽出一根烟，打火机“嚓嚓”燃起火苗，一只手就伸了过来夺走了她手上夹着的烟，火苗也熄灭了。

“不要总是抽烟。”高司玮说，“对身体不好，你说过要戒烟的。”

“我说过吗？不记得了……我没说过，你又骗我。”于诺涵的烟盒里只有那一支烟了，她摇了摇空荡荡的烟盒，有点扫兴。房间里很黑，她靠着床头把玩着手里的打火机，有一下没一下地点燃又熄灭，火光时而照亮她的脸。

“可能想过吧。”她低声说，“只是有的时候，不来根烟，日子太难过了。”

高司玮知道于诺涵说的是之前遭遇坎坷的时光。高司玮猜于诺涵的烟瘾可能在那个时候变得更严重了。他无法去安慰于诺涵什么，没有资格，没有立场，只能呆愣愣地看着手里的那支烟。

他把烟横在鼻尖闻了一下，不是之前于诺涵常抽的那款，好像更烈了一点。不知道他不在的这段时间里，于诺涵又有哪些改变。

于是，他把烟放在了自己一侧的床头柜上，伸手把于诺涵揽入怀中。

于诺涵平时不喜欢被人搂着，现下却没有动弹，听着雨声微微合眼，靠着高司玮的胸口还是挺舒服的。

“也许你现在可以跟我提点要求。”于诺涵模模糊糊地说，“兴许我就答应你了呢。”

高司玮说：“天亮再说吧。”

“天亮？”于诺涵抬眼，“不怕我翻脸不认人？”

“这不才是你吗？”高司玮说，“我想和你安安静静地待一会儿，煞风景的话明天再说吧。”

于诺涵笑了一下：“下了床，我们是不是就没办法好好说话了？”

“取决于你。”高司玮轻轻握住了于诺涵的手，“一切都取决于你。”

于诺涵说：“你又不听我的。”

“我……”

“算了，不说了。”于诺涵说，“免得一言不合又要吵架。”

高司玮躺了下来，他让于诺涵枕着自己的肩膀，手掌不住地轻轻抚摸着于诺涵的头发。于诺涵比他大很多，一直以来扮演的都是关爱他的前辈的身份。很少能像现在这样，他们之间的地位反过来，他可以拥有主动权，去抚慰于诺涵。

于诺涵有些犯困，眼皮开始打架，她彻底闭上了眼睛。在她心底，何尝不想享受这几个小时的温柔宁静呢？她不由地也伸出手横在高司玮的胸口，好似搂着高司玮。

高司玮侧过脸吻了一下于诺涵的额头，小声说：“我爱你。”

于诺涵听到了，但是不敢回应。

如果不工作，于诺涵就是个非常能赖床的人。

昨天下过雨，晴天的天空如同被水洗过一样，秋高气爽，舒爽极了。于诺涵躺在干爽的被窝中本能地不想爬出来。高司玮早上把衣服送去处理，等送回来时于诺涵仍不肯睁眼。他就在客厅里等于诺涵。

于诺涵醒来时，见到床的一侧空空荡荡的，回忆了一番夜里的情景，不知道这到底算是笔什么样的账。

算输了，还是算赢了？

她穿好衣服，抓着乱糟糟的头发下了楼，看见了高司玮。

见他那副冷淡又不知趣的模样，于诺涵的气就有点不太顺。有些话幸好没有在夜里讲，不然指不定会有什么麻烦。

“干吗？”于诺涵懒散地说，“等着我结账啊？”

高司玮说：“你非要把话说得这么难听吗？”

“那你穿得整整齐齐的是在等什么？”于诺涵眼睛一转，说，“你等着。”她回到了楼上的卧室，一会儿之后下来时，手里拿着一沓纸。她把这沓纸扔给了高司玮，说：“你看看吧。”

高司玮不明所以，低头仔细看了一下，原来这些是注册那个IP形象的各种资料和表单。

“这……”高司玮看向于诺涵，“什么意思？”

于诺涵说：“这份文件我们还没递交，一切流程都还没开始。你从哪儿听到的八卦说我们在流程中了？”

高司玮有些不可思议：“可是明明……”

“有时候，眼见都不一定为实。”于渃涵说，“江湖险恶，这才哪儿到哪儿。”

高司玮说：“所以你是故意的？”

“故意什么？你说哪段剧情？”于渃涵说，“注册那一段？还是找你来？抱歉，无可奉告。我只能明白地跟你说，昨天晚上确实是个意外。本来，我没想这样的。”

高司玮手里的几张纸一下就皱了起来，他现在最庆幸的是这番对话没有发生在夜里，要不然他能被于渃涵气疯。他以为至少在那时，他们之间是你情我愿的，没想到被于渃涵形容成一场皮肉交易。

他觉得自己好像个笑话。

“你看，你就是要面对这些。”于渃涵的表情正经了一些，“你想努力向上爬，可你受得了这些委屈吗？赵江让你可以许诺我多少钱？我一直想知道，你们到底怎么赚钱的？”

关于财务这块，高司玮只知道一些大概的框架内容，具体的项目和流水，他也不太清楚。“星云”的流量变现非常好，好到连他自己都很诧异。他自打入职以来只清楚一件事，如果能用钱解决的问题，那么就不是问题。

鲜少有公司能在初创阶段就这么有底气。

“虽然我还没弄明白，但是你还是留意留意赵江吧。”于渃涵说，“别让人卖了还给人数钱。”

“我应该多留意你才是。”高司玮扬了扬手里的文件，“这个，没用了吧？”

“对，我放手了。”于渃涵说，“在这么细枝末节的小事上跟你死磕半天没意思，还有……”她忽然靠近高司玮，凑在他耳边说，“我还是喜欢晚上的你。就当辛苦费了。”说完，她还不怀好意地笑了一下。

高司玮的脸有些泛红，不知道是恼羞成怒，还是什么别的。

“你说我骗你，到头来，不一直都是你在耍着我玩？”

“谈不上吧。”于渃涵摊手，“工作哪儿谈得上谁耍谁？兵不厌诈，你没这个底气就不要觉得自己多么多么厉害，还是说，你觉得我不会对你用相同的手段？”

“不。”高司玮说，“我现在知道，你对我只会比对别人更过分。”

于渃涵说：“因为我的目的一定要达到，聚星必须出局。”

“为什么？”高司玮不能理解，“你就是在泄愤！”

“谈不上，小高，你冷静点。”于渃涵说，“商业竞争在所难免，这是座独木桥，如果给你一个机会，你不希望我倒台吗？我什么都没有了，也许才会仰仗你，依赖你，是不是？你难道没有这么想过吗？哪怕不是，难道你不享受那种打败竞争对手的快乐吗？我告诉你，不可能的，我坐到今天这个位置，从来不是靠谁。同样，我就是一个喜欢独裁的人，属于我的，别人最好碰都不要碰。我想做的事情，也不会有人能轻易改变。”

“那我呢？”高司玮苦笑，“我算什么？”

于渃涵深吸一口气，郑重说道：“高司玮，这件事我思考过很久，我们之间的问题也许不是你看到的那些，也不是我看到的那些。但有一点，我们也许天生无法在同一条水平线上相处。我脾气不好，你脾气也犟，咱们没办法和平谈判的，不如各凭本事，怎么样？”

高司玮说：“你什么意思？”

“咱们打个赌。”于渃涵说，“就赌‘风从’和‘星云’两家平台谁能笑到最后，输的人认怂，退出这个圈子，哪儿凉快哪儿待着去。工作上没有了交集，也许我们能好好谈谈感情。”

“玩这么大？”高司玮说，“如果你输了，你觉得自己做得到吗？你能放弃你的事业吗？”

“我于渃涵说一不二，言出必行。”于渃涵说，“你倒是要好好为自己考虑考虑，为了谈个恋爱最后什么都赔光了，有那个必要吗？我不想结婚，我也不想要孩子，我唯一能做到的就是稳定的伴侣关系，连承诺都没有。你还年轻，你有大好的光阴和未来，你觉得值得吗？”

高司玮说：“人生是我自己的，我想怎么样就怎么样。但如果十年二十年都分不出个结果来呢？我们彼此要蹉跎那么久吗？”

于渃涵说：“三年期限，如何？”

高司玮伸出了一只手：“一言为定。”

于渃涵拍了一下：“一言为定。”

高司玮拿着文件离开了于渃涵的别墅，于渃涵看着他的背影，直到他消失时，脸上才露出了一些苦笑。

她觉得自己不算是爱高司玮的，她对高司玮的感情的复杂程度远远超过浅显的爱情，它像一棵不被人注意的草，不知在什么时候便疯长成了一大片，连根都深深地扎进了土里，一把火根本烧不完。

逃避不足以解决问题，而会使问题越来越复杂，越来越难办。她在和高司玮的关系处理上反复拉扯，始终没有一个结果。过于扭捏，不是她的风格。她在想，她有什么舍不得的呢？

没有什么事情是她于湉涵做不出来的事情。

以至于她可以为了高司玮豪赌一场。

于湉涵跟高司玮之间所有的谈话内容都会被她告诉王寅，但高司玮却不会告诉赵江，他跟于湉涵的部分向赵江始终是一个比较保留的态度，除非赵江问及，否则他是不会多谈的。

这两天发生的事情被他一句话带过，总之，赵江虽然不清楚高司玮用了什么样的方法游说于湉涵，可他们的目的达到了，眼前最棘手的问题就这样轻轻松松被解决了。

相关的员工立刻收到了通知，合作可以继续下去。

“我们今年会启动新一轮融资吗？”高司玮闲来无聊，这么问了一句。

“这个不能确定。”赵江用个手指比画了一下，笑道，“你觉得我们现在的估值到顶峰了吗？我们的资金链并没有太大的问题。”

“话是这么说。”高司玮说，“INT 今天能在这种事情上绊我们一次，下回难保又有其他情况。现在两家对垒，用户只有那么多，谁能掠夺多，谁才能笑到最后。烧钱的事情多的是，我只是……”

“我知道你的担忧。”赵江拍拍高司玮的肩膀，“我们的用户跟别人不一样，他们会自己生产价值，你是知道的。”

“星云”跟别的互动平台不同的是，它更像是极度健全的社区，每一个人在社区里都会拥有自己的角色，以及可以拥有与角色生活息息相关的用品，追星是他们来到社区的动力和主题。用户在社区内为偶像的一切衍生品埋单，虚拟物品可以通过虚拟币，也就是星币来交易，用户之间的星币也可以流通——这里每天都产生大量的交易，“星云”源源不断的收入则源自虚拟衍生品高昂的贴牌广告费和植入费用。剩下杂七杂八的则是一些流量上的广告收入，和与明星联合开发的虚拟产品的抽成。

总而言之，比起做平台和做生态，赵江赚钱的法子似乎更多一些。他通过这种让用户投资具有实际价值虚拟资产的方式，把用户牢牢地绑定在了这里。

“INT 来势汹汹。”高司玮说，“我们有那么多时间准备吗？我不想要盲目的乐观。”

赵江说：“这哪儿是盲目的乐观呢？”他一把搂住高司玮的肩膀，两个人站在高层办公室的落地窗前，居高临下地看着一派繁华的商业景色，“司玮，INT 要是想硬碰硬，我们是不怕的。我们手中握着绝大部分资源和主流用户，雪球只会越滚越大。”

高司玮听着他这番话，陷入了沉思。

近半年的时间里，“星云”的市值一路水涨船高，“风从”则是依托他们的虚拟偶像产业，不紧不慢地跟在后面。毕竟市场需要去接受并且习惯一个又一个虚拟的角色，远没有到达真人偶像养成的成熟模式。

它是一个现象级的爆炸点，改变了人们一直以来的娱乐模式，但用户需要教育，教育需要硬性的时间成本。

Fi 现在的粉丝规模和流量已经不输给当下那些火热的艺人了，INT 陆续开发了其他角色，有男有女，各有特色。再结合跟信游和一些其他合作方共同开发的基于 IP 的虚拟角色，“风从”已经渐渐地成了流行的数码科技产品。只不过和信游有合约在前，那一批其他 IP 的角色只能在“风从”的 App 上线，并不能登录“风从”终端，成为实际的形象。

限制它继续发展的，还是硬件问题。

好的消息是，大量市场的验证和刺激在变相推动华胜的研发，而且从局势上来说，芯片进出口的障碍已经不像当初那么多了。INT 有时间，也有精力投身到这件事中来，新型的赛级终端机正在紧锣密鼓地开发中。

反观聚星那个适配“星云”的所谓终端机，却几乎没有更新换代。

于渃涵从最开始发售的时候就订购过一台“星云”的终端机，只是一直太忙，没有时间研究。现在所有的工作都处在健康正常的运作中，她才来细细品一品这台竞争对手机的戏路。

她注册了个小号，春节放假的时候天天在玩。里面的明星她都认识，有的还一起吃过饭蹦过迪，这让她很难进入实际追星的场景里。

所以，她做的事情就是大量的交易，买入和卖出，好像一个赚差价的奸商一样。凭借着出色的投资能力和二级市场经验，她很快就摸清楚了这套完整的流程。

复工之后，她把她的终端机带到了公司里，还专门让花枕流拆开看看里面的门道。花枕流几下就把外机打开了，里面的内容让他们有些失望。

“就是一个普通的架构。”花枕流说，“没什么技术含量。”

于渃涵说：“我还是不懂他们为什么需要这个东西。”

“它其实有点像一个小主机。”花枕流把配件拆得更碎了一些，“可能只是增强性能的。”

“我最近一直在玩那个社区。”于渃涵说，“其实它的整个交易流程跟现实生活中的炒股票和拍卖一样，只不过对象换成了一些虚拟的衍生品和带有明星属性的东西，其实逻辑上没有什么问题。但是你知道吧，钱这个东西是流动的，我只能看到它在用户之间来回流动，通过任务和其他渠道获取的货币总量是有限的，溢出的部分去哪儿了呢？”

花枕流思考片刻，说道：“他们的虚拟货币可以现金买卖吗？”

“现在不能了。”于渃涵说，“非常纯洁，是不是很奇怪？”

花枕流点头：“跟我想象的类似比特币一样的虚拟货币交易方式还不太一样。”他看了看拆开的机器尸体，说道，“不过这东西从性能上来说，确实是可以做矿机的。再结合他那套区块链的底层逻辑，你要说他没搞点动作，我其实不太相信。”

“也许人家就是什么经济学大手吧。”于渃涵说，“能搞出来一套颠覆性的商业模式，搞不懂，得再看看。”

她从花枕流那里并没有得到太好的建议和想法，关于公司运作层面上的事情，于渃涵只能先暂时不去想得太深。

“风从”虽然在虚拟角色产业上迈出了关键性的一步，技术的垄断让他们几乎可以垄断整个市场，但是角色的运营需要花费大量的时间、金钱和人力，虚拟角色可以应用到任何一个场景，可承载粉丝的平台空间是有限的。

作为一个涉猎人工智能技术的科技公司，INT 是没有人能打得过的。

可是作为一个互联网社交平台，聚星的“星云”和 INT 的“风从”一时并驾齐驱，双方打得火热，互有输赢。

但从数据表现上来看，“风从”是不盈利的，INT 大把的钱都烧了进去。聚星的账面则非常好看，这在互联网界甚至是一个神话。

而“风从”的用户增长和 DAU① 也始终略逊于“星云”。

高司玮在今年的第一季度亲手操盘了一桩和某综艺节目的合作案例，这是他物色很久的一个合作，正式招商之前他就通过多方关系和节目组接触过，并得知 INT 也有些意向，只是双方的方向不太一样。

---

① DAU(Daily Active User)，即日活跃用户数量。常用于反映网站、互联网应用或网络游戏的运营情况。

聚星除给出了一个对方无法拒绝的价格之外，高司玮还带着团队制定出了一套非常完整的吸引眼球的方案，成功地从 INT 手中拿到了这个项目。

随着节目在暑期的火爆，“星云”撕开了一个大众流量的入口，用户量直达爆点。

看笑话的路人都觉得，这次真是后生可畏，没想到一向手段老辣的于渃涵会输给自己曾经的部下，而且这一次大家直接甩开了差距，想在这条赛道上弯道超车恐怕很难了。

高司玮享受着于他至关重要的一场战役的胜利，于渃涵却不以为意，并且还觉得高司玮本事不小，能从她手里抢东西了。

于渃涵什么风雨没见过，她认为这是一场持久战，只输这一程根本不算什么。她在心态上蔑视对手，可是战略上却认真了起来，也给自己施加了一些压力。

现在高司玮把她逼得后退了一步，如何破局，她需要好好想一想。

转眼间，于渃涵跟高司玮的三年之约已经过去了一年。高司玮跟聚星一样，靠着几次破圈战役，身价水涨船高。他那么年轻，有着不凡的样貌与风度，虽然性格是冷冰冰的，可这种高冷又禁欲的形象谁不爱呢?

高司玮是很想赢的，这个欲望现在强过一切。可这一年的时间里，他总觉得胜利来得太简单，太自然而然了，他也会留意自己有没有做过什么不切实际的激进举动，但种种分析告诉他，他做的都是对的选择。

只能说，高司玮了解于渃涵还不够全面，至少他远不如王寅看到的东西多。王寅知道于渃涵和高司玮这个约定的时候还有点惊讶，女人狠起来真是谁也挡不住。他这一年里一直在观察于渃涵的行为，表面上看起来是有点温暾，好像没有跟上对方闪电战的节奏，不过也不能说失败。

因为于渃涵的注意力并不主要在这里，她有她盘算和计划的东西。

年底是非常重要的时间节点，很多公司在这个时候都会做一些盘点过去、展望未来的工作，大会轮番地开。圈子里就是这么一拨人，仿佛赶场子似的，今天在这个圆桌会上见到了，明天在那个盛典上碰到了。

王寅回到择栖之后就陷入了工作的泥潭，年底更是天南海北地飞。《FI》这部电影从前期到后期一直备受关注，特别是预计明年上映的消息一放出，更是吸睛无数。而 Fi 的成功也加速了虚拟偶像产业的发展，这让观众们更为期待这部以 Fi 命名的科幻电影。

不乏一些看热闹的吃瓜群众，想看看择栖如此执著地又一次斥巨资投资的科幻电影会不会还是以扑街[①]收场。

王寅倒是没什么压力，反正他在影视投资这块已经是个死猪不怕开水烫的形象了，又不是没有大赔大赚过，外人恐怕是不知道他当年经历的风雨是怎样的汹涌，才会把这种大场面当成小事儿。

他本来预计要参加一个视频平台的年终大会，这家平台在国内堪称行业巨头，择栖有多部影视剧曾跟他们合作，王寅跟人家高层也都是能称兄道弟的那种哥们儿，但情分归情分，生意归生意，该有的隆重还是要有的。

只是好巧不巧，那阵子陆鹤飞生病了需要人照顾，王寅本不以为意，可病人总爱耍一些小性子，弄得王寅也没有办法，只能委托于渃涵替自己去。

于渃涵无语地接完了这个电话，完事儿还掏了掏耳朵，仿佛听到了什么不堪入耳的垃圾信息。

她替王寅去没什么关系，而且以她现在的身份，可能人家平台还更乐意见到她。于渃涵当天盛装出席，风光不亚于在场的一众女明星，而且那种在商场之上拼杀出来的气质也不是一般人可以比拟的。尊贵的商界大佬席位里鲜少出现女性的面孔，像她这么夺目的也就只有一个。

“风从”带来的虚拟偶像们在市面上的讨论度居高不下，有好有坏，但是其扩张速度叫人感到恐怖，也能让人以此来诟病“风从”平台的拉胯，认为 INT 是个纯粹做技术在行的公司，之所以能把那些虚拟角色包装运营起来，也亏得于渃涵的那些手段。

可平台是平台，吸引用户的思路是完全不同的，那些下沉和裂变是非常具有互联网特质的一套东西，依现在的发展情形来看，这显然是于渃涵的短板。

女王并不一定永远能够笑看风云。

偏巧，今天聚星的人也来了，更巧的是，来的那个人是高司玮。

来的原因很简单，不是凑热闹，而是有一个重大的合作要宣布。

互联网发展至今，大家都在讲一个词，就是“生态”。而“生态”是什么？有人觉得是平台特色，有人觉得是用户习惯，还有人觉得只是一个极度油腻的、用来骗投资人的术语。讨论至今，它本身是什么已经不再重要，而大家好像就是喜欢追求这种虚无缥缈的东西。

---

① 扑街，源自粤语，正确的字是“仆街”，原本是横尸街头的意思，今引申为非常失败。

该平台宣布未来会利用自己的影视 IP 优势，跟星云合作虚拟衍生的开发，从线上到线下一体化打造优质内容，形成良好健康的文娱生态。后面于渃涵听了个大概，那些华丽宣誓一般的词藻在她翻译过来，就是两家手拉手宣布：我们要一起圈钱啦！

做 IP 类衍生其实一直都是“风从”的优势，于渃涵万万没有想到，冷不丁地就被对方将了一军。恐怕高司玮早在当初就默默地谋划着这一切，而且他的动作还很快，保密工作做得好，试图加速这场他们之间的战争的结束。

于渃涵看着高司玮在台上面无表情又颇有气势的样子，心中百感交集。高司玮在用全部的能力逼迫她，提醒她时间过得很快，一眨眼就会有胜负之分。于渃涵算了算，真到约定之时，自己已经四十岁了。她一会儿觉得这个数字很可怕，一会儿又觉得她连三十岁都接受了，四十岁又有什么可怕的呢？

三十岁难以被人接受，是因为从这一刻开始就是大家口中的“中年人”了，这是一个人生阶段的巨大转变。四十岁没有那么可怕，因为撑死就是一个“成熟的中年人”，或是中年人，没有那么可怕，心态上可能还更稳健了。

而高司玮还是风华正茂，处在一个男人的黄金上升期，他会褪去那些幼稚和莽撞，变得成熟沉稳——甚至还会很有钱。于渃涵换位思考了一下，怎么都想不通高司玮何必花时间在自己身上。

她刚三十岁的时候，可是风流得紧呢，只喜欢那些又鲜又嫩的男性。

于渃涵中途去了一趟洗手间，出来就看见了高司玮，她跟高司玮打了个招呼，笑道：“巧哇。”

“不巧。”高司玮说，“我跟着你出来的。”

“哦，你什么时候养成了这毛病？”于渃涵说，“还爱跟踪别人了？”

“好久没见你了。”高司玮才不会理会于渃涵的这种低级玩笑，“想跟你聊几句，不可以吗？”

“高总这就见外了。”于渃涵说，“在场的人大家都想跟高总攀关系，我受宠若惊。”

“是吗？”高司玮靠近了于渃涵，双眼一直盯着她。

于渃涵说：“这儿都是人，你可别做什么奇怪的事情，被人看见了可不好解释。小高，你不适合演霸道总裁的戏码，你只适合当个性冷淡的……”

“冷不冷淡你不知道吗？”高司玮说，“想找没人的地方，那要不去我的休息室吧，我有话想跟你说。”

反正接下来于诺涵也没什么事情要做，后面的环节是平台公布片单之类的，跟她关系也不大。她想看看高司玮要做什么，便跟了过去，一路上还不住风凉地说："高总就是不一样啊，还有专门的休息室，我真是比不得。"

"今天本来不是你来吧。"高司玮说，"你总爱踩点出现，又不喜欢那些繁文缛节，很少会要求主办方提供休息室。怎么现在反倒拿这些来开我的玩笑？"

"哦，你还记得这些呀。"于诺涵说，"当我没说。"

这间休息室并不大，但是该有的布置一应俱全，高司玮给于诺涵倒了杯水，于诺涵问道："找我什么事儿？"

"你的时间不太多了。"高司玮说，"明年我们会正式启动新的融资，这不是什么秘密，我相信你早就应该听说过了。"

于诺涵说："对，但是你们这个融资消息拖拖拉拉的，说了跟没说一样。"

"是吗？这不重要。"高司玮笑了一下，"其实我觉得用不了三年，也许明年我们就能决出胜负，到时候你不要后悔。"

"哟，够狂的呀？"于诺涵很轻蔑地笑了一下，"高总，哪儿来的自信哪？"

高司玮说："因为我的计划都在一一实现着，那些实打实的数据你看不到吗？"他站在于诺涵面前说话，在此之前他几乎难以想象自己可以用这样一种强势对抗的姿态跟于诺涵讲话。

于诺涵嘴上挂着笑意，她眼神轻轻扫过高司玮的脸，臀部半靠在桌沿上，一只手抬起来，从高司玮的侧脸滑到了他的脖子上，手指顺着领带捋下来，中途又一下子握住，把高司玮拉向了自己。

"小朋友，不要拿着考满分的卷子来跟老师邀功。"于诺涵几乎贴着高司玮说话，带着香味的气息喷在高司玮的脸颊上。她不需要用多大的声音，好像上下嘴唇一张一合，那些话自然地就会钻进高司玮的耳朵里，"老师见多识广，那些本事你可还没学全呢。"

"那我们就走着瞧。"高司玮没有后退，而是更近一步吻住了于诺涵。

两个人能从最初拉扯到现在，并且把事情搞得一团乱最后升级到战争，不得不说也是因为两个人在身体上的契合。否则于诺涵早就一脚把高司玮给踹了，根本不会给他吃里爬外的机会。

下半身想当个野兽，上半身却觉得太不体面，要找些理由，这才是人类的复杂之处，事情才会变得复杂。

两个人许久没见过面，干柴烈火动作难免粗暴一些，拉扯之间高司玮的手机就被碰掉在地上，然后就开始响起来。

这很扫兴，但是高司玮不会错过工作电话，他接通了之后没多说话，只是“嗯嗯”了几声便挂了。

于渃涵坐在桌子上，调整了一下自己礼服的肩带，笑道：“大忙人。”

“赵江叫我晚上去吃饭。”高司玮说，“有些生意上的朋友。”

“挺好的。”于渃涵说，“吃吃饭喝喝酒唱唱歌，再叫两个姑娘快活一下，神仙日子不过如此了。”

高司玮看向于渃涵，忽然问道：“你真的觉得这是快乐的吗？”

于渃涵说：“你看我当初做这些事情的时候难道不是很开心吗？怎么就不快乐了？我可是很喜欢酒局宴会的，你又不是不知道。”

高司玮长叹一口气，走到于渃涵面前，帮她整理好衣服，又十分认真地为她一点一点地打理头发，低声说道：“我一直都想跟你说一句对不起。”

于渃涵抬头问：“你对不起我的事情那么多，你说哪一件？”

“我那天不应该跟你吵架。”高司玮所说的“那天”，是于渃涵辛苦应酬回家之后，想靠在他的怀里温存一阵的那天。可他却钻牛角尖地认为于渃涵在外面寻欢作乐，回来也只是敷衍他而已。

那时他完全陷入了自己的悲观情绪，没有顾及过于渃涵的感受。直到他坐在聚星合伙人的位置上，需要独自去面对竞争和残酷的时候，他才知道当初于渃涵对他是何等的保护。

在择栖时他不喜欢应酬可以不去，于渃涵会把事情搞定。现在他没了那种任性的机会，才体会到他曾经口中的“寻欢作乐”到底是一种怎样的消耗和痛苦。

在这种场合中，他一个男人都有很多无法接受的事情，于渃涵经历过的只会比他可怕数百倍。而于渃涵也并不是真的喜欢那样，她是身不由己，只能换种方式，苦中作乐。

“吵过的太多，我都不记得了。”于渃涵说，“晚上我去开个房，到时候把房间号发给你。只要你不在外面通宵，都可以来找我。”她意味深长地低声说，“做些不需要吵架的事情。”

她拍了拍高司玮的肩膀，从桌子上跳下来就要离开，高司玮叫住了她，鬼使神差地问了一个自己十分想问又十分害怕听到答案的问题。

“你这些年……还有过别人吗？”

于诺涵站在一边，听到这个仍旧幼稚的问题，只能以笑回之："高司玮，我的工作只会比你忙十倍百倍，你不如先想想自己有没有闲工夫泡女人吧。"

留下这个暧昧又有点火药味的答案，于诺涵就翩然离去了。

王寅上班之后就找于诺涵八卦当天发生了什么，于诺涵描述得虽然比较简略，但包括后来和高司玮种种苟且之事也一并跟王寅提了。他们彼此之间是不避讳谈这些的，毕竟身为极亲密的事业伙伴，个人感情问题可能会对工作造成的利弊影响也应当同对方分享。

"小高可以呀，能耐了。"王寅压根儿就不关心后半段故事，看热闹不嫌事儿大地说，"你看小高变成这样，有没有那种……"他绞尽脑汁地想找一个形容词，但是自己的词汇量确实很匮乏，凑合说，"就是那种时不我待，后生可畏的感觉？"

于诺涵说："有点吧，中年危机又有些浮现了。"

"完了，于总，这次要是真翻车了怎么办？"王寅仍旧风凉，"真回家种地去呀？"

"你乱说什么呢？"于诺涵瞪了王寅一眼，"愿赌服输，怎么被你说得这么奇怪？再说了，这刚哪儿到哪儿，你能不能别咒我？"

王寅刚刚就是跟于诺涵开个玩笑，他对于诺涵是很有信心的，他也不相信于诺涵会输给高司玮——就算从现在的种种迹象看，高司玮已经领先了一大截。

他们之间的这场赌局在很多人看来很感情用事，用商业手段来为双方的感情做砝码，这相当不负责任，因为公司不属于个人，于诺涵也好，高司玮也好，是无法用个人喜恶去左右一个企业的航行道路的。

王寅却不这么认为，他虽然不知道高司玮怎么想，但他太了解于诺涵了，所以他更倾向认为于诺涵已经布局了好一条商业之路，未来走哪个方向以及如何推动，她会想得清清楚楚。如她所讲，跟高司玮之间的斗争只不过就是这条路上顺便碾过一些花花草草，无伤大雅，还能转移高司玮的注意力。

至于更深的理由，他不敢去臆测。

人都需要自圆其说，尤其是像于诺涵这种依靠逻辑和理性打牌的人，她更需要给自己接受高司玮找一个理由、一个台阶。她需要说服自己，需要一切都师出有名。

让她这样的人去谈一场发疯似的、不顾一切的恋爱实在是太难了。

当然，于诺涵也不可能毫无准备地就被高司玮来这么一拳，"星云"那个项目她是有点意外，却在尚能接受的范围之内。

商业竞争嘛，不就是今天你抢我一块地，明天我就截你一套房。

“星云”在几乎快要垄断整个明星流量市场的情况下，还有两块硬骨头没有啃下来，一个是择栖，一个是赵江之前的老东家 voke。

市面上无论是真人还是虚拟偶像都打得火热，voke 家的艺人更是靠着几档火爆的选秀综艺缔造了大热流量，于渃涵不相信赵江没有跟老东家好好谈这件事，但 voke 总表现出一副游离圈层之外的态度，让于渃涵不禁怀疑对方是不是想自己再弄个买卖出来。

如果真的是那样，也有点太热闹了。

于渃涵以为 voke 会一直没有动静下去，正当她打算全身心地投入自己计划的冲刺阶段时，意外地收到了 voke 老板的来信，约她有空喝个下午茶。

面对这样的邀请，于渃涵就算没空，也硬生生地挤出了时间来。

两人约在一家咖啡馆见面，voke 的老板跟王寅差不多大，是个挺洋气的男人，大家都习惯叫他 Evan。他比于渃涵早到了一些，见到于渃涵时打了个招呼。于渃涵跟 Evan 打过交道，虽然两家的明星艺人在市场的定位不同，大面上无冤无仇，可同行始终是冤家。

认识归认识，仅限于此。

于渃涵不打算跟 Evan 绕圈子，两个人上来直接进入主题。让于渃涵大吃一惊的是，Evan 这次竟然是要跟她谈合作的事情。

“我确实挺意外的，Evan。”于渃涵说，“我以为你不感兴趣的。”

Evan 笑道：“不是不感兴趣，而是需要看看这套东西是否成熟。虽然早期入场的红利会更高，但我还是觉得我需要观察观察，毕竟你也知道，voke 曾经一度有机会成为第一个吃螃蟹的人。”

现在的“星云”就是赵江曾经在 voke 时所带的项目，当初他离开 voke 时几乎没什么消息，于渃涵觉得事情不可能这么简单，时隔这么久，终于有机会跟当事人八卦一番了。

八卦本身也是合作诚意的一种体现。

“说来话长了，当初我是真的非常支持赵江的想法，我希望能有一种全新的流量运作模式，赵江也是一个极其善于话术的人。”Evan 说，“至于为什么最后我们分道扬镳，也只能归结为是理念不合吧。”

“他到底想玩什么？”于湉涵直接问了出来，“或者，你当初的创想是什么样的呢？”

“我其实是比较倾向于有真实的货币的兑换机制，就像最普通的电商交易一样，他一开始也是认同的。”Evan边回忆边说，“可是后来，我发现他的野心很大，不局限于此。他对于整个交易系统的设计让我觉得有些……危险。”

于湉涵下意识地问：“你担心他炒虚拟币？”

“对，他就像那些西装革履，拿着白皮书，出入各种高端冷餐会，张口闭口都是英文单词的精英们一样。白皮书上写着你看不懂的新型虚拟币种，还有非常玄妙的运作模式。”Evan说，“在市场没有萧条之前，他们能够骗到一大笔钱，相信你也在投资圈里见过不少这样的人。”

于湉涵笑道：“说不定现在也能呢。”

“我只是个做艺人经纪的，熟悉的是娱乐圈的规则，没有必要担那么大的风险去做这种事情。”Evan说，“我没想到他干脆直接离职，还把整个团队都挖走了。”

于湉涵说：“甚至还拿到了IEN的投资，这个背书太好了，很难让人联想到什么不正经的勾当。”

Evan说：“对，也许我们都只是在捕风捉影，也许他就是在做正经生意，而我们在胡乱猜测。”

“这不重要。”于湉涵说，“还是谈谈我们之间的合作吧。我话说得难听一些，老实讲，我不认为你有必要跟‘风从’合作，现在也不是一个好的时机，是什么让你选择出手呢？”

“于总，虽然我们都是唯利是图的生意人，永远跟着市场走。但有的时候，我觉得人得做一些发自肺腑的事情。”Evan说道，“就是因为‘星云’发展得太好了，所以我才想跟你们合作。敌人的敌人就是朋友，对不对？而且我也不希望这块市场被‘星云’垄断，那将会是所有经纪公司的灾难。往小说，你可以认为这是voke跟聚星的私怨，往大说，我们都得保住自己在这个行业里的话语权，饭碗永远最重要。”

他没有说什么冠冕堂皇的大道理，反而让于湉涵觉得这样更实际一些。voke和择栖一直是聚星版图上缺少的至关重要的两块，如果他们能够联手，聚星估计也会觉得这是件麻烦事吧。

也算“风从”在真人市场上做出的攻势。

Evan的话在于湉涵的心里留下了很深的痕迹，她并不认为他们都是在无端揣测一个无辜的人，至少赵江一定不无辜。

如果赵江真的在搞小动作，那么高司玮知情吗？于渃涵不禁担忧起来。不知情，那高司玮在费个什么劲儿？知情的话，高司玮何必铤而走险？

她无法继续想下去，只能拨通了一个手机号码。

“于总，你找我？”

眼前不是别人，正是去了聚星的宋新月。于渃涵打量了她一番，想一想似乎有很长一段时间没有见过面了，此前，她们都是线上联系的。

“最近怎么样？”于渃涵说，“现在聚星应该挺忙的吧。”

宋新月回答：“是挺忙的，我今天过来都是着急忙慌把工作做完挤出来的时间呢。”

于渃涵笑道：“宋经理，下回我提前预约。”

“你别嘲笑我了。”宋新月去了聚星之后一直做得很好，在这种初创公司里，有能力的人升职空间更大。很快，她就做到了项目主管，再后来便一路成了部门经理。换作择栖的话，她还有的熬。

像她这种年龄层的人对职场充满了向往和冲劲，会通过一次又一次的跳槽来提升自己的头衔和薪资，这是稀松平常的方式，所以宋新月从择栖去聚星是一次再正常不过的操作。

但只有宋新月和于渃涵知道，这并不是普普通通换个工作那么简单的事情。

“你当初让我去聚星，我还有点慌，怕进不去。”宋新月抱怨说，“我还准备了好多说辞，结果人家只关心最八卦的部分。”

于渃涵说：“你刚去又不会叫你做什么非常重要的涉密工作，想东想西就有点被害妄想症了。而且我只是让你看着高司玮，又不是让你去偷什么商业机密。”

“那也得努力完成组织交给我的任务哇。”宋新月说，“工作无大小哇。”

“你跟哪儿学的这一套一套的。”

在换工作这件事上，于渃涵和宋新月保持了一定程度的默契。于渃涵只是想在高司玮身边放个人，至于什么商业机密，她觉得如果真那么做，未免也太给聚星脸了，而且还会牺牲掉宋新月的信誉和职业前途，这是很危险的事情，不值当。

而今天，于渃涵却问出了那个令她觉得非常微妙的问题。

“你在聚星那么久……”她说，“有没有觉得哪里不对劲？”

宋新月回想一番，说道：“还真没有，就是很平常的一家公司。不过比起一般的传统公司，气氛上挺轻松的，你也知道赵江那个人看着就很懒懒散散，也没什么领导架子，周围的同事还都挺喜欢他的。”

于潴涵问：“怎么个喜欢？”

“不给员工找事儿，尤其是工作流程上。我带的项目只要进入审批流程就会非常快，其他公司一个普通项目进入审批流程到最后付款，反反复复要个把月都有可能，他就不会，也有可能是公司规模没有那么大，今天进流程的项目，如果他有空，隔天就能把钱批下来。”

“小高那边也是这样吗？”

宋新月说：“不是，他跟高司玮的业务范围分得很明确。感觉高司玮更像是在外面开疆拓土的人，不用管后方的钱和人是不是都够用，这些赵江会安排好。”

于潴涵自言自语地说：“一个公司的 CEO，哪儿来那么多精力天天算账？”

“啊？这个不用他自己。”宋新月说，“公司有财务总监的，是他同学，公司创始之初就在了。中间有人来有人走，他才是真的铁打的营盘。”说到这里，她也有了一丝察觉，问于潴涵，“于总，你是不是觉得……聚星有问题？”

“是有点，但是没有证据。”于潴涵说，“而且矛盾点很多，为他做背书的人和公司背景也都比较雄厚。我可以单纯地觉得赵江不靠谱，但其他那么多大公司，那么多专业的评估调查团队，都查不出个所以然来吗？还上赶着给他送钱？”

“也是哦。”宋新月拍了一下手，“于总，其实你是担心高司玮吧？”

“他？”于潴涵说，“只要不违法乱纪，年轻人吃点苦头是应该的。”

“可是很多犯罪都是年轻人头脑一热的冲动之举呀。”宋新月眨眼笑了笑，于潴涵伸手弹了一下宋新月的脑门，说道：“小宋同志，别学得跟社会人一样油嘴滑舌。”

宋新月揉了揉额头，哈哈一笑：“哎呀，关心人家就直接说嘛。好啦好啦，回头我帮你在公司里留意一下啦。”

“嗯。”于潴涵点头，“发现异端及时跟我说。”

宋新月说：“有点《碟中谍》那个味儿了。”

“那是电影，你也给我注意点，在公司里该做的就做，其他你觉得有问题的工作不想做就推给别人。”于潴涵说，“免得船真沉了，我都捞不上来你。有些事情，不怕一万就怕万一。”

宋新月食指与中指两指并拢在额前潇洒一划：“明白！”

# 第二十章 生活本该如此

于渃涵要忙疯了。

一边是突然和 voke 开启的合作洽谈，另外一边，INT 的年终大戏要上映了。

早在高司玮吹响进攻号角的时候，外界就一直想知道 INT 这边会有什么动静。大部分人固执地认为，INT 的战场不在平台，而是在于“风从”的技术核心和娱乐模式，南拳北腿打不到一起去，不知道生拉硬扯能有什么结果。

不过，技术的碾压在任何时候都是一种降维打击，“风从”在技术上是世界级的，可唯独在平台这块就是没有玩过人家，难免叫闲杂人等看笑话。于渃涵觉得，会觉得好笑的人大概率没有经历过大风大浪，要不然就是还没毕业，毕了业可能在公司里也混不到管理层，毕竟思想觉悟在那儿摆着呢。

商战如战场，讲究的是战术思想，闪电战确实能在短时间内获取大量的收益，可这种胜利存在一个战争顶点，一旦越过那个顶点，这种压倒性的势头就会逐渐减弱，弊端也会逐渐暴露出来。

于渃涵觉得高司玮的行动用来去对付一些同等量级的对手是完全可行的，因为对方很有可能一下子就被高司玮给冲垮了，但面对像于渃涵这种耗得起的人，拖得越久，局势会变得越复杂。

通常，于渃涵私底下跟王寅聊起这些事儿来，总要评价一番高司玮还是涉世未深，总是喜欢用一些自视年轻的新潮的打法来跟她对碰。殊不知，经典哲学就是经典哲学，高司玮一个理工男，历史水平估计就停留在高中文理分科考试那会儿了，估摸着世界历史都没学完，见过的世界也不够大。

而于渃涵这种社会“老油条”就不一样了，她的地位和性别导致她需要跟很多人斗争，具有丰富的实战经验，而且从小受家庭环境影响，历史和哲学类的书没少看过。从理论到实践，她都有着强大的武装作战能力。

跟时局做对抗，于渃涵有压力，因为主动权不在她手上。可是跟高司玮做对抗，她一点都不着急，因为有些事情必然会发生。

比如年底要举办的“风从”赛级终端机发布会。毫不吹牛地说，这又是一条引爆互联网的消息。

INT 似乎就是要等所有大会和典礼都告一段落，才宣布他们要搞大新闻的事情。这次的发布会形式很不一样，没有人想到大家收到的邀请函竟然是一张电竞比赛门票。

信游旗下的游戏以及国内顶尖职业俱乐部选手奉献的表演赛。

现在是休赛期，能够请动全主力阵容的两支战队到场，这不光是钱的问题，更需要很有分量的人情牵头，显然这两者 INT 都做到了。

活动现场在一个万人体育馆，由于只是一场发布会，座位没有开放那么多。到场的嘉宾和媒体都很好奇：明明就这么几个人，为何还要启用这么大的场地？

直到表演赛正式开赛，他们才明白了其中的用意，并且深刻理解了什么叫“赛级风从”。

与常规的电子竞技比赛舞台相比，这次选手席位没有设立在舞台中央，而是分列在舞台的下方。正方形的舞台上干干净净，什么都没有，随着现场灯光的调暗，选手进入游戏画面，他们选择的英雄以游戏中的准备姿态出现在舞台两端。

渐渐地，通过光影的交汇，整个游戏地图都复现在舞台之上，而且这还不是全部，地图慢慢扩大直到观众区的边缘。

随着选手们精湛的操作，等比还原的游戏角色也在舞台上释放技能。那些平时只能在电脑屏幕上看到的画面，用一种非常真实的方式还原在了大家的眼前。

无需任何设备，肉眼可见。观众仿佛置身于罗马斗兽场中，飞出的技能和武器好像能真的波及观众席一样，那种真实的激烈对抗仿佛立刻就能掀起热血狂潮。

这样的观赏性，超过传统观赛模式千百万倍。

这样震撼的现场很快就被媒体争先恐后地报道了出去，他们用“可怕”“颠覆”这样的字眼来形容今日所见所闻。

INT 不光在颠覆着明星偶像的运作模式，他们具有更大的野心，向着能够触及的行业继续延伸，恐怕将会掀起电竞线下赛运营的一阵巨浪。

而信游也因此收获了巨大红利。“风从”实装线下赛事的首发站将会是信游旗下的游戏比赛。信游也通过强大的赛事运营资源，成为“风从”赛事的海外代理商。

此种豪迈的举动，让当初那些在小刊小报上撰写文章嘲讽于诺涵的“笔杆子”们做起了墙头草，纷纷夸赞 INT 是具有世界格局的企业，跟聚星的那点破事儿撑死了就是个开胃小菜，不值一提。

于渃涵看过就想笑，不过从长远来看，她也觉得确实不值一提。

新闻都是几家欢喜几家愁的，身为信游和 INT 背后的资方，这个时候 IEN 应该笑开了花才对，可以安安稳稳过个好年了。但事实上裴英智并没有太开心，相反，他还有点不太高兴。

他总觉得这两个人手拉手好像给自己摆了一道，谋划了很多他都不太清楚的事情，而且这东西从未以任何形式，哪怕是口头的形式出现在他面前过，更别提有什么书面文件。

在 INT，他当初只是想要高占比的持股，不太想介入公司管理层面的事情，这反倒成了一个漏洞，让他根本就没理由对着人家指手画脚。

数钱当然是很开心的，可这背后透露出来的信息却很不乐观，裴英智隐隐觉得，事情也许会朝着他不太希望的方向发展。他本想做庄家，现在于渃涵反而逼他站队。

INT 年底前公布了赛事战略，第二年年初又公布了和 voke 的合作。娱乐帝国的最后一块版图终究没有被聚星吃掉，而是和择栖走入了同一阵营，可谓强强联手。

“风从”赛事都没有给赵江带来什么心理波动，毕竟这是两个行业的事情，动静再大跟他们也没什么关系。可与 voke 的事情一官宣，他的脸色立刻就沉了下来。

宋新月非常八卦地跟于渃涵分享诸如“赵总昨天如何如何生气”“今天如何如何上火”等消息，于渃涵听了也很想笑。

她问高司玮近况如何，宋新月如实描述一番。大概就是该吃吃该睡睡，手头上的工作一个不落，还在有条不紊地推进，对于 INT 年末年初的两则大新闻似乎没什么特别的看法。

“他就算有看法又能如何？”于渃涵说，“大势不在他那里。”

宋新月又跟于渃涵透露，聚星之前一直起起伏伏的融资计划终于在今年再一次提上了议程，有一点很奇怪，就是这一轮 IEN 似乎不打算继续投了。

对于一般的公司而言，前几个轮次的投资进出并不意味着什么，可聚星不一样，起始轮次的融资金额就远高于其他轮，经过这些时间的运营，估值几乎攀到了一个顶点。这个时候入场要考虑性价比，IEN 不跟是很正常的。

“但是我听小道消息说。”宋新月看了看四周，鬼鬼祟祟地靠近了于渃涵，“IEN 是打算退场的。”

“这我还真没听说过。”于潴涵说，“你哪儿听来的，靠谱吗？”

“公司厕所里听来的，你觉得算靠谱吗？”

于潴涵点头说：“我觉得应该挺靠谱的。”她认真想了想，沉吟道，“这刚哪儿到哪儿，没道理这一轮就退啊……现在接触聚星的都是谁？”

宋新月说了一个名字，让于潴涵更加意外。

对方公司虽然比较新，但是老板是业内非常有名的大佬，称其一个人就是一支军队也不过分。就投资水准来说，鲜少失手。

这种迷幻剧情，于潴涵有点不太懂了。她没看出门路，宋新月自然更不懂。

但有新的资本介入，势必会影响聚星整个的结构，能够吃下这种级别的估值，对方看来也是势在必得。于潴涵就当作是 IEN 和对方友好的买卖交接，没有多想。

择栖和 voke 的合作推进得很好，隐隐有些撬动了“星云”所建立起来的偶像衍生娱乐帝国，这令赵江感受到了压力——以前也不是没有过，只是还没到拼刺刀的时候。

高司玮和视频平台的合作在第一季度发挥了一些成效，赵江认为有必要在这块加大投入，高司玮则跟赵江持有相反的意见，认为稳步前进即可。赵江揶揄高司玮怎么忽然变换了策略，不是一心想着赶紧打败“风从”吗？高司玮表示，INT 已经有了对招，再纵深投入，虽然会有回报，可一旦中间环节出了问题，很容易满盘皆输。

他虽不如于潴涵那样见多识广，可 INT 当时在进出口贸易上遇到的困境，他是亲身经历的。

越是这个时候，他反而越不敢冒进了。以他对于潴涵的了解，前面一定有圈套。

赵江认为高司玮有点“只缘身在此山中”，把事情想得太复杂。那天天气很好，他站在办公室的落地窗前，指着外面问高司玮，“星云”的广告最远能铺到什么地方。

高司玮回答，他不要铺广告。

赵江笑着告诉高司玮，广告只是一种比喻，就像墙上刷的标语一样，他要看到更远的世界的墙上有“星云”出现。

高司玮仍旧摇头，赵江还是笑着，不理高司玮的反对。之前赵江一直很顺着高司玮，但他这次就跟中了邪一样，非要一意孤行。高司玮这种沉默寡言的人都有点忍不住想跟赵江吵架，两个人争执了几轮，气氛变得很僵，赵江也没有采纳高司玮“巩固据点”的建议。

下沉——所有人都在追求下沉市场，赵江也不例外。

但是他犯了一个坐在高级写字楼里满嘴英文的精英都会犯的错误——他以为他了解那片战场。但实际上，他没有真正去过那些地方，没见过那些人。

而这关键性的一步，给聚星在短时间内缔造了流量奇迹，顺利度过了融资阶段，却也埋下了一个隐秘的祸根。

在新的资本进入、股权变更的时候，赵江提议把高司玮的名字也填进来，极其凸显他的诚意，也比较符合高司玮合伙人的地位。高司玮对这方面不太敏感，公司永远不属于一个人，哪怕是公司的创始人，也可能会因为种种原因最后离开。

公司是摆在货架上的商品，很难说最后会不会被什么大鳄吞并，除了能多分钱之外，其他条件对高司玮并不具有吸引力。他认为的“事业”是想做的事情，而不是手里持有的股份。

主要原因还是他和赵江有了分歧，以至于他需要再冷静地旁观一下。他不会傻兮兮乐呵呵地觉得成为显名股东之后就是老板了，反而要考虑以后会不会因此被拘束。

高司玮拒绝了赵江，赵江也就没再强求他。

IEN 的退场还是引起了一些舆论风波，毕竟这么早就离开很难说得通。有人认为是聚星的估值太高了，IEN 赚快钱，差不多得了，有人认为 IEN 可能不太看好这块未来的发展，在正红火的时候套现离开。

聚星在公关上花了不少工夫，把故事编造得极其玄幻，仿佛是几家大佬竞相争夺，价高者得。结合最近“星云”在下沉市场的流量突破，仿佛还真是那么回事儿。

一切都在朝前发展，问题也接踵而来。

高司玮最先发现的是，因为市场急速扩张，终端机的产量需要提升，而工厂那边的排期却不是非常好。各大电商平台的库存都已经陷入紧缺状态，补货遥遥无期。他让人去问到底是什么情况，厂商反馈回来的信息是：他们在给“风从”做配件。

这个消息令聚星的人很气愤，咄咄逼问其理由。原来“风从”的产量也在提升，很多不同的配件都在不同的工厂完成，INT 给到厂商的价格很好，综合考虑下来，先完成 INT 的订单更划算，所以每每进入生产周期，聚星的单子总要排在 INT 的后面。

项目负责人气得吐血，真是冤家见面分外眼红。不过他们也怪不得厂商，人家就是代工的，做谁的都是做，为什么不做钱多的呢？

关键是，“风从”的订单量非常大，根本不是等个两三天就能等出产品的。

无奈之下，赵江只能追加资金投入，勉强劝动厂商给他们腾挪时间。

这件事又被宋新月当成搞笑八卦传递给了于诺涵，于诺涵故作惊讶，其实心里早就算计得明明白白。全国能够做此类产品的厂商就那么几家，左右关系都认识，她看准了聚星在扩张期里继续在硬件供货上的投入，于是见缝插针重拳出击，反正都是要生产备货的，早一天晚一天也不算什么事儿。

INT 今非昔比，账上的资金很充裕，在硬件和实体上拦截聚星的花费简直就是毛毛雨。

高司玮也不傻，当然能够嗅出阴谋的味道来，他建议赵江不要投产那么多，免得用户消化不了。赵江拿着增长数据跟他辩论，让他仔仔细细看一看用户数据，怎么可能会消化不了？

就算消化不了，囤着也不愁卖。

高司玮有点无法理解赵江的自信，他不认为赵江是真的不懂，怎么都觉得他反而像是故意让手里的钱高速流动。

公司账目上的事情，他从来不过问，这让他不禁想起当初于诺涵问他的话。

他们公司哪儿来这么多钱？

高司玮这段时间一直在思考这个问题，也第一次认认真真地把他已知的账目算了算，发现无论用何种方式，他都算不出来一个平衡的结果。

他开始对赵江产生了一丝怀疑，也对 IEN 的离场感到困惑。这种疑虑让他开始变得有些诚惶诚恐，如果真的有问题，自己之前勤勤恳恳的努力付出到底是在图什么？他之前是个只知道工作的无情机器，所以能够一往无前冲锋陷阵。

可现在，干扰他的信息太多了，他没办法好好专注，也是在这种时刻，他才发觉自己对于诺涵的了解又深了一层。

不是生活中或者他看到的工作中的于诺涵，而是设身处地地站在于诺涵的立场和视角上的了解。

于诺涵从来不会去猜忌王寅，两人认识了十几年，生活和工作上的关系都是密不可分，甚至有着过命的交情。这种关系比伴侣还要牢靠，是关键时刻可以把后背交付出去的对象。

然而他和赵江呢？说到底不过是各取所需、冷漠的商业伙伴。让他把自己心中隐藏的一个秘密告诉赵江，他未必乐意，就更不要说赵江了——公司毕竟还是人家的。

产生了这样的心思后，高司玮在公司里就会格外留意很多细节，他却并不知道，同样关心公司里风吹草动的，还有宋新月。

宋新月也感觉到最近公司里资金流动的力度在加大，不过钱出去了，很快就能补回来，虽然一时间被 INT 搞得差点断货，用户侧压力很大，好歹还是一口气喘上来了。

可接下来发生的事情，仿佛雨天泥石流一样，在人毫无察觉的情况下就冲刷了下来。

征兆，却是早就有的。

聚星为了扩张提高了终端机的产量，缓解了断货压力。然而后续的销量却陷入了不应有的低迷，这导致库存开始出现严重积压。而线上的流量虽然很好，可是消费动力却不足，用户基础的爆炸性扩大并没有带来同等价值的转化，很多人就是来玩玩看看，那种对虚拟衍生品的购买欲和因此付出的时间成本及任务快感，并没有刺激到他们。

一个相对稳定的圈层涌入了一大批其他圈层的用户，没有被教育过，甚至很难进行教育转换，时间越久，价值就越低，只能摆在那里成为一个数字。

不知道从哪个时间节点开始，聚星就陷入了增长怪圈。

这些八卦于渃涵总有方式打探得到，她相信 INT 有什么风吹草动，赵江也会第一时间知道。

不过没关系，她能感受到对方的压力，而且清晰地知晓，INT 给对方带来的仅仅只是一小部分难题。也许过不了多久，都不用她出手，聚星就会搞出一些自己拖垮自己的事情，这场面她见多了，并且觉得高司玮年轻，赵江也没精明到点上。

她承认赵江有一些思路挺厉害的，可聚星的接连几番操作看似高歌猛进，实际上问题很大。

高司玮的扩张是被限制在同一圈层里的，流量进来之后会有一段消化的时间。赵江在此基础之上的进一步扩大，几乎超过了聚星所能承受的峰值，从现在这样放缓的行动看来，估摸着是吃不掉，反而给自己惹了一身的毛病。

旁边还有像她这样虎视眈眈的对手，赵江的日子恐怕不好过吧？

可是再不好过，依于渃涵的经验，也不至于像八卦里说的那么拧巴，她不相信赵江不懂这么简单的道理。她又开始产生了“不切实际”的危机联想，设想如果自己是赵江，此时此刻应该做什么，是挺下去，还是找个冤大头套现跑路，还是……

最可怕的情况也不是不存在，他们所有人都怀疑赵江，可是没有什么依据，只能凭空猜测，甚至连他的戏路都看得犹如镜中花、水中月。

INT 和信游合作的线下赛事已经开赛了，因为现场效果炸裂，票房十分火爆。于诺涵对这东西不感兴趣，可是谭兆很喜欢。为了奖励月考成绩不错的谭兆，于诺涵特意带他去现场看比赛。

谭兆在一旁呼天喊地，她就跟没听见一样，继续在“星云”里面耕耘。休息期间，谭兆瞥了一眼，看于诺涵在进行一笔交易，问道：“你玩什么呢？”

“当奸商。”于诺涵答道。她最近能感觉到“星云”整个平台上虚拟货币的流向产生了变化，就像现实生活中的通货膨胀跟紧缩一样，仿佛有一个巨大的无底洞，需要这些用户疯狂地产出劳动价值以填补。

这种感觉很难用具体的语言来形容。

“你也炒鞋吗？”谭兆问。

“啊？”于诺涵说，“虚拟的而已，又不是你们穿的那种真球鞋。”

“又没什么区别。”

“你不懂。”

“我怎么不懂？”谭兆不服气地说，“我好多同学都会搞这些啊，现在我们玩的可跟你们当初不一样了，老阿姨。”

于诺涵推搡了一下谭兆，说：“怎么不一样？”

“你们不都爱炒股票吗？炒股票有什么意思？”谭兆说，“我觉得还不如炒鞋、炒衣服呢，还能以物换物。我同学有的玩这个赚了不少零花钱。而且他们不愿意用挂在爸妈名下的账户线上转账，会被发现，都用现金交易，还能零整互换，以免自己大手大脚很快花完。总之就是钱换东西，东西换钱，钱和钱再互相换，替人线上充值还能赚个手续费。有个事儿特别好玩，有一次我同学收到一张一百块钱，上面有折痕，里面还写了一句表白的话，问了半天才知道这张钱是从其他年级的人手里倒了好几手换过来的，真是笑死了。”

“小小年纪还挺会玩，回头你们再开展开展外汇兑人民币业务……”于诺涵说到这里，表情一下子就凝固了，惊呼，“我知道了！”

高司玮没有想到，于诺涵会主动约自己。

这段时间以来，两个人都保持着心照不宣的关系，不远不近、不咸不淡，总之，只要不牵扯工作或者正经事，他们可以保持稳定友好的关系。

然而这次，于渃涵的眉头紧锁，跟平时那副懒懒散散不正经的样子截然不同，好像要说什么不得了的事情。

见面的场所也跟平时不同，是一个独立的私人会所。高司玮摸不透于渃涵，很谨慎地问于渃涵要做什么，于渃涵不打算跟高司玮绕圈子，把自己对赵江的种种猜测都说了出来。

她知道高司玮一定会不耐烦，这么久了，高司玮都认为自己对赵江存有偏见，估摸着也会认为自己是在打心理战，攻破他们两个人的关系，说些捕风捉影似是而非的话，从内部瓦解他们，致使高司玮最终失败。

怎么看，于渃涵现在扮演的都是一个坏人，而且是不怎么聪明的坏人。

于渃涵不在乎这些，哪怕高司玮认为她就是在多管闲事，有些话她也要跟高司玮讲。

事关重大。

令于渃涵意外的是，高司玮听后没有太大的抵触和反抗，而是微微颔首，眼睛也不看她，像是在思考着什么。

最后，高司玮很平静地问："我怎么相信你？"

"这要看你是把我当对手……"于渃涵正色道，"还是当敌人。"

高司玮轻笑了一声，听不太出来是什么含义。

"我能给你提供的只是一种猜测。"于渃涵说，"你在聚星做了这么久，底层的技术逻辑你应该很清晰。可是你自己想想，在钱的事情上，到底是你根本就不想关心和了解，还是赵江提都没跟你提过？我们都觉得他如果真想炒币，还不如直接去开个矿场来得简单直接，没必要这么大费周章，所以总怀疑人家显得自己也很无聊，可是……"

于渃涵在这里停了一下，她看着高司玮，高司玮和她对视，扬了扬下巴，示意她说下去。于渃涵此刻有些恍惚，忽觉自己的姿态仿佛变低，至少是在跟高司玮平视。如果不是这一瞬的意识抽离，她是绝不会察觉到的。

从什么时候开始，高司玮身上的气度与势能开始增强了呢？原来他的成熟表现上比同龄人更沉默和情绪上更稳定，而现在，却是真的变成了一个像模像样的男人。

"有没有那么一种可能。"于渃涵命令自己的意识回来，"假设，我们只是假设……"

矿场的工作需要大量的矿机二十四个小时不间断地工作，耗电量也极大。如她和花枕流最初设想的一种可能，赵江把这种集中性高负荷的工作分摊给每一个用户，在用户量足够大的情况下，哪怕不能保持在线时长，确实也不失为一种“生产”。

那么下面的，就是如何进行交易。

还是那句话，直接交易的话，赵江没必要弄这么复杂，而且这很容易出事。如果不是直接交易，而是通过另外一种虚拟货币的转化呢？于渃涵此前一直没有想到这一块，听谭兆聊同学们之间的事情才猛然惊醒，只要在赵江可以控制的范围内，交易的过程越多，越不容易找到源头。

而这些负责分散交易的蚂蚁们，就是那些用户。

最后，再通过其他资金来消化掉这些产出，那些存在于网络空间中的 1 和 0，就变成了真金白银，并且干干净净。

“你认为他洗钱？”高司玮问道。

“不，我不这么认为。”于渃涵说，“我只是分析一种可能性，猜测而已，只是我认为这个猜测是说得通的。也许还可以设计得更复杂一点，再给我一些时间，兴许能想明白。不过我要说的是，一旦这个框架成立，可就不单单能做洗钱这么一件事儿了。我们知道流量可以变现，但至少还需要‘变’这个过程。赵江不需要，在他的概念里，这些数字本身就是具有实际价值的钱了。你也知道区块链有一个好处，就是不记名和去中心化，简直就是天然的沃土。”

她手指有节奏地点着桌子，继续说道：“如果他想，甚至可以直接变成黄金。本来我也不会多想什么，毕竟大家赚钱各凭本事，只是……”

高司玮直视于渃涵：“只是什么？”

这句问话的语气有些硬，放在平时，于渃涵可能就不会回答了。但是现在，高司玮有点逼问的意思，他想知道含糊的“只是”后面跟的是不是自己想听的内容。

事已至此，于渃涵不想多费口舌，便说：“我的道德没有多么高尚，别人杀人放火，只要跟我没关系，我连看都懒得看。赵江爱做什么做什么，只是你在那里，我怕到最后你也有所牵连。”

高司玮说：“那我们的三年之约怎么办？我如果现在退场，岂不是认输了？咱们还没争出来个高低呢。”

“小高，争勇好斗没什么，人嘛，总得有点血性。”于渃涵说，“可是有句老话说得好，留得青山在，不怕没柴烧。如果这一票你真的跟着他一起玩翻车了，你还能拿什么跟我叫板？别说爱情了，到时候你连个铺盖卷都剩不下。人得务实，是不是？”

于渃涵见高司玮还是那副用沉默代替所有回答的死德性，心里暗骂了一句“摩羯男”，继续说：“你仔细想想，IEN 为什么在这个时候退场？赚钱不好吗？没必要来去匆匆吧？那个姓裴的可不是个吃亏的主儿，你品品？”

高司玮摇头：“我又不认识他。”

他没有跟于渃涵吵架，可摆出来一副油盐不进，还不听老人言的态度，叫于渃涵非常火大。她用力捶了一下桌子，茶杯“哐当”一声，里面的水荡出了好几圈水波。

“算了，你随便吧。”于渃涵恶狠狠地说，“伟人说过，人的正确思想不是从天上掉下来的，也不是头脑里固有的，只能是从社会实践中来。我的话你可以当空气，不信就自己试试去，到时候赔得连裤衩都不剩了，别在我这儿哭。”

高司玮说：“我才不会。”

他是说他才不会哭，于渃涵却意会成了他才不会输。于渃涵觉得这人真是脾气死犟，不撞南墙不死心，自暴自弃地放弃了劝说他的计划。

人怎么才能长记性？怎么才能拥有正确的思想？

就是亲自摔个大马哈，摔得头破血流缺胳膊少腿，一边后悔一边顿悟。

这么一想，于渃涵甚至有点想推波助澜一把，再踹高司玮一脚了。

人都会自我暗示，于渃涵一旦产生了这种猜测，并且在自己小范围的实验下能够自圆其说，就觉得聚星最近所有的行为都仿佛是强弩之末，她几乎预见赵江会跑路。

高司玮虽然嘴上没有表明什么态度，可是心理上也会不由自主朝着某个方向去假设。因为他自己也察觉到异样，只是他不想相信直觉，他要眼见为实。

于是，他会特别留意最近公司财务上的变化，赵江笑着跟他说没有问题，但微妙的是，赵江有些话说得很暧昧，嘴上说着可以，但行为上却推三阻四。高司玮有点烦了，明确地跟赵江说，如果把自己当作合作伙伴，大家就互相坦诚一些，有什么问题可以共同面对。他不认为赵江现在的态度是把他放在一个重要的位置上的。

赵江拍着胸脯说是真的把高司玮当自己人，可高司玮跟赵江要各种各样的东西时，赵江干脆不回复高司玮了。

高司玮也无法解释现在到底是什么情况，他觉得需要跟赵江当面谈谈。

他去赵江的办公室里找赵江，赵江不在，他四处问了问，同事告诉他赵江今天出去开会去了。

开的什么会，同事们不知道，连高司玮也不知道。

高司玮很无语，只能再寻时间。转头，他就去找财务总监碰头讨论工作上的事情。

最近财务总监很忙，比赵江还难见到。他进去刚说了没两句话，对方的电话就响了，高司玮瞥了一眼来电是赵江，财务总监却拿着手机出去了，不打算当着他面接。

这引起了高司玮的注意，他知道这两个人是老同学，管钱的人身份比较微妙。他独自在办公室里等，看到桌子上除了正在使用的电脑，旁边还有一台工作笔记本，上面插着个 U 盘。

电脑屏幕半合着，不注意的话根本不会发现它还在工作中。高司玮产生了一种冲动，他知道这样不好，可此刻仿佛被附了身一样，根本无法控制住自己伸出去的手。等他回神时，已经打开了里面的内容。

他的心开始怦怦跳，像做贼一样紧张，那种窥探别人隐秘私事的有悖道德的感觉又有一种畸形的刺激。房间里没有钟，奇怪的是，他耳边好像能听到“滴答滴答”的倒计时。

他直觉这里一定有很多不为人知的秘密，他从不相信直觉，但这次不同。

高司玮聚精会神地一行又一行地浏览着里面的内容，完全没意识到对方已经回来了。

“高总，你在做什么？”

“没什么，随便看看。”高司玮指着显示器的屏幕说，“你有个字写错了，做审批可不能这么马虎。”

财务总监笑道：“可能刚刚打字没注意，还会核对一遍的。”

“那行，你先慢慢对吧，我还有事，先忙了。你做完这部分直接发给我就行。”高司玮从桌子后面绕了过来，一只手抄在裤子口袋里，优哉游哉地就离开了。

财务总监其实没有看到高司玮具体在做什么，只是回来时见高司玮去了办公桌里面，怕他搞什么动作，就张嘴问了一句。等高司玮的身影完全消失，他才去检查自己的笔记本电脑，一沓纸盖着电脑边缘的一侧，他把纸拿开，原本插在那里的 U 盘已经不见了。

他确信，他把 U 盘插在了上面。

高司玮转过走廊之后就快步走向了自己的办公室，他只是佯装镇定，偷东西这种事还是第一次做，心里慌得很。他的掌心一直攥着那个小小的 U 盘，金属外壳上沾了汗。他把办公室的门反锁了起来，才打开电脑细细检查 U 盘里的内容。

里面有很多账目表格，很多项目的内容都似曾相识，但高司玮发誓，这绝不是公司里应该出现的东西。

里面一些资金的流入和流出的程序竟然跟于渃涵的猜测有些相似，高司玮越看越紧张，脑中有短暂的空白。

他隐约知道了些什么，并且可以确定，藏在这个U盘里的内容只是冰山一角，甚至有可能都不是太重要的信息，否则对方是有多粗心，会把它留在那里？

他的大脑就像是失去了信号的老式电视机，一直呲呲喇喇地冒着雪花，用力拍打过之后会出现频道错乱导致的无序画面，一会儿是MTV，一会儿是电视购物，再一会儿是合家欢电视剧。它们都搅和到了一起，最终变成扭曲的魔方世界。

“轰”的一声，电视机炸掉了，高司玮也如在水下憋气许久的人一样，猛地冒出水面，用力呼吸，他背后已经湿了一片。

短短几分钟之内，他不光要接受自己输给于渃涵已经是既定事实这件事，也要承认自己是个自作聪明的白痴，掉入了一场骗局。

他是个彻头彻尾的失败者，爱情也好，事业也罢，在这一刻都勒令他出局。

下班时间一到，高司玮就离开了公司，没有跟任何人联络过。

整一夜，他都没有合眼，回溯自己过去的人生，试图找到一些闪光点。过去曾闪光过有什么用呢？他一直都很努力，希望拥有主动权，好不容易有了拼劲，却还弄错了方向。

令他唏嘘的是，这些竟然都是于渃涵先告诉他的。

他又陷入了迷茫，原本清晰的目标全然不见，他不知道该怎么选择了。

次日，他又安然去上班，仿佛昨天什么事情都没有发生过一样。他心里知道，财务总监不可能没发现U盘丢了，自己也绝对是最重要的怀疑对象。

今日赵江也在公司，两个人还打了照面，谈了些工作上的事情。高司玮观察赵江并无异样，心里泛起了嘀咕，不知道对方在打什么牌。

接连几日，U盘的消失都没有引发什么后果，这让高司玮不禁怀疑，自己是不是看错了。

不，他坚信自己不会看错，那东西绝对有问题。

经过这几日，他逐渐冷静了下来，也认清了眼前的现实，开始思考自己要怎么办。赵江他们就跟没事儿人一样，这绝对不正常，也许对方在计划着什么也说不定。

现在，他们陷入了心理战，表面上稀松平常，却在没人注意的角落里互相观察着对方。武侠小说里常常写到这样的场景，两大高手的决战前夕都是异常宁静的，眼不动心不动，看似风平浪静，实际已是生死博弈。

高司玮倒不觉得现在的状态可以媲美决战紫禁之巅，他也不打算再这样继续下去了，在一个和赵江吃中午饭的日子，装作随意地问了一句U盘里的信息。

赵江的动作停了下来，然后直起上身，用餐巾纸擦了擦嘴，把纸揉成一团扔到了桌子上。他对高司玮笑了笑，说道："司玮，好奇心是一个科学家的优点，但绝对不是一个商人的优点。我知道那天发生了什么，这些日子懒得提起，纯粹是因为那些东西不重要。不过我可以给你一大笔钱远走高飞，这件事，你就不要再掺和了。"

"你知道你在做什么吗？"高司玮皱，压低声音说，"你已经违法了。"

赵江竖起一根手指向高司玮摇了摇，然后又低头吃饭，他没有正面回应高司玮的问题，自言自语地说："闭上嘴好好吃饭，别太天真，对大家都好。"他的眼皮向上抬了一下，眼睛正好看向高司玮，嗤笑一声。

高司玮本来心中还留有余地，赵江如此的反应彻底让他坚定了念头。他抽时间约了于渃涵，这是于渃涵没想到的，本来随口提了一个外面的地方，高司玮却提议去于渃涵家里，或者来他家也行。

谭兆平日上课不在家，于渃涵就没去上班，专门在家里等高司玮。

她穿着慵懒的睡衣，头发也乱糟糟的，坐在沙发上一边喝黑咖啡，一边看高司玮带给她的东西。表情从最开始的困倦迷糊，逐渐变得严肃。

最后，她对高司玮说："离开那里，他们不会放过你的。"

"暂时还不能，很多工作还没处理完。"高司玮说，"我经手的那些总要妥善安顿好。"

"小高，你这个人就是有时候不够狠心。"于渃涵说，"当断则断，不要优柔寡断，妇人之仁。"

高司玮苦笑。

"这件事……"于渃涵问道，"你为什么会选择告诉我？"

"不知道，真的不知道，我当时心里很乱。"高司玮说，"也犹豫考虑过很久，但第一反应还是想告诉你。"他的双手摊开，泄气地说，"我大概这辈子都成不了什么事吧，这一局……"最后几个字似是有锋利的刀刃，高司玮做足了心理建设，才最终吐了出来，"是我输了。"

于渃涵鲜少见到高司玮如此垂头丧气的模样，大多时候，他只是不说话而已，但眼睛里不存在这样的失意与落寞。

再大的成功都会被轻松简单地接受，再小的失败都可能会击垮一个人。尤其是像高司玮这样，把这样一番事业当作一个赌局、一个命题，是尤其输不起的。

现在却要因为跟他没有任何关系的事情被迫低头，他又怎么能甘心呢？

于渃涵的内心也十分复杂，她本想着和高司玮真刀真枪地来上一场，他想独立，那她就亲身交给他如何适应残酷的生存法则。事过一半，却发生了这样可笑又可憎的意外。仔细想想，高司玮能全然无过吗？她早就劝说过高司玮那么多次，高司玮就是无动于衷，陷入盲目的执着与狂热。他不相信于渃涵的直觉，如果他有于渃涵那样丰富的人生经历，那他就应该明白，有时直觉就是一个人经验的判断。

于渃涵深深叹息，起身走到高司玮身边，一只手轻轻搭在了高司玮的肩膀上。能亲口认输，正视失败，也许已经是他比过去成长的地方了吧。于渃涵柔声说道："这一局，跟输赢没有关系。"

高司玮本来垂着的头慢慢抬了起来，他仰望着于渃涵，伸手握住了于渃涵搭在自己肩膀上的手。

于渃涵劝高司玮早点退场，赵江的反应绝对不正常，免得他来不及抽身而引火烧身。高司玮执意要善后，以免别人遭受平白无故的损失。于渃涵没有办法，只能提醒高司玮万事小心。

她也告诉宋新月去办理离职，没必要再继续待下去了。最近聚星风雨飘摇，离职的人本就很多，宋新月夹在里面也不起眼。

宋新月的辞职申请递到了高司玮那边，这场景似曾相识，不同的是，这次高司玮很快就批准了。她打印好文件，去找高司玮签字，高司玮写上了名字，问她以后怎么打算。宋新月摇头，装作神色悲伤，仿佛有难言之隐。

"别演了。"高司玮说，"回择栖吧，以后不要再在这种事情上浪费时间了。"

他的话没有说得太明确，宋新月吐了吐舌头，自然也不会回应高司玮什么，出门收拾了东西就跑路了。

聚星现在的风评很不好，好像一夜之间所有人都知道聚星只是看上去是个庞然大物，内里已经被蝼蚁蛀空了，随时都有可能被一阵风吹散。这么一想，当初 IEN 的退场似乎是有征兆的。

正当大家都在猜测聚星会不会又是一场互联网资本的狂欢泡沫之时，不知从哪儿出现了一些声音，引导舆论朝着“公司账务不透明”“大量资金流失”“疑似内部团队出了问题”等方向发展。

最终这些商业八卦都汇集了起来，各种信息拼凑在一起，编织出了一个相对完整的图像。

聚星的高司玮滥用职权，职务侵占，导致公司蒙受巨大损失，使得聚星岌岌可危。

有鼻子有眼，跟真的一样。

赵江知道这个世界上是有“意外”存在的，这往往都是小概率事件，否则不足以被称为“意外”。

像他操盘手下这档子事儿，中间有那么多流程和转折，所经历的“意外”也不外乎两件事：第一、聚星的颓势来得比他想象中要快；第二，高司玮会偷东西。

前者也不是完完全全没有预料，这个是时间问题，他早就想好了退场的方法。后者是真的没想到，不过他要感谢自己万事做好准备的习惯，让他在此时不会显得像只热锅上的蚂蚁。

他和自己的老同学早在谋事时就已经准备了很多套账目和证据，为的就是万一未来某一天事迹败露，也好有拉扯狡辩的空间。所以在高司玮跟他摊牌之后，他非但没有着急上火，反而气定神闲。高司玮确实拿到了一些真凭实据，不过赵江也是有准备的。

账目上的资金还有半数没有全套出来，他还需要时间，而高司玮就成了最好的替罪羔羊。他本不想这么做的，他欣赏高司玮，这么做的话令他有些惋惜。他欣赏高司玮的才华，但是又觉得高司玮不是那么聪明。

人不为己，天诛地灭，高司玮还是把事情想得太简单了。

不那么聪明的人，便要理所应当地承受最后的苦果。

外界的舆论压力一下子就压到了高司玮这一头，他被打得有些措手不及，没反应过来是怎么一回事儿。很快，他就看清了现在的局势。

现在的局势就好比大家都在一个深渊巨坑里，有一条绳索垂了下来，只有一个人可以逃生，每个人心中都有了自己的选择和判断。

于潜涵也知晓了此事，心中燃起了无名烈火。她本想看看高司玮怎么处理这件事，现在高司玮反倒被诬陷成了事件核心，再这么放任下去，事情将发展到无可挽回的地步。

别的她都可以不管，这次，她必须出手了。

“你帮我分析分析，这事儿换成你，你怎么办？”

于渃涵问王寅。王寅说：“看来你这次是真的被气着了。”

“换你你不生气？高司玮怎么这么蠢？”于渃涵怒道，“我什么都教过他，可从来没教过他被人坑还替人数钱！都说了赶紧走，还在那儿玩君子礼义呢。”

“嗨，你不能要求别人都跟你一样，小高也是好意。这不咱们都没想到还有这茬儿吗？”王寅说，“不至于不至于。”

“那你说什么至于？”

“我看你这也算是冲冠一怒为‘蓝颜’了。”王寅伸了伸懒腰，无限唏嘘道，“多好哇，我要是小高我就压根儿不去奋斗，何必给自己找麻烦，还成天弄得那么累，吃软饭有什么不好。”当初落魄受难一穷二白之时，要不是于渃涵，他回到北京时恐怕要跟天桥底下要饭去。

王寅还记得当初就是在这个房间里，他躺在这张沙发上，于渃涵给了他一张卡让他先花着。他当时满意极了，亲吻了那张薄薄的卡片，觉得软饭硬吃也是很有男人气概的。

高司玮还是年轻，太年轻了，争什么一时意气？大好时光浪费在跟人怄气上面，真不知道是有骨气还是蠢。

两个社会中年人把这件事从头到尾盘算清楚后，玩别的不好说，可玩点下三烂的手段，这俩人倒是不虚。特别是，赵江也不睁大了眼睛看看这是谁的地盘，若是连点够硬的关系和手腕都没有，于渃涵也真是白在这北京城里从小长到大了。

“不过你可要想好了。”王寅提醒于渃涵说，“你要是出手，小高不领你的情怎么办？老于同志，都快奔四的人啦，人生已经走过一半了，还有时间继续花费在这种痴痴缠缠的事情上吗？”

“没什么时间了，所以才想赶紧结束。”于渃涵说，“我觉得是我自己把事情弄得太复杂了，他乐意也好，不乐意也好，这事儿他自己说了不算。两个人如果在一起，绝对不是靠着感天动地的爱情，而是接受对方。这件事我就这么干了，我就这脾气，活了半辈子也改不了了，他应该认清这个现实，能接受，那就好好在一起待着，不能接受，就不要浪费时间。你看，他抗争了半天，结果是个什么样儿？人都会变的，我给足了他改变的时间。就像你说的，我都快奔四了，再玩下去就没意思了。”

于渃涵的态度已经明了，高司玮跟她犟了这么多年，其实从头至尾都没想明白一个问题。高司玮总希望能跟于渃涵比肩，那只是他想象的关系。真正的生活相处不是商业斗争，计较高低输赢是没有意义的，太波澜壮阔了，生活需要的是充实和平静。

而于渃涵一直以来所追求的，也仅仅是下了班之后回到家里，能有一丝烟火气息，跟她在外面打仗冲锋的硝烟是不同的。

她那时之所以认真考虑过谭章，恰恰是因为谭章给了她想要的东西。这么看来，久经世故的老男人还是有点用处的，至少懂得女人心。在“阅历经验”这块，二十岁的人永远没办法跟四十岁的人相提并论，除非等他自己也走过了这段路，见过了更多的人，吃过了苦头，陷入过绝望，才能真正理解。

INT 加大了对聚星打压的力度，无论是实体上的争抢还是资源上的掠夺，都进入了疯狂的状态。而聚星因为丑闻频出，商业手段已无力应对。面对用户的质问，官方只能一连几次发出公告，坚定声明会保障用户的虚拟财产。

很多人都开始在平台内倾销，但诸多商品有价无市，虚拟货币的循环陷入一团糟糕，此事又逢相关部门登门调查——这比赵江估计的时间提前了太多，与他当初所写的剧本有很大出入。

不过他也不怕什么，他拥有足够多的证据把焦点转向高司玮。可当被问询时，相关办事人员提出了一条极为有力的证据用以指证赵江，赵江完全傻眼了。

高司玮也只是被当作相关证人接受问询，然后就平安无事地从这个故事里退场。人们喜欢看反转的结局，可到底为什么反转，竟然没有任何一个人知道内幕。

聚星就这么垮台了，它是一个在太阳下折射着五彩光芒的泡沫，就在接近太阳时，“砰”的一声，破碎了。

它在鼎盛时，占据了这个城市最繁华地段的高级写字楼的三层办公区，而现在，已是人去楼空。因为涉案，公司财产需要被清算充公，后由政府进行拍卖。这是个彻头彻尾的烂摊子，用户流失过多，也没有太大的经济价值，只有一堆虚拟数据。桌椅板凳卖了尚且值点钱，一堆数据是无法被定义的。

而 INT 却做起了“冤大头”，为聚星的烂摊子埋单。

不过这是后话了。

高司玮离开了习惯的生活，他一直很忙碌，现在突然闲了下来，有点不知所措。一切来得快，去得也快，他在家里待了几天，足不出户，回忆过往，恍如隔世。

哪儿有那么多巧合和简单，他知道这必然是于渃涵的手笔。

尘埃落定那天，是于渃涵去接他的，当时外面有很多记者，于渃涵却一点也不避讳，还下了车，靠在车门处等他。

闪光灯打在她的脸上，她在微笑。

高司玮见到了于渃涵，让他觉得诧异的是，于渃涵没有开她那辆拉风的跑车，而是曾经的路虎。

于渃涵闹腾地要换车那阵，是两个人最开始出现摩擦时。高司玮太熟悉那辆路虎了，于渃涵开了很久，自己也开了很久，载着于渃涵穿梭在这个城市的各个角落，从白天到黑夜，从城南到城北，上面还有好多处因为于渃涵开车马虎而擦蹭的痕迹。

后来于渃涵说不喜欢了要换掉，他也离开了于渃涵。于渃涵没有再开过路虎，高司玮以为她卖掉了。

那辆车好像才是他的老朋友，当于渃涵开着它来时，他才找回了熟悉的感觉，仿佛一切又都回到了过去。

他们两个人之间的战争在这几年中已经是商界的八点档了，现在终于大结局，记者都以为于渃涵是来炫耀的。可从于渃涵的嘴里，却听到了相反的话。

“走了。”于渃涵把车钥匙丢给了高司玮。

高司玮准确地接到了钥匙，下意识地问：“去哪儿？”

于渃涵说：“当然是回家。”

闪光灯咔嚓咔嚓地亮起来，众人围拥过去，车却扬长而去。

车内一时安静，高司玮打开了电台，现在是傍晚，有很多音乐节目，打开便是于渃涵过去常常听的频道。里面在放一首他不知名的歌，旋律像左右摇摆的头，像河流一般奔涌的吉他和诗章一样的小号。

他忽然说：“谢谢你。”

于渃涵本来在看窗外，冷不丁听见这么一句，顿了一下，才说：“嗨，提这个就俗了。”

“嗯。”

于渃涵看向高司玮，高司玮开着车，她不清楚他在想什么。为了转移注意力，她说：“你知道我怎么做到的吗？”

“什么？”高司玮问。

“就是赵江的‘小把柄’。”于潞涵笑了一下，“踏破铁鞋无觅处，得来全不费功夫。”

高司玮说：“你用了什么办法？我当时想了很多办法都没有用，赵江把所有事都处理得很干净，我以为……”

“所以我才说，可能这就是命吧。”于潞涵说，“我去找过裴英智，IEN 当初投过聚星但又很快退场，这就是问题所在。裴英智那个老狐狸从不做亏本买卖，反手捞了一波，还在赵江未曾察觉的情况下把该抄手的都抄了。”

高司玮说：“那他为什么会告诉你？这种事情披露出去，他也许会受牵连。”

“他才不会受牵连。”于潞涵神秘一笑，“而且我给了他一个无法拒绝的理由。”

至于是什么，她却不肯再向高司玮透露了。她看向车窗外，宛如感慨一样地说道：“小高，别折腾了。”

音响里传出的歌声停止时，车内陷入了短暂的安静，此时于潞涵才听见高司玮又轻轻“嗯”了一声。

就算从聚星离开得不算光彩，但希望跟高司玮合作共事的公司还是很多，他的工作能力有目共睹，关键是最后还竭尽全力地为合作方降低损失，这样守信的年轻人不太多了。

不过高司玮暂时没有什么工作的想法，对未来也没有具体的规划，他之前一直都太忙了，想借这个机会让自己放松放松。每天除了吃就是睡，什么烦心事儿都不用记挂。猛然的松懈让他有点不太适应，他觉得自己需要从过去那种紧张情绪里摆脱出来，换一种生活方式了。

而且，是与过去截然不同的方式。

于潞涵嘴上没有提过两个人的“赌约”，可是她不提不代表高司玮不在意。不管这个过程是什么样，结局已定，高司玮愿赌服输，也认真思考起改变过去工作内容的方法。这也就是为什么面对那么多橄榄枝，他都没有回应过。

他发现自己不去跟原来的圈子有交集时，和于潞涵的相处确实是轻松的。于潞涵的判断没有错，两个人如果想要认真交往，就只谈交往上的事情。像他们之前那样，谈着谈着就开始谈工作，然后再因为工作纷争一言不合互相怨怼，是两个人工作关系太近导致的必然结果。

工作是理性的，可感情是感性的，当它们混为一谈时，再厉害的人也会出乱子。

不过于潞涵没有刻意地去承认或公布他们这段关系，这是于潞涵一贯的性格，不希望自己的私生活被卷进公众视野里，尤其她的身份地位还这么敏感，想打垮她的人永远排大长队。

高司玮经历了那么多事，现在也不太在意这些了，两个人相处和谐最重要，谈那么多虚的东西没有意义，也许还更容易失去。不过当他无意间问起自己当初送给于渃涵的那盆山茶花时，于渃涵随意地说养死了，扔了，他还是会有点心情复杂的。

花花草草亦不象征着什么，没想到转头，高司玮就在于渃涵的朋友圈里看到她发的一组照片。

INT 有专门的玻璃花房，有很专业的工作人员打理，里面大多是一些有助于净化空气和放松神经的绿植，而今在某个角落里，种了几株山茶花。

现在还不是花期，混在一众绿色之中不太起眼。

然后他就顺手点了个赞。

大约是被于渃涵发现他在线上，很快就找上了他，问他周末有没有空，要约他看电影。高司玮这段时间都宅在家里看书，现实和精神生活非常充实，不怎么上网，便问于渃涵看什么电影。

“《FI》的首映啊！”于渃涵说，“你在家里待傻了？”

“……”

他差点都忘记了这件事，当初电影策划时他还参与了很重要的一部分工作，没想到如今都要上映了。

技术是个飞速发展的东西，从零到一很难，但是从一到一百却很简单，当初在设计电影时，Fi 还是初代，遇到了很多意想不到的难题，至今都已经到了第二代。他比当初所有人想象得还要红，有属于自己的独立动画，有高级代言，还发过专辑，开过演唱会，上过各大杂志的封面。他好像一个真实地存在于生活里的人一样，拥有属于自己的独立人生。

无论从哪种角度上来说，Fi 都是成功的，INT 也是成功的。

而于渃涵功不可没。

《FI》的首映礼很隆重，主创团队悉数到场，星光熠熠。

于渃涵给了高司玮入场票，那天她会很忙，跟高司玮约定在里面再见。高司玮去得很早，没有着急入场，而是在外面待了一会儿。

周围早就聚满了媒体和粉丝，接下来会有一个主创人员登场的红毯环节，准点一到，主持人就现身了。

这部电影择栖是主场，之前的路演都在外地，陆鹤飞全程跟了下来，北京的首映礼连王寅都去了，足见其重要性。纵有听说一些风流韵事，不过大家并不是来看他的。当陆鹤飞跟 Fi 一起出现时，全场响起了尖叫声。

高司玮远远望着那个热闹的世界，心中甚是平静。如果他当初没有离开择栖，自己也应当是他们其中一员。不过他没什么悔恨之情，各有各的选择，也应该为自己的选择承担一切后果。

只是让他意外的是，Fi 在晚上如此高强光之下的呈现效果比最初版本好太多了，想必幕后的工作人员为了这一刻的高光付出过诸多努力。他们终将会推着这个行业往前走的。

再接着，他看到了于渃涵。

于渃涵和她的团队一起经过，因为不算主角，她只跟媒体打了个招呼，没有做过多停留。她甚至也没有穿得太隆重，可在高司玮眼里，她的光芒远胜今日所有的明星。

她散发出来的光芒不是来自样貌妆容或者衣服，而是来自岁月的浸染与沉淀，来自时光之中经历的每一件事。年轻的女孩自有其生动鲜活的美好，当她们长大成熟时，也应有属于自己独特的人生光彩与价值。

不是谁的妻子，不是谁的女儿，不是谁的母亲，只是她自己。

高司玮总是把于渃涵看成一座山峰，他想去攀登，想去征服。一次又一次，他失败又重来，总觉得自己可以再试试，但结果终究是一样的。

当他也走过于渃涵走过的路，经历过于渃涵所经历的万分之一的难处时，他才意识到自己完全就是在跟自己较劲。

攀登者固然伟大，但换种角度去想，这样的伟大是否也是出于山峰的接纳呢？

他想，自己恐怕不适合那样的争斗了，他应该当一个虔诚的教徒，围绕圣山一圈又一圈地转下去。

高司玮穿越嘈杂的人群进入内场，电影开场之前还有一段剧组的访谈，这个跟于渃涵没关系，她就早早入座了。

两个人交头接耳聊了两句，电影开场时才安静了下来。

择栖有投资科幻大片扑街的前例，这一次虽然重整旗鼓来势汹汹，但那也只是气势上的，实际战略上还挺谨慎。一直到路演收获了爆炸的口碑，大家才敢公然谈论“特效大片”这个概念。

片中的科幻色彩非常浓郁，每一个人物和场景都是精心设计过的，炫目的特效让人不得不感叹技术的伟大。

电影是造梦，工业和技术则是梦的支撑。今夜的成功，几乎可以预见票房的胜利。

片子很长，中途高司玮伸手去拿放在座椅扶手上的矿泉水，黑灯瞎火地就摸到了一条光滑的手臂。于渃涵的胳膊就那么摊着，也没什么反应，高司玮借着银幕的光亮才看清于渃涵的脸，原来她睡着了。

这么紧张刺激的音效之下她还能睡着，要是让主创知道了，大概会伤心的。不过可能是她之前看过太多遍了，对内容早就没了好奇心，今天忙来忙去又很累，一闭上眼就睡了。

这时，电影里有一个爆炸的场面，整个电影院都被音效震得颤了颤，于渃涵也惊醒了，茫然地眨了眨眼睛。

“我睡着了？”她问。

“嗯。”高司玮说。

于渃涵拿起矿泉水拧开喝了一口，奇怪，电影院里那么暗，高司玮却好像能看到瓶口上印的口红和留下来的唾液，亮晶晶的。

“你一会儿还有别的事情吗？”高司玮说，“太晚了，累了的话不如现在就回家休息吧。”

于渃涵说：“结束都半夜了哪儿还能有什么安排？你不把电影看完了？”

“随时都可以看的，不差这一会儿。”高司玮回答，然后在黑暗中握住了于渃涵的手。

首映礼的地方离于渃涵家有点远，高司玮送她到家之后，她的困劲儿已经过去了。一进门，高司玮下意识问：“你家没人吗？”

“我家里能有什么人？”于渃涵说，“哦，你说谭兆啊？他们学校组织旅行，出去玩去了。”

高司玮说：“你也不管他？”

于渃涵伸着懒腰说：“儿孙自有儿孙福，他自己主意那么正，我管他干吗？”她举高的手臂松懈地垂了下来，转头看高司玮，笑眯眯地问：“你怎么突然关心起他在不在了？”

高司玮说：“随便问问。”

“是吗？”于渃涵的尾音扬了一下，问句中带了点调戏的意思。她牵起高司玮的手，有点长的指甲尖在高司玮的掌心挠了一下，说道：“我怎么觉得谭兆才像个家长，而我们要背着家长，在他不在的时候做点……”

她的话都没有说完，现实就一阵旋转。她看到了自家客厅房顶上那个漂亮的灯，当初她挑选了好久才定下来，因为这盏灯可以发出一种幽暗的像是剪影散开似的光，很朦胧。她喜欢用五彩斑斓的黑来形容这种昏暗的状态。躲在暗处享用的人不必把对方看得太清楚，光亮会失去那种美感。

这样恰到好处的光在她的眼眸中像是氤氲的湖面，总有一种声音击打着湖面，平静被打破，荡漾出层层叠叠的波纹。这　声结束了，又会有新的一声响起。它们保持着相同的节奏，好像天地有生灵起，古老而质朴的吟唱就从未变过。

做人纵然有千般苦楚，可总会有那么一两刻极乐光景让人觉得受苦也值。

谭兆一大早从火车站出来，跟老师同学告别之后，拖着行李上了出租车。回来的列车班次调整过，时间太早，他觉得于渃涵可能还在睡觉，所以就没跟于渃涵说让她来接自己。

当他打开门，站在门口，看着沙发上搂着睡觉的两个人时，他大脑中第一个反应是自己想得没错，于渃涵果然在睡觉。

可为什么还有个男的呀！

听见响动时高司玮立刻就醒了，他拍了拍于渃涵，于渃涵的眼睛都睁不开，看清门口站着的人时，一个激灵裹着沙发上的毯子就滚到地上了。

“咳……”谭兆才想死，不知道现在是该进去，还是该把门关上。

“那个……没事儿！没事儿啊！”于渃涵站了起来，非常镇定地说，“大家都是成年人，见怪不怪……”

谭兆说：“我还没成年呢。”

“哦，那你赶紧忘了吧。”于渃涵把谭兆推进了他的房间，“你先冷静冷静，我们收拾收拾，哎呀，你这孩子怎么回事儿，回家了也不跟大人说一声儿，怎么擅作主张呢？”

谭兆“我你”了半天，于渃涵把门一关，他什么话都没说出来。

两个惊慌失措的大人好不容易收拾得差不多了，谭兆才被允许出来。谭兆还是有点别扭的，可于渃涵和高司玮就跟没事儿人一样，一个慢慢悠悠地切换着电视节目，一个拿着手机不知道在看什么。

在一个仿佛平常得不能再平常的一家三口的清晨，这让谭兆很恍惚，甚至怀疑自己刚才是没睡醒在做梦。

不一会儿，于渃涵叫的早饭就到了。谭兆埋头吃饭，竖着耳朵听于渃涵和高司玮谈话，两个人就聊昨天晚上看电影的事儿，还有一些乱七八糟的八卦，顺便夸一夸早餐还挺好吃。

难道尴尬的只有谭兆一个人吗?

“你们两个，”谭兆忍不下去了，把碗一放，“到底怎么回事儿？”

反正不能他一个人尴尬，他是未成年人，他需要保护!

可他不知道的是，于渃涵和高司玮面对过的尖锐问题可比这多，也远比这个尖锐，高司玮向来装死一绝，他不想回答的事情别人休想从他嘴里撬出来一个字。他看看于渃涵，于渃涵揉了一下眼睛，看得出来在组织语言，所以他没有说话。

“哎呀，成年男女你情我爱还能有什么事儿？”于渃涵说，“你长大了也会明白的。”

谭兆问:“那你们现在是在一起了吗？”

“算是吧。”

“那我怎么办？”谭兆最关心的还是这个问题。他虽然住校，可每周还会回来。于渃涵的感情生活一直是空白，突然插进来一个人，让他一时半会儿有点接受不了。

“该怎么办就怎么办哪。”于渃涵说，“小谭同志，别把事情想得那么复杂。人生得意须尽欢，我们所有关系的组建都没必要弄得像什么不得了的大事一样。小高哥哥也有自己的生活，不可能强行为了我或者你而改变。在一起又不是要住在一起，关系又不是靠空间来捆绑的。重要的是我们都会因此而成为家人，家人是不会抛弃对方的。”

也许是跟于渃涵在一起久了，谭兆很容易就领会了于渃涵的意思。就像于渃涵原来所说的，家人不一定要有血缘关系，只要足够相爱，互相扶持，那么就是家人。

“算了。”谭兆说，“反正我平时又不在，你们是大人了，爱怎么着怎么着，我管不着。”

于渃涵双手合十:“谢谢谭总理解。”她用胳膊捅了捅高司玮，“你看看人家这觉悟。”

高司玮欲言又止，觉得说什么可能都会被怼回来。

三个人又回归了早饭，谭兆讲起了旅行的见闻，饭桌上的气氛变得轻松活跃。于渃涵又说自己想换个别墅，周末的时候可以去度假休息。谭兆说她就是想想，肯定到时候又会嫌这个麻烦那个麻烦的。于渃涵就笑着说可以交给高司玮打理。有高司玮在，他们可以安心地当“生活废物”。

高司玮笑而不语。

谈及未来的生活，三个人有说有笑，好像大家认识了这么久，生活本该如此似的。

本该像这样平静安稳、简单规律地过着一天一天，随便截取一个片段，都是过去的结束和未来的起始。

**【全文完】**

# 后 记

在最开始，于渃涵只是别人故事里的一个配角，那时我并没有想过要为某个角色单独写一个故事。直到她在别人的生命中所绽放的那种魅力照入我的眼中，我才有此想法，遂成此文。

严格意义上来讲，这并不是一个主要讲感情的故事，即便是谈感情，谈得也不太痛快。就像于总自己讲的，十几岁二十郎当的少男少女可以大胆恋爱，然而人到了她这样的年纪，顾忌的事情就会很多，家人、事业、朋友，林林总总，爱情往往不太重要了。或者说，是她所需要的情感并不只是爱情这么简单了。人生每一个阶段都有不同的主题，只有真正走到那一步，才知道自己想要的是什么。

如鱼饮水，冷暖自知。

我也好，读者朋友们也好，都是随着于渃涵的视角去看她所经历的这一切，有苦痛有挣扎，也有快意恩仇。我最喜欢她的一点，是她足够潇洒，虽然她总觉得王寅比她还要潇洒，但我们都知道，人哪，永远都是羡慕着别人，而忽略掉自己。

即便生在书中的现代社会，我觉得于渃涵也像是个大侠，并不是说她足够恩怨分明，恩怨分明也不是评价大侠的唯一标准，因为江湖不是打打杀杀，江湖是人情世故，恩怨过于分明是处理不好人情世故的。于渃涵身上有各种各样的缺点，油嘴滑舌、市侩，但她聪明、仗义，并且有强大的勇气和信念，言出必行，这才是一个人难能可贵之处。

如此行走江湖，有一人相伴即可，所以于渃涵和高司玮的感情最终也落在了“陪伴”二字上。不是不爱，只是像王子公主那样爱得歇斯底里的情节并不适合他们两个人，爱情会褪去，相伴才是一生。我在写他们时，更希望他们拥有更真实的人类情感，更像真实存在于这个世界上的人，而人本身就是这么说不清道不明的生物。

总之，从敲下此文第一个字至如今出版，非常感谢读者朋友们的陪伴支持和各位编辑老师的帮助，才能使得它以这样一种形式跟大家见面。

希望我们在故事中相逢，合上书页，又见灿烂人生。

南北逐风

2021 年 9 月